ISHQ & MUSHQ

ISHQ & MUSHQ

Amor & Cheiro

PRIYA BASIL

TRADUÇÃO
INÊS CARDOSO

Título original: Ishq & Mushq

Copyright © 2007 by Priya Basil

Direitos de edição da obra em língua portuguesa no Brasil adquiridos pela Editora Nova Fronteira S.A. Todos os direitos reservados. Nenhuma parte desta obra pode ser apropriada e estocada em sistema de banco de dados ou processo similar, em qualquer forma ou meio, seja eletrônico, de fotocópia, gravação etc., sem a permissão do detentor do copirraite.

Editora Nova Fronteira S.A.
Rua Bambina, 25 — Botafogo — 22251-050
Rio de Janeiro — RJ — Brasil
Tel.: (21) 2131-1111 — Fax: (21) 2286-6755
http://www.novafronteira.com.br
e-mail: sac@novafronteira.com.br

CIP-Brasil. Catalogação-na-fonte
Sindicato Nacional dos Editores de Livros, RJ

B318i   Basil, Priya
           Ishq e Mushq : amor e cheiro / Priya Basil; tradução Inês Cardoso. — Rio de Janeiro : Nova Fronteira, 2008.

Tradução de : Ishq and Mushq

ISBN 978-85-209-2082-4

1. Romance inglês. I. Cardoso, Inês. II. Título.

08-1542.   CDD: 823
                               CDU: 821.111-3

Para a minha família,
que me cobriu de histórias.

E para Matti,
que me ajudou a tornar real o desejo de escrever uma.

— Qual o problema aí? — perguntou ele.
— Nenhum problema, na verdade — disse sua mulher. — Só o percurso de duas pessoas se descobrindo aos poucos, e não se descobrindo o suficiente, enquanto vivem juntas.

Patrick White, *The Tree of Man*

Parte um

1.

— LEMBRE-SE, EXISTEM APENAS DUAS coisas que não podemos esconder: *Ishq* e *Mushq*. Amor e Cheiro.

Este foi o cochicho molhado que a mãe de Sarna borrifou em seu ouvido antes de o trem partir de Amritsar. Se essa informação foi oferecida como aviso ou como consolo, Sarna não sabia ao certo. Ela enrolou o dedo na ponta roxa de seu sári de seda e o enfiou dentro da orelha para enxugar a umidade do adeus molhado de sua mãe. O eco penetrante das palavras da *Bibiji* não foi tão fácil de apagar, mas começou a desaparecer conforme a visão de sua figura velha e larga, acenando na plataforma, sumia gradualmente. E Sarna se encheu de alívio. Ela tinha finalmente tomado seu caminho. Para longe.

Mesmo quando chegou a Bombaim, 26 horas e 1.400 quilômetros depois, ela ainda tinha muito o que caminhar. Um longo caminho. Quatro mil quinhentos e vinte e oito quilômetros, para ser exato. Sarna tinha esperanças de que, talvez, esta distância fosse suficiente.

O clima, como em solidariedade a tudo o que Sarna parecia ir tão facilmente deixando para trás, exalava um bafo quente de 45°C. No calor do sol lívido do mês de junho, o porto de Bombaim transpirava atividades relutantes. Ao longo de suas margens vislumbrava-se uma coleção de vidas pairando em sua inércia: vendedores ambulantes exaustos demais para apregoar suas mercadorias; vagabundos acalorados demais para gozar sua indolência; e mendigos queimados do sol demais para fazer propaganda de suas aflições. O mar tinha uma cor verde-acinzentada doentia e batia de maneira irregular, como se ele também estivesse sofrendo de um caso grave de insolação. Em meio a essas cenas de submissão sob o pulsar do calor, havia um pequeno ponto central de ação. Concentrava-se ao redor do poderoso casco do *Amra*, o desconjuntado navio brutamontes que partiria para Mombasa, no Quênia.

Os carregadores corriam para lá e para cá, curvados sob grandes quantidades de malas improvisadas. Qualquer coisa que pudesse encher, dobrar ou amarrar parecia servir como um equipamento aceitável para carregar. Um fluxo equilibrado de baús de metal, caixas de madeira, sacos de tecido e trouxas multicoloridas feitas de sáris velhos amarrados ziguezagueava por entre os grupos dispersos de passageiros e aqueles que vinham vê-los embarcar. A multidão inquieta tentava reagir aos efeitos do calor bebendo limonadas, que eram vendidas como água, em carroças de madeira, por homens magérrimos que, sozinhos, pareciam ter, contra o sol, uma resistência de camelos. No meio deles, os desocupados batedores de carteira e ladrões de baixo escalão se arrastavam apaticamente. O calor facilitava o trabalho deles: as pessoas estavam preocupadas demais em se abanar para prestarem a devida atenção às suas coisas. Mas nem os escroques de segunda categoria conseguiam reunir energia suficiente para investir nos alvos fáceis que estavam bem ao seu alcance.

Foi em meio a esse alvoroço que os recém-casados Karam e Sarna se aproximaram do navio. Karam não estava de bom humor. A viagem claustrofóbica de trem de Amritsar até Bombaim e o calor implacável o haviam deixado esgotado. E, agora, ainda ter que cuidar da transferência da bagagem até o convés, no meio daquela confusão, não melhorava em nada seu estado de espírito. Vários carregadores ajudavam a levar as coisas deles, mas tentar coordenar o trabalho desses subalternos fez com que Karam se sentisse como um pastor tentando fazer o rebanho atravessar uma auto-estrada movimentada. Sentia-se, no entanto, menos afortunado do que um pastor, porque não tinha nenhuma vara para controlar os animais errantes. Em vez disso, contava apenas com a destreza dos olhos para manter, ao mesmo tempo, todos os quatro homens sob o seu campo de visão; com a força da voz para gritar os insultos e as instruções necessárias para mantê-los em um ritmo regular; e com a agilidade do corpo para se mover rapidamente por entre a multidão densa, e em meio ao calor ainda mais denso, e poder acompanhar os carregadores espertos.

— Idiota! — gritou Karam na direção de um dos carregadores, que se detivera para meter o dedo no nariz. — Já está sonhando com o almoço?

Meta o dedo no seu rabo para passar o tempo livre. Neste momento eu estou pagando para você meter as mãos nas minhas coisas.

Indiferente, o homem ainda cutucou o nariz por algum tempo antes de voltar ao trabalho.

— Preguiçoso! Para onde você está indo? — esbravejou Karam com outro carregador, que parecia se desviar do caminho indo para a direita quando o navio estava notoriamente na frente deles.

— Corta caminho, *sahib* — disse o carregador, como se fosse perfeitamente natural ignorar o final da fila e furá-la em algum ponto mais à frente.

— Não tem que cortar caminho nenhum, nada de atalhos. Vamos fazer isso direito. Como todos os outros — decretou Karam.

Ele olhou em volta e viu Sarna alguns passos atrás dele, carregando nos braços protetoramente um punhado de mangas que ela insistiu em comprar no último minuto. Incapaz de manter as mãos longe de Sarna, o calor deixara marcas vermelhas de afago em suas bochechas. Seu nariz reto, molhado de suor, brilhava no rosto, como uma jóia lapidada por um profissional. O coração de Karam se contraiu subitamente. "Deus, ela é linda", pensou. Esta era uma revelação que não cansava de surpreendê-lo.

Mas isso não a deixava acima do bem e do mal. Ele a culpou pela situação difícil por que estavam passando. Fora a recusa inflexível dela em deixar coisas para trás que os levara àquela situação absurda, na qual, como um dono de circo enlouquecido, ele tinha que perseguir um bando de carregadores debaixo de um calor fervente. Ele mesmo não tinha realmente nada para levar de volta para a África — pelo menos nada que pudesse ser guardado em malas. É verdade que ele estava levando de volta mais do que aquilo que trouxera — ele agora tinha uma esposa e um conjunto de experiências inesperadas, mas essas coisas carregavam convenientemente a si próprias. Sarna, no entanto, mais do que compensou a sua falta de bagagem, entrouxando tudo que encontrara à mão para embarcar em Amritsar.

— O que é isso? Você está planejando abrir uma loja ou algo parecido?
— Karam observara atônito a mulher empacotar o que parecia ser

o suprimento de ervas, temperos e outros alimentos secos para uma vida inteira.

Sarna riu e balançou a cabeça em sinal negativo.

— Mas então por quê? — protestou Karam. —Você pode conseguir tudo isso lá.

Ela arqueou as sobrancelhas para ele e disse com humor:

— Caso eu precise, *S'dharji*.

Ele percebeu, com surpresa e prazer, a abreviação sutil com que ela se dirigiu a ele. "*Sardharji*", o nome simbólico usado pelas esposas *sikhs* para chamarem os maridos, não permaneceu intacto na boca de Sarna por muito tempo. Karam sabia o quanto o trato informal era inapropriado, mas gostou. Tomou isso como um sinal de amor e ficou encantado.

Menos prazeroso foi o "caso eu precise", que era a explicação dela para tudo. Karam foi obrigado a simplesmente assistir, sem poder fazer nada, enquanto ela enchia as bagagens de utensílios culinários, metros de tecido para costurar, sacos de hena, pilhas de roupas, tinturas e medicamentos alternativos. Para estes últimos, ele, ao menos, conseguia ver um objetivo, embora ainda tivesse dúvida de sua eficácia. Mas havia outras coisas que ela empacotara para levar que o deixaram meio espantado, preocupado até: trouxas feitas de trapos e pontas de tecidos unidos de forma desconjuntada, pequenos frascos e recipientes vazios, roupinhas usadas de bebê.

Karam tentara diferentes linhas de argumentação para impedir as táticas de armazenamento de Sarna. Na sua cabeça, ele tinha argumentos infalíveis contra ela:

— Nós não temos malas suficientes. Transportar tantas trouxas vai ser um incômodo. Vamos ser parados na Alfândega. Não há espaço na casa de Nairóbi para guardar tanta coisa. A maior parte da mercadoria vai se perder ao longo do caminho.

Sarna continuava a empacotar coisas. Karam dera com uma bolsa que parecia cheia de arco-íris, mas que na verdade estava estufada de *parandas* de todas as cores imagináveis, acessórios em forma de laços elaborados para os cabelos. Outras bolsas, que brilhavam prometendo riquezas, revelavam amontoados de pingentes, *bindis* variados para enfeitar a testa de Sarna, e finas folhas de prata e ouro para decorar os doces indianos altamente calóricos, como o *barfi*, que ela adorava fazer.

— Por quê? — Karam frisou. — Caso aconteça *o quê*?

— Caso-eu-precise — anunciou Sarna misteriosamente.

Não havia nenhuma explicação plausível para a necessidade de armazenamento que existia em sua mente. Respondia ao impulso do seu coração e, por isso, fazia sentido. Qualquer tentativa de racionalização traria à tona as três palavras com a justificativa vazia que elas carregavam.

Aquelas palavras nunca deixavam de irritar Karam. Elas encerravam o assunto de maneira absolutamente deliberada e obstinada, o equivalente ao enigmático "porque não" que os adultos tão freqüentemente dirigiam às crianças. As palavras pretendiam ser definitivas, mas, na verdade, ele sentia que eram precursoras de dúvidas e discussões adicionais. Quanto mais ele pensava sobre elas, mais furioso ficava. Para ele, o "caso eu precise" de Sarna era um caso sem caso, sem substância. Em qualquer tribunal de justiça, ela não teria a menor chance usando um mantra que não convencia ninguém. "Caso encerrado", o juiz teria dito. Mas Karam e Sarna estavam nas preliminares dos tribunais do amor. Nestes tribunais, como se sabe, há margens largas de tolerância para com as irracionalidades.

Na verdade, Karam estava irritado porque a necessidade de Sarna por grandes quantidades de tudo batia de frente com seu próprio impulso para a redução de tudo. Ele odiava coisas entulhadas. Tudo que se tornava inútil o irritava, pois sugeria ineficiência e desperdício. Ele não conseguia aceitar o otimismo obstinado dela sobre a utilidade inerente a todas as coisas. Melhor ter à mão uns poucos itens relevantes e úteis do que grandes estoques de lixo — essa era a sua filosofia. Ele também se preocupava que o acúmulo de objetos indicasse um apego dela ao materialismo. Preocupava-se com as implicações futuras que isso traria para o seu bolso.

Ao final, no entanto, a indulgência do amor venceu o jogo. Karam submeteu-se aos desejos de Sarna, e foi entulhada uma bagagem após a outra até quase explodir, para o caso de ela precisar. E lá estavam eles agora, lutando para deslocar toda aquela carga dos diabos, exatamente como ele previra. E, nesse meio-tempo, a madame tivera o impulso de comprar três caixas de manga pouco antes de eles saírem de Amritsar. É claro que Karam fora contra, mas, como sempre, em vão.

— Neste caso — dissera ele —, você mesma as carrega.

"Parece lhe custar um pequeno esforço", pensou Karam; até vê-la movimentar-se suntuosamente no meio da multidão, elegante no seu sári de cor púrpura, mesmo carregando várias dúzias pesadas de manga. Ele percebeu as espiadelas de admiração e os olhares extasiados em direção a ela, e a sua exasperação foi anulada e substituída por outro sentimento: o desejo de pressionar seu grande nariz contra a pele dela, de aspirar-lhe o deslumbramento e esquecer as árduas provações do dia. De repente, a idéia de Sarna carregando as mangas impulsionou outras partes de Karam a crescerem. Embora muitas de suas palavras e ações pudessem às vezes irritá-lo, ao olhar para ela, ele ficava indefeso.

— *Sa-hib*! — A atenção de Karam foi novamente desviada para os carregadores, que já haviam chegado ao convés do navio e esperavam que ele os alcançasse para efetuar o pagamento.

Sentiu uma pontada de contrariedade, como um puxão desafinado numa corda de cítara, quando se deu conta do desperdício que era remunerar três homens para carregarem coisas desnecessárias. Fez um rápido cálculo mental de quanto devia a eles e, em seguida, entregou metade da soma pedida. Os carregadores reclamaram com a maior barulheira.

— É tudo o que eu tenho. — Karam deu de ombros.

Os carregadores se demoraram por ali, carrancudos, fazendo acusações silenciosas. Karam lançou um olhar feroz para eles. Eles devolveram o olhar. Esses homens aprendiam a demonstrar que estavam sendo ultrajados. Seu sustento dependia da habilidade em fazer com que qualquer pagamento parecesse insignificante. Karam não conseguiu ficar indiferente a eles por muito tempo, mas detestava ter que colocar a mão no bolso novamente. Quando Sarna se apressou para se juntar a eles, ele inclinou-se na direção dela, pegou uma das caixas de manga e jogou-a para os carregadores.

— Dividam isso — disse.

Neste exato instante, Sarna colocou no chão as outras caixas que estava segurando, precipitou-se e arrancou as mangas de volta.

— Não! — Ela olhou ferozmente para Karam. — Essas são *minhas*. Karam rapidamente deu a eles mais alguns trocados.

— Malditos ladrões — resmungou para os carregadores, que já iam se retirando, como se a culpa fosse toda deles.

Depois, ainda sem condições de olhar Sarna nos olhos, ocupou-se tentando descobrir a melhor maneira de transportar a bagagem que levavam até a terceira classe abaixo do convés principal. Ele começara a compreender que agora teria que recrutar a ajuda de uns dois carregadores do navio, que lhe custariam o dobro dos outros. Não externou os sentimentos, pois Sarna, com seu belo rosto incrédulo, ainda fazia uma tromba para ele.

O grande deque da terceira classe, sob o timão principal do *Amra*, estava atulhado de gente. No baixo-ventre daquela viagem intercontinental, não havia distinção entre homem, mulher ou criança. Ali a bagagem mandava. O deque operava somente na base da bonificação por bagagem — quanto mais bagagem você tivesse, mais espaço conseguia angariar. Mas o prêmio de quem tinha a maior quantidade de bagagem teria sido difícil de conquistar. Karam percebeu, surpreso, que o estoque dele e de Sarna parecia bem modesto se comparado ao dos outros. Olhou para Sarna e, como seria de se esperar, os olhos dela estavam emitindo sinais de triunfo na direção dele. Balançou indulgentemente a cabeça e sorriu contrariado.

As pessoas embarcavam com múltiplos suprimentos, que iam do exótico, passando pelo bizarro, e chegando, por fim, ao básico. Os produtos formavam uma procissão fascinante: máquinas de costura, bicicletas, sacos de farinha, recipientes com pimenta, jarras colossais de conservas, grandes latas de papelão cheias de manteiga feita com leite de búfala, trouxas de roupas de cama amarradas por tiras longas de algodão, caixas de papelão ventiladas dentro das quais frutas e vegetais estavam confortavelmente aninhados. Em meio a esses itens facilmente identificáveis, uma sucessão de pacotes mais misteriosos se destacava pela altura ou por sua impenetrabilidade: engradados de madeira fechados com pregos, enormes baús de ferro firmemente trancados com cadeados gigantes. Ainda mais estranhas eram as trouxas de formatos esquisitos, embrulhadas em camadas de panos coloridos e unidos por uma profusão de cordas retorcidas, volumes que se moviam ao longo do deque como sinistras bonecas de vodu.

O desfile de produtos era, de fato, um espetáculo, mas os donos de todo esse tesouro eram igualmente fascinantes. Com a atenção voltada para as demandas do movimentado deque, eles pareciam em alerta máximo. Como caçadores investigando os arredores em busca da presa, seus olhos esquadrinhavam o local procurando o espaço mais favorável no qual eles pudessem arrumar a bagagem, se espalhar e demarcar um território durante a viagem. As famílias mais espertas se uniam e, como uma unidade de força viva — com as cabeças abaixadas e os cotovelos levantados —, iam em direção ao local desejado, abrindo caminho em meio à multidão.

O truque consistia em estender um lençol ou uma esteira (ou, em alguns casos, vários lençóis e esteiras) no chão do deque, arrumar as sacolas em volta e se esparramar pelo espaço para ganhar direito a ele. Alguns espíritos de porco iam um pouco além e começavam a peidar, a arrotar ou a tossir, numa tentativa de dissuadir qualquer um que tentasse montar acampamento muito perto. Tomavam como inspiração os mamíferos inferiores, que têm como hábito demarcar com urina as fronteiras do próprio território. E as pessoas tentavam mesmo evitar os acampamentos mais fétidos.

Instalar-se confortavelmente numa viagem pelo mar na terceira classe de um navio não era façanha de se desprezar. Era um teste supremo de capacidade de carregamento de bagagem, falta de vergonha e muita astúcia. Não era uma tarefa para a qual Karam estivesse naturalmente qualificado. Sarna, por outro lado, sentia-se em casa num ambiente como aquele. Ela viu o marido cortesmente dar passagem para as multidões e resolveu tomar as rédeas. Correu de repente para a frente dele, tossindo e respirando ruidosamente, enquanto tropeçava e caía ao longo do caminho, deixando para trás um grande número de pessoas; depois atirou-se num pequeno pedaço vazio de pano e começou a ter o que parecia ser um estranho ataque. Com os olhos revirando nas órbitas, os braços e as pernas em convulsão, ela ocupou aquele espaço até que Karam e a nova brigada de carregadores a alcançassem. As pessoas olhavam aquilo e se apressavam em passar logo em busca de outros espaços. Quando os carregadores chegaram, Sarna rapidamente os instruiu sobre onde colocar o quê. Enquanto isso, Karam observava tudo atentamente, envergonhado, mas impressionado. A descrição de *chalaako*, que ele ouvira a irmã de Sarna usar algumas vezes para debochar dela, brotou em sua mente, e ele sorriu. Com certeza ela era, sim, uma espertalhona.

Sarna viu a magnitude da Índia desaparecer gradualmente à distância. Como parecia fácil simplesmente navegar para longe da terra da própria juventude. Ah, se fosse simples assim executar uma migração interna. Sarna sentiu o passado seguindo-a em direção ao futuro. Karam se preocupara com a quantidade de bagagem que estavam levando com eles; era maior ainda, ele nem podia ter idéia, o excesso de bagagem que ela carregava em sua mente: a cabeça pesava de lembranças que queria esquecer.

O impulso de Sarna para colecionar coisas se espelhava curiosamente na organização de suas lembranças. Nesse âmbito, no entanto, ela era mais vítima do que juíza. Não tinha o poder de decidir o que deveria permanecer e em que medida. Sua memória trabalhava segundo uma lógica cumulativa própria, como fazem as memórias. Tinha uma propensão a se agarrar exatamente às coisas que Sarna mais queria esquecer. Numa conspiração traiçoeira, espremia-se entre um amor perdido e um erro vergonhoso com uma sagacidade tal que Sarna não via como contra-atacar. "Por que será", se perguntava Sarna, "que podemos escolher o que lembrar, mas não o que esquecer?".

O esquecimento ocorre, no espectro de nossas experiências, sob três formas distintas. Num extremo, há as minúcias da vida diária — como esquecer de comprar mais sal ou de resgatar uma restituição de imposto a tempo. Nós nos repreendemos por lapsos como esses. Na ponta oposta do espectro, estão as experiências mais exigentes e capazes de mudar vidas que existem. Nesse caso, esquecer pode ser o mais doce dos alívios: podemos perder, assim, todas as recordações dos traumas que alguma vez nos ameaçaram com uma vida de dor e humilhação. As mulheres esquecem as dores do parto e se submetem repetidamente a esse tortuoso milagre. Entre esses dois extremos de esquecimento, fica todo o resto que acontece conosco: o campo imensurável de experiências acumuladas. Nós absorvemos tanto, sentimos tanto, vemos tanto, ouvimos tanto, fazemos tanto e queremos ainda tantas outras coisas — mas onde colocar isso tudo? O esquecimento cria o espaço que nos permite continuar absorvendo experiências.

Desse modo, o esquecimento, essencial e vantajoso, é, então, seu próprio dono e obedece aos próprios critérios de seleção. E às vezes nos decepciona, não nos deixando esquecer algumas das piores coisas que fizemos e sofremos. Talvez haja um bom motivo para essas reminiscências, mas, nesse momento, essa não era a preocupação de Sarna. Ela fixou os olhos no mar encrespado por ondas pequenas, mais preocupada com o fato de ela não poder esquecer do que com o motivo pelo qual não podia esquecer. "Por quê?" é uma pergunta inquietante que raramente fazemos a nós mesmos. No entanto, nós a fazemos confortavelmente aos outros, sem pensar duas vezes.

Sarna puxou a ponta de seu sári para cima do ombro, como se faz com um xale. Refletiu sobre as ocasiões em que se pode deliberadamente escolher o esquecimento — como quando você vê que sobrou apenas uma manga e você convenientemente "esquece" que alguma outra pessoa pode querer comê-la. Eram os grandes assuntos que, na verdade, a incomodavam. Não havia meio de se livrar das memórias vivas e claras dos fracassos e da tristeza. Não havia meio de driblá-las e enganá-las, fazendo-as desaparecer. Essas lembranças que povoavam sua cabeça eram uma tripulação teimosa. Quase impossível de controlar.

Sarna balançou a cabeça, irritada, como se o gesto pudesse deslocar os pensamentos. Rubis vermelhos brilharam em suas orelhas como balas que acabaram de ser chupadas. "Lembrar era tão fácil", pensou. Bastava fazer listas e repetir as coisas até elas se fixarem na memória. Mas se é possível se obrigar a lembrar das coisas, então também deveria ser possível obrigar-se a esquecer. Havia tanta coisa que precisava apagar da memória de suas experiências. A vergonha estava encolhida dentro dela como um pensamento malformado que não ousava se estirar e aparecer por completo. Ela desgraçara a si mesma e à sua família, e as conseqüências agora tentavam alcançá-la, como um caçador perseguindo um veado que fora ferido por sua primeira bala.

Sarna apertou os olhos tentando se concentrar. O navio balançava muito e a deixava cambaleante. Agarrou o corrimão e se firmou. Tudo o que queria era esquecer, e, no entanto, sua preocupação em esquecer a fazia lembrar, dando prioridade aos mesmos pensamentos que ela desejava aniquilar.

Voltou a atenção para o futuro e tentou imaginar como seria a vida em Nairóbi. Mas as antigas lembranças empurraram o véu da sua imaginação. Resolveu, então, se submeter a elas por algum tempo, reprisando na mente aquelas cenas tão temidas, e visualizando uma realidade alternativa na qual todos os "e se"s da sua consciência torturada se realizavam e os resultados tornavam-se conseqüentemente mais suportáveis.

De repente, ela se deu conta de que, se não podia esquecer, podia, no entanto, escolher de que maneira lembrar. Se teria que continuar se sujeitando a essas constantes reprises inoportunas do passado, ela revisaria os detalhes, alteraria os fatos, mudaria os nomes e deixaria de fora o que não gostava. Tomaria o controle até a memória se submeter ao seu intento.

É a tática de imitação da velhice: tome um modelo padrão e altere as especificidades. Quem sabe você não as engana? Pode até ser que você engane a si mesmo. É só uma questão de tempo.

— Coma uma, *Dharji* — Sarna encorajou Karam, enquanto chupava sua terceira manga.

Ele notou que ela lhe oferecia as mangas sem de fato dar-lhe uma, mas não se importou. Estava quase saciado só de vê-la comer. Ela rasgou a casca da manga com os dentes e os dedos e chupou sofregamente a polpa macia e doce da fruta. O som que ela fazia ao comer lembrava o roçar entre os corpos ao fazerem amor. Seus lábios brilhavam com o suco âmbar, reluziam como o nascer do sol. Mais suco respingou-lhe na mão e se acumulou nos nós dos dedos, formando piscinas de líquido amarelo-quartzo. Ela engoliu a fruta, saboreando-a.

— Eu amo essa parte.

Ela movimentou o caroço da manga para dentro e para fora de sua boca. Quando se certificou de que não havia mais nada para comer ali, jogou o caroço no chão, ao lado dos outros dois que brilhavam, brancos e peludos. Depois, sorrindo para Karam, apanhou outra manga.

— Coma uma, *Dharji*. — E apontou para a caixa de fruta com a cabeça.

— Você vai acabar doente — repreendeu-a Karam. — Deveria parar agora.

Se ela parasse, talvez ele conseguisse interromper as fantasias que o estavam deixando louco de desejo. O jeito de Sarna comer o levara a imaginar um apetite sensual que ele jamais vira nela quando faziam amor. Até então, o sexo tinha sido um ato discreto e corrido: momentos nos quais eles se tateavam desajeitadamente, vestidos, em silêncio e no escuro, enquanto o resto da casa dormia. Karam nunca vira desejo nos olhos de Sarna, nunca vira seus lábios molhados de desejo, nunca a vira lamber o âmago dele até virar um caroço brilhante.

Sarna ignorou Karam e continuou a comer. Das coisas que pusera na boca até então, manga era a que mais a satisfazia. Até onde se lembrava, todos os anos, de junho a agosto, ela se empanturrava da ambrosia dourada do tamanho da palma de uma mão. E todos os anos sua mãe tentava de tudo para conter o consumo insaciável de Sarna. Primeiro tentou amedrontá-la com relação à fruta dando conselhos sobre a saúde. "Você vai ferver por dentro e explodir! Você sabe a quantidade de *gharmee* que a manga produz? Elas vão queimar você por dentro e vão dar espinhas e menstruação forte. *E aí*, quem vai querer você?" Como este alerta não deu resultado, *Bibiji* passou a comprar menos frutas. Mas, mesmo assim, Sarna dava um jeito de se empossar da maior parte de toda a manga que entrava na casa. Subornava as irmãs para que lhe dessem sua porção, ou entrava sorrateiramente na cozinha e fazia um banquete de mangas no meio da noite. Finalmente *Bibiji* declarou a moratória completa da manga.

— Nenhuma fruta dessa vai entrar nesta casa até que você aprenda a se controlar.

Bibiji se agarrou firmemente à sua própria interpretação ignorante da teoria ayuvérdica sobre as comidas "quentes" e "frias". Ela sempre monitorara cuidadosamente a quantidade de comida "quente", como ovos, nozes, uvas, frutas secas e pimenta na dieta de suas filhas. Acreditava que esses alimentos, se não fossem saboreados com estrita moderação, podiam provocar um impacto desagradável na saúde do corpo feminino. Ela acreditava que essas comidas aceleravam a maturidade, porém estava mais seriamente convencida de que faziam emergir instintos amorosos e encorajavam os comportamentos imorais. Com qualquer uma das suas outras três filhas, *Bibiji* teria sido mais tolerante com as súplicas por manga — mas Sarna era a mais bonita do grupo, e também a mais independente e de língua mais afiada. Sempre houvera atritos entre ela e *Bibiji* — desde que Sarna, ainda bebê, se recusara a tomar o leite da mãe. *Bibiji* quase conseguira dar um jeito de manter a garota cheia de desejos sob controle, mas com as paixões provocadas por alimentos correndo pelo sangue dela, não havia como prever até onde iria a sua falta de controle. *Bibiji* baniu, então, as mangas.

Mas quando era a estação das frutas, Sarna ficava como uma mulher possessa. Como as abelhas que correm para o mel, como as cadelas no cio que precisam encontrar alívio, ela também tinha que obter a sua cota de mangas. A beleza de Sarna tornava-as facilmente acessíveis. Os empregados arriscavam-se ao castigo da patroa por um lampejo do sorriso que a filha lhes dava em troca de uma manga. Às vezes, Sarna saía sorrateiramente da casa e ia rondar as barracas de fruta, onde todos os vendedores ofereciam manga de graça para ela só pelo prazer de vê-la se refestelar na fruta. De vez em quando, *Bibiji* percebia o cheiro doce no hálito da filha, ou a mancha da polpa amarela sob as suas unhas, e a repreendia de novo, com indignação:

— Você vai fazer a vergonha cair sobre nós! Nenhum autocontrole, nenhum autocontrole. Com esse vício por manga e esse fetiche de pôr pimenta em tudo o que come, só Deus sabe o que está acontecendo dentro de você. Daqui a pouco, em vez de sangue, você vai ter suco de manga correndo nas veias, e aí — *hai Ruba* — só espero não estar viva para ver o que você vai aprontar.

Sarna, no entanto, continuou a comer mangas. Quando ela cometeu o seu erro e a vergonha caiu sobre a família, *Bibiji* tinha ao menos uma explicação possível para aquilo.

— Essa garota é *vikriti* — decretou ela, usando a antiga palavra em sânscrito que significa "desviada da natureza". — Ela ficou quente demais. *Hai Vaheguru!* Que Deus proteja as mocinhas do fervor que há nessas frutas.

Então *Bibiji* decidiu que todas as filhas iriam beber apenas água gelada até o dia de seus casamentos. À Sarna foi imposta uma dieta de um mês inteiro de água gelada e legumes crus, na esperança de que isso apagasse as chamas do seu espírito fogoso. Mas a água não pode amenizar a natureza de uma pessoa e nem apagar um erro.

Karam esticou o dedo para retirar uma gota de suco de manga que pendia frágil do rosto de Sarna. Ele imprensou a gota contra a pele dela e subiu o dedo, traçando uma linha reta cruzando seus lábios, passando pelo nariz e chegando à linha do cabelo, depois desceu de volta. A simetria esbelta do rosto dela o comoveu.

Sarna balançou a cabeça para deslocar o dedo dele.

— Mmm-mmm, *Ji*, eu estou comendo.

Ji, pensou Karam. Agora eu sou *Ji*. Ele se emocionou com aquela abreviação. Era o apelido de namorados mais doce que ele já ouvira. A cada sílaba que Sarna retirava de seu nome, o amor deles quebrava as barreiras da tradição. *Sardharji, Dharji, Ji*. A cada abreviação carinhosa, Sarna aprofundava a intimidade deles. Karam emocionou-se por ela ter encontrado e ousado lançar mão daquela expressão vocal para o amor. Ele não conseguia pensar em nenhuma palavra apropriada. E, mesmo que conseguisse pensar em alguma, não saberia como dizê-la.

Às vezes tentava repetir o nome de Sarna com centenas de entonações diferentes, cada uma delas fazendo soar uma nota diferente de amor. Mas geralmente preferia usar as mãos. Com as mãos grandes e enérgicas e com os dedos fortes de unhas limpas e aparadas, ele traçava suas menores curvas. Corria o dedo pela sobrancelha de Sarna, sobre o arco suave do nariz ou em torno da sinuosa e delicada cartilagem da orelha. E, por meio desses toques, ele dizia:

—Você é a minha perfeição.

Quando viu Sarna, Karam percebeu pela primeira vez o sentido da palavra "beleza". Ele recordava esse momento como uma pontada afiada no fundo da garganta que fez com que sua respiração parasse em algum lugar do peito e a cabeça ficasse tonta. As outras pessoas presentes testemunharam esse momento e pensaram que Karam estivesse engasgando. Ele cuspira gotas de laranja do doce de *ludoo* que a mãe de Sarna acabara de empurrar para ele. A borrifada voara bem na direção de Sarna, como uma chuva de confetes.

Karam sempre fora suscetível à beleza, mas via esse impulso como um gosto pela ordem. Era fascinado pela precisão. Adorava a matemática e tirava proveito da própria habilidade, extraindo enorme satisfação da precisão que ela podia invocar na sua mente em meio à incerteza que o cercava. Na casa apinhada em que cresceu, em Nairóbi, Karam superava situações difíceis subindo escadas de números na sua cabeça. À noite, em seu quarto coletivo, quando os murmúrios e os roncos dos irmãos o perturbavam, ele se recolhia ao ábaco que era a sua mente e caía no sono ao som da cantiga dos tiquetaques dos números. Quando *Baoji*, seu pai, apanhava a vassoura para puni-lo por algum erro, Karam começava a contar. Cada golpe na perna Karam transformava em uma conta, e construía uma equação contra a dor, de modo que, com a primeira pancada, ele pensava: "1/2 =", e quando a segunda pancada vinha, ele usava a resposta para formular outro cálculo: "0,5 x 94 =". No terceiro golpe, ele continuava figurando — "47^2" —, e assim a conta prosseguia — "2.209 x 1.010 =" —, os números iam se multiplicando na proporção da dor e ao mesmo tempo a bloqueavam — "2.231.090 x 100 =" —, os zeros se acumulando em sua cabeça de modo a nunca saltarem num "Ai!" da sua boca.

Desse amor pelos números, se seguiu que, para Karam, o prazer estético estava na regularidade, numa tarefa bem-feita. Na chegada ou na partida de alguém exatamente na hora combinada. Na eficiência elegante do *salai*, longo e metálico como uma agulha de tricô, prendendo qualquer cabelo rebelde sob um turbante. Quando, pela visão de Sarna, ele sentiu o mesmo prazer intensificado, Karam entendeu que era o seu sentido de beleza que o comovia. Em Sarna, ele descobriu seu lado mais sensual.

Olhou à sua volta e viu com novos olhos a curva dos galhos de uma árvore, a ventania sinuosa das nuvens, o arco na envergadura da asa de um pássaro. Viu que mesmo a menor folha de grama se inclina em direção ao sol. Ele se deu conta de que a severidade impregnara de modo não natural a sua vida: entrara em seus pensamentos, seus hábitos, até mesmo em seu sono. Ele dormira esticado e imóvel durante a maior parte da vida, o resultado inevitável de dividir uma cama com tantos irmãos. Agora, ao dormir, enroscava-se em posição fetal, ou, como uma lua nova, em forma de gancho, em volta de Sarna. Isso também era beleza.

Por que será que olhar para o horizonte nos deixa reflexivos? Talvez, se pudéssemos continuar enxergando para além das fronteiras do nosso campo de visão, nos distraíssemos para sempre de nós mesmos. É uma pena que não seja assim, e foi a vez de Karam cair em meditação enquanto caminhava pelo deque e olhava o mar. Ele e Sarna estavam impossibilitados de fazer isso juntos, porque um dos dois tinha que tomar conta da bagagem. No entanto, Karam, de certo modo, apreciou a solidão. Ele não ficava sozinho há meses. Sentiu-se assombrado quando se deu conta disso. Ficava perplexo diante de todas as experiências que ele não entendera completamente e das perdas que ainda não havia sentido inteiramente, porque não tivera tempo, espaço ou capacidade para pensar devidamente sobre elas.

— Compre-*jalebi-jalebi-j'lebi-lebi-lebi-lebi-lebi-bi*, por uma rupia! — Os gritos do vendedor de doces *jalebi* que montara sua barraca no deque distraíram Karam.

Ele observou, a certa distância, o vendedor pingar cachos irregulares de massa dentro do óleo fervente e retirar de lá brilhantes espirais douradas, mergulhadas em seguida em xarope de açúcar, antes de serem postas em exibição para atrair os pedestres. O vendedor viu Karam e acenou para ele.

— Ei, senhor! *Sahib*! Venha, venha e coma um. Fresquinho para o senhor.

A mão de Karam encaminhou-se inconscientemente para o seu bolso de trás, onde estava o dinheiro. Depois de um segundo de hesitação, ele caminhou até a barraca de *jalebi*. O vendedor enrolou uma pilha fresca para ele num papel.

— É muito! — Karam estendeu as duas mãos para pegar o doce.

— Não é muito, *sahib*. Vai lhe dar força e colocar um pouco de gordura nesses ossos. O senhor é muito magro, muito magro mesmo.

O vendedor balançou a cabeça em desaprovação, e seus quatro queixos, à maneira de um colar de *jalebis*, movimentaram-se em ondulações, como para endossar a crítica. Karam aceitou o pacote grande de doce e lhe entregou uma rupia. "Sarna também vai gostar", pensou.

Karam estivera doente e ainda estava abaixo do peso, o que saltava aos olhos por conta de sua altura e de seu hábito de andar com boa postura. A pele estava com uma coloração cinza nada saudável, conseqüência de muito tempo sem sair à luz do dia. Entre a escassa barba preta e o turbante branco, seu nariz reinava supremo no rosto franzido. O tempo haveria de restaurar sua aparência, mas nunca apagaria completamente o choque e o desgosto que sentira ao ver o próprio estado depois da febre tifóide. Ele vislumbrara o rosto murcho de um fóssil de homem resgatado de alguma ruína arqueológica. Karam dera um grito diante daquela visão. Sentira como se estivesse vendo a si mesmo despido de tudo, exceto das falhas. Nunca mais se olharia sem vislumbrar o lampejo daquele sujeito fantasmagórico ao qual a Índia o havia reduzido.

Karam jamais nutrira qualquer ilusão sobre a própria figura. Sua pele era escura; por isso ele aceitara, erroneamente, que era feio. Mas procurara compensar isso conservando uma limpeza e um capricho escrupulosos em todos os aspectos da aparência. Usava o fixador de cabelo Simco, uma cola potente, na barba e no bigode para mantê-los ajeitados. Colocava uma rede em volta da barba para contê-la, amarrando as pontas num nó apertado sobre a cabeça dentro do turbante. Ele sofria com essas vaidades. A rede rigidamente amarrada lhe dava enxaquecas tão fortes que ele se viu forçado a deixar de usá-la. E, embora o fixador provocasse irritações em sua pele, insistia teimosamente em continuar usando-o. Como as mulheres cujos pés acabam deformados e ásperos de tanto ficarem enfiados em sapatos apertados de salto alto, ele também não saía ileso desses hábitos.

Karam adaptara o estilo de seu turbante a um formato distinto, bem diferente dos largos satélites redondos ostentados por seus contemporâneos. As dobras bem arrumadas da parte da frente do turbante afilavam-se elegantemente num V preciso no topo da sua cabeça. Para a perdição de Sarna, ele sempre preferiu um turbante branco novo em folha. Mesmo no calor empoeirado da África, onde um turbante branco precisa ser substituído quase todos os dias, ele insistia nisso. Para ele, o engomado viçoso e límpido do turbante era um símbolo de integridade e boa vontade.

— As pessoas vêem o seu turbante antes de notarem você — declarou ele. — Ele deve falar por si. Um turbante é um farol num mar de cabeças.

Karam vestia-se elegantemente também, com calças e camisas meticulosamente passadas a ferro. Sempre usava meias com sapatos fechados.

— Sapatos sem meias — dizia ele — são como um paletó sem as calças.

Por toda a vida, mantivera-se muito detalhista com relação à aparência. Por dentro, porém, permanecia inseguro, incapaz de despir-se das falhas perceptíveis.

O calor delicado e muito doce dos *jalebis* foi reconfortante para Karam; contudo, nem eles podiam mascarar a amargura que sentia. Por dentro, ele espumava contra a Índia. Sabia que deveria ser grato a ela por ter lhe dado uma noiva e a promessa de amor. Mas só conseguia enxergar o que a mãe Índia havia tirado dele. Karam sentia-se fraco de raiva. Seis meses da sua vida! Ela lhe roubara metade de um ano e o deixara sem conhecimento do que acontecera durante aquele período. Ela reduzira seu corpo a uma sombra débil dele mesmo e levara embora a única pessoa que tinha a chave para dizer como tudo se desenrolara.

Karam saíra da Índia com a família aos seis anos de idade e voltara vinte anos depois. Retornara sem nostalgia pela terra natal, sem afeto, e talvez sentisse até culpa por estar regressando assim, sem respeito. Ele viera com um só objetivo: encontrar uma noiva. Viera para se apossar de algo, como tantos outros que tinham vindo à Índia para pegar e levar, sem se dar conta de que teria talvez que dar alguma coisa em troca. E a

Índia repreendera-lhe a presunção. Ela pegara esse filho, pouco versado na sua história, sugara-o para dentro da barriga, arrastara-o pelas entranhas torturadas e finalmente o cuspira: alterado, mas intacto.

Para um homem como Karam, que precisava de ordem e lógica para apaziguar a mente, era perturbador o quebra-cabeças no qual parte de sua vida fora estilhaçada. Precisaria de alguns meses para poder deixar de lado o sentimento de vítima e tirar algumas lições daquelas experiências.

"O que significava aquilo?", Karam se perguntou, enquanto tirava um recorte de jornal do bolso da camisa e o desdobrava. Na folha enrugada, havia uma fotografia. Ao fundo, corpos esparramados em diferentes posturas de sofrimento. No centro da imagem, um homem definhando olhava fixo para a câmera, a mão esticada em direção ao visor num apelo brando por misericórdia. O que poderia significar aquilo?

A tempestade foi inesperada. Destruiu o ritmo calmo com o qual o *Amra* e seus passageiros tinham se acostumado e os agitou implacavelmente por três dias. Em todos os deques, os corpos sucumbiam ao enjôo e ao vômito. Sarna foi uma das piores vítimas. Algumas horas depois de a tempestade os atingir, ela estava dobrada sobre a barriga com ânsia de vômito. Botou para fora as evidências diárias da vida — lentilha, arroz, água e, é claro, manga. *Hai,* a manga! Arrependeu-se silenciosamente do desperdício. Ela estremecia de desconforto e gemia de frustração. Não gostava de ficar doente.

Karam tentou consolá-la com explicações científicas:

— Não se preocupe, esses são sintomas típicos de enjôo no mar. Seu corpo está apenas confuso, reagindo às informações contraditórias com relação à posição e movimento.

Sarna olhou para ele inexpressivamente.

— Mesmo que não pareça que estamos sacudindo violentamente, a parte de dentro do seu ouvido, muito mais sensível do que os olhos, capta a mais leve mudança de ângulo do navio. O cérebro fica confuso com essas percepções contraditórias. É isso que está dando náusea e tonteira em você — explicou Karam.

Sarna apertou o estômago e se virou de costas para o marido.

A análise de Karam estava certa. Em Sarna, a desordem temporária do cérebro que ele descrevera causara um caos total. A organização que ela impusera à sua mente como recurso de autopreservação estava sendo perturbada. Nela, a tempestade provocava enjôo. O rearranjo de suas lembranças, que ela tanto ansiara apenas poucos dias antes, tivera início sem a sua participação: camadas de consciência enterradas, suprimidas de maneira tão vigorosa, se viram postas em desordem, soltas pelo abalo que o mar agitado causou-lhe no cérebro. Karam viu sua vida interior colorida ser cuspida diante dele — um caleidoscópio cuja causa médica ele especulara, mas cujo significado espiritual ele não alcançava. Ele se surpreendera com o enjôo de Sarna. Sempre a vira como uma mulher sadia, a própria essência da vida. Ao longo desse ano em que ele a conhecera, ela não estivera doente nem uma só vez. *Ela* tinha sido a mão firme de saúde que cuidara dele e o trouxera de volta à vida. Agora que era ele cuidando dela, sentia-se impotente, até mesmo um pouco decepcionado.

O segundo dia de tempestade trouxe jatos de vômito com menor freqüência, porém mais violentos. Ela se levantava e descarregava uma bile amarela. Brilhava vivamente e tinha cheiro ruim. *Mushq.* Um fedor agudo e acre de medo. Karam estava convencido de que eram as mangas e imediatamente se repreendeu severamente por não ter tido poder algum sobre o apetite de Sarna. Mas a descarga mostrou-se mais sinistra do que a manga. O ácido que ela soltava abriu buracos no pano que Karam usava para limpar, e depois evaporou, desaparecendo no ar. Karam se esquivou do ataque amarelo e até Sarna pareceu se encolher para mais fundo dentro de si mesma, como se quisesse ficar longe daquilo. "Pode ser hepatite", pensou Karam, achando que talvez ele devesse consultar um médico. Ah, mas era caro. Sentiu o bolo de notas diminuindo no bolso. No entanto, Sarna pareceu cair no sono, e Karam teve esperanças de que o pior tivesse passado.

No terceiro dia, Sarna retesou-se, com gemidos profundos e baixos. Depois, lentamente, ela deixou sair um muco viscoso vermelho enegrecido, escuro como a paixão calada e grosso como a culpa. Karam se alarmou. Ela estava expelindo sangue! Enquanto ele tentava limpar a poça de líquido, ela escorregava para longe, como mercúrio, elusiva, esfacelando-se em pequenas partículas globulares que escorriam à distância. Karam se pôs de pé prontamente e gritou por ajuda. O deque inteiro lançou olhares curiosos na sua direção, ansiosos por qualquer drama que pudesse se contrapor ao espetáculo da tempestade.

— Ei, o que vocês estão olhando? — rebateu Karam. — Alguém faça alguma coisa, por favor!

Um homem jovem sentiu-se no dever de procurar um médico. Finalmente o dr. Kang, o médico do navio, foi até eles. Um homem atarracado, em seus quase sessenta anos, com a cabeça cheia de cabelos grisalhos, tão baixo quanto seu temperamento sórdido. Tinha a atitude impaciente de uma pessoa que já viu de tudo. Inclinou-se sobre Sarna, abriu-lhe as pálpebras e observou-a responder debilmente ao chamado de seu nome. Depois ele a apalpou.

— Estou vendo se está com febre — explicou, enquanto as mãos escorregavam da testa quente dela, passavam pelas bochechas vermelhas, desciam até a garganta nua e pousavam nos seios inflados, onde permaneceram. — Batidas do coração... — murmurou o médico, olhando bem nos olhos de Karam enquanto segurava e apertava os seios de Sarna. Ficou em silêncio por um instante, prendendo pelo m á x i m o de tempo possível o olhar preocupado de Karam, antes de pronunciar:

—... parece normal.

— Normal?

— É. Não há nada com que se preocupar. É só um caso de enjôo do mar. — As mãos do dr. Kang se juntaram, como se com vontade de consumar a fantasia de cópula inspirada pelas curvas polposas de Sarna. — Os sintomas vão passar. Como uma febre, eles têm que se cansar antes de ir embora.

— Mas não há nada que o senhor possa dar a ela? Ela está vomitando sangue — disse Karam.

O dr. Kang balançou a cabeça. Ele dera seu veredicto, não dera? O que aquele homem estava fazendo? Questionando seu diagnóstico?

— Não é sangue. Ela vai melhorar. — As mãos dele de repente se afastaram por um instante e se juntaram novamente para bater palmas seguidamente, numa sugestão de clímax. O trabalho do dr. Kang estava terminado. Ele esperou pelo pagamento de Karam, depois se virou nos calcanhares e partiu.

Karam assistiu impotente à partida do médico, pensando no pagamento que tivera que dar a ele por um laudo inútil. O que significa isso? Deque de terceira classe, serviço de terceira classe?

O que o dr. Kang profetizara de fato aconteceu. Sarna parou de vomitar poucas horas depois da visita dele. O corpo se aquietou e uma vaga percepção dos sentidos retornou a ele. Ela sentiu-se vazia, mas, no mais fundo dela, havia uma dor oca. Abriu os olhos, mas o mundo ainda estava nebuloso, distante. A voz de Karam se infiltrou pela barulheira.

— Sarna? Sarna... Sarna.

Mas ela não tinha condições de responder. Seus ouvidos começaram a apitar com o grito que se abria dentro dela. Abriu a boca para deixar sair um lamento de tanta dor que as pessoas foram forçadas a se afastar, tamanha a sua força. Vários passageiros caíram dos bancos onde estavam agachados. Um garotinho, que acabara de colocar uma bala na boca, fez uma careta, pois a bala doce explodiu e fragmentou-se, voando numa poeira de açúcar. As pessoas que estavam de óculos pensaram que o mundo tinha rachado, mas foram as lentes que se partiram com o grito de Sarna. Bebês gritaram de medo antes de começarem a sugar calmamente os seios de suas mães. Uma senhora idosa pressionou as mãos contra os ouvidos e, para seu alívio, descobriu que a vida ficara permanentemente em silêncio.

Sarna foi transportada, no ápice desse pranto, para a lembrança de um quarto muito distante onde não tivera permissão para chorar. O corpo começou a tremer e a palpitar, e o uivo cresceu para um tom mais agudo. Karam olhou em volta procurando desesperadamente o que fazer. Outros passageiros davam conselhos furiosamente. Alguns pareciam práticos:

— Água, água! Joga na cara dela!
—Vira ela de bruços.
— Enfia um cachecol da boca dela.

E alguns conselhos eram inúteis:

— Tira a roupa dela! — sugeriu um espertalhão que, mesmo no desespero do momento, não conseguiu deixar de lado os pensamentos carnais inspirados pelo tratamento especial que Sarna recebera nas mãos do dr. Kang.

— Dá um tapa nela! — estourou uma mulher que já estava farta da comoção.

Desnorteado, Karam seguiu seus instintos e colocou a mão na boca de Sarna, mas ela foi empurrada pela violência do som. Ele foi encorajado a tentar novamente por um Singh — que significa "leão" e é um nome adotado pelos homens *sikhs* — troncudo que interveio.

— É essa a solução! Calar a boca dela. — O Singh se precipitou, colocando as próprias mãos sobre as de Karam para ajudar.

O pranto tentou resistir. Precisava sair. Os olhos de Sarna se arregalaram com o esforço para deixar sair o berro, ela sentiu como se seu rosto estivesse se partindo, seu corpo parecendo prestes a explodir. Mas, juntas, as palmas das mãos de Karam e do Singh mostraram ser uma barreira formidável, e o pranto começou a sucumbir. Simples assim, ele pareceu se enroscar e rolar de volta para dentro de Sarna. Ela tossiu dolorosamente. Karam agradeceu ao Singh, que, orgulhosamente, gostou da gratidão expressa pelos outros passageiros.

— Ora, não foi nada, *yaar* — disse o Singh. — Apenas se lembre no futuro, *Bhraji*: nada como uma mão forte para manter a mulher nas rédeas.

Sarna calou-se, mas o pranto continuou a ecoar. Ricocheteou por todo o deque, saiu rolando pela multidão, como uma pedra atirada com destreza saltita pela superfície da água antes de afundar.

— Entããããão... — Karam respirou fundo. — Hummmm... — e soltou o ar. — Só mais um dia, e chegaremos lá.

Ele não sabia o que mais dizer. Não sabia como perguntar sobre o que se passara com ela. Ficou envergonhado por ter testemunhado seu sofrimento, como se tivesse visto algo que não devia. Ficou, então, em silêncio e não falou nisso novamente. Sarna também não disse nada. Na mão que ela descansara sobre o próprio estômago, pôde sentir o pulsar do pranto silenciado martelando dentro dela como um segundo coração. Ele lembrava a ela que sua vida pulsaria sempre em dois ritmos diferentes: o ritmo do tempo de agora e a métrica dos momentos que poderiam ter sido.

E assim permaneceram os dois, Sarna e Karam: os corpos juntos, os pensamentos fechados dentro de cada um deles. Sarna, com o fardo dilacerante de lembranças demais, e Karam, com o desassossego de um grande buraco aberto na sua memória.

— Coma uma manga — ofereceu Karam.

Foi uma tentativa de retomar a calma depois da tormenta. Mas as mangas que restaram, amadurecidas delicadamente até a perfeição, tinham ficado pretas e eram agora uma massa grudenta rançosa. Na sua inesperada putrefação, havia como que uma premonição tenebrosa do que estava por vir.

2.

KARAM E SARNA TIVERAM UMA recepção discreta em sua chegada a Nairóbi. Sarna ficou decepcionada com as boas-vindas. Passaram longe da extravagante celebração que ela esperara. Não havia nem sombra da hospitalidade que uma noiva merece. Os recém-casados aterrissaram em meio a uma cena doméstica diária absolutamente comum. Ninguém tinha se arrumado nem decorado a casa para a ocasião. Nenhum dos rituais tradicionais de boas-vindas, como sagrar a porta principal com óleo, foi cumprido. Nenhuma refeição especial foi preparada. Não havia nenhum convidado, e alguns membros da família não estavam nem em casa. E, principalmente, para a irritação de Sarna, mais um membro havia sido incorporado à família de quem ela sequer tivera conhecimento. Ela se imaginara chegando à casa como a primeira nora, mas sua chegada fora ofuscada. Na ausência de Karam, o segundo filho, Sukhi, se casara, e sua esposa, Persini, parecia já ter se tornado a mão direita de *Biji*, mãe de Karam. Pela primeira vez desde a sua partida, Sarna sentiu uma pontada de saudade da Índia. Sentiu falta de sua casa e de sua família, sentiu falta de fazer parte de alguma coisa. Ali ela era como uma figurante, um apêndice de uma unidade que parecia estar funcionando muito bem e que não estava disposta a qualquer alteração para incluí-la.

Biji pareceu ter antipatizado de cara com Sarna, mas *Baoji* foi mais positivo em relação à nova nora. Como a maioria dos homens, percebeu os atrativos físicos dela. E gostou em especial da leve fenda entre os dois dentes da frente de Sarna, que pareciam sorrir descaradamente dentro do sorriso dela. Lembrava a ele a fenda consideravelmente maior entre os dentes de sua própria mãe, por onde, acreditou certa vez, ele e seus irmãos e irmãs teriam vindo ao mundo. A fraqueza de *Baoji* por Sarna se intensificou quando ele provou algo feito pelas mãos dela. O grande estoque de tempero que ela trouxera da Índia encontrou sua primeira utilidade na preparação do chá.

Baoji fechou os olhos depois do primeiro gole na bebida fervente de Sarna e suspirou. Com os olhos ainda fechados, ele levou a xícara aos lábios novamente, mas errou a mira e ofereceu um pouco de chá à sua barba. A barba, há muito acostumada a aceitar expulsões ao acaso da boca de *Baoji* — a lentilha em excesso, uma baba de *curry* de galinha — parecia agradada com esta última oferta. Sem se incomodar, *Baoji* abriu os olhos e tomou outro gole.

— A melhor xícara de chá que eu já tomei.

— É definitivamente uma boa xícara de chá — disse Mandeep, um dos cinco irmãos de Karam, enquanto tomava seu chá e olhava para os seios de Sarna.

— Ah, ela cozinha muito bem. — Karam endireitou a postura. — Espere só até você experimentar o *ras malai* dela. O doce é realmente delicioso.

Mandeep não duvidou disso. Se o *ras malai* de Sarna fosse tão leitoso quanto a pele dela, ou tão voluptuoso quanto as suas curvas, ele tinha certeza de que seria um pudim dos céus. Ele não conseguia acreditar que o seu irmão, tão austero e formal, tivesse encontrado uma esposa como ela.

Sarna, nesse meio-tempo, se comprazia com esse primeiro sucesso. Apegou-se, agradecida, aos elogios. "Se conseguir tomar conta da cozinha", pensou, "certamente vou ganhar os corações deles".

O coração de sua sogra, no entanto, não seria conquistado por mágicas da culinária — nem por qualquer outro meio. *Biji* não sabia ao certo o que pensar de Sarna. A julgar pela aparência externa, parecia que Karam fizera a escolha certa, mas *Biji* preferia reservar suas impressões por enquanto. Lembrava-se do conselho de sua própria mãe: "Não julgue pela aparência, julgue pela inteligência." Deixando a inteligência de lado, *Biji* já fazia restrições ao rosto de Sarna. Não havia dúvida de que a garota era bonita, mas *Biji* detectou algo a mais nos traços da sua face. Ela não podia ainda dizer exatamente o que era. *Biji* pensou, a princípio, que a incongruência estava nos olhos de Sarna, que emitiam alternadamente sinais de inocência, depois de ousadia, depois de astúcia. "Há uma certa loucura nesses olhos", suspeitou *Biji*. Quanto mais olhava, melhor compreendia o que desgostava nas feições de Sarna: era o drama afetado da garota tentando com tanto esforço causar boa impressão. *Biji* reconhecia que a ansiedade podia ser a causa do comportamento estranho de Sarna, mas a desconfiança ainda persistia e resolveu manter a nora sob atenta observação.

A vida de Sarna passou a girar em torno da cozinha. Era o seu território por escolha e por necessidade. Durante o dia, era um laboratório dedicado ao afago da papila gustativa. Durante a noite, um tipo diferente de sedução acontecia entre suas paredes. No colchão de solteiro arrastado todas as noites para a cozinha e colocado num canto, entre a porta e as prateleiras baixas entulhadas de farinha e arroz, Karam e Sarna faziam um amor rápido, silencioso e apaixonado, porém inepto. Depois dormiam, um ao lado do outro, encaixados como duas colheres.

A família de Karam sempre comera bem. A comida era seu único luxo — podia não ser preparada com perfeição, mas era farta. Quando Sarna passou a cuidar da cozinha, ela alçou o status gastronômico deles ao de imperadores. E de que império eles se apoderaram — embora apenas uma semana sim, outra não. Entre os esforços semanais de Sarna, Persini imprimia à comida punjabi a sua marca própria, que podia ser caracterizada por uma palavra apenas: insípida. Quando Sarna cozinhava, a família se refestelava na sua comida cheirosa e se excedia de elogios. Intoxicados por suas criações — sabores de soltar a língua e cheiros de realçar o humor —, eles se esqueciam de si mesmos e conversavam amigavelmente à mesa. Depois de uma semana desse excesso, aceitavam, com a consciência pesada, as ofertas imperturbáveis e simples de Persini e comiam frugalmente em silêncio de penitência. A rotina funcionava bem para o sistema digestivo deles: o intumescimento que se seguia aos pratos de Sarna se dissipava durante o período das refeições moderadas de Persini.

Sarna queria que sua comida fosse vibrante e variada. Ela gostava de roupas com brilhos, gostava de jóias, de flores sintéticas. Sob o olhar de condenação de *Biji*, no entanto, qualquer manifestação de gosto pelo colorido era severamente limitada. Esse impulso contra a cor estava evidente no aspecto lúgubre de cada cômodo da casa: um embotamento que se tornava mais mórbido pelas presas do irmão de Karam, que cobriam as paredes e os pisos, a paixão de Sukhi pela caça.

Os chifres de um antílope africano — o impala —, de gazela e de veados-do-cabo se espalhavam pelas paredes como alarmados pontos de interrogação e davam pontadas desconfortáveis em Sarna toda vez que ela os via. Alguns chifres eram expostos no alto das cabeças empalhadas: as de dois antílopes, um cudo e um elande, olhavam uma para a outra, com um desalento conformado, de paredes opostas da sala de estar. Num dos cantos, recostava-se um marfim de elefante de um metro de comprimento, antecipando a grande venda que *Biji* previa para quando Sukhi retornasse de sua mais recente viagem a Tsavo. No chão, a cabeça empalhada de um leão saía, agourenta, de seu corpo transformado em tapete, os membros formando com o corpo, na posição horizontalmente unidimensional em que estava, um ângulo agudo e sinistro. Sarna ficava aterrorizada com a coleção. Ela se deixava impregnar por um sentimento de mau agouro. A exposição variada de mamíferos mortos era como uma assombrosa dança macabra. Imaginava a miscelânea de pedaços de corpos se juntando para formar um monstro mutante e executar uma vingança terrível contra a família.

Não seria de esperar que Sarna precisasse de antídoto contra esse horror. Ela satisfazia sua necessidade de vida usando a comida como palheta de cor. Enquanto os homens da casa estavam no trabalho ou na escola, e *Biji* saía para eventos sociais, Sarna passava algumas das longas horas do dia realizando experiências na cozinha.

O arroz, quase sempre servido de modo absolutamente simples, na mesa de Sarna transformava-se numa mistura psicodélica. A cada dia, ganhava aparência e gosto diferentes. Às vezes, antes de os ferver, ela fritava os grãos crus em manteiga clarificada, para dar ao arroz uma delicada maciez dourada. Noutras ocasiões, seu arroz era levemente apimentado com sementes de mostarda e folhas de *curry*, ou então suavemente amarronzado e com forte sabor de tamarindo. Podia ser ora picante e um pouco amarelado por cascas de limão, e com fragrância de cardamomo, cravos e canela, ora docemente mosqueado de ervilhas, ou de cor de laranja solar obtida com o uso de açafrão e salpicado de uvas sultaninas e nozes.

Enquanto criava essas variações caleidoscópicas, a idéia de que talvez fosse possível alterar as lembranças lhe ocorria com freqüência. Por meio de sua culinária, descobrira que cada ingrediente pode ser transformado e que quase todo o sabor pode ser mascarado. A princípio, lentamente — e aos trancos —, ela começou a desconstruir as lembranças enquanto construía as receitas. Sarna então maquinava novos sabores e histórias. Numa panela borbulhante de *khudi*, tentava dissipar, com a fervura, a vergonha do seu erro terrível. No óleo chiando de tão quente, enquanto fazia *bhajias*, legumes fritos, ela lançava as inseguranças ligadas ao fato de Persini ser a favorita de *Biji* e as torrava e triturava, revestindo-as de indiferença. Sob densos véus de aroma de tempero, enganava suas saudades da Índia. "Existem apenas duas coisas que não podemos esconder: *Ishq* e *Mushq*: Amor e Cheiro." As palavras de *Bibiji* lhe vieram, e ela sorriu. Sentindo-se já mais inteligente do que sua velha mãe, pensou que, na verdade, talvez fosse possível esconder *Ishq* no *Mushq*, pois *Mushq* pode ocultar muitas coisas.

Sarna não sabia que nossos receptores olfativos estão diretamente conectados ao sistema límbico, a parte mais antiga e primitiva do cérebro, responsável pelas emoções e pela memória. Fora o puro instinto que a induzira a escolher um caminho de perfumes para a viagem do esquecimento. Geralmente os cheiros evocam lembranças, mas Sarna os usava para alterá-las. Ela queria criar uma esfera aromatizada na qual estivesse a salvo do próprio passado, na qual as únicas lembranças que *Mushq* poderia despertar fossem as boas, e essas bloqueariam tudo o que fora ruim.

— Então — Mandeep perguntou certa noite durante o jantar, logo depois que Sarna e Karam chegaram —, se era assim que você estava alimentando nosso Karam na Índia, por que a saúde dele não ficou melhor? Por que ele ainda está tão magro?

— Magro? — Sarna levantou a cabeça e os pequenos candelabros de ouro na sua orelha tilintaram. — Se você pensa que ele está magro agora, deveria tê-lo visto quando Amrit-*ji* o trouxe até a porta de nossa casa em Amritsar. Eles estavam mirrados, todos os dois. Homens doentes. Pele e osso, sujos e malcheirosos, sem turbantes, cabelos por todo lado.

Minha *Bibiji* primeiro gritou e bateu a porta na cara deles. Amrit-*ji* teve que explicar quem eles eram antes que ela os deixasse entrar. *Dharji* não conseguia nem andar. Estava inconsciente. E leve como um bebê. Até eu conseguia carregá-lo sem fazer grande esforço.

— O que aconteceu exatamente? — Mandeep se dirigiu ao irmão.

— Não me lembro de muita coisa. — Karam foi relutante em falar de suas experiências na Índia. Ainda estava tentando entender tudo aquilo.

— Ele não se lembra, mas *eu* sei o que aconteceu. — Sarna gostou da atenção que todos dedicaram a ela.

Biji a encarou. Quanta audácia dessa menina! Mas Sarna estava contente demais com a oportunidade de falar para se dar conta da desaprovação de *Biji*.

— Um dia ele estava confirmando o pedido de casamento e dizendo que voltaria em duas semanas, depois se passaram quase dois meses sem que eu tivesse notícias suas. Nós pensamos que ele pudesse ter morrido, o que era possível. Presenciamos muita violência ao nosso redor. *Sikhs* matando muçulmanos, muçulmanos matando *sikhs*, hindus matando muçulmanos, muçulmanos matando hindus; todos matando, matando. Até nós fomos parar no meio disso a caminho de nossa casa de veraneio, em Kashmir.

Sarna estava animada demais e não viu Persini revirar os olhos para *Biji*, que respondeu com uma rápida sacudidela de cabeça.

— Nós estávamos encalhadas num campo no meio do nada havia três dias, acho que a certa distância de Jammu. — Ela comia enquanto falava, mastigando e engolindo rapidamente entre as palavras. — Imaginem: nós, só mulheres, *Bibiji*, eu e minhas irmãs. Achamos que íamos morrer. Qualquer coisa poderia ter acontecido. Ninguém tinha escrúpulo algum naquela época. Se tivéssemos sido encontradas por muçulmanos, podíamos ter sido estupradas e assassinadas como milhares de outras. Meu pai era um DSO. — Esta era uma das declarações favoritas de Sarna sobre o seu passado. A lembrança de criança de seu pai vestido com uniforme a levara a imaginá-lo como uma figura da mais alta autoridade. — Se o meu *Baoji* soubesse pelo que nós passamos, ele teria se levantado das cinzas. No final, tivemos sorte. Caminhões do exército vieram e nos levaram de volta para Amritsar. A cidade estava em ruínas. Lahoran Gali, nossa rua, tinha sido saqueada. Nossa casa fora roubada. Tudo sumira: jóias, roupas, objetos da casa, comida, dinheiro. Levaram tudo.

Sarna se inclinou sobre a mesa para servir uma colher de *okra*, quiabo, no prato de Karam. Naquela casa, onde eles tinham tão pouca privacidade, ela expressava seu amor por ele dando-lhe mais comida.

— O pior foi que roubaram o meu dote também.

Ela procurara um momento apropriado para tratar desse assunto desde que entregara os presentes que trouxera para a família ao chegar. Ela transportara muitas coisas da Índia, mas sabia que as lembranças trazidas para a família de Karam eram parcas. Quando seu dote fora roubado, *Bibiji* não mediu as palavras sobre os presságios que aquilo envolvia.

— Primeiro o noivo some, depois o dote desaparece. Todas as esperanças de um casamento acontecer podem acabar agora também. Deve ser o seu castigo. Deus sabe que eu fiz de tudo para que as coisas dessem certo para você, mas se a vida quer que você sofra pelo seu erro, o que posso fazer?

Quando Karam reapareceu e o casamento afigurou-se novamente provável, *Bibiji* ficou mais tranqüila. Ela comprou o pouco que podia para mandar para a família do genro. Ninguém poderia dizer que ela não fizera o melhor que podia, mas não era o suficiente, e a outra *Biji* deixara isso bem claro ao receber os presentes, comentando: "Hummm, Persini me deu *dois* conjuntos." Começara, então, a mostrar os conjuntos de jóias dados pela outra nora, comentando detalhadamente o excelente trabalho do artesão e a qualidade do ouro. "*Bem pesado*." *Biji* sentara-se perto dela como uma balança com as jóias dadas pelas noras em cada uma das mãos. A mão direita, que segurava as ofertadas por Sarna, ficava perceptivelmente mais alta do que a mão esquerda. As medições, que nunca estavam a favor de Sarna, se inclinaram mais ainda contra ela. Sarna estivera se coçando por uma oportunidade para justificar as coisas.

— Parecia que tínhamos perdido tudo. — Ela lambeu um pingo de *dhal*, lentilhas vermelhas, de sua mão. — Tínhamos sido pilhadas, como toda a Índia. Fico muito feliz por meu pai não ter vivido para ver o que aconteceu ao seu país. Ele era um DSO, sabe? Era *muito* patriota.

— O que é um DSO? — perguntou Balvinder, o segundo irmão mais moço de Karam, de 13 anos.

Sarna ficou desconcertada. De repente, ela se deu conta de que não fazia idéia do que as iniciais significavam.

— É um.... — ela olhou para Karam, pedindo ajuda. Mas ele próprio estava se perguntando o que queria dizer aquilo, tentando se lembrar do que a mãe de Sarna dissera a ele a esse respeito.

Persini mordeu as bochechas para não rir do desconforto de Sarna.

— Deputado de algum lugar, ou outra coisa? — Os ossos do seu rosto se projetaram alegremente, prontos a saltarem do rosto diante da perspectiva da humilhação de Sarna.

Sarna corou e tentou pensar numa resposta que se encaixasse. Por sorte, Karam falou.

— Ah, não. Não é DSO, é *OSD*. É, isso, OSD — Oficial Superior do Distrito.

Sarna sorriu aliviada e se apressou em continuar a história.

— É isso mesmo, *Baoji* teria ficado com o coração partido ao ver o estado da Índia. Minha querida *Bibiji* tentou me deixar bem."São objetos, apenas objetos", disse ela."Objetos vão e vêm. Nós teremos mais novamente na hora certa." Mas não havia tempo. Nada estava normal. Não se podia andar livremente pelos lugares. Quando *Dharji* finalmente reapareceu, nós ficamos ocupadas dia e noite tentando mantê-lo vivo. Quem tinha tempo para comprar coisas? Estávamos mais preocupadas em salvar vidas.

Biji percebeu a ousada tangente que a história de Sarna tomou e não foi nada simpática. A garota teria feito melhor se tivesse ficado quieta e fosse mais humilde. *Biji* não gostava dessa tendência, que já observara muito freqüentemente em Sarna, de tentar justificar tudo, e resolvera que não toleraria isso. Diria algo sobre isso a Karam. Este sempre fora seu estilo: identificar o erro, determinar o nível da ofensa e então fazer com que outra pessoa administrasse a punição.

Um pouco perturbada pelo olhar agourento no rosto de *Biji*, Sarna se levantou para encher novamente os pratos.

— *Baoji*, coma mais *bhartha*. — Sem esperar pela resposta dele, ela amontoou as berinjelas defumadas, cozidas com tomates e cebolas, no prato do sogro. — Aqueles tempos foram realmente difíceis. As pessoas fizeram coisas terríveis, inimagináveis. Eu não conseguia agüentar. Fiquei doente de tristeza e preocupação. Também perdi bastante peso.

Era verdade que Sarna, e muitos outros durante o ano da Divisão da Índia, ficaram profundamente afetados pelo que estava acontecendo no país, na sua vizinhança e freqüentemente em suas próprias casas. Ela ficara mesmo abatida. O que não explicara, no entanto, foi como se passaram as coisas para ela, e, acima de tudo, o motivo do seu luto: já que a chance de normalidade e redenção que Karam representava para ela parecera ter-lhe sido cruelmente roubada. Ela lamentava a falta de consideração da Índia — estourando num caos, sem pensar, logo quando ela estava encontrando um jeito de sair da própria desorganização pessoal. Sarna não contou como sua depressão se transformou em raiva. Não falou das pragas que lançara contra Karam por ele ter desertado dela. Esta não era a história de que ela queria fazer parte.

— Eu rezei por ele. — Seu dedo traçou um círculo pelo fio laranja de óleo no seu prato vazio. — Rezei para que ele fosse poupado, embora não acreditasse que isso fosse possível. À nossa volta, as pessoas estavam perdendo irmãos, irmãs, filhos, maridos, esposas, pais. Quem éramos nós para sermos poupados? Tentávamos ajudar as pessoas quando podíamos. Nossos vizinhos foram mortos. Uma família hindu, liquidada pelos muçulmanos.

— Mas — Balvinder se deteve no meio de uma mordida em sua espiga de milho. A polpa amarela do milho brilhou entre seus dentes quando ele falou. — E Karam? Eu pensei que você ia nos contar sobre ele.

Diabinho, se houvesse um, este era ele. Sarna teve vontade de puxar um dos pêlos isolados que saíam do seu rosto de adolescente. Mas, sorrindo indulgentemente, disse:

— Ah, que pressa, que pressa. Por que tanta impaciência? Estou chegando lá. Nenhuma história é a história de um homem só. Tudo o que aconteceu a *Dharji* foi por causa de alguma outra coisa, de alguma outra pessoa ou ocorrência. É isso, então, que eu estou contando a vocês. Estou contando a história toda, não é?

Coitadinho. Persini olhou simpaticamente para Balvinder. Ela sabia exatamente o que ele estava sentindo. Aquela história não era exatamente a história toda, ela transbordava com a tamanha importância que Sarna dava a si mesma.

— Então, os nossos vizinhos foram mortos. Uma família hindu, liquidada pelos muçulmanos. De algum modo, nós não temos a menor idéia de como, a filhinha deles sobreviveu. Todos os outros foram esfaqueados até a morte, mas o bebê foi poupado. Nós a encontramos porque ouvimos o seu choro. — Sarna levou a mão ao coração. — Foi um milagre, mas também uma tragédia. Ela fizera apenas um ano e não tinha mais ninguém no mundo. Eu disse a *Bibiji* que nós deveríamos ficar com ela. Que esperanças ela teria se não a tomássemos para criar? Se não ajudarmos os outros, como podemos esperar salvação para nós mesmos? Foi o que eu disse, e então *Bibiji* a adotou. Seu nome era Sunaina, por causa dos lindos olhos verdes. Que olhos, vou te contar. Verdes escuros, como vocês não acreditariam. Ela passou a ser a nossa pequena Nina. — Seus olhos se encheram de lágrimas. — Bom, de todo modo... — Ela piscou rapidamente. — Dizem que uma boa ação desperta outra. Algumas semanas depois, Amrit trouxe *Dharji* de volta para nós.

Baoji resolveu falar neste momento.

— É, fomos informados de notícias muito tristes sobre Amrit. Recebemos sua carta, Karam. Parece que ele foi como um irmão para você, não apenas um primo.

Karam se acomodou na cadeira.

— Amrit-*ji* se sentiu responsável por *Dharji* — disse Sarna. — Ele me contou. Foi ele que acompanhou *Dharji* a todos os lugares desde o momento em que ele chegou à Índia. — Ela olhou para Karam. — Nós conversamos pouco antes de ele morrer. Eu tomava conta dele e o tratava noite e dia, do mesmo jeito que cuidava de *Dharji*. Ele me disse que *Dharji* era o melhor homem que já conhecera. Amrit era filho único, não é? Então *Dharji* ficou sendo como um irmão para ele.

Karam se esquivou dessas palavras. Elas o comoviam, mas também o queimavam. Até onde sabia, ele não fizera nada de especial durante o tempo que passaram juntos. Ele não fizera nada para merecer a devoção de Amrit.

— Mas como Amrit-*ji* o levou até Amritsar? É isso que eu quero saber — disse Mandeep, apontando uma colher na direção de Karam.

— Amrit estava evidentemente, ele próprio, muito doente. E, com toda essa confusão acontecendo, não deve ter sido fácil.

— Eu não sei. Não me lembro. — Karam empurrou a comida para as bordas do prato.

Mas Sarna estava pronta para dar, rapidamente, uma resposta.

— Outro milagre — disse, como se milagres fossem ocorrências do dia-a-dia às quais ela, há muito tempo, se resignara. — Eles vieram de riquixá.

— Riquixá! — gritaram Balvinder e Mandeep em uníssono, enquanto o resto da família olhava confusa ou incrédula.

— Riquixá? — ecoou *Baoji*.

— Riquixá — Sarna fez que sim com a cabeça. — Eu mesma não pude acreditar. Mas lá estava ele, bem em frente à porta da nossa casa como prova. Amrit-*ji* disse que o encontrou do lado de fora do campo de refugiados e simplesmente o agarrou e pedalou pela vida de *Dharji*. Imaginem... Ele veio pedalando todo o caminho desde Lahore! Era lá que vocês estavam, não é? — Sarna olhou para Karam.

— Era lá, sim. Universidade de DAV, em Lahore. — Ficou aliviado por haver algumas coisas sobre as quais ele podia falar com segurança. Ao menos quando chegaram ao campo ele era ele mesmo. Ao menos a isso ele podia se agarrar.

— De Lahore até Amritsar, num riquixá — continuou Sarna. — Qual a distância? Quarenta quilômetros? Amrit-*ji* pedalou sozinho enquanto *Dharji* viajou inconsciente no banco. Eu perguntei a ele: "Mas como vocês passaram sem que ninguém os parasse?" Naqueles dias era um risco andar por lá. Havia toque de recolher. Capangas armados perambulavam por toda parte. Todas as estações de trem eram patrulhadas por esses gângsteres. Os ônibus eram parados por eles. "Nós pedalamos no ar, *Bahanji*", disse-me Amrit. "Viemos pelo ar como pássaros. E ninguém podia nos tocar porque nós voávamos nos dedos de Deus." Foi o que ele me contou. Estou repetindo para vocês *palavra por palavra* — enfatizou Sarna, vendo a expressão de dúvida nos rostos de todos. — Porém, ele já estava doente na ocasião. O esforço de pedalar lhe tirou o último suspiro de vida. É possível que estivesse tendo alucinações. De todo modo, voando ou não, a história do riquixá é incrível. Os dois ficaram de cama durante semanas depois que chegaram. Amrit disse que *Dharji* estava com hepatite. Nós tratamos os dois contra essa doença, mas nada mudava. Dia e noite, eu tomava conta deles. Eu mal comia ou dormia. Disse a *Bibiji* que havia alguma coisa errada com eles. Então ela chamou outro médico, que fez um exame de sangue nos dois e diagnosticou febre tifóide. Foram diagnosticados bem a tempo. Mais alguns dias e quem pode imaginar o que aconteceria? *Dharji* começou a melhorar. Eu ficava com ele todos os minutos, ajudando-o a voltar à vida. Mas Amrit-*ji* piorou. Ele morreu dois meses depois do dia em que chegaram de volta a Amritsar.

Emocionada pelas lembranças e satisfeita com a versão dos acontecimentos que acabara de expor, Sarna enxugou as lágrimas dos olhos.

Persini apertou os lábios e levantou as sobrancelhas. Ela desconfiava desta versão de Sarna como vítima e heroína da história, e Karam e Amrit desempenhando papéis coadjuvantes.

Mandeep se perguntava como um homem podia fazer tanto por outro. Ele não conseguia se imaginar agindo de modo tão altruísta — mesmo que por seus irmãos. Depois, quando Sarna se curvou levemente para a frente na cadeira, ficou imaginando qual seria a sensação de segurar, entre o indicador e o polegar, o pequeno pneu macio de carne leitosa sob o seu sári, na altura da cintura.

— Então, de todo modo, por quanto tempo você esteve em Lahore? Como foi lá? — perguntou Mandeep, limpando o prato com um pedaço de pão *chapatti*. Ele ouvira coisas incríveis sobre Lahore. Os *sikhs* prosperaram lá. As pessoas falavam de grandes estradas largas e jardins magníficos.

Karam ficou bastante exaurido com todas aquelas lembranças confusas.

— Bom, nós fomos parar no campo apenas alguns dias depois de sair de Amritsar. Estávamos a caminho de Gujranwala, para visitar a família de Amrit, quando a viagem foi interrompida pela confusão. Ouvimos falar depois que as interrupções aconteceram porque as pessoas estavam especulando sobre onde seria demarcada a fronteira e tentavam resguardar previamente certas áreas para si. Então fomos forçados a sair do ônibus e abandonados em desamparo. Como a família de Sarna, entramos no primeiro caminhão militar que apareceu. Ele nos levou para Lahore. Acho que o campo era em algum lugar perto da área militar, os *sikhs* tinham presença forte lá. Tenho lembranças apenas de alguns dias antes de ter ficado doente. Depois, não sei. Ficamos lá bastante tempo. Quatro ou seis semanas, talvez.

— Acho que nunca teremos certeza, não é? — disse Mandeep.

A conversa já tinha tomado um caminho enfadonho demais para ele. Estivera esperando uma história de drama e intriga, em vez desse estranho filme remendado por auto-sacrifício e penúria.

— Está feito e acabado. O importante é que você está de volta e inteiro, e, quando ganhar mais peso, estará totalmente curado. Não restará nada que mostre o que aconteceu lá. Talvez um dia você até se esqueça disso. — Mandeep se levantou para sair da mesa, mas parou diante das seguintes palavras de Sarna:

— Nós não podemos esquecer completamente porque temos a foto.

A mão de Karam foi para sua orelha direita e começou a puxar o longo lóbulo visível sob seu turbante. Era o eco de um cacoete de infância, quando ele dobrava as orelhas sempre que não queria ouvir o que estava sendo dito à sua volta. O turbante sobre as orelhas não permitia mais que ele as transformasse em selos de cartilagem contra o mundo.

— Que foto?

Os olhos de Mandeep se arregalaram sob as sobrancelhas grossas e pretas que se uniam no meio, formando uma só.

— Amrit me deu — disse Sarna. — Ele a viu impressa num jornal em Lahore e a guardou. Onde está? — perguntou ela a Karam.

Ele deu de ombros.

— Vou achar.

Ela se levantou. Voltou alguns minutos depois e entregou a fotografia para *Baoji*, cujos olhos sonolentos se concentraram incertos nela. Todos se amontoaram em volta e olharam fixamente para a foto. Ao fundo, corpos esparramados em diferentes posturas de sofrimento. No centro da imagem, um homem definhando olhava fixo para a câmera, a mão esticada em direção a eles num apelo brando por misericórdia.

— Oh, meu filho. — *Biji* ofegou numa rara manifestação de sensibilidade. Poucas coisas podiam penetrar a bola de aço cintilante que era seu coração, mas aquela fotografia a comoveu.

— *Khalsa* é o escolhido de Deus, vitória a Deus — disse *Baoji* solenemente.

Era exatamente isso que Karam temia — as reações ocas de praxe que enfraqueciam a singularidade da sua experiência.

Ao final, no entanto, não foi de todo inútil mostrá-la. Houve um comentário feito pelo jovem Harjeet, cujos olhos brilharam atrás dos óculos grossos.

—Você entrou para a história — disse ele.

Em sua escola, estavam estudando diferentes fontes de evidências históricas, e ele se sentiu satisfeito de poder mostrar o conhecimento que acabara de adquirir. O que ele aprendia na escola só muito raramente tinha alguma utilidade em casa.

— Você é uma fonte de evidência primária, sua fotografia é uma fonte secundária.

Ninguém deu ouvidos à sua pequena contribuição, porque Mandeep ainda estava interessado em descobrir alguma história mais suculenta, algum resultado mais descabido.

— Em que jornal saiu essa foto?

— *Eastern Times*, eu acho — disse Karam.

— Ah — Mandeep pareceu decepcionado. — Então provavelmente saiu uma vez só. Imagino que esse jornal local tenha sido o único a publicar a foto. Ou... — ele hesitou, relutando em renunciar à possibilidade de uma história mais vultosa. — talvez a foto tenha aparecido em jornais da Índia inteira — sugeriu, tentadoramente. — Talvez seu rosto tenha aparecido na imprensa do mundo inteiro! Pode ser, *Bhraji* — ele apertou o braço de Karam —, que você seja um pouco herói no final das contas, né?

3.

KARAM NÃO FOI UM HERÓI. Estava longe disso.

Para qualquer espectador aleatório, poderia ter dado a impressão de um desfile. Os caminhões eram como bóias gigantes, cada um carregando um microcosmo de cor e vida indianos: uma amostra de classes, personalidades e carmas unidos em fuga. À medida que os veículos gigantescos iam adiante, os soldados gritavam para que as pessoas subissem neles se precisassem de refúgio. Nesses conselhos urgentes, sobressaíam poucas palavras, inflando o drama do momento. Falavam de luta e aconselhavam hindus e *sikh*s a subirem nos caminhões, levando a maior quantidade de comida e de água que pudessem. As pessoas se derramavam nas ruas. Saíam de dentro de casas meio queimadas, de lojas saqueadas, de trás de pilhas de entulho em combustão lenta. Muitos pareciam exaustos de tristeza ou amarrotados pelo tempo passado em esconderijos. Alguns deles, pálidos e com aparência de fantasmas, pareciam mesmo levitar do solo.

Karam e Amrit foram sugados pela força viva da fuga e montaram no caminhão mais próximo. Ocorreu a Karam que eles nem sabiam para onde o caminhão estava indo. Gritou para um soldado perto dele:

— Irmão, nós precisamos chegar a Gujranwala! Para onde vocês estão indo?

O soldado balançou a cabeça.

— Fiquem neste caminhão, ou é melhor desistir de chegar a qualquer lugar.

O fatalismo misterioso daquele comentário amedrontou Karam. Eles já estavam encalhados há quase um dia esperando por um ônibus. Karam se voltou para Amrit.

— Vamos ficar de olho para ver se encontramos algum ponto de ônibus ou estação de trem no caminho. Nós podemos saltar daqui e prosseguir na direção desejada onde for possível, simples assim.

Sua esperança era ingênua e fruto da ignorância. Era o início de junho de 1947. Dentro e ao redor de Lahore já se alastravam desde março conflitos populares prenunciando o anúncio, pela Comissão de Fronteira, da divisão da Índia. A violência aumentava progressivamente conforme os hindus, os *sikh*s e os muçulmanos tentavam fazer valer o seu direito às terras demarcadas e reivindicavam o que compreendiam como seus direitos com mútua crueldade. Bem na véspera do dia em que Karam e Amrit chegaram, a cidade onde pararam para trocar de ônibus para Gujranwala fora atacada. Eles encontraram um quadro devastador e esperaram em vão por um ônibus que não chegaria nunca. As conexões de transporte em toda a região foram interrompidas por seqüestros e saques. Eles deram sorte não entrando em algum ônibus — havia grandes chances de não saírem com vida dele.

Os caminhões seguiam em frente com uma constância intencional, como se qualquer pausa pudesse alterar o ritmo da história de dentro da qual eles estavam retirando os desalojados e os desprovidos de bens. Pessoas continuavam a se jogar para dentro dos veículos em movimento. Pulavam e se agarravam rápido onde podiam, como ferro atraído por um ímã. À medida que os caminhões iam enchendo de gente, ficava mais difícil para elas se manterem em grupo. Começaram, então, a se separar. Famílias se dispersavam em veículos diferentes, amantes eram afastados, crianças ficavam sem os pais. As pessoas eram separadas de seus pertences. Os caminhões continuavam em movimento. Os que ficavam para trás se desesperavam. Pacotes de suprimentos caíam na estrada, descartados por aqueles que percebiam que teriam mais chance de sobrevivência sem suas posses. Bem na traseira do comboio, um bebê foi lançado ao ar. Voou — impulsionado por gritos de amor e invocações de Deus — e caiu nos braços vazios de uma mulher cujo próprio filho tinha sido morto num dos massacres recentes. Essas eram as trágicas reviravoltas da sorte naquele ano estranho e atormentado: o tempo estava desarticulado, o país estava sendo retalhado, mas, acidental e indistintamente, os indivíduos estavam unidos.

O exército levou sua carga humana para a universidade de DAV, em Lahore, onde já havia 17 mil pessoas num prédio com capacidade para três mil. Ao final daquela semana, o número chegaria a trinta mil. Foi um arranjo infeliz. As pessoas eram agrupadas indiscriminadamente em qualquer espaço disponível. Ocupavam as sacadas e os gramados, e até nas escadas os desesperados lutavam para se agarrar a uma possibilidade de sobrevivência em diagonal. O saneamento era péssimo, todos defecavam onde queriam — dentro ou fora, não parecia importar. O *Mushq* era intolerável, o ambiente, repugnante. Karam e Amrit foram absorvidos pelas fileiras de refugiados e assumiram a rotina coletiva de comer, se lavar, perguntar pelas últimas notícias e depois, sem estarem mais bem informados do que antes, dormir.

No âmbito da organização a esmo da moradia, a seção hindu era facilmente identificável pelas pequenas imagens brilhantes de deuses que tinham viajado com seus donos e recebiam agora oferendas para pedidos urgentes com o propósito de libertação daquele lugar infernal. Eram, no entanto, os turbantes coloridos que dominavam o lugar. Homens *sikh*s ansiosos e muito nervosos juntavam-se para especular sobre como as coisas se desenrolariam.

Em meio ao caos, empreendimentos de pequena escala já estavam funcionando. Paneleiros, consertadores de relógio, engraxates, limpadores de orelha, cabeleireiros — todo tipo de profissional liberal cujas ferramentas de trabalho pudessem ser carregadas com eles, e cujas práticas exigissem apenas habilidade manual limitada, armavam alguma forma rudimentar de comércio. Mas os verdadeiros negócios estavam sendo feitos por mercadores de ilusão. Adivinhos, médicos homeopatas e sacerdotes lançavam mão de um engenho verbal lucrativo sobre a multidão decepcionada pela razão e ansiosa pelo consolo de mitos e mágicas. Os *granthis* e os *pandits* se ocupavam das rezas e das bênçãos das manhãs, tardes, noites, pré-refeições, nascimentos e mortes. Tudo isso era feito junto com a demanda de rezas extras para garantir a salvação dos entes queridos, a saúde dos doentes, a riqueza dos saqueados e a subsistência, realizadas de acordo com uma lista de solicitações. O acampamento reverberava com a cantoria de refrões diferentes. De um lado, as afirmações *sikh* da grandeza de Deus:

Vaheguruji ka Khalsa
Vaheguruji kee fateh...

Os puros pertencem a Deus,
A glória pertence a Deus.

De outro, os apelos hindus por libertação feitos ao Deus universal:
Om jai Jagdish hare,
Swãmi jai Jagdish hare...
Ó Deus de todo o Universo
Poderoso Deus de todo o Universo

Esses oferecimentos que se escutavam dentro do campo eram invadidos a cada quatro horas por um poderoso "Alllaaaaaahhhhh Huuu Aaaakbaaarrrrrrrrrr!" do mundo de fora. O coro sonoro era um lembrete assustador da incerteza para além dos muros da universidade. Havia raiva e ressentimento contra os muçulmanos corrompidos no acampamento, e, no entanto, muitos dos hindus e *sikhs* que o povoavam foram salvos graças à gentileza de muçulmanos. As pessoas contavam histórias sobre como foram escondidas e protegidas por vizinhos ou amigos muçulmanos enquanto o resto de suas cidades fora massacrada. Karam ouvia essas histórias de gratidão, mas via também a dúvida nos olhos das pessoas. Em quem eles podiam confiar? Quem eles podiam culpar? Quem merecia as pragas lançadas com ira de bocas angustiadas? Certamente uma religião inteira não podia ser culpada.

Os adivinhos estudavam mapas astrológicos e liam mãos com pretensa solenidade. Sacudiam a cabeça e lançavam muxoxos. Sentavam-se e mantinham o olhar distante durante horas a cada vez, e, ao levantar, apertavam as têmporas com as mãos, o gesto dolorido de homens que carregam o fardo de inventar o futuro. Pois toda essa representação de severidade que constituía um carimbo de legitimidade não significava nada para Achariya. Este era um homem de aparência estranha. Sua cabeça redonda e careca brilhava como uma bola de cristal no topo de um corpo largo e inchado, e seu pescoço parecia ter afundado para fora do campo de visão em respeitosa submissão a tal obesidade. Tinha também um jeito esquisito de falar, arrematando jovialmente tudo o que dizia com rimas:

Há respostas vindo de todo lado, todo lado,
Mas o caminho para encontrar a resposta certa está deste lado, deste *lado*...

E ele apontava para o coração da pessoa com quem estivesse falando. Alguns diziam que Achariya cultivara aquela forma e tamanho extraordinários para ter uma maior área de superfície exposta ao mundo capaz de receber aquelas "respostas de todo lado". Insistiam que o físico dele facilitava a refração dos raios do destino de toda sua gente em direção ao seu próprio coração, onde podiam se expressar como revelações que as pessoas não eram capazes ou não desejavam descobrir por si mesmas. Quando se via Achariya em ação, era bem fácil crer nisso. Apesar de seu tamanho, ele se movimentava com surpreendente agilidade, atravessando multidões, sem que os sentidos deixassem escapar nada, e a boca rapidamente profetizando tudo.

Outros acreditavam que Achariya carregava o mundo na barriga — por isso é que ela era tão grande. Talvez estivessem certos, pois, às vezes, enquanto pensava, o adivinho passava a mão no sentido horizontal sobre a barriga, do mesmo jeito que alguém faria para girar o mundo num globo suspenso — ou para amenizar um caso grave de indigestão. E não era apenas um mundo de continentes que ele girava, mas oceanos de possibilidades e impossibilidades, mares de doença e saúde, ilhas de alívio e tormento, correntes de incerteza, *icebergs* de dúvida, ventos de mudança, céus de claridade... Então, quando sua mão subitamente parasse sobre a barriga, segurando-a como uma mãe faz com o filho ainda não nascido, seria o momento em que sua boca — se ela não arrotasse — daria à luz o seu futuro.

Os adivinhos rivais pensavam que Achariya era leviano, poucas pessoas levavam em consideração seus meios duvidosos, mas, para a maioria, seu estilo de profecias rimadas se mostrou popular no acampamento, onde os presságios abundavam. De vez em quando, ele deixava escapar uma rajada de rimas rápidas espontâneas oferecendo conselho a indivíduos com os quais ele cruzava — como se estivesse explodindo de premonições que simplesmente tinham que ser reveladas. Numa de suas voltas pelo acampamento, ele ouviu uma mulher obesa asmática ofegando nostalgicamente pelos petiscos que se comiam nas ruas de Nova Delhi. Sem poder resistir, Achariya inclinou-se em sua direção e proferiu:

Tire dos pavi poori *seu pensamento*
Veja isso como um bom momento
Para mais magra então ficar
E livremente respirar

Quando ela o encarou indignada, Achariya chegou ainda mais perto e sussurrou:

Cuidado, ou este pode ser
O último lugar que irás ver...

Para um Jurnail Singh preocupado, que fora separado da mulher e dos filhos, e não sabia o destino deles, Achariya ofereceu perspectiva diferente. Inspirando-se num filósofo do ocidente que lera, aconselhou:

Não se preocupe com seus rebentos,
Carpe diem — *agarre-se ao momento.*
Lutar é o melhor a fazer
Para continuar a vida e sobreviver.

Karam era cauteloso quanto a esses consolos; nunca acreditara em pessoas que alegavam conhecer o futuro. Também não tinha muita fé nos consolos da religião. Então, para ele, não havia nenhuma fonte de conforto no acampamento, e o alívio que sentira de início, por ter chegado ali a salvo, virou exasperação. Amrit, ao contrário, continuou calmo. E não era apenas por ser mais velho do que Karam ou mais experiente nas estranhezas da Índia, mas porque ele aceitava que pouco podia ser feito diante da situação. Amrit estivera viajando com Karam desde que chegara à Índia. A princípio, ele escoltara o primo por obrigação. Um companheirismo natural cresceu, porém, entre os dois homens e, então, depois das primeiras semanas, quando Karam ainda se familiarizava com as cidades e as conexões de transporte, Amrit continuou a acompanhá-lo a toda a parte.

Karam andava taciturno. Tinha medo de que achassem que ele voltara atrás na promessa de casamento que fizera à família de Sarna — ele já deveria ter voltado a Kashmir a essa altura. Queixava-se de não ter como fazer chegarem notícias suas para a família no Quênia. Acima de tudo, Karam estava aborrecido com as condições anti-higiênicas. Nada podia disfarçar o pestilento *Mushq* de tantas pessoas amontoadas juntas em tão pouco espaço. Outros pareciam ter se acostumado ao cheiro, mas Karam não compartilhava do alívio vindo da fadiga — cada inalação era, para ele, uma nova agressão. Tinha nojo das pessoas à sua volta, no entanto, sabia que ele mesmo estava ficando indistinguível no meio dos outros. Mandar engraxar os sapatos todos os dias não fazia a mínima diferença. Em breve, ele estaria tão abandonado, imundo e irrelevante quanto o homem ao seu lado.

Uma semana depois de eles chegarem ao acampamento, o fornecimento de água foi cortado. Os boatos diziam que os muçulmanos eram os responsáveis. Durante quatro dias, nenhuma fonte alternativa foi disponibilizada. As condições no acampamento se deterioraram rapidamente. A imundice piorou, e as doenças eram conseqüências inevitáveis. O tifo invadiu o prédio cujos habitantes já se achavam enfraquecidos pelo desalojamento, pela depressão e pela fome. Do lado de fora, o calor era violento; dentro, a temperatura das pessoas subia, e, pouco a pouco, elas sucumbiam à febre. Enquanto as autoridades tentavam, sem sucesso, tomar providências para conseguir água, milhares de corpos desidratados eram esvaziados de seus fluidos vitais.

— Essa porcaria de país — disse Karam com raiva para Amrit. — É inútil. Não dá para viver aqui.

Karam não foi poupado. A doença o assolou com uma agressividade traiçoeira peculiar. Talvez ele estivesse sendo castigado. Ele gozara sem gratidão da generosidade da Índia. Ele demonstrara não gostar do seu povo. Agora a Mãe Índia estava dando a ele uma boa e amaldiçoada lição pelo disparatado preconceito. Ela mostraria a ele que nenhum homem estava imune à brutalidade quando sua vida dependia dela. Ela ensinaria a ele que, embora tivesse tentado deixá-la para trás, a Índia ainda estava nele. Ela apostou todas as fichas contra Karam, mas, como uma verdadeira mãe, gentil mesmo na crueldade, ela lhe concedera uma graça redentora — Amrit. Por algum milagre, Amrit não se contaminou. Enquanto Karam sucumbia à febre, foi o fervor de Amrit que poupou os dois. Sua atenção a Karam fez com que se descuidasse de si mesmo. E realmente ele parecia tirar suas forças da auto-anulação. Quando os tremores assolaram o corpo de Karam, Amrit o acalmou com palavras mansas e o refrescou, abanando-o com um jornal velho. Toda comida e água que chegava a eles, Amrit dava primeiro a Karam, oferecendo incansavelmente colheradas de alimento para o corpo debilitado do primo. Ele nunca saía do lado de Karam, exceto para lhe trazer alguma coisa. Mas o quadro de Karam evoluiu continuamente para um enfraquecimento, e, depois de alguns dias, ele perdeu a consciência. Ele jamais saberia como estivera deitado entre corpos endurecidos com excrementos secos e esperanças rigidamente entalhadas. Ele jamais saberia que, em meio à infâmia e à morte, as pessoas podiam rir e dançar. Ele jamais saberia o melhor ou o pior do que aconteceu no acampamento, ou em outro lugar qualquer, naqueles meses repletos de acontecimentos antes da Divisão.

Amrit foi testemunha de tudo. Ele se colocou em fila do lado de fora para pegar água quando ela foi finalmente disponibilizada. O calor era intenso, a distribuição de água, conduzida de modo inepto. Um homem na frente da fila encheu seu balde de água e, incapaz de esperar, mergulhou a cabeça no recipiente e engoliu. O efeito o fez delirar. Ele chorou de prazer e impulsivamente derramou o líquido todo sobre si. Com este único movimento, desencadeou o desejo dos outros. Homens, mulheres e crianças surgiam em volta de numerosos barris de água, tiravam as roupas e, lado a lado, derramavam o fluido precioso sobre eles mesmos. Eles riam, choravam e guinchavam de prazer, os corpos se contorciam e saltavam numa corrida pelo líquido. Esse descuido súbito, esse desperdício e extravagância depois de dias paralisantes sem água foram como um autobatismo em massa.

Em meio a tudo isso, somente Amrit percebeu o incrédulo CLIQUE-CLIQUE-CLIQUE de uma câmera Kodak Brownie com *flash*. Um fotojornalista registrava o estranho banho comunitário antes de entrar no prédio da escola para tirar mais fotos. CLIQUE na entrada escurecida de sujeira e lodo de esgoto. CLIQUE-CLIQUE-CLIQUE, passando por corpos, centenas deles agachados, deitados, gemendo, morrendo, mortos. CLIQUE, passando por rios de vômito, urina, disenteria. CLIQUE, num canto, o sol entrando pela janela e iluminando mais trapos de corpos sujos pelas tentativas de manter a vida. CLIQUE, um rosto se erguendo do êxtase horizontal, o turbante pendurado caindo sobre um rosto enrugado, radiante de alucinação, uma mão se estendendo para além da visão do fotógrafo, em direção a uma miragem de água criada onde o sol se encontrara com sua ilusão. Um Karam delirante, involuntariamente clicado e exposto na primeira página do *Eastern Times* do dia seguinte.

Foi só porque Amrit seguiu o homem para pedir notícias, ajuda, esperança, *qualquer coisa*, que ficou claro que o repórter estava atrás de uma matéria. Então Amrit deu seu depoimento, e, em retribuição, o jornalista prometeu deixar uma cópia do *Eastern Times* com um dos guardas do campo no dia seguinte. Quando Amrit recebeu o jornal, já na primeira página havia uma foto do inferno que ele e inúmeras outras pessoas estavam vivendo diariamente: ao fundo, corpos esparramados em diferentes posturas de sofrimento. No centro da imagem, Karam olhava fixo para a câmera, a mão esticada em direção ao visor num apelo tranqüilo por misericórdia.

Amrit arrancou a página com a foto para guardá-la. Enquanto a enfiava no bolso, uma voz falou atrás dele:

Nada garante a imortalidade,
Aproveite o momento ou se arrisque à fatalidade.
Encontre os meios para partir,
Do contrário você vai descobrir
O fim que o está a esperar.
Eu o apresso, vá antes de o sol raiar.

Amrit se virou e deu com o olhar inabalável de Achariya, os olhos brilhando de premonições. Enquanto os lábios de Amrit lutavam para expressar um "o quê" ou "por quê?", Achariya falou novamente:

Seu nome significa néctar,
Sua função é guardar.

*Atenda ao chamado de quem você é
E vá ao seu destino em Amritsar.*

Achariya se deteve por um instante, como se para deixar a profecia ser absorvida. Depois acrescentou:

— Ah, por favor, você deixaria comigo o resto deste jornal?

Voltando-se para Karam, Amrit pôde ver que a sua condição já tinha piorado. A única esperança, como Achariya advertira, era agir imediatamente. Mais tarde, naquela noite, duas pessoas se esgueiraram para fora do acampamento, uma carregada nos braços da outra. Apoderaram-se de um riquixá abandonado e pedalaram para longe.

4.

PERSINI ERA SÓ QUINAS E PONTAS, uma pequena estrutura física avolumada por enchimentos femininos. Os ossos se projetavam timidamente nos pulsos e no colo quando ela usava mangas curtas ou um decote largo. Seios pequenos saltavam como uvas por sob o seu *kameez*. Sobre o pescoço, no entanto, a angulosidade de Persini lhe conferia um incomum encanto austero. As orelhas tinham formato pequeno e delicado, as maçãs do rosto eram bem esculpidas. As sobrancelhas, alarmantes e dramáticas: como "vê"s invertidos sobre as profundezas perturbadoras dos seus grandes olhos castanhos.

Olhos que, com freqüência, lançavam furtivamente flechas na direção de Karam e Sarna. Persini percebeu, com inveja, como eles pareciam se sentir confortáveis um com o outro. Ela contrastava isso com o processo lento e embaraçoso de conhecimento que ela e Sukhi estavam ainda construindo. Fora as ocasiões em que se encontrara com Sukhi antes do casamento, ela podia contar nos dedos o número de dias que passara na companhia do marido. Pois ele se ocupara, na maior parte dos dias de casado, em procurar outros prazeres. Passava várias semanas fora de casa em safáris selvagens. Retornava carregado de carne — veados, perdizes ou galinhas-da-guiné — e radiante com o triunfo de suas caçadas. Eram os únicos momentos em que Persini o via fazer juz ao próprio nome — *sukhi*, feliz. Será que ele seria capaz de sentir essa paixão por ela, que ela poderia ser uma de suas felizes presas?! Depois de alguns dias em casa, porém, Sukhi ficava *dukhi*, infeliz. Finalmente, mal-humorado e inquieto, ele acabava desaparecendo outra vez.

Os dias de ausência de Sukhi ficaram gravados no coração de Persini como tão negros quanto os grãos de feijão que ela juntava para não perder a conta desses dias. Os feijões já transbordavam para fora da tigela de aço inoxidável escondida no guarda-roupa de Persini. Ela começara a colecioná-los como um consolo para si mesma, uma maneira de se convencer de que ele certamente estaria de volta em breve, pois muitos dias já haviam decorrido desde que ele partira. E, agora, cada feijão que Persini jogava dentro da tigela transbordante era uma acusação silenciosa contra Sukhi, um suspiro contra a injustiça da vida. Muitos anos depois, quando a família arrumava as malas para se mudar daquela casa, eles encontraram feijões por toda parte. Os pequenos grãos ovais castanhos e lustrosos tilintavam em gavetas, caíam de roupas dobradas, apareciam nos dedos das meias e nos cantos dos bolsos. A família ficou perplexa. Persini, em silêncio. Ela observou as provas dos milhões de dias de ausência de Sukhi, e as incontáveis lágrimas que ela derramara por causa deles serem reunidas e jogadas no lixo ou espalhadas na área de fora. Os pássaros, sentindo o cheiro de tristeza nos feijões, não puderam bicá-lo, e o solo, que finalmente cobriu os caroços, nunca pôde induzi-los a brotar. Como a pessoa que os colecionara, eles murcharam e morreram por dentro.

Mesmo nos dias em que Sukhi estava em casa, os dois não ficavam de fato juntos, exceto na hora das refeições. E não estavam nunca sozinhos, exceto quando iam para a cama passar a noite. Alguns diriam, no entanto, que não é a quantidade, mas a qualidade de tempo que se passa junto que conta. E na opinião da família, seu tempo era qualitativo — não havia uma criança crescendo dentro de Persini para provar isso?

— Uma união tão bem sucedida, que bênção. Tempo recorde, hein, Sukhi? Muito bom. Tal pai, tal filho.

A virilidade de *Baoji* há muito era objeto de admiração. Ter gerado dez filhos homens era realmente uma proeza, mesmo que a alta taxa de mortalidade infantil da época tenha atenuado a façanha e permitido que apenas seis deles crescessem. As pessoas costumavam brincar: "Basta você sacudir as calcinhas de Fauja Singh sobre sua cabeça para conceber um menino." Então, para o mundo, Sukhi, o grande caçador, provara agora seu vigor como marido. Não importava que Persini não soubesse qual era a comida favorita dele, que eles nunca tivessem travado uma conversa que durasse mais do que poucos minutos. Tudo isso era periférico. Um bebê estava a caminho. Era um bom casamento.

Persini notara o jeito como Karam sempre arranjava desculpas para tocar em Sarna. Várias vezes Persini o vira, sem qualquer motivo aparente, pedir a Sarna o molho de chaves que ela guardava dentro do sutiã. Karam tirava de lá as chaves e segurava o calor delas, apertando-as em suas mãos. Uma vez Persini o viu cheirá-las, inalando o seu *Mushq* quente de modo quase reverencial.

Persini nunca conhecera o amor romântico antes. Para ela, todas as relações íntimas entre as pessoas eram caracterizadas por um respeito rigoroso e um decoro sufocante. O amor de Karam e Sarna foi, para ela, uma revelação. Ficava comovida, mas também magoada com isso, pois reconhecia quão longe estava de experimentar um sentimento como aquele. O ciúme pode ser muito irracional. Embora Persini cobiçasse a aparente harmonia que havia entre Karam e Sarna, o que a deixava realmente louca de inveja era saber que *ela* poderia estar gozando de tamanha felicidade conjugal. *Ela* poderia ter se casado com Karam. Ela o conhecera desde sempre, tinham sido coleguinhas de brincadeiras quando crianças. Se ao menos a família dela tivesse se aproximado da dele um pouco mais cedo, antes de Karam ter ido para a Índia...

A verdade é que as coisas entre Karam e Sarna não eram tão harmoniosas como Persini as via — ninguém pode saber as desavenças e os silêncios que ligam duas pessoas. Mas, sem dúvida, eles estavam apaixonados. Por isso Sarna se sentia segura o suficiente para enfrentar Karam. E ele, contra sua intuição, freqüentemente sentia-se compelido a fazer as vontades dela. Era, em parte, isso que tornava difícil para ele a vida de casado em Nairóbi.

Quase todas as noites, eles discutiam no colchão na cozinha, antes de fazer amor.

Sarna ralhava regularmente com Karam por ele aceitar o fato de terem sido relegados à cozinha.

— Como você pôde concordar? Você deveria ter dito alguma coisa.

— Não teria feito diferença — Karam correu os dedos pelos cabelos dela, e o cheiro da comida do dia encheu-lhe as narinas. — *Biji* já tinha decidido e ela nunca muda de idéia.

— O seu irmão caçador nem fica em casa a maior parte do tempo — disse Sarna. — Estamos aqui há meses e nem sinal dele. Persini tem um quarto só para ela enquanto nós estamos acampados aqui como cidadãos de segunda classe.

Sarna levantou a cabeça, pensando ter ouvido um leve ruído perto da porta da cozinha, mas estava tudo em silêncio.

—Você deveria ver os olhos de Persini toda vez que eu vou ao quarto dela para colocar alguma coisa nos baús. São como punhais, eu digo a você, punhais.

— São só as feições do rosto dela. Ela não quer dizer nada com isso.

Karam tentou distrair Sarna beijando a constelação de cortes, entalhes e queimaduras que ela levava em suas mãos — os inevitáveis efeitos colaterais dos experimentos com a comida. Ele beijou cada uma das feridas melhor do que a outra, e, fazendo isso, experimentou suas causas. A do dedo indicador sussurrava galinha crua sendo picada; uma outra, no dedão, era perseguida pelo hábito de fatiar coentro fresco. Uma pequena queimadura, abaixo dos nós do dedo indicador da mão direita, sibilou contra a língua dele com a lembrança do óleo de mostarda quente.

Mesmo quando Karam conseguia distrair Sarna uma noite, na noite seguinte ela voltava outra vez ao assunto.

— Por quanto tempo você vai viver assim? Eu não posso aceitar. Não estou acostumada com isso. Meu *Baoji* era um DSO — reclamava Sarna. — Que vida é essa? Dia e noite, cozinha, cozinha, cozinha.

Karam ouvia e a abraçava até que as reclamações cedessem aos beijos.

Então, depois de alguns meses, Sarna mudou de tática. Em vez de realçar a própria vitimização, ela começou a enfatizar a de Karam.

— Ô, *Ji*, que tipo de vida é essa? — Ela massageava a cabeça dele para aliviar uma enxaqueca. — *Você* é o mais velho, *você* paga as contas e *você* dorme no chão da cozinha. Não está certo. Eles estão fazendo você de bobo.

Karam ficou surpreso demais com a nova perspectiva para dar uma resposta imediata. Ele nunca escolhera ver as coisas dessa maneira. A insistência contínua de Sarna em chamar a atenção para a injustiça das circunstâncias começou, no entanto, a consumi-lo.

— O que você é? — Sarna se fortaleceu ao deparar com o silêncio de Karam. — Um homem ou um rato? Já, já nós vamos estar no quintal dos fundos. O que vai acontecer quando Mandeep se casar? Eles já estão em busca de uma esposa, você sabia? Pense nisso, *Ji*. O que vai acontecer quando tivermos filhos? Você precisa fazer alguma coisa.

Karam ficou perturbado. Ele sempre tentara fazer as coisas certas, ser responsável, e, de repente, ver isso ser julgado como a submissão vergonhosa de um tolo era um desplante.

— Você tem que fazer alguma coisa. Promete que você vai fazer alguma coisa. Promete que vai dizer alguma coisa. — Sarna arqueou suplicantemente o corpo na direção de Karam. — Promete, *Jiiiiiii*! — Ela arrulhou, demorando-se deliberadamente no agrado.

Karam prometeu e decidiu não falar com Sarna sobre a reclamação de *Biji* de que o decote do *kameez* dela naquele dia estava um pouco cavado e extravagante demais.

— É vergonhoso — teria dito *Biji* a ele. — Diga a ela para se cobrir. Essa é uma casa cheia de homens. É preciso observar as regras de decência. Diga a ela para não usá-lo novamente.

Para Karam, a túnica parecera perfeitamente inocente. Ele, no entanto, não disse isso a *Biji*. Ah, não, ele se desculpara e prometera castigar Sarna. Mas agora ele não tinha energia para o debate acalorado e para as lágrimas que a crítica certamente provocariam. Esse se tornara seu dilema cotidiano. Ele era como um saco de pancadas no qual *Biji* e Sarna despejavam suas ansiedades e queixas. Ele recebia as pancadas, balançava convenientemente a cabeça em resposta e depois voltava ao estado de suspensão sem revelar nada para nenhuma das duas.

Karam continuou a fazer promessas de uma vida nova para Sarna, mas ele não tinha idéia de como as coisas podiam ser mudadas. Não conseguia vislumbrar qualquer tipo de confronto com os pais. Ele e Sarna não podiam se mudar da casa — isso estava fora de questão, simplesmente não era possível. E nem a família toda podia se mudar para uma casa maior, não tinham dinheiro para isso. Karam estava praticamente sustentando todos. Ele conseguira um emprego como funcionário do Tesouro poucos dias depois de voltar da Índia. *Biji* e *Baoji* deixaram claro que as coisas estiveram difíceis durante a ausência de Karam. O salário de Mandeep era insuficiente, e Guru ainda estava desempregado. Então, impulsionado pela culpa, Karam aceitou o primeiro emprego que apareceu para ele. Aceitou o fardo de sustentar a família sem questionar, porque já vinha fazendo isso desde os 15 anos de idade.

Baoji tirara Karam da escola pouco antes de ele estar prestes a fazer os exames de conclusão do ensino fundamental. Não fora uma decisão tomada com facilidade por *Baoji*, embora ele tivesse pouco conhecimento quanto ao valor da educação, uma vez que ele próprio não estudara. Sua preocupação era sempre direcionada à questão da sobrevivência. Reconhecia, no entanto, que seu filho mais velho tinha dotes intelectuais. Os professores na Escola Khalsa faziam elogios a Karam toda vez que tinham oportunidade, e *Baoji* notara que Karam estava sempre com o nariz enfiado em algum livro. Então, quando a função de ser o provedor de uma família que não parava de crescer ficou muito pesada para *Baoji*, ele relutou em fazer o que era tradicional e colocar o filho mais velho para começar a ajudá-lo. Lutou consigo mesmo durante semanas e só conseguiu tomar a decisão com a ajuda do pensamento prático de *Biji*.

— Tem que ser Karam — insistira ela. — De que nos servirá Suhki? Ele já tem idade suficiente, mas você sabe tanto quanto eu que ele não é confiável como Karam. E Mandeep é ainda muito novo. Não há razão para se preocupar com isso, *Sardharji*. O que tiver que ser, será.

Então Karam saiu da escola e se juntou a *Baoji,* executando trabalhos manuais em diversas áreas de construção pelo país: Kisumu, Machacos, Entebe, Tuweta. Eles iam aonde quer que houvesse trabalho. Karam odiava cada minuto. Achava o trabalho degradante. Queria ter sido engenheiro. Mas, embora seu sonho lhe tivesse sido roubado, ele nunca demonstrara qualquer pesar para os pais. Não era assim que ele fora criado. As cicatrizes da sua frustração só apareceriam quando ele se tornasse pai. Então, com rigor implacável, ele pressionaria os filhos a se sobressaírem na escola e a irem em busca de estudos mais avançados.

O pátio da escola Khalsa estava vazio. As crianças já tinham ido para casa, mas os sinais de sua presença permaneciam nas marcas das pegadas, nas manchas e nos riscos que seus pés desenharam no *playground murum* enquanto brincavam. Karam atravessou essa obra de arte com passos largos, acrescentando sua presença à tela com marcas involuntárias de sapato. Pois desta vez não havia espaço para pesar em sua mente enquanto ele se movimentava por aquele ambiente, outrora tão desejado e que lhe fora negado. Deu a volta até os fundos da escola e bateu numa porta fechada, na qual se lia em branco, pintadas de modo tosco, as palavras LAKHVINDER SINGH — BACHAREL EM CIÊNCIAS.

Uma longa trilha de formigas antecedeu Karam para dentro da sala. De uma rachadura no chão, perto da moldura da porta, elas marchavam em volta de uma pilha de papel, sob a escrivaninha, sobre a unha preta e morta do dedão de Lakhvinder Singh, e colidiam, numa orgia de ganância, em volta de um papel de bala melado ao lado do seu pé calçado em uma sandália.

Lakhvinder Singh ignorava aquela atividade. Chupando com vontade uma bala de limão, ele corrigia trabalhos e coçava o nariz sardento. Seu turbante azul-vivo era enorme. Se chovesse enquanto ele estivesse supervisionando o recreio, as crianças se amontoariam à sua volta, apertando-se em busca do verdadeiro guarda-chuva que era seu adorno de cabeça. Uma jaqueta marrom se estirava fatigada sobre sua barriga grande durante o ano todo, qualquer que fosse a temperatura. Seus bolsos bojudos ficavam cheios de balas. Os alunos os chamavam de "Bolsos da Sorte Grande", porque sempre que você metia a mão para apanhar uma bala, pegava seu sabor favorito.

— *Masterji*? — Karam meteu a cabeça na abertura da porta.

— Karam! — Lakhvinder Singh olhou para cima. — Que surpresa boa. Entra, senta.

Ele se prontificou a tirar os papéis de cima da única cadeira de seu pequeno escritório, que era entulhado de livros e retratos dos gurus *sikhs*. Naquela sala, *masterji* estava desde sempre tentando escrever um estudo sobre sikhismo. Levantou-se e deu um tapinha nos ombros de Karam. Estava sinceramente satisfeito em ver o antigo aluno. Karam fora um dos melhores alunos aos quais ele tivera a oportunidade de ensinar, e ele ficara extremamente frustrado quando os pais do garoto optaram por tirar da escola o filho dotado.

— Eu não o vejo há algum tempo. — *Masterji* sentou-se novamente e jogou a bala para a bochecha esquerda. — Quando foi a última vez? Dois, não, quase três anos atrás? Antes de você ir para a Índia.

Karam fez que sim um pouco desajeitadamente com a cabeça, envergonhado de não ter encontrado tempo para visitar seu mentor desde que voltara.

— Está tudo bem? Você veio buscar mais livros? — A língua de *masterji* rolou sob a protuberância na sua bochecha.

— Eu bem que gostaria de pegar mais livros, mas não tenho muito tempo para ler agora — disse Karam. Naquela época, ele descobrira que tinha cada vez menos espaço para pensar, quanto mais para ler. Sentia-se sufocado de gente e de suas demandas sem fim. — Na verdade, eu só queria conversar com você.

Ele tinha ido muitas vezes lá depois de sair da escola. Incentivado por *masterji*, continuara a estudar, e eles se sentaram juntos naquela mesma sala e conversaram sobre o desenvolvimento dele. Aquelas foram as horas mais valiosas da adolescência de Karam. Mesmo depois de ter ultrapassado os livros escolares, Karam continuara a recorrer a *masterji*. Eles discutiam religião ou política, e *masterji* sempre emprestava a ele novos livros para ler. Desta vez, no entanto, a visita de Karam tinha um caráter mais pessoal, e ele estava um pouco inseguro sobre como começar.

Percebendo isso, *masterji* ofereceu uma bala.

— Aqui. — Ele puxou a blusa e levantou um dos bolsos. Quando Karam recusou, *masterji* viu que o assunto era sério.

— Estou casado. — Karam passou o dedo sobre a fivela metálica brilhante do cinto. Ele passara dez minutos lustrando-a no dia anterior. — Estamos casados há mais de um ano agora. Minha mulher está grávida. Está para dar à luz em breve.

— Sim, sim, eu soube. Parabéns.

Masterji mastigou rapidamente a bala. Ele percebera o fluxo pausado que a fala de Karam adquirira e percebeu a ansiedade por trás da aspereza.

— As responsabilidades estão começando a se multiplicar, eu suponho. Família, casamento, crianças... Essas coisas podem tomar conta da sua vida. Você vai ter que lutar para manter na sua cabeça um espaço só para você mesmo. Agora você sabe por que tento passar bastante tempo aqui. — *Masterji* mostrou a sala com um gesto. — Tenho sorte de contar com este espaço para escapar. Enlouquece a minha vida, mas me mantém são, e há muito tempo eu decidi que valia mais preservar a minha sanidade do que a minha vida; afinal, quem é que está escrevendo a história do sikhismo?

— Eu a conheci na Índia, sabe, a minha mulher. — Karam cruzou as pernas.

— Seu pai me contou isso no *gurudwara*. Eles estavam muito preocupados com você. Ninguém tinha notícias suas há meses, eles faziam seguidas preces, constantes *ardaas* para você no templo. Eu sei que você foi pego pelas confusões da Divisão. Recentemente seu *Baoji* me disse alguma coisa sobre o seu retrato ter aparecido num jornal de lá. Fiquei bastante curioso. — Sorriu *masterji*.

Karam beliscou a própria orelha e franziu as sobrancelhas. Será que havia alguém a quem eles não tivessem contado sobre a fotografia? Eles andaram anunciando isso aos quatro ventos, como se tivesse sido um grande feito.

— Foi tirada em Lahore. Eu estava num acampamento de refugiados, cara a cara com a pior degradação e humilhação que pode existir. Fui forçado a ver como as pessoas podem chegar a sofrer. Depois fiquei doente e inconsciente durante meses, de modo que não vi os principais eventos. As pessoas me fazem perguntas, sabe? Eles esperam que eu seja capaz de descrever as coisas, mas não tenho nada para dizer. Violência popular? Não pergunte a mim. O 15 de agosto de 1947? Não faço idéia. Eu estava lá, mas não posso afirmar que tenha um grão de conhecimento a respeito. É como se eu tivesse sido escolhido para sofrer, e depois me tivesse sido permitido passar ao largo do pior dos sofrimentos, para depois ficar atormentado com o fato de tentar juntar os pedaços do pouco que eu sei para tirar disso tudo algum significado.

Houve um silêncio. *Masterji* enfiou um dedo dentro da boca para raspar de lá o último cristal de açúcar que ficara grudado no seu dente de trás.

— Imagino que deva haver muitos como você, tentando descobrir algum sentido e propósito para o que aconteceu — disse ele. — Eu tenho me demorado nesse assunto também, tentando conjecturar sobre o que isso significará para a Índia e para os *sikhs*. É uma especulação vã. É muito cedo para saber em que os acontecimentos vão resultar. De acordo com o que tenho ouvido, as coisas ainda não se acalmaram. E, infelizmente, me vejo cada vez mais inclinado ao pessimismo. — Ele pôs a mão sobre o queixo e apertou a massa espessa de sua barba crescida, fazendo um rabo com ela. — Eu acho que nós, *sikhs*, perdemos completamente. Os muçulmanos têm o Paquistão deles, os hindus têm o Indostão. E nós? Onde está nosso Calistão? Outra reviravolta infortunada na nossa história humilhante. Os dias de glória do Maharaja Ranjeet Singh já se foram. Ele previu isso, você sabe. Quando estava morrendo, ele predisse: "O dia em que o mapa do Punjab será pintado de vermelho não está longe." Ele se referia aos britânicos, é claro. Quando foram se aproximando de Calcutá, marcaram todas as conquistas em vermelho no mapa da Índia. Mas a visão de Ranjeet Singh se realizou duas vezes: uma vez graças aos britânicos, e agora nesse banho de sangue amargo que derramou sobre a região um vermelho violento. — *Masterji* suspirou e balançou a cabeça. — Desde Ranjeet Singh, tem sido para nós, *sikhs*, uma decadência assustadora, com guerras internas e autotraições. Nós temos sido nossos próprios piores inimigos.

Karam já ouvira parte desse discurso antes. A dignidade da história dos *sikhs* desde Ranjeet Singh era um tema caro ao coração de *masterji*. Ele dissera certa vez a Karam que não podia terminar seu estudo até ser capaz de perceber alguma esperança de mudança no destino do povo *sikh*. "Bem", pensou Karam, "parece que agora *masterji* terá que esperar algum tempo ainda".

— Eu às vezes sinto que o meu envolvimento foi também algum tipo de humilhação — disse Karam lentamente. — Mas depois penso: não, é o que eu fiz disso. Eu só preciso entender melhor. Sinto que deve haver alguma grande lição em tudo o que passei.

— Por que, Karam? — perguntou *masterji*. — Por que deve haver uma lição especial para você? Você não estava sozinho naquela experiência. Muitos sofreram o mesmo que você, muitos sofreram mais. Você já levou em consideração que pode ter sido apenas o acaso? Que você estava no lugar errado na hora errada, mas que você teve sorte e pôde sair?

— Eu pensei no acaso também, *masterji*, mas essa fotografia tirou isso de mim. — Karam mostrou o recorte de jornal que trouxera consigo. — Por que eu? Por que sou eu o rosto do sofrimento de um povo? Eu *sobrevivi*. Até o primo que me salvou acabou morrendo. Por que eu sou o registro oco do que aconteceu? Você se interessa por história, eu pensei que podia me ajudar a dar algum significado a isso.

Masterji sorriu.

— Eu não tenho um domínio maior do que você dos significados, Karam. Qualquer evidência é por natureza parcial e incompleta. Mesmo se você se lembrasse do que aconteceu naquelas semanas, sua versão seria apenas isso: uma versão. Na melhor das hipóteses, ela poderia construir uma narrativa mais coerente na sua prórpria mente, mas mesmo disso eu duvido. Embora as coisas tenham mudado, eu imagino que você deva estar meditando sobre elas sob o mesmo ângulo de antes. No final, como você sugeriu, não se trata mais da experiência em si, mas é a reflexão que se faz sobre ela e é a reação a ela que contam. Todos tentamos encontrar algo que faça sentido. *Você* está procurando isso na experiência que viveu na Índia.

— Talvez, mas isso não faz com que seja menos válido. — Karam cruzou os braços.

— É verdade — disse *masterji*, gentilmente. — Sua necessidade de reflexão e entendimento o diferencia dos outros, que podem ter visto o mesmo, mas se contentam em voltar ao ritmo normal da vida e esquecer o que aconteceu. Eu não quero dissuadir você de pensar, Karam, só quero ajudá-lo a fazer isso da maneira mais clara possível. E ofereço uma palavra de cautela. — *Masterji* se inclinou para a frente. — Não espere que uma única verdade certeira surja disso, e não fique tentado a concluir que o que você viveu na Índia é a experiência mais marcante da sua vida. Você deve estar aberto, muita coisa ainda está para acontecer. E freqüentemente não são os grandes, mas sim os menores acontecimentos que constituem nossos momentos mais marcantes.

— Mas é que... — frustrado, Karam parou de falar. —... ter estado presente num momento de tamanho significado histórico, e no entanto... ter estado ao mesmo tempo tão obviamente ausente, parece, eu não sei, um golpe muito cruel da sorte. Não consigo simplesmente me conformar com isso.

— Você já considerou, Karam — sugeriu *masterji* —, que talvez, no seu estado de inconsciência, você estivesse, de certo modo, mais profundamente em contato com o momento? Já pensou que a perda de peso, a queimação da febre, a dor que arruinou a sua natureza e os delírios que aterrorizaram a sua mente ecoaram a aflição em grande escala que tomou a Índia de assalto? Você foi um espelho involuntário do tumulto da Índia e, portanto, uma pequena partícula na história dela.

— Mas para fazer parte definitivamente de um grande momento, para fazer parte da história, você não tem que sentir isso na hora? — A mão estendida de Karam formou rapidamente um punho fechado, como se ele tivesse pego uma mosca no ar. — Essa é a minha decepção e a minha vergonha: o fato de eu ter sido uma vítima inconsciente e de ser agora um sobrevivente ignorante.

Masterji balançou a cabeça.

— Talvez — disse ele — a história seja mesmo assim, a importância do momento só se revela retrospectivamente.

Karam ficou em silêncio. Pela primeira vez, discordou fortemente do professor. E sentiu-se desconfortável com essa discordância, com a compreensão de que a idade e a autoridade não têm o monopólio da razão. Mas não conseguiu expressar sua divergência — sentiu-se culpado só de pensar. Mesmo assim, ficou inflexível na afirmação de que é preciso sentir a importância do momento no próprio momento. Ele estava certo de que, para reivindicar sua participação na história, precisava saber que fora parte dela, que fizera a história — por menor que tivesse sido seu papel. E enquanto pensava sobre isso, ocorreu-lhe a primeira alusão de uma idéia que iria influenciar a sua vida. A história estava sendo feita continuamente em toda parte. Só o que ele precisava fazer era encontrá-la. Se ele pudesse sentir um grande momento histórico, talvez conseguisse superar o sentimento monótono de anticlímax que o vinha perseguindo desde que retornara da Índia. Ele encontraria a história. A história o apanhara, uma vez, de surpresa; agora ele é que sairia em busca *dela* e a apanharia.

5.

— CHAME MINA *MASI*. Vá buscar Mina *Masi*. — Persini correu e ordenou a Karam, que estava sentado terminando seu jantar.

Isso só podia significar uma coisa: o bebê de Sarna estava a caminho. Ele saiu de imediato, como lhe fora ordenado. Mina *Masi* morava do outro lado do condomínio, a uma distância de uns três minutos apenas. Todos a chamavam de Mina *Masi*, a tia Mina: avós, mães, pais, crianças; até seus amantes. Na típica cultura hindu, ela era a tia de todos. A expressão, no entanto, era mais do que um modo habitual de se dirigir a ela. Ela era Mina *Masi* há tanto tempo que ninguém mais se lembrava de que ela poderia em algum momento ter sido outra pessoa. Govinda Singh, que trabalhava no escritório de imigração, alegava que até em seu passaporte lia-se apenas Mina *Masi*.

Karam a conhecera em sua infância. Ela ajudara a trazer ao mundo seus três irmãos mais novos, que nasceram no Quênia, e dois outros irmãos que morreram. Ele nunca prestara muita atenção nela — nunca tivera motivo para isso. Agora, enquanto explicava que precisavam da ajuda dela para o nascimento do seu próprio filho, sentiu-se constrangido. Não tinha se dado conta do que significava ser pai até aquele momento. Subitamente encontrava-se na porta de entrada deste novo papel e sem saber ao certo como se comportar. Refugiou-se, então, no silêncio enquanto os dois caminhavam de volta juntos para a casa da família.

No caminho, Karam lembrou-se da história que ouvira poucos dias antes, contada por seu amigo Harvinder, que acabara ele próprio de se graduar como pai. Harvinder dissera que, no nascimento de um filho homem, o pai sempre dá a Mina *Masi* uma argola de nariz e, como recompensa, recebe favores especiais que ela reserva apenas para os pais de filhos homens que ela ajudou a trazer ao mundo. Karam não dera muita atenção à história contada pelo amigo — parecia fantasiosa demais, invenção da mente de um homem aquecido pela bebida e longe da cama da esposa durante um tempo longo demais. "Além disso", pensou Karam, "ela não pode ter disposição ainda para essas atividades — é velha demais". Deu uma olhadela para Mina *Masi*. O corpo elegante e os movimentos energéticos da mulher esbelta de pele escura ao lado dele contradiziam seus cinqüenta e muitos anos. Os cabelos presos num grande coque apertado eram ainda cheios e brilhosos, com mechas laranja-escuro de hena, denunciando os fios que já deviam estar brancos. Ela estava usando um sári turquesa com uma estampa em lã rosa bebê e, enquanto caminhava, parecia uma salva de boas notícias. Karam, constrangido por achá-la atraente, concluiu que as roupas que usava eram um tanto inapropriadas para a tarefa que estava prestes a cumprir. Certamente, não seria melhor algo menos embaraçoso e mais discreto?

E de fato Mina *Masi* usava sempre sáris de cores vivas. Fúcsia e verde-limão, amarelo e púrpura-escuro — essas eram as combinações vibrantes que a caracterizavam. Ela trazia na sua chegada insinuações de festividade porque isso estava de acordo com a sua vocação — é uma ocasião alegre, essa em que um bebê vem a salvo ao mundo.

Karam lançou mais uma olhadela na direção de Mina *Masi* e viu a argola de seu nariz reluzir sedutoramente para ele. Mesmo os raios fracos das luzes da rua pareciam cabriolar e se revirar na ânsia para atravessarem o aro dourado. Ele olhou rapidamente para outro lado. Havia algo perturbador no brilho do anel. Parecia dotado de linguagem corporal própria e, apesar da aparente indiferença de sua dona, balançava sugestivamente, como uma dançarina *mujrah*, em direção a ele. Karam lembrou-se de que era sobre a fantasia do anel que Harvinder delirara. Algo sobre entrar na argola e atingir uma satisfação completa...

— Ah, *juldi, juldi*! Rápido, Mina *Masi*, as coisas estão andando muito rápido, mesmo! — A voz aguda de Persini interrompeu os pensamentos de Karam. Ela estava andando para lá e para cá do lado de fora da casa, esperando por eles. Mina *Masi* correu atrás dela, e Karam foi deixado com suas reflexões misteriosas sobre um brinco de nariz transformado em fetiche.

Assim como pelas roupas de cores vibrantes, Mina *Masi* se distinguia por sua larga argola de ouro de nariz, com ao menos três centímetros de diâmetro, que balançava da sua narina esquerda. A argola de nariz era enorme sob qualquer ponto de vista, e, na estrutura física magra de sua dona, parecia gigantesca. Pendia para baixo sobre o canto esquerdo de sua boca e oscilava conforme a melodia do movimento dos lábios. Às vezes, quando atrapalhava muito, ao comer, por exemplo, Mina *Masi* a virava com uma torção em espiral da língua. Fazia isso com uma graça casual, como alguém tiraria uma mecha de cabelo do rosto. Às vezes ela corria, devagar e deliberadamente, a língua pelo aro da argola, como uma gata lamberia os filhotes. O gesto era carregado de sugestão sexual, e os homens ficavam extasiados ao observá-la fazendo isso.

Mina *Masi* usava seu aro pendurado há tanto tempo que ninguém mais se lembrava desde quando. Mas poucas pessoas sabiam por que ela começara a usá-lo. No início da sua carreira, um satisfeito Nirmal Singh Lanterneiro (chamado assim porque tinha a habilidade de restaurar qualquer carro destruído e fazê-lo parecer novo em folha) passara na casa de Mina *Masi* para dar a ela uma enorme argola de ouro de nariz. O presente foi para agradecer a ela pelo sucesso ao ajudar no parto de seu primeiro filho, depois de sete longos anos nos quais tivera apenas cinco filhas. A argola de nariz tinha 4,2 centímetros de diâmetro. "A circunferência exata da arma que produziu o garoto", dissera Lanterneiro a Mina *Masi*, com orgulho. Ela, que não era de se constranger, pediu a ele que provasse. O presunçoso Lanterneiro ficara muito feliz em satisfazê-la. Foi mais difícil sair de dentro do anel do que entrar — o membro que ele circundara excitara-se durante o processo. Mina foi obrigada a recorrer a meios delicados de lubrificação e persuasão para fazê-lo escorregar para fora. Enquanto estavam engajados naquele esforço, os dois fizeram uma descoberta acidental, porém extraordinária, sobre as possibilidades de prazer absoluto na circunferência de um anel. Na forma perfeita de um anel, todo o desejo está contido, concentrado e satisfeito. Lanterneiro ficou obcecado. Voltou no dia seguinte na esperança de poder repetir a experiência. Mas Mina *Masi* tivera tempo para refletir. A vida de uma parteira não é fácil. Tem muitas recompensas, mas não traz fortuna. Mina

Masi decidiu melhorar de vida. Deixou claro para Lanterneiro que a repetição da performance teria que esperar até o nascimento do próximo filho homem — e a apresentação de outra argola de ouro.

— Sinta-se livre para informar a todos os seus amigos que estão para ser pais — disse Mina *Masi* a ele. — Mas, por favor, deixe claro: respeitados os termos e as condições.

Lanterneiro ficou surpreso com o atrevimento e partiu com raiva.

— Estou vendo que com você os negócios vêm na frente do prazer, não é, Mina *Masi*?

Inicialmente Lanterneiro resolveu não contar a ninguém sobre a pequena aventura. Mas é difícil descobrir ouro e guardar o conhecimento só para si. Depois de algumas semanas, ele já tinha saboreado o segredo até abrandá-lo e precisava dividi-lo com alguém para que pudesse sentir novamente seu gosto. Então contou ao irmão e parceiro de trabalho, Chindi Caixa de Marcha, um especialista nas complexidades de todo tipo de engrenagem. De modo que o segredo foi sendo divulgado. Foi passado oralmente de um pai iminente a outro. Juramentos ferozes de sigilo tinham que ser feitos, e a vingança era prometida a todos que comprometessem a discrição do arranjo. Passar adiante a "notícia de *nath*", notícia da argola do nariz, como era chamada, era como um rito de passagem para os homens. Era um tipo de iniciação formal para a paternidade — pelas mãos, para muitos, da mesma mulher que os ajudara a vir ao mundo. Foi assim que os homens da colônia *sikh*, ao longo da Ngara Road e da Park Road, acabaram desenvolvendo um fetiche por argolas de nariz. Mina *Masi* passara anéis em torno deles com a destreza de um atirador de arcos numa feira de variedades. Os homens esforçavam-se com empenho para engravidar suas mulheres, e filhos homens, sempre cobiçados nas famílias hindus, passaram a ser ainda mais valiosos para os pais — e tudo porque Mina *Masi* subordinara estritamente sua política de um anel que vale um dindim ao nascimento de cada bebê macho.

Mina *Masi* era uma mulher de negócios ousada. Ela queria mais do que cinqüenta por cento de garantia de pagamento ao final de uma gravidez. Então espalhou outro segredo pela comunidade de mulheres *sikh* — uma fórmula sem chance de erro para a concepção de meninos. A parteira fora instruída quanto ao método por sua sogra, Mathaji Sant, que fora a mãe orgulhosa de 14 meninos. A velha senhora começava sua lição dizendo:

— A maneira mais eficaz envolve o exercício de algumas restrições. Se a menstruação começa de manhã, a mulher tem que esperar *15* dias. Se começa de noite, ela tem que esperar *16* dias.

Mathaji enfatizava os números como se representassem uma vida inteira. Mina *Masi*, ainda inocente e fácil de constranger naqueles dias, não soube nem para onde olhar. Tonta de constrangimento, fixou os olhos numa rachadura da parede.

— Enquanto isso o homem tem que esperar também. Nenhum alívio de qualquer tipo é permitido, ou isso não vai funcionar. As sementes dele precisam se desenvolver e envelhecer. Quanto mais velha a semente, mais potente ela é — explicara Mathaji. — O sabor amadurece, entende? Assim como a galinha *biriyani*, que se come frita ou assada. Desse modo, a semente do homem funciona melhor para fazer meninos. Este 15º ou 16º dia é a janela crucial para a reprodução. Depois disso, a não ser que você tenha a sorte da primeira vez, como eu sempre tive, a abstinência completa ou a precaução deve ser observada até o mês seguinte. Siga as minhas orientações e me terá como uma babá feliz para os netos meninos que eu mereço.

De onde Mathaji tirou essa fórmula da garantia de meninos, Mina *Masi* nunca teve a chance de descobrir. Nem pôde, ela mesma, testar a teoria. Poucos meses depois dessa conversa, uma epidemia de varíola varreu o vilarejo de Harnali, onde moravam, e extinguiu a família inteira. A própria Mina *Masi* só foi poupada porque tinha retornado temporariamente ao próprio vilarejo natal para acompanhar o funeral de seu pai.

De posse dessas informações, Mina estava agora carregada de ouro. Ela acrescentara seu próprio toque às instruções da velha Mathaji. Enquanto dava as diretrizes de germinação XY para as mulheres, Mina *Masi* as fazia beber uma mistura pessoal de ervas fervidas. Ela tinha o palpite de que a poção as ajudaria a criar as condições internas adequadas para o sucesso. Mina *Masi* explicava claramente e sem embaraço o método. Se a mulher para quem falava ficava envergonhada, ela fingia não estar percebendo. Às vezes apimentava o desconforto delas e acrescentava de modo travesso uma equação a mais à fórmula.

— A posição do intercurso sexual é crucial para que tenhamos sucesso nos resultados — sussurrava confidencialmente.

Para a indolente e pesada Madhu, ela disse:

— Ele deve entrar em você apenas por trás.

Para a afetada e puritana Sooraj, ela decretou solenemente:

— Você deve estar de pernas cruzadas para receber as sementes dele.

Se essas mulheres tinham ou não coragem de transmitir as sugestões escandalosas aos maridos, ou de colocá-las em prática, isso continuará sendo um mistério. Mas elas devem ter seguido o essencial das regras de Mina *Masi*, pois a fórmula provara ser infalível. Nasciam meninos com freqüência para as mulheres a quem ela aconselhara, e a parteira colhia os frutos. Um amontoado de argolas de ouro não é uma fortuna de se menosprezar. Os homens sendo como são, e os homens *sikhs* gostando especialmente de se mostrarem mais machos ainda, as argolas eram todas bastante largas. Temendo que as notícias sobre o tamanho da argola vazassem de Heeraji, o joalheiro, e se tornassem assunto de domínio público, a maioria dos homens tendia a encomendar argolas de tamanhos fora do comum. Mina *Masi* advertia repetidamente que o prazer máximo estava na argola que se ajustava mais perfeitamente:

— Melhor ajuste, maior sucesso. — Mas, para os homens, o orgulho sempre vinha na frente de alguns graus extras de prazer, e, a longo prazo, isso serviu para aumentar aos poucos os bens de Mina *Masi*.

Chegando ao quarto onde Sarna estava em trabalho de parto, Mina *Masi* assumiu o controle da situação.

— Traga água quente e manteiga purificada — disse para Persini, de cuja filha Rupi ela fizera o parto poucos meses antes.

Quando Persini voltou, Mina *Masi* estava examinando Sarna e fazendo perguntas de rotina. Ficou um pouco surpresa de as coisas estarem tão adiantadas em tão poucas horas. Sarna já se encontrava totalmente dilatada e as contrações eram agudas e rápidas. Isso era incomum num primeiro parto.

— Quando você disse que as dores começaram? — perguntou Mina *Masi* a Persini.

— Ah, duas ou três horas atrás, acho.

— Não, não — ofegou Sarna. — Foi há mais tempo. — Ela respirou fundo novamente. — Durante o dia inteiro eu pude... — Ela fechou os olhos e arfou —... sentir. Eu não... — soprou —... sa-bi-a.

— Este *é* o seu primeiro parto, não é? — perguntou Mina *Masi*.

— É claro! — afirmou Sarna.

Depois, como nuvens que subitamente modificam o tom de uma paisagem, a dor distorceu o seu rosto. Ela gritou e empurrou como se a força do seu trabalho de parto tivesse também a intenção de livrá-la da pergunta presunçosa. No impulso da sua reação veemente, ela deu à luz gêmeos. "Ah, desastre em dobro!", pensou Persini alegremente.

Seu próprio fracasso em produzir um filho homem fora eclipsado por essa urucubaca dupla de Sarna. *Meninas gêmeas*. Sua preocupação de que Sarna passasse em breve ao comando e a se sobrepor a ela por ter um filho homem foi posta de lado. Persini também notara a pergunta de Mina *Masi* sobre a "primeira vez" de Sarna e se perguntara se não haveria alguma coisa por trás disso. Afinal, a parteira era muito experiente. Se ela precisara fazer uma pergunta como aquela era porque havia um motivo. Persini decidiu empreender uma investigação. Ficou excitada com a descoberta que talvez fizesse sobre a concunhada. Foi então, com prazer genuíno, que ela lhe deu os parabéns e espalhou a notícia do nascimento para a família. Se suas exclamações de afeição foram um pouco altas, e a confirmação dos fatos, "Duas meninas. *Duas*. MENINAS!", repetida um pouco demais, foi por causa do efeito eufórico de *Schadenfreude*, o deleite pelo infortúnio de outra pessoa.

Para Mina *Masi*, o parto fora uma decepção dupla: duas meninas significavam duas argolas a menos para a coleção dela. Ela registrou mentalmente que devia contar a Sarna sobre sua fórmula para garantir um menino. Karam, por outro lado, ficou satisfeito. Estivera preocupado quanto à logística de ter que comprar uma argola de nariz para Mina *Masi* caso tivessem um filho homem. A situação financeira estava um pouco ruim no momento. Então, quando Persini apareceu na sala com a notícia, a reação imediata de Karam foi de alívio. O sentimento foi substituído por orgulho e constrangimento quando os irmãos começaram a parabenizá-lo.

— Que desempenho — Mandeep sorriu com malícia e deu, de brincadeira, um soco no braço de Karam. — Acho que é a primeira vez que temos gêmeos nessa família.

— Devem ter sido todos aqueles segundos pratos de comida que Sarna empurrava para ele — comentou Guru secamente.

Mandeep explodiu numa gargalhada e acrescentou:

— Talvez se ela o alimentasse um pouquinho mais eles tivessem dois meninos!

Karam rejeitou a idéia. Dois meninos significariam duas argolas.

Nas semanas que se seguiram ao nascimento, Persini teve que cuidar sozinha da família. *Biji* e *Baoji* estavam na Índia. Viajaram para lá na esperança de que a artrite de *Baoji* pudesse encontrar alívio nas águas sagradas que circundavam o Templo Dourado de Amritsar. Ao contrário das expectativas, Persini não reclamou. Na verdade, ela parecia dotada de uma energia infinita para a execução de todas as tarefas. Zelou por Sarna com uma compaixão sem precedentes, ajudando com as gêmeas e tomando conta da própria filha ainda bebê. Insistia para que Sarna não levantasse um dedo e regularmente levava para ela grandes quantidades de comidas nutritivas especiais para o pós-parto.

Antes de seu confinamento, Sarna, antecipando que ninguém se importaria em fazer aquelas coisas para ela, preparara grandes quantidades de *panjeeri*, uma deliciosa torta de semolina, manteiga, amêndoas, pistache, passas, coco, sementes de anis, gengibre e açúcar mascavo, tradicionalmente considerado o mais perfeito revigorante pós-parto. Persini levava o *panjeeri* para Sarna em porções generosas. Ela preparava seus pães, *mori rotis* e *chapattis* grossos com muita manteiga, para o café da manhã todos os dias. Tudo o mais que ela cozinhava era especialmente adulterado com um acréscimo de gordura para o prato de Sarna: o *dhal* era envenenado com torrões derretidos de manteiga, os legumes nadavam num cerco de óleo.

— Come, come. — Persini a encorajava. — Você precisa recuperar as forças.

Sarna estava alerta aos cuidados dela e convencida de que Persini estava aprontando algo. Ela estava certa. Persini tentava engordar o cordeiro para abatê-lo. Quando saía para as compras ou socializava com os vizinhos, estava sempre em alerta máximo para qualquer coisa que pudesse confirmar a dúvida de Mina *Masi*. Quando *Biji* e *Baoji* voltaram três meses depois da viagem à Índia, Persini estava repleta de notícias. Mal sabia ela que *Biji* já havia descoberto a mesma informação graças a suas próprias investigações a milhares de quilômetros de distância, naquele outro mundo que Sarna pensara ter deixado para trás para sempre.

6.

JÁ HÁ ALGUM TEMPO Karam não vinha sendo o homem determinado e bem-disposto que costumava ser. Seus amigos acharam que os estágios iniciais da paternidade o estavam deixando sombrio, e ele não objetou. Era mais fácil deixá-los pensando que era isso que o estava afetando. Ele não poderia explicar o verdadeiro motivo do seu mal-estar.

No seu novo estado de espírito, todos os aspectos da vida pareciam-lhe negativos. Andava frustrado com o tédio do seu modesto trabalho no escritório e sentia-se crescentemente sufocado pelas exigências da família. Com freqüência tinha a impressão de estar se perdendo no redemoinho sem fim das responsabilidades e obrigações da vida. Cada vez mais ansiava por abandonar aquele *status quo*, ir embora para algum lugar e, até mesmo, tornar-se outra pessoa. Passara a maior parte das horas vagas dos últimos meses ponderando sobre suas opções e tentando encontrar um caminho para seguir adiante. Queria fazer alguma coisa que o tirasse temporariamente de Nairóbi, que oferecesse a ele a oportunidade de desenvolver novas habilidades e que pagasse a ele quantia suficiente para continuar sustentando a família. Descobrira, aos poucos, que as possibilidades eram muito limitadas. Nenhum trabalho correspondia a todas as suas necessidades. Na verdade, nada chegava nem perto. Finalmente, quando já quase desistira da idéia de ir embora, um conhecido, Dalvir Singh, comentou com ele sobre uma oportunidade para estudar em Londres. Isso satisfazia, na verdade mais do que satisfazia, ao menos um dos pré-requisitos de Karam: distância. O curso em Londres possibilitaria a ele distanciar-se de Nairóbi — mas durante um ano inteiro, o que era bem mais tempo do que previra. Mesmo assim, Karam agarrou a oportunidade. No desespero, convenceu-se de que um ano não era mais do que um ponto de luz na vida de um homem e decidiu que arrumaria um emprego de meio período em Londres para financiar seus estudos e mandar dinheiro para a família. Candidatou-se, ofereceram-lhe uma vaga no curso, e ele aceitou. Fez um empréstimo para pagar o depósito para a escola e cobrir as despesas de viagem. Três semanas antes, reservou a passagem para Londres. Estava, nesse momento, pronto para deixar Nairóbi no dia seguinte e ainda não dissera nada sobre seus planos para a família. Alimentara esperanças de que descobrissem por meio de alguma outra pessoa. Mas, só dessa vez, ninguém na sua pequena comunidade espalhara a notícia. Karam sabia que teria que contar à família naquela noite, e estava apavorado com isso.

— *Bhraji, bhraji*? — Harjeet teve que cutucar Karam para conseguir sua atenção.

Karam levantou os olhos rapidamente e se virou para apanhar o embrulho grande que estava sendo passado para ele sobre a mesa de jantar. Amarrado por vários panos de prato grossos e limpos, continha uma pilha de *rotis*. Devia ter pelo menos cinqüenta ou sessenta, todos feitos com antecedência, empilhados e depois isolados por tecido de algodão para que a família pudesse comer junta. Karam desembrulhou o pacote quente. O cheiro doce de manteiga nos *rotis* se espalhou quando ele tirou dois dos pães chatos, macios e perfeitamente redondos. "Foram feitos por Sarna", pensou ele, identificando a habilidade manual dela no tamanho, na simetria e na abundância de manteiga. Sentiu o coração apertar de amor por esses sinais tão reconfortantes de afeto caseiro e por saber que ele estava prestes a abandoná-los.

— Eu ia dizer agora mesmo como é bom ter você comendo conosco essa noite, mas parece que é só o seu corpo que está aqui, e não o espírito — observou Mandeep.

— Isso é estranho, levando em conta que ele anda todo *espiritual* esses dias — disse Guru.

Nos últimos tempos, Karam passava boa parte de suas horas vagas no *gurudwara*. Muitas vezes ia do trabalho direto para o templo e voltava para casa tarde da noite quando a família já tinha jantado. Todos notaram que sua ausência tornava-se cada vez mais freqüente, mas era difícil criticá-lo. Como repreender um homem por passar tempo demais no templo? Parecia grosseiro fazer isso, ainda mais porque Karam continuava cumprindo todas as incumbências domésticas regulares. Sarna reclamara diversas vezes da ausência cada vez mais freqüente do marido, e acabava enrubescendo ao ser, ela própria, criticada por coisas que não tinham qualquer relação com a ausência de Karam, como o colarinho das camisas dele não estarem bem engomados e as pregas de suas calças não terem sido bem passadas. Embora Karam ansiasse por desabafar, Sarna era a última pessoa com quem ele podia falar, porque muito do que estava passando relacionava-se diretamente com ela.

— Por que você não está no *gurudwara* essa noite? — perguntou Mandeep. As noites de sexta-feira eram tradicionalmente dedicadas ao templo. — Até *Baoji* foi. Acho que ele esperava ver você por lá.

Karam deu de ombros. Não era um fervor religioso nem um desejo de celebração ritual que o levava ao templo. Ele ia para lá porque era o único lugar onde podia ficar quieto e pensar. Sempre ficava satisfeito ao conseguir lugar no chão, no salão das rezas, fechar os olhos e se deixar acalmar pelo som de um guardião das escrituras *sikh*, *granthi*, cantando *banis*, os hinos *sikhs*. O melhor de tudo para Karam era estar no templo durante uma cerimônia de *akhand paat*. Nessa ocasião, nenhum hino é cantado, só se ouve o som contínuo das vozes dos *granthis* enquanto se revezam para ler as 1.430 páginas do *Granth Sahib*, o livro sagrado dos *sikhs*. A leitura é feita de modo contínuo, sem pausa, e pode levar vários dias para acabar. Karam preferia ir bem cedo pela manhã ou então tarde da noite, quando o salão de reza está quase vazio, e o murmurar suave quase se perde na sala grande. Que alívio ele sentia nesses momentos! Saboreava a liberdade de poder refletir sem interrupção. Embora seus pensamentos estivessem freqüentemente agitados, ele sempre dava valor à oportunidade de estar sozinho e abandonar-se a eles.

Karam agora sintonizou-se com a conversa da mesa, que estava focada nele, e esperou uma brecha para dizer umas poucas palavras sobre suas intenções. Graças ao efeito da comida de Sarna, que deixava as línguas soltas, todos os seus irmãos pareciam estar falando ao mesmo tempo. No entanto, os pratos deliciosos de sua mulher o deixaram com a língua amarrada. Ele saboreou cada mordida e se perguntou quando comeria um banquete como aquele novamente.

Os irmãos de Karam começaram a fazer planos para o final de semana, e ele ainda assim adiou a revelação de sua viagem. Foi por conta de uma pergunta direta que ele se viu finalmente forçado a confessar. Guru quis saber a opinião dele sobre um piquenique que estavam planejando.

—Vamos aproveitar o tempo bom antes de as chuvas começarem e vamos ao lago Narum este domingo. Vou convidar Govinda e a família dela para irem também, e talvez até os Dariwals. O que você acha, Karam?

— Eu não posso — disse Karam.

— Por quê? Vai para o *gurudwara*? — Guru nem se preocupou em moderar o sarcasmo.

— Eu... hum... eu vou começar num emprego novo.

— Num *domingo*? — disse Guru. — Ah, ele está mesmo se tornando um *granthi*!

Pela mesa estourou uma onda de gargalhadas e risadas de escárnio. Karam viu, com o canto do olho, que Sarna tinha parado de comer e o encarava, surpresa. Ela geralmente comia com voracidade, como se houvesse alguém ameaçando tirar-lhe o prato da frente. Todas as vezes, o esforço e o carinho que ela dedicava ao cozinhar pareciam exaurir-lhe a paciência quando se tratava de comer. Era como se ela tivesse a experiência da essência dos ingredientes, da alma da comida durante o preparo, e tudo o que lhe restava era ingerir o produto final o mais rapidamente possível.

— Chega de brincadeiras — disse Karam cortante. A gargalhada foi morrendo, mas o humor na mesa permaneceu jovial.

Guru não conseguiu mais resistir ao escárnio.

—Até onde eu sei, só sacerdotes trabalham aos domingos. — Mandeep prendeu o riso, os irmãos mais novos deram risadinhas, as sobrancelhas de Persini se fecharam como um par de vulcões que estão para entrar em erupção.

— Êh, êh! Não façam piada com o templo! — *Biji* levantou a voz e a mão.

Imediatamente fizeram silêncio, e todas as cabeças se curvaram em penitência. *Biji* olhou para Karam, balançando a cabeça lentamente. Ele se arrependeu de ter perdido a calma e acabado por atiçar a irritação da mãe. Pôde sentir a atenção de todos sobre ele.

Com leviandade artificial, ele disse:

— Desculpem-me por decepcioná-los, mas eu não vou me dedicar a nenhum tipo de vocação religiosa. Decidi, no entanto, optar por uma mudança completa de carreira. Não há possibilidade real de crescimento no trabalho para o governo daqui. Meu emprego não tem futuro. Hoje em dia, as pessoas dizem que o futuro está na *re-fri-ge-ra-ção*.

Ele conferiu à palavra tamanha gravidade que soou como uma nova Corrida ao Ouro ou o atravessar de uma fronteira espacial longínqua. Apesar disso, ninguém pareceu se deixar impressionar. Karam percebeu uma reverberação de dúvida no grupo. A família Singh ainda não tinha geladeira e não entendeu do que ele estava falando. Mandeep e Guru trocaram rapidamente um breve olhar vago. A testa de *Biji* se enrugou como o franzido de uma cortina. A mão de Sarna voou para sua garganta. Karam viu que suas intenções iriam esbarrar em tanta resistência quanto ele esperara.

— É preciso treinamento antes de poder trabalhar com refrigeração. — Ele se apressou em continuar. — É complicado: é preciso estudar física e química, e... diferentes processos. — Ele tentou impressioná-los complicando a questão. — Então vou estudar o assunto. Vai me tomar um ano, mas vai me deixar preparado para a vida. Fui aceito em um curso que começa daqui a uma semana, mais ou menos. Não poderei estar no piquenique porque vou ter que viajar... amanhã. Vou para Londres.

Na ponta extrema da mesa, Sarna empurrou seu prato pela metade.

— Londres? — ecoou *Biji*.

— Você vai para *Londres*? — A garfada de comida que Mandeep estava para mastigar ficou em suspenso na boca.

— Para se tornar um mecânico de geladeira? — perguntou Guru com a boca cheia de grãos-de-bico.

A expressão "mecânico de geladeira" aborreceu Karam. Ela depreciava sua decisão. Por um instante, sua firmeza vacilou. Lembrou-se da antiga aspiração de se formar em engenharia. O curso de refrigeração pareceu-lhe um compromisso patético. Mas o que ele iria fazer se ficasse? Sabia que tinha que ir, pois permanecer em Nairóbi significava manter-se no mesmo caminho — uma possibilidade que lhe parecia insuportável.

— Não é apenas para me tornar mecânico — disse Karam. — É claro que se aprendem todos os aspectos técnicos, mas depois pode-se trabalhar nas vendas, no setor de manufaturas, na manutenção e na assistência técnica. — Ele repetiu as opções como se cada uma delas realmente o fizesse vibrar.

— Ah. — Guru raspou mais grãos-de-bico de seu prato com um pedaço de *roti*.

— Como você pode ir para Londres por *um ano*? — *Biji* desafiou o filho. — Quem vai cuidar da família?

— Bem... Mandeep e Guru estão trabalhando agora. E Sukhi tem obtido mais sucesso com suas caças — disse Karam, supondo que *Biji* estivesse se referindo à família como um todo. Eles provavelmente poderiam se arranjar se ele lhes mandasse dinheiro regularmente.

— Mas você é um marido... e pai de duas crianças. Você precisa honrar com suas obrigações.

— Eu pretendo! — insistiu Karam.

Ele se deu conta de que *Biji* estava preocupada com a possibilidade de Sarna e as gêmeas se tornarem um fardo no caso de ele não estar por lá para sustentá-las. Achou um tanto maldoso sua mãe dizer isso quando ele e Sarna tinham contribuído mais para a casa do que qualquer outro da família. Não era certamente injusto que o arrimo da família mudasse de cara de vez em quando. Não era esse o sentido real de viver numa grande família?

— Vou arranjar um emprego de meio período em Londres. Vou mandar dinheiro para casa.

— Seu *Baoji* não vai gostar disso. Ele não vai gostar *nada* disso. — *Biji* balançou a cabeça e seu *chuni* cinza escorregou de cima dela. — Você deveria tê-lo consultado. *Hai Ruba*, como você joga uma bomba dessas sobre nós no último minuto? — Ela olhou para Sarna para ver se havia o dedo dela naquela revolta. Mas a surpresa de Sarna e o seu assombro estavam aparentes no rosto pálido, na boca trêmula e na comida deixada de lado.

— Tudo aconteceu muito rápido. Eu tive que tomar decisões num estalo. Não houve tempo de falar com ninguém. — Karam olhou para seu prato. Perdera o apetite.

Biji não estava comendo nada.

— É por isso que você quase não tem estado em casa nos últimos meses? Você estava evitando nos contar? — Ela puxou seu *chuni* para cima da cabeça novamente. — Pode ser que seu pai lhe mande ficar. Ele pode se recusar a permitir isso.

— Eu tenho que ir! — exclamou, colocando as duas mãos com firmeza sobre a mesa. — Já paguei pelo curso e pela viagem. Larguei meu emprego. Não posso mais ficar.

— *Saiam*! Todos vocês! — *Biji* subitamente fez um gesto para que todos os filhos saíssem da mesa. —Vão lá para fora. Fiquem de olho para ver se o pai de vocês está chegando.

Ela não gostava da idéia de os irmãos assistirem à rebelião de Karam. Achou que já tinham testemunhado desrespeito demais a ela.

—Vocês duas: comecem a arrumar a cozinha — disse ela a Persini e a Sarna. Ninguém deveria estar presente para vê-la sendo contestada.

Karam permaneceu em silêncio enquanto todos se retiravam. O descontentamento da mãe pesou-lhe como uma mão fria sobre a consciência.

— Isso é muito ruim, *muito ruim*. Em que você estava pensando? Se você resolver ir embora por capricho, não será justo com os restantes. Você *tem que* repensar.

— *Biji*, é tarde demais para isso — conseguiu dizer Karam, embora a boca estivesse seca pelo medo de a estar contradizendo.

— É tarde demais dentro da sua cabeça! — retrucou *Biji*. — Até onde vejo, é perfeitamente possível.

— Já foi tudo providenciado. Eu vou.

— O que aconteceu com você? — *Biji* olhou para ele, procurando o filho que sempre fora tão responsável. — De repente você não se importa mais com o desejo de seus pais?

Karam não disse nada, e *Biji*, percebendo a determinação na sua mandíbula tensionada, levantou-se abruptamente.

— Explique-se para o seu *Baoji*! — disse ela, antes de desaparecer para dentro de seu quarto.

Baoji estava enfraquecido. A artrite debilitara seus membros, e uma tendência para a pressão alta o forçava a manter um humor equilibrado. Instigado por *Biji*, ele tentou dissuadir o filho de viajar para fora do país. Por princípio, ele não tinha nada contra Karam estudar para melhorar as perspectivas de trabalho, contanto que ele continuasse cumprindo as responsabilidades familiares. Londres, no entanto, era muito longe, e um ano era tempo demais. *Baoji* disse tudo isso a Karam. Karam permaneceu firme, insistindo que Londres era a única opção e que os meses passariam rápido. *Baoji* logo reconheceu a força da resolução do filho e sua própria impotência frente a ela. Mesmo com *Biji* soltando fumaça e fúria ao seu lado, ele não pôde reunir forças para argumentar. Além do mais, *Baoji* era inteligente o suficiente para perceber que um ultimato proibindo a partida de Karam não deteria o filho, causaria apenas uma fissura profunda que talvez jamais se fechasse. Então, as perguntas de *Baoji* foram ficando menos hostis, as repreensões diminuíram, e Karam viu que o pai estava desistindo. Sentiu-se desconfortável ao ver aquele homem velho consentindo. Desejava que houvesse um meio de preservar a autoridade de *Baoji* mesmo a desafiando — mas alguma coisa estava mudando irrevogavelmente. Karam sentiu o equilíbrio do poder mudando: o vigor da juventude estava subjugando a fragilidade da idade avançada.

— Então você está decidido. Agora está nas mãos de *Vaheguru*, nas mãos de Deus — concluiu *Baoji*. — Mas um ano é um tempo muito longo. Um tempo *muito* longo.

O tempo era também o ponto central da queixa de Sarna. Naquela noite, quando todos tinham ido dormir, ela saiu do quarto que estava dividindo com Persini e as crianças e foi para a cozinha, onde Karam dormia sozinho desde o nascimento das gêmeas, Phoolwati e Jugpyari. Era a primeira vez que ela o procurava daquele jeito. Dar conta dos trabalhos domésticos e cuidar das gêmeas ao mesmo tempo a deixavam exausta demais para procurar por ele, embora sentisse sua falta. Ela também se refreara de ir para a cama do marido por intuir que não era adequado, suspeitando que *Biji* não aprovaria. Mas Karam fizera um sinal para que ela fosse até lá, e saber que ele estava para deixá-la por um ano fez Sarna se esquecer do cansaço e do decoro.

— *Dharji*? — sua voz estava pesada de lágrimas.

Karam levantou-se e esticou a mão para segurar a figura trêmula que rastejava na ponta do colchão. Abraçou Sarna durante horas enquanto ela chorava e implorava, apertando seu corpo contra o dele.

— Não me deixe. Você não pode me deixar. *Por quê*? Um ano é muito tempo. Você não pode partir por tanto tempo. Não vá. *Por favor*. — Os lábios dela se projetavam e murmuravam palavras no ouvido dele.

Karam não podia oferecer a ela nenhuma explicação, nenhuma certeza e nenhum consolo.

— Eu tenho que ir. Será para o nosso melhor — repetia ele, inadequadamente, até que afinal Sarna se afastou dele.

—Vai, então! — revidou ela entre soluços. — Mas não pense que estará tudo igual quando você voltar. Só *Vaheguru* sabe o que será de nós.

Karam ficou exausto com as demonstrações de emoção dela. De certo modo, ele sentiu que foi sensato por não ter dado a notícia antes. Achou que não conseguiria manter a decisão diante dos apelos da mãe e da mulher se tivesse se sujeitado a eles por muito mais tempo.

Depois da partida de Karam, *Biji* continuou a lançar olhares de ódio para a pobre Sarna de olhos inchados, como se *ela* fosse, de algum modo, a culpada pela partida dele.

— *Biji*, eu não fazia a menor idéia. — Sarna tinha esperança de que ela e *Biji* pudessem encontrar alguma solidariedade nos seus sentimentos mútuos de traição. Mas *Biji* não queria ser solidária com ela, pois estava atrás de um bode expiatório.

— Que tipo de esposa não faz idéia de que seu marido está se preparando para correr para o estrangeiro por um ano? Que tipo de mulher faz com que seu homem fuja para outro continente?

7.

12 de julho de 1951

Querido *sardharji*,

Você partiu há apenas algumas semanas, mas já sinto como se fossem meses. Por que não manda notícias? Você disse que escreveria todas as semanas. Eu só sei que você provavelmente está bem porque *Baoji* esteve com Harnaam Singh no *gurudwara*, e o filho dele, que acabou de voltar de Londres, disse que viu você lá no templo.

Ontem eu fiz feijão com *curry* e suas berinjelas defumadas favoritas. Comi um prato a mais em seu nome e pensei em você a cada garfada. O que você está comendo aí? Está conseguindo encontrar vegetais indianos nas lojas? Como é a comida inglesa? Eles usam *curry*? Não deixe de comer bem — você acabou de se recuperar.

Não está fácil por aqui. Sukhi voltou de viagem, então eu tive que me mudar do quarto de Persini e ir para a cozinha com as gêmeas. Estamos novamente no velho colchão de solteiro, nós três. Tente só imaginar isso. O único jeito de cabermos as três no colchão é Jugpyari dormindo aos meus pés, e Phoolwati, acima da minha cabeça. É desconfortável demais. Quando não consigo dormir, escrevo cartas para você na minha mente. Depois escrevo também suas respostas para mim, que são sempre cheias de amor, prometendo que você vai voltar logo e que tudo vai melhorar.

As gêmeas estão crescendo tão rápido! Você vai ficar surpreso quando as vir novamente. Phoolwati pode ser a mais velha, mas é muito mais frágil do que Jugpyari. Semana passada elas tomaram vacinas e Pyari não fez um único ruído, enquanto Phool chorou antes, durante e por horas depois. Ela é muito sensível, estou falando sério — realmente delicada, como a flor que empresta seu nome a ela. Me preocupo com ela. Tudo parece fazê-la chorar: um pouquinho de frio, algum barulho, qualquer coisa a faz cair no pranto. Então começam também os gritos de *Biji*. "Mãe inútil, crianças inúteis", reclama ela. É claro que quando a Rupi de Persini chora, *Biji* não diz nada. Isso me dá tanta raiva. Tenho vontade de gritar às vezes, mas não tem ninguém aqui para quem eu possa sequer sussurrar meus problemas.

Continuo dizendo a mim mesma que é só por um ano e que depois tudo será diferente — foi essa a sua promessa quando você partiu. Eu vivo por essa promessa. Ela me mantém ativa. Mas estaria melhor se soubesse que você está bem. Por favor, escreva.

Sarna

1º de agosto de 1951

Querido *sardharji*,

Ainda nenhuma notícia sua. Por quê? Estou tão preocupada. Agora que você não está aqui, seus irmãos se revezam checando a caixa de correio. Eu queria que eles fizessem isso todos os dias, mas parece que ninguém se importa com o correio tanto quanto eu. Todos os dias eu espero, mas ainda não chegou nenhuma carta sua. Aquela Persini *kamini*, encarnação do diabo, acha isso muito engraçado. "Não se preocupe", disse ela. "*Bhraji* deve estar ocupado vendo as atrações turísticas. Cidade nova, né? Trufulgur Square, Buckinghum Place...". "Ele não está lá de férias", eu lhe disse. "Ele está lá para estudar para poder arrumar um emprego — um emprego *bom*, não como o do marido de *certas* pessoas." "Ao menos o meu está botando carne na mesa", disse ela.

É verdade, Sukhi tem trazido quase todas as semanas cervos e aves de suas caçadas. Tem vendido também os chifres dos pobres animais para os brancos, os *muzungus*. Então está entrando dinheiro. Mas isso não impede *Biji* de fazer comentários sobre você ainda não ter mandado dinheiro algum. Você está trabalhando? Por favor, mande alguma coisa para que a sua família pare de agir como se eu fosse um fardo para eles.

Eu tento compensar tudo com a minha comida. Há duas semanas, preparei uma galinha-da-guiné ao *curry*, que Sukhi trouxe para casa, e ficou pra lá de boa. *Biji* disse que estava gostosa porque Sukhi a caçara. Por que as balas da espingarda dele têm sabor especial? Foi o que eu quis perguntar.

Essa semana eu acho que estão todos cansados da minha comida. *Biji* disse: "O que está acontecendo com você? Não consegue preparar nem um prato simples agora? Estava tão seco, tão seco que ao final da refeição a minha boca ficou rachada como um deserto." O que eu podia dizer? Como é que eu podia dizer a ela que talvez minhas esperanças estivessem secando e *eu* me sentisse como um deserto por dentro? Onde está você? Por que não escreve?

Não passa um dia sem que eu receba uma crítica de *Biji*. Tudo o que eu faço está errado. E as gêmeas estão no caminho errado também, porque são minhas. *Biji* nunca demonstra qualquer afeto por elas. Só fala nelas para reclamar. Para Rubi, ela só vive cantando e rezando, é claro.

Biji adora quando sou humilhada. Outro dia ela sorriu pela primeira vez em séculos porque Balvinder e Guru estavam caçoando das gêmeas. Mandeep estava lá também, mas não disse nada. "Eles deveriam ter dado a elas os nomes Leite e Achocolatado", dizia Balvinder, "porque uma é da cor do leite e a outra do chocolate." É claro que o grande *baba* Guru tinha que tentar ganhar dele na competição de quem é o mais engraçadinho, então sugeriu os nomes Kalajamun e Rasgullah, bolinho preto e bolinho branco, para as gêmeas. É isso que os seus irmãos estão aprontando, inventando nomes multicoloridos, inspirados em doces, para suas filhas. Persini deu uma boa risadinha com os comentários deles. Não sei como ela pode rir — a filha dela, Rupi, certamente não é nenhuma rainha da beleza.

O que mais posso contar a você? Este é o estado lastimável das coisas. Você precisa voltar. Por favor. Esqueça o curso, deve haver outro jeito de encontrar um emprego melhor e uma vida melhor. Nós podemos encontrá-los juntos. Por favor, volte. Nós precisamos de você. Eu preciso de você.

Sarna

26 de setembro de 1951

Querido *Sardharji*,

Estou começando a entrar em desespero. Se ao menos você me escrevesse. Não se importa mais conosco? Nós não somos nada para você? Você vai voltar algum dia? Essas perguntas me perturbam todas as noites. Eu não consigo dormir. O que vai ser de nós? Moramos nessa casa, mas estamos desamparadas. Não consigo nem mais me distrair imaginando cartas suas, porque não sei o que pensar. O que você diria depois de tantos meses de silêncio? Você parece um desconhecido agora. Quando você foi fazer esse curso de refrigeração, eu não sabia que você ia nos dar um gelo e nos deixar de fora da sua vida.

Eu nem sei por que ainda me dou o trabalho de escrever — você dá alguma importância ao que conto? O último passatempo predileto de *Biji* é implicar com a minha aparência o dia inteiro. Tenho medo de fazer qualquer coisa porque sei que ela vai encontrar algo para criticar. Quase todos os dias ela me faz trocar qualquer que seja a roupa que eu tenha vestido de manhã. Segundo ela, as cores são muito brilhantes, o *kameez* está muito apertado ou o tecido faz um ruído muito alto quando eu me movimento. Mesmo que eu esteja usando o meu *chuni*, ela me ordena: "Cubra a cabeça." E se minha cabeça está coberta, ela não está coberta da maneira correta, e eu tenho que ajustar o *chuni* para satisfazê-la. Se acontece de o *chuni* cair enquanto estou trabalhando, ela resmunga: "sem-vergonha." Dar conta de cozinhar, limpar, cuidar das gêmeas e ainda ter que manter meu *chuni* no lugar o tempo todo está além do que eu posso fazer. Estou pronta para desistir. Estou avisando a você: do jeito que está não posso continuar. Sua mãe quer me deixar louca.

Talvez você me encontre assim mesmo, quando chegar. Louca e com uma única serventia: ser internada num hospício.

Sarna

4 de outubro de 1951

Sardharji,

Então você *tem* escrito! Como foi que eu não vi isso antes? Estava tão aborrecida que fiquei cega para o óbvio. Aquela Persini *kamini* andava escondendo as suas cartas. Eu descobri porque Mandeep me perguntou o que você contava na carta. A *kamini* então interrompeu bem alto: "Ele não disse nada durante meses. O que vai dizer agora?" Eu perguntei "Que carta? Tem alguma carta?" Mandeep olhou para mim e depois para a *kamini* e disse: "Tinha uma carta na caixa de correio essa manhã. Eu dei para Persini porque você estava com as gêmeas. Eu disse a ela que entregasse a você." A *kamini* fingiu inocência e exclamou, "*Hai*! Eu esqueci completamente, esqueci completamente. Vou pegar agora." Eu a segui até o quarto dela, onde tirou a carta de um gaveta. "Você está com as outras cartas dele, não está?", disse eu. É claro que ela negou, mas não olhava nos meus olhos. Ela deve ter feito Guru e Sukhi entregarem as cartas que eles apanhavam na caixa de correio para ela. Fiquei tão zangada que comecei a gritar: "*Kamini*! *Kamini*!" Tentei abrir as outras gavetas, mas ela não me deixava. Mandeep entrou no quarto e tentou nos separar. Depois *Biji* também apareceu. Eu disse a *Biji* que Persini estava escondendo cartas. *Biji* perguntou a ela se era verdade, mas é claro que ela disse que não. *Biji* olhou para mim e disse: "Não é verdade". Eu simplesmente saí do quarto, fui para a cozinha e chorei. Aquela Persini, a piranha, vai ter o que merece — eu vou fazer de tudo para isso.

Sua carta não diz nada sobre quando você vai voltar. Você não leu nenhuma das minhas? Cheguei a pensar que Mandeep não estava enviando as minhas cartas como me prometera, mas quando perguntei a ele, ficou bastante ofendido. "*Bhanji*", disse ele, "nós não somos todos iguais." Mas como vou saber? Em quem eu posso confiar? Estou sendo obrigada a contar com pessoas que não gostam de mim. Agora eu acho que nem você gosta. Que carta foi essa que você escreveu? O papel está cheio de palavras, mas elas não dizem nada. A única coisa que eu posso dizer com certeza é que o tempo está ficando frio aí. Muito bom, *Ji*. Você sabe como está frio aqui? Frio como a pedra em que meu coração está se transformando. Mais frio do que a sua Londres, isso com certeza. Tão frio que você talvez nem agüente quando voltar.

Eu não sei por que continuo dizendo "quando você voltar". Você não vai voltar, vai? Sou uma boba de ficar implorando. Mas a quem mais eu posso pedir? Quem mais eu tenho? Você é tudo para mim. Você me trouxe para cá, para longe do meu país e da minha família, e agora me abandonou. Não posso continuar desse jeito, morando numa casa cheia e me sentindo sempre sozinha. Só as gêmeas me fazem resistir. Por mim, não tenho nenhuma vontade de viver.

Estou pedindo a você uma última vez. Por favor, volte. Por favor, vamos encontrar outra solução juntos. Faço o que você quiser. Por favor, não ignore esse pedido.

Sarna

18 de outubro de 1951
TRAGÉDIA GÊMEAS. VOLTE IMEDIATAMENTE. SARNA

8.

ELE FORA EMBORA COM A INTENÇÃO de mudar as coisas, e as coisas mudaram. Mas o impulso se apresentara como uma força maior do que o seu desejo, e o resultado, diferente daquele que ele imaginara. Não, ele não poderia ter previsto isso nem no pior dos seus pesadelos.

O funeral já tinha acontecido quando Karam voltou à sua casa, mas a casa ainda estava encoberta por uma aura palpável de morte.

Karam temera a volta. Ele não hesitou, nem por um momento, depois que recebera o telegrama de *Baoji*. Mas a cada quilômetro que ele percorria de volta, sua relutância em chegar aumentava. Estava com medo. Sabia que não era só uma família rompida que esperava por ele, mas também as conseqüências de uma promessa violada.

Ao entrar novamente na casa, Karam esperava ouvir gritos e recriminações. Não teria se surpreendido se *Baoji* tivesse levantado uma bengala para bater nele. Ele agira de maneira irresponsável e estava pronto a aceitar a punição mais severa de seu pai. Mas a casa estava cheia de pranteadores quando chegou. Karam ficou agradecido pela presença de visitas com suas conversas de salão, servindo de escudo para ele.

— Sinto muito pela sua perda — murmuravam parentes, amigos, conhecidos.

Karam se refugiava na companhia deles e evitava qualquer diálogo mais significativo com a família e com Sarna. As circunstâncias conspiravam para criar um escudo para o confronto que ele temera. Com o passar do tempo, porém, foi se tornando mais difícil que agisse com naturalidade.

Sarna não falou com o marido durante três dias depois da sua chegada. Na maior parte do tempo, ela se ocupava servindo chá e comida para a procissão sem fim de gente que aparecia para expressar condolências. Karam ficou chocado com a grande perda de peso dela. O tecido de seu vestido tradicional, seu *shalwar kameez*, que antes esculpia o corpo dela como o vento esculpe o mar, agora dançava, informe, em volta dela. Foi o seu rosto o que mais o perturbou. A mandíbula pulsava de tensão, e ela rangia constantemente os dentes. O luto juntara-lhe as sobrancelhas, deixando na testa uma confusão de vincos e envelhecendo-a dramaticamente. Ela piscava os olhos constantemente, tentando conter as lágrimas; as pálpebras tremulavam como a aba de uma tenda com a estaca quebrada. Cada visão dela era um momento de auto-avaliação para Karam. Ela era a personificação da miséria que ele causara.

À noite, Karam dormia com os irmãos na sala, enquanto Sarna e Pyari ficavam na cozinha. Ele entrara lentamente na cozinha na sua primeira noite de volta, com os punhos fechados, como se para segurar o tumulto de remorso no seu coração. O bebê estava dormindo ao pé da cama, e Sarna estava enrolada no topo. Karam conseguiu chamar o nome dela, mas ela não respondeu. "Não quer falar comigo", pensou ele. E quem pode culpá-la? Ele não tinha palavras para o próprio fracasso. Todos os dias, desde que recebera a notícia, passara a amarrar o turbante e arrumar a barba sem espelho, porque não suportava olhar para si mesmo. De modo que, ao sair da cozinha, sentiu um alívio cheio de culpa. Enquanto Sarna o evitasse, ele não teria que enfrentar suas perguntas. Não estava pronto para ouvi-la dizer: "Onde você esteve? Por que não deu atenção às minhas cartas?" Então manteve-se afastado, na esperança de que o tempo facilitasse as coisas. Em vez disso, elas ficaram mais difíceis. A cada olhar desviado e a cada conversa evitada, o silêncio entre eles se tornava mais difícil de ultrapassar. Mesmo quando se reconciliaram, alguns meses depois, a morte de Phoolwati permaneceu algo sobre o qual eles nunca conversaram. Carregava demais as conseqüências de suas fraquezas.

Mandeep contou a Karam como Phool morreu. No final das contas, a versão incompleta foi o único relato que ele ouviu.

— A criança foi dormir e nunca acordou. É só o que eu sei. O dr. Iqbal não conseguiu encontrar nenhuma explicação. Ele examinou o corpo e disse que não havia sinal de doença, nenhum sinal de sofrimento. Foi...

Mandeep ficou mexendo no *kara* grosso de prata, bracelete que adornava o seu pulso. Foi difícil encontrar palavras para as cenas que se seguiram à morte de Phool.

— Sarna... Seus gemidos nos acordaram bem cedo pela manhã.

Ele não conseguia descrever aqueles gritos. Durante horas eles aumentavam e abaixavam. Variando em intensidade e ritmo, às vezes parecia um riso louco, noutras, um lamento repetitivo. Parecera que o diabo em pessoa estava agarrado às entranhas de Sarna, produzindo aquela música abominável.

— Ela não largava Phool. A criança teve que ser arrancada dos braços dela. E depois...

Sarna gritara e gritara até desfalecer. Mandeep lembrava-se dela desmaiando na cozinha, sua cabeça quase bateu no *kijiko*, onde o carvão vermelho ardia.

— E depois ela passou a não tocar em Pyari. Como se... eu não sei, como se tivesse medo de machucá-la. Você deve ter percebido que ela ainda está muito estranha com o bebê — disse ele. — Antes ela ia a toda parte com as gêmeas o tempo todo, abraçando-as, mimando-as. *Biji* não gostava. Mas, de todo modo, isso é...

Karam evitou o olhar do irmão. Suas emoções confusas e sufocadas pareciam insignificantes em comparação com o que Sarna estava passando.

— Mina *Masi* supõe que foi uma *saraap*. Uma maldição. Ela chamou de mangal da *saraap* porque as gêmeas nasceram numa terça-feira. Parece que isso não dá sorte. Quem sabe? — disse Mandeep.

Karam simpatizou com essa explicação. Normalmente ele teria rejeitado inteiramente uma superstição como essa, mas agora sentiu-se tentado pela camada de proteção que ela oferecia. Se todos concordavam que era uma *saraap*, então ele seria absolvido da culpa pelo que aconteceu. Mas não era tão estúpido a ponto de se permitir tamanha indulgência, então sua resposta foi inequívoca:

— Não faz o menor sentido. Esse tipo de coisa não existe.

Mandeep sugou as bochechas e as mordeu por um tempo. Depois, sem olhar para Karam, disse o que estava na sua cabeça desde que o irmão voltara, o que mais ninguém ousara dizer.

—Você não deveria ter partido. Você fez falta aqui.

Quando Mina *Masi* deu seu grito de "*Saraap!*", Sarna esperou que a mulher apontasse um dedo de acusação em sua direção. Porque *ela* era amaldiçoada, não era? Qual seria o outro motivo pelo qual tudo o que ela amava era tirado dela? Mas Mina *Masi* colocou a culpa no T de terça-feira, e coube a ela culpar a si própria. Ela fora punida por amar mais Phoolwati — só uma fração mínima, incalculável, a mais — do que Jugpyari. Ela justificava o fato de manter Phool em seus braços enquanto Pyari dormia a seus pés dizendo a si mesma que o colchão estreito necessitava de tal organização. Na verdade, queria ter a gêmea mais velha perto dela: Phool, com a pele clara, os traços delicados e a misteriosa semelhança com um sonho a que ela fora forçada a renunciar. Agora não podia olhar para a filha que sobrevivera. Desviava os olhos dos dela todas as vezes que segurava a criança, como se o triste amor lacrimoso que transbordava deles pudesse de algum modo ser letal, assim como o amor na sua respiração fora mortal para Phool — porque foi ali que ela morrera misteriosamente, sob a sombra quente da expiração da mãe. A culpa foi *dela*, não foi? Não havia outra explicação. Até o dr. Iqbal não fora capaz de esclarecer nada.

"Talvez eu não esteja destinada a amar ou ser amada", disse Sarna a si mesma. Embora seus braços ansiassem por Pyari, ela resistia a pegar a menina no colo. Quando os seios se inchavam dolorosamente e escorria leite, Sarna não conseguia alimentá-la. Agüentava bem a dor, porque isso a ajudava a rebater as outras dores que a consumiam.

O fluxo sem fim de pranteadores nos quais Karam se refugiara também ajudava Sarna — havia sempre mais uma xícara de chá para fazer ou mais uma pilha de pratos para lavar. Ela precisava da distração da cozinha. Insistia em retomar seus afazeres domésticos, implorava que a deixassem preparar a comida mesmo durante as semanas em que Persini era a encarregada. Perdida em seus pensamentos enquanto picava ingredientes ou os misturava em uma panela fervente, nem percebia as lágrimas que, com um barulho triste e sutil, lhe caíam dos olhos sobre a comida. Só quando provava um prato é que era subitamente alertada pelo golpe cortante de um pedaço salgado demais, pela umidade culpada no seu rosto. Sarna passou a jogar batatas inteiras ou torrões de massa nos seus *dhals* e *curries* para absorver o excesso salgado de lágrimas. Se isso não funcionava, despejava água nos pratos para diluir o sal. Todos os dias a família se sentava à mesa para comer refeições insípidas que tinham o mesmo gosto de desconsolo que a expressão do rosto de Sarna. Ou então engoliam pratos mais amargos que ecoavam a ausência de Phool. Agüentaram isso durante vários dias, até que *Biji* se rendeu. "*Hai, hai.*" Ela fez uma careta depois de comer um pedaço picante.

— Eu sei que você está triste, mas não precisa nos envenenar também com sua melancolia e desesperança. Controle-se. Você não é a primeira mulher no mundo a perder um filho.

As palavras chegaram a Sarna como um assaltante empurrando-a para o canto conhecido da vergonha, apertando-a com uma força bruta sufocante. Que tipo de mulher era *Biji*? Ela sofrera diversos abortos naturais e tivera dois bebês que nasceram mortos, e mesmo assim não era solidária à perda de outra pessoa. Será que ela simplesmente ficara anestesiada contra a dor? É isso o que acontece quando se sofre demais? Sarna não pensava assim. Sua própria experiência lhe dizia que as dores do coração nunca cessam. Não são como catapora, algo que se tem uma só vez e depois se fica imune. Não. São recorrentes, e quando vêm de novo, geralmente reabrem velhas feridas e as fazem doer novamente.

Ela percebeu a distância que Karam manteve, o modo como evitava cruzar o olhar com o dela. Via que ele não suportava ficar em casa e o invejava pelas desculpas que tinha para sair.

— Vou para a cidade procurar trabalho — dizia ele, e desaparecia por algumas horas.

"*Volte!*" Ela queria gritar. "*Me leva junto. Me leva para longe daqui.*" Ela precisava do conforto da presença dele e ao mesmo tempo tinha vontade de vociferar contra ele. Se ele estivesse aqui, ela não se veria obrigada a dormir na cama junto com Phool e Pyari. Se ele estivesse aqui, ela não teria acordado naquela noite com o corpo do seu bebê frio e sem vida em seus braços. Se ele estivesse aqui. Se ele, se...

Ela o ouvira na noite em que ele fora até a cozinha e chamara seu nome. Não respondeu porque queria puni-lo, queria vê-lo sofrer. No entanto, enquanto Karam estava lá esperando sua resposta, ela suplicara em silêncio:"*Por favor, me faça um carinho. Por favor. Por favor, me diz que vai ficar tudo bem. Me abrace. Me abrace.*" E quando o ouviu sair da cozinha, era *ela* quem estava sofrendo.

Pensamentos que a enfraqueciam rodopiavam na sua cabeça, circundavam-lhe a consciência como uma gangue de assassinos encurralando um alvo que sequer suspeitava do ataque. Exatamente quando parecia que eles a atacariam até matá-la, sua energia se erguia contra eles. Não! "O que foi que eu fiz para merecer isso?" Tudo o que ela fizera fora amar. Isso era um crime — amar? Será que passaria o resto de sua vida pagando por um único erro inocente? Não! O espírito de Sarna atravessava camadas de vergonha e remorso e se afirmava novamente. Refugiava-se no único lugar que oferecia consolo — a vitimização. Era culpa de Karam: ele deveria ter voltado. Era culpa de *Biji*: ela não devia tê-los obrigado a dormir no colchão na cozinha. Era culpa de Sukhi: ele não devia ter pendurado os restos das criaturas inocentes, assassinadas, nas paredes daquela casa amaldiçoada. Com o fluxo de adrenalina desses dramas internos correndo pelo seu sangue, ela conseguia energia para cozinhar, limpar, manter-se inteira e começar a amamentar Pyari novamente. De vez em quando, nos melhores momentos, ela se perguntava se algo parecido com uma vida normal seria possível de novo.

Qualquer situação com a qual nos acostumamos pode muito rapidamente se transformar em hábito. As semanas se passavam, e Karam e Sarna continuavam a falar muito pouco um com o outro durante o dia e a dormir em cômodos diferentes durante a noite. Embora o fardo dessa separação pesasse sobre os corações de ambos, o desconforto que isso lhes causava diminuiu. A vida seguia em frente, como um projetor de eslaides passando rápido diversas imagens cotidianas: Karam voltando para o antigo emprego no Tesouro; Balvinder e Harjeet correndo para casa de volta da escola e indo direto para a cozinha importunar Sarna com pedidos de lanche; *Baoji* fazendo com que todos procurassem sua bengala; Persini e Sarna alternadamente enchendo a casa com o cheiro de suas comidas; a cabeça de *Biji* balançando no seu ritmo natural de desaprovação. A rotina e as responsabilidades foram retomadas e, no conforto regular desses hábitos, vestígios de normalidade foram restaurados. Mas, ocasionalmente, inesperadamente, o projetor de eslaides piscava apenas uma luz branca. Como uma brecha despercebida em meio ao trilho de imagens que, de repente, faz aparecer a luz intensa de um vazio capaz de doer nos olhos, as lembranças saltavam repentinamente diante da família, inflexíveis e penetrantes. Bastava apenas alguém dizer acidentalmente "Phool — Pyari!", como todos sempre faziam quando Phool estava viva, alternando inconseqüentemente os nomes das meninas. Tropeços inocentes como esses podiam agora reduzir todos a um silêncio constrangedor e interromper os batimentos dos corações de Karam e Sarna.

Começou um ano novo. As longas chuvas se arrastaram, caindo pesadamente como se para lavar o mundo de suas aflições. Karam começou a questionar sua submissão à família. Começou a opor pequenas, quase insignificantes resistências aos desejos dos pais, como dizer que estava ocupado demais para levar *Biji* de carro ao mercado ou para acompanhar *Baoji* ao funeral de algum conhecido.

Enquanto isso, Sarna persistia em ver os acontecimentos sob uma perspectiva seletiva, considerando que tudo o que acontecera fora culpa dos outros. Dessa maneira ela podia lidar com a sua culpa quanto à morte de Phool. Mas, se uma cobra consegue se livrar de uma pele velha, Sarna não podia se descartar da mesma maneira de sua culpa. A única coisa que conseguiu perder foi o domínio da realidade, deixando-se levar pela fantasia.

No início de fevereiro, Sukhi retornou carregado de tesouros de uma viagem de caça. Num final de tarde, sob a supervisão de *Biji*, pendurou um novo conjunto de chifres de cudo. Eram longos, em formato de lira e majestosos. Sukhi estava orgulhoso. Ele matara um antílope macho lindo por aqueles chifres, e a família se refestelou com suas carnes durante dois dias. Sarna sentiu arrepios com o novo acréscimo à decoração da casa.

A morbidez daquela sala, daquele mausoléu para as conquistas de Sukhi, estava mais potente do que nunca. Convencera-se de que cada nova vítima nas paredes pressagiava outra calamidade. Karam não tinha anunciado que ia para Londres logo depois de Sukhi furar a parede para pregar um chifre de rinoceronte? Phool não morrera logo depois de aquela foto absurda de Sukhi, com sua presa gigante de elefante, ter sido pendurada em comemoração na parede? Eram os espíritos insultados dos animais mortos que estavam se vingando.

Enquanto isso, na área atrás da cozinha, sob os galhos úmidos de um jacarandá, Persini se ocupava amassando a massa dos *chapattis*. Ela fora trabalhar do lado de fora assim que a chuva cessara. Não gostava de ficar dentro de casa, que tinha se transformado numa câmara de eco de tristeza desde aquela manhã terrível quando os sons da dor de Sarna fizeram as paredes tremer. Nunca se sabia quando ou onde os vestígios do luto apareceriam. Na semana anterior, um soluço vindo das profundezas de uma gaveta saltara em Persini ao abri-la. Naquele dia, levara a mão ao grande saco de farinha e, quando tirou de lá uma tigela cheia de trigo moído, um pranto triste emergiu numa bolha de ar branco. "Melhor ficar do lado de fora, onde as coisas não estão contaminadas por aquela mulher", concluíra Persini, olhando para cima, para o céu cinza carrancudo. Sim, era melhor ficar do lado de fora, mesmo que parecesse que a chuva cairia novamente a qualquer momento.

Durante o trabalho, Persini conversava animadamente com sua nova melhor amiga, Juginder, a famosa espalhadora-de-segredos da cidade e rainha da fofoca. Ela se esforçara para cultivar essa amizade depois que Sarna dera à luz as gêmeas, e seus esforços não foram em vão.

Juginder observava Persini passar o rolo nos *chapattis* e jogá-los na *tawah*, a grande frigideira indiana, para cozinhar.

— Você faz *rotis* tão perfeitos, Persini-*ji*! — disse com voz aguda e admiração exagerada. — E eles são bem grandes.

Ela usou as mãos para medir o diâmetro de um *chapatti*. "Um pouco grande demais, na verdade", pensou Juginder. Examinados mais de perto, ficava claro que os *rotis* não eram nada perfeitos. A circunferência deles era tão inchada e desnivelada quanto a estrada que ligava Nairóbi a Mombasa. Mesmo assim, Juginder continuou fazendo declarações elogiosas. Sabia que com esse tipo de elogio ela geralmente obtinha os resultados que queria.

— É, eu sempre fiz *rotis* grandes — disse Persini. — Os homens precisam de porções decentes. Eu não acredito em trabalho pequeno e bonitinho. *Algumas* pessoas... — Ela deu uma olhada em volta. — *Algumas* pessoas fazem *rotis* menores de propósito. É mesmo, elas têm mais trabalho para depois poderem dizer: "Ah, ele comeu *seis* hoje", tentando provar que a comida delas é realmente deliciosa, quando as pessoas na verdade estão comendo mais porque não havia quantidade suficiente na primeira leva. Eu sempre acreditei que as pessoas comem de acordo com a fome delas. O sabor não faz qualquer diferença. Você não acha?

Do outro lado do quintal, uma cortina magenta de buganvílias rangeu com a brisa.

— Hum — disse Juginder. — Sei o que você está dizendo, mas acho que se alguma coisa está realmente boa, você vai sempre querer comer mais. Eu, por exemplo, não posso resistir à *gajerela* de Sarna. Ah, esse prato é realmente delicioso. — Ela fechou os olhos e lambeu os beiços. Estava satisfeita com a oportunidade de voltar sua língua traiçoeira para Sarna. — Mesmo que eu já tenha comido antes de chegar aqui, mesmo que eu já esteja cheia, sempre arrumo espaço para duas porções generosas dessa sobremesa. Vivo pensando em pedir a ela a receita. Ela deve realmente fazer alguma mágica; de que outra maneira cenouras adocicadas poderiam ficar tão gostosas?

Como Juginder antevira, Persini ficou aborrecida. Seu rolo voou com força sobre a massa, fazendo um *chapatti* de formato oval cair nas beiradas.

— Peça a ela a receita, se você quiser, mas não pense que vai consegui-la inteira. Ela com certeza vai deixar de fora alguns ingredientes ou instruções para que você não consiga fazer como ela faz.

— Bem, pobre Sarna, eu não acredito que ela vá fazer sobremesas durante um tempo depois do que tem passado...

— Ela teve o que mereceu. — Persini arremessou o *chapatti* malformado na panela de ferro enegrecida e quente. — É isso o que eu penso, todo mundo tem o que merece.

Ocorreu a Persini que ela era a exceção a essa regra. Ela merecia muito mais do que tinha. Ainda assim, tinha certeza de que o jogo no final iria virar a seu favor. Ele tinha que virar.

— É, é claro — disse Juginder. No calor da conversa, nenhuma das mulheres percebeu Karam se aproximando pela porta dos fundos da cozinha bem atrás delas.

— Eu não fiquei surpresa com o que aconteceu — continuou Persini. — Conheço Sarna, e não havia *nada* que ela não fizesse para conseguir o que queria. Nunca disse isso a ninguém — Persini se inclinou para a frente e abaixou a cabeça, o coque preso no topo como um cone de sorvete —, mas uma parte de mim se pergunta se ela não teria deliberadamente sufocado a criança para trazer Karam de volta de Londres.

Os olhos de Juginder se arregalaram.

— É, ela estava desesperada e ele não respondia. — Persini apanhou um pedaço de massa do grande monte à sua esquerda e começou a passá-la de uma mão para a outra. — Se tivesse sido Pyari a morrer, eu não teria mais nenhuma dúvida. Isso seria bem típico de Sarna, se livrar da criança feia. Mas mesmo assim eu não consigo deixar de me perguntar, entende?

Até Juginder, rainha da fofoca e amante dos detalhes lascivos, ficou estarrecida.

— *Hai, hai*, Persini-*ji*, isso também é demais. Nenhuma mãe seria capaz de fazer uma coisa dessas com a própria filha.

Alguma coisa dentro de Karam se rompeu. Como um galho muito carregado que se parte, rasgando a casca da árvore quando cai, seus sentimentos se rasgaram nele. Largou no chão as sacolas de compras de mercearia que estava carregando. Com o barulho, Persini levantou os olhos e ofegou. Karam correu para dentro da casa. Ele nunca sentira tanta raiva e tanto nojo. Era isso que a família dele tinha se tornado? Nutrindo pensamentos infames uns sobre os outros e se queixando com estranhos? Houve um tempo no qual eles se protegiam uns aos outros, no qual a humilhação de um era dividida com o outro. O que acontecera? Ele sabia a resposta: Sarna. Desde que ela chegara, nada mais foi como antes, e enquanto ela permanecesse, as coisas seriam preocupantes. Karam entendeu isso nesse momento e se ressentiu de sua família. A desaprovação deles a Sarna era como uma rejeição indireta a ele — porque ele a escolhera.

Na sala, Karam afrouxou a gravata e abriu violentamente o colarinho da camisa. O botão caiu-lhe nas mãos trêmulas. Ele o jogou para o lado e olhou furiosamente em volta, pensando no que fazer. Precisava se manifestar de acordo com a sua raiva. *Biji* e Sukhi, ainda ocupados reorganizando os cadáveres na parede, não o notaram. Karam deu com os olhos no rifle de Sukhi pendurado atrás da porta da frente e o pegou. Justo nesse momento Sarna saiu do quarto onde estivera alimentando Pyari. Karam a pegou pelo braço e a levou para fora, para a área onde Persini e Juginder estavam de pé, mexendo ansiosas em seus *chunis. Biji* e Sukhi se olharam confusos e correram para fora também.

A cabeça de Karam palpitava dentro do turbante. Ele sentia como se ela fosse explodir se não fosse o engomado duro que a revestia e a mantinha intacta. Todos o olhavam, e a atenção deles estimulou sua resolução. Ele atirou para o alto. O tiro soou raivoso. O som despedaçou a tranca de medo que até então se agarrara ao seu coração. Depois de semanas sem dizer nada, ele finalmente foi capaz de falar.

— Chega! Chega! — gritou Karam.

Chega de silêncio, chega de negação, chega de desdém óbvio e disfarçado. Ele não agüentava mais.

— O que vocês querem? — gritou para *Biji* e Sukhi, que imploravam que abaixasse a arma. Em volta da área, rostos apareceram nas janelas, e corpos, nas soleiras das portas: os vizinhos estavam olhando.

— É isso que vocês querem? — ele apontou a arma na direção de Sarna e olhou para *Biji*. Ela estava tremendo, mas os olhos dela lançavam uma mensagem clara. Eles olhavam direto para Juginder e depois para Karam novamente: o que as pessoas iam dizer?

Karam entendeu o apelo em código e sentiu nojo. Nada ia mudar. Manter as aparências seria sempre mais importante do que se expressar honestamente naquela casa.

— É *isso* que vocês querem — disse ele asperamente. — Só isso vai fazer vocês felizes. Eu vou matar Sarna, vou matar a criança e vou me matar. Depois vocês todos poderão descansar em paz. — Karam mirou Sarna novamente e fez como se fosse atirar.

Nesse instante, com o cano da arma apontado para ela, os pensamentos de Sarna se acalmaram. As pessoas dizem que sua vida inteira passa em *flashes* diante de você em face da morte — com ela foi o oposto. Tudo se dissolveu. Foi como se ela renunciasse a si mesma: a razão a desertou, e a batida do coração ralentou. Ela estava em paz: leve e vazia. Um sentimento que nunca experimentara antes e que não conheceria novamente — e ele foi interrompido pelos gritos de *Biji* quando ela correu e se atirou aos pés de Karam. Sukhi também correu e tentou desarmar Karam, implorando a ele que se acalmasse. Persini soluçou — não lágrimas de arrependimento pelo que dissera, mas gordas lágrimas, verdes de inveja pela defesa que Karam estava fazendo de Sarna, pela inegável declaração de amor. Juginder olhava encantada e incrédula: nunca em todos os dias de sua vida de divulgadora de escândalos ela vira algo como aquilo.

Apenas Sarna e Jugpyari estavam em silêncio, como se soubessem que alguma coisa ia mudar. Karam olhou para elas e entendeu o que tinha a fazer. Saiu de perto da figura rastejante de *Biji* e lançou a arma para Sukhi. Não precisava mais da retórica violenta da arma. Chegou mais perto de Sarna, e, quando falou, foi com uma nova convicção.

— Nada do que eu faço é bom o suficiente para você — disse para a mãe. — Sou eu quem sustenta todos, eu é que fui tirado da escola para colocar comida na boca de vocês e não recebo nada por isso. Nada.

A voz de Karam não denunciava o tremor nos seus joelhos nem as batidas fortes do coração. Só a testa dava indícios da tensão causada por aquele confronto: onde o turbante se afilava num V pontudo nas têmporas dele, a faixa triangular de tecido vermelho que espiava para fora estava negra de suor.

Biji não disse uma única palavra. Aproximara-se de Karam com um gesto de submissão, assumindo a posição geralmente usada por crianças para receber a bênção de alguém mais velho. Tivera esperança de acalmá-lo, e ele a rejeitou francamente.

— Nunca esperei que me agradecessem pelo que eu fiz. Estava fazendo o que era minha obrigação, para mim era o bastante fazer isso bem.

Mas — Karam respirou fundo — você nunca me respeitou. Desculpe-me se eu nunca trouxe troféus para casa para você pendurar nas paredes. Os únicos prêmios que eu poderia ter trazido seriam certificados de mérito por estudo e talvez, um dia, uma foto da minha formatura na faculdade. Mas essa oportunidade me foi tirada. Desculpe-me por ter sido capaz apenas de nos manter alimentados, vestidos e juntos.

Ainda assim ninguém disse nada.

— *Biji* — disse Karam. — Não era isso que eu queria, mas aconteceu muita coisa. Muita coisa deu errado. Já basta. — A voz dele tremeu. — Nós não podemos mais ficar aqui. Vamos nos mudar. Será melhor para todos.

No dia seguinte, ele pediu uma transferência no emprego. Um mês depois, ele, Sarna e Pyari mudaram-se para Kampala, em Uganda.

9.

— Tire a roupa. Eu quero ver você — disse Karam.

Poucas palavras apenas, ditas como um carinho, fizeram Sarna começar a imaginar coisas. Depois, uma mancha roxa no pescoço a fizera começar a suspeitar — Karam nunca lhe dera um chupão antes. Há muito tempo não faziam sexo. Há mais de um ano. Sarna tentou se lembrar. A última vez fora provavelmente alguns meses antes de as gêmeas nascerem. Mesmo assim, só a longa abstinência não explicaria o novo ardor de Karam. Ardor que também não poderia ser justificado pelo fato de eles agora terem sua própria casa, um quarto, uma cama de verdade, privacidade. Havia uma intenção nova no toque de Karam, uma segurança nova em sua paixão. Já não existia mais o amante desajeitado das noites no colchão da cozinha dos pais dele.

O pedido para que tirasse a roupa surpreendeu Sarna. O máximo que já tirara na frente de Karam fora o seu *shalwar*, sua calça — e isso sob o escudo da escuridão. Algumas vezes ele levantara seu *kameez* acima de seus seios enquanto se deitavam, mas ela nunca o tirara de fato. Sentiu-se exposta e envergonhada enquanto ele percorria com as mãos a sua nudez e se encolheu de susto quando ele encostou o nariz embaixo dos seus braços, e as solas dos pés, entre suas pernas. O que estava fazendo? Depois, Karam começou a lambê-la e a chupá-la e a apertá-la e Sarna realmente entrou em pânico. O que ele estava *fazendo*? Onde aprendera tudo isso? Será que ela deveria pedir a ele que parasse? Ah, mas estava tão bom... Quem ensinara a ele movimentos como aqueles? Devia ter havido mais alguém. Em algum lugar... de algum modo... no último ano. Será que foi na Inglaterra, enquanto ele deveria estar fazendo o curso de refrigeração? Era por isso que ele não voltava? A suspeita passeou embaraçosamente pela mente de Sarna. Não, ela tentou se convencer, não poderia haver mais ninguém. Talvez esse fosse apenas um lado de Karam que ela não conhecia, talvez ele tivesse se contido naquela casa sufocante de Nairóbi. Mas, mesmo enquanto formulava essa explicação, Sarna não acreditava em si mesma. E durante as primeiras semanas da vida deles em Kampala, sua suspeita foi confirmada.

Ele queria fazer amor durante o dia.Vinha para casa almoçar e a levava para o quarto e começava a tirar a roupa dela. Ele a possuía sob o sol a pino, enquanto ela mantinha os olhos fechados e apertados, resistindo à idéia de que ele a teria traído. O novo atrevimento dele o levava a fazer amor com ela de pé, por trás, sentados com as pernas ao redor um do outro. Sarna assumia todas as posições sem protestar: elas não eram nada diante da posição humilhante em que a infidelidade de Karam a colocara. Todas as vezes em que os seus corpos se enroscavam, os impulsos conflitantes de Sarna também se viam num entrelaçamento de emoções.Tinha vontade de se submeter ao impulso de prazer e tomar com voracidade a nova alegria que Karam oferecia a ela.Tinha vontade de dar a ele uma satisfação capaz de erradicar da sua memória a outra mulher.Tinha vontade de que ele apenas a abraçasse e dissesse que a amava.Tinha vontade de empurrá-lo e gritar alto que sabia que ele fora infiel.

Durante semanas ela não fez nada. Sua raiva de Karam foi eclipsada por uma indignação ainda maior com a vida. Por que lhe aplicavam um golpe atrás do outro? A dor mais uma vez encheu-a por inteiro. Sentiu a dor da traição, sentiu raiva e tristeza, mas, acima de tudo, sentiu a agonia do *Ishq*, do amor intensificado pela insinuação de algo perdido.

Durante essas semanas, seu estado de espírito transparecia em sua comida.Tudo era preparado com tempero sedoso, cheio de manteiga ou nata, o gosto da comida refletindo o peso dos sentimentos de Sarna. E, oculto na suavidade sensual de cada prato, havia, ainda, o coice ardente de pimenta que deixava a boca queimando.

Quando Sarna pôde finalmente dar voz às suas suspeitas, as palavras saíram cruas, contaminadas pelas feridas tácitas que o casamento acumulara. Karam notara que o sexo com sua mulher estava cada vez mais parecido com fazer sexo com uma boneca. Ele sentia o corpo dela respondendo a ele, mas era um prazer oco, que não ecoava na voz dela ou no seu toque. Permanecia passiva e em silêncio durante o tempo todo. Pensando que talvez ela precisasse de estímulo ou até de autorização para expressar o prazer, Karam sugeriu a Sarna que relaxasse um pouco, que fosse mais atrevida na cama, que dissesse como estava se sentindo.

— Desculpe-me — disse ela gelidamente —, mas *eu* não fiz curso de refrigeração.

Karam ficou pasmo.

— É, *Ji.* — Ela se livrou do abraço dele. — Não sei que tipo de refrigeração você estava estudando, mas suas geladeiras com certeza deviam ser mais parecidas com fornos para você.

— Eu não sei do que você está falando! — protestou Karam, mas seu coração dizia o contrário. Ele batia de modo irregular, aos saltos, como um punhado de bolinhas de gude jogadas no chão.

— Não, *Ji,* conversar não é mais o seu forte. — Sarna bateu na virilha de Karam. — Você se tornou perito numa língua diferente.

— Cuidado com a língua, mulher. — Ele estava assustado com a malícia dela.

— Por que tenho que tomar cuidado com a minha língua, se a sua andou perambulando por essa Londres, terra de *fudhi*? — As palavras dela vinham rápidas e sujas, como uma máquina de costura que se desbloqueia subitamente, e elas davam tapas na cara perplexa de Karam. — Era isso que você estava aprontando enquanto sua mulher e suas filhas estavam sofrendo? Você estava ocupado demais lambendo xoxotas para responder às minhas cartas?

— É melhor parar agora se sabe o que é melhor pra você. Você não sabe o que está dizendo. — Karam estava horrorizado com o linguajar de Sarna. De onde ela tirara aquelas vulgaridades? Como ousava falar com ele daquela maneira?

— Eu sei o que eu vejo — Sarna saiu da cama e pegou seu *kameez* —, e estou vendo que você aprendeu alguns hábitos sórdidos enquanto estava fora "estudando". Eu pensei que você tivesse dito que não chegara a terminar o curso. Acho que algum curso você terminou, sim. Você parece ter passado com louvor no curso de Kama Sutra. O que você achou? Que eu não perceberia? — A voz saiu de dentro do tecido de algodão laranja do *kameez* que ela estava vestindo. — Achou que podia sair um grande desajeitado e voltar um herói do sexo sem que eu sentisse a diferença? — Sua cabeça apareceu novamente quando ela cobriu os seios com a blusa.

—Você está falando besteira! Escuta o que você está dizendo, você é que é obscena. — Karam enrolou a parte de baixo do corpo com o cobertor. Sentiu-se estranhamente em desvantagem deitado na cama enquanto Sarna estava de pé.

Sarna balançou a cabeça.

—Você nem é homem o suficiente para admitir a verdade. Mas *eu* sei o que você andou fazendo, sr. Karam Sutra!

— Cala essa boca! — Karam levantou a mão para assustá-la e fazê-la ficar em silêncio. Não tinha outro meio para contra-atacar as acusações dela: negar não funcionara e não era possível explicar; ela nunca entenderia.

— Não, *você* cala a boca! — gritou Sarna. —Você nos excluiu de seus planos. Você nos abandonou. Você *me* abandonou. Estava mais interessado em se qualificar como um rajá do sexo do que em dar alguma qualidade de vida à sua família. Você não mandou dinheiro porque estava muito ocupado pagando a essas *goris* para satisfazer as suas necessidades. Você estava tão ocupado cobiçando aquelas moças inglesas que deixou sua filha morrer.

Um tapa. Antes de ver o que estava fazendo, Karam já saltara da cama e baixara a mão no rosto de Sarna. Ela caiu no chão. Ele olhou para ela um tempo enquanto ela estava jogada no chão, soluçando, e depois começou a andar pelo quarto como quem quer se livrar do próprio gesto. Estava cheio de remorso, mas ela simplesmente não parava! Se ela tivesse se acalmado ou ficado quieta... "E então? O que aconteceria?", perguntou a consciência de Karam. "Você dificilmente teria dito a ela a verdade."

Karam realmente tivera um caso em Londres. O nome dela era Maggie.

— Me chama de Maggie — dizia ela sempre, porque ele, desacostumado a dizer nomes sem um qualificativo respeitoso ao final, e não querendo dizer Maggie-*ji*, não a chamava de nada. Dera um jeito de não mencionar o nome dela durante semanas. Ela não era bonita, mas, para

Karam, ela foi uma grande conquista. Comparada com Nairóbi, onde as mulheres ficam em casa e raramente são vistas pela cidade, parecia haver uma erupção de mulheres em Londres. Karam as observava maravilhado, quase em devoção. Esbarrando em mulheres nas ruas, sentando ao lado de alguma no ônibus ou fazendo o pedido para uma garçonete num café, ele sentia a sensualidade, e a dança que Sarna fizera nascer nele começou a girar à sua volta e a sacudir-lhe as juntas num ritmo novo. Depois de apenas algumas semanas em Londres, o balé fluente de desejo que Sarna inspirara transformou-se, na sua imaginação, numa *jitterbug*, numa verdadeira lambada pulsante de luxúria.

Foram as diferentes revelações da feminilidade que fascinaram Karam: a vivacidade dos cabelos cortados curtos, o reluzir de dentes numa boca pintada de vermelho ou as sinuosas curvas das pernas vestidas com meias-calças. Apesar de todas as fantasias, ele jamais seria capaz de se aproximar, de fato, de alguma dessas mulheres; ele tinha demasiada consciência das diferenças entre ele e elas, e sua insegurança o inibia. Quando Maggie começou a mostrar interesse por ele, a princípio não percebeu, depois ficou surpreso, descrente — e finalmente, encantado, sucumbiu.

Maggie trabalhava na cantina da India House, onde Karam comia quase todos os dias enquanto estava em Londres. Ia lá porque vendiam comida indiana a um preço barato e era perto do quarto que alugara na Museum Street. No começo, as refeições eram apressadas, espremidas entre o horário do curso e o passeio pelas atrações turísticas da cidade, que eram seu alívio. Depois tudo mudou. Duas semanas, apenas, no curso de refrigeração foram suficientes para Karam perceber que não poderia continuar. Na primeira aula prática, enquanto fazia um experimento simples, ele descobriu que tinha medo de eletricidade. Ao dar uma olhadela ao redor, no laboratório, ele vira algumas faíscas voando de experimentos feitos por outros alunos. A visão o deixou enjoado e subitamente a simples idéia de água e eletricidade trabalhando juntas se tornou insuportável para ele. Karam entrou em pânico e saiu correndo da aula. Ficou tão afetado por esse medo que durante alguns dias não pôde tocar nem de leve no interruptor de luz do pequeno quarto. Sentava-se no escuro, envergonhado demais para tentar assistir ao curso mais uma vez, arrependendo-se da decisão de ter ido para Londres e perguntando-se o que faria afinal de si mesmo.

Por fim, o tédio o fez sair novamente do quarto, e ele foi direto para a India House fazer uma refeição. Maggie estava servindo as mesas naquele dia. Alguma coisa no comportamento abatido de Karam a deixou com pena e a fez dar a ele uma porção extra grande de comida. Karam percebeu o gesto e sorriu para ela — ele geralmente achava míseras as porções de comida quando não era Sarna que o servia.

— Obrigado — disse ele.

Depois disso, ela sempre enchia seu prato com um monte mais alto de comida do que o de qualquer outro. As porções generosas logo passaram a ser acompanhadas por "olá"s efusivos. Esses gracejos se encaminharam para trocas mais extensas, e, depois de algumas semanas, Maggie servia Karam e convenientemente tirava uma pequena "folga" para que pudesse sentar-se ao seu lado enquanto ele comia. Então, mais uma vez, o coração de Karam fora conquistado por uma investida no estômago. A companhia de Maggie era uma distração bem-vinda para ele, sozinho e desgraçado como se sentia. Quando ela se ofereceu para mostrar-lhe a cidade, ele concordou alegremente; quando ela pegou no braço dele enquanto passeavam, ele fingiu que era normal; quando ela entrou no quarto dele, sentiu-se privilegiado; e quando ela perguntou a ele se era casado, ele disse que não.

Sempre que faziam amor, Maggie falava continuamente, dando-lhe instruções ou descrevendo o que estava sentindo. Karam, acostumado à intimidade rápida e silenciosa que era necessária em sua casa em Nairóbi, tentava bloquear a voz dela pensando no alfabeto — exatamente como quando ele pensava em números quando apanhava de *Baoji*. O alfabeto era mais simples, no entanto. Ele não o distraía da experiência e tornou-se, na verdade, sua linguagem silenciosa de satisfação. Até Maggie o ajudar a deixar de lado as inibições, todo o seu prazer era expresso na zona erógena e à prova de som de sua mente, em consoantes cortantes e firmes e em longas vogais estendidas.

aaaaa

aaaaaa

aaaaa
b c d eeeee f g h iiiiiiii! j k l
mn OOO-OOO-OO p q r s t
uuuuu
uuuuuu
vwxyz

É, Maggie parecia bem diferente de todas as mulheres que Karam conhecera. Ela tinha uma aparência diferente e era diferente na cama. Mas Karam descobriu que ela era igual às outras mulheres. Lágrimas caíram-lhe dos olhos quando ele anunciou abruptamente que tinha que voltar para o Quênia. Ela revelou, então, suas inseguranças e expressou sua necessidade de amor quando implorou a ele:

—Você vai escrever, não vai? Me promete que vai escrever. E você vai voltar?

— É claro — assegurou ele —, claro.

Mas já sabia que não a veria novamente.

Karam olhou para Sarna, que ainda estava chorando no chão, e suspirou. Olhou para o relógio. Precisava voltar ao trabalho. Começou a se vestir. Ele sabia que estava errado, mas que diabos, como poderia explicar qualquer coisa? O erro dele era apenas um em uma série de erros que se estendiam do passado para cá, a uma extensão tal que ele já nem conseguia mais vislumbrar o final da lista. Quando foi até o espelho para colocar o turbante, Karam viu o *shalwar* de Sarna ainda no meio do chão, onde ele o jogara depois de arrancá-lo do corpo dela. Ele o pegou e, sentindo a suavidade do tecido, teve uma idéia.

Mais tarde, naquele dia, depois do trabalho, ele foi até a Government Street, ou "Gorment Street", como os indianos chamavam a via pública principal da cidade. Passou pela Drapers, a loja cara de tecido onde só as pessoas brancas compravam, e entrou na Sudan Stores, onde todas as senhoras hindus compravam seus panos. Sarna estava louca para ir lá desde que eles haviam se mudado para Kampala. Olhando as torres de tecidos — coloridos, estampados, pintados — estendendo-se por todo o comprimento da loja, Karam se sentiu diante de uma visão psicodélica do futuro e de todas as possibilidades que ainda podiam ser realizadas. Pela primeira vez sem se preocupar com o preço, ele começou a selecionar diferentes tecidos. Escolheu uma dúzia e pediu quatro metros e meio de cada, lembrando-se de que esta era a quantidade de tecido que Sarna sempre comprava para fazer suas roupas.

Os panos de algodão foram desenrolados em mares ondulantes de brilho, enquanto a seda sussurrava sensualmente. Os materiais, medidos rapidamente em réguas de madeira de um metro, eram cortados na quantidade pedida com tesouras gigantes que murmuravam de satisfação ao cumprir a tarefa, depois eram dobrados meticulosamente e lançados para dentro de sacolas de papel marrom. A vendedora perguntou a Karam:

— *Dhaga*?

— Ah, sim, claro — aceitou ele.

E a voraz equipe de vendedores mergulhou em gavetas cheias de carretéis de linha de todas as cores para encontrar as que combinavam com os tecidos escolhidos.

— *Chooria*? — perguntou a vendedora, percebendo que provavelmente conseguiria vender qualquer coisa para aquele homem.

— Quero sim, por que não? — Karam riu.

E porções de braceletes de vidro reluzentes tilintavam gentilmente no topo das sacolas já explodindo de presentes.

Karam saiu da loja sentindo-se orgulhoso; só no final do mês a sua fúria de compras apertaria o bolso. Ele carregou as aquisições cuidadosamente — aquelas sacolas marrons estavam cheias de promessas para o futuro. Agora, bastava Sarna aceitá-las.

Cheio de excitação e esperança, ele entregou as sacolas para a esposa zangada e disse:

— Me desculpe.

Ela leu "Sudan Stores" nos pacotes, e o rosto se suavizou. O que ele tinha feito? Karam abriu, rasgando as sacolas e, como um mágico puxando uma tira infinita de lenços amarrados de um chapéu, tirou de dentro delas tecido atrás de tecido. Sarna viu o olhar dele implorando. Ele tinha mesmo comprado tudo aquilo? Gastara mesmo todo aquele dinheiro? Com *ela*? Karam arrumou os tecidos ao redor dela no sofá.

— Vamos esquecer tudo o que aconteceu. Vamos deixar para trás todos os dias cinzentos e pesados de tristeza. Estamos num lugar novo, juntos. Vamos começar de novo. Essas são as cores da felicidade. Eu as estou dando a você. Por favor, aceite.

Sarna aceitou, costurou-as e as vestiu. Seu novo guarda-roupa brilhou como um arco-íris no céu muitas vezes nublado e tempestuoso do relacionamento dos dois.

10.

A REGIÃO ERA MAGNÍFICA. Eles tinham deixado para trás a montanhosa e suntuosa Kampala e dirigiam ao longo das margens verdejantes do Nilo. O rio mítico deve ter irrigado magicamente as terras cultivadas para ter criado aquela aquarela espetacular de verdes: o campo brilhava, indo do verde-limão ao verde-escuro das florestas, com todas as possíveis gradações entre eles. Karam, olhando para fora da janela, lembrou-se da máxima que todos usavam para homenagear a fertilidade de Uganda: "Você pode cortar fora a cabeça de um homem e plantá-la na terra que no dia seguinte o corpo dele terá crescido novamente." Ele entendeu o que queriam dizer. Nunca vira nada parecido com a riqueza daquele pedaço de terra. A fertilidade era palpável. Ele podia sentir seu aroma doce, abafado, e sentir seu toque quente e úmido na pele. Essa presença física intensa o fez pensar em Sarna e por um momento seu prazer azedou. "Ela provavelmente adoraria cortar minha cabeça fora", pensou ele, "e me fritaria como espetos de *kebabs* de modo a não haver qualquer chance de ressurreição". A lua-de-mel de um ano em Kampala enfrentou seu primeiro golpe quando Karam anunciou que iria a Londres novamente.

— Estou pensando em ir para Londres. Só por uma semana. Preciso ir à coroação da rainha Elizabeth II. Nós somos subalternos aos britânicos, temos que mostrar nosso apoio — dissera Karam, uma noite, a Sarna, enquanto passeavam pelo jardim da casa. Ele previra a revolta da parte dela, pois sabia que qualquer menção a Londres a desgostava, mas tivera esperança de que a recente harmonia entre os dois pudesse ajudá-la a aceitar sua decisão.

— Como é, *Ji?* — Sarna apertou os olhos. — *Londres?*

— Exatamente, tenho que ir. — Tentando parecer indiferente, inspecionou o punho da manga esquerda.

— Mas, e isso? — Sarna correu a mão pela barriga avolumada.

— O que é que tem? Faltam três meses ainda, e eu estarei de volta em uma semana. Está tudo resolvido.

Sarna olhou fixo para ele, os lábios se contraíam sem saber o que dizer. Como podia falar de modo tão casual em deixá-la novamente? Deixá-la grávida e com uma criança pequena. A ansiedade ardeu-lhe nos olhos e no nariz, como pólen atacando os que sofrem de alergia. Os olhos se dilataram por um instante, antes de se enrugarem quando ela disse, agressiva:

— Como você pode fazer isso?

Karam puxou um lenço para limpar a saliva que atingiu-lhe o rosto, mesmo Sarna estando a mais de um metro dele.

— Novamente você planejou tudo sem me dizer nada. — Sarna estava fosforescente com a gravidez. Atrás dela, um pé de buganvílias florescia laranja e vermelho, uma tiara avermelhada coroando sua boa saúde. Pequenas flores brancas projetavam-se, em forma de trompete, de cada ponta de colorido frondoso.

Karam se aproximou para pegar a mão de Sarna.

— Estarei de volta antes de você se dar conta de que eu parti.

Ela deu um passo atrás:

— Você não *tem* que ir. Eu não quero que você vá. Nada de bom resultará disso, posso sentir no meu sangue. — Ela agarrou o próprio pulso, pressionando o polegar para baixo, como um médico aferindo as batidas do coração. — Posso sentir no meu estômago. — Ela apertou o abdômen para reprimir a náusea que subia pelo corpo. — E... — seu nariz se contorceu — todo esse projeto tem um *Mushq* ruim.

— Se acalme, por favor. — Desta vez ele conseguiu pegar a mão dela. — Não é mesmo nada tão importante. Tudo está diferente agora. Não será como da outra vez.

Ela respondeu ao toque dele, apertando-lhe de leve a mão, pressionando-a.

— Se não é tão importante, então não vá. Fique comigo.

— Eu preciso ir. — Essa era a chance dele! Ele vinha pensando nisso desde a morte do rei no ano anterior. Decidira, na ocasião, que iria à coroação da nova rainha. Karam pensara muito nessa rainha, que bem poderia ter sido a rainha da Índia se os britânicos, na vazante da maré da história, não tivessem sido impelidos a navegar para longe de lá. Não fosse pelos britânicos, a Índia talvez não tivesse sido dividida de maneira tão violenta em 1947, e ele talvez não tivesse ido parar num campo de refugiados e então nunca teria começado a refletir sobre a importância da história.

Dezesseis meses antes da coroação, os preparativos para a cerimônia já haviam começado, e, durante todo esse tempo, Karam também esteve se preparando: poupando dinheiro e esperando ansioso pelo evento. Participando de algum modo da cerimônia, mesmo como um observador insignificante, ele esperava fazer parte de uma ocasião histórica. Ele não dissera, até o último minuto, uma palavra sequer a esse respeito para Sarna, porque pensou que ela não entenderia — e ele estava certo. O que ela sabia sobre história? Nada, obviamente.

— *Precisa ir?* — Sarna largou a mão de Karam e cruzou os braços. Quem ele pensava que era? Declarando suas intenções como se fosse algum marajá que recebera um convite pessoal para a cerimônia. — Certa rainha brilhando de nova é então mais importante do que a família? E Pyari? — disse ela quando a garotinha apareceu com as duas tranças voando atrás, as pontas dos laços de fita verdes dançando como libélulas gordas.

— Isso não tem nada a ver com família. É uma coisa que *eu* tenho que fazer. Eu. — Mas Karam não conseguiu terminar.

Sarna deu-lhe as costas, balançando a cabeça. Tinha tudo a ver com a família! O que acontecera na última vez em que ele as deixara para ir a Londres? Ela nem agüentava lembrar. Ela tinha medo de ficar sozinha, medo de si mesma. Como ele era capaz de ir?

— Eu quero ir ao encontro da história — continuou a falar Karam por trás da cabeça de Sarna. Os cabelos dela adquiriram um brilho azul-escuro sob a luz desvanecida do entardecer. — Uma coroação não acontece todos os dias. Eu quero ver essa rainha ser coroada. Não terei outra chance.

Sarna lembrou-se do retrato da futura rainha no jornal que Karam mostrara a ela. Perguntou a si mesma se aquela visão não teria reanimado em Karam o desejo por aquelas mulheres de Londres outra vez.

— Eu sei quem é a sua rainha, senhor Karam Sutra. É a mesma *raath di rani* da sua última viagem a Londres, não é? Aquela rainha da noite ainda está reinando nas suas fantasias. Os truques que ela ensinou a você ainda coroam a sua glória. — Ela deu um giro, com as mãos na cintura.

A discussão agravou-se daí em diante. Os dois brigaram até afastarem o sol do céu e continuaram a briga no escuro, contra um fundo de grilos barulhentos. Pyari, escondida pelo escuro da noite, agachada perto das buganvílias, chupava as pontas das tranças e os observava.

— É impossível ter uma conversa racional com você!

Karam perdeu finalmente a paciência e saiu da casa. Caminhando a passos largos pela Kira Road, ele se perguntou por que estava tentando explicar coisas a Sarna. Por quê? Ele não tinha que justificar nada. *Baoji* alguma vez pedira permissão a *Biji*? E Sukhi alguma vez pedira a Persini? É claro que não. Ele era um tolo de achar que podia fazer Sarna entender por que ele estava indo para Londres. Ela era muito nervosa, aquela mulher. E que língua! Ele deveria ter controlado o linguajar dela desde o começo. Era um ingênuo de permitir tanta liberdade. Deixara Sarna manusear aquela espada que era a língua dela contra os outros, e, enquanto isso, ela estava era sendo afiada para os ataques contra ele. "Bem", decidiu Karam, "agora já basta". Ele chegou ao topo da Kira Road e parou. Olhando para baixo da montanha, procurou o bangalô em formato de L deles; ele quase não se distinguia dos demais bangalôs em L de concreto branco com telhados pontudos de telhas vermelhas. Não havia sinal do conflito furioso que acontecera entre aquelas paredes. O olhar de Karam se estendeu da região de Kololo, onde eles moravam, até o verde ondulante que a circundava. Kampala era construída sobre sete montanhas. Numa delas, à distância, Karam pôde ver o telhado redondo iluminado do templo Bahai. Tudo parecia tão pacífico. Só Deus sabia o que se passava dentro de cada uma daquelas casas.

Karam entrou em casa com uma compreensão renovada do seu próprio poder. Não voltou a falar sobre a viagem iminente. Quando Sarna trouxe o assunto à tona, ele a ignorou. Seu silêncio indicava que não havia mais nada a ser dito. A decisão era definitiva. Os dias que antecederam sua partida foram tensos. Sarna tentara de tudo para dissuadi-lo de ir. Chorou, gritou e parou de falar com ele. Preparava seus pratos preferidos, num esforço para fazê-lo ficar tentado a permanecer em casa, e quando nem isso funcionava, servia pratos fervendo, carregados de pimenta, para castigar a boca dele por não pronunciar as palavras que ela queria ouvir.

Karam resistiu a todas as manobras. "Ela tem que aceitar as minhas decisões", disse para si mesmo. Ele ainda não a conhecia tão bem.

Sarna ficou magoada com a injustiça da situação. Onde era a tal de Londres que estava roubando seu marido? O que encontrava lá que ela não estava dando a ele? Pensou nos xelins que ela economizava fervendo água no carvão para os banhos deles, em vez de usar o aquecedor *geezer*, escolhendo sapatos baratos para Pyari e barganhando com destreza com a *mama boga*, a "senhora dos legumes", que vendia frutas e verduras. E agora todas as economias que ela fizera para Karam estavam financiando as fantasias dele. Decidiu não entregar mais a ele as sobras do orçamento da casa que ela conseguia economizar.

Durante todo o tempo em que Karam esteve fora, o medo constante de Sarna era de que alguma outra coisa terrivelmente errada acontecesse. Preenchia os dias cozinhando, preparando chás elaborados para as amigas que ela convidava. Mas suas noites eram de insônia. Ou aguardava por um chute na barriga que a tranqüilizasse ou se esgueirava para o quarto de Pyari para checar sua respiração. Sarna abria as cortinas e dava uma olhadela sob a luz da lua até ver a barriga da filha levantar e abaixar e ouvir o barulho da criança chupando o dedo como se estivesse experimentando o mais doce dos sonhos. Ainda era difícil, para ela, tocar em Pyari. A maior parte dos gestos maternais que fazia eram dolorosos e, por isso, mecânicos — uma lembrança do que se perdera e do que poderia ser perdido novamente. Só quando estava alimentando e vestindo a criança é que ela se permitia ser indulgente. Costurava ou tricotava todas as roupas de Pyari e tinha esperança de que seus sentimentos pudessem de alguma maneira alcançar a menina quando ela as vestisse.

Geralmente Sarna era rápida para arrumar o cabelo de Pyari com laços caprichados, mas, na ausência de Karam, ela vacilava ao realizar a tarefa, como uma criança aprendendo a amarrar os sapatos. A fita colorida que ela entrelaçava entre cada uma das tranças se torcia e escorregava para fora do lugar, como se estivesse seguindo a direção de seus pensamentos e não a de seus dedos. Por que ele viajara? Com quem ele estava? Quanto tempo ficaria longe desta vez?

Do lado de fora da janela do avião, a paisagem começou a se alterar assim que Karam ia para o norte em direção ao Sudão. As fazendas de terras férteis deram lugar às planícies de savana e, quando cruzaram a fronteira, a terra era árida e desértica. O nada se estendia em torno deles, estéril e inabitável. Só o vento se movimentava por aquele solo improdutivo, varrendo a areia que se arrastava ao sabor do vento como a cauda de um vestido de noiva. A estrada asfaltada se transformou numa trilha de barro que prosseguia de maneira hesitante, às vezes desaparecendo de todo por uns cem metros, como se formada contra a vontade no solo.

— Quanto tempo falta? — perguntou Karam a Ngiti, o motorista do microônibus.

— Não muito — disse Ngiti, com um carregado sotaque hindu. — Mas as estradas estão ruins, então vai demorar algumas horas daqui até Juba. Talvez um pouco mais se o tempo também estiver ruim.

Karam e seus colegas passageiros resmungaram. Já estavam na estrada há horas. Talvez esse não fosse o melhor caminho para Londres, mas ao menos era o mais barato. Karam só esperava que não houvesse mais atrasos.

Eles chegaram ao aeroporto na hora, mas só para descobrir que o vôo fora adiado. Quando Karam tentou perguntar qual o horário previsto para a partida, disseram a ele:

— *Sah*, nós não sabemos quando vai partir, porque não sabemos quando vai chegar.

"Isso aqui é um aeroporto ou é um terminal-vai-e-vem-de-acordo-com-a-sorte?", pensou Karam.

Logo ficaria evidente que essa sorte — quer dizer, a falta de sorte — teria na verdade papel fundamental na viagem dele. Às duas da tarde, quando deveriam estar levantando vôo, estavam oferecendo refrigerantes "gelados" mornos aos passageiros. Às seis da tarde, quando deveriam estar a meio caminho de seu destino, e o caminhar frenético de Karam, de um lado para o outro, provavelmente equivalia a uma distância igualmente formidável. O avião deles ainda não tinha chegado. Às oito, disseram a eles que o avião chegaria às dez e partiria para Londres à meia-noite. Karam fez um cálculo rápido. Se tudo corresse exatamente como planejado e não houvesse mais nenhum atraso, ele ainda poderia estar no centro de Londres no meio da manhã do dia seguinte. Talvez perdesse um pouco do evento, mas conseguiria assistir à maior parte da cerimônia de coroação. Karam lançou um olhar ressentido para o balcão vazio do *check-in*: "é melhor esse avião chegar logo."

Às dez em ponto, nenhum avião pousara. A equipe do aeroporto não voltou para os postos desertados, então Karam não tinha em quem despejar a raiva. Ficou andando e batendo levemente com as mãos nas coxas para dissipar a frustração. Outros passageiros pareciam exaustos por causa do atraso, mas, em sua maioria, resignados. O fato era que nenhum deles esperava o avião com o propósito único de comparecer à coroação. Nenhum deles estava correndo o risco de perder todo o grande evento. Ou estava?

Conforme as horas passavam, a irritação de Karam começou a se transformar em algo mais insidioso: a desalentadora premonição da decepção. À meia-noite, um funcionário surgiu para anunciar que o vôo não partiria antes da manhã do dia seguinte. Ele retirou-se rapidamente logo depois de falar, como se soubesse que se ficasse mais um pouco, seria pego como bode expiatório. Quando Karam ouviu o anúncio, não conseguiu nem juntar energia para olhar para o criminoso que divulgara a notícia. A viagem seria inútil: um desperdício de dinheiro e de tempo. A única pessoa capaz de extrair alguma satisfação disso era Sarna. Karam já podia ouvi-la dizer: "Eu não disse?"

O vôo partiu de Juba às quatro da manhã de 2 de junho de 1953. Karam amarrou-se à poltrona, tentando reinar em seu novo otimismo. Ele passara a noite se conformando com a perda da cerimônia da coroação. E agora ali estava ela, ao seu alcance de novo. Mas Karam estava ciente de que ainda poderia acontecer qualquer coisa naquele momento — falha de motor, um pouso de emergência, uma manobra não planejada. Ele não iria menosprezar a possibilidade de um desastre. Continuou olhando para o seu relógio, desejando que o piloto fosse mais rápido e que o vento soprasse mais forte. Olhava constantemente para a janela, como se quase imaginasse que o rosto alegre da história olhava com satisfação maligna para ele e colocava sua língua para fora antes de acelerar e ganhar dele a corrida. Mas, até aquele momento, Karam e a História pareciam estar mantendo o mesmo passo.

O avião atingiu a altitude máxima e, por todo o mundo, como num tributo de celebração à rainha, a última notícia era que Edward Hillary e Tensing Norgay haviam conquistado o monte Everest.

O avião estava com sua capacidade máxima de passageiros. Eles olhavam para fora pelas janelas pequenas, que brilhavam como pequenas telas, retratando o maravilhoso nascer multicolorido do sol. Por toda a Inglaterra, as salas dos poucos privilegiados que possuíam uma televisão se enchiam de vizinhos agitados. Crianças sentavam-se de pernas cruzadas no chão, adultos ficavam atrás delas, e, juntos, assistiam à coroação numa versão em escala menor e em preto-e-branco que não diminuía, no entanto, o seu esplendor.

Os motores pesados do avião rugiam. Nas ruas de Londres, dezenas de milhares de pessoas aclamavam a chegada da rainha Elizabeth II à Abadia de Westminster.

A voz do piloto rompeu o ronco contínuo dos motores:

— Nós estamos agora voando a uma altitude de... A hora estimada da chegada é...

E, na abadia, os gritos da congregação de "Deus salve a rainha Elizabeth" cortavam o ronco das orações, dos salmos e dos hinos.

Mais uma vez, Karam começou a se afligir com a possibilidade de não chegar a tempo. "Que azar", pensou ele, "que maldito azar". Enquanto isso, durante a cerimônia na abadia, a mão esquerda da rainha continuava pousada sobre o *shamrock*, o trevo que é o emblema nacional irlandês, bordado em seu vestido com seda macia verde, linha prateada, franjas de fios de ouro e diamante. Esse emblema, um trevo da sorte de quatro folhas, fora acrescentado ao lado esquerdo do vestido da coroação pelo costureiro que o desenhou, Norman Hartnell. Talvez por isso a boa fortuna estivesse encontrando dificuldades para favorecer Karam — toda a sua força fora costurada no vestido da rainha naquele dia. Mas, calma aí, quem sabe não sobrou só um pouquinho, uma pequena linha solta de sorte para ele?

Karam acordou de um salto. As palavras "... salve a rainha" escaparam dissonantes de sua boca. Ele não percebeu isso, nem ouviu o anúncio do piloto, "Senhoras e senhores, nós estamos dando início à aterrissagem no aeroporto de Heathrow...", porque a redução súbita da pressão da cabine estava provocando um efeito desagradável em seus ouvidos. Virando-se de costas para os outros passageiros, ele apoiou o rosto contra a janela, depois apertou o nariz, fechou bem os lábios e inflou as bochechas. O efeito do gesto tripartido era semelhante ao produzido pela Dorothy de *O Mágico de Oz* ao bater três vezes os calcanhares de seus sapatos vermelhos de rubi: Karam estava de repente em outro lugar. Não em casa, mas num lugar mais desejado... Ele viu as nuvens do lado de fora da janela se afastarem e de repente pôde ver claramente abaixo dele. Londres! Seus olhos varreram a paisagem da cidade até encontrarem seu rumo, quando localizaram Trafalgar Square. Ele correu os olhos pela Whitehall e viu que a rua estava fervilhando de gente. Mais acima, perto do Parlamento, qualquer movimento parecia impossível. A multidão compacta esperava. "Que visão", pensou Karam, "como a de um pássaro!" Ele podia ver tudo simultaneamente — uma perspectiva que, com certeza, nem mesmo a história poderia comandar. E então, veja, da Abadia de Westminster surgiram carruagens — cavalos, soldados de infantaria. A turba urrava, o mar de armas balançava como o trigo no campo. É a rainha! Karam estava vibrando. Ele quis chegar mais perto e, como um pássaro, tentou mergulhar para baixo para encontrar um ângulo melhor, uma migalha do evento. Mas a cabeça bateu na janela. Com força. A mulher ao lado dele gritou por socorro. A próxima coisa que Karam viu foi a aeromoça inclinada sobre ele, as letras LIZ brilhando em branco no crachá com seu nome.

— O senhor desmaiou — disse ela. — Deve ter sido por causa da pressão.

A história derrotara Karam mais uma vez. Como uma miragem, ela acenou para ele e depois desapareceu. Até as canecas de chá comemorativas da coroação que ele comprou em Londres e levou para Kampala como suvenir estavam rachadas ou lascadas quando ele as desempacotou em casa. No fundo, Karam sabia que as canecas, assim como a experiência que tivera até então com eventos históricos, eram imperfeitas. Mesmo assim, ele insistiu em colocar os exemplares menos danificados em exposição. Posicionados de tal maneira que as falhas ficassem escondidas do olhar das visitas, as canecas eram evidências orgulhosas de que ele realmente estivera em algum lugar.

Aquele embate com a Divisão da Índia em 1947 conferiu a Karam um elevado discernimento da História, mas também o deixara para sempre descompassado em relação a ela. De tempos em tempos, ele ficava fora do tempo, o que Sarna nunca relutava em realçar.

— Que pena, *Ji*, Você *faltou* ao evento? — perguntava ela com uma falsa solidariedade quando ele voltou. — Que pena, sr. Karam Sutra. Bom, você *faltou* a alguns eventos que ocorreram em sua ausência. Você *faltou* quando a sua filha quebrou o pulso, quando seu filho serviu jantar no *gurudwara* pela primeira vez e quando sua esposa teve que pegar uma carona de uma daquelas vans *matatu* para casa depois de o carro ter pifado duas vezes na cidade. Mas o que é tudo isso? Apenas um ou dois percalços. Nada que possa deixá-lo preocupado. Eu ia perguntar se você sentiu a nossa *falta*, mas não há dúvida de que você estava tão ocupado vendo as mulheres de Londres que não teve tempo. *Ji*, por que você está tão ofendido? Eu cometi alguma *falta*?

E, mesmo assim, as viagens de Karam não eram um fracasso total. Elas logo viravam anedotas para contar às pessoas. Seus amigos e irmãos adoravam ouvir sobre ele "quase ter estado lá" e "quase ter alcançado o evento". A história da tentativa de Karam de ver a coroação permaneceu firmemente como a favorita, por causa do jeito como ele a contava, nunca deixando transparecer onde acabava a realidade e sua imaginação tomava as rédeas.

— Eu abri os olhos e o nome LIZ no crachá da blusa de uma mulher estava me encarando. "Como é?", pensei. Num momento eu a estou vendo de longe, no minuto seguinte já estou chamando a rainha pelo apelido?

Alguns dias depois de sua volta da viagem da coroação, Karam estava conversando com amigos quando Paramjeet Singh perguntou:

— Ah, você soube do Tan Singh enquanto estava em Londres?

— Não, acho que não — respondeu Karam. — Quem é ele?

— *Quem é ele?* — repetiu Paramjeet, chocado. O outro homem que estava com eles riu e balançou a cabeça. — Ah, Karam *bhraji*, você foi ver a rainha inglesa e ignorou o nosso herói *sikh*. Tan Singh? Ele chegou ao topo do monte Everest junto com um inglês no dia da coroação. Lá no topo. Ele é agora o Rei da montanha. Nós ouvimos no rádio.

Agora foi a vez de Karam rir.

— Tan Singh! — Ele bateu palmas. — Quem disse isso a vocês? Ele não é *sikh*. É um guia nepalês que subiu com Edmund Hillary. Seu nome é *Ten-zing*. Tensing Norgay!

Os amigos ouviram surpresos.

— Aaaah... — Paramjeet cobriu a boca com as mãos. — Nós anunciamos isso no templo *gurudwara*. Nós dissemos *ardaas* para ele.

Karam mal podia falar de tanto rir. Mais tarde, ele pensou que, se não tivesse ido a Londres, poderia facilmente ter caído no mesmo erro. Em vez disso, fora poupado daquela loucura. Ele fora em busca de novos conhecimentos e sensações; e o resultado das experiências, embora imperfeito, o ajudou a se distinguir dos homens ao seu redor. Karam gostou da sensação. O mundo era o universo dele, Londres era o curso de história que escolhera, e a experiência era o seu mestre. Deixou-se testar por eles e imaginou que cada viagem completa era como uma graduação num diploma da vida.

Sarna nunca se acostumou com a obsessão de Karam por Londres. Seu coração era como uma marionete nas mãos da vida e, a cada vez que Karam viajava, as cordas eram retesadas ao extremo. Elas apertavam sua respiração como se estivessem agarradas aos seus quadris, presas ao centro dela, onde habitavam os maiores medos e os maiores erros. Ela não podia contar a ele que toda vez que ele se ausentava, ela revivia o horror da primeira deserção, que culminara na morte de Phool. E a morte de Phool espelhou uma outra perda, que ela nunca admitiu para ninguém. É por isso que, ao ser deixada sozinha com Pyari e o novo filho deles, Rajan, Sarna era lançada a um estado esquizofrênico de amor. Ela ficava ao mesmo tempo superprotetora — enchendo-os de comida, monitorando as batidas dos corações deles, andando para lá e para cá enquanto brincavam no jardim — e distante — incapaz de apertá-los com a ardente expansão da sua afeição ou de olhar longamente para o jeitinho desajeitado deles, para seus corpinhos gorduchos, com receio de trazer mal-olhado para os dois. Eram as roupas sujas dos filhos que ela abraçava, apertando as vestimentas contra o rosto e inalando os seus cheiros de criança. Era para os fantasmas de suas presenças que iam os carinhos dela, correndo a mão pela marca deixada pelos corpos nos lençóis quando as crianças se viravam dormindo. Nas tardes ensolaradas, quando eles corriam na frente dela subindo uma rua, Sarna dançava com suas longas sombras. Ela podia abraçá-las e tomá-las para si sem apreensão — pois não eram seus preciosos bebês que estavam recebendo a dose concentrada da sua adoração amaldiçoada.

Incapaz de articular o pavor sobre o potencial destrutivo do seu amor, Sarna tentava dissuadir Karam de viajar para Londres concentrando-se na suposta infidelidade dele. Ela pensava ter desculpado sua primeira transgressão. Mas desculpar é confiar novamente, e isso Sarna não conseguia fazer. O fato de Karam voltar repetidas vezes a Londres apenas aumentava a certeza de que a cidade era, para ele, um lugar de corrupção. O Reino Unido, com certeza — mas o lugar só causara rupturas entre Karam e ela. Só o fato de ele ir para Londres já era uma forma de adultério. Imaginar os abomináveis atos que ele pudesse estar cometendo lá não requeria um potencial imaginativo tão grande. "História, mistória, mistério", murmurava ela quando o marido trazia o assunto à tona. Ela acreditava que a história não era nada mais do que uma fachada para o sofisma carnal de Karam.

No começo, Karam respondera a ela raivosamente, mas, com o passar dos anos, ele adotara formas própria de insinuação.

—Tão desconfiada, sempre tão desconfiada. *Por quê?* — Karam olhava firme para ela, como se a força do olhar pudesse atravessar a miopia dela e ajudá-la a se enxergar.

— Não sou desconfiada. Os *seus* relatos é que são suspeitos... Você e os seus eventos perdidos. A cada dois anos, você fica eufórico por esse lugar, sai correndo sem pensar em ninguém, volta para casa exausto e dizendo que "perdeu o evento"! O que quer que eu pense?

—Você não confia em ninguém — Karam balançava a cabeça — porque você não confia em si mesma. Não sei o que se passa por essa sua cabeça, mas sei que nós julgamos os outros pelos nossos próprios padrões, e, a seus olhos, ninguém é bom.

A suspeita de Sarna sobre a obsessão de Karam por Londres não era totalmente sem fundamento. Aquela cidade continuava sendo para ele o lugar principal de suas esperanças de encontrar a história. Por que ele continuava voltando para lá, quando o mundo estava cheio de lugares onde poderia ter encontrado o drama que procurava com mais facilidade? Guerras, revoluções, festivais, funerais de pompa — não faltavam acontecimentos. Bem aos pés de Karam, uma luta por independência estava acontecendo. Mas ele não dava a menor atenção a essa história. Na verdade, no dia 12 de dezembro de 1963, o dia em que o Quênia foi declarado uma república, Karam estava vendo uma casa em Londres e avaliando a possibilidade de comprá-la. O Império Britânico podia estar caindo aos pedaços, mas havia ao menos um sujeito leal que ainda não queria cortar sua devoção a ele. Ao fazer uma oferta pela casa na Elm Road, em Balham, Karam dava o seu lance mais concreto para atingir o status que estivera procurando em todas as visitas a Londres: o de ser parte de uma nação que tinha orgulho do seu passado e que sabia como construir a história. Ele desejava ascender ao se tornar parte de algo maior do que ele mesmo. Almejava a honra ao se associar. Londres era o lugar que satisfazia esse desejo. Só de estar na cidade ele já se sentia conectado com a história, porque podia ver o passado todo ao seu redor. Da Casa do Parlamento, passando pela Coluna de Nelson, ao quarto surrado e entulhado em estilo vitoriano que ele alugara perto da India House, tudo tinha o selo do passado, tudo tinha a aura de autoridade que o tempo lhes conferia. Londres era, Karam acreditava, um lugar civilizado. Ele sabia que coisas importantes haviam acontecido lá e sentia que a cidade continuaria sendo um ponto focal na história do mundo.

Karam estava tão tomado pela busca da sensação que Londres oferecia a ele que acabava negligenciando o que se passava bem na sua frente. Não via que a importância de um evento não era determinada necessariamente por sua escala. Sarna tentava dizer isso a ele, mas Karam não estava disposto a lhe dar a menor atenção.

Onde estava Karam quando a casa deles foi assaltada? Onde estava ele quando Sarna perdeu a gravidez do quarto filho? Onde estava quando ela fez o biscoito *khatais* mais perfeito do mundo — pequenas maravilhas arrendondadas que derretiam na boca? Onde estava quando Pyari ganhou o prêmio de "a matemática mais rápida" na escola? Onde estava quando o pequeno Rajan parou de usar o cabelo trançado para portar um *putka*? Onde estava quando o importante seria estar ali? LONDRES. A palavra soava como um obstáculo para Sarna. Quando pensava naquela palavra, caía num redemoinho de dúvidas. Sempre que a pronunciava, a palavra precisava ser cuspida para fora como água de coco amarga.

As viagens de Karam a Londres se traduziam num fanatismo com relação à educação dos filhos. Ele deixou claro que, no futuro, queria que tanto Pyari quanto Rajan fossem estudar em universidades na Inglaterra. Supervisionava os trabalhos deles como um general inspecionando um treino militar, latindo ordens: "Depressa! Conserta essa caligrafia! A tabuada 14? O soneto número 18 de Shakespeare? Os nomes dos 12 gurus?" O comando "à vontade" nunca saiu da boca de Karam. Ele não acreditava em recreação. A meta era a universidade — e o caminho para ela era estudar sem parar. Apenas as súplicas de Sarna garantiam às crianças folgas ocasionais.

Nesse meio-tempo, Karam e Sarna foram se tornando cada vez mais estranhos um para o outro pelos mal-entendidos e pelo silêncio. A vida prosseguia, ela tinha que seguir. E havia momentos alegres — sucessos e comemorações. Mas, ao longo do tempo, algo se perdera: o respeito lentamente desapareceu, e depois escapuliu a ternura. Uma palavra cruel atirada entre amantes pode desfazer a sua comunhão. Pragas repetidas, acusações e ameaças acabam por destruir o amor, mesmo que não sejam mais do que um grito desesperado e apaixonado.

Quando Karam decidiu que desejava que a família inteira emigrasse para Londres, esperou que a reação de Sarna tomasse uma escala totalmente diferente. Ele já estava dando sinais dessa possibilidade há meses. A compra da casa na Elm Road fora a primeira pista. Justificara a aquisição dizendo ser um investimento, mas imaginava que Sarna soubesse o que ele estava planejando. Na maioria das vezes, ela torcia as coisas para que se encaixassem em sua própria lógica peculiar, mas às vezes ela ia direto ao cerne da questão. Ela vinha respondendo às alusões migratórias dele com os comentários cáusticos usuais; mas ultimamente, ele notara, ela se mantinha em silêncio quando ele falava de Londres, como se estivesse meditando sobre o que ele dissera. Quando chegou, no entanto, a hora de tornar claras as suas intenções, Karam se preparou para o pior. Pois algumas noites antes de falar com Sarna, seus sonhos se tornaram visões apavorantes de vulcões em erupção e de ondas provocadas pela maré.

Karam explicou que estavam oferecendo aposentadorias precoces no Tesouro e que no final do ano ele estaria apto a receber uma.

— Faz sentido — disse ele. — Esse país não será mais o mesmo depois de os britânicos irem embora. O escritório já está se enchendo de ugandenses. Quem sabe como as coisas vão ficar? É melhor sair enquanto ainda podemos. E o pagamento será bom, será uma boa pensão.

Sarna continuou a descascar ervilhas, e, tomando isso como um bom sinal, Karam desandou em falar mais confiante.

— Pyari vai prestar seus exames do ensino básico daqui a alguns anos. Faz sentido que ela os realize em Londres. As escolas são boas, e as chances de as crianças entrarem em universidades serão maiores.

Uma ervilha voou de dentro da casca e bateu no rosto de Karam. "Ah, que *Vaheguru* me ajude, meu Deus, ela vai ficar violenta", pensou Karam, esfregando o rosto no lugar onde a ervilha aterrissara. Ele se forçou a prosseguir.

— Será fácil para nós agora. Temos a casa, as crianças estão na idade certa, minha pensão nos dará segurança... Eu só preciso solicitar a aposentadoria precoce. — Na verdade, ele já a tinha solicitado, e o benefício havia sido deferido.

A reação de Sarna foi de fato de outra ordem. Ela fez que sim com a cabeça e disse:

— Bom, já que nada pode mantê-lo afastado daquele lugar, eu suponho que *nós* teremos que ir para *lá*. De todo modo, já estava na hora de nós conhecermos essa Londres cujas qualidades você vem alardeando. Só espero que não nos decepcione.

Surpreso e aliviado, Karam aceitou o apoio dela sem questionar. Não quis pressioná-la e se expor a que ela mudasse de idéia. Além disso, ele já tomara a decisão. Sarna concordando só tornara as coisas bem mais fáceis. Se ele tivesse sondado um pouco mais ou se fosse capaz de ler os pensamentos dela, talvez não se sentisse tão satisfeito.

As ponderações agonizantes de Sarna a levaram a concluir que a ida para Londres podia ser, na verdade, sua última chance de tomar o controle da situação. Os problemas surgiram porque ela não conseguira impedir Karam de ir para Londres, mas se eles estivessem lá, ele não teria motivo para ir a qualquer outro lugar, não é? Sentada ali, em Kampala, Sarna não tinha como checar o que o marido aprontava em Londres, não era possível ter domínio sobre ele novamente. Mas ela estando lá, o marido não poderia simplesmente fazer o que lhe desse na telha. Ele não poderia rastejar atrás das mulheres se ela estivesse de olho nele. Ele não teria o desplante, ela estava certa disso, de tentar alguma coisa assim com os filhos morando na mesma cidade. Talvez a ida para Londres não fosse uma idéia tão ruim. Sarna começou a gostar do desafio da cidade. Imaginou-se finalmente confrontando a cidade prostituta que seduzira seu marido. Ela agarraria a *kamini* pelo pescoço e a torceria até arrancar-lhe fora a cabeça. Ela mostraria a Karam quem era de verdade a rainha de Londres.

11.

Os cômodos no primeiro e no segundo andar da casa que Karam comprara na Elm Road estavam alugados. O primeiro andar era ocupado pelo sr. Reynolds, um oficial do exército aposentado, e sua esposa coberta de verrugas. Eles eram os discretos inquilinos que fizeram a compra da casa parecer uma pechincha para Karam. Os dois se revelariam um casal mal-humorado e xenofóbico. Moravam na casa desde o final da Segunda Guerra Mundial. Como a muitos dos soldados desmobilizados que retornaram ao país, foram oferecidos ao sr. Reynolds quartos em uma casa vazia na região em que ele costumava morar. Os aluguéis nesses lugares eram controlados pelo governo, estabelecendo-se um valor fixo muito baixo por toda a vida do locatário. Os Reynolds levavam uma vida dura, mas tranqüila, no número 4 da Elm Road até o "sr. Singh", como chamavam Karam, e sua família se mudarem para lá. Sentiram-se afrontados com a chegada daqueles "marrons". Ofendiam-se com a vida colorida e barulhenta que transbordava dos confins do andar térreo dos cômodos dos Singh e que subia e se misturava com o ar abafado das esperanças envelhecidas que habitavam o primeiro andar deles.

O sr. Reynolds fazia um muxoxo de reprovação, estalando a língua, toda vez que via o turbante branco recém-engomado de Karam secando sobre o corrimão.

— Isso aqui não é um varal de roupa — gritava ele do alto da escada.

A sra. Reynolds se queixava de eles tomarem banho todos os dias. O barulho a perturbava, e ela achava o ritual desnecessário.

— A quantidade de banho não vai fazer diferença. É de um bom mergulho num alvejante que eles precisam — declarou ela, coçando o sinal peludo do rosto e franzindo a testa para o marido.

Ambos detestavam o cheiro da comida de Sarna.

— Eu sinto o cheiro disso quando viro a esquina dessa maldita rua — reclamava o sr. Reynolds com Karam, enquanto a esposa acrescentava:

— O cheiro maldito fica nas nossas roupas, nos nossos lençóis, até no nosso ar, e não há como nos livrarmos dele. Não pode ser saudável o que quer que seja que vocês estejam comendo.

Os Singh, naturalmente, fizeram o melhor que puderam. Trabalharam na esperança de que quanto mais os Reynolds desgostassem deles, mais provável seria que resolvessem se mudar. Então, em vez de controlarem os hábitos que desagradavam os inquilinos, eles os exageravam. Meses depois de sua chegada, Sarna sentia-se corajosa o suficiente para ir furtivamente até o andar de cima com panelas chiando, cheias de cebolas e pimenta picadas, nas mãos. Ela ficava parada lá durante alguns minutos, enquanto o cheiro e o fedor da comida invadiam os aposentos dos Reynolds. Deixava as crianças correrem para cima e para baixo nas escadas e gritarem perturbando todos os minutos de paz do casal. O atrito continuou durante dois anos, até os Reynolds serem finalmente levados a se mudar. Porém, não foram as táticas ocultas que finalmente os persuadiram a sair, mas o gordo cheque que Karam, com muita má vontade, lhes colocara nas mãos.

Enquanto isso, no quarto do sótão, no segundo andar, residia um tipo bem diferente de inquilino. Ele também viera junto com a casa, mas não tinha o mesmo potencial controlador que os Reynolds. O dono anterior recomendara a Karam que permitisse a Oskar Naver manter o seu aluguel.

— É um camarada bom e calmo — dissera ele. — Está aqui há anos. Paga o aluguel em dia. Não vai dar problemas a vocês.

E a família de Karam de fato nunca teve motivo para pensar diferente. Durante a maior parte do tempo, Oskar mantinha-se alheio, mas, em todos os encontros com a família, era educado e simpático. Ao contrário dos Reynolds, tinha curiosidade pelo modo de vida dos Singh. Ficava tentado pelo cheiro da comida de Sarna e encantado com as crianças, que algumas vezes iam até o quarto dele para oferecer algum petisco saboroso, cortesia da mãe. Ao longo dos anos, a família foi gostando de Oskar e o convidava regularmente para fazer com eles alguma refeição ou para tomar uma xícara de chá. Apelidaram-no de OK, mesmo ocasionalmente tendo dúvidas se ele estaria mesmo bem com isso, e costumavam ir sorrateiramente ao seu aposento para contar-lhe coisas que não mencionavam uns para os outros.

Oskar tinha uma capacidade extraordinária de ouvir. Aquilo em que porventura concentrasse os ouvidos era capturado completamente. Ele podia ouvir as conversas íntimas dos vizinhos através das paredes da velha casa vitoriana na Elm Road. Num ambiente cheio de falação, ele conseguia focar os ouvidos em determinada conversa com a agilidade de um transistor de rádio procurando pela freqüência correta e selecionando a história que desejava ouvir. Quando ele se concentrava com afinco, conseguia ouvir até o que não era dito: as palavras veladas dos pensamentos íntimos. Ele não retinha essas informações de maneira consciente, mas tudo o que tinha a fazer era apoiar uma caneta no papel, e o que ouvira era integralmente derramado para fora: uma palavra atrás da outra ia sendo perfeitamente transferida para a página.

Enquanto ouvia, Oskar nunca fazia perguntas; nunca fazia pressão para obter mais informação, nunca interferia no que estava sendo dito. As pessoas se abriam com ele. Revelavam coisas sem a mínima intenção de fazê-lo e contavam verdades que os surpreendiam. Ele aceitava uma história da maneira que ela lhe era passada: na versão de quem a contava. Como um padre, ele recebia confissões, mas não oferecia absolvição. Como um pesquisador, coletava os fatos, mas nunca escrevia a história.

Ele apenas colecionava histórias. Histórias de todos: amigos, amigos de amigos, amigos de amigos de amigos, conhecidos, estranhos. Histórias verdadeiras, fantasias, matérias de jornal, sonhos, horóscopos. Em todas elas, procurava padrões e conexões. Delineava mapas elaborados nos quais as tramas ziguezagueavam transversalmente e ao redor umas das outras. Desenhava gráficos, gravando a freqüência da repetição de temas e emoções. Tinha mapas do mundo onde ficavam os cenários das histórias, num esforço para ver onde tudo se interligava. O que ele realmente queria era encontrar um conto universal, uma linha unindo toda a humanidade, o ponto onde as histórias de todos se encontrassem. Ele tinha esperanças de então poder escrever uma história.

Os Singh nunca souberam disso a respeito de Oskar. Ele era o cronista de tudo e de nada, o perseguidor de miragens, o ladrão silencioso das palavras dos outros. Se indagados sobre como ele era, as pessoas se dariam conta, surpresas, de que não se lembravam de nada dele. Talvez o anonimato fosse parte de sua habilidade para permanecer invisível diante da história de outra pessoa. Ele parecia não ter idade, pois a sua própria história ficava suspensa no registro das histórias dos outros; a vida passava, então, ao largo e o deixava intocado.

Algumas pessoas acreditam que Deus está nos detalhes, mas Oskar partira da premissa de que a trama estava nos detalhes. Foi assim que ele começou a colecionar as histórias das pessoas. Queria ver se os detalhes se provariam infinitamente variados, e a trama, essencialmente a mesma. Ele se perguntava se por meio dessa busca não seria capaz de encontrar um modelo para a criação da história ideal, aquela na qual tudo acontece como deve acontecer e todos encontram as respostas que querem encontrar.

Como as estrelas, que, estudadas por meio de um telescópio, revelam sua impenetrabilidade, sua perpétua expansão de uma galáxia à outra, o ouvido de Oskar, que tudo absorvia, encontrava cada vez mais histórias com cada vez mais variações. A princípio isso o excitara. Ele as colecionava com zelo e as catalogava cuidadosamente. Usava papéis coloridos para arquivar o trabalho, organizando as histórias em séries de vívidos arco-íris — milhares delas eram preservadas em cores para as quais apenas ele possuía os códigos. Registros dos anos que se estendiam para trás como um cortejo psicodélico de matizes. Ele começara com brancos e cremes e passara para tons pastéis pálidos: páginas leves que brilhavam com a premonição de uma idéia ávida para ser esclarecida. Ele progrediu em direção ao extraordinário, por meio de nuances de tons que refletiam dúvidas sobre a viabilidade de suas intenções. Com o passar dos anos, as páginas foram adquirindo cores mais ousadas, escurecendo ao receber a forte inscrição cursiva que as marcava. Perto já do final dessas coleções, quando começara a compreender a futilidade do seu empreendimento, Oskar passou a usar papel preto-azeviche, apagando, desse modo, as histórias no instante mesmo em que as escrevia.

Milhares de histórias capturadas durante muitos anos enchiam agora o quarto onde Oskar morava na Elm Road. Os papéis que documentavam seu trabalho ficavam empilhados em várias caixas de sapato dispostas contra as paredes do cômodo, ocupando o espaço do chão ao teto. O projeto expandira-se muito além do que ele previra. Só os detalhes já o esmagavam. Ele foi forçado a aceitar, com frustração e espanto, que embora os livros coubessem perfeitamente dentro das capas, as histórias das pessoas não cabiam tão facilmente em compartimentos perfeitos. As vidas não seguem padrões que satisfaçam uma teoria, os sentimentos se derramam desordenados sobre as tramas, e o menor detalhe pode mudar tudo.

Oskar concebeu inicialmente a sua missão como uma espécie de gigantesco exercício de ligar os pontos ansiosos para revelarem um desenho simples e surpreendente em meio àquele emaranhado de linhas. Agora ele sabia que, em algum momento, há muito tempo ou talvez na véspera, ele reunira pontos demais e que nenhuma imagem clara jamais poderia emergir dali. Algumas vezes, no entanto, ele ainda achava que as histórias eram como uma grande variedade de imagens sobrepostas delicadamente em camadas, para que lhes fosse conferida uma realidade mais plausível e profunda, uma perspectiva pós-moderna. Como aquelas imagens tridimensionais que à primeira vista parecem uma confusão de cores sem propósito, mas que, se vistas pelo ângulo certo, revelam uma figura nítida.

Oskar tinha que acreditar nisso, pois a coleção de histórias se tornara para ele um vício. Era sua única ocupação, e se tornara dolorosa, pois ele via, cada vez mais, como ela oscilava no limite da futilidade. Olhava às vezes com horror para todos os papéis que acumulara e sabia que o que permanecia não eram tramas ou personagens, mas os tristes rascunhos de uma obsessão. Imaginava então as histórias perdendo lentamente o sentido e murchando em suas caixas até o nada. Mas nos momentos de calma absoluta, geralmente nas profundezas da noite, quando a casa estava dormindo e a cidade descansava, um rumor podia ser detectado, um murmúrio sutil, quando as histórias disparatadas reconheciam suas interconexões e se alvoroçavam na ânsia de se reorganizarem. Nesses momentos Oskar percebia que seu trabalho era válido, mas sentia-se atormentado, pois não conseguia encontrar palavras capazes de juntá-las.

Oskar não se permitia refletir sobre seu fracasso. Dizia a si mesmo que seu ofício era apenas registrar. Em sonhos, sofria por conta disso, quando a indagação sobre sua responsabilidade em relação às histórias que colecionara vinha desafiá-lo. Ele não queria nenhum compromisso com os personagens de suas histórias. Acreditava que era a sua neutralidade que ordenava a coleção, e render-se a compromissos desse tipo colocaria em risco todo o empreendimento. A natureza das histórias é tal que elas sugam você para dentro, e, antes que possa se dar conta disso, vai se tornar parte delas. Oskar mantinha-se atento a esse risco. Ele sempre resistira a se envolver. E conseguira — até os Singh se mudarem para a casa em que ele morava.

Era tudo tão calmo. Isso era o que Sarna achava mais insuportável, porque o silêncio confirmava que ela estava sozinha. Não havia mais os barulhos da empregada Wambui lavando o chão com água enquanto fazia a *pangusa*, limpando tudo, ou cantando suas canções na língua suaíli enquanto lavava as roupas. Não havia mais as janelas que se abriam para as folhagens brilhantes e para o canto dos pássaros. Sarna não ouvia mais as crianças brincando do lado de fora, gritando enquanto andavam de bicicleta pela ladeira da Kira Road. Até o grito tentador da "senhora dos legumes", a *mama boga*, induzindo os clientes a comprarem frutas frescas e legumes era algo que agora ficara apenas na lembrança: "*Ndizi*! *Papai*! *Matunda*!" Sarna daria tudo para ouvir novamente aquele chamado familiar e para comer diariamente aquelas frutas outra vez — banana, mamão, maracujá —, que em Londres haviam adquirido a mística de exóticas. Maracujá, a fruta da paixão. Sarna suspirou de desejo. Ela engoliu enquanto a palavra provocava aquela lembrança adstringente de cheiro agridoce, e produziu um ímpeto de formigamento de saliva em sua boca. Lembrou-se da vez em que escavou e jogou fora todas as sementes do maracujá, pensando que atingiria a sua polpa, e tudo o que sobrou foi a casca enrugada. Agora chegara o dia em que ela própria se sentia como uma concha vazia. Tudo de que gostava fora escavado e jogado fora, e ela ficara exposta nesse lugar novo, Londres. Aqui ela não fazia idéia de para onde as ruas se encaminhavam, não conhecia ninguém e não falava a língua. Ficava o

dia inteiro em casa, contando apenas com os dramas na sua cabeça para
mantê-la ocupada. A vida, como um maracujá escavado, olhava furiosa,
agourenta, para Sarna, desafiando-a a beber seu suco amargo. O que ela
podia fazer? Como organizaria e conteria aquela mistura de experiência
e decepção para torná-la mais palatável? Como ela poderia se reinventar
dessa vez?

Londres fora uma decepção. Sarna não conseguia acreditar que aquela era
a mesma cidade espetacular que Karam tanto elogiara. Ele falara de um
lugar com ruas bem asfaltadas ladeadas por grandes construções antigas.
Sarna via apenas ruas estreitas e longas, cheias de casas velhas grudadas
de modo sufocante umas nas outras, como as *bhaijas* quando se colocam
muitas de uma vez na frigideira. A visão das árvores severas e sem folhas
entristecia Sarna. Elas pareciam tão artificiais, tão minguadas quando
comparadas à cacofonia de verdes de Kampala.

Não ajudou muito o fato de a primeira semana depois da chegada
deles à Grã-Bretanha ter sido tomada pela morte de Winston Churchill.
O humor reprimido do país confirmou a impressão de Sarna de que
viera para um lugar frio e melancólico, onde ninguém nunca sorria. No
dia 28 de janeiro de 1965, Karam arrastou a família para o Westminster
Hall para ver o corpo do grande homem. Eles entraram na fila que
atravessava o rio Tâmisa, dava a volta no hospital St. Thomas e retornava. Durante quatro horas, os Singh se apertaram sob um guarda-chuva
que oferecia pouca proteção contra o vento penetrante e a chuva de
granizo. Sarna ficou impressionada com o número de pessoas esperando pacientemente para prestar a sua homenagem, mesmo que ela não
conseguisse compreender o porquê. O evento que Karam esbravejara
como um "momento histórico" a deixava completamente indiferente.
Quando, por fim, entraram no salão, estavam ensopados, com os pés e
as mãos dormentes. Por um instante, Sarna ficou perplexa diante do
aspecto majestoso do lugar e do silêncio respeitoso dos espectadores.
Então, espirrou, e Karam lhe lançou um olhar de reprovação, como se
tivesse rompido de propósito o clima de reverência. Sarna perdeu toda
a paciência. Franziu o cenho para o marido, cruzou os braços e passou

rapidamente em volta do catafalco, sem dar nem uma olhadela sequer para Churchill.

Karam descrevera o povo britânico como hospitaleiro e simpático. Com certeza se referira a suas mulheres de Londres, cismou Sarna, pois, para ela, o lugar parecia deserto. Enquanto Karam ia para o trabalho no departamento de tributação, Sarna cautelosamente explorava a vizinhança. Ficou decepcionada ao encontrar apenas pessoas velhas, que se movimentavam tão devagar que lhe davam a sensação de que o mundo estava quase parando. Passava regularmente por duas velhas senhoras que olhavam para ela e comentavam:

— Oh, ela não é linda? Oooh, que cor encantadora ela está usando!

Sarna passava rápido por elas, perguntando-se o que estariam dizendo, preocupada se estariam desaprovando a sua presença na rua. Afinal, parecia não haver outros hindus por lá. A idéia de viver no meio de pessoas brancas, bem ao lado delas, na mesma casa até, era muito estranha para ela. Em Kampala, os negros, os hindus e os brancos todos moravam em regiões separadas, junto com seus iguais. Sarna escrevera para a família na Índia, descrevendo a vida naquela vizinhança de brancos em Londres como um degrau acima no seu status social, mas na verdade não sabia o que fazer com aquilo. Sentia-se uma intrusa, e uma parte dela esperava o dia em que seria pega e punida. Só depois de alguns anos, quando outros hindus se mudaram para a região e a maior quantidade de semelhantes lhe dera autoconfiança, a sua ansiedade foi embora.

— Fico o dia inteiro sozinha sem nada para fazer — reclamou Sarna uma tarde, enquanto Karam pendurava um espelho na sala.

Na parede oposta, um relógio grande de latão, com o formato da África, marcava a hora. Fora um presente de despedida dos amigos de Kampala.

—Você vai para o trabalho, as crianças vão para a escola e eu fico para trás, nessa casa grande e fria. Um dia você resolveu vir para cá fazer um curso de refrigeração, e agora você nos trouxe para morar numa geladeira.

A casa era velha e exposta a correntes de ar, e até então eles só tinham conseguido colocar carpetes no quarto de Karam e Sarna e no "quarto dos fundos" — uma pequena despensa nos fundos da casa, atrás da cozinha, onde Pyari e Rajan dormiam. A única fonte de calor era uma lareira na sala de estar principal no andar de baixo. Karam dizia relutar em usá-la por "motivos de segurança", mas Sarna sabia que o que ele queria evitar era o gasto de dinheiro. Karam comprara aquecedores de parafina para o quarto deles, mas insistia que só deveriam ser usados quando fosse absolutamente necessário.

— É bom se acostumar com o frio. Fortalece — disse ele.

Quando Karam estava fora do alcance de sua voz, Sarna comentou com as crianças:

— É claro que ele quer que a gente sinta frio. É para ficarmos anestesiados e sem sentimentos como ele.

E então aumentou os aquecedores até a temperatura máxima.

—Você ficava em casa o dia inteiro em Kampala também — Karam deu um passo atrás para ver se o espelho estava nivelado.

Percebeu surpreso que o topo do espelho, por coincidência, cortava o relógio em forma de África bem na altura da linha do Equador, mostrando, desse modo, apenas a metade de baixo do continente. Ele tentou mostrar isso a Sarna, mas ela não estava interessada. Ela apertou os lábios quando ele chegou perto, sentou-se ao seu lado e pegou-lhe a mão.

— É só o clima que está fazendo as coisas parecerem difíceis aqui. Espere só, daqui a alguns meses vai chegar a primavera. Aí você vai ver como fica bonito aqui. Tantas flores em toda parte, as pessoas se sentam do lado de fora e aproveitam o sol. Você pode passear no parque. Eu pensei que isso nos faria lembrar de Kampala.

Sarna tirou a mão da dele e começou a brincar com o bordado vermelho do debrum do seu *kameez*. Karam apontou para o espelho.

— Faz com que a sala pareça maior, não?

— Este lugar é uma prisão! — Nem um monte de espelhos iludiria Sarna quanto à caixa de fósforos para onde Karam mudara a família.

—Você disse que nós tínhamos uma casa, mas na verdade temos ainda menos espaço do que em Kampala. Você descreveu a casa como um palácio enorme, estilo vitoriano ou sei lá como você chama isso.

Quem era aquela Vitória? Uma das suas mulheres de Londres? Ela deve ser uma mulher bem maltrapilha mesmo.

— O lugar está quase caindo aos pedaços. Os inquilinos são os verdadeiros donos da casa, moram no andar de cima, nos cômodos maiores, enquanto nós estamos espremidos no andar térreo. Fico presa aqui sozinha o dia inteiro. Em Kampala eu tinha uma empregada, tinha os vizinhos, podia ir até as lojas. Aqui não há nada para mim. Estou de mãos atadas. Não posso nem cozinhar porque a nossa mudança ainda não chegou.

Karam viu como Sarna parecia infeliz, e, ainda assim, esbanjava vitalidade. A irritação deixara um tom rosado em sua pele. Como se o rosto tivesse sido levemente pincelado com água e tinta. Seus olhos, o sonho de um pontilhista, brilhavam de lágrimas, e os cabelos, soltos do coque, agora emolduravam-lhe o rosto com uma aura fina. Karam se viu fraquejando na presença dela, mesmo que suas palavras o ofendessem. Ele acariciou-lhe o rosto.

— Vai melhorar, eu prometo. Se ficar muito silencioso durante o dia, liga o rádio — disse com doçura. Depois acrescentou: — Não por muito tempo, cuidado. Só alguns minutos de vez em quando para distrair você. E lembre-se de tirar da tomada quando o rádio estiver desligado. Essa máquina estúpida continua consumindo eletricidade mesmo quando desligada.

Sarna virou a cabeça de modo que a mão de Karam escorregou-lhe do rosto e desviou para a curva de seu pescoço e para seu ombro, onde os dedos dele começaram a apertar seu corpo. Ela se arrepiou com a intenção por trás do gesto dele. Ele podia esquecer. Se ia racionar o uso do rádio, haveria restrições para o cabo de eletricidade *dele* — esse também teria que ficar fora da tomada. Ela encolheu os ombros e, como a mão de Karam não saiu do lugar, ela tentou afastá-lo com palavras.

— De que me serve um rádio se eu não entendo nada?

— É por isso que eu vivo dizendo a você: entre no curso de inglês para adultos na Mary Lawson School. É logo na esquina, de graça e é uma atividade para você. Vai conhecer pessoas e aprender inglês. Problema resolvido. Vê como é simples? — As mãos dele foram descendo para acariciar os seios de Sarna.

— É sempre simples para você. — Ela enrijeceu o corpo e afastou a mão dele. — As crianças podem entrar.

— Há semanas que eu lhe falo para entrar no curso, mas você não ouve. Você *precisa* aprender inglês. — Karam se levantou e examinou o espelho novamente. — Se você não aprender, não vai conseguir se integrar bem. Quanto mais tempo você deixar passar, mais difícil será.

O tom áspero dele irritou Sarna, mas foram suas palavras que realmente a enervaram, porque era tudo verdade. Ela não tinha nada contra o curso de inglês, a não ser os constantes sermões de Karam sobre ele.

— O que você acha? — Karam mexeu levemente no espelho. — Está reto? — Ele se inclinou para a frente como se fosse ajustá-lo novamente, mas, em vez disso, começou a ajeitar o turbante.

Que homem vaidoso! Sarna se levantou aborrecida. Ele sempre demorara mais tempo do que ela para se vestir, e desde que se mudaram para a Inglaterra ele ficara mais meticuloso do que nunca com relação à sua aparência. Agora estava mais interessado em se enfeitar do que em prestar atenção a ela.

— Você não me entende — disse ela para Karam, que tirara uma caneta de dentro do bolso da camisa e a estava usando para enfiar fios de cabelos desgarrados para dentro do turbante. — Você nunca entendeu.

Karam a viu saindo da sala. Era *ela* que não entendia. Mulher cabeça-dura que ela era. Nada era bom o suficiente para ela. *Uma mulher cabeça-dura, um homem de coração mole...* Karam quase sorriu quando a letra da canção soou em seus pensamentos. Ele sentiu que não havia nada mais verdadeiro que a música de Elvis sobre como uma mulher teimosa conseguia atormentar a vida de um homem nobre. Nunca foram ditas palavras mais válidas. A primeira vez que ouviu essa canção de Elvis no rádio foi no final dos anos 1950, durante uma de suas viagens solitárias a Londres. A letra o tocara como se tivesse sido escrita para ele. Enquanto ouvia, Karam deixara de ser um cliente calmo da cafeteria que se debruçava sobre seus papéis e seu chá. Tornou-se um homem que mexia os pés, balançava a cabeça, batucava com os dedos, possuído por uma melodia que contava sua história. A letra ficou gravada na cabeça de Karam para sempre. Nos momentos difíceis com Sarna, ela tocava na cabeça dele como um coro de simpatia.

Ele colocou a caneta de volta no bolso e examinou as unhas. No calor da África, ele as aparava a cada três dias, mas em Londres, uma vez por semana era o suficiente. A mudança estava saindo mais difícil do que ele imaginara. Ele julgava estar fazendo todo o possível para dar uma vida confortável à família. Mas havia fatores que ele não podia controlar, como o clima e a lentidão da chegada da mobília deles de Kampala.

Cambada de ingratos. Karam esfregou as unhas umas nas outras como se as estivesse polindo. Ali estavam, num país novo, casa nova, escolas novas, sendo levados para jantar fora todos os dias, e ainda assim não estavam felizes. Outros dariam tudo para estar no lugar deles. Seus próprios irmãos o olharam com inveja quando ele contara a eles sobre os seus planos. Todos ficaram esperançosos de poder seguir-lhe os passos nos próximos anos.

— Tem alguma coisa para comer no jantar ou teremos que sair? — perguntou Karam à sua mulher.

O rosto desanimado dela apareceu na porta.

— Não tem fogão, não tem comida; de onde vai vir o jantar?

— Não era isso — disse Karam rapidamente. — Eu só pensei que talvez você tivesse feito sanduíches. Se não tem nada, chame as crianças. Vamos sair e comer alguma coisa. Estou faminto.

Se não tem nada — as palavras magoaram Sarna. Ela supôs uma crítica implícita nelas, uma acusação de que ela não era capaz de alimentar sua família. Ter uma cozinha vazia a fazia sentir-se improdutiva.

— Se eu tivesse uma cozinha de verdade, você poderia até ter esperança de comer uma refeição de verdade. Pyari! Rajan! Coloquem os casacos, nós vamos sair para comer alguma coisa. Eu não sei por que você não pode simplesmente comprar um fogão. Estamos esperando o de Kampala chegar há um mês.

— Está chegando, está chegando. — Karam não queria começar outra briga. — Eu falei com eles ontem. Disseram que deve chegar daqui a uma ou duas semanas.

— Eles disseram isso há duas semanas. — Sarna enrolou o *chuni* em volta do pescoço como um cachecol, e eles foram saindo da casa.

A ausência de um fogão significava que a família Singh estava comendo fora quase todos os dias desde que havia chegado a Londres. No princípio as saídas eram uma grande novidade. Eles nunca tinham comido em restaurantes antes. O bairro de Balham era salpicado de pequenas lanchonetes e restaurantes que vendiam comida para levar para casa. Os restaurantes favoritos da família até então eram o Kentucky Fried Chicken (KFC) e o Wimpy. Essa noite, no entanto, Karam deu uma sugestão diferente.

—Vamos ao *Fry it* — disse ele, enquanto desciam a rua.

Pyari, Rajan e Sarna nunca esqueceriam a primeira vez que provaram peixe com fritas.

— Vocês vão adorar — profetizou Karam enquanto se sentavam numa mesa de fórmica.

O ar espesso da lanchonete pequena, pesado pelo cheiro e pela fumaça da fritura, contribuiu para aumentar a expectativa deles — condições semelhantes em casa freqüentemente precediam as delícias que Sarna cozinhava. Quando as porções quentes, embrulhadas em papel de jornal, foram colocadas na frente deles, eles se viraram para Karam. Seguindo o exemplo dele, desembrulharam as camadas de papel cheio de fumaça para encontrar peixes com a pele dourada e torrada e um montão de batatas gordurosas. Provaram com hesitação. Pyari sorriu quando a mordida na pele torrada da milanesa foi sobrepujada pela carne macia e cheia de camadas. Rajan atacou uma batata frita e depois se sentou subitamente com as costas retas, as mãos abanando na frente do rosto, a boca aberta num sobressalto, dizendo "Oh" de dor, por causa da quentura da batata recém-frita queimando-lhe a boca. Sarna comeu com interesse. Não se surpreendeu de peixe com batatas fritas ser o prato típico inglês. A atração peculiar de Karam pelo lugar a fizera suspeitar que Londres tinha um ar marejado. O prazer com que Karam se empanturrava convenceu Sarna de que, pelo menos no que dizia respeito aos homens, havia uma conexão inegável entre o prazer de comer peixe e os prazeres da carne. Sua teoria seria confirmada mais tarde, naquela mesma noite, quando o ardor de Karam se manifestou. Não ocorreria a ela que o modesto bacalhau talvez tivesse algo a ver com o enfraquecimento de sua decisão de resistir a ele.

Sarna bicou a comida.

— Está gostoso... mas falta alguma coisa.

Temperar com vinagre melhorou a refeição, mas ela ainda não ficara satisfeita. Um bocado de ketchup melhorou um pouco mais as coisas; no entanto, ela ainda desejava outro sabor. Ela enfiou a mão na bolsa, tirou de lá uma pimenta vermelha seca e a esmigalhou sobre a comida.

— Ah! — exclamou ela, com gosto, sinalizando positivamente com a cabeça. — Agora está bom. Prefiro assim. Hummmm.

E mastigou durante mais alguns momentos antes de tentar dividir os condimentos com o resto da família. As crianças recusaram. Karam disse não, mas, alguns minutos depois, inspirado pelo prazer evidente de Sarna, ele aceitou.

— Hummm. Nada mal.

Depois de seis semanas jantando sólida comida inglesa, a atração pelo novo cardápio esfriou para toda a família. Sarna tentava dar mais sabor à dieta deles. Empilhava queijo *cheddar* e salada entre fatias de pão branco, como vira fazerem numa lanchonete, e melhorava a modesta combinação acrescentando vários *chutneys*, molhos picantes que ela tivera a precaução de trazer de Kampala. Nos anos seguintes, ela reivindicaria já preparar o *ploughman's lunch*, prato típico britânico que se constitui de sanduíche de queijo acompanhado de salada verde, muito antes de ele se tornar onipresente em toda a Grã-Bretanha.

Sem fogão, Sarna sentia-se impotente. Grande parte da sua ansiedade, depois da mudança para Londres, poderia ter sido dissipada tranqüilamente se ela tivesse podido arejar os pensamentos por meio da culinária. Certa vez tentara fazer uma fogueira no jardim dos fundos com a intenção de cozinhar ali, mas o montinho úmido de grama e galhos, quando aceso, resultou num fogo muito fraco. Ela teria perseverado, mas o sr. Reynolds debruçou-se para fora da janela de cima e gritou:

— O que está fazendo, mulher? Aqui não é a África. Não é a porra da floresta! Você vai tacar fogo em todos nós se não parar com isso.

Sarna não fazia idéia do que ele estava dizendo, mas o tom de voz áspero dele foi impedimento suficiente, especialmente porque a gritaria dele atraiu outros vizinhos para a janela. Ela não conseguiu dar prosseguimento ao churrasco improvisado sob as sombras daquelas caras amarradas.

Presa numa cozinha sem fogão, a propensão natural de Sarna para remexer nas coisas não encontrava por onde se manifestar. Negado a ela o alívio de picar, ferver, fritar, derreter ou colorir os pensamentos por meio da comida, sentia-se cada vez mais oprimida e infeliz. O corpo sempre encontra, entretanto, algum tipo de alívio e, privada de um fogão de verdade, as entranhas de Sarna passaram a ser a estufa da criação. Ela sentia a queimação no peito e a fervura na barriga. Ouvia o gorgolejar no intestino e o sibilar na alma, e sofria, então, de indigestão.

— Não estou me dando bem com a sua comida inglesa — começou a reclamar com Karam.

Todo processo tem um resultado, e a conseqüência da fermentação física de Sarna foi a produção fatal de simples peidos. Vergonhosos e sulfurosos, esses transgressores deslizavam silenciosamente para fora dela e, culpados, desapareciam, em seguida, no ar. Mas não conseguiam sumir sem deixar um rastro potente de podridão, pairando no ar durante vários minutos. Sarna estava sozinha em casa quando a primeira dessas descargas foi produzida. Apesar do alívio de sua liberação, ela ficou horrorizada. Abriu bem as janelas da sala de estar, onde estava sentada, e aumentou o volume do rádio como se isso também pudesse aliviar o fedor medonho. Inevitavelmente, houve recorrência do incidente na presença de Rajan e Pyari.

— Uuuuuugh! Alguma coisa morreu — guinchou Rajan quando o cheiro chegou até ele.

Pyari, que nunca abria uma janela com medo de deixar entrar o frio, voou para a porta da frente e mergulhou a cabeça para fora para tomar um pouco de ar fresco. Pela primeira vez desde que chegara a Londres, Sarna realmente riu. Ela deu gargalhadas de total constrangimento e de perverso deleite. Sua gargalhada, encoberta e escondida, foi violenta no seu silêncio: o corpo, dobrado ao meio, sacudia como um brinquedo de corda vibrando. Quando as crianças a viram, dobraram-se de rir também.

— *Mi*! — Pyari dava risadinhas de nojo.

Quando todos se acalmaram, o cheiro desaparecera. Sarna foi a primeira a falar.

— Não ouse contar para o seu *pithaji*. — Ela sacudiu o dedo em direção às crianças.

Não precisaram contar ao *pithaji* pois, alguns dias depois, ele foi inesperadamente ventilado pela experiência. As crianças estavam sentadas à mesa, fazendo o dever de casa, e Sarna costurava. De repente, Karam levantou os olhos do jornal, respirando cautelosamente, e perguntou:

— O gás está aceso?

Ignorando o impulso de abrir a janela, dominada pelo calor de vergonha que lhe subia pelo pescoço e sufocando o riso que fazia cócegas na sua garganta, Sarna agarrou a oportunidade para dizer:

— Como pode o gás estar ligado se aqui não tem fogão?

Karam, afrontado pelo cheiro, que sequer supunha ter saído de um ser humano, deixara a sala para investigar. Rajan e Pyari enfiaram o nariz nos livros escolares. Sarna olhou para os dois enquanto abria as janelas. Quando Karam voltou, o odor já era menos nocivo. Sarna apontou o nariz para o teto.

— Deve ter vindo lá de cima. Esses tais de Reynolds estão apodrecendo lá.

Foi uma surpresa para Karam quando, alguns dias depois, Sarna disse que estava doente. Ela se recusou a contar-lhe quais eram os sintomas exatos, mas insistiu que ele a levasse ao médico. Lá, é claro, foi obrigada a dizer a Karam o que estava acontecendo, pois ele tinha que traduzir para o dr. Thomas.

— Doutor, ela diz que sente uma dor no corpo inteiro.

O dr. Thomas conhecera outras senhoras asiáticas que iam ao consultório reclamando de "dor no corpo inteiro". Concluíra que aquele apelo por ajuda surgia do constrangimento de ter que descrever dores em regiões sensíveis para um homem desconhecido. Com uma série de perguntas discretas feitas por meio de Karam, seguidas de engenhoso esforço para deduzir o significado real das respostas obscuras de Sarna, o médico se viu forçado a reconhecer que talvez estivesse diante de um caso incomum. Parecia-lhe que a dor de Sarna era mesmo no corpo inteiro. Ela estava sofrendo de congestão generalizada, de uma letargia que a consumia por inteiro, cuja causa era um bloqueio no estômago. O diagnóstico do dr. Thomas foi de que ela sofria de uma severa constipação.

— É um problema comum — disse ele —, provavelmente causado pela mudança de dieta e por reajustes gerais.

Ele correu um estetoscópio pelo estômago de Sarna. Um som lento, preguiçoso, encheu-lhe os ouvidos — e por trás dele, tão baixo que era quase imperceptível, havia um outro barulho: *da daa, da daa, da daa*. Não exatamente o ritmo de uma batida de coração, mas era próximo disso.

Karam olhou para a esposa.

— Ele diz que você tem um estômago indisposto.

Sarna fez que sim com a cabeça, embora estivesse aflita com a brandura do diagnóstico. Seus sintomas pareciam muito mais sérios, mas ela não estava em condições de contestar o que o médico dissera. Ela realmente não queria descrever sua verdadeira condição tendo Karam como intérprete. Como poderia dizer que não conseguia usar o banheiro já há duas semanas? Como poderia explicar que sentia como se estivesse sufocando por dentro? Naquele momento, ela resolveu entrar para o curso de inglês.

— Ele disse para você tomar dois comprimidos essa noite antes de ir dormir — disse Karam ao entrar no carro e entregar a Sarna a medicação comprada na farmácia. — Ele disse que, se de manhã não funcionar, você deve esperar até a próxima noite para repetir o tratamento. E que você deve conseguir evacuar dentro de 48 horas — Karam se interrompeu.

Ele não tinha a intenção de transmitir literalmente as instruções do farmacêutico. Ouviu Sarna se mexer desconfortavelmente ao lado dele no banco do carro. Virou rapidamente a chave na ignição.

— É a sua comida inglesa que está me deixando indisposta — disse Sarna.

Uma parte dela sabia que as aflições da sua mente estavam agitando o resto do corpo. Ela sentira tudo se armar dentro dela antes de ficar bloqueada. Mas não gostava de saber disso — era melhor colocar a culpa em outra coisa.

Sarna recuperou-se um pouco quando os comprimidos fizeram efeito uns dois dias depois, mas sabia que a solução completa dependia da chegada do fogão. Três semanas depois, já há mais de dois meses vivendo em Londres, ele finalmente chegou. Sarna tentou começar a cozinhar imediatamente, mas encontrou um novo conjunto de problemas. A oferta de legumes nas lojas dava pena se comparada com a da África! Não havia onde comprar ervas indianas frescas — nem mesmo coentro. Pratos que Sarna faria sem pensar duas vezes eram agora impossíveis. Idas e mais idas às lojas, e ela não conseguia encontrar o que precisava.

— Mais inútil do que útil — era o seu veredicto a cada vez que saíam de um supermercado ou de uma mercearia.

Achou que estariam fadados a comer peixe com fritas ou sanduíches para sempre. Esse foi o pior período do primeiro ano deles em Londres. Para onde Karam a tinha levado? Que país era esse que não possuía os ingredientes mais básicos do mundo? *Methi*, folhas de feno-grego. *Karela*, melão amargo. *Bhindi*, quiabo. *Matoke*, banana verde. *Anar*, romã. *Mirch*, pimenta verde. *Limbri*, folhas de *curry*. *Pista*, pistache. Quando se sentia aflita, Sarna puxava as pontas do seu *chuni* até as linhas se soltarem e as bainhas abrirem. Os de *chifon* eram os que sofriam mais — acabavam como meias de seda furadas e arrastadas por um arbusto cheio de espinhos.

Se Karam não a tivesse socorrido, algo terrível poderia ter acontecido. Com a ternura reminiscente dos primeiros dias de amor, ele abriu os olhos de Sarna para o que era possível. Ela tinha vastos estoques de todos os seus temperos secos, não tinha? Ela tinha sacos de *dhals* e grãos que podiam ser cozidos de mil e uma maneiras. Ela tinha o essencial, como alho, cebola, tomates e batatas, bem à mão. Na Inglaterra, havia uma abundância de vegetais que eles não comiam com tanta freqüência — cenoura, couve-flor, brócolis e repolho —, mas Sarna poderia fazer com que ficassem deliciosos, Karam tinha certeza disso. Dessa forma, ele devolveu a ela o otimismo. E ela acordou para o desafio. Ela cozinhara contra o ódio e a inveja, cozinhara para além da suspeita e da perda. Ela cozinhara por amor e para sair da dor. Ela superaria os obstáculos e cozinharia o triunfo mais uma vez.

12.

Sarna não foi a única a sentir dificuldades para se ajustar à vida em Londres. Pyari e Rajan também tiveram que enfrentar desafios. Acostumar-se ao frio foi a maior provação de Pyari. Durante aqueles primeiros anos em Londres, antes de a casa ser equipada com aquecimento central, ela se aconchegava junto aos aquecedores de parafina sempre que Karam permitia o seu uso. Gostaria de poder se arrastar para dentro do cilindro de metal e morar naquela brasa quente. Os pais sempre a advertiram para que mantivesse distância segura do aquecedor.

— Mas eu estou congelando de frio — protestava Pyari para Sarna, já que ela não ousaria levantar qualquer objeção a Karam.

— Melhor congelando de frio do que em chamas — dizia Sarna para ela. — Se você chegar mais perto dessa coisa, vai pegar fogo. Agora, afaste-se daí.

Na escola, quando Pyari era obrigada a passar o recreio no pátio, ela nunca se juntava aos outros nas brincadeiras de pular corda ou nos jogos de amarelinha. Em vez disso, enrolava as tranças pesadas em volta do pescoço e das orelhas, enfiava os braços para dentro das mangas do casaco e ficava ali: uma estátua sem mãos, congelada, com os joelhos tremendo freneticamente.

Rajan, enquanto isso, tinha seus próprios problemas. Desde o primeiro dia na escola, seu cabelo comprido, enrolado num coque e coberto pelo *putka*, que se parecia com um lenço, fez dele um alvo de piadas sem fim. Começaram com sussurros e risinhos de "É menino ou menina?", que ele ouvia sem querer.

— Se você é um menino, por que prende o cabelo com um coque? — perguntou Daniel, que viria a atormentar Rajan durante os seis meses seguintes.

— É por causa da minha religião — murmurou Rajan.

— Que religião é essa, então? — perguntou Daniel. — Retardadismo?

— Sikhismo. — Rajan passou a mão no tecido azul-marinho que cobria sua cabeça.

— Nunca ouvi falar nisso. — Daniel esticou o braço e agarrou o *putka* azul de Rajan. — Aqui isso não é religião, não mesmo.

O coração de Rajan começou a martelar. Ele olhou para os rostos brancos desalinhados rindo dele. Num gesto automático, ele respirou fundo e se empertigou, esforçando-se para aliviar a pressão da bexiga. Para seus agressores, pareceu que ele assumira uma postura provocadora, talvez até desafiadora. O sinal da escola tocou. Rajan se afastou e foi se encaminhando para o corredor. Daniel agarrou a aba do casaco dele e deu um puxão brusco.

— Ei! Presta atenção, garoto marrom.

O cabelo comprido de Rajan, sobre o qual ele nunca pensara duas vezes até aquele momento, tornou-se a fonte de uma ansiedade infinita. Começou a se ressentir do próprio cabelo, a vê-lo como um invasor, uma entidade estrangeira, que se anexara a ele sem pedir permissão. Por que, afinal, o cabelo tinha que ser comprido? Olhava para a cabeça do pai e não mais encontrava inspiração no turbante branco que formava uma auréola em torno dela. Ele ouvira o pai dizer, certa vez, que, quando estava na Inglaterra, as pessoas o tratavam como um rei.

— Ah, sim — dissera Karam há muito tempo em Kampala. — Eles vêem o turbante e se lembram dos retratos do Raj britânico, do domínio britânico na Índia, e pensam: "Ele é um marajá." Então as pessoas nos tratam com muita educação, muito respeito.

Apesar de todos os ecos do seu nome de rei, Rajan sabia que seu adereço de cabeça nunca faria dele um marajá. Ele era tratado mais como um bobo da corte do que como um rei. Quando Daniel e seu bando vislumbraram pela primeira vez o pai de Rajan usando turbante, o menino foi interrogado sobre o porquê de seu pai usar uma fralda na cabeça.

— É para deixar as orelhas dele quentinhas? Não tem dinheiro pra comprar um chapéu, não, é? — zombou Daniel. — Olha só o que vocês são, um bando de cabeças de trapo.

Rajan começou a se olhar no espelho todos os dias, observando com desconfiança os contornos salientes do *putka*. Era um alienígena sentado na sua cabeça. Assim como uma dor latejante nos dá a impressão de que o pedaço do corpo que está doendo se expande e se contrai a cada pulsação, do mesmo modo Rajan estava convencido de que seu coque crescia durante as horas torturantes que ele passava na escola e encolhia durante o tempo em que ele ficava em casa. Ele pediu a opinião de Pyari. Apontando para o objeto transgressor, perguntou:

— Isso está aumentando?

— Aumentando?

Pyari notara a intensa preocupação de Rajan com a aparência e o achava bastante ridículo. Mesmo quando descobriu que estavam debochando dele na escola, o que aconteceu um pouco antes de ela relacionar isso com o que inicialmente considerara ser a vaidade recém-descoberta do irmão.

— É claro que não está aumentando. Por que estaria? E é melhor você não deixar *pithaji* pegar você se emperiquitando desse jeito...Você sabe que levaria um tapa bem forte.

A resposta de Pyari não tranqüilizou Rajan. À noite, quando deitava na cama, puxava o cabelo, dava-lhe puxões bem fortes, na esperança de que ele pudesse se soltar do couro cabeludo para sempre.

Como se sentisse o desgosto do seu portador, o cabelo de Rajan revidou, tornando-se mais difícil de manusear. Lavá-lo era uma tarefa árdua, porque se enroscava de maneira ameaçadora em volta do pescoço dele, como se quisesse sufocá-lo, e entrava nos olhos, fazendo-os arder. Pentear o cabelo depois de lavá-lo também passou a exigir esforço intenso, pois os fios formavam nós e se recusavam a se deixar trançar. Sem conseguir arrumar o cabelo sozinho, Rajan foi forçado a deixar Sarna atacá-lo e domesticá-lo com puxões implacáveis, escovando e blasfemando.

— *Hai Ram*! Isso não é cabelo, é pesadelo. Deve ser a água de Londres, está bagunçando seu cabelo como bagunçou meu estômago.

Se o cabelo não cresceu de fato, expandindo assim o *putka*, o encolhimento gradual do próprio Rajan certamente deu a impressão de que o volume dos fios estava ficando maior. Não é de espantar que ele visse o cabelo como um parasita pulsante sugando-lhe a vida. O nó impenetrável sentava-se, gordo e inchado, no topo do rosto magro do menino. Conforme as semanas foram passando e as aporrinhações na escola continuavam, Rajan perdeu o apetite para tudo: comer, estudar, brincar, implicar com Pyari. Se as mudanças nos outros hábitos passaram despercebidas, a relação de Rajan com a comida não escapou a Sarna.

— Por que você não está comendo? — ralhou ela ternamente.

A princípio, pensara que ele se tornara exigente, porque sentia falta da comida caseira da mãe. Ela notou, com alguma satisfação, que o desejo dele por frango frito do KFC, peixe com fritas e sanduíches de queijo tinha diminuído. Tal mãe, tal filho.

— Esse nosso fogão tem que chegar aqui logo ou vamos acabar todos sumindo — disse ela a Karam. — Essa sua comida inglesa não nos faz bem. Olha para o meu Raja! Ele está definhando. Ele é igualzinho a mim, precisa de comida de verdade, temperada.

Mas mesmo depois de o fogão de Sarna chegar e ela preparar os pratos favoritos dele, galinha ao *curry* e batatas amassadas, o menino não comia. Foi então que Sarna começou realmente a se preocupar.

— *Hai Ruba*, por que você não está comendo? Como vai estudar se não comer?

Rajan apenas deu de ombros e disse que não tinha fome. Quando Sarna expôs a Karam suas preocupações, ele também não lhe deu ouvidos.

— Ele vai comer quando estiver com fome. Não vai poder evitar a comida para sempre.

— Talvez esteja doente — insistiu Sarna. — Lembra quando o filho de Gudo *Masi*, Chand, parou de comer? Ele teve malária e quase *morreu*. Nós deveríamos levar Rajan imediatamente ao médico.

— Do que você está falando? Nós estamos em Londres, aqui não existem essas doenças. É claro que Rajan não está doente. Ele está muito bem: não tem febre, não tem dor. Isso é alguma malcriação que ele está fazendo. Assim que o estômago dele começar a roncar, ele vai voltar a comer.

Sarna olhou desgostosa para o marido insensível. Que homem, *hai*, que homem. Só uma mulher como ela conseguia agüentar um homem assim.

Pyari recomendou a Rajan que não levasse a sério as intimidações, mas as suas súplicas tiveram pouco impacto na mente atormentada dele. A crise culminou no final do primeiro semestre com a chegada dos boletins da escola. Nenhum dos dois boletins estava cheio de elogios como os que Karam se acostumara a receber em Uganda. A carga de trabalho das crianças aumentara, e a pressão sobre eles era imensa. Dadas as circunstâncias, as notas de Pyari até que estavam boas — mas não o suficiente para Karam. Ele bateu o boletim violentamente na mesa e deixou claro para Pyari que ela passaria o feriado de Páscoa estudando para conseguir nota dez em todas as matérias.

Quando chegou a vez de Rajan, as marteladas na mesa foram ainda mais pesadas. Karam não conseguia entender. O menino era um aluno exemplar em Kampala, e agora, de repente, numa boa escola, com mais recursos, ele passara a ser um aluno menos do que medíocre.

— Matemática: demonstra compreensão, mas nenhum interesse — Karam leu e deu um soco na mesa: *Pam*! — História: precisa se esforçar mais... *Pam*! — Francês: fez pouco esforço para dominar os conhecimentos básicos. — *Pam*! *Pam*! — Biologia: precisa se dedicar mais. — *Pam*! — O QUE É ISSO? — rugiu Karam, pontuando cada palavra com um golpe ameaçador na mesa.

Rajan ficou aterrorizado demais para articular qualquer tipo de explicação.

— Toda noite você senta aqui e parece que está estudando, mas o que você está fazendo, eu pergunto? O que diabos você está FAZENDO?

A voz de Karam ribombou como um urro tão amedrontador que até Sarna pulou de susto.

— Por que foi que eu trouxe vocês para esse país? Para vocês tirarem notas baixas? Eu acho que não. Isso é inaceitável. — Karam fixou os olhos. — Como isso pôde acontecer? Quantas vezes eu disse a vocês que se concentrassem? — Ele levantou a mão e bateu violentamente nas costas de Rajan. — Quantas vezes eu preciso repetir isso? — Outro tapa. — Quantas vezes eu preciso dizer? — Mais um tapa.

Os golpes de Karam eram respostas impossíveis para perguntas retóricas. Quando pequeno, ele fazia contas na cabeça para se distrair dos castigos; agora, ele castigava o filho ao ritmo de somas incalculáveis.

— *Hai*! Pára! — Sarna tentou se meter entre os dois. — Ele não está comendo. Eu disse a você que ele não estava bem. Se não consegue comer, não é de admirar que não consiga estudar.

As lágrimas saltavam dos olhos de Rajan, mas o medo do pai continuava a impedi-lo de emitir qualquer som.

— Tira esse menino da minha frente — ordenou Karam. — Saiam, todos vocês.

Era esse o rumo que as coisas geralmente tomavam. Toda vez que Karam levantava a mão para qualquer membro da família, ou ele acabava saindo da sala ou os mandava sair, como se a imposição de uma distância física imediata entre ele e sua vítima pudesse separá-lo dos próprios gestos.

À medida que as semanas passavam, Pyari percebia que o comportamento do irmão ficava cada vez mais estranho. Cada vez ele se olhava no espelho por mais tempo. Uma vez Pyari pensou ter visto Rajan socar seu *putka*. Não teve certeza, podia ter visto apenas um gesto bruto para ajeitá-lo, mas os lábios apertados de Rajan fizeram com que ela achasse que o gesto não era inocente. Isso, aliado ao novo jogo de inventar turbantes para os dedos, que ela via Rajan fazer, eram coisas que a perturbavam. Quando garotinho, Rajan costumava usar retalhos de tecido que sobravam das costuras de Sarna para fazer turbantes coloridos para os dedos. Era uma maneira de competir com o pai, que ele via amarrar um turbante novo na cabeça todos os dias. Os turbantes de dedo de Rajan eram realmente muito bem feitos e ostentavam semelhança evidente com os turbantes impetuosos e hábeis de Karam.

— Um verdadeiro Singh — dizia Karam, apertando o braço do filho carinhosamente.

Rajan há muito perdera o interesse em fazer miniturbantes, mas agora retomara o hábito. Ele facilmente armava turbantes perfeitos em volta da ponta dos dedos e depois os arrancava violentamente, como se estivesse representando algum sonho vingativo de decapitação. Pyari percebeu que ela tinha que contar aos pais o que estava acontecendo. Via que, por mais que batessem nele ou o ameaçassem, ele não melhoraria na escola se continuasse a se sentir infeliz lá. Ela contou a Sarna que Rajan estava sendo importunado no colégio e deu a entender que era essa a raiz do comportamento irregular e das notas ruins do irmão.

— Mas por que estão implicando com *ele*? — Sarna levantou os olhos da massa que estava batendo. Por que alguém teria alguma coisa contra o seu Raja, o seu principezinho? — Ele é um menino tão bom e gentil. Todos os dias eu embrulho um pouco mais de lanche para ele dividir com os amigos. Por que não gostam dele?

— *Mi* — disse Pyari —, nem tudo tem a ver com comida. É porque ele é hindu, entende? Tem uma *cor diferente*.

— Mas ele não parece hindu; tem uma pele tão clara, como leite. Ele poderia passar por um inglês, é o que eu acho. — Sarna deu uma olhadela para Pyari. — *Você* é que é realmente hindu, você é *muito mais* escura do que ele. — Ela parou de mexer a massa e voltou-se para a filha, com olhar suspeito. — E *você?* Não implicam com *você?*

— Não, não mesmo.

Pyari ficou magoada, mas não surpresa com os comentários da mãe. O lamento sobre sua pele escura fazia parte das conversas diárias entre elas desde quando podia se lembrar; mesmo assim, a crítica não perdera seu ferrão. Ela não sabia que a mãe ficava procurando defeitos em seus filhos para se reassegurar de que eram imperfeitos, uma vez que a perfeição lhe fora roubada. Era melhor amar o que apresentava falhas — talvez assim ninguém ficasse tentado a tirá-lo dela.

— Você tem certeza? Eles devem dizer alguma coisa. Sua pele não mudou nem um pouquinho desde que chegamos aqui. Eu estava esperançosa, imaginando que o inverno inglês ajudaria a clarear o seu rosto... mas não. Nem um tom mais claro, nem uma tonalidade diferente.

Sarna examinou o rosto de Pyari e apertou-lhe as bochechas, deixando marcas de farinha nelas. Ela se permitia essas liberdades, gostava de pensar que eram mais para conferir a saúde do que carinhos.

— E você está usando aquele creme Motamarfosa? Hein? Está usando?

— Estou, *Mi*. Pára com isso. — Pyari afastou o rosto dos olhos perscrutadores e dos dedos cutucantes de Sarna.

— E é Metamorfose o nome do creme.

— Foi o que eu disse, *Motamarfosa*. Eu acho que você não está usando. Sua pele está escura demais. *Hai*, o que eu vou fazer com você?

Pyari correu o dedo por uma mecha franzida de sua trança, como se fosse um instrumento musical. Sarna estava certa, ela não estava usando aquele creme horrível. Ele pinicava ao redor dos olhos e tinha um cheiro ruim, e ela tinha certeza de que não adiantava de nada. Ela vira Persini Chachiji passando-o em Rupi, e não mudou em nada a pele dela. Pyari odiava a maneira como Sarna sempre pronunciava errado o nome do creme. Ela estava convencida de que a mãe o fazia deliberadamente e que obtinha algum cruel prazer da distorção. Motamarfosa — dê um peido bem grande e fedido, era isso o que significava a versão de Sarna para ele. Que creme podia ter um nome como esse? Provavelmente o creme ideal para uma filha com um rosto escuro demais.

— E o seu nariz! *Hai Ruba*. Tão grande, igual ao do seu *pithaji*. — Sarna continuava se divertindo. — Você tem esfregado o nariz como ensinei? Não parece estar funcionando. — Ela alcançou o nariz da filha, tentando afilá-lo para baixo com os dois dedos indicadores. — Se você estivesse fazendo isso todos os dias, ele já teria diminuído pela metade.

— *Mi!* — Pyari guinchou a sílaba do meio da palavra Mu*mi*ji, que se tornara o nome que ela usava para chamar Sarna, e enrugou o rosto, afastando-o do forte aperto da mãe. — E quanto a Rajan?

— Eu não acredito nisso. Se não fazem nada com *você*, por que fariam com Raja?

— Porque — Pyari agarrou as tranças uma em cada mão e balançou as pontas delas para Sarna. — Porque ele é um menino diferente. Tem cabelo comprido.

— Cabelo comprido? — repetiu Sarna, estalando os lábios como se estivesse experimentando as palavras antes de confirmar sua veracidade.

— É, cabelo comprido. — Pyari continuou descrevendo o tipo de gozação a que Rajan estava sendo exposto.

— *Hai*, meu filho. — Sarna levou a mão ao coração. — Mas por quê? Eles não sabem que nós somos *sikhs*? *Hai vaichara*, pobrezinho, meu pequeno Raja. Quem são esses garotos? Chame Raja, vou perguntar a ele. Eu vou dizer a eles. — Sua fala foi ficando mais afiada e rápida a cada frase. — *Eu vou* ensinar-lhes uma boa lição. Ninguém fala do meu filho assim. Espera só até seu pai chegar em casa. Eu vou fazê-lo ir direto pra escola de vocês. Ele vai delatar esses garotos. Onde está Rajan? Mande que ele venha aqui.

— *Mi, não*. Ele não sabe que estou contando a você. Ele vai ficar muito chateado. E essa, de qualquer maneira, não é a solução. — Ela falou sobre as atitudes recentes de Rajan, depois sussurrou o que parecia ser indizível. — Acho que o único jeito é cortar o cabelo dele.

— *Hai*, olha o que você está dizendo. — Sarna deu um pequeno empurrão em Pyari. — Nem cogite a possibilidade e não diga nada sobre isso na frente de seu pai. Que idéia! *Fiteh moon*, que coisa estúpida. Pobre Raja, tem uns probleminhas na escola e sua irmã já começa a arquitetar planos para cortar o cabelo dele fora. Você não tem respeito.

Quando Sarna explicou a situação para Karam, ele não foi tão incrédulo quanto ela com relação às notícias, mas ficou enfurecido. Tomou como afronta pessoal — pois qualquer crítica à aparência de seu filho não seria um insulto indireto à sua própria aparência? Manifestar-se livremente contra um *sikh* é difamá-los todos. Lamentou não ter organizado o *dastar bhandi* de Rajan antes da mudança para Londres, como era sua intenção. Essa cerimônia, que marcaria a mudança de Rajan do *putka* para o turbante, já estava bem atrasada. "Se ele estivesse usando um turbante agora", pensou Karam, "pareceria mais velho e mais inteligente, e talvez não estivessem implicando com ele na escola". Karam não conseguia se livrar do sentimento de que ele era indiretamente responsável pelas implicâncias cometidas contra Rajan. Ele deveria ter feito o *dastar bhandi* antes de eles virem, era só ter feito isso.

Apesar de sua solidariedade a Rajan, a tentativa de Karam de conversar com ele sobre o assunto resultou em outro interrogatório humilhante para o menino. Karam fez sinal para que o filho se sentasse no sofá.

— Sua mãe me disse que os garotos na escola estão implicando com você por causa do seu cabelo. É verdade?

Rajan, que não esperava aquela pergunta, olhou para o pai espantado e acidentalmente cruzou o olhar com o dele.

Karam tomou o contato entre os olhares como um "sim" e continuou:

— Eles são uns ignorantes, uns imprestáveis. Você não deveria se deixar intimidar por eles. Contou que é um *sikh*?

Rajan fez que sim com a cabeça e se perguntou como o pai descobrira. Pyari devia ser a culpada. Uma olhadela rápida na direção dela revelou a irmã roendo as unhas dissimuladamente.

— Mas eles não pararam, não é? Você deveria ter mostrado o seu *kara* — disse Karam, levantando o próprio braço direito e revelando o brilho do bracelete prateado. — Você deveria ter dito que nós, *sikhs*, somos *kashatriyas*, guerreiros, e que esse bracelete é o nosso escudo. Qualquer um que fale mal de nós se arrependerá por toda a vida.

Rajan enfiou as mãos entre as pernas e olhou para o chão. Ele não podia contar que tinham visto o seu *kara* e que debocharam dele por usar bijuterias como uma garota.

—Você deveria ter dito a eles que os *sikhs* ajudaram os britânicos a manter a ordem durante o Raj na Índia. Eles nos queriam no exército deles porque éramos os melhores lutadores. Esses garotos estão debochando de você porque não sabem de *nada*.

Sarna balançou a cabeça em sinal de aprovação. Era bom ouvi-lo dizer alguma coisa que fizesse sentido, para variar. Mas, subitamente, a fala de Karam mudou de rumo.

—Você não fez nada para se defender ou para defender a sua fé, e por isso eles se aproveitaram de você. Agora lembre-se — ele balançou o dedo —: se você demonstrar fraqueza ou dúvida, as pessoas vão montar em você e tentar esmagá-lo. Nos velhos tempos, você poderia puxar seu *kirpan*, e a visão da espada já seria o suficiente para assustar qualquer um. Nos dias de hoje, você tem que manter a cabeça no lugar. Tem que se manter ereto e orgulhoso contra esses idiotas, e se eles o incomodarem demais, você deve delatá-los ao diretor da escola. Você fez isso?

Rajan fez que não com a cabeça.

— Não — essa era a resposta que Karam esperava. — Então eles sabem que você está fraquejando. — Sarna olhou para ele.

— Eles bateram em você? — perguntou Karam.

Rajan fez que não com a cabeça.

— Eles pegaram sua comida ou seus livros ou alguma coisa sua?

Rajan fez que não com a cabeça.

— Foram só palavras?

Rajan fez que sim com a cabeça.

—Você é um garoto fraco, que fica aborrecido por causa de palavras. Você deveria ignorá-los. Quanto mais chateado ficar, mais eles vão chatear você. Chega de andar deprimido por aí! Está me ouvindo? E chega dessa história de não comer. A primeira coisa que eu vou fazer na próxima semana vai ser delatar esses garotos para o diretor da sua escola. Quais os nomes? — Ele tirou uma caneta de dentro do bolso da camisa e olhou em volta procurando por papel.

Rajan não respondeu. Ficou aterrorizado com a idéia de denunciar Daniel. Karam pressionou o filho.

— Eles têm nomes?

Karam perdeu a cabeça quando Rajan balançou a sua.

— Olha só para você! Você sabe o que significa Singh? Hein? Leão! Os Singh são leões. E olha só para você, tão covarde que não quer nem contar ao próprio pai quem está implicando com você. Está com medo de quê? Não é de estranhar que eles estejam implicando com você. Você é uma vergonha para os *sikhs*. Eles devem ter escolhido você porque viram a covardia nos seus olhos. — Depois, como se levemente arrependido, pediu: — Me diz só um nome. — Ele rasgou um pedaço de página do *The Times* e esperou com a caneta suspensa no ar.

Rajan ficou ali sentado, desamparado e balançando periodicamente a cabeça para mostrar resistência.

Karam observou desgostoso. Que garoto estúpido! Ele furou o pedaço de jornal com a caneta.

— Está bem. Faça do seu jeito. Continue infeliz e com fome. Mas se suas notas na escola não melhorarem, não vou aceitar isso como desculpa e você vai ter muitos problemas.

— Foi isso que a sua Londres fez! Eu nunca deveria ter vindo para cá. Eu sabia. Eu *sabia*. Só um lugar como esse podia transformar um garoto perfeitamente feliz e normal no fantasma doente de uma criança — lamentou-se Sarna.

Karam não sabia o que dizer. Olhou para o relógio em formato de África e se perguntou se algo assim poderia ter acontecido lá. Duas semanas antes, Rajan chegara da escola com um corte e um hematoma no rosto. Fora atingido por uma pedra cujo alvo era o seu *putka*, mas que passara longe do alvo e quase atingiu o seu olho. Rajan disse que fora um acidente. Na verdade, a história de Guilherme Tell, contada numa aula, inspirara Daniel a usar Rajan como alvo. Karam quis ir à escola e torcer o pescoço dos culpados que machucaram seu filho, mas Rajan mais uma vez não disse os nomes.

Sarna sugeriu que o único jeito de resolver o problema talvez fosse cortar o cabelo de Rajan. Karam deixou bem claro que o corte do cabelo estava fora de questão.

— Só sobre o meu cadáver — disse ele violentamente.

O corpo que agora parecia quase um cadáver era o de Rajan. Ele desmaiara na escola no dia anterior e agora estava deitado, obedecendo às recomendações do dr. Thomas de que deveria descansar e comer muitas frutas e verduras.

— Edjucação. Edjucação — repetia Sarna, com seu sotaque carregado, as palavras inglesas que ouvia Karam usar com tanta freqüência, e levantava os braços como se o significado da palavra a confundisse. — Que bem podem fazer os estudos se deixam a pessoa doente? *Hai*, meu Raja era um menino tão saudável. *Hai*, meu garotinho. O que foi que você fez a ele? O que você fez?

Pela primeira vez desde que chegaram à Inglaterra, Karam teve dúvidas quanto ao acerto da decisão de se mudar. *O que* fizera? Só discórdias na família desde que chegaram, e agora Rajan tão doente. Como podiam continuar a viver assim? O que fazer? Ele foi ao mercado e comprou uma grande quantidade de frutas. Geralmente a família comia apenas bananas e maçãs, porque eram baratas. Dessa vez, Karam encheu a cesta de laranjas, peras, morangos e uvas. Levou as sacolas de compras direto para o quarto dos fundos, onde Rajan estava deitado na cama de baixo, porque se sentia fraco demais para subir para a outra.

— Olhe aqui, muitas frutas para você. Você vai voltar ao normal rapidinho.

Assim que ele saiu do quarto, no entanto, Sarna o pressionou.

— Por que você comprou tanta fruta? Para apodrecer? Faça alguma coisa útil.

Ela passou a mão sobre a cabeça e a apoiou no próprio coque, num gesto aparentemente inocente.

— Faça alguma coisa que realmente mude isso.

Sarna já sugerira a ele cortar o cabelo de Rajan. Além do mais, eles não seriam os primeiros a tomar essa providência. O filho de Harbans Singh havia cortado o cabelo por causa de problemas na escola, o filho de Tara Singh também. Karam sabia disso e ainda assim teimava. Estava preocupado com os pais dele a uma distância de milhares de quilômetros.

— Eles nem vão ligar — disse Sarna a Karam, e quando ele se mostrou aborrecido por isso, Sarna sugeriu que bastava Rajan usar um turbante toda vez que a família viesse visitá-los.

— Quem consegue ver — perguntou ela com razão — se o cabelo é comprido ou curto sob um *pugh*?

Os dias que Karam passou ponderando sobre cortar ou não o cabelo de Rajan foram dos mais difíceis de sua vida, embora nos anos vindouros ele viesse a se convencer de que o turbante era, na verdade, a menos relevante das doutrinas *sikhs*; que sem ele a religião não se rebaixava, mas se libertava.

— O sikhismo não é uma aparência, é uma maneira de viver — diria Karam um dia para os poucos amigos de mente liberal que podiam tolerar seus argumentos, mesmo sem endossá-los. — Eu digo o seguinte: deixem que os jovens sigam suas modas e vistam-se como quiserem. Se eles dão valor ao sikhismo, se vivem uma vida decente e freqüentam o templo uma vez por semana, devemos ficar contentes.

Afinal, Karam fez o que tinha que fazer. Acabou cedendo, apesar dos próprios instintos contrários e apesar do conselho de advertência do leitor das escrituras, o *granthi*, do templo de Shepherd's Bush. Ele o fez sabendo perfeitamente que seus pais desaprovariam quando descobrissem. Ele o fez mesmo com o *kara*, o bracelete, em seu braço direito lançando faíscas de luz como se o advertisse, como se estivesse tentando desesperadamente obrigar seu portador a pensar duas vezes antes de agir. Ia contra tudo o que lhe fora ensinado, mas finalmente Karam deixou Sarna levar Rajan para cortar o cabelo. Ele fez isso por necessidade e, acima de tudo, estimulado pelo amor, pelo desejo de proporcionar ao filho as melhores chances possíveis naquela terra de oportunidades aonde levara sua família.

Rajan jamais esqueceria a súbita sensação de leveza quando a trança saiu da sua cabeça. Simultaneamente, toda a ansiedade e o medo que pesaram durante meses sobre ele também caíram. Sentiu como se tivesse ficado novo em folha, inteiro e perfeito. Sansão pode ter perdido todo o poder ao ter a cabeleira cortada, mas Rajan ficou mais forte. O *putka*, para ele, se tornara um tumor, e sem ele Rajan foi capaz de olhar seus perseguidores nos olhos e as implicâncias, agora sem munição, se voltaram para outras vítimas. Naquele ano, Rajan experimentou um súbito amadurecimento e cresceu vários centímetros. Seus trabalhos escolares melhoraram e logo virou o melhor aluno da turma em quase todas as matérias. Reconquistara a autoconfiança e passara a gostar de Londres. A cidade começou a seduzi-lo como fizera com seu pai, mas a atração de Rajan pelo lugar, sua conexão com ele, foi muito mais profunda do que a de Karam, talvez porque, de certo modo, ele tivesse renascido lá.

Sarna chorou quando os longos cabelos de Rajan foram cortados. Ela sempre cedia a ele, como se, por ser menino, ele estivesse em situação de vantagem com relação a ela e fosse menos vulnerável ao seu amor. Por todo o caminho até sua casa, ela foi fungando, acariciando a trança cortada como uma pobre criatura machucada da qual pudesse cuidar até que recobrasse a saúde. No seu quarto, a trança foi dobrada e guardada cuidadosamente no meio da sua estimada coleção de miudezas. Resolvido o drama do corte do cabelo, no entanto, ela sucumbiu à vaidade:

— Raja parece mesmo um inglês agora. Tão bonito.

Mas Karam levou semanas até ser capaz de olhar Rajan sem que o coração desse um salto. A primeira visão do estranho familiar de cabelos curtos levou lágrimas aos seus olhos. O que fizera? Ao cortar o cabelo de Rajan, será que Karam o teria cortado da sua tradição? Alguma coisa mudara. Ele podia ver isso no brilho reanimado dos olhos de Rajan. Karam desejara ter visto algum sinal de remorso, mas encontrou apenas alívio, derretendo, como ouro líquido, nos olhos castanho-escuros de

Rajan. Karam então soube que algo se perdera, algo que jamais seria recuperado. Era algo mais puro do que a inocência, algo frágil e essencial: a imagem paterna do modelo de filho; na verdade, uma visão idealizada dele mesmo.

Dizem que o despertar da infância se dá quando a criança não mais imagina os pais como deuses perfeitos. Os pais experimentam momentos assim com relação aos filhos também. Para eles, entretanto, a revelação é mais penosa, pois envolve um conhecimento das próprias falhas e imperfeições. Exige a aceitação de que não podemos nos redimir por meio de nossos filhos e nem podemos salvá-los de seguirem seus próprios desígnios.

13.

Rajan bateu na porta semi-aberta antes de espiar por trás dela.

— OK?

Sob o oblíquo teto baixo do quarto do sótão, Oskar estava debruçado atentamente sobre a escrivaninha, como sempre. A luz do sol invadindo o quarto pelas janelas do teto significava que o cômodo devia ser sufocante no verão. O ar quente embaçou momentaneamente os óculos de Rajan, mas o calor parecia não exercer efeito algum em Oskar. No que exatamente ele estava trabalhando, Rajan ainda não descobrira, e ninguém mais parecia saber também. Karam e Sarna viam Oskar como um estudante.

— Ele deve estar pesquisando para uma dissertação de mestrado ou uma tese de doutorado, algo assim. Ele sempre vai à British Library — observara Karam.

Mas com o que exatamente Oskar estava tão envolvido? O que ele fazia com os maços de papel colorido que estavam sempre sobre a escrivaninha? Rajan nunca ousara perguntar. E, como todas as coisas que ficam muito tempo caladas, essa pergunta simples se tornara difícil de fazer. No entanto, sempre que ele estava no quarto de Oskar, espiava em volta à procura de pistas. Hoje, depois de levantar a camiseta para limpar o embaçado dos óculos, percebeu que Oskar estava escrevendo com afinco em papel verde-escuro e azul-marinho. Rajan observou a rápida e fluida inscrição de palavras no papel. Percebeu que Oskar não fazia pausas entre as frases nem hesitava uma só vez, e escrevia como se os pensamentos já estivessem inteiramente formulados e ele simplesmente anotasse o que eles lhe ditavam. Rajan, admirado, chegou mais perto, e Oskar, absorto demais para ouvir a batida na porta ou o chamado de Rajan, levantou de repente os olhos.

— Minha mãe mandou isso para você.

Rajan segurava um prato de comida. Oskar olhou para o relógio. Eram mais de quatro horas da tarde. Ele sorriu e agradeceu. Algo no seu gesto gentil encorajou Rajan a perguntar:

— Você está estudando?

Oskar voltou os olhos para a escrivaninha e segurou um suspiro.

— Estou, sim. Eu acho. — Fez sinal afirmativo vigorosamente com a cabeça, mais para se convencer do que ao garoto.

— Por que então você não tem livros? — Rajan estava ávido por descobrir o máximo que pudesse agora que finalmente puxara o assunto. Deu uma espiada nas paredes do quarto: havia pilhas altas de caixas de sapato encostadas em três delas. Na quarta parede, sobre a cama, havia um grande mapa-múndi, coberto com tantas linhas que parecia uma versão híbrida dos mapas do Ordnance Survey, a agência nacional de mapeamento da Grã-Bretanha, que ele estudara na escola. Rajan não tinha a menor idéia de que os mapas representavam a versão de Oskar para a geografia, na qual os contornos das histórias humanas é que formavam as paisagens do mundo.

Oskar percebeu que Rajan estava perdendo o jeito de menino e adquirindo ombros desajeitadamente largos, e um projeto de pêlo engrossava sobre seus lábios. O desenvolvimento era leve, mas tão repentino que levara Oskar a pensar sobre a rápida passagem do tempo. Rajan tinha ainda todo o tempo do mundo, e suas perguntas faziam com que Oskar se desse conta do próprio desperdício daquele bem precioso: ele estava jogando fora o seu tempo, perseguindo um projeto no qual ele já nem acreditava mais totalmente.

"Não há livros, não há livros" — Oskar forçou os pensamentos a se concentrarem na pergunta de Rajan. Como diria àquele menino que ele amava livros, mas que fora forçado a renunciar a eles? Será que Rajan entenderia que o desejo de fazer alguma coisa muitas vezes surge do conhecimento de que essa coisa pode ser tão bem-feita? Devia contar a ele que um grande livro o inspirara e depois despedaçara seus planos, fazendo-o se dar conta das próprias limitações? Ah, o que poderia dizer sobre a ausência de livros? Por onde começar e por onde terminar? Ousaria revelar que, de vez em quando, buscava consolo nos livros de escritores esquecidos, que se reconfortava no que não era lido e não era célebre?

Era verdade, Oskar se embrenhava nos cantos obscuros das bibliotecas e tirava de lá livros negligenciados, empoeirados com o tempo. Adorava sentir-se como um libertador, salvando essas obras das prateleiras. Tinha prazer em abrir a capa e ver a última data em que o livro fora emprestado já quase apagada no cartão da biblioteca — talvez décadas antes. Sentia-se forte ao libertar as páginas, há tanto tempo intocadas e não vistas, e expô-las ao sol, à luz e ao reconhecimento.

Percebendo que essa desesperança não podia ser compartilhada com ninguém, ele disse:

— Bem, já li os livros. — Apoiou o dedo sobre a pilha de papéis à sua frente. — Agora passei para o estágio seguinte.

Rajan pareceu achar a explicação perfeitamente razoável.

— É como quando se estuda para as provas? Você tem que ler tudo primeiro e depois você vai e escreve o seu trabalho?

Oskar sorriu.

— Exatamente. É exatamente isso.

— Eu gosto de provas. Acho que são a melhor parte dos estudos. Quer dizer, antes é sempre uma chatice, principalmente — e a voz de Rajan ficou mais baixa — com o meu *pithaji*. Ele nos faz estudar como loucos. Mas — a voz ficou animada novamente — as provas são divertidas. Você pode escrever tudo o que sabe, e depois o professor dá a nota mais alta.

Oskar riu, os olhos fundos se apertaram sob as sobrancelhas grossas que pairavam sobre eles como uma prateleira de folhas de palmeira secas. Depois, levantando o prato que Rajan trouxera e apontando com a cabeça em direção à pequena cozinha anexa ao quarto, ele disse:

— Eu vou deixar isso aqui por enquanto.

Rajan lembrou-se das recomendações da mãe de dizer a Oskar que fizesse a refeição imediatamente, enquanto a comida ainda estava quente. Ele chegou a abrir a boca para transmitir a informação, mas logo mudou de idéia. Oskar obviamente estava ocupado com coisas mais importantes.

— Então, tchau.

Rajan desceu correndo as escadas, fazendo um barulho alto e pesado ao pular três degraus de cada vez, o que fez a casa gemer em protesto. Do primeiro andar, o sr. Reynolds gritou:

— Está achando que isso aqui é um *playground*?

Antes de experimentar a comida de Sarna, Oskar nunca levara em consideração os poderes transformadores ou narrativos da culinária. Ficou surpreso ao perceber que a ficção podia estar escondida na densidade de um molho, no recheio de uma abobrinha ou na maciez de uma carne. Ele, que durante anos procurara histórias, experimentou pela primeira vez os contos devastadores que podiam ser transmitidos pelos botões dos sabores. Onde, ele se perguntou, a história de Sarna se encaixava na rede de histórias que ele tecera? Sentiu que a história dela revelaria algo de crucial, se conseguisse descobrir do que se tratava.

Oskar estava acostumado a ficar sozinho trabalhando. Vivia no sótão da casa na Elm Road já há sete anos quando os Singh se mudaram para lá, e o dono anterior raramente o incomodava. A princípio, as interrupções súbitas de Sarna, as exigências de que ele comesse sem demora e os pedidos de ajuda com a língua inglesa o perturbaram. Mas a impaciência foi se acalmando e dando lugar lentamente à curiosidade, depois ao afeto, e depois ao desejo: de provar mais da comida de Sarna, de saborear a sua beleza, de apreciar a companhia de uma mulher. Oskar não conseguiu controlar a atração por aquela órbita energética de extremos e exageros. Durante muitos anos ele vivera apenas nas histórias que ouvia e gravava; agora, estava sendo tragado, involuntariamente, por um enredo vivo, e a atração que ela exercia sobre ele era irresistível.

A benevolência de Sarna para com Oskar era, em parte, uma maneira de esnobar os Reynolds. Não que eles se importassem com isso — na única vez em que Sarna lhes ofereceu patês hindus caseiros de batata e ervilha, eles recusaram.

— Oh, não, nós não vamos comer essas coisas — anunciara a sra. Reynolds, virando o rosto como se a simples visão do prato já fosse perigosa.

O sr. Reynolds a apoiara, comentando que "aquela merda está sempre ao nosso redor, não precisamos colocá-la dentro de nós também".

Sarna entendeu a rejeição dos Reynolds como um sinal de ignorância e concluiu que eles deveriam se arrepender daquela recusa pelo resto da vida. Ela queria que eles sentissem o aroma da comida dela até não conseguirem mais distingui-lo do cheiro dos seus próprios corpos. Queria que salivassem só de pensar nas maravilhas que haviam desmerecido. Por essa razão, ela sentia prazer em passar pela porta dos aposentos deles batendo com força os pés no chão, cantando e tossindo para que percebessem que ela estava subindo e levando uma refeição para Oskar. Adorava deixar uma onda do cheiro de suas guloseimas pairando pelo andar deles. Tinha esperança de que algum dia o cheiro de sua comida fosse tão irresistível que eles se renderiam e viriam implorar para serem perdoados e alimentados.

Oskar entendia que, para Sarna, dar comida a ele era também um modo de escapar da própria solidão. Ao trazer-lhe algo para comer, ela se permitia travar com ele uma pequena conversa. No início, falava pouco, e as visitas eram breves, mas quando ela começou a estudar inglês, passou a ficar cada vez mais tempo conversando com Oskar.

— É bom para treinar — alegava.

Sarna adorava falar inglês. Aguardava ansiosa pelas aulas semanais na Mary Lawson School. O isolamento dos primeiros meses em Londres a deixara insegura; na escola, ela não só aprendia inglês como recuperava também a auto-estima. A cada lição, Sarna ficava satisfeita de encontrar os colegas indianos, mas o maior prazer era sentir-se superior a eles. Ela já quase esquecera o impacto que causara ao entrar na sala de aula vestida com toda a elegância.

—Você está indo estudar, e não ser objeto de estudo! — comentou Karam enquanto acompanhava Sarna à primeira aula.

Vestida com um *shalwar kameez* lilás, sapatos pretos, bolsa vermelha e um xale roxo, tudo combinando, e ostentando, ainda, longos brincos de ouro, ela fora certamente objeto de exame minucioso. No meio dos colegas, vestidos da maneira mais discreta, ela parecia uma arara entre pardais.

— Que beleza, sra. Singh — dissera a professora. — Devo compará-la a um dia de verão?

Primavera, verão, outono ou inverno, o tempo estava sempre bom para Sarna quando era dia de ir à aula de inglês.

As aulas de quarta-feira tornaram-se o foco de toda a semana dela. Planejava com antecedência o que vestir. Preparava-se para os exercícios que os alunos eram obrigados a fazer sozinhos. E sempre fazia alguma guloseima para levar e dividir com os outros. Ela queria obter notas altas em todos os quesitos — comida, aparência *e* pronúncia. Karam observava divertido e com um leve cinismo a sua preparação semanal. "Essa mulher é tão imprevisível", pensava. Ela vai de um extremo a outro sem a menor lógica.

Sempre que via Sarna se aprontando para a aula, começava a tocar, na cabeça, a paródia de uma canção de sucesso. Numa saudação sarcástica à mulher, ele começava a cantar silenciosamente uma versão personalizada da música "Devil in Disguise", de Elvis Presley:

Ela tem a aparência de um anjo
Ela cozinha como um anjo
Mas é tudo mentira
Ela é uma chalaako *disfarçada*
Ah, ela é sim
Uma chalaako *disfarçada.*

Sarna percebeu a estranha atitude de Karam com relação às aulas e supôs que fossem ciúmes. "Ele não gosta que eu saia, que eu seja elogiada e independente", dizia a si mesma. Bem, isso não seria nenhuma barreira. Isso, mais do que qualquer outra coisa, a deixou ainda mais determinada a se destacar no pequeno círculo social da Mary Lawson School. Interessara-se especialmente em impressionar a professora, que ela considerava a maior autoridade no que dizia respeito a qualquer assunto relacionado à língua inglesa.

— Ela fala o inglês *oficial* — disse Sarna a Karam, com orgulho.

— Como assim, *oficial*? Todos nós falamos inglês porque é a língua oficial.

— Não. Ela fala *o da rainha*. O inglês oficial da rainha. E é isso que ela nos ensina.

Karam tentou explicar que havia apenas um tipo de inglês falado por todo o país, com sotaques e gírias diferentes, e que o inglês da rainha era o mais elegante de todos. Sarna não estava interessada em nada daquilo. Continuou convencida de que estava aprendendo um tipo superior de inglês e ficava grata à srta. Oaten por isso.

A srta. Oaten era uma mulher alta, magra, com brilhantes cabelos louros alaranjados e com a expressão triste de quem passara tempo demais ouvindo o que não queria ouvir. A devotada professora não ensinava apenas inglês. Ela era uma guardiã da língua, uma campeã da pronúncia correta, uma profissional devota da e-nun-ci-a-ção. Seu dever era ensinar a refugiados e imigrantes as bases da língua. Ela, no entanto, não se contentava apenas com isso. Com zelo de missionária, ela lutava avidamente no sentido de guiar os alunos em direção à sagrada categoria daqueles que conseguiam falar o inglês da rainha. Ela acreditava piamente poder curá-los dos sotaques estrangeiros e da cadência peculiar de sua fala. Trabalhava paciente e incansavelmente, mas sem sucesso. Anos de fracasso não lhe debilitaram a resolução — na verdade, no ano em que Sarna entrou para o curso, ela pareceu mais determinada do que nunca a banir o mais depravado dos vícios, o mais ofensivo dos sons: "ó". Nada era tão insuportável para a srta. Oaten quanto ouvir a letra "o" pronunciada "ó" quando a palavra pedia que a letra fosse pronunciada como "ô".

A mestra conseguia lidar calmamente com qualquer outro tipo de erro. Sorria diante de incontáveis exemplos de frases sem artigos: "Esse é caminho", "Eu tenho irmão". Ou de artigos e contrações prepositivas substituindo palavras que não eram encontradas: "Eu venho da da da...", "Eles são uns uns uns...". Ela sobrevivia à indelicadeza do "f" pronunciado como "p", e chegara a manter uma expressão imóvel quando um aluno disse a ela "Pui fra rua e piquei com prio". Mas a srta. Oaten não conseguia tolerar o horror de um "o" mal pronunciado. E quem poderia condená-la? Quem não compartilha dos sentimentos da pobre senhora, cujo nome saía inocentemente das bocas de seus alunos indianos como srta. Óten? Embora nunca admitisse, essa leve adulteração do seu nome exerceu forte influência no sentido de incentivar sua campanha para fazer toda gente falar o inglês da rainha.

Ela ia até onde fosse preciso para alcançar seus objetivos. Conduzia exercícios elaborados em sala de aula nos quais os alunos eram instruídos a segurar uma rolha entre os dentes da frente enquanto cantavam, depois da professora, frases com ênfase na sonoridade do "o" fechado.

— Repitam depois de mim.

Os lábios da srta. Oaten pressionavam com firmeza a rolha enquanto ela recitava:

— Vovô logrou pôr nos bolsos o doce de coco saboroso e o bolo fofo e gostoso.

As tentativas de imitá-la eram invariavelmente bastante desanimadoras. Os alunos franziam as sobrancelhas ao refletirem sobre o significado e a relevância da afirmação que ela lhes pedia que repetissem. Rolhas caíam das bocas que, por hábito, se abriam num largo e redondo "ó".

As rolhas deveriam ser devolvidas no final da aula, mas Sarna pegara uma. Em casa, ela usava regularmente o adereço quando falava inglês. Mas, em vez de usá-lo corretamente, de modo a ralentar a fala e melhorar a dicção, ela virou uma especialista em tagarelar vivamente sobre qualquer coisa que desejasse. Essa prática, longe de ajudá-la a melhorar a habilidade com a língua, serviu, ao contrário, para prejudicá-la.

— Sua dicção está soando absurda — reclamava Karam. — Não consigo entender metade do que você está dizendo.

— Você não pode exar entendendo porque eu exou falando inglês *oficial*. Você não está acostumado.

Se qualquer membro da família expressasse incompreensão sobre o que Sarna estava tentando dizer, ela ralhava:

— Como eu posso praxicar em casa se ninguém exá entendendo? Inútcheis todos vocês, inútcheis.

Às vezes, quando estavam sozinhos, Karam a provocava:

— Eu posso imaginar uma coisa muito mais "útchil" para você praticar...

Ao persistir no seu jeito peculiar de praticar o idioma, Sarna acabou aprendendo, bem como ela queria, um tipo diferente de inglês, mas era uma língua mutante com regras próprias, inflexões e sotaques estranhos. Na sua cabeça, ela acreditava que aquele era o idioma "oficial". E estava de fato tão convencida da autoridade do seu inglês que passou a adotá-lo como a língua usada para qualquer coisa importante que quisesse dizer para a família ou aos amigos. Os parentes acabaram, por fim, se cansando das reações agressivas dela ao ser corrigida e desistiram de interferir. De vez em quando, no entanto, Sarna ainda precisava de ajuda, e isso a levava à porta de Oskar. Lá ela podia contar com o respeito que a relação entre proprietária e inquilino impunha.

Inicialmente, Oskar também tentara corrigir os erros lingüísticos dela, mas as reações mal-humoradas o fizeram desistir do esforço. Ele percebeu que ela tomava qualquer inocente comentário gramatical como uma ofensa pessoal. Quando Sarna pedia explicitamente auxílio, Oskar a ajudava. Do contrário, ele jamais deixava transparecer que notara o uso inapropriado ou a pronúncia incorreta de uma palavra fazendo com que a frase soasse ridícula ou constrangedora. Ele era a única pessoa que conseguia ouvi-la sem corrigi-la ou contradizê-la — não é de admirar que ela tivesse se apegado tanto a ele.

—Você é como filho para mim — disse Sarna a ele.

Filho? Oskar olhou para a mulher em pé na porta — pois, por um acordo tácito, Sarna jamais entrara no quarto dele. Um lápis apenas não bastaria para desenhar todas as curvas presentes nas melodias desarticuladas no tempo de suas frases. Filho? Era por isso que ela sempre subia ao seu quarto bem vestida e combinando roupas e acessórios? Era por isso que ela sorria e piscava e se inclinava tão sugestivamente na direção dele na soleira da porta? Era por isso que ela valorizava a sua aprovação do inglês dela? Porque ele era como um *filho* para ela? Ela não poderia ser mãe dele. Quantos anos ela tinha? Entre 35 e quarenta? Só pouco mais de dez anos mais velha do que ele. Filho mesmo. Embora Oskar não ficasse indiferente ao charme de Sarna, ele jamais comprometeria os dois deixando que isso transparecesse. Fazia, então, o papel de filho. Sarna talvez não tivesse atração por ele, mas Oskar percebia que ela gostava da idéia de cativá-lo. Queria que ele a admirasse e a desejasse enquanto ela se exibia sob a proteção favorável do papel de mãe substituta. "Ah, sim", pensou Oskar, "mas ela provavelmente não conhece o complexo de Édipo".

Tendo dominado a língua inglesa, Sarna decidiu que queria usar roupas inglesas. Ela se via transformada numa pessoa perfeita, usando um novo estilo de vestes e falando uma nova língua. Como se destacaria das outras mulheres indianas! As pessoas olhariam para ela com admiração. Ela se sentiria tão bem — toda diferente e nova. Ela deu sinais dessa nova aspiração para Karam. Ele resmungou e reclamou sobre o custo, a necessidade e a decência, mas acabou concordando."Certa vez ela criticou todas as mulheres de Londres e agora quer ser uma delas", relembrou ele. Sarna vibrou. "Ah", pensou, "agora ele vai ver, vou ser a mais elegante *lady* de Londres de todos os tempos".

Sarna adorou usar roupas ocidentais, mesmo que elas não assentassem tão bem nas suas formas agora robustas quanto as linhas modestas das roupas hindus. Não havia muitas oportunidades para ela se exibir nas novas roupas, mas calça e blusa se tornaram seu uniforme para as excursões familiares à mercearia. Pyari passou a ver a nova vestimenta da mãe como seu traje de trapaceira.

— Se arrume. Vamos ao supermercado.

A voz de Sarna foi em direção a Pyari. Um instante depois, como o trovão que procede um raio, ela correu para dentro do quarto, ostentando calças marrons e uma blusa azul-clara. Segurando um livro, como prova de que estava atarefada, Pyari disse:

— *Mi*, eu tenho muito dever de casa, por favor, não posso ir.

— Seu pai está terminando de tomar o chá, e depois nós vamos. *Hai*, olhe só para você. — Sarna ficou aborrecida com a visão da filha. Os membros longos, magros e marrons de Pyari estavam jogados na cama como uma serpente, exatamente como a trança, que parecia uma cobra descendo pelas costas dela. "Dezessete anos de idade e ainda parece um menino", pensou Sarna. Onde estão os seios dela? Ela própria era tão bem dotada nesse quesito que a idéia de uma filha com o peito feito uma tábua parecia-lhe inconcebível. "Deve ser algum defeito do lado da família *dele*." Ela não sabia que a má-postura de Pyari fora cultivada para esconder seios perfeitamente respeitáveis dos quais ela tinha vergonha. Todas as garotas na escola usavam sutiã e Pyari não sabia como pedir um à mãe. Sarna não pensara em comprar um porque não vira necessidade. Então Pyari insistia em esconder suas formas de mulher, enquanto Sarna se preocupava com o não-desenvolvimento da filha. Mesmo quando Pyari começou a menstruar, ficou constrangida de contar à mãe. Sarna só descobriu vários meses depois, quando notou que o próprio estoque de absorventes começara a diminuir mais rapidamente do que antes. Ela adivinhou o que estava acontecendo e ficou magoada com o silêncio da filha, mas aliviou-se também. Não teria que arranjar algum jeito de puxar o assunto; a atitude de Pyari poupou a ambas qualquer constrangimento.

— Vamos agora. Sem desculpas. — Sarna estalou os dedos. — E vista alguma coisa melhor. Nada dessas suas invenções sem graça. Não estamos indo a um funeral. — Ela saiu do quarto, depois reapareceu por um instante no umbral da porta. — Use aquela blusinha amarela com babados que eu fiz para você, ok?

"Não vou vestir *aquilo*", pensou Pyari enquanto escorregava para fora da cama. Ela não suportava o gosto espalhafatoso da mãe para roupas. Durante anos, Sarna impôs seu estilo a Pyari — fazendo roupas idênticas às suas para a filha. No momento em que Pyari pôde enfiar linha numa agulha, costurar se tornara uma forma de exprimir resistência. Naquela época, ela já fazia quase todas as suas roupas. Ela teria feito até o uniforme do colégio se isso lhe fosse permitido. Balançou a trança comprida como uma corda de laçar e olhou para o armário. Havia uma seleção restrita a cores escuras, marrons e preto. Escondidos, como um bordado ao longo de uma bainha ou alinhando um decote, havia, no entanto, *flashes* vivos de tecido: dourado, fúcsia, turquesa. Ela tirou do armário um vestido preto comprido com um debrum magenta ao longo do corte das costas.

— *Hai!* — Sarna cobriu os olhos quando viu Pyari. — *Fiteh moon!* — Seus dentes morderam o lábio ao pronunciarem o som "fi", fazendo a fenda entre os dois da frente parecer maior do que nunca. — Por que você está vestindo essa cortina? *Hai*, você parece uma freira, juro. — Ela pegou a bolsa vermelha e pendurou no ombro. — Vamos.

Pyari odiava as idas ao supermercado. Desde que se mudaram para Londres, fazer compras de comida tornara-se um programa da família. Agrupavam-se como se fossem grudados pelo quadril. Pyari se perguntava por quanto tempo eles ainda continuariam fazendo as compras *en masse*, em grupo. Era assim há quase três anos já! Será que teriam que fazer isso durante o resto de suas vidas? Toda semana ela tentava escapar do passeio, mas não conseguia. Só uma vez, graças a um surto de gripe, ela conseguira evitar o calvário. Rajan obtivera mais sucesso nas táticas de fuga usando os treinos de críquete e o clube de xadrez como desculpa. Ele sempre conseguia se safar dessas coisas, porque ele mentia muito bem, era capaz de inventar alguma atividade extra-escolar ou algum projeto num segundo, mesmo sob o olhar escrutinador de Karam. Ela nunca conseguia inventar desculpas como aquelas, por mais que tentasse. Na presença do pai, ela tinha um branco, e a voz ficava presa na garganta.

Não era o supermercado em si que Pyari achava insuportável, mas as coisas que a mãe fazia lá. Com Karam empurrando obedientemente o carrinho atrás dela, Sarna empreendia uma excursão agonizantemente lenta pelos corredores. Ela passava mais tempo nos balcões de frutas e no de legumes e verduras. Catava os itens que estavam lá no fundo ou bem na parte de trás das prateleiras para selecionar qual queria, porque, segundo alegava, "eles estão escondendo os produtos mais frescos". Já que não podia experimentar-antes-de-comprar, como era habitual nos mercados da África, Sarna então cutucava, sacudia, apertava e cheirava o produto, antes de jogá-lo no carrinho com um sorriso sarcástico e o veredicto:

— Mais inútil do que útil.

Mas era o drama final na caixa registradora que Pyari mais detestava. A família entrava na fila, e uma batida surda dissonante crescia no seu peito. Ela olhava em volta, certa de que todos estavam olhando para eles e sabiam o que eles estavam prestes a fazer. Quando chegavam ao caixa, as mãos de Pyari suavam, e o rosto corava.

Sarna, por outro lado, não parecia sofrer nenhuma dessas aflições. Como uma atriz entrando no palco, ela encarnava seu papel com entusiasmo e facilidade. Usava inclusive um figurino especial para a performance. Enquanto eles passavam os produtos do carrinho para a caixa, Pyari tinha que ficar ao lado dela, atuando como uma espécie de tela, para bloquear a visão de qualquer um que estivesse atrás deles na fila. Karam era obrigado a esperar do outro lado do balcão, pronto para colocar os itens nas sacolas depois de eles serem registrados no caixa. Durante todo o exercício, Sarna conversava animadamente, num inglês mal pronunciado, com a moça do caixa:

— Oi, tanta coisa hoje. As crianças, você sabe, precisam comer muito para crescer.

Ela mudava as coisas de lugar no balcão, comentava em voz alta que tinha esquecido algo e, logo em seguida, exclamava que, na verdade, não se esquecera de nada. Fazia um rebuliço enquanto apanhava uma bolsinha de dentro da bolsa — girando de um lado para outro e abrindo os cotovelos para criar um espaço à sua volta de modo a manter a pessoa seguinte da fila a uma distância razoável. Ela fazia tudo o que podia para causar tumulto, para distrair a atenção de todos do fato de certos itens, os mais caros, estarem ainda no carrinho, destinados a passar furtivamente pelo balcão sem que fossem detectados e pagos. Quando Pyari sentia a cotovelada de Sarna, sabia que era o momento de empurrar o carrinho para a frente, para que Karam pudesse colocar nas sacolas já cheias de compras os itens roubados e escondê-los. Era assim que a família evitava pagar as porções semanais de galinha, de postas de carne de cordeiro e de manteiga. Às vezes, se Sarna estivesse particularmente corajosa, o velho pote de geléia ou a lata de óleo se juntavam ao conjunto de produtos roubados. Os Singh nunca foram pegos em flagrante. (Isso foi antes de as câmeras de circuito fechado de televisão e os sistemas de espelhos permitirem ao funcionário do caixa ver, em cada fila, o carrinho do consumidor sem precisar se debruçar sobre o balcão.)

Só uma vez eles estiveram perto de serem descobertos. Sarna impulsivamente escolheu o balcão de caixa registradora ocupado por uma mulher indiana. Pyari começara a empurrar o carrinho para a frente enquanto a mãe conversava com a moça do caixa em hindi. Sem aviso prévio, a mulher levantou e examinou o carrinho. O reflexo de Sarna foi instantâneo.

— Ei! — Ela estalou os dedos para Pyari. — Aonde você está indo? Eu ainda não terminei. Essas coisas precisam ser pagas!

Desconcertada, a garota parou e passou os itens que faltavam para a mãe, que continuou a ralhar com ela como se Pyari é que tivesse errado.

— *Fiteh moon*! Garota estúpida. Não pensa. — Explicou Sarna, então, para a moça do caixa em hindi. — Eu estava tão distraída conversando com você que nem vi o que estava acontecendo. Você sabe como são as crianças, não é? Elas não pensam.

A moça sorriu, percebendo tudo. O desastre foi evitado, mas sobrou para Pyari, que já tinha uma auto-estima frágil. Ficou imaginando que todos no supermercado teriam testemunhado o episódio e tomado por certo que era *ela* quem estava tentando roubar. No carro, de volta para casa, Sarna esbravejou ferozmente contra a moça do caixa.

— Ela fez de propósito, a cachorra. Tive uma sensação esquisita com relação a ela desde o começo. Eu devia ter entrado na outra fila. Que ela queime no inferno! São todos iguais, esse povo da Índia: trapaceiros e malandros. Sempre querendo enganar uns aos outros na primeira oportunidade.

Karam não disse nada enquanto Sarna discursava. Talvez seu silêncio viesse da relutância em reconhecer que a forma como Sarna conduzia aquela atividade fosse, em parte, resultado de sua parcimônia.

Pyari precisou de muito tempo para esquecer a humilhação da saga do supermercado. Como alguém a quem se força a montar num cavalo logo depois de ter caído dele, ela foi arrastada para o supermercado novamente na semana seguinte. Andar como sempre pelos corredores a fez reconciliar-se aos poucos com o lugar novamente. Com o tempo, outra pessoa chegaria para acompanhá-la nesses passeios e dividir com ela a culpa. Alguém cuja presença suavizaria as saliências cortantes do rancor de Sarna e da reticência de Pyari, como uma chama que queima suavemente as pontas quebradas dos fios de cabelo.

Parte dois

14.

NINA TINHA DEZ ANOS QUANDO se deu conta pela primeira vez de que havia algo errado com ela. Estava voltando para casa da escola e tinha acabado de entrar na Loharan Gali, a rua em que ela morava. Um homem a abordou. Ela o reconheceu — todos na *gali* o chamavam de Ramu Mamu. Ele se inclinou, olhou nos olhos dela e disse:

— Nina, eu sou o seu *pithaji*.

Assim mesmo. Sem aviso prévio, sem qualquer explicação. Nada. Nina congelou, presa à convicção do olhar de malaquita dele. Ramu Mamu esperou uma resposta. Mas Nina não conseguiu reagir. Finalmente, distraído pelo zumbido de uma mosca, seus olhos se desviaram dos dela, quebrando o feitiço verde-escuro, e ela correu. Entrou voando em casa e enterrou a cabeça no colo de *Bibi*.

— *Hai*, Ninu. O que houve?

— Ramu Mamu disse que é meu pai. *Você* disse que meu pai está morto.

— *Hai*! Homem maldito, ele está mentindo. Não acredite em nada do que ele diz. *Hai*, tomara que ele morra! Que homem mais estúpido.

Bibi reconfortou Nina negando tudo o que o homem dissera. Depois, assim que os soluços da menina começaram a diminuir, *Bibi* disse:

— *Shhh*, tudo bem, Sunaina, minha Ninu, minha Nina. Ele é maluco. Você não viu nos olhos dele? Ele é maluco.

Nina se lembrou das pupilas verdes reluzentes dos olhos dele, e todo o alívio que as negativas de *Bibi* lhe deram foi-se embora. Os olhos dele, veja bem, eles eram os olhos *dela*. Ela sabia que tinha olhado dentro dos seus próprios olhos — e sabia que era *Bibi* quem estava mentindo. O que mais *Bibi* teria inventado? Se Ramu era o pai dela, então quem era a sua mãe de verdade?

Ela só descobriu isso 12 anos depois. Depois da morte de *Bibi*, os vizinhos começaram a falar, e Kalwant foi obrigada a contar tudo a Nina.

Nina sempre pensou que Kalwant fosse sua irmã, até a revelação, depois da morte de *Bibi*, de que ela era, na verdade, sua tia. Assim como as outras três mulheres que Nina crescera chamando de *"bhanji"*, "irmãs", e que, de repente, descobriu serem *"masi"*, "tias". A redefinição das relações de Nina com todos à sua volta não podia, no entanto, alterar algumas certezas determinadas pelo afeto.

— Não importa o que o sangue diz, elas são minhas irmãs, pois é isso que o meu coração diz — ela sempre afirmava.

Mas havia mais uma "irmã", bem longe, num país estrangeiro, chamada Sarna, que agora passara a ser a mãe de Nina.

— A melhor coisa teria sido se livrar da criança. É isso que as mulheres que engravidam fora do casamento devem fazer — disse Kalwant a Nina. — Era perigoso na época, algumas garotas até morriam; mas a morte é melhor do que a humilhação da família. Infelizmente, descobrimos o estado de sua mãe tarde demais. Não fique assim, Ninu! Você sabe que amamos você. Ah, Sunaina, minha Ninu, minha Nina...Você sabe que agora estamos felizes por você estar aqui. É que teria sido melhor se você tivesse vindo ao mundo de outra maneira. Venha cá, sua bobinha *nali choochoo*.

Kalwant chamou a chorosa Nina pelo seu apelido de criança, "menina-do-nariz-escorrendo". Ela puxou a sobrinha para os seus braços.

— Sua mãe estava tão feliz, pode acreditar em mim, mesmo com *Bibi* rogando pragas para ela e dizendo que ia matá-la. Sua mãe chorava sem parar, porque tinha perdido o seu amor, Ramu, que é nosso *primo*! Imagine só! Mas Sarna estava tão feliz porque ia ter um filho dele. Eu achava que ela estava maluca, intoxicada de *Ishq*. Eu lhe disse que ela tinha arruinado a vida dela e talvez a nossa também. "Será melhor para todos nós se o bebê morrer", disse a ela. Não sei o que ela estava esperando. Talvez que *todos* mudassem de idéia. Ela esperava que algum milagre fizesse tudo ficar bem. De todo modo, ela aprendeu a lição ao pensar que sabia mais que todos. *Bibi* mandou-a para Chandighar para ter o bebê. A irmã de *Bibi*, Swaran *Masi*, estava lá e concordou em ficar com ela. Era melhor que *Bibi* não tivesse feito isso. Até o dia da sua morte, *Masi* nos fez sentir como se tivéssemos uma dívida com ela. Até hoje aquele filho dela age como se devêssemos algo a ele.

Ela balançou a cabeça e alcançou um doce de pistache em forma de lágrima no tabuleiro mais próximo.

— Sua mãe viveu... hummm... durante cinco meses escondida lá — continuou Kalwant, com o doce na boca. — Ela me contou depois... hummm, muito bom, quer um Nina? Não? Humm... contou que eles não deixavam Sarna sair de casa porque não queriam que ninguém a visse. Durante todos aqueles meses, ela nunca saía da casa e mal via a luz do sol, porque eles cobriram as janelas de seu quarto. Quando você nasceu; Swaran *Masi* foi quem fez o parto. Foi horrível para sua mãe. Ela me contou que eles entupiram a boca dela com pano para não deixar que ela gritasse e contou que as partes de dentro dela foram totalmente rasgadas e depois sangraram durante semanas. Ela sofreu por você, disso não tenha dúvida. Mas todos temos que pagar por nossos erros. Ela pagou o pior preço quando veio para Amritsar depois de deixar você para trás. *Bibi* não queria nem sinal de você por perto, ao menos até que o problema de sua mãe se resolvesse. — Kalwant fez um carinho na cabeça de Nina. — Ela só queria casar sua mãe, se livrar dela de maneira decente e salvar o nome da família. Você devia ter visto o estado de sua mãe. Ela choramingava dia e noite, não comia nada. É claro que não podia dizer abertamente por que estava infeliz, mas me disse que, ao abandonar você, tinha morrido um pouco.

Kalwant pegou mais doce de pistache, como se precisasse de açúcar para lhe dar a energia necessária para contar a história até o seu amargo final.

— Até *Bibi* se sentiu mal, mas ela era dura, negou-se a deixar sua mãe sentir pena de si mesma. Ela estava sempre lembrando a Sarna: "Você só pode culpar a si mesma. A culpa disso tudo é só sua, é a conseqüência desse seu amor louco, o *Ishq*." Achei que Sarna jamais superaria isso, mas sua mãe é uma especialista em sobrevivência. Ela viu finalmente que ninguém iria salvá-la. Quando se deu conta de que Ramu não ia enfrentar o mundo e casar com ela, Sarna se recompôs. Na hora certa, pois *Bibi* encontrara um pretendente ingênuo o suficiente. Karam apareceu bem a tempo de salvá-la. E, enquanto ele ficou detido pelas confusões da Divisão, Swaran *Masi* trouxe você de volta para nós, pois não podia alimentar mais uma boca. Quando Karam voltou, nós dissemos a ele que você era uma órfã vítima da partição da Índia que tínhamos adotado. Ele acreditou, pobre homem. Estava apaixonado demais por Sarna para suspeitar de qualquer coisa.

Essa descrição lançou alguns raios de cor na imagem que Nina criou sobre Sarna. O resto do retrato, como se visto através das lentes implacáveis do ressentimento, era tão cruel que Nina não conseguia distinguir a mãe dos erros que ela supostamente cometera. No final, o retrato imaginário que Nina construíra em sua mente era embaçado e imperfeito: uma impressão de perfil tirada sob luz fraca por alguém com a mão trêmula. E, no entanto, como pode acontecer, às vezes, com fotógrafos amadores, havia elementos de beleza que sugeriam outra verdade, algo que estava ainda por ser descoberto e compreendido. Os contornos da imagem davam uma idéia de fragilidade, algo muito precariamente íntegro. O mais comovente de tudo era o olhar discretamente desviado da figura na foto, que parecia ser o ponto de fuga da composição. Seu vórtice, que se perdia de vista, caracterizava-se por uma suavidade palpável, por um desejo obscuro, por um sofrimento de culpa e perda.

— *Hai*, que *kismet*, que sina! A nossa sorte se esvaiu em chamas — lamentou Kalwant.

A carta em papel azul do correio aéreo escorregou-lhe dos dedos gordos. Suas formas, que já tinham sido belas, mostravam-se agora arredondadas, transformadas numa espécie de planície suave, subitamente inchada numa nada atraente aparência de infelicidade. Os seios pesados balançavam solenemente num movimento de concordância. Da cintura para baixo, Kalwant tendia a permanecer imóvel, devido ao inchaço espetacular que tomara seu corpo. Esse alargamento, resultado de excessos alimentares, a munira de uma autêntica plataforma, de onde o resto de seu corpo podia atuar. Ela deixava seus sentimentos se descontrolarem e a língua fazer o exercício que seus membros eram incapazes de realizar.

— Ah, que *kismet* ruim, que triste sina. — Kalwant bateu na própria testa, enquanto o papel azul flutuava em direção ao chão. — Sarna deixou o problema dela conosco, e, enquanto nós sofremos, está vivendo uma vida maravilhosa em Londres. Nem mesmo a notícia da morte de *Bibi* a fez arrepender-se. Ela não diz uma palavra aqui sobre seu velho erro.

— Ela sempre foi uma *chalaako*, uma espertalhona. Sabia exatamente como conseguir o que queria. Era uma especialista em se meter em confusões, mas também sabia como sair delas. Uma verdadeira feiticeira na arte da malícia. — Havia um tom de admiração e afeto na voz de Harpal. Ela era uma versão menor de Kalwant, como todas as irmãs, à exceção da ovelha negra que partira, eram uma miniatura da mais velha.

— Mas ela não vai se livrar do problema com tanta facilidade dessa vez — disse Kalwant. — Nós cuidamos de Nina todos esses anos, nós a criamos, demos a ela um lar, a alimentamos e vestimos sem um centavo de ajuda ou uma palavra de agradecimento de *Memsahib* Sarna. Não podemos fazer mais nada. Nosso voto de silêncio só era válido enquanto *Bibi* vivesse. Agora que Nina sabe a verdade, por que devemos fingir em nome de Sarna?

Harpal fez sinal de concordância com a cabeça. Nina olhou infeliz para o próprio colo.

— A culpa não é sua, Nina.

Kalwant fez um gesto amável na sua direção, convidando-a a se aproximar e sentar ao seu lado na cama no canto do quarto. As cadeiras não eram mais confortáveis para Kalwant. Era apenas sobre uma cama, sem as restrições de encostos e apoios para braço, que ela podia relaxar. Pediu a Nina, com um gesto, que massageasse suas pernas.

— Mas alguma coisa tem que ser feita. O que aconteceu com aquele *Darshan*; e que ele apodreça no inferno; vai acontecer novamente. Não presta para nada, fazendo promessas sem cumpri-las, pois a mãe dele não aceitaria você. Aquela mulher, a família dela!

Sentindo a diminuição da pressão nas suas pernas, Kalwant se interrompeu.

— Ah, Ninu, não chore. Tudo isso é passado.

— Esses libertinos vão continuar desejando Nina, mas não se casarão com ela. Isso não é vida para uma garota. — Harpal passou os dedos pela borda do seu xale.

— É o que estou dizendo. Ela está na mesma situação de Sarna há vinte anos. Exatamente a mesma.

— Por que Sarna não pode mandar dinheiro? — perguntou-se Harpal. — Ela dá a entender que está muito bem lá na Inglaterra. Diz a ela para mandar um pouco de sua sorte para cá, para dividi-la conosco.

— *Hai*, olha o que está dizendo, "dividir"! *Bhanji*, o que você acha que ela vai dividir se ela nem está interessada? — Kalwant colocou outro travesseiro atrás da cabeça para deixá-la mais no alto. — Não voltou aqui nem uma vez durante todos esses anos. Ela não apareceu nem para o funeral de *Bibi*. Ela esqueceu que nos deve algo. Nós criamos a filha dela.

— Era a vontade de *Bibi*. Mas *Bibi* agora se foi. Nós tomamos as decisões agora. Sarna nunca vai oferecer ajuda; pela carta dela isso fica claro. Não disse uma palavra sequer sobre o futuro de Nina. Ela quer esquecer. É essa a idéia que ela tem de maternidade. — Uma outra almofada colocada atrás de sua lombar ajudou Kalwant a sentar-se mais ereta. — Ah, Nina, aperte com mais força — disse ela, enquanto Nina pressionava levemente suas pernas.

Nina odiava quando falavam de Sarna daquela maneira. Ela nunca conseguiu entender por que as irmãs não tentavam, pelo bem dela, abrandar os fatos. Por que elas tinham que pô-la a par de cada detalhe cruel? Elas tentaram preencher cada lacuna de sua consciência com exemplos do egoísmo de Sarna. Era como se não quisessem deixar qualquer brecha que permitisse a Nina dar à mãe o benefício da dúvida. "Elas não gostam de Sarna e não querem que eu goste também", pensou Nina. Mas talvez não quisessem que ela alimentasse qualquer idéia romântica de reconciliação, pois achavam que poderia não haver chance disso. Talvez tenham contado a Nina a verdade não para magoá-la, mas para protegê-la.

— Ela sempre teve a cabeça nas nuvens, aquelazinha. — O *bindi* redondo e prateado entre as sobrancelhas de Harpal brilhou.

— Hum. — Kalwant fez sinal de aprovação com a cabeça. — Ela se achava o máximo só porque era bonita. Está na hora de ela encarar os fatos.

— Mas quem vai contar a ela?

— Nós. Quem mais? — Kalwant ergueu os braços.

— *Bibi* não aprovaria. — O *bindi* saltou quando as sobrancelhas de Harpal se levantaram e desceram, em seguida, em sinal de aprovação.

— Nós juramos pela *vida* de *Bibi* que não contaríamos, mas agora *Bibi* está morta. — Kalwant lançou um olhar para o retrato do Guru Nanak na parede. Que *Vaheguru* a perdoasse por falar da mãe morta daquele jeito. — Como disse, Nina já sabe a verdade, então por que Sarna não pode saber?

— *Bibi* não ia gostar.

Kalwant batucou os dedos uns nos outros. Ela sabia que Harpal estava certa. A sombra daquela promessa ainda pairava sobre todas elas. Mesmo assim, alguém precisava fazer alguma coisa. Do contrário, que tipo de vida Nina teria? E ainda seria um fardo para elas. Com o tempo, sua condição de ilegítima afetaria as perspectivas de casamento das filhas delas também.

— Talvez Nina pudesse mandar uma mensagem — disse Harpal. — *Ela* nunca fez nenhuma promessa.

As mãos de Nina gelaram sobre os tornozelos de Kalwant.

Kalwant imediatamente levantou as costas. Duas almofadas que, de repente, ficaram sem função caíram no chão.

— É isso, *Bhanji*, ótima idéia! Claro, é Nina quem deve contar a ela.

"Contar o quê? O que *eu* vou contar?" Os olhos verdes de Nina se arregalaram. Agachada aos pés da irmã, sua figura miúda desmentia seus 22 anos. Ela parecia uma adolescente.

— Não se preocupe, Nina, vamos ajudar você. — Harpal se aproximou para dar segurança à garota, que entrava em pânico.

— Claro, nós vamos ajudá-la a escrever a carta. — Kalwant esticou o braço para apanhar a carta em papel azul do chão. — Ahhh — bufou, quase caindo da cama. — Uma resposta a *isso*. Contando a Sarna tudo o que ela não quer saber e pedindo ajuda dela.

15.

NORMALMENTE KARAM TERIA VIRADO à direita ao sair do seu escritório em Millbank e dirigiria ao longo do Tâmisa, antes de atravessar o rio pela ponte de Chelsea e se encaminhar para casa em Balham. Naquele dia, num impulso, ele virou à esquerda e seguiu, subindo a Whitehall, passou pela Trafalgar Square e continuou em direção à Tottenham Court Road. Era um desvio que já fizera diversas vezes nos últimos meses. Mais uma vez Karam se sentia insatisfeito com a vida. E atribuía sua infelicidade ao descontentamento com o trabalho. Ficara satisfeito ao conseguir tão facilmente um emprego logo que se mudaram para Londres. Considerara um trabalho bastante respeitável: ele era servidor público, contador, exatamente a mesma função que exercera na África. Considerara o salário razoável e os colegas amigáveis. E ficara deliciado por estar trabalhando bem no coração de Londres — isso era uma fonte de inspiração, uma lembrança diária de quão longe ele chegara. Quando encontrava conhecidos no *gurudwara*, imigrantes recém-chegados da África Oriental, Karam sentia-se bem dizendo a eles:

— Estou trabalhando como servidor público, bem perto do Parlamento.

Soava, de certo modo, como algo fundamental, como se ele fizesse parte da engrenagem que movia a Inglaterra, de forma que não poderia ser equiparado a seus contemporâneos que trabalhavam na fábrica de borracha em Southall, ou que possuíam uma lojinha de esquina em Norbury, ou que eram caixas na filial local da Halifax. Mas aquilo em seu emprego que costumava satisfazê-lo agora parecia irrelevante, e volta e meia ficava preso à idéia de que era empregado de alguém. Quando repensava sua vida profissional, parecia-lhe ter encontrado sempre um trânsito estável para as posições medianas dos serviços de escritório, mantendo-se constantemente sob as ordens de alguma autoridade superior. Como foi que as coisas acabaram assim? Quando jovem, ele decidira que trabalharia para si mesmo.

Essa reavaliação das suas realizações começou quando alguns dos seus irmãos se mudaram para a Inglaterra. No ano anterior, Mandeep, Sukhi e Guru tinham vindo do Quênia. Como Karam, eles tiveram os empregos e o padrão de vida ameaçados pela independência do Quênia e pela africanização que se seguiu a ela, então decidiram pedir a cidadania britânica.

Sarna odiara a idéia de a família de Karam, principalmente Sukhi e Persini, ir para Londres.

— Por que eles têm que vir atrás de nós? Não quero aquela Persini *kamini* por perto. Se ela pensa que pode vir e ficar na minha casa, pode esquecer. Não a receberei. Não depois de tudo o que ela fez. De jeito nenhum.

— Calma — disse Karam. — Eles não virão para cá. Expliquei a eles que não temos muito espaço.

Ele se sentira muito egoísta por ter que inventar desculpas para os irmãos. Mas o que mais podia fazer? A oposição veemente de Sarna à vinda deles fizera Karam perceber que não poderia ajudá-los sem comprometer seriamente o estilo de vida da própria família. Sarna não apenas verbalizara sua intolerância para com a família dele, mas manifestara isso fisicamente, adoecendo cada vez que se discutia a possibilidade da chegada deles. No começo, Karam tendeu a rejeitar essas manifestações, considerando-as melodramáticas, mas os sintomas — febre, tremor e náusea — pareciam tão reais que ele não podia acreditar que ela estivesse fingindo. Quando o médico prescreveu uma medicação, Karam foi forçado a acreditar que a indisposição era autêntica. Como poderia, então, insistir em algo que causava tanto sofrimento à esposa? Ficava envergonhado, no entanto, por não poder hospedar os irmãos até que encontrassem seu próprio teto. Como filho mais velho, era seu dever ajudar a família. De fato, Karam já previra a vinda deles em algum momento e esperara poder recebê-los com estilo. Mas eles decidiram vir mais cedo do que o esperado, e sua própria situação mudava mais lentamente do que desejara.

A morte do sr. Reynolds possibilitou a Karam negociar a saída da viúva de lá. Isso proporcionara aos Singh mais dois quartos no primeiro andar, mas a prudência compeliu Karam a alugar novamente um dos quartos. Ele e Sarna mudaram-se para o quarto principal no andar de cima, e Pyari e Rajan passaram a ter quartos separados, mas a casa ainda parecia pequena demais. E havia muita reforma por fazer. Ele sabia que o banheiro e a cozinha precisavam ser reaparelhados, e foi por isso que insistiu com Sarna que encontrassem outro inquilino.

— Se você quer uma cozinha nova, teremos que alugar um quarto novamente. Do contrário, você pode esquecer esse projeto por mais alguns anos. Não tenho como pagar por isso.

Sarna imediatamente insistiu que ela mesma recolheria o dinheiro do aluguel e se encarregaria de economizar para que sobrasse dinheiro para as obras na cozinha.

—Você não tem conta em banco — dissera Karam.

— E daí? Os inquilinos pagam em dinheiro, e eu vou guardar no meu cofre — retrucara ela.

—Você não vai conseguir nenhum lucro desse jeito. Eu vou pegar o aluguel e separar para a sua cozinha. Dentro de mais ou menos seis meses, vamos poder, ao menos, acrescentar alguns novos itens a ela. Depois, aos poucos, vai ser possível comprar um fogão novo, trocar o piso. Devagar, devagar, nós vamos fazendo tudo.

Mas foi Sarna que recolheu o dinheiro do novo inquilino desde a primeira semana. Cinco meses se passaram, e ela não dissera nada ainda sobre a cozinha nova, enquanto antes ela importunara Karam diariamente. Agora era ele que trazia o assunto regularmente à baila.

— Então, não é melhor começarmos a pensar naqueles novos itens? Já devemos ter o bastante para eles agora — dizia ele.

— Quase — respondia Sarna.

Só Deus sabia o que ela estava aprontando. Ele sabia que errara ao deixá-la cuidar do dinheiro do aluguel. Na verdade, ele sequer se lembrava de ter concordado, só sabia que, quando o jovem estudante da Malásia se mudou, Sarna começou a servir jantar a ele e, de algum modo, fez com que o camarada engolisse um acordo no qual o aluguel devia ser entregue semanalmente a ela. Desde então, não houve mais volta. Ah, esses malditos inquilinos. Aquilo não era vida, morar com estranhos na casa, dividindo o banheiro com eles.

Sarna recusou-se a ter os familiares de Karam como vizinhos, nem mesmo em outra casa. Quando ele fez uma pesquisa de preços de propriedades para eles, ela avisou:

— Não posso viver perto dessas pessoas. Se essa Persini acabar em algum lugar perto daqui, eu vou ter que sair. Vou embora, estou avisando a você. Mesmo que isso signifique que eu tenha que deixar este mundo.

Contra essas ameaças, o que Karam podia fazer? *Pois é, uma mulher cabeça-dura...* Por sorte, ele foi poupado de qualquer decisão difícil, pois, quando Persini e Sukhi chegaram ao aeroporto de Heathrow, foram direto para Southall ficar com primos de Persini. Quando Guru e sua esposa Sanjeev chegaram, vários meses depois, eles também acabaram indo para Southall, pois receberam um convite de Persini e Sukhi para ficar na casa deles. Apenas Mandeep se impôs a Karam e Sarna e tomou o quarto de Rajan por alguns meses, antes de se mudar, ele também, para Southall.

Todos os irmãos de Karam abriram um negócio próprio na Inglaterra. Mandeep começou com um táxi e lentamente montou uma pequena companhia de transporte. Persini e Sukhi compraram e dirigiram uma agência de correio. Karam via com algum ressentimento esses empreendimentos se constituindo. Ele chegara ao país muitos anos antes, e — ora! — eles vieram e passaram a sua frente em seu próprio território em questão de meses. Eles se tornaram donos dos próprios destinos, enquanto ele ainda estava obedecendo a outra pessoa. Karam ficara surpreso sobretudo com seu irmão Guru.

Guru sempre fora emburrado e quieto e mostrara pouco entusiasmo pelos estudos. A família inteira ficou atônita quando ele conseguiu um emprego de caixa no Banco Nacional do Quênia, em Nairóbi, e Karam achou que fosse apenas uma tacada de sorte.

— Não vá estragar tudo agora — aconselhou.

Longe de estragar tudo, Guru ganhava bastante dinheiro. Ele provou ter tino para as finanças. Ao longo dos anos, juntara uma fortuna. Exatamente quanto, ninguém sabia, mas certamente o suficiente para comprar para si um carro novíssimo e uma casa em Southall sem precisar de empréstimo. O suficiente, parecia, para emprestar a Persini e a Sukhi o depósito para a casa deles e para a agência de correio. O suficiente, como foi percebido depois, para investir na firma de táxi de Mandeep. O suficiente, os meses seguintes revelariam, para não sair às pressas em busca de emprego. Karam ficou pasmo com o sucesso dele. Seu irmão virara Guru Cheio-da-Grana, e Karam se juntou à fila de irmãos que queriam lhe pedir dinheiro emprestado.

O Ford Cortina branco de Karam diminuiu a velocidade na Tottenham Court Road, para que ele pudesse olhar as vitrines das lojas e gente andando na rua. As pessoas caminhavam devagar, porque a noite quente de verão juntava seus braços aos de cada pedestre como uma amante, e pressionava de perto, abafando-os com um ardor úmido. Karam notou as várias cores que se misturavam nas blusas, saias e vestidos, tingidos em *tie-dye* e pendurados nas vitrines das lojas Top Textiles e Bhattia Clothes. Observou roupas semelhantes usadas por algumas mulheres nas ruas: a parte de cima com mangas de tecidos finos flutuantes, saias longas com estampados vivos, calças boca-de-sino. Era uma versão um tom abaixo da que Karam vira na Carnaby Street poucas semanas antes. Ele estivera lá algumas vezes depois que um conhecido do *gurudwara* mencionara que o irmão dele, em Nottingham, estava fazendo uma fortuna com a importação de peças de roupa de algodão barato da Índia.

— Ele nem consegue fazer com que os produtos cheguem aqui suficientemente rápido — contou Surjit Bhamra a Karam. — A demanda é muito grande. Ele está vendendo pelo país todo, principalmente em Londres. Tem alguns pontos de revenda no West End, ele me disse, na Carnaby Street e sei lá mais onde.

Bhamra não era a única pessoa de quem Karam ouvira relatos como esse. Muitos outros conhecidos citaram parentes que estavam se beneficiando desta nova expansão do mercado de algodão barato. Suas histórias fizeram a mente de Karam tiquetaquear — talvez essa fosse uma oportunidade para ele. Talvez a rota para a riqueza estivesse no comércio de trapos. Então Karam começou a procurar pontos de venda potenciais para os quais pudesse fornecer suprimentos. Foi à Carnaby Street e vagou pelas lojas de suvenir, pelas lojas de couro e pelas butiques de roupas indianas. Nessas últimas, entrou fingindo ser um cliente casual, enquanto secretamente tomava notas da variedade e dos preços das roupas. Lentamente, Karam tinha que se imaginar dono de uma loja na Carnaby Street.

Começar um novo negócio ocupava cada vez mais os seus pensamentos. Longe do escritório, ele começou a olhar de cima abaixo os pedestres para ver o que estavam vestindo. Sarna, que não fazia a menor idéia do que se passava na cabeça dele, percebeu o olhar errante pelas mulheres e tomou-o como sinal da reaparição dos seus antigos hábitos infiéis. *Hai*, que homem. Ele não muda nunca. Por que ela nascera? Para aturar os anseios eróticos dele? Para Karam, ela disse, com doçura debochada:

— *Ji*, é melhor você controlar a cobiça de seus olhos ou eles podem acabar caindo de sua cabeça.

Karam não se deu o trabalho de explicar que o interesse era puramente profissional. O esclarecimento teria exigido que ele confessasse outras coisas para a esposa, como o fato de estar infeliz. Não queria admitir isso para Sarna, pois sabia que ela não lhe daria qualquer conforto. Uma vez, logo depois da mudança para Londres, quando rosnara depois de um dia difícil no trabalho, a mulher respondera sem compaixão:

— Bem, foi você que nos trouxe para cá...

E deixara que Karam completasse a frase na própria cabeça "...então não reclama". Talvez, num outro dia, com a cabeça melhor, Sarna pudesse ter dado ao marido o apoio de que ele precisara. Mas Karam ficou profundamente magoado com essa demonstração de indiferença e decidira não dividir mais com ela qualquer outra decepção. Mas desta vez ele ficou em silêncio por outro motivo também. Ele não gostava de discutir nenhum novo empreendimento até que ele próprio estivesse absolutamente decidido.

Os detalhes do projeto estavam em elaboração na cabeça de Karam, e ele se sentia mais confiante conforme o via se desenvolver. Suas pesquisas em Londres o convenceram de que havia realmente um florescente mercado para algodão barato, e ele tinha a sorte de ter contatos na Índia. Esperava que a família de Sarna pudesse ajudá-lo a estabelecer uma boa base de suprimentos lá. Eles poderiam supervisionar o negócio naquela região e tirar sua parte do lucro. Por que a família dela não poderia tirar proveito dos benefícios também? Haveria dinheiro suficiente para circular. Até as preocupações financeiras de Karam foram postas de lado, já que Guru concordara em emprestar-lhe a verba inicial de que precisava. Agora só faltava convencer Sarna. Ele precisava dela ao seu lado para envolver a família dela, mas a esposa tinha uma relação um pouco estranha com eles. Por um lado, dizia ter um afeto infinito pelas irmãs, escrevia cartas para elas e mandava-lhes presentes. Por outro lado, as acusava de se ressentirem dela, de terem inveja por ela ter escapado de lá para uma vida melhor. De vez em quando, Sarna culpava Karam de tê-la afastado da família e de tê-la isolado de tudo o que conhecia. Toda vez, no entanto, que ele lhe oferecia uma viagem à Índia para visitar a família, ela recusava, acusando-o de tentar tirá-la do caminho para que ele pudesse se meter com suas mulheres. Karam suspirava. Falar com a mulher era um negócio arriscado — mais difícil do que tentar montar um novo empreendimento.

16.

A CARTA ERA IGUAL ÀS OUTRAS que a precederam: um infantil envelope azul de viagem, com o endereço do remetente escrito nitidamente em hindi e o do destinatário escrito em inglês com uma letra mais insegura. O conteúdo dessa correspondência, no entanto, abalaria Sarna mais violentamente do que qualquer coisa que ela já lera desde que vira a data do seu aniversário impressa no seu passaporte como 1925 — *quatro* anos inteiros, ela reclamara, antes da data verdadeira. Karam providenciara a papelada para a mudança deles para Londres, e Sarna só vira mesmo seus documentos pessoais quando estava de pé na fila da imigração, depois da chegada a Londres. Olhava criticamente para a foto no passaporte — *hai*, a luz não fizera justiça à sua pele — quando dera de cara com a data, 1925.

— O que é isso?
— Data de nascimento.
— *A minha?*
Karam fez que sim com a cabeça.
— Está *errada*. Eu não tenho — ela fez o cálculo contando nos dedos — *quarenta* anos de idade!
Karam deu de ombros.
— E daí? Quem sabe a data exata, de todo modo? Até a minha eu tive que inventar. É só para o documento.
Karam inventara o dia e o mês, bem como o ano, dos aniversários dele e de Sarna. A informação não estava registrada em lugar nenhum. Nem sua mãe, *Biji*, se lembrava. Como é que *ele* poderia saber?
Sarna, no entanto, ficou furiosa.
— Nós temos que dizer a eles — disse ela enquanto se aproximavam do escritório de imigração. — Está errado. Você tem que mudar. Eu sei quando eu nasci. Foi em 1929.

— Não sou mágico. Não posso transformar as coisas com um estalar de dedos.

Ele não conseguia entender por que ela dava tanta importância àquilo.

— *Eles* podem mudar a data. — Sarna apontou para os escritórios de imigração. — É parte do trabalho deles fazer com que tudo fique correto. *Eu* vou dizer a eles.

— Como? Você acha que eles falam punjabi?

Sarna pressionou os lábios antes de retrucar:

— Não importa que língua eles falam! Qualquer um pode ver uma data, seja em punjabi, kiswahili ou inglês!

— Não seja burra. — Karam apertou os braços dela. — Se você criar problema aqui, eles vão nos prender. Nós mudamos isso depois, está bem? O passaporte expira daqui a alguns anos mesmo.

Sarna foi forçada, então, a entrar em Londres sem fazer menção a isso, quatro anos mais velha do que quando saíra de Kampala, no dia anterior.

É claro que, como Karam já sabia e Sarna suspeitava, mudar a data no passaporte nunca esteve em questão, pois seria preciso uma certidão de nascimento para autenticar sua reivindicação de ser mais nova. Como não era possível produzir tal certidão, o passaporte antigo teve que servir de garantia para a verificação, e Sarna foi condenada a envelhecer antes do tempo. Ela não se ressentiu dos benefícios do erro, como o fato de receber mais cedo a pensão ou os comentários dos oficiais, afirmando que ela não aparentava a idade que tinha. Mas Sarna nunca perdoou Karam pelo erro.

Se Sarna não tivesse aberto a carta com tamanha pressa, teria podido se preparar melhor para a mensagem. Se tivesse hesitado por um instante sequer, talvez tivesse percebido que a caligrafia não era a de sua irmã Kalwant, que geralmente escrevia para ela. Talvez tivesse visto que o nome do remetente não era K. Tanvir, e sim S. Tanvir. Em vez disso, Sarna foi direto à leitura:

Querida irmã,

Eu sei a verdade.

Desde que *Bibi* morreu, não há mais ninguém aqui para me proteger. Eu sou um fardo para suas irmãs. Elas me amam, mas não me querem mais. Ninguém me quer. Ninguém se casará comigo. Você sabe o motivo. Não há mais nada para mim aqui. Por isso eu quero ir para Londres. Por favor, eu quero ficar com você. Posso começar uma vida nova, como você fez. Será seguro, será fácil. Ninguém sabe de nada aí, e eu nunca direi nada. Eu prometo. Mas, se você não me ajudar, vou espalhar a verdade. Vou contar a todos — ao seu marido, aos seus filhos, aos parentes do seu marido e aos seus amigos. Não me obrigue a fazer isso. Se eu for para aí, farei o que você me mandar fazer.

Sunaina

Aquela declaração, "Eu sei a verdade", fizera o coração de Sarna bater num ritmo diferente — irregular e acusador. Como se inspirado pela rebeldia daquele órgão central, o resto do corpo também se revoltou. Os pulmões a afogavam com respirações profundas e rápidas. O estômago a culpava com ondas de náusea. A consciência se rompeu em suores frios. Os ouvidos zumbiam como sirenes anunciando um acidente horrível. Os pensamentos a desertaram, deixando-a apenas com uma sensação estonteante de desespero. Os membros ficaram fracos e dormentes como se não pudessem mais sustentá-la. Entre as pernas, ela sentia uma irritabilidade desconfortavelmente familiar, como se o próprio útero estivesse gritando para escorregar para fora. Ainda agarrando a carta, Sarna caiu no sofá e começou a chorar. O correr das lágrimas não a aliviava, mas elas escorriam aos poucos, lentamente, como gotas de veneno, como um rosário de angústia. Elas aferroavam-lhe os olhos, queimavam-lhe a pele e deixavam marcas de tristeza, como sal de água do mar desenhando seu rosto.

Sarna, que julgava conhecer bem a dor como se fosse uma velha amiga sua, não podia imaginar que ela tivesse tantos componentes, que pudesse atacar tão unilateralmente e machucar em tantos lugares diferentes. Todas as emoções dela pareciam culminar em agonia: autopiedade, culpa, remorso, amor — de todos esses sentimentos, ela sentia apenas uma dor intensa. Julgava já ter dominado as velhas aflições, quando, na verdade, tudo o que fizera fora negá-las. Como o ar, a dor tem que ser liberada ou nos sufoca. Durante muito tempo, Sarna guardara as suas dores encerradas dentro dela. Agora a carta de Nina fora a válvula que abria o compartimento de dor, e a penúria atravessou o corpo de Sarna.

A respiração atormentada deu lugar a gemidos de aflição. Esfregou a carta contra o peito e balançou o corpo para a frente e para trás no sofá. Os ruídos do seu sofrimento correram pela casa. O inquilino malaio, Chan, teve a atenção desviada de suas fórmulas matemáticas pelos gritos desolados dela. Ele tentou, então, criar uma barreira contra o som, voltando a se concentrar em seus estudos. Oskar também ficou abalado. O som o fizera pensar num animal moribundo deixando sair de seu corpo ferido e sem saída os últimos uivos agonizantes. Oskar desceu silenciosamente as escadas e foi até a porta da sala de estar. Espiou e viu Sarna desdobrando uma carta como se a fosse ler novamente. Ele a observou alisar o papel no colo e começar a bater na folha. Primeiro, ela correu os dedos gentilmente pelas palavras, como se as estivesse acariciando, e depois friccionou o papel com mais violência, como se quisesse apagar dele as palavras. Subitamente, levantou a carta e a apertou contra o rosto. Oskar viu as lágrimas furarem o papel de carta fino como um lenço de papel e reaparecerem como manchas azuis-escuras: como os borrões de uma outra história que forçava sua entrada na página de papel. Oskar desviou o olhar. Se ele não tinha nada para dizer, não deveria ficar ali. Subiu lentamente as escadas.

Sarna desgrudou a carta do rosto e olhou para ela. Viu que os borrões feitos por suas lágrimas continuavam a se infiltrar no papel como sombras de nuvens negras caindo sobre um dia claro. As lágrimas estavam alterando também a qualidade do papel; ele ficava úmido e frágil e parecia prestes a se desintegrar. Ah, parecia que aquilo iria simplesmente desaparecer e afastar-se dali! Mas ela sabia que não havia lágrimas suficientes para dissolver o problema. Se as lágrimas tivessem realmente o poder de lavar algo além da maquiagem sobre suas pálpebras, então as lágrimas dela, a essa altura, já teriam inundado o mundo todo.

O medo começou a dominar tudo: o medo da exposição. Mais uma vez, Sarna cobriu o rosto com a carta de Nina, como se a vergonha da filha pudesse mascarar a sua própria. Mas as emoções não são como equações matemáticas, nas quais números negativos multiplicam-se e transformam-se em positivos. A negação da vergonha de Sarna não podia ser anulada pela negação da vergonha de Nina.

Sarna releu a carta, mas sua mente se recusou a processar a mensagem de modo coerente. Bem lá no fundo, ela entendeu perfeitamente a linguagem diplomática de Nina. Sentiu a acusação ferina que havia no endereçamento da carta, "Querida irmã". Sabia o que havia por trás das afirmações "você sabe o motivo" e "eu vou contar". Sarna passara, no entanto, tempo demais se convencendo de que a existência de Nina não lhe dizia respeito. Criara deliberadamente um ponto cego para sua história pessoal entre as idades de 15 e 17 anos. Treinara seus pensamentos para evitar esse período e forçara a memória a mentir sobre ele. Uma reconstrução tão deliberada e trabalhada com tanto cuidado como essa não podia ser desfeita facilmente.

As pessoas esperam que seu dia de ajuste de contas chegue quando elas morrem, mas o de Sarna chegou bem no meio da sua vida.

Sarna passou o dia inquieta. Quando Pyari e Rajan chegaram da escola, ela ainda estava sentada no sofá. Não tinha lavado a louça do café-da-manhã nem cozinhado nada para o jantar. Com exceção dos dois primeiros meses da família em Londres, quando estavam sem fogão, Pyari podia contar nos dedos de uma só mão as vezes em que Sarna não preparara uma refeição fresca. Mesmo doente, a mãe trabalhava na cozinha. "Tem algo errado", pensou Pyari. Perguntou a Sarna o que havia para comer.

— Olha na geladeira — respondeu a mãe. — Pega alguma coisa lá.

Isso também não era habitual. Normalmente Sarna tinha muito ciúme de sua cozinha. Ficava muito irritada se alguém fuxicasse a geladeira ou o guarda-louça sem sua supervisão. Pyari olhou para o rosto inchado da mãe:

— *Mi*, você está bem?

Sarna balançou a cabeça e fez um gesto para que a filha saísse da sala.

Quando Karam chegou em casa, Sarna estava de cama, com o rosto vermelho e quente de preocupação. Ela suava muito, os olhos estavam vidrados, com o brilho de quem está delirante.

— O que aconteceu? — Karam sentiu a sua testa quente. — Resfriado?

Ela balançou a cabeça.

— Dor? Estômago? Corpo inteiro? — Ele usou de propósito o vocabulário dela.

Ela fez que sim com a cabeça. Sim, uma dor que enfraquece, fogo e gelo corriam pelo seu corpo todo, saindo de seu coração, onde a carta em papel azul estava alojada dentro do seu sutiã. Ela dobrara e enrolara o papel de modo a ficar tão pequeno que ela o sentia agora como uma bala contra o seu peito. Uma bala atirada do passado para atingir um alvo no presente. Fora a própria Sarna que fizera a bala há muito tempo e que carregara a arma, mas ela nunca imaginara que o tiro, um dia, voaria em sua direção desse jeito. A bala a atingira e machucara, mas não penetrara — porque ela não atingira o mesmo coração que Sarna tivera um dia. Ela encontrou um coração muito, muito mais duro. Um coração que passara anos se blindando contra esse mesmo inimigo, contra Nina — porque ela era a mais querida e por isso mesmo a mais letal. No entanto, por mais duro que um coração possa parecer, no seu cerne, onde a verdade reside, ele é mole e frágil. O impacto do ataque de Nina reverberava, então, pelo corpo inteiro de Sarna, para desviar a dor do seu coração e, desse modo, preservá-lo.

Karam olhou para as mãos trêmulas de Sarna e para os lábios secos, que ela lambia repetidamente em vão. Ela estava evidentemente sofrendo, mas ele não sabia ao certo o que fazer com essa nova aflição. Volta e meia ela adoecia nos últimos tempos, e ele não conseguia entender por quê. Eles moravam bem, comiam bem — não havia, de fato, motivo para doença. Ela, contudo, estava aparentemente atormentada por cólicas na barriga, gases na barriga, dor de barriga, barriga bloqueada, barriga desarranjada, barriga inchada, queimação na barriga, fervura na barriga... Karam perdera a conta das sensibilidades distintas da barriga de sua mulher. Achava estranho que todos os problemas dela ficassem concentrados naquela região. E era um grande azar a barriga estar, num critério anatômico, tão próxima a certa parte do corpo: a uma outra parte, essencial para a aproximação entre homem e mulher. Os sintomas na barriga de Sarna tinham um efeito colateral na vida amorosa deles. Quando ela ocasionalmente concedia a ele se aproximar, entre eles já não era mais a mesma coisa.

A reclamação mais comum de Sarna era a constipação. Tornara-se uma condição tão habitual da sua existência que ela perdera o constrangimento que sentia originalmente de se abrir com Karam a esse respeito. Na verdade, ela agora o culpava.

— A culpa é sua. Você me fez viver com essa sua comida inglesa durante tempo demais. Isso bloqueou a minha barriga totalmente. Estragou o meu sistema. Eu nunca vou me recuperar.

A medicação regular receitada pelo dr. Thomas parecia fazer pouco efeito. De fato, o médico finalmente insinuara que talvez o problema estivesse na dieta não balanceada de Sarna. É claro que *aquilo* não desceu bem.

— Nós estamos comendo do bom e do melhor, dr. Thawmass. Sempre *do bom e do melhor*.

O médico teve seus argumentos educadamente questionados. Por um lado, Sarna estava certa, mas, por outro, o médico também: havia, de fato, uma correlação direta entre seu intestino congestionado e sua comida fervida em lembranças abundantes. Às vezes, quando ela estava especialmente perturbada, as ansiedades liberadas no ato de cozinhar simplesmente entravam-lhe de volta no corpo quando ela comia. Então, até os seus pratos pesavam-lhe no estômago, incapazes de serem digeridos, empanturrando os intestinos com as mesmas angústias que tumultuavam-lhe a cabeça.

Sarna sempre fora bastante robusta. Karam via seu físico forte como um reflexo de uma determinação também forte. Agora estava perplexo de ver como sua determinação ficara mais forte do que nunca, mas seu corpo parecia fraquejar. Em momentos de cínica exasperação, ele pensava: "Não é de admirar que ela esteja indisposta — se eu às vezes me curvo sob a força férrea da sua determinação, é inevitável que ela também se renda ocasionalmente."

Karam teve esperança de que dessa vez não houvesse nada muito grave com ela. Aproveitou a oportunidade para olhar fixamente para ela, sem que a impaciência ou a raiva distorcessem seu rosto. Ela ainda era tão linda. Aquela pele! Lisa e suave como creme de leite — ele desejou beijá-la. O prazer de olhar para ela tantas vezes o ajudara a passar pelo tormento de ouvir-lhe as arengas. Será que esteve chorando? Karam a observou com mais cuidado. Pigarreou.

— Então, é só dor mesmo? Mais nada?

Como era quase sempre o caso, as tentativas dele de mostrar tato foram mal interpretadas; a pergunta dele soou como indiferença para Sarna. As palavras "só dor" fizeram parecer que ele não dava importância à dor, como se ela fosse o equivalente a um nariz escorrendo ou a uma dor de garganta. Ela sacudiu a cabeça. Karam não soube entender o gesto dela.

— Hum, é melhor você descansar. Deve ser resfriado. Se não melhorar até amanhã, vamos ao médico.

Não melhorou no dia seguinte, nem no dia depois desse.

Sarna ficou de cama durante três dias, sem conseguir engolir nada, exceto chá, que ela tomava em abundância, adoçando-o com colheres cheias de açúcar para tirar o gosto amargo da boca. O resto do tempo ela se lamuriava. O que podia fazer? Não havia ninguém. Aquele era o fim. Não podia ser. Acabou. Ninguém acreditaria. Ela, com dois filhos crescidos — um deles, uma filha quase em idade de se casar — ela não merecia isso. Era loucura! Quem fizera isso? Ela ia mostrar a eles. Nunca mais.

Durante três noites, Sarna teve pesadelos. Ela era um despenhadeiro de onde as pessoas se lançavam nas profundezas cheias de vapor de um vácuo — ela facilitava e testemunhava esses saltos camicases, ela própria mantendo-se imóvel e impassível. O mundo era um ouvido com uma criança nua sentada no seu lóbulo e cantando: "se você não me ajudar eu vou contar se você não me ajudar eu vou contar se você não me ajudar eu vou contar..." Uma rajada de vento reuniu a poeira marrom de dentro do útero de Lahoran Gali, carregou-a pelos oceanos e a depositou numa pilha do lado de fora da porta da Elm Road nº 4. Qualquer um que passava pela porta pisava na pilha de poeira e espalhava-a pela casa e pela rua, deixando um rastro de pegadas que não podia ser apagado nem movido para qualquer outro lugar.

Durante três dias, Karam e as crianças se movimentaram lenta e cuidadosamente perto de Sarna. Ela era uma presença palpável na casa e, no entanto, cada um sentia a ausência dela de maneira diferente. Karam sentia desejo do cheiro da comida dela, que sempre lhe dava as boas-vindas quando ele ainda estava do lado de fora da porta da frente. Ele sentia falta do toque dos pés gelados dela espremendo-se entre as panturrilhas dele em busca de calor quando ele entrava na cama. Agora ela só ficava lá deitada, parada, olhando para o outro lado, um rolo duro de tensão embrulhado na própria presença quente dela. Rajan, que sempre suplicava por silêncio enquanto estudava, achou mais difícil se concentrar sem o falatório e o barulho de pratos da mãe animando os fundos da casa. Pyari, obrigada a preparar as refeições deles enquanto Sarna se encontrava incapacitada, desejava que a mãe melhorasse e pedisse a cozinha de volta. Pyari constatou não ter herdado as habilidades culinárias da mãe. Sarna nunca pedira a ela que a auxiliasse na cozinha. Mesmo quando ela se oferecia para ajudá-la, Sarna recusava.

— Você vai cozinhar pro resto da vida depois de se casar. Você deve é aproveitar a liberdade que tem agora. Vá costurar alguma coisa, eu sei que você prefere.

Pyari gostava mesmo de costurar, mas tinha a impressão de que o monopólio da cozinha não era para o bem *dela*. Era a maneira de Sarna preservar seu território.

— Você tem muita sorte de sua mãe não forçá-la a cozinhar — comentavam sempre as amigas indianas de Pyari.

Ela, no entanto, não se sentia afortunada, mas negligenciada — como se lhe estivessem negando a herança básica de conhecimentos que se passam de mãe para filha. Agora, enfiada na cozinha e sem ter idéia do que fazer, isso a magoou ainda mais fundo. Era isso que Sarna queria? Que sua filha um belo dia se encontrasse sozinha e sem recursos dentro de uma cozinha? Era assim que a mãe queria que ela se sentisse — deslocada e insegura?

Quando Sarna finalmente saiu da cama, ainda não tinha clareza sobre como lidar com a ameaça que recebera, mas não podia mais continuar deitada enquanto todo o seu ser lutava desesperadamente contra a ameaça. Tomada pela necessidade de distrair os pensamentos, entrou na cozinha. Imediatamente viu as evidências de que outras mãos estiveram trabalhando lá: a tigela de açúcar estava ao lado da chaleira, em vez de guardada no armário, o pano de prato estava pendurado no encosto de uma cadeira, e não sobre a alça do forno. Sarna vislumbrou sua panela favorita secando no meio das louças de barro no secador de pratos. Ela pegou a panela, cheirou-a e franziu o cenho. *Hai Ruba,* Pyari deve tê-la usado para fritar aqueles ovos que estavam comendo ontem. *Hai,* que garota mais estúpida, aquela era a panela que Sarna usava somente para carnes! Ela olhou em volta. *Hai,* que família, não se pode deixá-los sozinhos um minuto que eles viram a casa de cabeça para baixo.

Quando abriu a geladeira, teve uma visão estranha: o leite estava coalhado; o iogurte, rachado; o pão, com manchas verdes de bolor. Perplexa, procurou outros sinais de decadência. Havia mais: as cenouras ficaram molengas e, flácidas, curvavam-se formando círculos; o gengibre estava cinza e murcho; as folhas de menta, amareladas; as cebolas tinham manchas pretas. Como a pectina, que é empregada como estabilizador, ou como o ácido ascórbico, que age como conservante, a paixão de Sarna pela culinária conservava os produtos na cozinha. Sua retração para dentro de si mesma desencadeara o processo de decadência dos produtos. Ela apanhou todos os itens e os jogou na lata de lixo. *Hai,* o que é que essas crianças e o pai delas andaram fazendo esses dias? Os guarda-louças estavam também em total desordem. Alguém obviamente remexera em tudo procurando algo e fizera uma bagunça. Ela viu que um pacote novinho de *dhal* se rompera de algum modo e os grãos tinham se espalhado por uma prateleira inteira. Abaixo dela, um pacote pequeno de farinha de *gram* tinha virado e cobria os pacotes vizinhos com uma camada fina de pó amarelo.

Quando Sarna bateu os olhos na tampa da lata de tempero largada no chão como se tivesse voado por conta de alguma explosão, seu coração deu um salto. O recipiente em si estava na prateleira. Dentro dele havia uma vasta coleção de temperos coloridos: páprica vermelha, açafrão amarelo, sementes murchas, desbotadas, de coentro, sementes verdes e cinzas de mostarda, cardamomo verde, cominho moído marrom-escuro, palitos de canela cor de madeira e cravos-da-índia pretos. Os temperos tinham sido espalhados para fora das respectivas tigelas de aço e sangravam uns nos outros. Mas como? Lágrimas saltaram dos olhos de Sarna. Alguém mexera de maneira muito errada no recipiente. Por quê? Esses temperos eram o alicerce de toda a sua culinária. Muitos eram impossíveis de se encontrar ali, eram estoques preciosos que ela pedira a amigos e parentes da Índia ou do Quênia que vinham para Londres. Quem era o culpado?

Ela se apoiou pesadamente na bancada e olhou para o caos em que se achava a sua caixa de temperos. As lágrimas continuavam a cair. Através do seu olhar cheio d'água, a confusão seca de temperos tomou a forma derretida, líquida e intensa da lava. Então, uma lágrima caiu dentro da lata, soltando no ar o cheiro misturado dos temperos, como a chuva que, quando atinge o solo, libera o cheiro da terra. Sarna respirou fundo, revigorada pelo reconfortante *Mushq* familiar. Os aromas dos temperos emergiram dos cascalhos de sua vida como uma promessa de redenção. Ela secou as lágrimas. Não, não ia se entregar. Ela encontraria um jeito. Ela sempre encontrava, e encontraria outra vez.

Sarna não conseguiu se convencer a se livrar da mixórdia na lata de temperos; colocou, então, a tampa de volta no lugar e guardou-a cuidadosamente no fundo do armário. Resolveu tratar daquele assunto mais tarde. Enquanto isso, varreu, esfregou e poliu a cozinha. Ao final do esforço hercúleo, o cômodo ainda não estava brilhando como ela gostaria que estivesse. "*Hai*", pensou, "durante todos esses anos eu espero por uma cozinha decente e nem isso ele conseguiu me dar". Lembrou-se do dinheiro do aluguel que vinha acumulando no cofre nos últimos meses.

Ela tinha pensado em dizer a Karam que eles deviam começar a procurar novas peças para a cozinha, mas agora já não tinha tanta certeza. Podiam aparecer outras necessidades mais urgentes para aquele dinheiro. Talvez fosse preciso pagar para começar uma vida nova. Nunca se sabe, refletiu Sarna, nunca se sabe mesmo.

Lembrou-se dos ditos da sua *Bibiji*: "Cada grão de arroz carrega o nome de seu comedor." Quando pequena, Sarna mergulhou num enorme saco de arroz para ver se havia nomes nos grãos. *Bibiji* a encontrou sentada, com olhar perplexo, num mar de arroz.

— *Bibiji*, esse arroz não tem nome — disse Sarna. — De quem é ele?

Bibiji gargalhou, mas Sarna continuou a se atormentar por causa do arroz sem nome. Será que só ela não conseguia ver os nomes? Ou havia algo errado com aquele arroz? Talvez os nomes só aparecessem durante o cozimento, assim como o nome de Sarna saíra de seus lábios quando ela tinha apenas um ano: "Sa-na." Este se tornou seu som favorito, e ela o repetia incessantemente, como se para confirmar a escolha. Sarna significava "vontade" ou "determinação".

Quando as crianças chegaram em casa da escola naquele dia, Sarna estava regando as plantas da sala.

— Ah-há, seus inúteis! — ralhou, enquanto colocava nas mãos deles pães achatados recém-saídos do forno. — A mãe de vocês cai doente, e vocês deixam a casa cair aos pedaços em volta dela, né?

Ela deu uma rápida pancadinha na cabeça de Rajan e fingiu endireitar a gola da blusa de Pyari.

Eles pareciam tão bem que ela precisou tocar neles para absorver um pouco da vitalidade dos dois, mas mesmo esse desejo não podia se sobrepor ao hábito de contenção que ela há muito tempo se auto-impusera.

— Como vocês conseguem sobreviver? Está tudo estragado ou imundo. O que vocês fizeram?

Assim que Karam voltou para casa, ela insistiu que uma excursão imediata ao supermercado era necessária.

— Você está se sentindo melhor, então? — perguntou ele. O brilho no cabelo dela mostrou a Karam que ele acabara de ser lavado.

—Vou indo — ela revirou os olhos. — Melhor ou não, qual a diferença? Há coisas a fazer, e parece que só eu posso fazê-las. Realmente, eu me pergunto, *Ji*, o que vocês todos fariam sem mim?

Nos dias que se seguiram, Sarna mergulhou completamente na cozinha. O desejo por doce não diminuíra. Fazia uma abundância de sobremesas, começando uma logo que terminava de fazer outra. Em apenas uma semana, ela fez *barfi* de coco, *gajerela* — um pudim de cenoura —, *sevia* — sobremesa com aletria e caju —, *kheer* — arroz doce com uvas-passas, nozes e açafrão —, *prasad* — oferenda aos deuses depois consumida pelos fiéis —, *gulab jamun* — bolinhas fritas de leite em pó e condimentos — e *ras malai* — um tipo de queijo caseiro cozido em calda caramelada. Ficou acordada, de pé, uma noite inteira, às voltas com oito litros de leite que deixou ferver lentamente até reduzi-los a um quarto da quantidade original. Sarna adorava observar como o leite ia aos poucos engrossando, amarelando e adocicando enquanto o volume diminuía. Ela queria que o peso nos seus ombros pudesse se transformar em vapor e ir embora, que seu enorme problema também pudesse ser fervido e minimizado até atingir uma fração palatável dele mesmo.

As meditações de Sarna eram um conforto enquanto ela cozinhava, e se tornavam certezas quando ela comia, mas não lhe proporcionavam alívio permanente, pois as ponderações ainda sem solução eram lenta e dolorosamente reabsorvidas pelo seu sistema. E lá alimentavam o fato de ela não conseguir encontrar uma solução para a ameaça de Nina. Sentia a pressão do dilema no estômago, onde não havia quantidade de leite adocicado que pudesse neutralizar a acidez ardente da ansiedade. Ela sentia nos seus intestinos, onde as sobremesas se emaranhavam e criavam um enorme bloqueio. E ela sentia o cheiro em toda a parte, pois a sua consciência culpada saía de dentro dela como um *Mushq* fétido. Ela tivera problemas temporários com essas ventosidades antes, mas as novas emissões eram de ordem inteiramente diferente. O fedor potente delas representava a chaga apodrecida da verdade guardada dentro dela. Uma verdadeira bruxa de cheiros, Sarna tentava, com pouco sucesso, acobertar o próprio fedor com aromas atraentes de comida.

Karam, que, a princípio, ficara encantado com os doces, preocupou-se quando a produção de sobremesas começou a parecer interminável. Sarna aparecia com novas guloseimas tão rápido que nem dava tempo de comê-las. Entregas regulares dessas iguarias para os inquilinos, Oskar e Chan, ajudavam pouco a disfarçar o fato de Sarna estar cozinhando mais do que eles precisavam — e queriam. Por vários dias, Pyari e Rajan foram mandados para a escola com montes de doces hindus para dividir com os amigos, mas os pedaços sacarinos eram enjoativamente doces até mesmo para crianças em idade escolar. Ao final do dia, Pyari e Rajan jogavam, cheios de culpa, as criações da mãe nas latas de lixo próximas aos portões da escola.

Os irmãos de Karam também passaram a receber as produções abundantes de Sarna. Na sexta-feira, depois de vários dias de trabalho na cozinha, quando Karam estava saindo para o jogo noturno de cartas freqüentado por ele mensalmente, do qual participavam todos os seus irmãos, Sarna lhe deu um grande pacote de doces.

— Eu sei que Sukhi adora meus *barfi*, e Mandeep tem gosto por *gajerela*.

Karam gostava de ser generoso, quando isso não exigia dele muito gasto de dinheiro. O excesso da culinária de sua esposa continuava, no entanto, a incomodá-lo. Era um desperdício, mas como dizer isso a Sarna? Ela andava muito sensível ultimamente. Ele estava contente de ela parecer melhor novamente, e ele precisava que ela ficasse bem para que pudesse puxar o assunto dos seus novos planos de negócios.

Quando voltou de sua saída noturna, quase à meia-noite, e encontrou Sarna ainda cozinhando, Karam sentiu que devia dizer algo.

— O que significa tudo isso? Você está pensando em abrir uma fábrica de doces ou o quê? Você vai transformar esse lugar na Doceria de Sarna?

Sarna manteve-se de costas para ele e continuou a descascar amêndoas.

— Eu estou pensando em começar um novo negócio sozinho, mas parece que você me sabotou. Não deve ser barato fazer tantas coisas saborosas com cremes e nozes e não sei o que mais; é pena que você não possa vendê-las. Se você vai continuar cozinhando tanto, nós precisamos encontrar um meio de ganhar um pouco mais de dinheiro.

Sarna se virou, com os cotovelos levantados; os dedos sujos de marrom pareciam *parsnip*, cenouras recém-tiradas da terra.

— Tudo são só negócios e dinheiro para você, não é? Será que uma mulher não pode fazer algumas guloseimas para a sua família sem ser lembrada de contar os centavos?

— Ah, não. Está zangada por quê? Não precisa. Você sabe que eu gosto quando você cozinha. Só estou perguntando por que você está fazendo mais do que podemos comer. Você parece estar cozinhando para um bufê de casamento! Há alguma coisa que eu não saiba?

Apesar do tom jocoso de Karam, o coração de Sarna martelou contra as costelas, como um animal aterrorizado dentro de uma jaula.

—Você está esperando alguém? Está planejando uma comemoração? Pra que tudo isso? — Karam fez um gesto em direção ao fogão. — Eu não entendo.

Sarna colocou inconscientemente a mão no coração e procurou a bala comprometedora sob o seu sutiã. Ainda estava lá.

— O que você está insinuando? — revidou Sarna.

Karam trancou os dentes, surpreso com a súbita agressividade dela.

— Nada, só o que eu disse. Isso é apenas muito doce. É só isso.

Sarna decidiu testar se havia algum sinal de que ele soubesse de algo. Será que Nina já levara a cabo a ameaça?

— Não, tem alguma coisa que você não está me dizendo. Eu não sei o que é, mas não estou gostando.

— Ei, opa, fale baixo, senão vai acordar Rajan — disse Karam. — Eu não sei por que você está cheia de pedras nas mãos. Eu só disse que não entendo.

— Bem, um homem não precisa entender o que se passa numa cozinha.

"Tem, sim, quando ele está pagando por isso", retorquiu Karam silenciosamente.

— O que é isso? — perguntou ele de repente, enrugando o nariz quando um cheiro rançoso encheu o ambiente. —Você tem certeza de que o leite não está estragado? — Ele fez uma careta enquanto examinava o interior de uma panela funda de bolhas brancas ferventes.

— Não tem nada estragado a não ser o seu humor — respondeu Sarna, prendendo a respiração e apertando as nádegas como se isso pudesse prevenir o cheiro de se espalhar. — Se você não quer mais comer, então está bem. Não vou forçar. — Ela estava ansiosa para fazer Karam sair da cozinha para ela poder afinal abrir a porta que dava para o jardim. — Mas não venha me questionar sobre a quantidade de comida que estou preparando. Eu sei o que estou fazendo.

Karam levantou a mão, derrotado, e saiu da cozinha.

Depois dessa conversa, ele mordia a língua para não dizer nada enquanto as sobremesas continuavam a se proliferar. Ele disse a si mesmo que era apenas uma fase e que sairia dela em poucos dias — e depois ele tinha a intenção de falar com ela sobre seus planos. Mais uma semana de preparação de sobremesas se seguiu, no entanto, à primeira. Nem as frutas da casa escaparam: Sarna as caramelizou.

— *Mi*, quando você vai parar com essa adocicação? — perguntou Pyari a ela. — Meus amigos estão me dizendo que eu estou cheirando a bolo. E o cheiro do meu cabelo de noite, no travesseiro, é tão doce que me deixa enjoada.

Rajan, cujo quarto era bem atrás da cozinha, também implorou a Sarna que parasse.

—Você está cozinhando sem parar esses dias — rosnou ele.— Sempre há barulho e cheiro, eu não consigo me concentrar. Por que você está exagerando desse jeito?

Dessa vez, Sarna ficou sem resposta para dar aos seus filhos. Era muito fácil reclamar. Eles não tinham idéia do que ela estava passando — e era para protegê-los que ela estava sofrendo. Ninguém apreciava a doçura do seu trabalho. Essa era uma das terríveis ironias da sua angústia — ninguém agradecia a ela, ninguém a elogiava por continuar a fazer os doces. Sarna verteu um xarope de açúcar grosso sobre os pistaches e as sementes de gergelim para o *gujak*. Viu o líquido caramelado encher a bandeja de nozes e depois endurecer e se estabilizar, mesclando os ingredientes. Bem que podia haver alguma coisa que ela pudesse verter sobre sua vida para que os pedaços incompatíveis pudessem se unir e formar um todo duradouro e cheio de significado. Sarna desejou desesperadamente que surgisse uma solução. Mas dessa vez parecia não haver como escapar e nenhum jeito de colocar de lado ou de esconder a existência de Nina. O gosto do fracasso subitamente inundou a boca de Sarna. Ela sentiu um arrepio, pegou uma *rasgullah* e a meteu na boca, sugando a doçura do bolinho de massa pálido e coalhado, antes de mastigá-lo e engoli-lo.

17.

Três semanas depois da chegada da carta de Nina, a produção de sobremesas de Sarna diminuiu. Não diminuiu proporcionalmente, no entanto, a dose excessiva de açúcar que ela estava impondo à família. Seu paladar se acostumara tanto a um gosto adocicado demais que qualquer coisa mesmo levemente salgada lhe parecia amarga. Achava sempre que estava usando sal demais e era compelida a temperar a comida acrescentando açúcar a ela. Depois de alguns dias, nos quais a família disfarçadamente empurrava a refeição para a borda do prato, mais uma vez eles se sentaram para um jantar cujo cardápio simples fora arruinado pela adição de açúcar. Rajan mordeu faminto o *aloo gobi* e quase vomitou ao sentir o gosto de couve-flor banhada em mel. Tomou um gole de iogurte em busca de um antídoto, mas sentiu um creme doce se espalhar pela boca. O alívio veio finalmente com um copo de água.

— Eca! — Rajan deixou escapar ao colocar o copo na mesa. — Está tudo tão *doce*.

— Realmente, eu estava pensando a mesma coisa. — Os cantos da boca de Karam se curvaram para baixo.

Pyari fez uma careta também.

Sarna olhou para eles surpresa; *ela* estava gostando do jantar.

— Deve ter alguma coisa errada com todos vocês. O gosto está muito bom para mim.

— Como é que nós todos podemos estar errados? — perguntou Karam. — Se todos nós estamos achando a comida doce, talvez você devesse aceitar a avaliação. Três contra um. — Ele levantou três dedos.

Por baixo da mesa, Rajan chutou Pyari. Ela olhou para ele e viu suas sobrancelhas erguidas em sinal de "Vai começar novamente".

Sarna parou de comer.

— Não obrigue as crianças a tomarem o seu partido.Você está sempre querendo fazê-los se voltar contra mim.

— O quê? Eu não disse nada! Você mesma ouviu o que eles disseram. Pergunte a eles, se não acredita em mim.

Pyari começou a roer as unhas. *"Por favor, não pergunte, por favor, não nos envolva dessa vez."* Até Rajan baixou os olhos em direção ao prato. Era o que as duas crianças mais temiam — ficar entre os pais e serem obrigados a tomar partido nas brigas deles.

— Eu não vou perguntar nada a ninguém. — Sarna espetou com o garfo uma couve-flor amarelada de açafrão da terra. — Paladar é uma coisa pessoal; vocês não podem saber o meu e eu não posso saber o de vocês.

— Hum-hum. É melhor, então, você examinar o seu, porque parece que ele está se transformando num paladar de Guju — disse Karam, usando o termo pejorativo para Gujarati, hindus que são, em sua maioria, vegetarianos, com a intenção de expressar desaprovação. — Se você quer toda a comida adocicada, então coloque um pote de açúcar na mesa e adoce o prato enquanto você come, mas, por favor, poupe-nos disso. — Ele se levantou da mesa. — Vou pegar um pouco de pão.

Sarna olhou fixamente para o prato. O que estava acontecendo? Então é assim? É assim que as pessoas desmoronam? Vão gradualmente perdendo a habilidade de fazer coisas que para elas costumavam ser praticamente inatas? Como Karam podia dizer assim, casualmente, uma coisa daquelas sobre o pote de açúcar? Como se comida fosse algo simples como uma xícara de chá, na qual você pode apenas colocar leite ou açúcar a seu gosto depois de pronto. Ele não fazia idéia. Seus olhos se encheram de lágrimas. Para que ela servia, então? Ela não conseguia mais nem servir à família uma refeição adequada. A rejeição deles a magoou. Ela não viu aquilo simplesmente como uma desaprovação dos pratos, mas como uma insatisfação com *ela*. E isso ela não podia agüentar.

— Ei, você está chorando? — reparou Karam ao voltar com o pão. Ficou preocupado e irritado ao mesmo tempo. — Ah, deixe disso, não há motivo para chorar. — Ele não podia estender a mão e tocá-la, não ali, não na frente das crianças. — Foi apenas um erro, todos nós cometemos erros. E você não esteve bem de saúde... Isso afeta o paladar, você sabe. Talvez seja por isso que você venha errando com os temperos.

Sarna continuou a chorar. Pyari e Rajan apenas olhavam, sem poder ajudar.

— Ei, ei, venha cá. Para que essas lágrimas? A não ser que você esteja tentando salgar a comida com elas. É isso que você está tentando fazer? Olha, por favor, então chora em cima do meu prato primeiro.

Karam colocou o prato dele na frente de Sarna. Ela lançou um olhar murcho para ele. Encorajado por esse sinal de recuperação, ele continuou:

— Pyari, Rajan, passem os seus pratos. Com um borrifo de lágrima e um pedaço de pão, todos vamos conseguir comer o jantar.

Karam passou o pão para as crianças e ordenou que terminassem seus pratos.

— Está vendo? Não precisa mais chorar. Nós estamos comendo.

Mais de um mês se passara desde a ameaça de Nina, e Sarna ainda não sabia bem como proceder. Quando o impulso desvairado para cozinhar começou a diminuir, ela procurou outras distrações para enfrentar os dias. Não podia ficar à toa, porque o frenesi dos seus pensamentos ameaçava paralisá-la. Era como se o seu corpo e a sua mente estivessem presos a uma estranha disputa, um tentando inibir o outro com sua hiperatividade. E, com mais freqüência, era a mente de Sarna que costumava triunfar sobre seu corpo. Diversas vezes, ela saía para uma caminhada rápida no parque apenas para se recuperar de algum pensamento intenso, e acabava se arrastando lentamente, quase sem se mover, desejando sentar exatamente onde estava e ficar ali, deixando o mundo passar naturalmente. Nesses momentos, Sarna se sentia como se não houvesse nada que pudesse fazer para mudar as coisas. Seu mundo estava predestinado a desmoronar. Na verdade, ele já se despedaçara há tempos, e ela, de algum modo, estivera apenas tentando segurar as pontas. Sentia a sua força se esvaindo — e, apesar do desejo de desistir, não ousava deixar que tudo lhe escapasse das mãos.

Sarna tirou do fundo do armário sua lata de tempero bagunçada e tentou salvar o que havia nela. Passou horas examinando e separando os temperos.

— Que trabalho! — comentou Karam, certa noite, observando-a ordená-los.

Sarna balançou a cabeça. Trabalho, tudo para ele era trabalho. Ele via o mundo somente em termos de libras e centavos, de perdas e ganhos. Quando a última semente de mostarda foi colocada no devido compartimento, Sarna sorriu ao ver a lata alcançar mais uma vez sua glória original. Os temperos estavam organizados com perfeição. Arrumados em círculo no interior da órbita definida pela lata de tempero. A ordem fora restaurada.

— Olha! — Sarna não conseguiu resistir a compartilhar o encantamento. — Vê? Está como nova.

— É mesmo — disse Karam, balançando a cabeça em sinal de aprovação.

Ele deu uma espiada numa sobra de temperos misturados que pareciam inseparáveis descansando num pano de prato azul-claro, no centro da mesa.

— O que você vai fazer com isso?

— Isso será a minha *garam masala*.

Sarna começou então a guardar a mistura de especiarias que ela transformaria no seu "tempero quente" dentro de um vidro vazio que ainda guardava o rótulo desbotado de Robertson's Strawberry Jam.

— Oh, ooooh. — Karam deixou de lado as contas da casa em que estava trabalhando e se inclinou para mais perto dela. — Eu tenho uma *garam masala* também.

— Essa noite, não. — A mão de Sarna se dirigiu lamentosamente para a barriga para justificar a sua negativa.

— *Não*, não é isso que estou querendo dizer. Estou falando de uma *masala* séria. Trabalho muito quente, *negócios*, *masala*.

Sarna parou de ouvir. Ela já sabia qual era a *masala* dele: dinheiro. Era a única coisa que apimentava os pensamentos do marido. Sem dúvida ele reclamaria de como as coisas estavam caras. Depois diria que eles precisavam economizar. Mas de repente uma palavra se destacou do murmúrio monótono de Karam e se colou ao ouvido de Sarna, puxando-a, torcendo-a, obrigando-a a prestar atenção.

— O quê? — interrompeu ela. — Que Índia? Por que Índia?

— É onde todos estão buscando as coisas. A musselina fina de algodão custa quase nada, e a mão-de-obra é barata, então podemos trazer roupas de lá e vendê-las com muito lucro aqui.

— O quê? — ela se sentiu completamente perdida, pois não captara toda a primeira parte da explicação de Karam. — Comece de novo. Me conte isso novamente.

Ciente de contar agora com toda a atenção da esposa, Karam sentou com as costas retas na cadeira e explicou novamente o projeto. Forneceu a Sarna algumas informações sobre o assunto para defender a decisão que tomara. Citou os negócios que os irmãos estavam dirigindo como o principal estímulo para o novo plano.

— Até Sukhi tem seu próprio negócio! Imagine só. Quem poderia cogitar isso?

— Ah! Negócios! O único negócio que ele tem é ir atrás daquela Persini. — Sarna não pôde deixar passar a oportunidade de falar mal da sua concunhada. — Ele é igual a um cordeiro, seguindo as ordens da *kamini* sem questionar. Lá no Quênia, ele ficava sempre na floresta caçando, e aqui Persini é que é a caçadora. E que caçadora ela é: implacável, estou dizendo, implacável. Ela gosta de ir para a matança, eu que o diga. Tem uma veia destrutiva nela...

Sarna parou. A fisionomia amarrada de Karam indicava a irrelevância daquela arenga para o assunto em pauta.

— Como estão dirigindo o negócio não importa. Eles estão levantando dinheiro! Isso é que é importante. Todo mundo está ganhando muito dinheiro, e eu continuo no serviço público — disse Karam.

— Que todo mundo? Quem é todo mundo? Mandeep vive com o dinheiro contado desde que começou com aquela história do táxi *siyapa* e...

— Ao menos ele é seu próprio chefe — interrompeu Karam. — Um negócio novo é sempre difícil no começo, mas ele vai chegar lá; espera só que você vai ver.

— Ah, você acha que...

—Vai me deixar falar? Você vai *me* deixar dizer a você o que *eu* penso, ou vai continuar me interrompendo com as suas próprias teorias?

Sarna apertou os lábios, e Karam continuou descrevendo o próspero mercado para a musselina de algodão, antes de falar de sua intenção de acumular capital aproveitando a moda.

— É uma oportunidade real. Quando você vê uma chance, tem que agarrá-la. A vida não apresenta oportunidades como essas todos os dias.

Ele deu a ela uma idéia do potencial de lucro, falando energicamente, na esperança de ela se deixar contaminar pelo entusiasmo dele. Karam finalmente chegou à parte da Índia.

— Então, a primeira coisa a fazer é trazer as roupas da Índia. Nós estamos em vantagem porque temos conhecidos lá: a sua família. Você sempre disse que a sua irmã Kalwant é esperta. Ela poderia supervisionar nossos contatos com fornecedores.

Sarna parou de remexer na toalha de crochê da mesa e encarou o marido.

— Kalwant pode ficar com uma parte do lucro — Karam se apressou em dizer. — Isso seria um bom incentivo, tenho certeza. Você sempre diz que o marido dela é um bêbado que não presta para nada, que ele não ganha um centavo, e ela sofre da coluna de tanto costurar para sustentar a família. Então, agora há outra solução.

Sarna permaneceu em silêncio.

— Imagina, você ficará mais próxima da sua família novamente! Você não os vê desde que nos casamos! Podíamos ir à Índia juntos para buscar a primeira remessa de pano...

— Quem vai cuidar das crianças? — interrompeu ela.

—As crianças? Elas já estão bem crescidas. Podem cuidar de si mesmas por algumas semanas.

Depois, sentindo uma resistência na expressão de Sarna, ele disse:

— Ou podemos providenciar outra coisa. Mandeep pode vir para cá e ficar aqui enquanto nós estivermos fora.

— Eu não quero aquele rapaz solteiro, sem vigilância, na casa junto com a minha filha ainda solteira — disse Sarna.

— Eu pensei que você gostasse dele!

— Gostar é uma coisa, gostar que ele tome conta dos meus filhos é outra. E, de todo modo, ele não sabe cozinhar. Não se pode deixar crianças sozinhas sem alguém que os alimente.

— Comer! Alimentar! Você só pensa nisso! Se você tivesse ensinado sua filha a cozinhar, como fazem as mães normais, isso não seria problema. Mas não sei por que você ainda a está mimando. Quando você esteve doente, ela não sabia fazer nada: *eu* me saí melhor na cozinha do que ela.

"Mas por que estavam brigando?", Karam se perguntou de repente. "Como foi que o assunto tomou aquele rumo absurdo?"

— Não importa, essa é a menor das minhas preocupações nesse momento. Eu quero conversar sobre a conexão com a Índia. Imaginei que você talvez tivesse alguma sugestão sobre como abordar sua irmã e convencê-la a se juntar ao negócio.

Sarna balançou a cabeça.

— Não vai dar certo. Você tem aí, na essência dos seus planos de negócio, a pior combinação: família e Índia. — Como para enfatizar o rigor do seu veredicto, ela resumiu, então, em inglês: — Nada feito, *Ji*, nada feito. Negócios com família na Índia é igual a fiasco. — Ela bateu palmas uma vez, fazendo um barulho alto.

— O que você quer dizer?

Sarna voltou a falar em punjabi.

— Estou lhe falando: esqueça esses planos. *Você* não pode fazer negócios na Índia. Em primeiro lugar — ela levantou um dedo —, a Índia é cheia de trapaceiros. Você levaria um calote sem nem perceber.

— Não se a sua irmã estiver lá. Ela pode cuidar dos fornecedores na Índia. — Karam começou a dedilhar a orelha direita.

— Em segundo lugar, aquela Kalwant é uma *chalaako*, a maior trapaceira de todas. Ela vai fazer de tudo para que seus planos não dêem certo. Ela adora arruinar tudo. Pode parecer doce e prestativa no início, mas estará ganhando tempo, esperando o momento certo para apunhalar você pelas costas. Ela gosta de fazer tudo dar errado para, no meio de toda a destruição que provocou, parecer boa.

Karam estava pasmo com a violência de Sarna. Ele não sabia que o veneno nas palavras dela era resultado de semanas envenenando a própria mente, semanas durante as quais ela se convencera de que Kalwant planejara a carta de Nina para arruinar sua vida.

—Você é muito desconfiada. Como é que você pode falar assim da sua própria irmã? Ela é da sua família!

— Exatamente! Essa é a questão. Os parentes são sempre os piores. Eles tratam você mal ou roubam você sem nem pensar duas vezes, porque acham que vão se safar. Olha só a sua família: o que eles fizeram comigo?

Karam não se irritou com isso.

— Se Kalwant tiver um bom incentivo para me ajudar nos negócios, ela não terá motivo para qualquer deslealdade. E você sabe que sou muito minucioso com as minhas contas. Se as pessoas sabem que não vão se safar, elas nem tentam trapacear.

— Ela é *minha* irmã! — Sarna empurrou a caixa de temperos bruscamente para o lado e se levantou. — Eu a conheço melhor do que ninguém e estou dizendo a você: isso não vai dar certo. Você não pode simplesmente chegar lá e esperar que a minha família aceite a sua oferta na hora.

— Por que não? Não entendo você. O que você tem contra a Índia? Pensei que você fosse gostar dessa oportunidade de ver a sua família e ajudá-la.

—Você não pode ir para lá! — Sarna se manteve firme.

— Por que não? — Karam também se levantou. — Desde quando você virou um fiscal da imigração para dizer quem pode e quem não pode ir para lá, hein?

Sarna buscou rapidamente um outro motivo de objeção.

— Pense na última vez em que você esteve na Índia! Você quase morreu. Você disse que não voltaria lá nunca mais. Você e a Índia não se dão bem. Estou com um mau pressentimento quanto a isso. Você não deveria voltar.

— Ah, isso foi há séculos. Eram outros tempos! — rebateu ele, com um gesto.

— E... e... — Sarna se atrapalhou um pouco antes de lembrar que o dinheiro sempre fizera o marido pensar duas vezes. — Como é que você está pensando em pagar por esse seu grande projeto espetacular? Você está sempre reclamando de como estamos vivendo no aperto. Onde você vai arrumar dinheiro?

— Isso não é problema. Eu falei com Guru, e ele concordou.

— Ah, muito bem, *Ji*. — Sarna levou as mãos à cintura. — Então, como sempre, eu sou a última a saber dos seus planos. Você já contou para todos os seus irmãos. Aquela Persini *kamini* provavelmente também já sabe. Onde mais você anunciou a notícia? A congregação do *gurudwara* sabe? Para que se dar o trabalho de me informar, não é? Está claro que você não dá a mínima para o que eu penso, mesmo quando seus planos envolvem a *minha* família.

— Ninguém sabe — disse Karam. — Eu só falei com Guru porque é ele quem pode me emprestar o dinheiro. Eu estava querendo contar a você há semanas, mas você estava doente.

— Eu não estava doente!

Karam a ignorou.

— Essa é uma grande oportunidade para nós! Mas você não consegue enxergar. Você só vê o lado negativo, porque você só quer ver isso.

— Então, para quem você vai vender essas roupas?

— Ah, todo mundo está usando.

Karam pegou o caderno de cima da mesa. Ficou em pé ao lado de Sarna e virou algumas páginas, apontando para suas listas bem organizadas.

— Mulheres inglesas, turistas européias, jovens. No West End existem muitas lojinhas pequenas que vendem essas roupas. É lá que eu quero vender as minhas ou ter uma loja: no coração de Londres.

— *Hai*! — resmungou Sarna, levando as mão à cabeça. — Como foi que eu não vi isso antes? *Hai*, eu deveria saber que havia alguma coisa por trás disso. Você realmente se superou dessa vez. Montou todo um esquema só para satisfazer os próprios desejos. *Hai*, quem poderia imaginar?

Karam fechou o caderno violentamente. O que ela estava querendo dizer agora? Ficou tudo claro na frase seguinte.

— Isso tudo é por causa das suas mulheres inglesas, não é? *Hai Ruba*, meu Deus, poupe as outras mulheres de maridos como esse. *Hai*, era esse o negócio! Você também podia estar dirigindo um bordel! Querendo envolver a família da sua mulher numa trama que dá a você acesso irrestrito às mulheres de Londres.

As narinas de Karam se abriram.

— Já chega! Olhe o que você está dizendo. Abriu uma torneira de sujeira. O que se passa nessa sua cabeça? Como é que pode? Tudo o que entra aí sai distorcido.

Ele se inclinou na direção de Sarna, de modo que o seu rosto ficou a poucos centímetros do dela.

— Não vou pedir permissão a você para fazer isso. Eu vou fazer. Pensei que você talvez pudesse ajudar, você poderia sair ganhando com isso também. Foi *por isso* que contei a você, não porque eu preciso da sua aprovação. Ou você se acostuma com a idéia e a aceita, ou então pode ficar se sentindo mal por causa dela. Essa é a única escolha que você tem; o resto eu já decidi.

Dito isso, Karam saiu da sala.

Sarna ficou tonta de raiva. Olhou em volta, esperando encontrar tudo rodando, mas estava tudo parado. Ouviu Karam subir as escadas marchando e bater a porta do quarto deles. Depois houve um silêncio. Ela deu alguns passos mancos até a mesa de jantar e sentou numa cadeira. Não era isso que ela esperava. Mesmo nas fantasias mais terríveis, não lhe ocorria a ida de Karam para a Índia. Ela sentiu como se toda a sua vida tivesse se embaralhado de propósito. O destino, como uma agulha e linhas gigantes, costurava obstinadamente, atravessando tempo e espaço e juntando numa pence a tapeçaria de remendos da sua existência, e ela estava sendo martelada para dentro dali pelos seus pontos ardilosos.

Sarna olhou para o recipiente de tempero na mesa à sua frente. A lata reorganizada, que lhe dera tanto prazer pouco tempo antes, parecia agora uma aberração. Como é que tudo podia estar tão certo, no devido lugar, quando ela se sentia totalmente fora do eixo? Essa imagem de simetria ao mesmo tempo acalmou os seus pensamentos vertiginosos. Parecia estranho Karam surgir com essa proposta de negócio envolvendo a Índia exatamente quando ela acabara de reorganizar os temperos caóticos. Haveria alguma conexão entre as duas coisas que ela não estava conseguindo enxergar? Por algum motivo ela se lembrou das palavras de Karam: "é uma oportunidade real. Quando você vê uma chance, tem que agarrá-la. A vida não apresenta oportunidades como essas todos os dias".

O fim de semana passou sem mais novidades, mas Karam não conseguia se livrar do sentimento desconfortável de que algo importante estava para acontecer. Ele e Sarna estavam se evitando cuidadosamente. Usando Pyari como porta-voz, Sarna reclamou de um novo ronco no estômago como motivo para não ir ao *gurudwara* no sábado. Ela também passara a dormir no sofá da sala de estar desde a briga de sexta-feira. Aonde exatamente ela queria chegar com aquilo, Karam não tinha certeza. Com aquelas atitudes, Sarna apenas tornava as coisas difíceis para ela mesma. Mas ele não ia dizer nada. Sabia que um confronto seria inevitável. Não podia prever quando ou de que forma ele aconteceria, podia apenas se preparar para ele.

Na noite de segunda-feira, Sarna reuniu a família em volta da mesa de jantar. Conversou de muito bom humor, tentando divertir a todos com histórias sobre os últimos fatos relacionados à procura de Persini por um marido para a filha Rupi.

— Nosso vizinho Kamaljit estava me contando que a *kamini* e Rupi rejeitaram todos os bons pretendentes da Inglaterra. Imagine só! Que comentário! Tão vergonhoso! Eu disse a ele: "Desde quando todos os rapazes solteiros estão fazendo fila na porta de Rupi?" Isso surpreendeu Kamaljit. São esses os boatos que a *kamini* está espalhando, e quem não a conhece acredita nela. Ela provavelmente espera que isso venha a aumentar o valor de Rupi ou algo assim, fazer as pessoas pensarem que a filha é muito requisitada. Realmente, Persini está fazendo Rupi se sentir a tal. "E por quê?", eu me pergunto. A garota não é nenhum padrão de beleza e não tem outras grandes qualidades que lhe dêem motivo para se gabar. A pobrezinha é azarada até no nome. Afinal, a rupia é uma das moedas mais fracas. O que se pode comprar com uma rupia, hein? Um petisco, só isso. Mas essa Rupi acha que vai conseguir um marido lindo, com uma mansão. A culpa é da Persini: ela sempre mimou a menina, e é por isso que Rupi é toda cheia de vontades. Isso vai ser a desgraça da menina, escreva o que estou dizendo. "Só o melhor para a minha Rupi", Persini adora dizer. *Hai Ruba*, bem que eu queria dizer a ela que os melhores são para os melhores, e *você* não consegue distinguir o melhor do resto.

Sarna parou um momento para examinar os pratos de todos. Franziu o cenho quando viu que Pyari estava comendo o *dhal* amarelo e a abóbora com *curry*, mas não tocara nos pedaços de cordeiro. Ela tentou em vão empurrar mais um *roti* para o prato da filha.

— Você é outra que é cheia de vontades. Mas o seu mimo é de outra ordem: você deixa de lado as melhores coisas e vai atrás do resto. O que você vai fazer quando se casar, hein? O que a sua sogra e o seu marido vão pensar dos seus hábitos vegetarianos? Vamos lá, coma pelo menos um pedaço.

Diante da recusa de Pyari, Sarna agarrou a travessa e raspou com os dedos para o seu próprio prato o resto de cordeiro que havia nela. Lambendo o molho espesso que caíra em suas mãos, marrom avermelhado, ela virou para Karam e perguntou:

— Está tudo bem, *Ji*? Você gosta? Coma mais.

Ela pegou dois *rotis* e passou para ele, depois olhou novamente para Pyari.

— Ainda bem que não teremos dificuldade em encontrar um marido que tolere sua aversão a carne. Parece que a proporção de rapazes solteiros para moças solteiras é muito alta. Há rapazes demais. Não é de admirar que Persini possa deixar que Rupi seja tão seletiva. — Ela se virou para Karam. — É verdade, *Ji*. Tem rapazes demais, as pessoas estão indo para a Índia para buscar esposas para os filhos.

Ele deu de ombros.

— Não ouvi nada sobre isso.

— Não, é claro que não, isso não é informação para homem. Isso é conversa de mulher, e é por isso que estou contando. Agora você já sabe o que está se passando. Em breve, nós teremos que lidar com coisas desse tipo. É melhor saber para poder se preparar.

Pyari puxou a gola da blusa cor de ferrugem até a altura do nariz. O forro perolado brilhou de dentro da parte superior da blusa. Ela teve vontade de enterrar o rosto naquelas profundezas opacas. Odiava quando a mãe começava a falar de casamento. Não que Pyari não tivesse anseios românticos — simplesmente não apreciava a perspectiva de ser sua mãe a responsável por sua satisfação. Se aquelas eram as histórias sobre a busca de Persini por um rapaz adequado para Rupi, Pyari tremia só de pensar o que se inventaria sobre os preparativos para as suas núpcias. Ela sabia que a mãe teria que ultrapassar Persini em todas as frentes. Por enquanto, porém, parecia que Pyari seria poupada.

— Nós ainda temos tempo — disse Karam. — Antes a menina precisa terminar os estudos, depois vamos tratar de arranjar casamento. Não a distraia com esses pensamentos. Esse ano ela tem que passar nos exames para entrar na faculdade, é nisso que ela deve se concentrar.

— Oh, *Ji*, quem disse alguma coisa sobre distrair? Só estou dizendo para você ficar atento. Quem sabe quanto tempo ainda vai durar essa situação favorável para as nossas meninas?

Karam se surpreendeu com a mudança de humor de Sarna. Percebeu que uma reconciliação talvez estivesse no ar quando chegou mais cedo em casa do trabalho e foi recebido com o cheiro agradável de abóbora. Mas um sinal positivo como aquele em tais circunstâncias apenas elevou seu grau de preocupação. Ele não podia acreditar que Sarna estivesse simplesmente aceitando tudo calmamente. Ela nunca se rendia sem alguma luta que, de uma maneira ou de outra, pudesse reverter a situação a seu favor. Com que armas ela estava jogando dessa vez? A resposta dele para a abertura amigável dela permaneceu fria. Ele resolveu se manter alerta.

Depois de tirar os pratos da mesa, Sarna voltou para a sala de estar, onde Karam lia no jornal a previsão do tempo para as principais cidades do mundo. Ela se sentou e pigarreou.

—Vai fazer dez graus amanhã novamente. Ameno — disse Karam.

Sarna se ajeitou na cadeira, impaciente. Não fazia muita diferença para ela. Ela passava a maior parte do tempo em ambientes fechados, mesmo.

— O inverno não é nada nesse país. O resto da Europa está pelo menos dez ou vinte graus mais frio. Especialmente o Leste: em Varsóvia está menos 15. Uau. — Ele aspirou, fazendo um bico com os lábios.

Sarna não queria saber. Já havia muita operação de descongelamento acontecendo na sua cabeça. Era típico dele, no entanto, ficar checando o clima de outras partes do mundo e ignorar o clima problemático da própria casa.

— E na Índia? — perguntou, em parte para fazê-lo sentir-se à vontade, mas principalmente para virar a conversa para o assunto que ela queria.

— Em Nova Delhi está 17 graus. Agradável.

— Hummm. Eu andei pensando, *Ji*, sobre o que você disse. — Karam não se moveu. Atrás das páginas do *The Times* era difícil saber se ele estava sequer ouvindo. —Você está certo sobre termos que ajudar a família. Você sabe que eu sempre gostei de ajudar todo mundo. Você sabe quanto eu faço pelas pessoas. Mesmo de longe, eu tenho tentado fazer o que posso por minha família. Eu penso neles o tempo todo.

Por trás do jornal, Karam apertou os olhos.

— Então, hoje eu telefonei para Kalwant.

O *The Times* quase caiu das mãos de Karam. O jornal baixou da frente de seu rosto e revelou uma expressão de completo espanto. Telefonou para Kalwant! Mas que diabos?

— Ah, *Ji*, minha pobre irmã não vai nada bem — continuou Sarna. — Há duas semanas aquele bêbado do marido dela, Harbans, quebrou a perna. Ele veio para casa cheio de álcool na cabeça e rolou a escada. Agora ela está na maior luta para cuidar dele. E, para piorar, seu filho Jasraj está seguindo o mesmo caminho do pai: é um inútil completo. Entre segurar as pontas desses dois, tratar dos assuntos da casa e costurar para ganhar algum dinheiro, a pobre Kalwant mal tem tempo para respirar. Ela está muito infeliz. Tem sorte de contar com alguma ajuda da nossa irmã Sunaina. Você se lembra dela, não é? Nós a chamávamos de Nina, lembra? Ainda era um bebê quando fomos embora da Índia.

Os dedos de Karam apertaram o jornal.

— Mas agora até Sunaina está em idade de se casar. — Sarna desfazia e refazia o nó das pontas de seu *chuni* rosa. — E Kalwant ainda tem mais esse problema: encontrar um marido para ela.

— E daí?

— Então eu disse a ela que talvez alguma ajuda estivesse a caminho. Disse a ela que talvez eu tivesse uma solução para os seus problemas. Expliquei a ela quais eram as suas idéias.

Sarna fez uma pausa.

— E?

— Bem, *Ji*, ela pensou no assunto. — Sarna começou a enrolar as pontas do seu *chuni* em volta do pulso, como uma faixa. — Ela não tinha certeza, teve dúvidas, mas no final consegui convencê-la. Disse a ela que era uma boa idéia e que você está certo de que será um sucesso. Agora ela está cem por cento do nosso lado. Ela concorda que seu negócio pode render muito dinheiro. Sabe que as roupas de musselina estão na moda porque as pessoas de lá andam falando sobre isso. Ela vai começar a fazer as pesquisas imediatamente.

O jornal escorregou do colo de Karam e foi parar no tapete marrom.

— Eu disse que você acha que a maioria dos grandes fornecedores está em Nova Delhi — Sarna se apressou em continuar. Seus dedos batucavam rapidamente no colo, como se tentassem acompanhar a sua fala. — Kalwant respondeu que não tem problema, que Harban tem parentes em Nova Delhi e que, de todo modo, ela vai lá às vezes. Ela também disse que pode ser mais barato montar uma confecção em Amritsar. Eu pedi a ela que pesquisasse todas as possibilidades e que pegasse o maior número de amostras que pudesse. Disse que você provavelmente iria até lá e começaria o negócio nos próximos três meses.

Uma onda de ressentimento quebrou sobre Karam. Poucos dias antes, ela contestara veementemente a proposta dele — agora interferia e tomava as rédeas. No entanto, o que ele podia dizer? Não podia reclamar de ela agora estar do lado dele.

— Eu ainda não sei quando. Você não devia sair dizendo coisas assim quando você não faz a menor idéia. Eu ainda nem pedi a minha demissão.

— Pensei que quanto antes, melhor. Você parecia tão ansioso para começar — disse Sarna. — E se você deixar passar muito tempo, o calor vai ficar sufocante lá: você não vai agüentar o calor do verão. Lembre-se do que aconteceu com você da última vez. E mais: se Kalwant pensar que o negócio está andando rápido, ela vai encontrar as coisas mais depressa para nós. Eu disse que ela terá uma parte do lucro. "Lucro não é nada para mim. O grande ganho é estar trabalhando com a minha família. A verdadeira riqueza da vida é ter laços fortes com a família", disse ela. Parece bom, não é? Ela está ansiosa para fazer parte do negócio. Ainda assim, vamos ter que vigiá-la. Ela é uma falastrona, aquela lá. Tem a língua doce e a mente ardilosa, o que é sempre uma combinação letal.

Karam ergueu a sobrancelha — e ele não sabia?

— Mas Kalwant está certa, não há nada mais gratificante do que ajudar a família — Sarna continuou com a conversa fiada. Agora ela dobrava, sobre o colo, o *chuni* em pregas bem-feitinhas. — Eu quero realmente fazer mais por eles. A pobre mulher está sobrecarregada. Então eu disse a ela que me incumbiria de arranjar um casamento para Nina. Eu posso me responsabilizar por isso enquanto Kalwant ajuda no nosso negócio. É justo.

A habilidade verbal de Sarna apenas incitou Karam a declarar:

— Nina? O que eu tenho a ver com ela? Ela não é da minha conta. — Ele chutou o jornal para o lado e se levantou. — Você não pode simplesmente fazer pactos com essas pessoas às minhas custas. *Como* você acha que vai conseguir fazer isso? Você não pode, daqui da Inglaterra, arranjar o casamento de uma menina na Índia. Não faz sentido. E além do mais, Kalwant não está me fazendo favor que precise de retribuição. Este é um negócio que vai dar a ela muitos ganhos. Vai haver um acordo apropriado, com uma taxa de pagamento garantida. Não quero nada dessa história de "você faz X e eu faço Y, e aí, de alguma maneira, em algum ponto, nós estaremos quites". Não há necessidade de você se envolver.

— Mas eu estou envolvida! — As mãos de Sarna dançaram excitadamente no ar. — Foi só graças a mim que Kalwant concordou em ajudar você. Como disse a você, ela falou que o dinheiro era menos importante do que os laços familiares. Eu disse que ajudaria Nina porque era isso que ela queria. A menina vai vir para cá, e nós vamos arranjar um casamento para ela. Esse é o meu dever. A família de lá já cuidou dela desde que a minha *Bibiji* morreu. Agora é a minha vez.

— A menina vem para cá?! *O quê?* — Karam beliscou com força a orelha, como se quisesse checar se ela estava funcionando bem. — De onde saiu *isso*? Por que ela tem que vir para cá? Isso não foi meio repentino?

— Bem, eu avisei a você — disse Sarna. — Kalwant é uma *chalaako*. Ela tenta tirar o máximo que pode de todas as situações. Ela fez com que o fato de eu cuidar do casamento de Nina fosse parte do acordo. Se eu recusar agora, ela pode decidir não ajudar em nada.

— Por que você foi falar com ela?

— *Hai Ruba!* Que ingrato! Eu tento ajudar e é isso que eu ganho em troca.

—Você só complica tudo.

Ele começou a andar pela sala. Sarna continuou.

— Estou tentando ajudar você! Será que você não vê? É bom nós termos Kalwant presa a nós. Se nós ficarmos com Nina, ela terá uma dívida conosco. Aí, o risco de ela fazer *heraferi* e passar a perna em você por causa de dinheiro será menor.

Karam não conseguia ver qualquer lógica nas palavras de Sarna. Só Deus poderia saber que tipo de negociação torta ela fizera com a irmã. Tivera razão em não antecipar o confronto com a esposa, mas nunca imaginara que isso viesse a provocar tamanho conflito entre eles. Ele imaginara que Sarna pudesse engendrar algum apêndice aos planos dele, mas nunca suspeitara que isso pudesse envolver mais alguém vivendo graças a ele.

— Isso é absurdo! Envolver a menina? — disse Karam. — Somos nós que vamos acabar endividados. Você já pensou em como vai trazê-la para cá? Quem vai pagar a passagem de avião? E quem vai pagar pelo casamento? Sua Kalwant armou um negócio muito inteligente mesmo: ela joga as despesas dela no nosso colo e livra as próprias mãos para ganhar com os nossos lucros. Você tem razão, eu vou ter que me precaver. A esse preço, sou *eu* que vou sair perdendo dinheiro. Talvez envolvê-la não fosse mesmo uma boa idéia, no final das contas.

— Não, não, ela vai ser muito útil. Eu sei como lidar com ela. E não se preocupe com o dinheiro.

Ela tinha as economias dela do aluguel, não tinha? Esse dinheiro daria ao menos para a passagem. Se ela conseguisse convencer Karam a deixar Nina vir, todo o resto se resolveria, ela estava certa disso. Nina não precisava de dinheiro — apenas de uma chance para se casar.

— Você não terá que pagar nem um centavo. Já discuti tudo isso com Kalwant. E a vinda dela para cá também será fácil. As pessoas estão fazendo isso o tempo todo. Lembra que eu estava falando a você sobre a quantidade de rapazes disponíveis sem meninas suficientes para se casarem com eles? Lembra?

Karam lembrou-se, com algum espanto, da conversa dela mais cedo. Meu Deus, era *por isso* que ela estava insistindo naquele assunto de casamento durante o jantar? Ela já estava tramando desde então, manipulando-o discretamente, construindo o caminho da rendição que ele teria que seguir? O rumo que a discussão deles tomara parecia confirmar isso. Será que cada palavra de Sarna ocultava uma segunda intenção? Se era assim, como é que um homem podia competir com tamanha astúcia?

— Eles escolhem uma esposa da Índia e depois se responsabilizam por trazer a garota — continuou Sarna. — Ela chega, eles se casam, a garota vira cidadã britânica. É simples assim.

O *chuni* escorregou do pescoço de Sarna, revelando a pele nua até o decote. O *chiffon* rosa esvoaçou como um pano exibido a um touro, e depois o *chuni* se assentou sobre os ombros dela.

— Se mostrarmos a foto de Sunaina no *gurudwara*, tenho certeza de que em uma semana teremos um pretendente para ela. Ela é uma menina linda e inocente. As ofertas vão jorrar. É só esperar para ver.

— Eu não sei. — Karam sentou-se novamente.

Era difícil se concentrar com Sarna caminhando à sua volta de maneira tão melindrosa.

— Nossa própria filha está chegando à idade de casar... Não me parece correto trazer outra menina para casa e nos ocuparmos em arranjar casamento para ela. Essa idéia não me agrada.

— Não se preocupe, você nem vai notar a presença de Nina aqui.

Karam balançou a cabeça e batucou os dedos no braço da poltrona.

— Por que Nina? Por que agora?

Olhou bem dentro dos olhos de Sarna, desafiando a teimosia dos olhos castanhos dela com a insistência do próprio olhar cor de feijão-café.

— Deixe-a em paz — disse ele.

— *Hai*! Eu não entendo você! — Sarna levou a mão ao coração. — Num instante, você está dizendo como seria bom ajudar a minha família; no instante seguinte, você me aconselha a não me envolver demais com eles. O que é que há? Só posso ajudá-los quando é conveniente para você? Você só pensa em si mesmo. Já imaginou alguma vez como é para mim? Já pensou alguma vez em como eu me senti todos esses anos? Seguindo você de um país a outro, deixando minhas irmãs para trás? Não, é claro que não. Os seus irmãos estão aqui agora, está muito cômodo para você. Por que você se importaria comigo?

Ela deixou o queixo cair levemente. Ouviram sons de soluços.

— Não seja estúpida. Pare de fingir para mim. Eu bem sei quanto você sentiu saudade da sua família! Tanta que recusou todas as oportunidades de visitá-los desde que nos casamos.

Os soluços se intensificaram.

Sarna era como um martelo que continua batendo mesmo quando o prego já está firme na parede. "Está bem, está bem, pode parar agora", queria dizer Karam. Ele sabia que a rendição era inevitável, porque não teria forças para continuar discutindo. "Você conseguiu o que queria, deixe-a vir também — isso vai tornar a vida mais fácil", pensou ele. No entanto, ele não podia deixar de sentir que a sua vitória era pífia. Desta vez, Sarna usara os planos dele de tentar um negócio próprio para conseguir um acordo melhor para *ela*.

18.

NINA NÃO ERA UMA IRMÃ COMUM, Pyari logo percebeu. Essa conexão entre irmãs era incomum mesmo para os padrões hindus, onde a expressão *'bhanji'* é usada, em geral, num contexto social, criando uma irmandade nominal entre amigos, conhecidos e até mesmo estranhos. Pyari percebeu algo irregular no momento em que a mãe anunciou excitadamente a chegada iminente de Nina.

— Seu *pithaji* e eu vamos à Índia. Ele vai trazer roupas para começar um novo negócio, e *eu vou* voltar com minha irmã Sunaina. Vocês sabem — ela os lembrou quando os filhos pareceram não entender —, minha irmã mais nova, Nina. Minha pequena Nina.

Pyari notou que Sarna dissera "Nina" ternamente, como se a palavra fosse sagrada. Lembrou que as acusações insignificantes e as pragas secas que Sarna habitualmente rogava contra as outras irmãs nunca foram dirigidas a Nina. Durante toda a sua vida, Sarna xingara a família na Índia por não serem agradecidos, por não se lembrarem dela ou não se importarem o suficiente com ela. Pyari sabia que muito da violência verbal da mãe era pura encenação. Oculto, mesmo sob as declarações menos fraternais de Sarna, havia um afeto genuíno, que surgia quando ela dava telefonemas conciliatórios e mandava presentes. Kalwant era o alvo principal das suas denúncias, e as outras irmãs ocasionalmente eram mencionadas por Sarna, mas Nina nunca fizera parte desse quadro de modo algum.

— Eu vou ter que chamá-la de Nina *Masi*, tia Nina? — perguntou Pyari.

— Não vai ser preciso se dirigir a ela por *Masi-wasi* nenhum. Ela tem a sua idade. Vai ser mais como uma irmã do que como uma tia — respondeu Sarna, sem tirar os olhos do seu crochê. Ela estava fazendo uma nova coberta multicolorida para a mesinha de café da sala de estar.

A que usavam já estava desbotada e velha, como um descanso de copos gasto pelo uso.

— Isso significa que você nunca a viu? — Sarna talvez não tivesse mencionado Nina porque ela de fato não a conhecia.

— Como? Como assim "nunca a viu"?

— Bem, quero dizer, eu nasci *depois* que você saiu da Índia. Então eu pensei: se ela tem a minha idade... talvez você não a conheça. — Pyari brincava com a trança.

— Ah, ah, é claro que eu a conheço. — Sarna sorriu por sobre o *flash* de luz da agulha de crochê. — Até tomei conta dela quando ela era pequena. Eu era a favorita dela. Ela sempre queria ficar comigo. Eu a apoiava na cintura com um braço e cozinhava ou limpava a casa com o outro. É claro que eu a conheço!

— Quantos anos ela tem, então? Ela deve ser mais velha do que eu.

— *Hai Ruba*! Já disse: tem a mesma idade que você. Um ou dois anos de diferença, talvez. A mesma, sério. — Um pequeno músculo no rosto de Sarna começou a se contrair.

— Mas — Pyari hesitou e depois permitiu que a perplexidade se sobrepusesse à sua tendência natural a deixar as coisas não ditas — eu pensei que o seu pai tivesse morrido quando você era pequena. A Nina é... a *Bibiji*... quando ela nasceu... Quem é o *pithaji* da Nina, o pai dela? — Pyari finalmente deixou sair a pergunta.

— Ah, então é por isso que você está tão interessada na idade dela. — Sarna ficou surpresa com o discernimento da filha. — O motivo é simples. — Ela colocou de lado o crochê. — Você não pode contar a ninguém, e principalmente não comente com Nina quando ela chegar. — Sarna convidou Pyari a se aproximar e disse em voz baixa: — Nina foi adotada pela minha família durante a Divisão. Os capangas chegaram à nossa região em Amritsar e queimaram, roubaram e massacraram gente em muitas casas. Nós pensamos que o fim do mundo tinha chegado. A família de Nina era nossa vizinha, gente muito boa, muito gentis e agradáveis. Foram mortos, todos eles, varridos do mapa. De alguma forma ela sobreviveu. Nós ouvimos seu choro, foi assim que a encontramos. *Eu* a encontrei, na verdade. No meio de todo o caos, eu a encontrei, aquele bebê perfeito. E disse a *Bibi*: "Temos que ficar com ela, temos que socorrê-la. O que será dela se não fizermos isso?" Ela concordou, e Nina ficou conosco. Não foi à toa que eu fiquei sendo a favorita dela. Ela era apenas um bebê, mas deve ter percebido quem a salvou. Então *é por isso* que Nina tem a sua idade. Mas fica quieta! — Sarna colocou o dedo indicador na frente dos lábios. — Nem uma palavra com ninguém. Para nós, Nina é como se fosse da família de verdade.

— *Pithaji* sabe?

— É claro — disse Sarna, como se a simples idéia de Karam não saber seus segredos mais profundos fosse absurda. — Ele estava quase morrendo num acampamento de refugiados em Lahore antes de eu encontrá-la. Eu rezava a Deus que o trouxesse de volta, "Ah, *Vaheguru*, meu Deus, eu farei qualquer coisa". Quando Nina surgiu no meu caminho, eu sabia que era um teste, uma escolha: vida ou morte. Eu sabia que o destino do seu *pithaji* seria decidido pelo que acontecesse com ela. Foi por isso que implorei a *Bibi* que nos deixasse ficar com ela. "Uma boa ação é retribuída com outra", eu disse a *Bibi*. Dito e feito, pouco tempo depois de eu ter salvado Nina, seu *pithaji* voltou para nós.

— Então, quantos anos ela tem exatamente?

—Voltamos novamente ao início? Eu já disse a você: a *mesma* idade. Agora pare com isso. — Ela voltou ao crochê. — O que é idade, hein? Só um número, no final das contas.

Um número predestinado a mudar sempre, se Sarna continuasse responsável pelas contas.

Na frente de Karam, Pyari ouvira a mãe afirmar que Nina tinha vinte e quatro anos.

—Tão velha? — disse ele. — Então por que ela não está casada ainda? É por isso que Kalwant a está mandando para cá? Então vai sobrar para nós o ônus de uma solteirona? — Sarna ficou perturbada e murmurou alguma coisa sobre Kalwant ser egoísta demais para se preocupar com a menina. Alguns dias depois, Pyari ficou intrigada ao perceber que Sarna alterara a idade de Nina, que agora passara a ter vinte anos. Karam franziu o cenho.

— Pensei que você tinha dito que ela estava com vinte e quatro anos.

— *Hai*, vinte e quatro! Olhe o que está dizendo. De onde você tira os seus números? Tira do ar, ou o quê? Você fez isso comigo, aumentando uns cinco anos a minha idade no passaporte. Agora está tentando fazer a mesma coisa com a da minha irmã. Você tem alguma coisa contra a minha família, só pode ser isso. Quer a todo custo nos envelhecer antes do tempo.

Seguiu-se uma discussão absurda durante a qual Sarna ia mudando tão ferozmente os números que conseguiu confundir completamente Karam e Pyari, que se limitaram a observá-la, terrivelmente assombrados, enquanto ela tagarelava de modo confuso, indo de um tempo a outro.

— Você não lembra que quando chegou de Lahore ela ainda era um bebê? Ah, *você* não deve se lembrar de nada, estava tão doente. Acho que o tifo destruiu a sua habilidade para as contas. A doença certamente envelheceu em cem anos a sua aparência. Quando saímos da Índia, Nina estava começando a andar, dava pequenos passos... Um, dois, três, quatro, e depois mais e mais. Ela correu para você e puxou suas calças. Lembra, lembra disso? Ela tinha três anos então, ou... não, talvez dois. E *você* parecia um velho, noventa e nove anos de idade: todo pele e ossos, sem cabelo e pálido como a morte, depois da doença. As pessoas pensavam que você era meu pai no trem para Bombaim, lembra? Não? Olha só para ele, balançando a cabeça. É claro que ele não se recorda *disso*. Só as idades da minha família é que ele consegue aumentar: Sarna mais sete, Nina mais seis. Errado, errado, errado. Sempre. E ele me dizia que a matéria preferida dele na escola era matemática. Acredito, *Ji*, você devia fazer grandes somas.

Só depois que a própria Nina chegou a Londres foi que Pyari conseguiu descobrir a sua verdadeira idade.

— Acabei de fazer vinte e três anos — disse ela.

Cinco anos mais velha do que Pyari. Pareceu-lhe uma distância grande quando ela falou, mas a sensação foi de que não havia diferença nenhuma de idade entre elas. Desde o primeiro encontro, Nina e Pyari se sentiram próximas: instintivamente à vontade, inexplicavelmente íntimas

— como irmãs. Desde a morte da irmã gêmea, uma ausência côncava atravessava Pyari. Nina se encaixou naquela curva frágil como se fosse ela que a tivesse delineado desde o começo. Quando confessou a Pyari, dias depois da sua chegada, que, na verdade, ela era filha de Sarna, Pyari não ficou surpresa. Pareceu-lhe perfeitamente coerente Nina ser *sua* irmã. Além do mais, a revelação confirmou a impressão de Pyari de que, por trás da excitação nervosa de Sarna com a chegada de Nina, havia outra emoção mais forte. Existem apenas duas coisas que não podemos esconder: *Ishq* e *Mushq*. Amor e Cheiro. A revelação de Nina fez Pyari perceber o que Sarna estivera tentando esconder com toda a conduta com relação a Nina: Amor.

Antes da viagem para a Índia, Pyari acompanhou Sarna em diversas idas à Oxford Street para comprar presentes para a família. Já havia passado pouco mais de vinte anos desde que Sarna saíra da Amritsar, e ela queria voltar em grande estilo, carregada de presentes. As idas ao West End se transformaram, então, numa febre de compras que resultou na aquisição de um guarda-roupa inteiramente novo para Nina. De utensílios práticos, como roupas de baixo térmicas e meias grossas da Woolworths à extravagância de um casaco de inverno da C&A e de um casaco de lã da St Michael, Sarna comprava sem pensar duas vezes. Mas a pontada de ciúmes que Pyari sentira da estranha generosidade da mãe desapareceu no momento em que Nina disse:

— Nós vamos dividir tudo.

E dividiram. Pyari era vários centímetros mais alta e menos cheia de curvas do que Nina, mas quando vestiam as roupas uma da outra, era impossível perceber — tudo cabia perfeitamente. Muito freqüentemente as duas pensavam as mesmas coisas — especialmente sobre Sarna. Até o jeito de dormir era semelhante — ambas preferiam deitar de bruços. Durante a noite, mexiam-se na cama em sincronia, e, quando acordavam, estavam viradas para o mesmo lado.

Sarna imaginava que Nina fosse se casar logo e queria aproveitar ao máximo o tempo que tinham juntas. Decidiu passar para ela os segredos maliciosos e os truques de tempero que ela passara a vida aperfeiçoando e guardando. O legado finalmente estava sendo passado de mãe para filha.

Nina se submeteu ao universo da arte culinária secreta de Sarna com interesse e bom humor. Ela admirava os métodos de Sarna e prezava seus conselhos. Entendeu que era a primeira pessoa a ser privilegiada com aquelas informações e ainda assim não conseguia expressar a admiração que ela sabia que Sarna apreciaria. Na verdade, Nina teria preferido não receber qualquer informação secreta sobre a culinária de Sarna, e sim poder dizer "mãe" para a mãe — mesmo que fosse só em particular, quando elas estivessem completamente sozinhas. Nina tentara uma vez na Índia, e Sarna dissera:

— Eu sou sua irmã. Você deve me chamar de *bhanji*.

Então, enquanto Pyari e Rajan estavam na escola, enquanto Karam saía de carro por Londres vendendo roupas, Nina ficava na cozinha com Sarna, fingindo que eram irmãs, aprendendo o que as filhas aprendem com as mães. Sarna mostrou a ela como jogar um saquinho de chá dentro da panela fervente de grão de bico ao *curry* para dar a ele uma cor vermelha amarronzada viva. Ensinou-a a untar a borda da caçarola com óleo quando estivesse cozinhando arroz, para que a água não espirrasse para fora da panela. Ela ensinou que cozinhar o açafrão por um minuto em óleo quente evitava que ele ficasse desbotado. Mostrou como as *bhajias*, vegetais empanados, fritam melhor e ficam mais crocantes se adicionadas algumas gotas de vinagre ao óleo quente. Ela confessou que muitas vezes colocava um quarto de colher de chá de mel nos copos dos que recusam açúcar.

— Mas por que, se eles não querem? — perguntou Nina.

— Ah, as pessoas não sabem o que querem. Dê a elas o melhor, e elas vão gostar. Toda gente que vem aqui diz: "Ninguém faz chá como Sarna." Não conte a ninguém, esse é *nosso* segredo.

Sarna nunca suspeitou que ela estivesse deixando mais alguém a par desses segredos. Toda noite, quando Pyari deveria estar revisando a matéria de matemática pura ou aplicada ou trabalhando nos deveres de física, empenhava-se em decorar os ensinamentos e as técnicas culinárias que Nina aprendera durante o dia. Nina sabia que revelar era um tipo de traição, mas não sentia culpa ao contar tudo a Pyari. Afinal, eram irmãs e tinham direito ao conhecimento que uma ou outra obtinha da mãe. Era assim que as garotas tiravam consolo uma da outra, unidas nas queixas contra uma mãe que, de maneira diferente, decepcionara ambas.

Nina era exibida aos amigos e conhecidos como um prêmio.

— Olha, minha irmã — dizia Sarna, rodopiando com a garota e forçando as pessoas a avaliarem a perfeição que trouxera da Índia. Envergonhada, Nina rodopiava; com a cabeça baixa, o constrangimento beijava-lhe as bochechas, pincelando-as de gotas vermelhas. Ela era adorável. Isso ninguém podia negar. Oskar ficou pasmo ao ser apresentado a ela.

—Você já conheceu a minha irmã? — Sarna empurrou Nina para a frente. — Conheça — ordenou, orgulhosa do olhar de admiração que surgira disfarçadamente no rosto dele, transformando seus olhos cinza em esferas de novíssimas e brilhosas moedas de cinco centavos.

Nina conseguiu dizer um fraco "olá", que flutuou na direção de Oskar como uma bolha de sabão que se desmancharia suavemente no rosto dele.

Até Persini ficou involuntariamente impressionada com os olhos ultrajantemente verdes de Nina, postos no mais doce rosto em forma de coração sobre os graciosos contornos da face e uma boca cor de ameixa vermelha madura. A menina era uma cópia mais bonita e refinada de Sarna.

— Irmã mais nova, hum? Muito interessante... Não é uma diferença de idade muito grande entre irmãos? Vinte anos mais ou menos, não?

Sarna a ignorou e pegou o *chuni* que escorregara dos ombros enrijecidos de Nina, quase grudados, de vergonha, a suas orelhas.

Os Khalsi vieram de Leeds para conhecer a aguardada nora. Eles eram uma das diversas famílias que mostraram interesse em Nina e que se ofereceram para pagar a passagem dela para Londres. Eles eram muito bem recomendados para fazer parte da família. Uma família *sikh* em franco progresso: bem respeitados, bem de vida, endinheirados, devotos à religião. Mas Sarna cortejara o interesse deles ferozmente por dois outros motivos: o fato de as famílias não se conhecerem — e eles tinham mesmo muito poucos conhecidos — e o fato de os Khalsi morarem em Leeds, a uma distância de quilômetros.

— Pardeep é o nome dele. É o filho mais velho, um metro e oitenta, com graduação em farmácia — disse Sarna, orgulhosamente, a todos, como se a informação confirmasse que os critérios mais rigorosos tinham sido atendidos.

Pardeep era um pouco gorducho, mas tinha bons modos e era cortês. Foi Nina que os decepcionou — ela parecia a futura noiva exemplar dentro de um sári cor de papaia, com os cabelos cheios bem presos num coque alto e bem feito, com jóias de ouro brilhando nas orelhas, no pescoço e nos braços. Mas foi sua personalidade, ou antes sua aparente falta de personalidade, que a deixou desamparada. O charme inicial dos olhos baixos e de seu jeito acanhado foi superado pela expressão de medo e perplexidade que embaçava suas feições a cada vez que os Khalsi falavam com ela. Oprimida pela tensão do encontro, ela deu respostas canhestras e gaguejantes às perguntas deles. Ela sabia que o seu futuro na Inglaterra dependia da aprovação deles. No esforço desesperado de não estragar tudo, ela acabou parecendo tola e inepta. Os Khalsi começaram a conversar em inglês, como se isso pudesse, de alguma maneira, tirá-la de sua concha. Teve o efeito oposto. Ela, que em punjabi mal conseguia arrancar palavras de si mesma, entrou em pânico com uma pergunta em inglês e saiu correndo da sala.

— *Hai, hai,* muito tímida a garota. — Sarna usou o próprio inglês tosco para tentar transformar em virtude o constrangedor comportamento social de Nina. — Eu era igual quando cheguei a esse país. É só inocência, vocês sabem. Mas ela não é inocente nem tímida na cozinha. Ah, não, é uma cozinheira de mão cheia. *Tudo* isso. — Ela fez um gesto largo com os braços para realçar a abundância da comida servida à mesa. — Tudo isso *ela* fez. E limpar e costurar! Ela muito boa. Inglês só um pouco fraco, vocês sabem. Precisando prática. *Bhraji*, aceite um pouco mais de *tikkis*. Aqui, pegue, coma, coma o queijo *cottage*.

Depois de os Khalsi saírem, Nina não conseguia parar de tremer. O pressentimento de que seria rejeitada já pesava em seu coração. Dito e feito, duas noites depois, os Khalsi telefonaram para retirar a oferta de casamento. Tinham mudado de idéia. A garota era ingênua demais. Havia muito de provinciana nela. Sarna argumentou com eles, disse que o julgamento estava sendo muito precipitado, tentou persuadi-los a encontrar-se com Nina mais uma vez.

— *Bhraji*, um encontro nunca é o suficiente — disse Sarna ao pai de Pardeep. — A primeira impressão não conta.

— *Bhanji*, quando as pulseiras de uma garota fazem mais barulho do que ela, um encontro já está bom — respondeu ele. — E, além do mais, Nina é muito baixa. A diferença de altura entre ela e Pardeep é desproporcional.

— *Hai*! — Sarna bateu o telefone. — Isso é mesmo o fim! Que descaramento. Canalhas ingratos. — continuou ela, e repetiu todos os comentários dos Khalsi, pontuando-os com generosa dose do próprio desprezo. — Quem eles pensam que são? A minha irmã é mais do que boa para aquele filho gordo deles. Que eles queimem! Você viu o tamanho dos óculos de Pardeep? Tudo fica, provavelmente, cinqüenta vezes maior através daquelas lentes gigantes; não é de admirar que ele só veja defeitos em toda parte. *Hai*, é um tremendo erro que estão cometendo. Bom, que eles se danem!

— Falar é fácil, mas você já pensou o que isso significa? — A voz de Karam emergiu de trás do jornal, onde ele estivera recolhido enquanto Sarna falava ao telefone.

Até então, ele não se envolvera de modo algum em qualquer assunto que dissesse respeito a Nina. Ele quase nunca falava com a moça e mantinha uma educada reserva que servira muito bem a Sarna — até que ela precisasse da ajuda dele. Ela tentara fazer com que Karam falasse com os Khalsi, mas ele se recusou. Ele desaprovou a maneira como ela se rebaixara. Ela fora muito servil durante a visita dos Khalsi e ainda há pouco no telefone parecera estar implorando.

— Esses Khalsi cometeram o maior erro de suas vidas — disse Sarna.

— Seja realista. — Karam abaixou o jornal. — Isso significa que você não tem mais ninguém que se responsabilize pela menina. Ela tem um visto de três meses.

Karam olhou para Nina, sentada de pernas cruzadas no carpete, com os ombros caídos e os olhos baixos. Ele quase sentiu pena dela nesse momento.

— Ela só pode ficar aqui mais nove semanas. Se não se casar antes disso, vai ter que voltar para a Índia — reforçou ele.

Fez-se um silêncio enquanto as palavras dele ecoavam. Nina mordeu o lábio e arqueou ainda mais os ombros. Mais uma vez ela não fora boa o suficiente, mais uma vez a rejeitaram. Era exatamente o tipo de rejeição que tentara evitar ao viajar para a Inglaterra. Mas parece não ser possível escapar do próprio destino onde quer que se vá. Nina sentiu a humilhação da repulsa dos Khalsi, mas, mais do que isso, ela se torturava pensando em como o incidente podia denegrir a imagem dela aos olhos de Sarna. Ela decepcionara a mãe. Viera para Londres com esperança de que Sarna se orgulhasse dela. Em vez disso, ela envergonhara a família.

Sarna também ficou perturbada com as palavras de Karam. Ela revirou a aliança várias vezes no dedo. *Siyapa*. Que luta. Ela não previra essa situação. Depois de todos os obstáculos para levar Nina para lá, a última coisa que esperava era que ela fosse rejeitada pelos Khalsi. Que direito aqueles gordos tinham de ser tão exigentes? Nove semanas não era tempo o bastante para arranjar um casamento. *Hai*! O que ela fizera para merecer isso? Depois de todo o esforço, de todos os riscos que assumira, era *esse* o resultado? Em voz alta, ela disse:

— Ah, nove semanas é bastante tempo. Eu vou tratar desse assunto *futa fut*, mais que depressa. Espere e veja: nós vamos casar imediatamente essa minha irmã.

Pyari foi a única a ficar aliviada com a decisão dos Khalsi. Sentia-se feliz, pois Nina ficaria com eles em casa por mais tempo. Ela mal podia esperar pelas conversas em segredo até tarde da noite, por mais histórias estranhas sobre o mundo no qual Nina crescera e por mais descobertas de semelhanças entre elas, apesar das vidas diferentes que tiveram. Pyari tinha boas amigas com as quais trocava dúvidas, sonhos, experiências e roupas, mas os laços com Nina eram mais fortes do que qualquer amizade. Principalmente porque podiam falar de Sarna. Pyari nunca contara a ninguém seus sentimentos confusos em relação à mãe. Falar sobre esse assunto sempre parecera errado. Além do mais, ela não se sentia segura o suficiente para destruir a imagem que as amigas tinham de Sarna.

— Sua mãe é tão moderna, se veste tão bem, cozinha tão bem, é tão engraçada — diziam elas, quase com inveja.

Mas Nina dava a impressão de ter poucas ilusões quanto a Sarna.

— Ela está louca para se livrar de mim — disse Nina certa noite, enquanto observava Pyari penteando os cabelos recém-lavados.

— Não. Ela está apenas preocupada tentando encontrar um par para você. — Pyari trançava o cabelo, estremecendo de vez em quando.

— Eu não sei por que pensei que aqui seria diferente. — Nina subiu na cama. — Toda a minha vida as pessoas sempre esperaram que eu fosse embora.

— Isso não é verdade, Nina. Eu não quero que você vá embora. — A água que pingava da ponta do cabelo de Pyari criara a paisagem de um córrego na sua camisola.

Nina puxou o cobertor até o queixo.

— Eu não os culpo — disse ela, como se não tivesse ouvido o que Pyari falara. — Se a minha própria mãe não me quer, por que alguém mais há de querer?

— Ah, Nina. — Pyari jogou o cabelo liso sobre um dos ombros e sentou-se na beira da cama de Nina. — E todas as roupas novas lindas que ela comprou para você? Você tem um lugar especial no coração dela.

Nina fez que não com a cabeça.

— Se eu tivesse, ela me abraçaria bem apertado e diria que eu sou filha dela.

— Ela nunca foi de abraçar muito, Nina. Não leve para o lado pessoal. Além do quê, ela dá a você uma atenção muito maior do que jamais dera a mim. Já percebi como ela está sempre mexendo na sua roupa, ou arrumando seu *chuni* ou tocando no seu cabelo.

— O *seu* cabelo é tão bonito. — Nina sorriu e estendeu a mão para sentir a textura daqueles cabelos longos, lisos e brilhosos. Depois, fez uma careta e deu um tapinha no seu próprio cabelo cheio. — Isso aqui é a minha tristeza crescendo para fora de mim — disse. — Não consigo guardá-la toda aqui — ela apontou para o coração —, então ela tem que sair por algum lugar. A tristeza se transforma nisso, às vezes: uma parte do seu corpo, um filamento visível na sua aparência.

19.

As roupas que Karam trouxe da Índia foram vendidas em uma semana: seiscentas peças — acabaram todas. Karam ficou surpreso. Nunca imaginara que se pudesse fazer dinheiro tão facilmente. Ele nem precisou de uma liquidação para se livrar das roupas. Do centro ao norte de Londres, das lojas tocando Jimi Hendrix baixinho aos estandes de mercado com cheiro de patchuli, os donos disputavam furiosamente as peças. Karam imaginara que as pessoas seriam exigentes com o corte das roupas, impacientes em relação aos preços, cuidadosas ao fazerem pedidos. Mas, em toda parte, a demanda parecia alta, as pessoas estavam ansiosas para comprar. De Camden Market à Tottenham Court Road, da Carnaby Street à Kingston, o chamavam e faziam pedidos, exigindo que as encomendas chegassem depressa. O segundo lote de produtos, que Karam pedira quando ainda estava na Índia, chegou na data prevista, três semanas depois da volta para Londres. Essas duas mil peças também foram vendidas em semanas. As vendas rápidas deram rumo aos negócios de Karam. Ele falava regularmente ao telefone com Kalwant, instruindo-a a despachar mais peças, apressando-a a trabalhar rápido.

Apesar desses sinais prematuros de sucesso, Karam tendia à precaução e pedia quantidades relativamente pequenas.

— *Bhraji*, se elas estão vendendo tão rapidamente, por que não mando para você dez mil? — perguntava Kalwant repetidas vezes para ele. — Pode ser que leve duas ou três semanas a mais, mas vai poupá-lo de tanto trabalho. Por que comer o bolo de pedacinho em pedacinho se você tem a chance de comê-lo todo de uma vez? Vamos lá, *Bhraji*, arrisque-se, faça logo um banquete, transborde o mercado, faça um negócio para *valer*. Devagar, devagar não vai ganhar a corrida. Para ter sucesso nos negócios você tem que pensar grande, você tem que se movimentar rápido!

Karam ria nervosamente dos conselhos dela, com a sensação de que ela estava certa, e, no entanto, ainda relutante em aceitar suas recomendações:

— Não, não, é muito arriscado. Mande apenas três mil.

— *Bhraji*, sem risco não se vence. Você não devia se preocupar tanto. Deixe-me mandar ao menos cinco mil.

— Não, isso é demais. Não, três está bom. Mande apenas três.

— *Bhraji*, excesso é igual a sucesso. Vou mandar quatro mil. Sei que você vai me agradecer por isso.

— Não! Eu não tenho como pagar. — Karam colocava a mão no bocal do telefone para abafar a voz e dizia: — Ah, a ligação está ruim. Não consigo mais ouvir. — E Kalwant ouvia ainda uma frase final — *Bhanji*? *Bhanji*, só três mil, hein? Não tenho como pagar por mais... —, antes de a ligação cair.

Como Sarna, Kalwant era capaz de insistir no mesmo ponto até o ouvinte se render. Karam a vira usando essa estratégia com grandes resultados na Índia. Eles viajaram juntos a Nova Delhi. Desviando de riquixás, ciclistas, pedestres e vacas, pesquisaram em lojas em Chandni Chowk, em Karol Bagh, no mercado de Lajpat Nagar e na South Extension procurando variedades de musselina de algodão. Karam observou Kalwant barganhar com os mais determinados, irritadiços ou assustadores donos de lojas, usando uma extraordinária mistura de charme e astúcia, de promessas e mentiras.

Pouco antes de começarem as compras, Kalwant dissera:

— *Bhraji*, deixa que *eu* vou falar.

No início, Karam ficou envergonhado quando ela ofereceu apenas vinte e cinco por cento do preço de um tecido. Ele puxou as próprias orelhas até ficarem vermelhas e doloridas. Esperava que houvesse negociações, mas começar pechinchando a um preço tão baixo! Parecia quase mendigar. "Vão pensar que estamos de brincadeira", Karam quis dizer à cunhada, mas ele fora instruído para não falar. Os gerentes das lojas reviravam os olhos, balançavam a cabeça ou ficavam indignados com as ofertas de Kalwant. Ela continuava imperturbável. Dava ordens aos assistentes para que desenrolassem metros e metros de tecido para inspeção. A loja inteira ficava coberta com os panos selecionados por ela, tornando impossível o atendimento a qualquer outro cliente. Aos poucos, Karam começou a entender o objetivo de Kalwant com aquela atitude, à medida que uma variação da mesma cena ia se repetindo em cada loja, diante de cada um dos gerentes ou atacadistas.

Kalwant examinava as fazendas com a seriedade de um penhorista avaliando a autenticidade de um diamante. Ela corria a mão pelo material, segurava-o para inspecionar a qualidade, pedia ao vendedor que o levasse para fora da loja para que ela pudesse ver a cor sob a luz do dia, e perguntava onde o tecido tinha sido manufaturado ou tingido. Fazia comparações insidiosas:

— Hummm... a Talochasons tem o mesmo pano, *idêntico*, e custa *cinco* rupias a *menos* o metro.

Ela seguia fazendo avaliações condenatórias:

— Isso foi tingido em Jaipur, não foi? Não presta. Nós já compramos desses fabricantes antes, e as cores mancham na primeira lavada. As pessoas começaram a devolver as roupas para a loja. Gente de Londres é *muito* exigente. Nós tivemos que recolher toda a mercadoria das prateleiras. Seis mil peças viraram estoque morto. Imagine a perda que tivemos. Eu sei, acontece, cometemos erros nos negócios. Mas não podemos cometer o mesmo erro duas vezes. Como é que o senhor pode vender um tecido desse? Tire isso da minha frente.

Kalwant dava a impressão de total segurança e autoridade. De modo que, quando ela, depois, repetia a oferta que fizera — 25 por cento do que fora pedido —, o dono da loja, percebendo tratar-se de uma cliente séria, baixava o preço ao mais indigno valor.

— Trezentas rupias por cem metros de tecido tingido em *tie-dye* — declamava Kalwant a soma, como se o negócio estivesse fechado.

— Não, de jeito nenhum. — O dono da loja balançava a cabeça. — Impossível. Nada feito.

— Por quê? O senhor acha que vai conseguir um preço melhor? Hum, pense que mais alguém vai comprar tanto de uma vez só? Esse é um bom negócio! Como é que o senhor pode recusar?

A esta altura, o dono da loja gesticulava e insistia que o preço era inaceitável ou dizia rispidamente a Kalwant para deixar de brincadeira.

Fizesse ele o que fizesse, ela considerava uma ofensa. Levantava-se num gesto dramático e se dirigia para fora da loja. Geralmente, assim que ela e Karam estavam na porta, eles eram interrompidos por um grito de acordo:

— Setecentos por cem!

Kalwant fazia uma pausa. Depois se virava e dizia:

— Trezentos por cinqüenta.

Era aí que a barganha começava de fato. Ela entrava novamente na loja e pedia chá.

— Onde está meu chá? Você podia ser meu filho — dizia, passando de afiada barganhadora a uma gentil figura familiar. — Um filho não oferece chá à mãe quando ela vem visitá-lo?

O chá era servido prontamente, junto com algum biscoitinho doce.

Karam tomava o chá enquanto assistia ao desenrolar do drama. Ele se considerava um homem paciente, mas sem dúvida não teria a perseverança necessária para encarar, como Kalwant, aquele enfadonho processo de permuta. E a tenacidade dela o deixava ainda mais grato. Ela conhecia o princípio básico do trabalho com roupas: margem de lucro é tudo. A cada redução que Kalwant assegurava, Karam corrigia alegremente suas projeções de lucro.

Ele nunca poderia adivinhar quando o acordo seria fechado. Ele simplesmente se dava conta disso quando Kalwant subitamente tirava cédulas de dinheiro da bolsa e gesticulava para o vendedor mandando cortar o tecido.

— Quatrocentas rupias por cem metros. Preço final. De acordo. Negócio fechado.

— A senhora está me matando — dizia o dono da loja.

— O *senhor* é que está *me* saqueando! — exclamava Kalwant, metendo um *malai poora* na boca. Kalwant era capaz de mastigar montanhas de doces enquanto discutia.

— Isso que a senhora está oferecendo é menos do que o preço de custo. Minha família vai passar fome. Meus filhos vão ter que mendigar nas ruas.

— Como pode ser? O senhor está *me* roubando.

Ela engolia um enorme doce de *ludoo* laranja.

Alguns gerentes de loja se recusavam a olhar para Kalwant ou para a sua pilha de dinheiro, como se estivesse abaixo da dignidade deles negociar com somas tão irrisórias. Os mais indignados chegavam a mandar os assistentes guardarem os rolos de pano para indicar que as negociações estavam encerradas.

Kalwant mostrava mais dinheiro.

— Quatrocentos e quinze.

O dono da loja não dava nem sinal de estar ouvindo.

— Quatrocentos e *vinte e cinco.*

Às vezes, nem mesmo isso era suficiente.

— Olhe para mim! — Kalwant batia no peito. — Eu podia ser sua mãe. É assim que você trata uma mãe? Você roubaria a sua mãe? *Hai!* Que filho! Onde vai parar esse mundo?

Com esse apelo, ao menos o contato visual era restaurado.

— Pegue tudo! Roube-me! — gritava Kalwant, abrindo a bolsa e puxando de lá o que pareciam ser suas últimas notas e moedas. — Quatrocentos e cinqüenta! Você quer me tirar o último centavo, não quer? Quatrocentos-e-setenta-e-dois. Está aí, isso é tudo o que tenho na bolsa. Eu disse que estava sendo espoliada. O que mais o senhor quer? Está aqui, leve minha bolsa também! Roube-me, saqueie-me! — E jogava a bolsa em direção à pilha de dinheiro. — Devo começar a tirar minhas roupas? O senhor quer que eu saia daqui sem nada? É desse jeito que o senhor faz negócio?

Muitos acordos foram selados com monólogos desse tipo. O gerente da loja sinalizava aos assistentes para que cortassem e embrulhassem o tecido, e Kalwant se derramava toda novamente.

— Bem, o senhor pode esperar futuros negócios conosco. Meu irmão aqui tem três lojas em Londres, ele também fornece para a Holanda, para a França e para a Alemanha. Da próxima vez, espero que o senhor não tente nos arrancar tudo dessa maneira.

Poucas foram as ocasiões em que as habilidades de atriz de Kalwant não foram suficientes para assegurar uma compra. Ela saía enraivecida da loja:

— Está bem! É o senhor quem está perdendo. Não conseguiria vender nem roupas de baixo de seda para um marajá pelado. Vou levar minha clientela para outro lugar!

Karam não tinha coragem de se arriscar e autorizar entregas maiores. "Melhor viver com menores lucros do que ver o dinheiro amarrado em estoques parados", pensava consigo mesmo. Toda vez que ia ao terminal de cargas do aeroporto de Heathrow para pegar uma entrega, ele ouvia histórias de atacadistas que encheram as mãos e agora estavam sufocados por um estoque que não conseguiam fazer circular. O agente responsável pelos carregamentos de Karam, Tom Nesbit, o deixava sempre a par das mais recentes histórias de fracassos.

— A Dunman's quebrou — avisou Nesbit, em tom grave. — Ah, sim, já vinha acontecendo há meses. Eles estão com 11 mil itens parados lá. — Fez, então, um gesto em direção aos fundos do vasto galpão. — Estão lá há dias. Eles não vêm buscar porque não têm como pagar as taxas de liberação da mercadoria. Para que pagar por estoques que você não pode vender, não é? Ah, isso é terrível.

Esses boatos estimulavam Karam a ser ainda mais cauteloso. Ele não levava em conta que aqueles negócios não tinham qualquer relação com o comércio de roupas. No triste abandono das milhares de pistolas d'água, de coleiras de cachorro, dos conjuntos de facas de alumínio ou de abajures em estilo oriental, Karam via um saudável alarme: quanto mais alto o poder, maior é a queda.

Essa prudência também fizera Karam hesitar em arriscar a ter uma butique própria. Ele não conseguira encontrar um local adequado antes de viajar para a Índia. Desde a volta, continuara a procurar, mas sempre que aparecia uma possibilidade real de aluguel, ele a adiava, preocupado com a visibilidade, com o tráfego de clientes na região, com o custo da reforma, do aluguel e da manutenção. Uma parte dele realmente queria um lugar concreto que ele pudesse apontar e dizer: "Isso é meu. Eu consegui chegar até aqui." Sua marca histórica pessoal. As despesas gerais, no entanto, não justificavam o empreendimento. Karam sabia que podia lucrar mais permanecendo como fornecedor. Porém, não estava inteiramente realizado naquele papel: era um trabalho vago, não uma profissão reconhecida. Quando as pessoas perguntavam o que ele fazia, ele tinha que explicar:

— Sou um fornecedor atacadista de roupas. Forneço vestuário feminino para diversas lojas do país.

Não era o mesmo que dizer médico, advogado, farmacêutico ou mesmo servidor público — profissões cuja dignidade podia ser transmitida numa só palavra. Não havia dúvida de que ele se sentia mais feliz trabalhando por conta própria, mas a mudança não trouxera para ele a transformação dramática que imaginara. Ele não se sentia mais seguro ou confiante. Era o mesmo homem, fazendo malabarismos com um conjunto diferente de preocupações.

20.

Quando Sarna entrou no quarto, Karam estava sentado na cama, vestindo uma túnica branca e lendo uma história da Inglaterra vitoriana. Seus cabelos, já mais ralos e grisalhos, estavam soltos do turbante e caíam, partidos ao meio naturalmente, sobre os ombros e as costas. Era estranho vê-lo sem o traje completo, como um crustáceo fora de sua casca: mole, corpulento e vulnerável. Sem olhar para o marido, Sarna começou a tirar os grampos do coque. O cabelo dela ainda era cheio, escuro e brilhante. Recentemente, ela começara a aplicar tintura nos poucos cabelos brancos nas têmporas e na nuca. Karam a observou desmanchar o coque no alto do seu cabelo, penteado em forma de colmeia. Ela dava pequenos tapinhas antes de correr os dedos cuidadosamente pelos cabelos espessos penteados em sentido contrário. Ele dobrou a ponta da página que estava lendo, fechou o livro e o colocou no colo.

— Então, hum... hum, hum — pigarreou. — Como vai Nina?

Sarna se virou e apertou os olhos. Por que essa pergunta direta sobre Nina? A única vez em que ele demonstrara algum interesse nela havia sido quando insistiu que ela freqüentasse as aulas de inglês na Mary Lawson School.

— O inglês dela está melhorando, espero — acrescentou ele. — Ao menos ela terá aprendido alguma coisa durante o tempo em que passou aqui. Quem sabe ela não consegue encontrar utilidade para o inglês dela em algum lugar na Índia?

— Na *Índia*? Ela não vai voltar para *lá*. — Os grampos de cabelo caíram na penteadeira de Sarna com um leve tinido.

— Hum, humm. Mas como é que ela, sem casar com ninguém, vai poder ficar aqui? — perguntou Karam. — Só faltam mais três semanas para o visto dela expirar. Quais as chances de se conseguir um noivo antes disso? — Karam fez uma pausa. — Eu estive pensando... talvez eu deva reservar uma passagem para Nina voltar para a Índia comigo. — Ele estava planejando outra ida à Índia para fazer novas encomendas.

— Não vai ser preciso! Ainda tem bastante tempo. Vou arranjar um casamento. — Sarna respirou fundo para prender o pânico que lhe subia pelo corpo. Ela sentou na cama, de lado para Karam. As mãos começaram a se contorcer agitadamente. As palavras de Nina — "Eu vou contar" — ainda pairavam sobre a cabeça de Sarna como uma guilhotina prestes a cair. Todos os dias, ela convivia com essa possibilidade de decapitação, com a revelação vergonhosa que desorganizaria tudo. Travava um esforço diário para conter essa ameaça, para cegar a navalha da verdade de Nina. Por meio de toda a generosidade que reservava à filha, Sarna tentava acalmá-la. Com cada palavra amorosa e com cada presente a mais, ela calava a voz da menina. E com o casamento, Sarna acreditava que Nina seria finalmente impedida de falar. Não estaria apenas se casando com um homem, mas, na verdade, comprometendo-se ao silêncio — exatamente como fizera sua mãe. O casamento daria a Nina o respeito e a legitimidade que lhe tinham sido negados até então, mas o preço disso seria a negação eterna de quem ela realmente era. Sarna sabia disso; tinha consciência de que, uma vez casada, seria impossível para Nina levar a cabo qualquer ameaça sem pôr em risco sua própria vida. Sarna sentia-se muito perto de alcançar a salvação — ela só precisava de tempo, um pouco mais de tempo.

As coisas não saíram exatamente como Sarna esperava. Apesar da beleza de Nina, todos aqueles rapazes solteiros ávidos por se casarem com garotas provincianas inocentes não estavam de fato fazendo fila pela sua mão. Mas Sarna achava que era só uma questão de tempo. Tudo podia ser resolvido se eles não tivessem o problema do visto assombrando-os como um mau augúrio. Na verdade, tudo podia já estar resolvido se Sarna não tivesse obstinadamente peneirado todas as famílias que mostravam interesse em Nina. Ela descartava qualquer oferta de pessoas que morassem em Londres ou que tivessem mais do que um conhecimento minúsculo sobre a família de Karam. Isso significava que a maior parte dos pretendentes era descartada mesmo antes de eles serem apresentados a Nina.

Desanimada com o progresso lento, Sarna começou a considerar soluções alternativas. Ela ouvira falar de pessoas que chegaram com o visto de curto prazo e foram simplesmente ficando no país. Elas desapareciam nos lugares ermos da cidade para viver precariamente em situação ilegal. Mas ela sabia que Karam jamais concordaria com algo assim. Soubera de outros que teriam pagado para obter cidadania. O que não era possível para Sarna, sem os contatos nem os meios necessários para levar adiante um projeto como esse. Outra idéia lhe ocorrera algumas semanas antes. Era cheia de inconsistências, mas poderia, ao menos, servir como um plano auxiliar. Agora ela chegara à conclusão de que esse era o único caminho a seguir.

Karam percebera que a mulher estava travando algum tipo de conflito interno.

— Vamos — disse gentilmente —, você fez tudo o que pôde. Ao menos tentou. Deixe-a ir agora. Deixe as coisas como estão.

Sarna interpretou erroneamente o tom de voz dele, entendeu a tranqüilidade como ameaça, em vez de carinho.

— Mas eu não desisti! Ainda há tempo. Eu... eu posso dar um jeito.

— Tempo para quê? — Ele não sabia como fazê-la entender nem como entendê-la. — Nem *você* pode fazer uma mágica e tirar um noivo da cartola. Nós temos que ser realistas. É melhor que ela vá agora. E é bom que ela possa viajar comigo, pois ficaria apavorada de ir sozinha.

— Não precisa reservar passagem nenhuma. — Sarna começou a trançar os cabelos com determinação. — Nina não vai embora. Eu dei a minha palavra de que arrumaria um casamento para ela, e é o que pretendo fazer. Não se volta atrás numa promessa feita à família.

— Ah, você só sabe falar! — disse Karam. — O que acha que vai conseguir em três semanas? Você não pode mudar o mundo. *Ninguém vai se casar com ela.* Ela é uma boa menina, mas... bom, tem alguma coisa errada, não tem? Eu não quero problemas com as autoridades. Não vou arriscar nossa própria situação deixando-a ficar aqui ilegalmente. Você pode discutir comigo, mas não pode discutir com a lei.

— Não vai ser preciso discutir com ninguém. Tudo será resolvido.

— Do que você está falando?

— Eu tenho um plano.

— Que plano? — Ele já deveria ter percebido que Sarna estava escondendo alguma carta na manga. Deveria ter adivinhado que tramava algo pelo jeito como batucava os dedos furiosamente no colo, girando-os como se estivesse escrevendo uma história numa máquina de escrever invisível.

— É uma idéia que vai dar certo.

Karam franziu o cenho.

— Não vou fazer nada contra a lei. Se for alguma coisa que não seja casamento, essa garota vai estar no primeiro vôo para a Índia, com ou sem mim.

— É casamento! — insistiu Sarna. — Só não é... definitivo.

— É melhor você explicar isso.

— Por que de repente você ficou tão interessado? — Ela se levantou, cruzou os braços e olhou de cima para Karam. — Durante meses, você não quis saber de nada relacionado à menina e, de repente, está atacando de todos os lados. *Você* disse que isso era problema meu e que eu tinha que resolver, então deixe que eu faça isso agora. Não se meta. Eu vou dar um jeito, eu sempre dou.

— É melhor você explicar — repetiu Karam. Suas mãos apertavam o livro que estava no seu colo e os nós de seus dedos foram ficando brancos.

Sarna teve uma sensação terrível de que ele seria capaz de jogar o livro nela se não desse uma resposta adequada. Escolheu com cuidado as palavras.

— Tem alguém com quem Nina pode se casar, só para ficar aqui. Depois eu vou ter mais tempo para arranjar um marido apropriado.

— O quê? Quem? — A mulher estava falando por enigmas. De onde saíra tamanho absurdo?

— É só *alguém*. Uma pessoa confiável, decente, honesta. Você não precisa saber. Ninguém jamais terá que saber. Será só um casamento rápido, seguido de uma... Você sabe, uma separação... e Nina será, então, uma cidadã. E *depois* eu vou ter tempo suficiente para encontrar para ela o par perfeito.

— Você está louca? Que vergonha! Casamento não é um jogo. Você não pode brincar assim com a vida de alguém. A mulher depois de divorciada está acabada! — A mão de Karam cortou o ar.

— *Hai, hai*, mas ninguém vai *saber* — insistiu Sarna, como se só importasse a discrição, como se o mais abominável dos atos pudesse ser desculpado desde que permanecesse escondido. Ela persistia na idéia errônea de que, se ninguém ficasse sabendo, não haveria conseqüências.

— Ora, não seja tão ingênua. As pessoas não são burras. O que faz você achar que ninguém vai descobrir? Você não pode guardar um segredo como esse. Casamento não é um simples aperto de mãos. Pode esquecer isso. Você precisa aceitar o fato de que a garota vai voltar.

Karam tentou afastar o cobertor de seus pés calorentos.

— Não! — Sarna colocou a mão no coração.

Ela estava só começando a conhecer Nina. O jeito de a menina morder o lábio inferior quando estava ansiosa e como ela gostava de acrescentar mais pimenta à comida. Como os olhos dela eram verde-escuros assim que acordava e como iam clareando ao longo do dia, como se absorvessem a luz ao seu redor. Por volta do meio-dia, o tom era quase o mesmo dos brincos salpicados de malaquita que Sarna comprara no Quênia. Não, ela não podia deixá-la ir embora. Ainda não. E não para tão longe novamente. Nunca mais.

— *Não*. É muito fácil para você dizer isso. Quem concordaria com uma coisa dessas? Só um tolo. Talvez, se você pagasse bem a alguém, mas nós não temos como oferecer quantia tão alta. — Karam puxou a coberta sem sucesso novamente. Ela parecia estar costurada ao colchão em vez de presa sob ele.

— Eu conheço alguém que fará isso de graça e que nunca dirá nada.

Ela puxava nervosamente o cordão da combinação. O estalo dos cordões assemelhando-se ao tom de voz dela.

— Quem?

Sarna balançou a cabeça.

— Que importância isso tem? Aceite simplesmente o que estou dizendo e pare de se preocupar. Eu vou resolver tudo.

— Não posso aceitar um absurdo desses. Você não pode deixar uma *heraferi* como essa sob o meu teto e achar que eu não vou perguntar nada. Se você não me disser com quem pretende casar Nina, não vou permitir que você leve isso adiante. Eu coloco Nina num avião antes do final da semana.

Karam mexeu os dedos: seus pés estavam quentes como o fogo.

— E se eu disser quem é?

— Bom... — hesitou Karam. — Aí nós vamos ver.

Sarna olhou bem dentro dos olhos dele.

— É o Oskar.

— *Oskar?* Ele concordou? Por quê? O que você disse a ele? Espero que você não tenha abaixado o valor do aluguel ou algo assim.

— Eu ainda não falei com ele. Mas sei que ele vai concordar. — Ela deu a volta para o seu lado da cama.

— Oh-ho, é mesmo? Você sabe, não é? E se ele não concordar? E se ele fizer as malas e for embora? Eu é que vou ter que procurar outro inquilino. Já pensou nisso?

— Ele *vai* concordar. Ele é como se fosse da família.

— Ele não é como se fosse da família! Ele é um inquilino, pelo amor de Deus — interrompeu Karam. — Não se pede a um inquilino que se case com uma irmã para que ela obtenha cidadania. Até onde nós sabemos, ele poderia nos denunciar só por estarmos pedindo a ele uma coisa dessas!

— Ele não vai. — Sarna puxou de volta o cobertor e entrou na cama. — Ele mora aqui conosco há cinco anos. Nunca fez nada de errado, é sempre muito educado e muito bom. E ele não vai embora. Ele obviamente quer ficar. Ele já estava aqui há anos antes de nós chegarmos e nunca disse nada sobre ir embora. Acho que ele nem tem outro lugar para ir. Onde está a bolsa de água quente? Pedi a Rajan para colocar uma aqui.

Então era isso que estava queimando seus pés — uma bolsa de água quente em junho. A mulher não apenas estava vivendo num mundo só dela, como também tinha suas próprias estações do ano. Karam chutou a bolsa para o lado dela.

—Você não pode fazer isso! Não pode envolver outras pessoas nos seus assuntos pessoais. Por que você está tão desesperada para manter Nina aqui? Repare no que você está planejando. Está disposta até a fazer coisas ilegais e clandestinas para mantê-la aqui. Por quê?

— Ela é minha irmã! — Sarna pulou novamente da cama. — *Hai Ruba*! Eu sou uma mulher de palavra. — Com as mãos na cintura, ela começou a discursar. — Quando dou minha palavra, eu a cumpro. E não se esqueça: foi por sua causa, por causa dos seus negócios, que eu tive que concordar em arranjar o casamento de Nina. Foi por *sua* causa que me meti nessa encrenca, e, *mesmo assim*, não estou pedindo a sua ajuda para nada. Vou resolver tudo sozinha. Você nem vai saber o que está acontecendo.

— Ouça o que você está dizendo. Minha culpa! Meus negócios! Meus negócios vão pelo ralo se eu tiver que sustentar todos os seus caprichos. Você faz alguma idéia do que isso tudo envolve? Custa dinheiro, sabe? É preciso registrar o casamento no cartório, e talvez nem dê mais tempo de fazer isso. É preciso solicitar o registro, a certidão, e sabe Deus mais o quê. Quando ajudei Charandas no casamento do filho, os custos no cartório chegaram perto de oitenta libras. Oitenta! Pense nisso. E depois a anulação ou sei lá o quê! Você pensa que é de graça? Além do mais, não nos esqueçamos, será preciso pagar *novamente* pelo casamento verdadeiro, se é que isso vai acontecer algum dia. É óbvio que você não pode fazer isso sem mim, e eu não quero me envolver. Então, será que podemos esquecer essa história agora?

— Eu não posso. Não vou esquecer. Fiz uma promessa. Esse é o meu dever. — O queixo de Sarna se ergueu desafiadoramente, assim como o tom de sua voz. — Vou pagar o que for preciso, vendo minhas jóias, se for necessário.

Karam virou de costas para a mulher. As palavras dela continuaram tilintando nos ouvidos dele.

— Seus irmãos estão todos aqui. Por que eu não posso ter alguém por perto? Você quer que eu fique sozinha... Essa é a melhor solução. Vai dar certo. Eu sei que vai. E aí você vai ver.

Karam teve vontade de tapar os ouvidos com as mãos e dizer à mulher para calar a boca. Em vez disso, olhou para baixo, para o livro, e pensou em ler para bloquear a voz da mulher. Mas estava tenso demais para se concentrar. A certeza de Sarna lembrou a ele de algo que lera mais cedo naquela noite. Era um comentário de Disraeli sobre Gladstone, que dizia algo assim: "Ele conseguia convencer a maioria das pessoas de quase tudo, e a si mesmo, de praticamente qualquer coisa." "Que qualidade espetacular para alguém possuir", pensara Karam. Agora, concluíra que ter uma capacidade dessas não era qualidade, mas defeito. Um defeito terrivelmente vantajoso: eficaz, mas comprometedor; poderoso, mas destrutivo. Sarna continuava falando ao lado dele. Só havia um jeito de fazê-la calar a boca, e era desistindo.

— Está bem, está bem, pode parar agora. — Ele levantou as mãos, como se estivesse se rendendo à polícia. — Já ouvi tudo isso antes. Só fique certa de que, se Nina não estiver casada até a primeira semana de julho, ela embarcará comigo no avião para Nova Delhi. Você tem vinte dias. O que você fizer com ela nesse meio-tempo é problema seu. Não quero me envolver em nada.

Oskar não podia aceitar. Ele não podia se casar com Nina — mesmo se tratando, como dissera Sarna, de um favor absolutamente isento de qualquer obrigação. Aquilo o transformaria a ponto de ele nem se reconhecer mais. Ele já sentia sua capacidade de registrar diminuída pela própria participação nas histórias que tentava preservar. Vinha negando isso internamente, mas é claro que percebia sua mão vacilando quando o ouvido reproduzia o *"você"* denunciador — que era ele — dentro de alguma narrativa. As letras saíam distorcidas e ilegíveis cada vez que escrevia palavras que indicavam seu próprio envolvimento na história de Sarna — como quando fora com ela ver as luzes de Natal na Oxford Street, por exemplo. Oskar lembrava-se de algumas das frases que provavam que ele começara a alterar o seu destino: "*Você* se lembra da última vez em que ele disse..."; "*você* sabe, *você* estava lá..." Ele passara, sem querer, de testemunha passiva para ativa. Ele podia responder porque estivera presente, porque se importara. Era por esse motivo que relutava em ajudar Sarna. Era um risco muito grande. Ele não colocaria em jogo o trabalho de uma vida pelo capricho de querer ajudar. O que seria dele sem a habilidade de escrever as histórias dos outros? Ele não se achava preparado para se comprometer com o objetivo de salvar ninguém. Nem mesmo Nina, cuja beleza reservada era capaz de mudar as cores dos seus sonhos e interromper a marcha regulada da sua existência.

Havia, no entanto, o vazio da derrota naquela resolução. Ele continuou lutando contra si mesmo. Nesse meio-tempo, a casa parecia posta em silêncio, antecipando sua decisão. Sarna passara a sussurrar e obrigava o resto da família a fazer o mesmo, como se o silêncio pudesse levá-lo a uma decisão mais rápida e positiva. — "Ssssshhhhh! Ssssssshhhhhhh!" — Era como viver numa panela de pressão que deixa escapar intermitentes assobios agudos como aviso de que algo está cozinhando. Alguma coisa certamente estava no fogo, e Oskar estava sob pressão para assegurar que o prato ficasse bom. Sarna fizera sua parte: terminara de picar, misturar e temperar tudo. Oskar tinha apenas que acrescentar o toque final: seu "sim" ou "não", como o sal, enriqueceria ou arruinaria a receita.

Oskar vira Nina muito pouco desde que ela chegara da Índia. Ela dava um jeito de ficar nos fundos da casa sempre que ele estava presente, refugiando-se discretamente em outro cômodo, com passos leves e olhares desviados. À exceção de cumprimentos envergonhados, eles jamais haviam conversado um com o outro. Nas rápidas vezes em que a vira, porém, Oskar sentira uma graça invadi-lo como uma bênção. A beleza dela era como um reflexo em águas tremeluzentes — tangível e enigmática ao mesmo tempo. Ela parecera-lhe inacessível, e agora a vida dela estava em suas mãos. Como dissera Sarna:

— Eu a deixo em suas mãos, OK? Se ela fica por aqui, se vai embora; você decide.

Mas a partida ou a permanência de Oskar estava diretamente associada à de Nina. Ele percebera uma autoridade implícita na afirmação de Sarna — afinal, ela era a dona da casa, o controle estava em suas mãos. Diante da situação instável em que ficara, foi ainda mais difícil tomar uma decisão.

Para a lógica de Sarna, o favor que pedira não custaria nada a ele.

— OK, nenhum custo para você, nenhuma dor de cabeça, nada. É só assinar o papel, ok? Só.

Como ele podia explicar a ela que aceitar a proposta poderia custar-lhe a própria existência tal como ele a entendia? Sarna achava que era a vida *dela* que estava ameaçada. E, fora isso, dissera a ele choramingando:

— Fiz uma promessa. Eu disse que ia fazer o casamento para Nina. Então eu tenho que fazer, eu *tenho* que fazer. Ela é minha irmã. A Índia não é vida. Se ela sofre, eu sofro; isso é família. Se ela for, eu *vou*.

Diante de tamanha paixão, como Oskar poderia recusar? No entanto, como poderia dizer a ela que a sua própria mente também estava atormentada e se equilibrava em milhares de histórias estranhas que tinham se transformado no escárnio que era sua própria vida estagnada?

Embora Oskar tivesse adiado sua participação na trama de Sarna, ele podia sentir uma história se desenrolando à sua volta. Ela respirava pesadamente do lado de fora da porta, fazia-lhe cócegas no chuveiro, seguia-o no cheiro de *curry* das roupas, e às vezes ele a via palpitar nas paredes do quarto. Essa história queria reivindicar a presença dele, e ele sentiu seu encanto de maneira cada vez mais intensa. Não podia negar a excitação quando seu próprio nome aparecia nos incidentes que registrava. Junto às dúvidas, havia possibilidades irresistíveis. As perspectivas desse investimento de risco o desafiavam de uma maneira que nenhuma história jamais conseguira. E o fizeram sentir-se mais vivo. Isso o levou a considerar o plano de Sarna uma oportunidade produtiva, uma chance de alterar seu *status quo*, de agarrar o momento e viver.

Era agora ou nunca. Ele podia entrar na história ou tornar-se inexistente. Sem refletir para além disso, ele desceu apressado as escadas para aceitar.

— Sim — anunciou Oskar, sem ar, quando bateu na porta aberta da sala de estar. — Sim, sim, sra. Singh. Vou fazer o que a senhora me pediu.

Oskar e Nina se casaram duas semanas depois, no dia 2 de julho de 1970. Apesar da postura pretensamente não intervencionista que adotara, Karam acabou se responsabilizando por toda a burocracia. Depois, inevitavelmente, ele acabara levando-os de carro ao cartório e acompanhando Sarna como segunda testemunha. A cerimônia durou poucos minutos. Dois nomes foram assinados, dois destinos selados.

Antes de assinar a certidão, Nina olhou rapidamente para Oskar. Pela primeira vez, ele a olhou nos olhos: duas piscinas de malaquita transbordando de alívio e gratidão. Neste instante, uma conexão se estabeleceu entre eles. Como estranhos numa multidão, que se identificam um com o outro porque manifestam fidelidade ao mesmo país ou time esportivo, criou-se um entendimento inconfesso: ambos partilhando a esperança em uma nova vida.

Ao escrever as letras do seu nome, Oskar Naver teve um vislumbre de como poderia ser a criação, seguir o comando dos seus próprios impulsos, em vez de apenas descrever os pensamentos dos outros. Quando a ponta da caneta completou a última letra, teve a sensação de estar nascendo de novo. Por um instante, ele teve a fantasia de não estar assinando uma certidão de casamento, mas sim o documento de seu próprio renascimento.

Ele procurou novamente o olhar de Nina, mas os olhos dela ainda estavam fixos na certidão datada e assinada, como se ela pudesse desaparecer se olhasse para outro lado. Esse era um renascimento para Nina também. Deu a ela a legitimidade de que precisava para começar uma vida nova na Inglaterra.

21.

Naquele verão, depois de completar o segundo grau, Pyari começou a trabalhar na loja India Craft, na Oxford Street, em horário integral. Agora casada, Nina também conseguiu arrumar um emprego e foi contratada pela fábrica da Phillips em Tooting.

Quando Pyari trouxe para casa seu primeiro pagamento, Karam estava na mesa de jantar fazendo contas. Exausta pelo longo dia de trabalho e pelo percurso sufocante e calorento de metrô até sua casa, Pyari entrou na sala e se jogou no sofá.

— Está com fome? — Sarna colocou de lado seu tricô. — Quer que eu faça aquele assado com arroz para você? É um bom *biryani*!

Pyari fez que não com a cabeça.

— Não? Você comeu alguma coisa no caminho de volta?

— Eu comprei uns morangos. Recebi meu salário hoje. — Ela tirou o envelope com o dinheiro de dentro da bolsa.

O sangue subiu pelas orelhas de Karam. Ele interrompeu suas contas.

— Eu sabia que você deveria ter comido alguma coisa — disse Sarna. — Como uma pessoa pode trabalhar o dia inteiro e não ter o menor apetite? Seu *pithaji* está sempre faminto quando chega em casa do trabalho. — Ela olhou para Karam, que se levantara e estava batucando com os dedos na prateleira sobre a lareira. — Ele precisa que a comida esteja na mesa cinco minutos depois de chegar em casa. E *Vaheguru* me acuda se eu me atrasar um minuto.

Como se ouvisse uma deixa, Karam falou:

— Trabalho... É, trabalho duro. Contas, contas, contas. Um homem trabalhando, pagando todas as contas, é claro que fica com fome. Não é fácil. São muitas contas... — Ele pegou uma carta. — A conta de gás acabou de chegar. — Sacudiu a conta no ar como num presságio de mau agouro. — Na semana que vem, vão chegar mais: telefone, eletricidade, água, taxas...

Sarna fez uma careta e lançou para Pyari um olhar que dizia "Lá vai ele começar de novo".

— Contas, contas que não acabam mais. — Karam não olhou para as duas mulheres, mas encarou tristemente o próprio reflexo no espelho da parede em frente.

Pyari apalpou o envelope de dinheiro. Percebendo o que ela estava para fazer, Sarna franziu as sobrancelhas, desencorajando-a. Mas Pyari se levantou e colocou o envelope na prateleira.

— Aí está.

Karam coçou a testa, tentando parecer confuso; como se não tivesse entendido o que Pyari quisera dizer, como se não tivesse idéia do que ela acabara de fazer. Sarna cruzou os braços e franziu o cenho. Pyari foi para o seu quarto.

Alguns minutos depois, Sarna entrou e fechou a porta atrás de si.

— *Fiteh moon!* — ela sussurrou. — Que idiota! Por que você fez isso?

— Fez o quê? — Pyari se comoveu com a solidariedade da mãe.

— Dar ao seu pai todo o seu salário! Por quê? Esse *kanjoos* pão-duro agora vai sugar cada centavo do seu bolso do mesmo jeito que bebe a última gota de *lassi* do copo. Que sovina, que velho avarento... *hai!* — Sarna deu um tapa na própria testa. — E você? Dando obedientemente o dinheiro a ele sem dizer nada. Como pôde?

— Tudo bem, *Mi*. Não importa mais. — Pyari jogou a longa trança preguiçosamente em volta do braço.

— Ouça o que você diz. Não importa! *Hai Ruba*, você não vê? Agora ele vai esperar seu dinheiro todo mês, sentado lá, resmungando sobre as contas. E o que você vai fazer?

— Acho que eu vou simplesmente dar o dinheiro para ele.

— Essa é boa! Que resposta! Oh, *Ruba*, como foi que eu dei à luz filhos como esses? Tão inúteis! Você e seu irmão são iguais, sempre do lado do pai. Não ocorreu a você, nem por um minuto, dar uma parte do dinheiro para sua pobre mãe, não foi? Depois de tudo que eu faço por você, esse é o agradecimento que eu recebo. Cada centavo que você ganha vai direto para as mãos daquele sovina. Você sabe o que *eu* faço por você? Você sabe como *eu* luto? *Hai*, você não tem nenhuma idéia.

Pyari largou a trança quando se deu conta de que a raiva da mãe não era porque ela entregara todo o seu salário. O ressentimento era com o fato de ela, Sarna, não ter ficado com o dinheiro.

—Você não tinha que dar tudo a ele. — A fúria tomou conta do rosto e da garganta de Sarna. — Você poderia ter separado algumas libras! Ele nem saberia. Mas não, você nem parou para pensar. Foi bem-feito. Quero ver você trabalhar como uma escrava para encher os bolsos dele.

Sarna estava certa. No mês seguinte, Pyari chegou em casa e ouviu reclamações sobre como o carro estava precisando de freios novos. Um mês depois, a reclamação era quanto ao aumento do preço da gasolina. Depois de vários meses, ela começou a colocar o pagamento sobre a prateleira em cima da lareira assim que entrava em casa, para poupar o pai e a si mesma da tensão das histórias exageradas dele sobre suas finanças.

Determinada a não deixar Nina cair na mesma armadilha, Sarna a esperou do lado de fora da casa no dia em que ela recebeu o pagamento.

— Deixe que eu cuido disso — disse ela, pegando o dinheiro de Nina.

Mais tarde, quando Karam disse:"Nina está trabalhando já há um mês agora. Deve receber em breve", Sarna estava com a resposta pronta:

— É verdade, ela me deu o dinheiro dela, para poupar para o casamento.

— Ah. — Karam alisou a barba. — Mas, é... ela tem que contribuir com as despesas da casa. As contas não acabam nunca e não vão ficar mais baratas, isso eu posso garantir.

— Mas será que já não é o bastante para você viver do dinheiro da sua filha? Agora quer lucrar com o trabalho da minha irmã também?

A união secreta de Nina e Oskar pareceu ter revigorado o mercado casamenteiro entre os hindus. A família Singh foi pega por um verdadeiro redemoinho de cerimônias *karmais, mendis, chooras, chunis*, casamentos e recepções. Os convites choviam como confete sobre eles, requisitando o prazer de sua presença em noivados, com tardes de passar hena nos cabelos, comemorações de vestir bracelete e mais cerimônias de véu de noiva que antecedem qualquer casamento hindu. Sarna, que não via a hora de tirar férias da função de casamenteira, enquanto a cidadania de Nina não estivesse plenamente confirmada, começou novamente a se preocupar.

— *Hai*, todos os rapazes bons vão estar comprometidos. Quando chegar a hora de você poder se casar devidamente, Nina, todos os bons rapazes terão acabado! — Ela olhou com pena para Pyari. — E quando chegar a *sua* vez, não haverá nem mesmo os maus rapazes.

Todas as dúvidas quanto às probabilidades de casamento para suas duas filhas eram firmemente postas de lado sempre que Sarna estava na presença de Persini. Nesses momentos, ela listava rapidamente os atrativos de vários possíveis pretendentes, como se todos os rapazes do mundo estivessem ao seu dispor para escolher.

— Eu tenho um em mente — dizia ela a Persini. — É *sikh*, dentista, tem um salário muito bom.

— Ah, bem, Rupi foi apresentada a um rapaz muito bom na semana passada — revidava Persini, com tom de superioridade. — Um metro e oitenta e três, o pai é banqueiro, a família vai à Índia duas vezes ao ano.

Sarna subia as apostas, com arrogância:

— Não estou com pressa de me livrar da minha Pyari, mas aquele Sinder vive me importunando a falar de seu filho. Você já o viu? Branco como leite, tem *catorze* pessoas trabalhando para ele e tem uma Mercedes.

Persini erguia a sobrancelha e abria a boca para descrever mais um dos distintos pretendentes de sua filha. Mas Sarna, com a vantagem de duas meninas das quais podia se gabar, colocava Persini no devido lugar.

— Quanto a Nina, bem, as ofertas simplesmente não param. Estou achando que o mais velho dos rapazes Sagoo pode ser bom para ela. O menino é especializado em optometria, tem consultório *próprio*, vive numa casa de *três* andares com *quatro* banheiros.

As sobrancelhas de Persini se erguiam como dois chapéus chineses lançados ao ar, antes de caírem novamente, derrotadas.

Certa noite, Sarna estava se queixando das perspectivas de casamento enquanto a família jantava.

— Ah, não exagere — disse Karam. — Você está fazendo tempestade em copo d'água. Ainda há muito tempo, e vão existir muitos homens para escolher. Esta aqui precisa terminar a faculdade primeiro — ele apontou para Pyari com a colher. — Depois tratamos disso.

— Faculdade que só desfalca — rosnou Sarna.

Hai Ruba, Pyari era apenas uma menina! Uma menina precisa de uma linhagem distinta — *essa* era a garantia de ser premiada com o matrimônio. Ela teria sorte se encontrasse um marido obcecado por trivialidades, como essa de ter uma faculdade. Não ousava admitir para Karam seu temor de que as qualificações escolares de Pyari pudessem ser mais desvantagem do que vantagem. Pele escura *e* qualificada demais — quem ia querer se casar com uma garota assim?

— Essas coisas sempre acabam bem. Se até Persini encontrou finalmente alguém para a exigente da Rupi, nós podemos ficar confiantes, então — disse Karam.

— O quê? Quando? Quem? Como? Ah! Não pode ser! — Sarna largou a pimenta verde que estava prestes a morder.

— Bem, sim, aparentemente está tudo acertado. Sukhi nos contou ontem à noite enquanto estávamos jogando cartas. Ele disse...

— Eu sabia! — interrompeu Sarna. — Eu *sabia* que aquela Persini estava aprontando alguma. Ela estava tão orgulhosa de si mesma no *gurudwara* no final de semana. Eu devia ter imaginado que ela estava aprontando das suas.

— Aprontando o quê? — perguntou Karam. — Do que você está falando? Você sabe que eles vêm procurando um rapaz já há mais de um ano. De todo modo, parecem muito contentes com a escolha. Ele é um doutor de uma família abastada.

— Não — disse Sarna em tom monótono, como se uma oposição ostensiva aos fatos pudessem torná-los falsos.

Houvera uma corrida não declarada entre ela e Persini para encontrar maridos para Nina e Rupi. Estava irritada não só porque Persini a vencera na corrida, mas porque Karam soubera disso antes dela.

— Não, *Ji*. Não pode ser.

— Pode sim, é verdade.

— E de qual família ele é? Nós a conhecemos?

— Eu sei quem são, mas não os conheço. Eles não freqüentam o nosso *gurudwara*.

Sarna contraiu os lábios.

— Qual *gurudwara* eles freqüentam?

— Até onde eu sei, não freqüentam nenhum. — Karam não conseguiu conter a desaprovação no seu tom de voz.

Em volta da mesa, Pyari, Rajan, Nina e Sarna olharam todos, surpresos, para Karam. Oskar, que fora convidado a participar do jantar, observava os companheiros de mesa com interesse.

— Ah! — Sarna bateu na mesa. — Eu sabia. Então, qual é a família? São *sikhs cortados*? — disse ela, como se isso fosse alguma doença terrível.

— Não sei. — Karam se serviu de mais um *roti*. — Lembro-me de ouvir contarem que o pai deles cortou o cabelo há anos atrás. Imagino que os filhos também devam ter cortado.

— O pai! *Hai Ruba*. Eles só podem ser *sikhs* cortados. — Ela levantou o copo d'água como que para celebrar uma revelação. Depois bebeu, sedenta.

— Bom, *nós* não podemos dizer nada. Olhe para o seu filho. — Karam olhou de relance para o cabelo curto de Rajan.

— Meu filho! *Seu* filho.

Rajan continuou comendo, aparentemente indiferente à maneira como os pais o estavam renegando.

— Ele é sempre meu filho quando você desaprova alguma coisa. Quando surge uma oportunidade de anunciar os resultados das provas dele, aí então ele se torna bem seu filho. "Ah, sim, dez, meu filho tirou nove notas dez." De todo modo, ter cabelo curto não é um problema em se tratando de um rapaz novo como Rajan. Tantos garotos *sikhs* têm o cabelo cortado hoje em dia. Tornou-se muito natural. Mas um homem da *sua* idade não ter *pugri*, não usar turbante! Nã, nã, nã. — Sarna balançou a cabeça em sinal de desaprovação. — Isso não é normal. Quem é essa gente, afinal? Você ainda não disse. Qual o nome do pai?

— O nome da família é Choda.

Havia tantos Chodas que Karam duvidava que ela pudesse adivinhar a qual deles estava se referindo sem dispor de mais informações. Ele próprio só se dera conta da verdade quando Mandeep o alertara. Karam estava dando uma carona ao irmão, depois do jogo de cartas no qual Sukhi anunciara o noivado, quando Mandeep disse:

— Você sabe quais os Chodas que serão nossos parentes, não sabe? Chatta Choda.

Karam não conseguiu acreditar. *Aquele* Choda — o Choda infame do Cabelo! Sim, aquele mesmo.

— O pai é Chatta Choda — disse ele a Sarna.

O queixo dela caiu, os olhos se arregalaram.

— *Hai, hai*! Não. *Hai, hai*! Oh, ho, ho — cantarolou ela, chocada e deliciada ao mesmo tempo.

— É esse o nome verdadeiro dele? — perguntou Rajan.

—Verdadeiro ou não, é como as pessoas o chamam — disse Karam.

— Por quê? — Pyari e Rajan perguntaram simultaneamente.

— Ah, é uma longa história.

— Conte para eles — apressou-se Sarna, em tom de fofoca. — Deixe-os ver como esta família está se corrompendo graças aos seus parentes. *Hai Ruba*, quem imaginaria que um dia seríamos parentes de tamanhos blasfemadores? *Conte* a eles.

Ela própria estava louca para ouvir a história novamente, para refrescar a memória com os detalhes para poder repeti-los quando aparecesse uma oportunidade... Ela logo daria um jeito de encontrar.

— Não é história para eles.

Era uma história sórdida de paixão transviada e desrespeito. Karam não achava necessário que as crianças ouvissem coisas daquele tipo, que soubessem que homens — homens *sikhs* — eram capazes de atos assim. E, além do mais, o que pensaria Oskar? Ele sabia pouco sobre o sikhismo, e a história de Choda dificilmente seria uma apresentação favorável da religião deles. Embora Karam soubesse que a história estava cheia de eventos sacrílegos ainda mais sinistros, não estava com vontade de relatar o incidente que dera a Chatta Choda seu nome. Havia algo de perturbador num crime hediondo cometido num lugar que se freqüentava regularmente e por um membro da própria comunidade.

— Por que não conta a eles, *Ji*?

Karam balançou a cabeça.

— Se não ouvirem de você, vão ouvir de outra pessoa qualquer.

Sarna estava certa. Antes do casamento de Rupi, a família Singh ouviria diversas versões da desgraçada façanha do futuro sogro da filha de Persini.

Chatta Choda cortou o próprio cabelo diante de uma congregação horrorizada no County Hall, durante o casamento de seu irmão. Era uma noite morna de primavera, e Balraj Choda, como era conhecido antes do dia fatídico, não estava de bom humor. Estava ressentido por não ter conseguido a bolsa de doutorado que pleiteara. O salão estava cheio de cores. Mulheres cobertas de jóias esvoaçavam para lá e para cá vestindo roupas bordadas e sáris, como se fossem borboletas exóticas. Alguém batucava uma tabla, e um outro músico tocava um tamborim enquanto um grupo de senhoras cantava músicas românticas. Homens vestindo ternos que não combinavam com os turbantes batucavam timidamente com os pés. A noiva e o noivo roubavam olhadelas um do outro. Só Choda não conseguia entrar no espírito festivo.

— Isso é a desgraça da nossa religião, esse turbante — disse para um amigo que estava ao lado dele. — Ele nos atrasa a vida. Deveríamos nos livrar dele.

— *Yaar*, sem o turbante nós seríamos iguais a qualquer um — disse o amigo. — Ninguém saberia nos distinguir dos hindus, *jains* ou mesmo dos muçulmanos. Imagine só. Esses ingleses não conseguem ver a diferença. Para eles, marrom é marrom. — Murmúrios de concordância apoiaram a observação.

— Você está certo. — Choda balançou a cabeça em sinal afirmativo. — Para eles, nós todos somos uma massa de estrangeiros. E nós, com esses chapéus esquisitos na cabeça e essas barbas enormes, somos os que mais chamam atenção. Eles nos consideram a subespécie mais atrasada de todas. E tudo por causa desse chapéu na cabeça. — Ele bateu em seu *pugri* preto com o dedo indicador.

— Mas o turbante é o que nos salva. Ele nos distingue — discordou uma outra voz. — Era isso que Guru Gobind Singh desejava quando fez do turbante parte da nossa identidade. Ele disse que um *sikh* seria sempre facilmente identificado no meio de uma multidão.

— Ser identificado é uma coisa. — Choda abriu os braços do jeito que vira os homens no Recanto do Orador fazerem no parque Hyde, perto de onde a sua família morava. — Ser discriminado é outra. O turbante nos singulariza, chama uma atenção errada sobre nós. Eu preciso ser dez vezes melhor do que qualquer pessoa que não seja *sikh* para alcançar o mesmo reconhecimento. Estou farto. O importante deveria ser não o que vai sobre a nossa cabeça, e sim o que está dentro dela.

Houve algumas manifestações hesitantes de apoio, mas a reação que prevaleceu foi de indignação. Alguém chamou um *granthi*, na esperança de ele poder ajudar Choda a pensar melhor sobre o que estava dizendo. O sacerdote era um dos poucos homens no casamento que usava a vestimenta tradicional; um *kurta*, túnica longa hindu, e calças tipo pijamas em cor creme, além de portar um xale cinza jogado sobre os ombros. Todos se mantiveram em silêncio enquanto ele transmitia seus conhecimentos.

— Meu filho. — Ele olhou para Choda de cima abaixo, observando o terno preto lustroso com um cravo vermelho na lapela. Do pescoço para baixo, não se podia notar que Choda era *sikh*. Até mesmo seu bracelete *kara* estava escondido sob o punho branco engomado, dobrado e preso por abotoaduras. — O que está sobre a sua cabeça *é* um símbolo do que está dentro dela. Sim, meu filho, quando as pessoas vêem o seu *pugri*, elas sabem imediatamente quais são os seus valores: os valores *sikh* de honestidade, igualdade, força e perdão. O turbante é para lembrar a você e aos outros quais são os ideais segundo os quais devemos viver. Se você tirar o turbante, vai remover esse emblema moral. Você será menos homem, menos *sikh*.

Cabeças balançaram em sinal de concordância, e um rumor de aprovação correu pelos homens que tinham se juntado ao redor. Com uma inclinação de seu turbante cor-de-castanha, o *granthi* se virou para se encaminhar à mesa de bufê onde estava sendo servido o banquete do casamento. Ele não esperava encontrar mais nenhuma objeção.

Choda percebeu isso.

— Eu não concordo, *Granthi-ji*.

Nesse exato momento, o estômago de *Granthi-ji* murmurou o próprio grito de guerra: a comida está pronta, está na hora de comer!

— *Achha*? É mesmo? — Essa pergunta poderia ter sido dirigida a qualquer dos dois chamados. O *granthi* não sabia bem ao certo a qual deles atender primeiro.

— Só o uso de um turbante não faz de você um *sikh* melhor, muito menos um bom *sikh*. — Choda empertigou-se, mostrando sua altura: um metro e setenta. — Essa não é mais uma boa resposta, especialmente aqui na Inglaterra. O turbante é só um símbolo, e símbolos deveriam ser descartáveis, pois, seja o que for que esteja por trás dele; idéias, crenças, sentimentos; isso é o que deve ser capaz de resistir.

Choda sabia que estava ultrapassando os limites. Pôde sentir imediatamente que a temperatura esquentara ao seu redor. Os *sikh*s são um povo passional. Os homens, em especial, têm sua ira despertada rapidamente.

O *granthi* piscou os olhos com força várias vezes, alisou de leve a longa barba grisalha e deslocou mansamente os pés calçados com sandálias, esforçando-se para impedir o novo ronco do seu estômago — este poderia não ser camuflado tão convenientemente pelo tom alto da voz de Choda. O *granthi* suspirou um longo suspiro forçado que homens religiosos tentam fazer passar por um sinal de reflexão sábia. Ele não estava com a menor vontade de encarar uma discussão como aquela. Acabara de completar uma sessão de leitura em voz alta das escrituras sagradas do *Granth Sahib*. Sua garganta estava ressecada; os joelhos, doloridos. O cheiro da comida perfurava provocadoramente suas narinas. E agora esse jovem tentava levá-lo a uma discussão sobre a relevância do turbante. Ele deu uma olhada em volta. Onde estava o pai do rapaz? Um parente, um tio? Certamente devia haver alguém ali que pudesse dar-lhe um puxão de orelhas e calar a sua boca. Mas a maioria das pessoas estava ocupada comemorando, e, em volta do *granthi*, os rostos ardiam de desejo por uma reprovação daquela impertinência arrogante. Mas eles estavam se contendo, esperando por *ele*, o sacerdote, a voz da razão.

— *Puther*, um bom *sikh* tem a aparência de um verdadeiro *sikh*. Nós devemos nos mirar nos exemplos. Nossa vestimenta é o código da nossa religião. Nossa religião é a nossa honra. Não deixe que os ignorantes ameacem essa honra. E não nos desonre com esse discurso defendendo o descarte do turbante.

— Os verdadeiros seguidores de Deus pertencem a Ele, que a vitória seja de Deus! — gritou alguém. O alto brado se fez ouvir por toda a festa de casamento. As pessoas começaram a olhar na direção deles.

— Será abençoado aquele que responder...

O *granthi* elevou a voz, e, num coro que ressoou como uma salva de palmas, todos no salão responderam:

—Verdadeiro é o nome de Deus!

O *granthi* fez uma reverência como quem agradece pela apresentação que acabara de realizar. Choda ficou inflamado. O que esse *granthi* sabe sobre as provações por que passam os que usam turbante naquele país? O velho pregador provavelmente fora transportado do barco vindo da Índia direto para dentro do paraíso do templo. Lá ele viveu e habitou. Lá ele foi alimentado e vestido. Lá as pessoas vinham a ele em busca de refúgio do mundo exterior. Esse *granthi* vivia na Inglaterra sem de fato fazer parte do país. Ele mal sabia falar inglês, e, ainda assim, tivera a audácia de levantar a voz e pregar anacronismos. Que diabos sabia esse *granthi*? Nada, Choda se dera conta. *Granthi-ji* não tivera que enfrentar o fato de ser o único em sala de aula com um chapéu esquisito na cabeça. Não tivera que se preocupar com o fato de as garotas na faculdade se afastarem dele por causa dos anos sem cortar um cabelo que lhe cobria o rosto. Não tivera que passar por entrevistas se perguntando se não estaria sendo analisado pelos sinais indicadores de "diversidade" por trás do verniz de suas realizações acadêmicas. A lembrança de tais indignidades ressurgiu violentamente em Choda, e ele se rebelou:

—Você não pode provar nada do que disse. Se eu cortar o meu cabelo agora, ainda serei o mesmo homem, mas com melhores chances de obter sucesso nesse país. Você não pode contestar isso.

Ele ergueu desafiadoramente o queixo, a gravata borboleta em seu pescoço flutuando como um pássaro prestes a levantar vôo.

Vozes enfurecidas se levantaram. Punhos fechados se ergueram no ar. De longe, os homens pareciam um grupo de dançarinos praticando o *bhangra*, música folclórica punjabi misturada com música pop ocidental, ao ritmo do tabla.

O pai de Choda imediatamente se prontificou a tentar dispersar a pequena horda de descontentes. "Pare com isso. É o casamento do seu irmão! Deixe essas arengas para outro dia", pensou o pai. — Ele estava sempre criando confusão, esse seu filho mais novo. Sempre questionando tudo.

Choda não tinha a menor intenção de parar. Estava apenas começando a entrar no ritmo. E a oposição violenta dos que estavam ao seu redor funcionara como um vento forte levando-o para o caminho da contestação.

— *Pithaji*, estamos só conversando. O que há de errado nisso?

— Deixe isso para outro dia.

O pai de Choda o pegou pelo braço e tentou tirá-lo dali.

— Muito bem. — Os olhos do *granthi* se voltaram para o bufê novamente.

—Você não faz idéia! — Choda se desvencilhou da mão do pai que o agarrava pelo braço.

— Respeito, por favor!... Em nome de *Vaheguru*, acalme-se... Ah, *Ruba*, nos poupe!... É inacreditável a juventude de hoje em dia... — Ao redor de Choda, recriminações e pedidos de moderação vinham de todos os lados. Ele sentiu várias mãos se fecharem à sua volta.

Choda se sacudiu e se livrou delas, gritando:

— O que é? O que é isso? Por que não se pode falar dessas coisas sem que as pessoas se ofendam?

O *granthi* ergueu a mão e fez um apelo pela paz, mas, nesse momento, muitos convidados já estavam exaltados demais para prestarem atenção nele. Gritos de reprovação foram lançados na direção de Choda, gestos violentos, rostos se contorceram em expressões de desagrado.

Choda permaneceu indiferente a eles; sua fúria ainda se dirigia ao *granthi*.

— "Mirar-se nos exemplos!" O que *você* sabe? O seu exemplo só funciona no *gurudwara*. Lá fora — ele apontou para as janelas — é preciso se adaptar. Não se pode simplesmente ficar parado e louvar os costumes antigos. Se não nos abrirmos para as mudanças, vamos ficar para trás.

Alguém deu um soco no ombro esquerdo de Choda, mas ele mal o sentiu. As mulheres pediam "Não no casamento do seu irmão!", mas ele não as ouvia. O ódio acumulado durante anos desatrelara dentro dele.

— Eu vou mostrar a vocês! Eu vou mostrar a vocês! — Choda começou a correr em direção à cozinha, que ficava do outro lado do longo salão.

Lá, sob os olhares chocados das mulheres que se preparavam para servir a comida, Choda arrancou o turbante e o lançou rispidamente para o lado. Depois, agarrando uma enorme faca ainda quente com o cheiro de cebolas recém-picadas, ele deu um puxão no próprio cabelo e começou a cortá-lo fora. Quase simultaneamente, o vento uivou nas janelas abertas, como se Deus estivesse emitindo um longo e baixo pranto. Essa rajada de vento apanhava os cachos de cabelo de Choda à medida que iam caindo no chão e os espalhava negligentemente pela cozinha. O cabelo voou para dentro das grandes *pathilas* de *dhal* e *chunna* que ferviam sobre gigantescos bicos de gás. Caiu dentro de sacos abertos de arroz e farinha, escorregou para dentro dos espaços entre as mesas de trabalho e as paredes, entre as prateleiras e as geladeiras. Desapareceu cabelo dentro de todas as fendas e rachaduras disponíveis. Depois, com a precisão de um veneno, aterrissou, como decoração exótica, sobre os pratos prontos para serem servidos no banquete de casamento de seu irmão.

Alarmadas, as mulheres começaram a correr de um lado para o outro, tentando desesperadamente pegar os *chatta*, os cachos de Choda, e impedi-los de contaminar toda a comida. Os homens se aglomeraram na cozinha e tentaram fazê-lo parar de usar a lâmina afiada. Atrás deles, avós chocadas e crianças cheias de energia tentavam dar uma espiada na confusão. *Granthi-ji* assistiu horrorizado ao espetáculo. Seu apetite desapareceu quando viu os cabelos de Choda sobre a comida como um borrifo de tempero inglês. Finalmente, Choda ergueu a cabeça tosada na direção da multidão. Restos dos cachos cortados caíam desordenadamente sobre seu rosto. O cravo em seu peito fora, também, de algum modo, cortado de seu cabo. Pétalas vermelhas jaziam espalhadas aos pés dele como gotas de sangue.

— Eu vou mostrar a vocês! — Ele ergueu o punho fechado. — Existe honra sem turbante! Existe muito mais sucesso sem turbante. Vocês verão que é possível ser um bom *sikh cortado; e então* todos vocês vão ter que engolir as próprias palavras.

Com isso, ele deixou a festa de casamento. Seu pai desmaiou de vergonha, sua mãe chorou de dar pena, e os irmãos curvaram-se diante do olhar incriminador daqueles que tinham testemunhado o incidente. A noiva e o noivo sequer ousaram olhar um para o outro — que mau agouro aquilo traria para o futuro deles? Os parentes da noiva se uniram e condenaram Choda. Todos estavam chocados com o ato de barbaridade que acontecera ali. Cada um tinha a própria teoria sobre o motivo do que ocorrera. Algumas pessoas advertiram: isso é resultado de estudo demais — faz a pessoa ter idéias que vão além de sua posição social. O que estava pensando o pai de Choda quando encorajara o filho a perseguir um título universitário atrás do outro? Qualquer um com dois doutorados merece ser visto com suspeita. Culpando o turbante pelo fato de as pessoas não gostarem de ele ser cabeçudo — que audácia.

Outras pessoas se solidarizaram: "esse país é livre demais, é difícil para os jovens encontrarem o equilíbrio — talvez explosões de loucura como essas fossem inevitáveis. Que pena, pais tão decentes — eles não mereciam isso. Pena ter acontecido no dia do casamento, neste salão. Uma transgressão como essa seria difícil de esquecer... mas ao menos o cabelo cresceria de novo — talvez ainda houvesse esperança para o rapaz..."

Nesse meio-tempo, na cozinha, as senhoras responsáveis pelo bufê estavam ocupadas catando os fios de cabelo de Choda caídos na comida e nas superfícies. Elas trabalhavam nas tigelas, bandejas e panelas, tirando fio por fio de dentro dos recipientes, até as costas ficarem doloridas pelo esforço de se curvarem e os olhos ficarem embaçados pelo esforço para enxergar as finas fibras pretas do sacrilégio. Quando pensavam que um prato fora salvo, outro cabelo aparecia de repente. Quem imaginaria que um só homem pudesse ter tanto cabelo? Não é de admirar que pesasse tanto em sua mente.

Apesar dos melhores esforços das mulheres para salvarem a refeição, todos os que comeram no salão naquele dia encontraram cabelo de Choda em seus pratos. Cada um deles passou pela experiência de puxar de dentro da boca longos fios, alguns que, nesse processo, se arrastavam inevitavelmente por entre um dente e outro. Talvez eles ainda não tivessem engolido suas palavras, mas Choda certamente deixara um gosto bem ruim na boca de todos.

Os efeitos da façanha de Choda infelizmente não ficaram confinados ao dia do incidente. As pessoas continuaram abaladas, prevaleceu uma sensação de que a comunidade fora violada, um sentimento de impotência que incomodou os *granthi*s e os ortodoxos mais velhos. Além disso, o próprio salão mostrava sinais do trauma e continuaria a revelar tufos de cabelo em eventos posteriores. Eles apareciam por toda a parte, como traços vagos de uma história que jamais poderia ser apagada. Por muitos anos, qualquer um que comesse no County Hall tinha uma boa chance de encontrar um fio de cabelo na comida, e aqueles que conheciam a história de Choda se perguntavam se o *chatta* não seria dele.

— Encontrei uma vez um fio de cabelo no meu *dhal* num casamento lá — lembrou-se Rajan, com certo espanto, quando ouviu a história.

— Eu também! — revelou Nina. — E eu só estive lá uma vez, isso mais de trinta anos depois de toda a confusão.

— Bom, esse era provavelmente o seu próprio cabelo, Nina — comentou Pyari, olhando para o cabelo cheio da irmã. Ele fazia uma moldura inadequada e desproporcional para o rosto delicado de Nina. — Não podia ser *dele*. Imaginem quais as chances de ter sido dele?

— Bom, você sabe, não tão mínimas... — disse Rajan, começando a calcular. — Se você levar em conta que uma pessoa normal possui por volta de cem mil fios de cabelo, e imaginar Chatta Choda picando toda essa quantidade na cozinha do *gurudwara*... Isso significa que houve bastante cabelo deixado por lá.

— Ui! — Pyari sentiu um arrepio. — Mas depois de tanto tempo não pode ter sobrado mais nenhum.

— Por que não? Cabelo não morre nem desaparece. É material que se recupera facilmente, você não sabe disso? — Rajan pôs de lado o livro. — Cabelo tem uma sobrevida que vai muito além da desintegração de outros tecidos do corpo.

Se o cabelo de Choda estava ou não flutuando ainda pelo County Hall trinta anos depois do incidente era coisa discutível. O cabelo, no entanto, certamente ainda acompanharia o nome dele onde quer que fosse pronunciado: estava lá, numa palavra: *chatta*. Até o fim de sua vida, Choda foi identificado pelo cabelo que cortara.

Ele saíra do casamento naquele dia prometendo provar que estava certo, e foi o que fez. Ele passou de um sucesso a outro, conseguindo uma bolsa de estudos aqui, um doutorado acolá, uma bolsa de pesquisador aqui, um prêmio por contribuição notável acolá. Ele fez seu próprio nome na comunidade científica por ser uma peça-chave na equipe que desenvolveu uma das primeiras drogas de intensificação da virilidade masculina, o Viagra dos anos 1970, chamado Osopotent. Ele ganhou uma pequena fortuna com isso. Volta e meia seu nome aparecia no jornal. No *gurudwara*, *granthi*s iam e vinham, mas recortes das últimas realizações de Choda continuavam sendo postados na caixa de correio do templo (nunca se descobriu quem os mandava, mas se alguém tivesse perguntado a Choda, ele teria se recusado a responder). Ao longo dos anos, os feitos dele se acumularam até atingir o cume e equilibrar a memória do seu nome, e então mais pessoas falavam da sua atual prosperidade do que da sua antiga má conduta. À medida que Choda foi se tornando uma figura mais respeitada em sua área, o apreço dele entre os *sikh*s começou a crescer novamente. Eles tiravam prazer da glória refletida dele e começaram a se referir a Choda como exemplo de sucesso de um *sikh* na Inglaterra. Com o tempo, a ovelha negra já não parecia mais tão negra; ele saíra das sombras e reaparecera convenientemente imaculado sob os refletores do sucesso. As acusações de bárbaro se abrandaram, e ele foi reconhecido com inveja como um "homem moderno". Essas revisões graduais de opinião significavam que o filho perdulário teria sido acolhido de volta ao rebanho se tivesse expressado o desejo de retornar e demonstrado certo grau de penitência. Mas ele não o fez. Choda manteve o cabelo curto e uma relação de longa distância com o sikhismo. Ele nunca chegou ao ponto de declarar sua identidade como genuinamente britânica. Durante toda a sua vida, se esforçou para se integrar, mas permaneceu consciente demais desse esforço para se permitir relaxar e atingir de fato seu objetivo.

Sarna ficou satisfeita ao ver que a velha transgressão de Chatta Choda ainda era o filtro pelo qual toda sua família era vista. Ficou menos alegre ao notar, porém, que as pessoas também o admiravam por seu sucesso mundial. Falavam, de fato, com certo respeito dos seus prêmios e louvores, das suas aparições no jornal local, da sua casa de três andares não geminada, no centro de Londres, e de seus quatro filhos com alto nível de escolaridade. Sarna preferia discorrer mais longamente sobre os defeitos da família Choda.

Na quinta-feira, durante todo o noticiário das dez da noite, Sarna se mexeu e se agitou: os dedos brincavam sem parar com a bainha de seu *kameez*, as pernas inquietas se cruzavam e descruzavam, um pequeno músculo da boca contraía-se continuamente, como se ela estivesse mastigando chiclete. Estava desesperada para falar sobre o erro de Persini. Quando o noticiário acabou, lançou-se energicamente a um longo discurso.

— *Hai*, quando penso em todas as coisas sobre as quais aquela *kamini* insistia — começou ela, mas Karam levantou a mão.

— Shhhh! A previsão do tempo — alertou.

Sarna arranhou o braço do sofá com as unhas, para cima e para baixo, para cima e para baixo. Pyari e Nina, sentadas no chão, a alguns metros, bordando, cada uma, a manga de uma blusa que estava entre elas, sufocaram o riso.

— Hummm, amanhã deve fazer sol novamente. Vinte e seis graus — disse Karam, como se ninguém tivesse escutado a televisão. Depois ele pegou o jornal.

— Estou só pensando, sabe? Persini disse que o marido de sua filha Rupi tinha que ser "inteiramente qualificação" — disse Sarna, imitando a expressão em inglês que lembrava ter sido usada por Persini.

— Qualifica*do*. Inteiramente *qualificado* — corrigiu-a Karam por detrás do jornal.

— Estou só repetindo o que *ela* disse. Persini fez questão de dizer que o rapaz devia ser o tal no boxe, o tal no *dari*, o tal na escolaridade, o tal de boa família. E olha só com quem ela acabou ficando. — Sarna continuou a listar nos dedos os defeitos. — Sem turbante, sem barba, sem família de reputação. Ela devia estar realmente desesperada.

— Bom, talvez ele tenha outras qualidades. Você não devia julgar sem saber de tudo. Nunca é tão simples, sempre há mais numa pessoa do que você imagina. Ele pode ser um rapaz decente; afinal de contas, é doutor.

— Rapaz decente! Ha! Aquela mulher não dá ponto sem nó. Eu só gostaria de saber o que a fez decidir por *ele*. Era só o que eu gostaria de saber...

— É bom negócio ter um doutor na família — disse Karam.

— É, mas ele não é um doutor *de verdade* — revelou Pyari subitamente.

— O quê? — Sarna se inclinou impacientemente para a frente. Até o rosto de Karam surgiu das margens do jornal, perscrutando.

— Ele é um professor doutor, não é um médico doutor. Ele dá aulas de química ou algo assim numa universidade. — Pyari não tirou os olhos do bordado.

— Eu sabia! Isso é bem coisa dela: dizer a todos que ele é um doutor...

— Ele é. Eu disse a você. A família inteira é muito bem instruída — a voz de trás do *The Times* se intrometeu.

— Talvez, mas ele obviamente não é um doutor *de verdade*. Provavelmente ele ganha menos também. Professores não são tão bem pagos quanto os médicos. Essa é uma grande diferença, é por isso que ela não está contando a ninguém.

— Como você sabe que ela não está contando? Você nem falou com ela! — Karam farfalhou o jornal de modo irritadiço. — Espere para ver. Tenho certeza de que tudo se esclarecerá. Isso não é coisa que se pode esconder.

— Ah, se tentar com vontade, qualquer pessoa pode esconder qualquer coisa, e Persini é do tipo de guardar fatos como esses para si mesma. Sukhi também não esclareceu os fatos. Mas como *você* sabe? — perguntou Sarna a Pyari.

— Rupi me contou. — Pyari resistiu ao impulso de começar a roer as unhas. Ela vinha tentando deixá-las crescer desde que vira a opalina enevoada de forma oval na ponta dos dedos de Nina.

— O-oh. Quando?

— No *gurudwara*, durante o final de semana.

— *Fiteh moon*! Que absurdo! Então você soube do noivado antes mesmo do seu *pithaji*! Você já sabia esses dias todos e nem veio me contar!

— Ela me pediu para não dizer nem uma palavra até os pais anunciarem o noivado oficialmente. — Pyari passou um fio do seu cabelo para trás da orelha. O forro púrpura despontou de dentro da manga cinza de seu *kameez*.

— Muito bem. Muito obrigada mesmo. Outras meninas contam tudo a suas mães, e essa daí me faz de boba, escondendo de mim novidades importantes como essa. Que tipo de filha é você, hein? Uma inútil. Se você contasse alguma coisa àquela Rupi, pode apostar que ela diria tudo à mãe *kamini* dela antes que você pudesse respirar novamente.

"Eu não contaria nada a ela", pensou Pyari.

— Eu faço tudo por você e não recebo nada em troca. Você nem fala comigo — disse Sarna.

— Ela me pediu para não contar nada. — Pyari parou de costurar. — Ela me fez *prometer*.

Sarna balançou a cabeça em sinal de reprovação.

— As promessas feitas para os outros não deveriam separar mãe e filha. Não deveria haver segredos entre nós duas.

Pyari olhou incrédula para a mãe. Que hipocrisia! Tudo o que havia entre elas era só segredo: terríveis e negros segredos que não podiam ser partilhados. E, mesmo assim, Pyari se sentiu culpada. Pois, embora a premissa da crítica de Sarna fosse incorreta, a essência da acusação era verdadeira: elas não eram como mãe e filha normais. Faltava algo entre elas. Talvez não fosse tão terrível quanto uma falta de amor, mas alguns dos elementos que denunciam o amor estavam certamente ausentes: não havia confiança nem entendimento. Os olhos de Pyari se encheram de lágrimas. Ela pegou a trança e usou a ponta, como se fosse um pincel, para enxugá-las.

Karam deu uma espiada por sobre o jornal.

— Traga-me uma xícara de chá — pediu gentilmente. Percebeu que a filha estava chateada.

Grata, Pyari saiu da sala. Nina se levantou e a seguiu, deixando a blusa que estavam costurando no chão.

— Você está bem? — perguntou ela, puxando de leve a trança da irmã.

Pyari pôs a água para ferver.

—Você sabe como é a mãe — disse Nina.

— Eu sei. Estou acostumada com isso. — Os lábios de Pyari tremeram. Ela jogou um saquinho de chá dentro de uma caneca.

— Ela é inacreditável. — Nina pegou a mão da irmã e a apertou.

Sempre que Nina conversava com Pyari, "mãe" era agora a expressão favorita que ela usava para Sarna. As aulas de inglês de Nina deram mais segurança para usar a língua, e ela regularmente apimentava seu punjabi com um pouco de inglês. Escolheu "mãe" como forma de se dirigir a Sarna porque a palavra refletia a verdadeira relação entre elas, mas também porque soava cerimonioso e formal. Recentemente, Nina começara a chamar Sarna de "mãe" de um jeito sério, mas debochado e espirituoso, na presença dela. Saudava-a com um tom militar — "Sim, mãe" —, quando ela lhe pedia que fizesse alguma coisa. Como Sarna tolerava a transgressão, Nina tentou então fazer isso na frente de Pyari e Rajan, e certa vez ousou até se expressar assim na frente de Karam. Nessa ocasião, a tensão que pairou momentaneamente na sala foi dispersada pelo reflexo rápido de Pyari, que ecoou as palavras e a atitude da irmã, repetindo ela também, em seu socorro:

— Sim, mãe.

22.

— Oskar foi embora, *Ji*. OK foi *embora*. — Sarna entrou na cozinha sacudindo na mão direita um envelope branco lacrado. Sua voz estava vacilante. Nina parou de lavar os pratos e Pyari parou de enxugá-los. Rajan surgiu do quarto dos fundos e parou de pé na porta, franzindo as sobrancelhas.

— Ele foi embora — repetiu Sarna. — Embora!

Fez-se silêncio por um instante enquanto todos absorviam a notícia. O barulho da água caindo da torneira encheu a cozinha pequena: um arauto sentimental de más notícias.

— Feche a torneira — ordenou Karam. A mão de Nina voou para cumprir a ordem. Ficou nervosa como se ela fosse, de alguma maneira, responsável pelo que estava sendo revelado. Juntos, ela e Oskar cumpriram todas as exigências necessárias para garantir o direito de cidadania dela. O casamento permaneceu sem consumação, justificando-se, desse modo, a sua invalidação. A anulação se dera há menos de uma semana. Oskar ficara tempo suficiente para assegurar a liberdade de Nina e depois partira. O remorso a invadiu asperamente, descendo por dentro dela como uma pedra rugosa que atinge as profundezas de um lago. Era *ela* quem deveria estar partindo. Mas agora estava ali, esperando que outro fizesse dela uma esposa. Gostaria de ter se despedido de Oskar. Nunca agradecera adequadamente a ele pelo gesto que lhe salvara a vida. Seus olhos lançavam feixes de esmeralda de gratidão para ele, mas as palavras nunca saíram de seus lábios, que apenas sorriam na presença dele, curvando-se inconscientemente para o formato que melhor refletia a gentileza do rapaz, a silenciosa, confortadora certeza de que ele estava ali.

— Eu sabia que alguma coisa estava errada — disse Sarna. — Ouvi quando ele saiu ontem à tarde, e não o ouvi voltar à noite. Primeiro pensei que ele talvez tivesse chegado tarde, enquanto eu dormia. Então, hoje, eu também não o vi. Pretendia subir na hora do almoço, mas estava ocupada. Subi só agora para lhe dar *muthis* para comer, e quando bati na porta, ninguém respondeu.

— Talvez ele ainda esteja fora. Talvez tenha viajado para algum lugar. — Karam largou a cera de engraxar sapatos que ia guardar no porão.

— OK nunca viaja, *pithaji*. Ele não passou nem uma noite fora desde o dia em que nos mudamos — disse Rajan.

— Ele foi embora definitivamente, estou dizendo. — Sarna balançou o envelope para eles. — Encontrei isso no quarto dele.

— Você entrou no quarto dele? — perguntou Karam.

— Bom, já que ele não respondeu quando eu bati, tive que entrar — disse Sarna. — E essa ainda é nossa casa, de todo modo. Ele é nosso inquilino.

— *Era* — Rajan apontou para o envelope.

— O que está escrito? — Karam esticou o braço para pegar a carta.

— Não sei. Está escrito "Sr. e Sra. Singh" na parte da frente. Quando li isso, logo vi que ele tinha ido embora. Por que outro motivo ele deixaria um bilhete?

— Porque ele não deu nenhum aviso.

Karam pegou o envelope da mão da mulher e o abriu. Uma pequena carta e várias notas de dez libras surgiram.

— Hum. — Karam fingiu indiferença, mas todos puderam ver o alívio nos olhos dele e o sinal de aprovação na leve contração de seus lábios. — Ele deixou três meses de aluguel como compensação por não ter avisado previamente.

Sarna olhou com inveja para as notas nas mãos dele e desejou ter aberto a carta antes, ela mesma.

— O que mais ele diz, *Ji*? — Ela se espremeu ao longo da bancada e se aproximou de Karam. Estava mais apertado do que nunca com todos eles dentro da cozinha.

Karam leu a carta em voz alta:

Caros sr. e sra. Singh, Pyari, Rajan e Nina,

Desculpem-me por não me despedir, mas às vezes essa é a maneira mais fácil de partir.

Por favor, não se aflijam com a minha partida. Eu fui seu inquilino por seis anos, quatro meses e vinte e três dias — um tempo longo que parece ter passado como um raio.

Vocês fizeram com que eu me sentisse parte da família, mas chegou a hora de eu mudar de vida. Levo comigo a lembrança de mais de mil refeições maravilhosas — sim, sra. Singh, a senhora realmente me deixou mal-acostumado — e de outros incontáveis gestos de generosidade.

Minha assinatura do *The Times* continua válida por mais cinqüenta e nove exemplares.

Não deixe de lê-lo, sr. Singh, e não se preocupe em não amassar as páginas.

— Uhum — pigarreou Karam.

Às vezes, nos finais de semana, ele acordava mais cedo para ler o jornal de Oskar. Depois, passava-o a ferro e colocava de volta na caixa de correio.

— Você certamente lhe deu bastante comida. — Apontou o dedo para Sarna.

Depois continuou:

Desculpem-me por não avisar com mais antecedência. Deixo em anexo o aluguel de mais três meses.

Fico feliz de ter feito parte da vida de vocês — ao ajudá-los, pude ajudar a mim mesmo. Talvez um dia nossos caminhos venham a se cruzar novamente.

Desejo-lhes tudo de bom.

Oskar.

— Só isso? — Sarna estava decepcionada. Ela queria ter ouvido algo sobre como ela fora a melhor senhoria do mundo e como Oskar sentiria falta de seus pães *parathas* amanteigados. Ele não se despedira como deveria; aquilo não estava certo.

Todos dividiram silenciosamente a sensação de que aquilo não estava certo. Até o tique-taque do novo relógio de madeira com o formato da Índia soava na parede como um estalar de língua em sinal de desaprovação. No último ano, Oskar se sentira, como nunca antes, um membro da família. Para expressar sua gratidão por ele ter se casado com Nina, Sarna convidava-o regularmente para se juntar a eles nas refeições. Ele se misturara naturalmente à família, encontrando as palavras e o tom certos para cada membro — com exceção de Nina, de quem ele mantinha uma sorridente e educada distância, como para honrar o compromisso de manter com ela relações estritamente oficiais. Karam não fora capaz de conter um comentário sobre a situação:

— Estou vendo agora que a melhor maneira de se ter um casamento feliz é um não ter nada a ver com o outro. Não se deve fazer de outro jeito, posso garantir que essa é a melhor maneira.

O estranho era que Oskar realmente parecia mais feliz depois do casamento. Todos notaram que ele andava mais relaxado e alegre, quando antes parecia sempre pensativo, como se um mundo de preocupações pesasse em suas costas. Por isso o seu desaparecimento parecia ainda mais inesperado e desnecessário.

— Eu bem que disse — falou Karam, atravessado. — Eu disse que esse seu *heraferi* resultaria em eu ter que encontrar outro inquilino. Que aborrecimento. Vou ter que colocar um anúncio no jornal, avisos na India House e na Malaysia House. Como se eu não tivesse mais o que fazer.

— *Achah, Ji*, por que você está me culpando? OK não diz que a culpa é minha na carta dele. E, além do mais, você tem três meses para encontrar alguém antes de começar a se preocupar. Mas com certeza você vai colocar alguém aqui dentro *futa fut*, rapidinho, para conseguir uns meses de aluguel dobrado. Mas e as coisas dele? — Ela descansou um dedo no queixo. — Todas aquelas caixas...

— O que tem dentro delas? — Os olhos de Karam se acenderam.
— Sapatos?

— Papéis. O quarto ainda está cheio deles, dentro daquelas caixas. — Sarna não conseguiu resistir a dar uma espiada.

— O quê? Outro aborrecimento. Vamos simplesmente jogar tudo fora. O que mais se pode fazer?

— *Fiteh moon*! Que absurdo! Jogar tudo fora! Você sempre quer jogar tudo fora. Ele diz que espera nos ver novamente qualquer dia... Talvez ele queira os papéis.

— Se ele os quisesse, deveria tê-los levado. Nós não somos um armazém. Não temos espaço para todas aquelas caixas. A melhor coisa é se livrar delas — disse Karam.

— Vou encontrar um lugar para elas, *Ji*. Ele foi muito gentil assinando papéis importantes para nós, o mínimo que podemos fazer é guardar os papéis dele. Ele pode precisar deles algum dia, e eu os terei guardado.

Karam bufou. Apanhou uma colher do secador de louça e usou o cabo comprido para enfiar alguns fios de cabelo dentro do turbante. Sarna, num gesto rápido, arrancou-lhe a colher da mão.

— *Hai, hai*! Isso é para comer. — De todos os maus hábitos do marido, este era o que ela mais detestava.

Sem se perturbar, Karam pescou no bolso as chaves do carro para, com elas, continuar arrumando os fios de cabelo.

— É uma pena — disse ele. — Teria sido melhor se Oskar tivesse se despedido normalmente, mas imagino que ele tenha tido seus motivos. Com certeza deve ter muita gente procurando quarto para alugar. Vou pedir a Sun Chi, que mora no nosso quarto do meio, para colocar um cartaz na universidade. São muito decentes, esses malasianos. Não bebem, não trazem namoradas. São silenciosos, só estudam e estudam. É, essa pode ser mesmo uma boa idéia. — Saiu da cozinha e parou rapidamente no corredor para conferir sua aparência no espelho.

— Insensível — disse Sarna. Ela colocou a mão na testa. — Vocês viram como ele enfiou o dinheiro no bolso? É claro que está tudo bem para ele; contanto que fique com dinheiro, ele está feliz. E ainda terá jornal de graça por alguns meses. Por que deveria se importar? Só *eu* me preocupo com o pobre OK.

— É, espero que ele esteja bem. — Rajan olhou na direção de Pyari e Nina.

— É claro que ele *não* está bem. Alguma coisa deve estar errada — disse Sarna. — Não posso acreditar que ele simplesmente tenha ido embora sem dizer uma palavra sequer. *Hai, Ruba*, o que terá acontecido?

Nina deu uma lida rápida na carta que Karam deixara sobre a bancada. Não havia nenhum endereço, nenhum telefone para contato. Ela não poderia encontrá-lo. Nunca poderia dizer o que deveria ter dito: aquela palavra, comum e inadequada, mas sentida mais intensamente do que qualquer outra que ela jamais dissera antes — obrigada.

A decisão de Oskar não foi tomada de maneira súbita e dramática como Sarna imaginou. Desde o dia em que assinou a certidão de casamento, ele vinha se preparando para aquela partida. A assinatura fora seu primeiro passo em direção à libertação. Um homem mais corajoso teria dado o segundo passo imediatamente, teria colocado um pé na frente do outro e marchado em direção ao desconhecido com a certeza de que seria melhor do que o tedioso e infrutífero já-conhecido. Oskar não. Sua inércia se justificava por circunstâncias que não permitiam que partisse. Ele tinha que permanecer onde estava por mais um ano por causa da liberdade de Nina, sua cidadania dependia de ele ficar ali. Ele aceitara agradecido esse confinamento, como um réu considerado culpado deve acolher bem o atraso inevitável que lhe é proporcionado por uma apelação. Durante o ano de internação auto-imposta, ele dera, porém, alguns pequenos passos no sentido de uma liberdade ainda maior. Ele começara a escrever. Não as regurgitações de histórias ouvidas — aquela facilidade que ele tinha o abandonara. Ele a vinha perdendo há meses, mas ela, por fim, acabara completamente desde o momento em que ele ousou escrever seu nome e casar-se com Nina sem ter o consentimento daquela habilidade de registro de histórias ouvidas.

A princípio, ele escreveu de maneira vacilante, sem trama, sem tema ou personagem. Como o balbuciar de uma criança antes de falar, ele rabiscou antes de escrever. Como olhos que vão se acostumando ao escuro, sua cabeça foi gradualmente se acostumando a ter os próprios pensamentos. As palavras para expressá-los saíam dele de modo abrupto, como soluços, e pousavam nervosamente no papel. Durante meses, frustrado com essa escrita constrangedora e artificial que se derramava dele, jogava fora cada página que completava. Descobriu uma forma de liberdade nesse ato também. Depois de anos acumulando páginas e amontoando qualquer coisa que pudesse arquivar, era um alívio jogar coisas fora, deixar as palavras irem embora porque não estavam claras ou concisas o suficiente. Sentiu como se estivesse colocando no papel um misto de velhas obsessões. Sarna errara ao pensar que ele fora embora "sem dar uma palavra". Ele podia não ter dito muita coisa para os Singh, mas saíra da casa deles com a impressão de ter aprendido toda uma nova língua.

Nina era sua musa. Oskar passara a vê-la assim desde o instante em que assinou o nome ao lado do dela na certidão de casamento. Estava sempre consciente de ela ser "dele" ao menos no papel, e por apenas um ano. Nunca pediu nada em troca pelo favor que fez à família Singh, mas levou um prêmio sem a permissão deles: tendo Nina como fonte de inspiração, ele deixara a imaginação voar. No cartório, o olhar dela fora como uma injeção de anfetamina de inspiração; em casa, só a presença da moça já estimulava a sua criatividade. Abastecia sem pudores seus olhos e sua mente com a visão dela. Cada vez que passava por Nina nas escadas, ou sentava-se ao seu lado à mesa durante as refeições com a família Singh, ou quando ouvia a gargalhada dela encher a casa ou quando era agraciado pelo seu sorriso tímido, Oskar saboreava o momento. Prolongava os encontros com ela como quem se demora comendo um pêssego perfeitamente amadurecido: lentamente, saboreando cada mordida, aproveitando a sensação doce suculenta na boca, protelando chegar ao final da fruta, sugando até o findar do néctar da polpa e lambendo os lábios depois. Após sentir o poder daqueles olhos profundos e verdes no dia do casamento, Oskar imaginou que Nina exerceria sempre um efeito positivo sobre ele. Acreditava que ela era a fonte de sua nova energia, sua Calíope.

A anulação do casamento foi um processo sem muitos detalhes. Só o que tiveram que fazer fora assinar mais alguns papéis para voltarem legalmente ao status anterior — como eram antes de se casarem. Não foi tão simples, no entanto. Oskar não era o mesmo de antes, e não havia instrumento legal que pudesse alterar isso.

Sua intenção era ir embora imediatamente após a anulação, mas ele deixou que passassem mais alguns dias; foi postergando. Era a afeição por Nina que o impedia de ir. Ele percebeu que se apaixonara por ela — ou, de certa forma, ao menos pela idéia dela, pois o que ele conhecia de Nina, além do fato de que ela o fizera sentir que era possível escrever e viver novamente?

Ele foi embora porque não havia nada pelo que pudesse ficar. Ele não era o tipo de homem que Sarna permitiria cortejar ou se casar com Nina. Ele servira bem como um substituto temporário, mas nunca poderia ser considerado para um casamento de verdade. É engraçado perceber como a maneira pela qual você conduz sua vida no final das contas acaba governando a maneira pela qual a vida conduz você. Oskar fizera, involuntariamente, o papel de substituto por tanto tempo, pronto, nas coxias, para entrar em cena, observando sempre os dramas dos outros, que ninguém jamais pensou que ele pudesse querer um papel de verdade. E percebeu que só ele mesmo poderia corrigir isso: se não participasse do mundo, se não se rendesse ao mundo, não podia esperar nada de volta.

23.

As preocupações de Sarna quanto a Pyari e Nina foram resolvidas com mais sucesso do que ela esperava. Dois anos depois do noivado de Rupi, as duas meninas se casaram — ambas com doutores.

— Doutores de verdade, médicos doutores, doutores e de *turbante* — contou Sarna orgulhosamente a todos. — NÃO eram *professores* doutores.

Esses eram os leprosos do estabelecimento médico.

— O Pritpal de Nina é um clínico geral, e o Jeevan de Pyari é um cirurgião.

Foi então a vez de Persini zombar. Pelas costas de Sarna, ela comentava:

— Não tem importância o fato de o clínico geral ser um viúvo vinte anos mais velho do que Nina e morar a quilômetros de distância, em Manchester. Pelo menos a *marani* Sarna deu um jeito de passar adiante a responsabilidade pela menina.

Karam não tinha dúvidas quanto às referências dos dois homens. Seu próprio desejo frustrado de ter tido uma boa educação foi parcialmente satisfeito pelo acréscimo de homens tão instruídos à família. Mas a verdadeira satisfação veio no momento em que a Universidade de Oxford ofereceu a Rajan uma vaga no curso de direito. O orgulho de Karam não seria maior se ele próprio tivesse alcançado esse feito.

O sucesso de Rajan quase ofuscou o desgosto por Pyari não ter concluído o curso universitário. A possibilidade de casamento a levara a desistir, depois de um ano e meio, do curso de quatro anos de arquitetura. Karam tentou impedir a interrupção dos estudos da filha, mas Sarna fora inflexível ao afirmar que um bom partido como aquele não aparecia todos os dias.

— Nós podemos pedir a Jeevan para esperar. É uma honra para um homem ter uma esposa instruída — dissera Karam.

— Esperar? *Hai Ruba*! Ninguém espera por ninguém nos dias de hoje. Eu posso pensar em pelo menos dez meninas que se casariam com ele *futa fut*, no mesmo instante. — Sarna estalou os dedos. — Você e a sua mania de instrução! Todo homem quer apenas uma esposa que saiba cozinhar bem e que dê a ele filhos saudáveis. Olha só tudo o que eu dei a você sem diploma. Você está dizendo que não é o suficiente?

— Ora, eu não estou dizendo nada disso. Não. — Ele moveu o dedo em sinal de negação. — Mas os tempos estão mudando. E, além do mais, Pyari nem sabe cozinhar ainda. Você fechou a tampa dos seus segredos culinários com parafusos tão apertados que a instrução dela ficou incompleta em todas as frentes.

— Está bem, *baba*, está bem. — Sarna fez várias reverências exageradas. — Deixe ela terminar esse tal de curso de arquite-tortura que ela está fazendo. Mas daqui a três anos, quando ela estiver sentada em casa sem nada além de um diploma, não venha reclamar comigo.

Karam deixou, afinal, que Pyari tomasse a decisão.

— Deixe a menina decidir. É a vida dela.

Ele passou a ela a responsabilidade pensando que a escolha refletiria os desejos dele, mas ficou decepcionado. Pyari gostou da idéia de largar os estudos. Ela quis se casar e se mudar para o Canadá. A reação imediata de Karam foi a de impedi-la. Se Pyari tivesse mostrado alguma hesitação, ele talvez tivesse feito isso, mas ela parecia sinceramente aliviada ao optar por deixar o curso. Karam não sabia que ela jamais gostara da faculdade. Ela escolhera arquitetura porque parecia o mais próximo de desenho que ela podia cursar legitimamente. Ela se imaginara criando belos interiores para ambientes vagamente estruturados. Em vez disso, ela se vira a céu aberto, exposta ao frio e à chuva, fazendo medições chatas de terreno, ou então fechada na sala, encarando enfadonhos cálculos. Suas restrições ao curso facilitaram sua renúncia a ele quando surgiu a oportunidade.

— Pelo menos dessa vez a menina está com a razão — disse Sarna. — Um pouco do bom senso da mãe ela herdou, afinal.

Sarna influenciara de fato a filha, mas não da maneira que pensava. As grandes escolhas que determinam nossas vidas são às vezes impulsionadas pelos detalhes mais insignificantes. O movimento dos cabelos de uma mulher pode levar um homem a cometer adultério; um voto de silêncio pode ser feito com base num olhar mal interpretado; e o encanto de olhos verdes pode selar o mais improvável dos casamentos. A palavra "Canadá" decidiu o destino de Pyari. Ela se agarrou à promessa de dis-tân-cia que a palavra trazia. Sim, ajudara o fato de o dr. Jeevan Bhatia parecer um bom partido. Mas as suas qualidades não teriam surtido efeito em Pyari se não estivessem aureoladas pela perspectiva do Canadá.

A filha mais nova vira que Sarna continuara interferindo na vida de Nina mesmo depois de ela estar casada e morando em Manchester. Sarna estava sempre ao telefone com Nina, reclamando de uma coisa ou outra. A cada dois meses, a família viajava até Manchester e ficava alguns dias, quando Sarna investigava os armários da cozinha e as gavetas de Nina, criticando o jeito de guardar os picles, empilhar os pratos ou dobrar o linho. Nada estava certo se não fosse feito exatamente como Sarna preferia; nada estava bom o suficiente se não tivesse sua marca e aprovação. Nina aturava a intromissão de Sarna com um bom humor extraordinário.

— Sim, senhor, mãe — dizia ela, em tom militar.

Mas Pyari ficava horrorizada. Temia as inspeções e as repreensões das quais sua futura casa seria alvo. Será que ela estava predestinada a ficar para sempre sob a sombra da mãe? Parecia que sim até Jeevan surgir em sua vida, e sua promessa de uma vida em outro continente era irresistível.

Exatamente como décadas antes, quando Sarna ansiara por deixar a Índia e começar uma vida nova, Pyari agora saboreava a idéia de um novo começo. As circunstâncias eram totalmente diferentes, mas as duas mulheres foram movidas pelo mesmo impulso. Foram seduzidas pela possibilidade de reinvenção. Ambas acreditaram na ilusão de que a felicidade podia ser encontrada em algum outro lugar — se elas pudessem simplesmente chegar a este lugar. Mas você carrega a si mesmo a qualquer lugar que vá — essa era a lição que Sarna nunca aprendera e que Pyari ainda teria que descobrir. Ela pensou que, ao se afastar da mãe intrometida, encontraria paz. Mas parece que você carrega também a família aonde quer que vá. Eles estão lá no caráter, nos hábitos que você desenvolveu e nas rugas que envelhecem seu rosto, aumentando a semelhança com eles. Mesmo o sangue que corre pelo seu corpo carrega traços microscópicos da família, que podem algum dia se manifestar sob forma de doença ou de uma criança que nasce parecida com eles. A família está lá também nas obrigações e nas expectativas que, mesmo quando nunca ditas, você sabe que é responsável por satisfazer. A família pode se fazer presente em qualquer lugar, como conforto ou fardo.

Com as meninas casadas e Rajan na universidade, Sarna começou a se sentir sozinha e despropositada. Ela não gostou da mudança em sua rotina diária. Não havia mais os pratos favoritos a serem preparados a tempo para quando os filhos chegassem da escola ou do trabalho. Havia menos roupas para lavar e passar, menos problemas para resolver, menos gente com quem reclamar e, tão importante quanto, mais gente de quem reclamar. Uma sensação de melancolia semelhante à que tivera ao se mudar para a Inglaterra começou a se apoderar dela novamente. Sentia que toda a sua vida fora voltada para a segurança e a felicidade de seus filhos. O que mais restava fazer agora?

Sarna dizia a si mesma que cumprira seu dever com relação a Nina — a menina estava casada e instalada em segurança a vários quilômetros de distância. Mas permanecia ainda a dor da verdade silenciada, o medo contínuo de algum tipo de exposição e uma sensação prolongada de fracasso.

Como se para complementar tudo isso, Sarna adoeceu. O problema — "sensibilidade severa no estômago", como ela chamava a doença — vinha se desenvolvendo há alguns meses, e ela fizera o máximo possível para ignorá-la. O médico aconselhara uma operação, mas ela já se recusara uma vez a se submeter ao processo cirúrgico. Desde então, evitava ir ao médico e tentara se tratar esfregando *ghee*, manteiga líquida quente, no abdômen e bebendo muito uma mistura leitosa e quente de manteiga, açafrão e amêndoas. Quando esses remédios não a ajudaram a melhorar, ela se viu forçada a encarar a possibilidade de uma histerectomia. A ironia da doença não escapou a Sarna: seus filhos saíram de casa e agora a própria fonte de sua maternidade também estava sendo tirada dela. Os passarinhos saíram do ninho, e o próprio ninho estava se desintegrando.

Pyari não voltou do Canadá para cuidar da mãe doente.

— Eu acabei de chegar aqui. Não faz sentido voltar por apenas algumas semanas quando Rajan e Nina estão aí, oras — dissera ela ao telefone.

Rajan foi ao hospital uma vez e também visitou Sarna uma vez enquanto ela estava convalescendo, mas havia pouco mais que ele quisesse fazer. Foi Nina que ficou esperando com Karam no hospital enquanto a cirurgia estava em andamento. Foi Nina que segurou a mão de Sarna quando ela recuperou a consciência. Foi Nina que cozinhou para Karam enquanto Sarna estava no hospital e durante várias semanas ainda enquanto ela se recuperava em casa. Foi Nina que deu banho, alimentou e confortou Sarna durante esse período difícil. Foi Nina, a filha rejeitada do agora ejetado útero, que lhe serviu de mãe até ela recobrar a saúde.

Enquanto Sarna estava no hospital, Karam e Nina ficaram sozinhos. No início, Karam não sabia o que dizer à jovem que fora forçado a acolher contra a vontade. Durante o período em que ela morou com eles, ele mantivera uma distância polida de Nina, nunca falava com ela a não ser que fosse absolutamente necessário. Para Nina, Karam era como um diretor de escola severo que só falava com os alunos quando faziam algo muito errado ou quando se destacavam de algum modo. Ela tivera sorte de nunca ter feito nem uma coisa nem outra. Mas agora se sentia desconfortável com a intimidade forçada entre ambos.

No carro, quando foram do hospital para casa, o som do rádio preencheu o silêncio entre eles. No entanto, em Elm Road, não puderam de jeito nenhum evitar se falarem. Durante a primeira refeição juntos, o tinido dos talheres parecia cada vez mais alto, como um rufar de tambores anunciando, solene, um momento promissor. Karam mexia seu *lassi* como se estivesse tentando desencrespar o iogurte. Nina comeu seu *khichdi* rapidamente, procurando ignorar o fato de o caldo amanteigado de lentilhas e arroz estar queimando-lhe a língua, engrossando-a. Karam soprou sua tigela fumegante e olhou para ela.

— Eu achei que você gostasse de pimenta, não do calor cortante da temperatura alta.

Nina colocou a colher na mesa, tomou um longo gole d'água e depois pressionou os dedos contra os lábios. Eles estavam pulsando e vermelhos como a luz de emergência de uma ambulância.

— Sarna me disse que você começou a fazer um curso de enfermagem — disse Karam.

Nina assentiu.

— As pessoas vão sempre precisar de médicos e de enfermeiros. Você e Pritpal nunca ficarão sem trabalho — aprovou ele.

Nina fez que sim com a cabeça novamente e tomou outro gole d'água.

— Foi idéia dele, de Pritpal — disse ela.

A semelhança dela com Sarna deixava Karam desconfortável — sempre deixou. Diante dela, sentimento e ressentimento apostavam corrida um contra o outro e colidiam dolorosamente em seu peito. Até o formato das mãos de Nina o fazia lembrar as de Sarna — os dedos longos e finos com elegantes unhas ovais —, embora as de Sarna agora, com a idade e o trabalho, estivessem mais duras, com as pontas quase sempre vermelhas e inchadas, como minirrabanetes. Karam deu uma mexida no *khichdi* antes de tomar uma colherada. Nina voltou a comer. A comida estava menos quente, mas ela não sentia mais o gosto de nada na sua boca queimada e áspera.

— Ela ensinou você a cozinhar — disse Karam. A frase soou como o maior dos elogios.

— Ela me ensinou, sim — disse Nina.

Não acrescentou que Sarna também dera a ela instruções estritas sobre o que cozinhar para Karam — e em que ordem — durante a sua ausência. Todos os pratos eram simples, quase refeições de penitenciária, como o caldo daquela noite, parecendo que Sarna estava decidida a não mimar Karam durante sua convalescença.

Depois de comerem, Nina tirou os pratos da mesa e os lavou, enquanto Karam via o noticiário, antes de fazer contas na sala de estar. Ao entrar no salão para apagar a luz, viu Nina sentada ao pé da escada, com os joelhos dobrados e os pés virados para dentro, a cabeça estava reclinada sobre um livro de estudo.

— Por que você está sentada aqui?

Nina levantou os olhos.

— Eu... eu não queria perturbá-lo. — "Ou gastar a eletricidade", pensou ela.

Karam não gostava quando cada um deles ia para o quarto e acendia a luz para realizar atividades que podiam fazer juntos na sala. Nina concluiu que estaria a salvo de reprovações sentada no salão, onde a luz costumava permanecer acesa até que a família fosse se deitar.

Karam se comoveu com a humildade dela, com a posição que assumira, dobrada nos degraus da escada como se quisesse apagar a própria presença. Ela era boa e recatada, isso ele já percebera assim que ela viera morar com eles.

— Não seja boba — disse ele com firmeza. — A luz aqui é muito fraca para ler.

Gradualmente, ao longo das semanas de recuperação de Sarna, eles foram se familiarizando timidamente um com o outro.

— Foi um bom treino para você — disse Karam, quando Nina estava para ir embora. E ela entendeu que ele estava lhe agradecendo.

— Sim, estou feliz — ela sorriu.

E, embora tivesse sido um período de muito trabalho, ela estava feliz, pois também fora uma oportunidade de mostrar amor de um jeito que Sarna normalmente rejeitaria.

Nina fizera tudo desinteressadamente, no entanto, ficou em seu coração a esperança secreta de que suas ações pudessem levar Sarna a reconhecer, mesmo apenas entre elas, que Nina era sua filha. Ainda não seria dessa vez. Sarna ficou grata, e não repreendia Nina quando ela a chamava com mais doçura de "mãe" nas conversas do dia-a-dia, mas nunca dissera "Obrigada, minha filha". Ainda assim, sob a aura de intimidade criada pela vulnerabilidade do estado de Sarna, Nina não conseguiu deixar de acreditar que elas estavam próximas da fronteira da verdade.

Era principalmente por esse motivo que Nina voltou várias vezes, ao longo dos anos, para cuidar de Sarna em diversas doenças.

— Quem precisa do Serviço Nacional de Saúde? Nós temos os melhores especialistas da área de saúde na família — afirmava Karam.

Sarna concordava:

— Nina realmente sabe cuidar das pessoas. É tão gentil, tão paciente, ela é realmente uma santa. Você sabe, dizem que todas as pessoas cujos nomes começam com "S" são como santos.

E esse foi o maior reconhecimento público que Nina conseguiu por seus esforços, mas ela continuou a empenhar-se em busca de um reconhecimento mais pessoal. Levou um bom tempo até ela perceber que não fora de Sarna, mas de Karam que ela se aproximara.

Assim que Sarna se recuperou da operação, voltou a trabalhar na cozinha. Mas ela não conseguia se habituar a cozinhar apenas para si e para Karam. Acabava fazendo grandes quantidades de comida de que nenhum dos dois conseguia dar conta. A maior parte ia para o refrigerador, conservada em potes velhos de sorvete ou embrulhada em sacos plásticos sem rótulo. De vez em quando, ela telefonava para Nina e, com menor freqüência, para Pyari para reclamar da vida. Mas ligações interurbanas eram caras, e as internacionais, exorbitantes, então Sarna tinha um limite de tempo para conversar com suas filhas. Às vezes tentava telefonar para Rajan na faculdade, mas, em geral, acabava deixando mensagens com o porteiro, pedindo que o filho lhe retornasse a ligação:

— É *impotente*. Diga a ele que sua mãe ligou *impotente* — dizia em inglês, com seu forte sotaque.

As conversas com Rajan eram breves.

— Você está comendo bem? Hum, o que você almoçou hoje?

Nenhuma resposta que Rajan desse para a pergunta era satisfatória.

— *Hai*, como é que você pode estudar direito se não comer direito? Você vem para casa esse final de semana, meu Raja? Venha, me deixe alimentar você. Eu fiz *khatais*. E vou fazer o seu frango favorito com coco acompanhado de batatas.

— Não, eu não posso, mãe. Tenho muito trabalho.

— O que significa esse "mãe", hein? Foi estudar numa faculdade inglesa e já está virando um inglesinho? O que aconteceu com o *"mumiji"*? Você dizia com tanta doçura. É melhor não deixar seu *pithaji* ouvi-lo falar desse jeito — ralhava Sarna. — Quando você vem? Faz *três* semanas que você não volta para casa.

— Logo, logo, está bem? Olha, eu tenho que desligar agora. Está bem? Tchau... tchau.

Sarna ficava ouvindo o *bip* do telefone, pensando em como as coisas tinham mudado rapidamente e se sentindo impotente para fazer qualquer coisa com relação a isso.

No início, Rajan passava todos os finais de semana em casa, porque Karam insistia que ele viesse. Mas logo as desculpas começaram: muito trabalho, provas...

— Você não pode trabalhar aqui? Você tem seu quarto — disse Karam.

— Eu preciso da biblioteca.

— Por que você não pega os livros emprestados para usá-los aqui?

— São muitos. Os manuais de direito são enormes, e alguns deles não podem ser retirados da biblioteca. Eu preciso ter tudo em mãos, para referência, caso seja necessário. Todos trabalham na biblioteca. Se eu não tiver acesso aos mesmos livros, minhas notas vão cair. — Rajan inventava desculpas que sabia que o pai compreenderia.

— É mesmo? — consentia Karam.

Então Rajan passou a vir cada vez menos. Agora eles tinham sorte quando o viam uma vez por mês.

Sem conseguir sair da depressão na qual caíra, Sarna começou a se voltar contra Karam. Ele parecia continuar vivendo a vida como se nada tivesse mudado. Certa noite, ele se recostou nela e começou a acariciá-la. Ela sentiu o membro enrijecido dele batendo, batendo e batendo insistentemente contra a coxa esquerda dela, e se sentiu dominada pelo ressentimento. O homem estava com mais de cinqüenta anos, como é que ainda podia ter esses desejos? Ele parecia tão potente e cheio de vida, enquanto ela se sentia seca e estéril. Ela empurrou Karam para longe com mais brutalidade do que pretendera.

— *Hai Ruba!* Você não tem vergonha? Eu passei por uma operação séria, e você vem com idéias idiotas.

Confuso e constrangido, Karam se afastou. Pediu desculpas, murmurando que pensara ter ouvido o médico dizer que tudo ia ficar bem depois de alguns meses.

— Não está tudo bem nada!

Os olhos de Sarna se encheram de lágrimas. Ela desejou que ele apenas a abraçasse. Tudo o que ela queria era o simples conforto da intimidade que ela por tanto tempo se impedira de dar a qualquer outra pessoa. Mas Karam não tentou tocá-la novamente — nem naquela noite nem nas próximas, durante algum tempo. Embora ela tivesse ficado aliviada, também começou a se preocupar, achando que não era mais atraente para ele. Com a barriga atravessada por um grande corte e o vazio que havia dentro dela, ela não despertava mais interesse em ninguém.

Dominada pelo sentimento da própria inutilidade, Sarna começou a se ofender com a vida produtiva de Karam. O empreendimento das roupas crescera nos últimos anos. Ele agora tinha mais de uma dúzia de clientes regulares em Londres, fornecia para diversos varejistas em Birmingham, Manchester e Swindon, e tinha até mandado algumas remessas em consignação para Paris e Frankfurt. O fato de Karam continuar a dirigir o empreendimento sozinho, sem nenhum assistente na Inglaterra, significava que ele estava sempre ocupado.

— Não tem por que contratar alguém e pagar para que façam um trabalho que eu posso fazer melhor — dizia, quando qualquer pessoa o aconselhava a procurar um ajudante.

No emprego anterior, no serviço público, o horário de trabalho de Karam era fixo: ele ficava no escritório das nove da manhã às cinco da tarde e tinha as noites e os finais de semana livres. Agora o trabalho tomara todas as horas em que ele estava acordado. Se não estivesse buscando pedidos, fazendo entregas ou contando o estoque no galpão que alugara perto de casa, ele estava fazendo contas ou no telefone com

Kalwant, discutindo a próxima remessa ou planejando uma viagem à Índia. Freqüentemente, ele trabalhava durante os finais de semana, levando as roupas para mercados como o de Portobello Road ou o de Camden Town.

A esposa sempre se incomodou com a imprevisibilidade do novo trabalho de Karam. Ela não tinha como saber onde ele estava e quando iria voltar. Havia períodos em que ele chegava em casa tarde da noite, depois das 22h ou das 23h, culpando o trânsito, problemas no carro ou um cliente que não aparecera na hora marcada. Sarna ficava sempre desconfiada com essas desculpas. Ficara mais atenta com relação aos negócios de Karam a partir do instante em que ele começara a receber ligações de mulheres desconhecidas.

— São clientes! — disse ele. — Só vendedoras de loja atrás de uma entrega ou a mulher de algum negociante aumentando um pedido. É *trabalho*.

Mas como Sarna poderia ter certeza? Ele já a traíra uma vez e podia muito bem fazê-lo novamente. Trabalhando com moda feminina, imaginando como as roupas vão ficar nos corpos jovens, encontrando-se com garotas o tempo inteiro, dirigindo para cidades distantes para fazer "entregas" — as condições do trabalho contribuíam para um caso amoroso. O mais decente dos homens seria fortemente pressionado a resistir, então que esperança havia para alguém com tendências comprovadas para esses flertes? Houve muita tensão e alguns confrontos calorosos entre Karam e Sarna sobre o assunto ao longo dos anos. Ela nunca encontrara prova incontestável de crime por parte do marido, mas a suspeita conseguiu convencê-la de que ele tinha culpa.

Certa noite, Karam chegou tarde em casa novamente, pouco antes das 23h. Não pediu desculpas, mas ofereceu imediatamente uma explicação.

— O palhaço não estava lá! Pode acreditar nisso? Eu tive que telefonar para ele, e ele tinha esquecido que marcara comigo hoje. Imagine só! Eu vou até Swindon, e o camarada esquece! Então tive que esperar algumas horas até ele aparecer. E depois o trânsito de volta para casa estava terrível. Aconteceu um acidente qualquer.

—A comida ainda não está guardada. Seu prato está na bancada. Tem iogurte na geladeira — disse Sarna, sem tirar os olhos da televisão.

— Na verdade, não estou com fome. Prefiro ir para a cama, começo cedo amanhã. — Ele caminhou em direção à porta.

Não está com fome? Ele passa o dia inteiro fora e depois chega em casa dizendo que não está com fome! Deve ter comido em algum lugar. Mas onde?

—Você já comeu? — Sarna olhou para ele atentamente. Ele parecia um pouco desalinhado. Mechas de cabelo saíam de dentro do turbante na altura da nuca, e a camisa estava amarrotada de um modo muito estranho.

— Ah, eu comi qualquer coisa na rua. — Karam bocejou. — Só um lanche, desses para viagem, mas me empanturrou, e, de todo modo, eu estou cansado demais para comer agora.

— O que você comeu? Onde? — Ela não podia acreditar que ele, de livre e espontânea vontade, tinha gastado dinheiro para comer num restaurante.

— Eu só comi umas batatas num restaurantezinho quando estava saindo de Swindon.

O corpo de Karam estava dolorido, cansado de tanto dirigir e de tanto esperar. Queria deitar e relaxar. Ele previu aonde o interrogatório de Sarna iria chegar e estava determinado a não cair naquela conversa. Embora cansado, Karam não conseguiu impedir o movimento involuntário de seus quadris quando a canção "Suspicious Minds", mentes suspeitas, de Elvis, começou a tocar na sua cabeça. Nessa época, sempre que Sarna expressava dúvidas quanto à fidelidade dele, um dedo invisível pressionava o botão *play* no seu cérebro, e Elvis começava a cantar com cumplicidade dentro dele.

—Vou tomar um banho e depois preciso dormir — disse Karam ao sair da sala, e subiu as escadas.

Sarna, que estava analisando cada movimento dele, notou o gesto da pélvis, um leve movimento, mas que não lhe passou despercebido. Ela o interpretou como um fraco sinal de obscenidade e cúmplice do ato de traição. Ela não suspeitou, nem um minuto, que poderia se tratar de alguém chamado Elvis.

Quando Karam subiu as escadas, interpretações desagradáveis do que dissera começaram a brincar na mente de Sarna. Batatas? Ele esperava que ela acreditasse que se empanturrara só de batatas? Ela foi silenciosamente até o salão e ouviu a água correndo lá em cima. Apanhou as chaves do carro e saiu pela porta da frente. O frio de novembro entrava pelo tecido fino do seu *shalwar kameez* — na pressa, ela esquecera de colocar um casaco. Olhou em volta, com dúvidas, subitamente se dando conta de que não sabia onde Karam parara o carro. Ela viu, então, o Volvo vermelho dele em frente ao número 11, algumas portas antes da deles. Aquele carro era o orgulho e a felicidade de Karam, um dos poucos luxos que ele se permitira com os lucros do negócio. Era quase tão vaidoso com a aparência do carro quanto com a sua própria. Sarna correu até o veículo, destrancou-o e entrou dentro dele, fungando violentamente. Não havia nenhum sinal de que alguém comera batatas ali dentro: nenhum cheiro de óleo, nenhum sinal de nada gorduroso. Nenhum *Mushq* comprometedor. Nos compartimentos da porta e no porta-luvas, Sarna encontrou o chumaço de guardanapo de papel áspero e duro que a família sempre pegava no McDonald's ou no KFC porque isso os poupava de ter que comprar lenços de papel para levar no carro, mas não havia mais nada que indicasse uma visita recente a um restaurante de beira de estrada. Na verdade, não havia nada no carro que sugerisse que algo impróprio tivesse acontecido ali. Mas isso não aliviou sua preocupação.

Sarna correu de volta para casa. "Ele provavelmente não comeu batata alguma", pensou ela. Ele estava inventando, tentando esconder dela os vestígios. Ela não podia simplesmente se conformar com a idéia de que Karam podia voltar para casa do trabalho e não comer. Ele nunca fizera isso antes, *nunca*. Parecia improvável que ele tivesse comido antes de voltar para o carro. Estava muito frio, e mais cedo chovera — quem, em sã consciência, compraria algo para viagem e comeria do lado de fora, exposto àquele tempo? Um nó se formou na garganta de Sarna, e seus olhos se encheram de lágrimas. Ela desligou a televisão e se perguntou o que fazer. Karam provavelmente já se deitara àquela hora. A abrupta retirada dele deixara claro para ela que confrontá-lo naquela noite seria má idéia. Ele apenas negaria tudo e gritaria com ela.

Ah, o que ela podia fazer? O que uma mulher pode fazer? Com quem ela podia falar? Esses não são problemas que se podem dividir — o que as pessoas iriam pensar? Ficariam imaginando o que faltava nela para que o marido fosse perambular em camas alheias. Mas não era culpa dela, Sarna ficou inflexível quanto a isso. Ela fizera tudo pela família, fizera sacrifícios a vida toda, arriscara sua dignidade em benefício deles. Ela costurara secretamente roupas para amigas, dizendo a elas que um alfaiate profissional as tinha feito, e guardara o dinheiro. Ela fizera conhecidos jurarem manter segredo antes de aceitar fazer pastéis hindus para suas festas em troca de insignificantes somas em dinheiro. De modo geral, a família não percebeu seus esforços. Nenhum deles pensou em perguntar a ela como financiara o casamento de Nina sem que Karam a ajudasse com um centavo sequer. Eles imaginaram que o dinheiro que Nina ganhara trabalhando na fábrica da Phillips cobriria todos os custos. Só Sarna sabia o quanto economizara, surrupiara, roubara e poupara para dar à menina um casamento decente.

Quando Sarna subiu, Karam estava dormindo. Ela deitou relutantemente ao lado dele. Na primeira vez em que descobrira que Karam fora infiel, há tantos anos em Kampala, o amor de Sarna por ele superara a raiva e a dor. Em seguida, ela tentou negar a verdade. Quis apenas agradá-lo, tocar nele uma vez e mais outra e outra, como para provar que ele realmente estava ali com *ela* e com mais ninguém — ela teria feito qualquer coisa pelo amor dele. Agora, ela se deitava ao seu lado, imaginando o pior em face da pura evidência circunstancial. Ela se levantou da cama e foi dormir no antigo quarto de Pyari. Mais tarde, removeria todas as suas coisas do quarto deles e diria a ele:

— Eu não posso dividir a cama com outra mulher. Eu me sinto sufocada pela presença da sua amante.

Karam diria que ela estava louca e a acusaria de estar alucinada, de viver num mundo à parte. Sarna não cederia:

—Você comete os crimes loucos, mas eu é que sou maluca!

Ela não levaria em conta que sua reação talvez estivesse sendo desproporcional em relação aos fatos. Era um alívio encontrar alguma coisa externa que pudesse ser responsável pelo seu deplorável estado interior.

No dia seguinte, Karam saiu cedo e pouca coisa foi dita. Assim que ele saiu, Sarna pegou o telefone e ligou para Nina. Ninguém atendeu. Onde ela estaria às oito e meia da manhã? Sarna se lembrou de que ela devia ter saído para o curso de enfermagem. Com um suspiro, ela discou o número de Pyari. O telefone tocou várias vezes.

— Ah, alô, Pyari? Alô? É a sua *mumiji*. Você tem se alimentado? O que você comeu?

— *Miiiii*, são quase três horas da manhã aqui — respondeu a voz cansada e baixa de Pyari. — Está tudo bem?

— Seu pai não voltou para casa ontem à noite. — A voz de Sarna estava trêmula.

— Como? Não voltou? Você chamou a polícia?

— Até quase meia-noite. À meia-noite, ele chegou em casa. *Hai Ruba*. Ah, Deus me ajude. — Sua voz engasgou.

— Ele deve ter se atrasado no trabalho. O que foi que ele disse? Ele está bem? — perguntou Pyari.

— Trabalho de vagabundo! Saindo cedo de manhã, chegando em casa à meia-noite. Que tipo de trabalho é esse? É um trabalho para me deixar furiosa! — Sarna enrolou o fio do telefone em volta do dedo. — Ele estava com outra mulher. Ele está fazendo as dele novamente. Agora que vocês saíram todos de casa, ele não tem mais com o que se preocupar. Não precisa mais fingir. O que sou eu? Só uma cozinheira, uma escrava. Eu o conheço de trás para frente, então ele não tem mais nada para me provar.

— *Mi*, você tem certeza?

— É claro. Ele não quis comer quando chegou em casa. Disse que não estava com fome. Imagine só! *Hai Vaheguru*. O único motivo que um homem tem para não estar com fome quando chega em casa é porque esteve se refastelando em outro lugar.

— Talvez ele não estivesse mesmo com fome, *Mi*. Você sabe que as pessoas às vezes perdem mesmo o apetite quando estão exaustas.

— *Fiteh moon!* Você está sempre do lado dele. Não importa como ele trata sua mãe, você continua acreditando nele.

Pyari permaneceu em silêncio. O que *ela* podia fazer? Ela se mudara para longe de casa para se afastar dos traumas e dramas de seus pais, mas eles ainda assim não a deixavam em paz. Sarna nunca perguntou a ela como estava levando a vida de casada. Perguntava com freqüência o que Pyari cozinhava para Jeevan e se ela conseguia comprar certos ingredientes em Toronto, mas nunca nada além disso. Era como se Sarna acreditasse que se Pyari conseguisse manter o marido bem alimentado, ela seria feliz. Por que cargas d'água ela pensava assim, quando a estratégia certamente não funcionara nem para ela própria?

— Eu estou totalmente sozinha! — Sarna chorou do outro lado da linha. — Com quem eu posso contar? Me diga. Não tenho ninguém. Agora eu não posso nem falar com meus próprios filhos sem que eles se voltem contra mim. Eu não mereço isso.

— *Mi*! — Pyari pediu à mãe para parar.

— O que eu posso fazer? Hein? O que eu posso fazer? Não posso viver assim. Sinto que há algo errado dentro de mim. Vou adoecer novamente, eu sei. Eu preciso de um descanso. Passei a vida inteira cozinhando e limpando para esse homem e não ganho nada em troca, a não ser dor. Estou cheia. Preciso de uma mudança — soluçou Sarna.

"Ah, meu Deus", pensou Pyari. "Ela está esperando que eu diga: 'Venha para cá, *Mi*...'" Mas Pyari não conseguiu dizer essas palavras.

— Acalme-se, *Mi*. Não tome nenhuma decisão precipitada, está bem? Vamos ver o que acontece. Nós vamos pensar em alguma coisa. Vou ligar mais tarde para você, está bem? É madrugada aqui. Eu telefono de manhã. Está bem, tchau... tchau.

Pyari telefonou mais tarde e ofereceu à mãe um descanso em Toronto. Mas, a essa altura, os pensamentos de Sarna tinham tomado uma nova direção. Ela decidira que só se sentiria bem se Karam desistisse do negócio de roupas de uma vez por todas. Enquanto ele estivesse vagabundeando pelo país, conhecendo mulheres sob o pretexto de vender roupas a elas, Sarna não poderia ter paz em sua mente. Se ele não estava na cama dela, ela queria ter certeza de que não estaria na de mais ninguém. Ela resolveu colocar um fim nos casos amorosos de Karam definitivamente.

Sarna sabia que maquinar o fim da Companhia Kasaka não seria fácil. Mas o seu nome estava no coração dela: Companhia KAram SArna KAlwant. Ela ajudara a empresa a se formar, então ela podia separá-la. Sem ela, Kasaka seria apenas *kaka*, que é a palavra que em punjabi significa menino bebê — então, sem ela, a empresa seria como uma criança: ingênua e sem sorte.

24.

O ALÍVIO INICIAL PELA SAÍDA das crianças de casa diminuiu para Karam, porque junto com elas foi embora também o controle que ele exercia sobre suas vidas. Agora ele era obrigado a vê-los tomarem decisões, cometerem erros e sofrerem com as conseqüências desses erros, e já não tinha mais poder para intervir. Percebeu que eles não queriam mais a opinião do pai, e se ele dava conselhos, era pouco provável que os seguissem.

Karam notou que Pyari não estava feliz no casamento. Depois de dois anos, ela começou a vir regularmente a Londres sem o marido. "Deve estar custando uma fortuna ao pobre homem", pensava Karam em solidariedade. Pyari falava constantemente que sentia saudades de Londres e às vezes dava sinais de que gostaria de voltar a morar lá. Karam desaprovava essas confissões veladas de descontentamento. Sentindo-se desconfortável para inquirir sobre o assunto, Karam soltava algumas indiretas à filha sobre a irreversibilidade do casamento:

— É isso que a aliança simboliza: um círculo fechado. Vocês dois entraram nele, e nenhum dos dois pode sair. — Pyari nunca discordou abertamente do pai. Ele ficava grato por isso; significava muito para ele que ao menos a ilusão da autoridade paterna se mantivesse.

Rajan, por outro lado, não permitia ao pai nenhuma ilusão reconfortante. O garoto realmente pensava com a própria cabeça, Karam costumava se dar conta, como se essa independência fosse um mau hábito que Rajan tivesse, infelizmente, assimilado. A primeira mudança no relacionamento deles surgiu durante o terceiro ano de Rajan na faculdade. Certo final de semana, ele viera para casa, e, na noite de sábado, disse que iria a uma palestra em alguma Associação Jurídica, a que se seguiria um jantar. Karam e Sarna ficaram naturalmente decepcionados. Rajan vinha pouco para casa durante o período de aula, e eles estavam ansiosos para exibi-lo no *gurudwara*. Mas ele argumentara que a palestra era crucial para um ensaio que estava escrevendo. Os pais objetaram com relutância.

— A que horas você volta? — perguntou Karam.

— Não muito tarde — respondeu Rajan.

Pouco depois das três da manhã, a chave de Rajan virou no trinco da porta. Karam saiu imediatamente da cama e foi para o alto da escada, de onde se via todo o portal de entrada. Rajan, ao ouvir o barulho das tábuas da escada, sentiu o coração começar a bater furiosamente. A perspectiva de encarar o pai furioso na calada da noite o encheu de apreensão. Imaginou como iria se explicar. Ficou, de repente, hiperconsciente do álcool em seu hálito e do cheiro de cigarro em suas roupas."Estou cheio disso", pensou, entrando no corredor escuro. Ouviu, subitamente, um peido lento e longo, como o ronronar preguiçoso de um gato.

— Mãe? — Rajan riu.

Ele podia esbarrar com Sarna sem problemas. Mas os degraus estalaram novamente, e quando seus olhos se adaptaram à escuridão, Rajan viu um Karam que parecia acanhado descendo as escadas. Rajan entrou em pânico, e Karam tentou conter sua aflição. A infâmia do momento pesava nele. Ele tivera a intenção de interpolar asperamente Rajan com palavras duras: "*Isso* são horas?" Em vez disso, ele se viu perguntando quase cordialmente:

— Então, alguma coisa atrasou você?

Surpreso com o tom de voz do pai, Rajan descartou o lugar de penitente que estivera prestes a ocupar.

— É, hum, na verdade era mais uma festa do que um jantar.

— Hu-hum. Bom, é melhor ir para a cama agora — disse Karam.

— Sim, *pithaji*. — Rajan usou de propósito a palavra hindi para não agredir ainda mais o pai.

— Não se esqueça de trancar a porta — pediu Karam, antes de se virar.

Ao subir de novo as escadas, Karam teve a nítida impressão de que perdera a confiança nos olhos do filho. Rajan, que deveria ter sido o penitente, andou depressa para o quarto, aliviado, orgulhoso de ter conseguido se safar tão facilmente, e caiu logo num sono profundo induzido pelo álcool. Karam se arrastou pesadamente para o quarto, se sentindo culpado. Bem no fundo, ele sabia que tinham chegado a um ponto de mudança: Rajan não sentiria mais medo dele.

Três anos depois, a extensão da autonomia de Rajan se fez clara para Karam e Sarna com uma surpresa extremamente desagradável, da qual nenhum dos dois jamais se recuperou de fato. Num domingo comum, durante uma das visitas prolongadas de Pyari, Karam e Sarna descobriram algo que alterou para sempre o modo de encararem o filho e que redefiniria sua relação futura com ele.

Karam notara que havia uma tensão incômoda entre seu filho e sua filha durante o almoço de domingo.

— Por que vocês dois estão nessa briguinha? — perguntou finalmente, quando se sentaram para tomar chá na sala.

— Sempre a mesma coisa. — Sarna fez com as mãos a mímica de boca tagarelando. — *Kuser kuser*. Desde pequenos, é sempre a mesma coisa: *kuser kuser*. Escondendo-se pelos cantos, cochichando, cochichando.

— Nada — disse Rajan.

Ao mesmo tempo, Pyari deixou escapar:

— Rajan tem uma coisa para contar a vocês.

Quatro olhos de pai e mãe se concentraram nele com expectativa.

— Eu, é... eu, hum... — Rajan lançou um olhar ressentido para Pyari. Ele se levantou, juntou as mãos atrás das costas e respirou fundo; exatamente como costumava fazer quando recitava poemas nos concursos interescolares. Ele disse, então, muito rápido: — Eunãosouadvogado.

— O quê? — Karam apoiou a caneca de chá e se inclinou para a frente, como se uma aproximação maior pudesse esclarecer as coisas.

— Eu não sou advogado — repetiu Rajan. O medo da primeira declaração se apaziguou, mas o coração ainda estava aos pulos, antecipando a raiva do pai.

— O que é que você está dizendo? — Karam estava sinceramente confuso. — É claro que você é, nós vimos a sua formatura. Você é advogado. — Ele apontou para a foto da formatura sobre a lareira.

— Você *é avacalhado* — ecoou Sarna, inconscientemente mudando a palavra e dando à frase uma conotação irônica por conta de seu inglês tosco. — Um *avacalhado* de sucesso.

— Eu tenho, sim, um diploma de direito, mas não sou advogado. Não fiz nenhum treinamento e não prestei o exame da Ordem dos Advogados.

Rajan sentiu-se aliviado. A névoa espessa através da qual ele vinha lidando com a família estava evaporando.

— Mas você fez o exame — insistiu Karam. — Você nos disse que fez. Nós ficamos semanas sem vê-lo porque você estava muito ocupado estudando para o exame. Não passou? É isso que está querendo nos dizer?

Rajan se encolheu enquanto se preparava para pôr tudo em pratos limpos.

— Eu não tenho sido muito sincero com vocês. — Suas mãos agora estavam juntas na frente do corpo, como se em prece silenciosa para ser compreendido por eles. — Eu não estava estudando e nunca tive nenhuma intenção de prestar o exame. Eu tenho outro emprego e estou feliz com ele. Realmente gosto do meu trabalho.

— Eu sabia! — Sarna balançou a cabeça em sinal de desaprovação. — Eu sabia que tinha algo errado. Uma mãe sente essas coisas. Você sabe, eu...

— Então você estava nos enganando. — Karam interrompeu-a com um gesto da mão. — Durante todo esse tempo, eu pensei que você estivesse morando no alojamento e estudando. Que trabalho é esse?

— Eu gerencio as contas de uma firma de publicidade — disse Rajan.

— Um contador? Você pode fazer isso tendo um diploma de direito?

— Não, não é contador, pai — disse Rajan. — A "conta" é o cliente para quem nós criamos os anúncios. Eu ajudo a administrar a relação entre a firma e o cliente.

— Então você é um administrador? — Karam coçou a barba.

— Bom, não no sentido estrito da palavra, mas sim, é mais ou menos isso que eu faço. Eu ajudo a administrar os problemas do dia-a-dia.

— Rajan titubeou quando viu que a expressão do rosto de Karam ainda era de perplexidade.

— Mas por que você não pode ser advogado? Por que tirou o diploma de direito? Todos acham que você é advogado.

— *Eu* nunca desejei fazer a faculdade de direito, pai — disse Rajan.

— Isso era o que *você* queria. Eu ouvia sempre: médico, advogado, contador, farmacêutico. Médico, advogado, contador, farmacêutico. Foi essa a sua ladainha durante toda a minha vida escolar. Eu aceitei fazer direito porque era a opção a que eu tinha menos resistência. Mas eu não *escolhi*, pai, eu nunca achei que tivesse escolha.

Agachada num pequeno banco perto do aquecedor, Pyari assistiu àquela confissão, num canto da sala, com um misto de surpresa e admiração. Por que ele sentira medo de contar a verdade? Há meses Pyari vinha insistindo com Rajan para que esclarecesse tudo, mas ele resistia, dizendo que faria isso "quando estivesse pronto", "quando chegasse o momento certo", "quando fizesse sentido". Mais recentemente, ela começara a interpretar o "quando" dele como um *nunca*. Foi por isso que, apesar de estar indo contra seu próprio temperamento, ela o forçou a se expor.

— Mas nós dissemos a todos que você era advogado — disse Karam. — Todos pensam que é isso que você é.

— Bom, você vai ter que dizer a eles que não era verdade, pai. Explique que eu mudei de idéia.

— O que vou dizer? Que você escreve anúncios?

— Não, não diga isso. Eu não escrevo anúncios — respondeu Rajan, desgastado.

— Você não escreve anúncios? Então o que você faz afinal?

Rajan levou as mãos à cabeça. Pressionou os dedos contra as têmporas, depois correu-os pelo cabelo, desmanchando o penteado repartido de lado, até bater as palmas momentaneamente atrás do pescoço. Ele teria preferido a raiva a esse interrogatório. Sabia que não poderia dar a Karam uma idéia clara do que era o seu trabalho.

— É como eu disse, pai, eu *administro* as *contas*, como Coca-Cola ou Vauxhall ou Persil ou a que for. Eu lido com o cliente, com as pessoas que cuidam do marketing das empresas que nós anunciamos.

Ele não conseguira fazer o pai entender, e a pergunta seguinte de Karam provou isso.

— Você faz os anúncios da Coca-Cola?

— Não, pai — suspirou Rajan. — É uma firma pequena. Nós ainda não temos as contas das grandes marcas.

Karam olhou para os próprios pés, como se seus sapatos bem engraxados prometessem explicações mais esclarecedoras do que os olhos suplicantes do filho. Ele nunca deveria ter deixado que cortassem o cabelo do menino. Olhou para cima.

— Eu pensei que você fosse ser um advogado — disse, melancolicamente.

A culpa atacou Rajan subitamente. Ele se movimentou de modo constrangedor e disse:

— Olha, eu preciso ir. — Pyari lançou-lhe um olhar. Mas ele estava olhando para a porta, como se temesse que o caminho de fuga pudesse desaparecer.

— Não, não. — Sarna rapidamente trocou a indignação pela chantagem, num esforço de segurar o filho por mais tempo. — Tome um pouco de chá, e eu fiz os seus favoritos, os *khatais*. Você tem que comer, vai se sentir melhor. Embrulhei alguns para você levar também. Venha e sente-se. — Ela ficou de pé e empurrou Rajan para o sofá.

Karam murmurou:

— *Ele vai* se sentir melhor. Ah, ele está muito bem. E nós? Quem vai nos fazer sentir melhor?

— Não estou mesmo com vontade, mãe. — Rajan resistiu às súplicas dela para que se sentasse.

— Que história é essa de vontade? Coma a comida que a vontade vem. — Sarna empurrou um prato de pequenos biscoitos com cheiro de cardamomo e formato arredondado na direção de Rajan.

Nesse meio-tempo, Karam se voltou para Pyari.

— Você sabia disso?

Ela olhou para outro lado, sem responder. Era isso que ela temia: ser tomada como cúmplice dos erros do irmão.

— Muito bem.

Karam não fazia idéia de que Pyari vinha pressionando o irmão para dizer a verdade há meses. Ele não podia saber que o conhecimento da vida dupla do irmão estivera sendo um fardo e que ela viera a Londres desta vez para forçá-lo a confessar tudo.

— Se você não contar a eles, outra pessoa vai contar, e vai ser pior — insistira ela.

Rajan não conseguia entender por que isso era tão importante. Não sabia que Sarna o andava enaltecendo em toda parte como o solteiro mais cobiçado, nem que ela mandava fotos dele até para a Índia com detalhes de suas qualificações como advogado no verso.

— Muito bem — repetiu Karam. — Teoricamente, somos uma família, mas a metade não tem idéia do que a outra metade anda aprontando. Cada um vai tratando de seus próprios negócios, vai fazendo o que lhe apraz, sem sequer pensar nos outros. Muito bom. — Virando-se para Sarna, concluiu: — Isso é família para você?

— Uma vergonha, uma vergonha terrível. — Sarna sentia-se levemente por fora. Entendera que Rajan não queria ser advogado, mas ficara ainda mais confusa do que Karam no que dizia respeito ao trabalho alternativo que o filho resolvera adotar.

— E tem mais uma coisa.

Rajan decidiu contar logo tudo. A apreensão inicial fora substituída por uma sensação de crescente indignação com a má vontade dos pais em tentar entender o ponto de vista dele. Isso o deixara mais confiante, na verdade.

— Estou morando sozinho. Não tem alojamento nenhum. E não vou voltar a morar aqui.

— Mas o seu quarto ainda está vago. Está esperando por você — disse Sarna, como se o próprio quarto tivesse saudade de Rajan na ausência dele e pudesse ficar arrasado caso ele não retornasse.

— Bom, eu não vou precisar dele, mãe. Vocês podem alugá-lo.

Rajan olhou para o pai para ver se a perspectiva de mais dinheiro produzira algum efeito apaziguador sobre ele. Mas Karam se levantara e examinava agora a fotografia de Rajan vestido com a roupa de formatura, como se a foto pudesse ser uma falsificação. Ele olhava a fotografia e depois o filho, tentando entender qual deles era o verdadeiro Rajan.

— *Hai*! Então você está indo embora? É isso agora? E *nós*? — O tom de Sarna foi primeiro de acusação e depois novamente conciliador. —Você não pode simplesmente ir embora, essa é a sua casa. Diga a ele, *Ji*. Diga a ele.

— Não há nada a dizer. Ele já resolveu. Se ele se importasse com a nossa opinião, teria perguntado antes de agir.

Rajan magoou-se com as palavras injustas do pai. Ele se importava, *sim*, com a opinião deles. E fora por isso que não tivera coragem de contar a eles sobre sua decisão — porque não queria magoá-los. Seus pais, por outro lado, concluíram que ele não se importava, pois não estava disposto a sacrificar sua vida e sua felicidade pela carreira que eles tinham sonhado que ele seguisse.

— Isso não é justo, pai — disse Rajan calmamente.

— Não é justo!

Karam de repente ficou imensamente irritado com a substituição que Rajan fizera de "*pithaji*" para "pai". Arrependeu-se de deixar que isso acontecesse. Ele sempre via tarde demais que um pouco de indulgência permitia às pessoas irem além.

— O que é *justo*? — gritou, diretamente para o filho. — É justo que arrebentemos a nossa coluna para criar os filhos e tudo o que vocês nos dêem em troca seja desonestidade? É justo que pareçamos idiotas no templo porque fizemos um *ardaas*, uma oração, quando você se tornou advogado, sem saber que você já tinha decidido ser um tipo de publicitário? É justo que não possamos esperar nada de você a não ser decepção? O que é justo? Me diga?

"Não é justo você ficar com raiva de mim por eu ter feito escolhas com relação à minha própria vida, só porque não eram as escolhas que você teria feito", pensou Rajan.

— O que as pessoas dirão? — continuou Karam. — O que diremos a elas? Um dia você é advogado, no outro dia você é um publicitariozinho. As pessoas vão pensar que somos uma família de palhaços.

Estava claro que seu pai pensava que ele tinha descido vários degraus do mundo profissional.

— *Hai Ruba*! O que está acontecendo? — Sarna enrolou seu *chuni* devotamente em volta da cabeça. — Seu *pithaji* está certo. O que as pessoas vão dizer? Quem vai casar com você agora? Já pensou nisso?

— Não.

— *Fiteh moon*! *Hai*! O que vamos dizer às pessoas? Formou-se como *avacalhado*, mas trabalha como... como...? — Sarna esperou que alguém completasse a frase, mas ninguém a salvou.

— Eu estou indo. — Rajan se encaminhou para a porta.

— *Hai*! Não seja estúpido. Senta. Você não pode ir agora. — Ela se levantou de um salto com o prato de biscoitos.

— Não há mais nada para ser dito. Vocês foram claros. Estou vendo que não vamos chegar nem perto de nos entendermos — disse Rajan.

Sem olhar para o filho, Karam disse:

— Sabe, quando eu me mudei da casa de meu pai, foi a decisão mais difícil da minha vida. Sei que eu tinha bons motivos para me mudar. Eu já estava casado havia vários anos, e as coisas estavam muito complicadas. Havia problemas com a sua mãe e... de todo modo, quando eu disse que estava indo embora, meu pai caiu em prantos. "O pilar desta família se quebrou e não haverá mais unidade", ele disse. Eu o ignorei, mas percebi mais tarde que ele estava certo. Eu saí, e ficou mais fácil para os outros: um a um, meus outros irmãos se mudaram, e nunca foi a mesma coisa novamente. Se você vive num lar e sabe que todos devem permanecer juntos, você sempre encontra um jeito de as coisas darem certo para que se possa chegar à harmonia. Mas, uma vez que vocês se separam, nunca mais podem viver juntos outra vez.

— Desculpem-me por não ter contado antes a vocês. Mas não me arrependo de nada além disso — disse Rajan quando partiu, deixando Pyari, exatamente como ela temia, tendo que suportar as lágrimas e as recriminações dos pais até o fim.

A dor desse confronto cessou, como costuma acontecer nos conflitos familiares: com o tempo, por meio da negação, não se fazendo muita referência ao incidente novamente. Os pais de Rajan não se apressaram para contar as novidades aos amigos e familiares. Karam ainda nutria a esperança secreta de o filho voltar para o direito, e Sarna continuou afirmando que Rajan tinha um diploma de direito e que era, portanto, um "avacalhado", sem se importar com a profissão que o filho decidira seguir.

Com o tempo, Karam e Sarna realmente vieram a se orgulhar das conquistas profissionais do filho. Em meados dos anos 1980, Rajan passou a ser sócio e acionista majoritário de uma firma de publicidade que estava começando. Seu nome, ao lado do de seu co-fundador, resplandecia sobre a porta dos seus pequenos escritórios no centro de Londres: Singh & Long. A firma deles se tornaria famosa por promover o uso de *jingles* de anúncios e bordões. Karam e Sarna passaram, então, a fazer alterações no caminho especialmente para passarem pela Charlotte Street e espiarem o nome deles pendurado no escritório de Rajan. E Karam passaria, então, a exibir orgulhosamente o cartão de visita de Rajan na cara de todos:

— Meu filho fundou sua própria firma *legal* de publicidade. Ele é diretor de Administração.

Depois, quando a aprovação deles já não importava mais para Rajan, eles o abençoaram, e Sarna passou a dizer que sempre soubera que ele teria "muito sucesso".

25.

DESDE OS PRIMÓRDIOS DA COMPANHIA KASAKA, foram cometidos erros na administração dos negócios. Isso era inevitável. Quando se tem produtores, fornecedores e varejistas de diferentes países e cidades, um pequeno erro em uma das partes pode prejudicar o empreendimento como um todo. Karam teve que lidar com todo tipo de problema que surgiu ao longo dos anos. Recentemente, começara a achar que faltava algo à sua coleção. Pyari costumava ajudá-lo a inventar novos modelos charmosos ou uma variação bonita para alguma moda já existente. A linha de roupas com estampas de estrelas, cujas peças foram todas vendidas assim que chegaram da Índia, foi toda criada por ela. Karam tinha esperança de a filha continuar envolvida com a companhia mesmo depois de se mudar para o Canadá. Ficara animado com a perspectiva de estabelecer uma filial da companhia em Toronto. Pyari respondera positivamente a essas sugestões, mas desde que fora embora, não mostrara nenhum interesse real em dar início ao projeto.

— O que ela está fazendo lá o dia inteiro que a impede de costurar algumas peças e mandá-las para seu pai? — perguntou Karam a Sarna.

Sarna tinha as próprias reclamações quanto ao comportamento de Pyari. Ela já resmungara com Nina:

— A menina se esqueceu de nós. Ela não telefona com freqüência, não se mostra entusiasmada com a possibilidade de nós a visitarmos. É como se ela estivesse louca para ir embora.

Mas ouvir Karam expressar frustrações semelhantes não incitou sua solidariedade.

— *Ji*, melhor do que tentar fazer Pyari se envolver com o seu trabalho talvez seja desistir logo dele. Não está certo: um homem com filhos grandes vendendo roupas para garotas jovens. Isso não parece certo.

Descrever o negócio de roupas de Karam como imoral passou a ser seu novo *hobby* favorito.

— Não parece certo a você porque vê as coisas de maneira distorcida — disse ele. — É uma profissão perfeitamente respeitável. Pelo menos eu sou meu próprio chefe. Esse é o meu trabalho, é isso que sustenta a vida que nós levamos. E ainda temos um filho para casar. Pense no que você está dizendo: não saia simplesmente dizendo absurdos.

A sabotagem de Sarna começou de um jeito aparentemente benigno. Sua tendência para imaginar ou exagerar as coisas com o objetivo de se colocar na posição de vítima era a base do seu ponto de vista contra a Companhia Kasaka. Ela inventava problemas para o empreendimento na esperança de afinal chamar a atenção de volta para si: Síndrome de Münchausen por procuração.

Começou não passando para o marido os recados de telefonemas relacionados ao trabalho. Quando os clientes enraivecidos finalmente conseguiam falar com Karam e reclamavam, ele era pego completamente de surpresa. Era muito rigoroso quanto à confiabilidade; ver sua credibilidade ser repetidamente solapada era exasperante. Falou com Sarna, sugerindo, com cuidado, que ela talvez tivesse "esquecido" de dizer alguma coisa a ele. Mas ela afirmou não ter atendido nenhum telefonema para ele, e muito menos tomado recado.

— Eu percebi que houve uma diminuição de interesse. Pensei que os negócios estavam indo por água abaixo.

Sarna acabou chegando ao ponto de nem mais fingir que estava tomando nota do recado de quem telefonava. Ela apenas dizia "Você ligou para o número errado" ou então "O sr. Singh não está mais no ramo de roupas". Isso fez Karam perder alguns pedidos. Ele tinha as suas suspeitas sobre o que estava acontecendo, mas não sabia o que fazer. Sarna negava tudo, e ele com certeza não podia ficar em casa ao lado do telefone o dia inteiro, quando havia tanta coisa para fazer em outros lugares. Tentou falar com o filho. Rajan tinha um diploma de direito, afinal de contas, mesmo que ele não estivesse fazendo nada de útil com ele.

— Tente fazer com que ela se envolva com o trabalho, pai. Dê a ela alguma responsabilidade, para que ela se sinta parte do negócio — sugeriu Rajan. Ele já ouvira a versão de Sarna para o que estava acontecendo:

uma história na qual todos teriam abandonado a esposa e mãe que se sacrificou para levar suas próprias vidas.

— Ela não quer nem saber dos negócios!

Karam puxou um lenço do bolso e começou a limpar os óculos. Desde que os comprara, há muitos meses, ele se tornara meticuloso quanto a manter as lentes sem qualquer mancha.

— Ela odeia a idéia de *eu* estar trabalhando nisso. *Ela* não quer se envolver e sujar as mãos.

— Bom, eu acho que ela está entediada e se sentindo negligenciada. Se ela estivesse trabalhando com você, talvez não estivesse, sabe, suspeitando de tudo.

— Ah, ela está sempre suspeitando. — Karam ficou aborrecido com a insinuação de que Sarna expressara dúvidas quanto à fidelidade dele. — Nada vai mudar isso, é da natureza dela. Quando ela paga por alguma coisa, ela tem certeza de que será roubada no troco. Nós deixamos a televisão para consertar na loja de eletrônicos em Tooting, e ela suspeitou de que tivessem roubado todas as peças originais, substituindo-as por outras vagabundas, de plástico. O aparelho está funcionando novamente, mas ela está convencida de que fizeram alguma coisa estranha com a TV. "Está fazendo um barulho diferente", diz. Ela não pára de me importunar, pedindo que denuncie o dono da loja nesse programa de televisão, *Watchdog*, que protege os consumidores e desmascara falcatruas. Imagine só! Qualquer coisa que se conte a ela, seu instinto põe em dúvida. *Ela* é quem sempre sabe mais que os outros. Ela é do tipo que acha suspeito uma pétala faltando em uma flor.

— Eu não sei, então, pai. — Rajan deu um olhadela para o relógio em formato de África. — Será que ela não pode ser simplesmente uma espécie de secretária para você? Faça-a atender os telefonemas, colocar cartas no correio, coisas desse tipo.

— Os problemas começaram com o telefone. Eu não a quero nem perto dele. Ela precisa sair do caminho e parar de interferir. — Karam colocou os óculos de volta no rosto.

— Talvez esteja na hora de você ter um escritório de verdade. — A mesa de jantar estava coberta de pilhas de papel. Várias amostras de roupas estavam dobradas sobre o encosto de uma das cadeiras. — Por que você não aluga uma sala pequena em algum lugar? Isso iria tornar as coisas mais fáceis — disse Rajan.

— Não, não. É muito caro. E eu não preciso de uma sala. Se a sua mãe pudesse simplesmente me deixar em paz, tudo ficaria bem.

Além do mais, Sarna veria nessa mudança uma confirmação de que ele estava escondendo alguma coisa.

— Então arrume outra linha de telefone e instale no galpão.

— O quê? Na garagem? Não é um lugar apropriado para um telefone. Custaria muito caro para instalar. E, além do mais, não quero dirigir até Tooting todos os dias para usar o telefone. Não é prático. Gasolina, tempo, você sabe, tudo isso é um gasto a mais.

— Bom, então eu não sei. Eu realmente não sei — desistiu Rajan. Parecia que seu pai queria que as coisas mudassem sem que ele precisasse mover, ele mesmo, nem um centímetro.

Karam disse, afinal, aos clientes:

— Não me telefonem, eu telefonarei para vocês.

Mas, inevitavelmente, às vezes as pessoas precisavam falar com ele, e aí os problemas começavam. Os clientes antigos de Karam eram mais tolerantes, mas não era fácil para os novos e para os compradores de primeira viagem confiar num fornecedor que não retorna os telefonemas ou cujo número de telefone caía sempre numa voz que insistia em repetir "número errado" ou "não está mais no ramo".

Enquanto isso, as transações clandestinas de Sarna proliferavam. Se Kalwant telefonava quando Karam não estava em casa, ela a deixava alarmada, dando dicas de que ele estava planejando fechar a Companhia Kasaka.

— Os negócios não andam mais tão bem — suspirava Sarna, como se estivesse realmente preocupada. — Não diga nada, mas acho que ele está pensando duas vezes sobre toda essa história *siyapa* das roupas. Tenho dito a ele para continuar no ramo por mais algum tempo, mas quem sabe o que ele vai decidir? Quando foi que um homem ouviu os conselhos de uma mulher, hein?

Kalwant, cujos interesses pessoais e financeiros estavam firmemente vinculados à companhia Kasaka, naturalmente ficou aborrecida com essas especulações. Ela estava vivendo bem com os vinte e cinco por cento que Karam dava a ela. Dera um jeito de aumentar a entrada de dinheiro conseguindo pechinchar ainda mais com os fabricantes de tecido e com os fornecedores de artigos de armarinho, de modo que, sem o conhecimento de Karam, ela ficava com uma fração da soma destinada a essas despesas.

Embora Kalwant sentisse que Karam sempre fora honesto e justo com ela, ficou zangada com o fato de ele não ter conversado sobre a possibilidade de fechar o negócio. Quando perguntou a ele como iam os negócios, ele lhe disse que as vendas andavam um pouco lentas, mas acrescentou que esperava que elas dessem um salto. Na verdade, os movimentos de Karam com relação aos negócios não confirmavam as premonições de Sarna de que estavam a um passo da falência. Ele continuou a fazer os pedidos de vestimentas tão regularmente quanto antes e até falara sobre a nova coleção e sobre uma outra viagem à Índia. Kalwant não conseguia, no entanto, se livrar das dúvidas mesquinhas que Sarna plantara. Afinal de contas, não fora só um comentário que a irmã fizera; alusões à bancarrota iminente da Companhia Kasaka estavam presentes em quase tudo o que ela dizia.

— O mercado está saturado... As vendas estão caindo... Estamos com estoque parado... O final está próximo.

Kalwant começou a pensar em como iria se arranjar caso o negócio fracassasse. Ela se preocupava em como descartar as encomendas para as quais tecido, linha e botões já tinham sido comprados, e os alfaiates, pagos para costurar. Karam podia simplesmente deixá-la com tudo encalhado. Seria fácil para ele lhe telefonar e encerrar o assunto. Ele não tinha muito a perder na Índia. Depois de refletir muito, Kalwant decidiu que ela tentaria deixar as coisas seguirem seu curso. Ela podia ficar com as máquinas de costura para si e exportar os produtos ela mesma. Só precisava de alguns compradores de atacado como Karam. Não devia ser tão difícil. Assim como a irmã, Kalwant era uma mulher astuta. Se o risco da derrocada estava próximo, ela trataria de armar um plano alternativo para colocar em prática.

Ao longo dos meses, a cunhada de Karam começou, então, a sondar novos contatos e a mandar como amostras alguns modelos de linhas já existentes de Karam. Ficou surpresa com o interesse imediato. Ao se dar conta de que, se ela fornecesse diretamente, ficaria com um percentual muito maior do que o que Karam oferecia habitualmente a ela, resolveu seguir em frente e assinou um contrato grande com um varejista da Holanda. A intenção era começar um negócio paralelo, de modo que, quando Karam anunciasse estar deixando o empreendimento, ela já estaria a caminho do sucesso no mundo da moda das roupas de musselina de algodão. As coisas, no entanto, se complicaram quando a companhia holandesa disse a ela que precisava que o pedido de roupas fosse atendido imediatamente. A única saída de Kalwant para satisfazer as exigências deles foi mandar uma remessa grande que acabara de ficar pronta para Karam. Com a consciência pesada, mas atenuada pela justificativa de que Karam estava para voltar atrás no acordo que tinha com ela, Kalwant mandou a mercadoria para a Holanda.

O atraso da remessa foi trágico para Karam. Num esforço para dar uma injeção de força nos negócios, ele fizera uma encomenda maior do que a normal. Amedrontado pela própria coragem, ele vinha trabalhando noite e dia para arranjar compradores. Ansioso para não decepcionar nenhum deles, ele confirmara e reconfirmara o pedido com Kalwant, enfatizando que a remessa deveria ser enviada sem atraso. A mercadoria não ter chegado na data prevista foi um golpe para ele. Ele já estava tendo problemas com compradores descontentes que haviam sido afastados pelos maus modos de Sarna ao telefone. Dois clientes novos cancelaram os pedidos imediatamente. Outros viraram a situação de modo a lhes favorecer, dizendo que só ficariam com o estoque se fosse vendido com desconto.

Karam ficou tão nervoso e aborrecido que por mais de uma semana suas gravatas não combinaram com a camisa e ele se esqueceu de engraxar os sapatos. Queixou-se aos irmãos, que foram solidários, mas não podiam oferecer muito consolo. Telefonou para Rajan, que lembrou a ele que sempre fora cético quanto a fazer negócios familiares.

— Não é a primeira vez que uma coisa dessas acontece, pai.Você deveria ter armado outros mecanismos de suporte há anos. Nenhum empreendimento sério se apóia em apenas um fornecedor. Eu já disse isso a você.

Karam ouviu atentamente, mas percebeu que o filho não levava muito em consideração coisas como a família. Rajan tirara conclusões baseadas em lógica e eficiência a longo prazo, enquanto as decisões de Karam eram governadas por economias a curto prazo e sensibilidades familiares.

— Está bem. Mas o que fazer *agora*? — Ele queria alguma solução mágica para a confusão.

—Você tem que mudar as coisas. Diga a Kalwant que você tem outro fornecedor à mão. Diga a ela que vai tirar cinco por cento, mais ou menos, da parte dela para cobrir os custos dessa perda. Isso vai fazê-la trabalhar.

— Eu não posso fazer isso, ela é irmã da sua mãe. — Karam revirava um lápis nos dedos.

—Você tem que fazer, pai. Esquece a relação irmão-irmã. Ela obviamente não deixa isso atrapalhar a vida dela quando perde uma data de entrega. Nesse momento, ela sabe que você está numa posição frágil, você precisa demais dela. Se você tiver outro fornecedor, isso vai levar a uma competição saudável. Ambos vão competir para conquistar o seu respeito, para que você faça os pedidos para um e não para o outro. Eles terão que ser confiáveis, porque saberão que você tem outra opção caso não possam fazer a entrega. *E* você vai ter muito mais lucro a longo prazo. — Rajan sabia que esse argumento chegaria mais perto do coração de seu pai.

— Não é tão simples — disse Karam.

— *É* simples, sim. Você só tem que tomar a decisão; e então vai ver como é simples.

— Não posso simplesmente tirar Kalwant do negócio. Ela é crucial para as operações, o nome dela faz até parte da companhia.

Karam enganchou o telefone entre a orelha e o ombro. Levantando a mão, ele enfiou um lápis sob a parte de trás do turbante, arrumando o que já estava bem arrumado. Se sua vida pudesse se organizar tão facilmente quanto a aparência...

—Você não tem que tirá-la do negócio, não é isso que estou dizendo. E o nome não tem importância, a maioria das pessoas não sabe o que significa Kasaka. Poderia simplesmente ser uma palavra inventada, como Kodak. Você podia até mudar o nome, não seria tão crucial para a empresa.

Rajan jamais gostara do nome Kasaka. Lembrava a ele o grito gutural que um artista marcial emite ao esmurrar, com o punho fechado, uma parede de tijolos: *"Kaaasakaaa!"*

— Bom. — Ele percebeu pelo silêncio de Karam que o pai estava relutante. — Você me perguntou, e eu disse o que penso. Você vai fazer o que quiser, é claro.

Karam não tinha certeza do que queria fazer. Sarna rapidamente tirou proveito da incerteza de Karam e atiçou fogo na fúria dele.

— Que confusão horrível! Eu disse a você que fazer negócio com família não ia dar certo. O povo da Índia está todo atrás de dinheiro. Irmãs roubam irmãos pelas costas. Kalwant deve ter vendido a mercadoria para outra pessoa qualquer por um preço mais caro. Não me surpreenderia se viesse a saber que ela está usando suas máquinas e seus costureiros para montar o próprio negócio. — Sarna adivinhou com tamanha precisão que confirmou o provérbio "A abelha procura parelha".

— Impossível. — Karam ficou chocado com a insinuação. — Vou telefonar novamente para ela.

— Liga para ela, conte a ela, mostre a ela.

Os lábios de Sarna estalaram como dois pratos de percussão. Ela cruzava e esfregava alternadamente os dois dedos indicadores um contra o outro, em antecipação, como se estivesse afiando duas facas uma na outra antes de usá-las.

A conversa começou com as mesmas frases da que tivera anteriormente com Kalwant:

— Eu não entendo o que está acontecendo aí.

Sarna fixou os olhos em Karam e levantou os braços, indicando que ele devia ser mais enérgico.

— Um único trabalho simples que você tem, só um trabalho, e nem esse você consegue fazer direito. Eu corro como um louco por aqui. — Karam aumentou o volume da voz. — Eu me mato recebendo encomendas, fazendo entregas, pesquisando as novas modas, fechando a contabilidade, e você não consegue nem despachar uma caixa no tempo certo!

— *Bhraji*, estou fazendo tudo que posso aqui. Estou sozinha também; não se esqueça disso. *E* eu tenho uma família da qual devo tomar conta

— disse Kalwant. — Eu trabalho duro para conseguir os melhores descontos para você, e isso significa que as coisas às vezes demoram um pouco mais.

Nesse meio-tempo, Sarna gesticulava furiosamente. Como um maestro regendo uma orquestra, erguendo os braços num crescendo, ela o instigava. Cortando o ar com o dedo e sibilando violentamente, ela indicava que Karam não estava sendo agressivo o suficiente. Sua estranha música tinha uma energia que o possuía.

— Isso pode me arruinar — disse ele. — Essa era uma remessa muito importante. O atraso pode me arruinar! — Ele estranhou a própria veemência. — Quando essas roupas vão chegar aqui? Eu preciso delas em uma semana.

— Uma semana, não, *Bhraji*. Eu disse a você. Preciso de mais tempo. Três semanas, talvez. Eu...

— *"Três semanas, talvez."* Você está brincando? — Karam a interrompeu. Ele gesticulou para Sarna, que fazia um gesto maldoso de cortar a garganta com a mão. — O que você andou fazendo? Por que a encomenda não está pronta? Isso vai acabar comigo, estou dizendo a você, *Bhanji*. Vou simplesmente ter que fechar a confecção e acabar com o negócio de uma vez por todas.

Sarna ergueu o punho triunfante e voou para a cozinha.

Para Kalwant, a ameaça era a justificativa que ela temia. Achou que Karam estava usando a oportunidade para jogar a bomba terrível de que Sarna já a prevenira.

— O que você está dizendo, *Bhraji*? — perguntou ela.

— Estou dizendo que preciso dessa encomenda *futa fut*. — Karam estalou os dedos. Soou como uma pequena explosão nos ouvidos de Kalwant.

— Eu já disse quando você vai recebê-la — disse ela.

— Três semanas não é *futa fut*. Eu simplesmente não consigo entender o atraso.

Sarna reapareceu e começou a gesticular novamente. Karam virou de costas para ela e ficou de frente para a parede, como se isso pudesse, de alguma maneira, protegê-lo da furiosa direção de cena da mulher. O fio do telefone se enrolou em volta da cintura dele.

— Problemas de última hora — tossiu Kalwant.

Sarna acendeu um fósforo e o balançou na frente de Karam. Ele olhou para ela sem entender. O que ela estava fazendo? Ela apertou os olhos como se quisesse dizer: "É agora o momento: apague-a" — e, então, ela extinguiu a chama com um sopro afiado. Karam fez cara de desaprovação e virou de costas outra vez. O fio em espiral do telefone se enrolou em volta dele novamente, prendendo sua mão esquerda ao corpo, de modo que ele não pôde mais usá-la contra a mulher.

Sentindo-se preso na armadilha das intrigas de Sarna, Karam, como não podia se livrar dela, preparou-se, então, para tentar a estratégia de Rajan.

—Talvez nós precisemos encontrar um outro fornecedor — disse ele. — Para que você fique com menos pressão, e eu possa me certificar de que a encomenda chegará. Será mais fácil. Eu preciso de paz na minha mente. Não pode haver atrasos nesse negócio. É claro que você estará inteiramente envolvida, mas vai ter mais tempo para você e para sua família, como você quer. Vamos ter que renegociar um percentual mais baixo, nada drástico, nenhuma mudança de grande porte. Afinal, você é minha irmã. Eu nunca tiraria você completamente do negócio.

Karam percebeu o silêncio demorado do outro lado da linha. Sarna deu um tapinha na própria testa. Esse não era o resultado que ela queria.

Para Kalwant, as palavras de Karam caíram como uma conversa tola, incoerente, cheia de desculpas.

—Você quer dar fim ao nosso acordo? — perguntou ela. — Se é isso que você quer, fale claramente.

Karam se viu, de repente, forçado a adotar uma postura defensiva. Preocupado de ela agora não querer mais participar dos negócios, ele se esforçou para abrandá-la. Toda a história sobre outros fornecedores e cortes no pagamento foi engavetada, e ele se lançou numa conversa penitente para ganhá-la de volta.

— É claro que não, *Bhanji*. O que você está dizendo? Você está me entendendo mal. Não é nada disso que eu quero. — Ele queria simplesmente um acordo no qual pudesse confiar totalmente. — Eu só estava pensando em maneiras de evitar um desastre como esse no futuro. Se você tem certeza de que pode dar conta de tudo, então eu tenho confiança absoluta em você. Não estou fazendo rodeios. Só quero que as minhas encomendas cheguem na data marcada.

— Eu acho que você quer me botar para fora. — Kalwant arriscou, estando em situação de vantagem.

— *Bhanji*, pare com isso agora. — Karam afastou o fone do ouvido por um instante e o sacudiu na direção de Sarna. —Você só estará fora quando eu estiver fora. Se nós afundarmos, vamos juntos.

Essa tempestade de mal-entendidos e remendos malfeitos desapareceu aos poucos. Mas gatos escaldados sempre ficam afetados: tanto Karam quanto Kalwant tornaram-se mais céticos com relação às motivações de um e do outro e com relação à longevidade da Companhia Kasaka. Continuaram trabalhando juntos, mas, na ausência de confiança mútua, as negociações entre eles eram irritadiças e superficiais. Sarna não ajudou em nada, continuando, ao contrário, a minar os negócios por trás do pano. Para Kalwant, ela se mostrava como a irmã nobre, que estava fazendo com que Karam ficasse firme com relação à obrigação de mantê-la empregada, apesar de sua intenção contrária. Para Karam, ela se mostrava uma esposa zelosa e preocupada ao alertá-lo sobre a dubiedade de Kalwant, jurando que ela estava passando a perna nele e vendendo para outros compradores pelas suas costas.

"Me escute, olhe para mim, me ame, me elogie: eu estou ajudando você. Esqueça os negócios, *eu estou* aqui. Eu, eu, *eu*." Esse era o apelo silencioso que estava por trás das ações de Sarna. Talvez não tenha sido inteiramente a sua força de vontade que fizera com que as coisas acontecessem como ela previra, mas certamente ela foi a chave para o colapso da Companhia Kasaka. Kalwant seguiu adiante expandindo o negócio de fornecedora de atacado, e Karam acabou inevitavelmente descobrindo o que ela estava aprontando. Numa viagem à Índia, enquanto visitava a confecção, ele descobriu algo sobre umas "roupas para a Holanda". Um dos costureiros comentara sobre o assunto. Karam então vasculhou os estoques, os livros de contas, os formulários de despacho e entrevistou toda a equipe. O mérito de Kalwant foi não ter negado nada, mas ela se justificou acusando Karam de deixá-la por muito tempo numa situação de incerteza e reclamou que ele nunca pagara a ela o suficiente. Karam deu um fim imediatamente a todo e qualquer contato com ela. Deixou instruções por escrito pedindo que mandasse as últimas encomendas assim que estivessem prontas, e acrescentando que seriam as últimas. Recomendou que ela vendesse ou ficasse com as máquinas como pagamento por essa última leva de trabalho.

Voltou para Londres com a cabeça cheia de arrependimento e um sentimento horrível de fracasso no coração. Nove anos depois do início dos trabalhos, a Companhia Kasaka deixou o comércio de roupas. Karam sempre se culpou pelo seu fim. Entendeu tarde demais que Rajan estava certo — se tivesse comandado as coisas com a cabeça mais firme e o coração mais duro, tudo poderia ter sido diferente. Mas Karam subestimou a influência de Sarna. Sua infelicidade tinha uma força maléfica e destrutiva, capaz de se insinuar para dentro de outra existência e envenenar o que era bom. Sarna, no entanto, encontrou pouco consolo em sua vitória, pois destruir as realizações alheias não ajudou quase nada a diminuir a dor dos próprios fracassos.

26.

Karam nunca fora o tipo que ficava parado. Depois que a Companhia Kasaka fechou, ele se sentiu velho demais para começar um novo empreendimento próprio e cansado demais para trabalhar para alguém novamente. Então, depois de algumas semanas apenas andando pela casa fazendo alguns consertos estranhos, lendo ou assistindo a TV, ele ficou impaciente.

Sarna, que tramara incansavelmente para manter Karam o dia inteiro sob sua vigilância, também experimentava um grande desconforto agora que ele estava confinado às fronteiras da casa.

— *Hai Ruba*, ele senta em casa de terno o dia inteiro, fazendo cálculos intermináveis. Quer beliscar alguma coisa o tempo todo. Não agüento mais ele entrando na cozinha de cinco em cinco minutos — resmungava ela para Nina.

Sarna sentia dificuldade em se concentrar na comida com o marido pairando pela cozinha: não fazia a dosagem certa de tempero no prato, ficava aflita com a intensidade do fogo sob uma panela, cortava os ingredientes do lado errado e várias vezes cortou acidentalmente os próprios dedos. Karam percebeu o mal-estar. Percebia que ela fazia caretas e balançava impacientemente os quadris, como se ele estivesse invadindo seu espaço íntimo.

Sarna ficou surpresa com quanto a presença de Karam a irritava. Ele parecia se intrometer em tudo que ela queria fazer: quando passava o aspirador de pó na casa, as pernas dele se esticavam como um obstáculo no caminho dela; quando queria limpar a mesa, lá estavam os papéis de Karam, sempre espalhados em cima dela; quando precisava usar o banheiro, ele estava lá dentro; quando queria dar um telefonema, ele estava usando o aparelho. Karam, por outro lado, achava extremamente intrigante ela querer sempre fazer alguma coisa no lugar exato da casa que ele ocupava:

podia estar quieto lendo no quarto, e de repente o aspirador de pó metia o nariz sob a poltrona em que estava sentado e cutucava com impaciência seus pés. Como ímãs, os hábitos opostos de Karam e Sarna se atraíam e, ao se esbarrarem, produziam um choque inevitável de desejos.

Karam começou então a freqüentar o *gurudwara* regularmente. No passado, ele considerara essencial comparecer à cerimônia principal do *gurudwara* nas noites de sábados, mas agora ia ao templo várias vezes durante a semana. Era um ótimo lugar para socializar. Depois de assistir ao *kirtan* — no qual os *granthi*s tocavam harmônio, instrumento parecido com um órgão, e tabla, instrumento de percussão, e cantavam hinos — Karam se juntava aos outros devotos para uma boa refeição na sala de jantar. Entre os freqüentadores do templo, estavam periodicamente vários dos irmãos de Karam e muitos amigos e conhecidos. Sarna não aprovava essas visitas regulares."Que homem", ela pensava com desprezo. Passou a juventude às voltas com todo tipo de safadeza e, na velhice, se volta para o templo.

O *gurudwara* forneceu a Karam um bom motivo para se afastar de Sarna, e ele acabou se envolvendo na administração do lugar. Tornou-se, inicialmente, membro do comitê, com a função de tesoureiro, depois passou a vice-presidente e, finalmente, a presidente. Ocuparia este posto ano sim, ano não, por seis períodos, até que as políticas do templo e as rivalidades se tornassem intoleráveis para ele. Era reconhecido por grande parte da comunidade do templo como o presidente mais competente que já houvera. Karam levava a sério o trabalho voluntário, recomendando meios mais eficazes para todas as atividades, do gerenciamento das contas ao agendamento de casamentos. Antes de sua presidência, as mulheres estavam limitadas ao comando da cozinha do templo. Ele as convidou para se juntarem ao comitê do *gurudwara*, dando a elas um papel mais ativo no que dizia respeito ao gerenciamento do lugar. Nem todas essas mudanças foram aceitas facilmente e nem foram sempre bem recebidas. Sarna não ficou muito entusiasmada com as novas liberdades concedidas à sua classe.

— Típico dele — resmungou para Nina. — Não consegue ficar longe das mulheres. Tem que encontrar um jeito de ficar perto delas, até no templo.

Ela não era a única insatisfeita. Até Karam assumir o posto, o templo vinha sendo administrado por duas famílias que dominavam o sistema de rotatividade da presidência, os Babras e os Gills. Eles eram parentes por casamento entre membros de uma e de outra família, mas eram separados pelo ódio. Ninguém sabia o motivo exato da disputa entre eles. Havia rumores de que a origem estava numa infidelidade, num calote e numa briga explosiva que quase terminara em assassinato. A rivalidade intensa e de longa duração entre as famílias, cujos membros compunham noventa por cento do comitê do templo, resultava em que raramente se chegava a um consenso sobre qualquer assunto. Não é de surpreender que isso resultasse em uma administração baseada em ações um tanto irrefletidas e ineficazes no *gurudwara*. Na verdade, Karam só conseguiu a presidência quando os Babras e os Gills chegaram subitamente a um total impasse, recusando-se a dirigir a palavra uns aos outros e vingativamente elegendo um presidente "de fora". Cada família achou que exerceria grande influência sobre Karam e que conseguiria manipulá-lo como a uma marionete, guiando dos bastidores todos os seus atos. Ambas as facções tiveram enorme choque quando ele mostrou que não seria submisso a nenhuma delas. Ficaram desconcertados pela forma rigorosa e cheia de bom senso com que Karam tratava de tudo. Pelas costas, o chamavam de Homem de Ferro, porque era fã de Margaret Thatcher e parecia adotar a abordagem firme e eficiente da primeira-ministra britânica da época. Ele aniquilava os membros preguiçosos do comitê, assim como subjugava os sindicatos.

Com uma subvenção do conselho local, Karam fundou e se tornou presidente de um Grupo de Cidadãos da Terceira Idade — categoria na qual se incluía a maioria dos freqüentadores do templo. O grupo tornou-se um foro voltado para a educação e o entretenimento. Eles se reuniam no salão do *gurudwara* na última sexta-feira de cada mês. Essas noites, organizadas por Karam, começavam com uma palestra dada por um profissional e eram seguidas de um jantar. No início, os temas eram principalmente ligados à saúde, e as palestras eram ministradas por médicos *sikhs*, entre eles o marido de Nina, Pritpal. Eles falavam sobre "Problemas de tireóide", "Doenças de coração", "A importância de uma boa dieta", "Depressão", "Incontinência". Chegou afinal um mês em que Karam não conseguiu arranjar nenhum palestrante disponível. Ele tentou convencer Nina a falar sobre as vantagens e desvantagens de ser enfermeira. Ela ficou aterrorizada com a perspectiva da palestra e teve que negar o convite, embora detestasse ter que recusar qualquer coisa a qualquer um.

— Não posso, *b-ji* — desculpou-se ela, engolindo o tratamento de "irmão" que costumava usar. Ela se sentia constrangida de se referir assim a Karam; soava tão falso em seus ouvidos que ela tinha certeza de que aquela falsidade também devia agredir os ouvidos dos outros.

À medida que a data do próximo encontro foi se aproximando, Karam se deu conta de que a única solução seria *ele* mesmo dar a palestra. Decidiu entrevistar Nina e ministrar a palestra baseada nas experiências dela.

— Quem está interessado em saber como é o trabalho de Nina? — perguntou Sarna.

— Não é sobre ela, é sobre a carreira de enfermagem. Dará às pessoas uma idéia sobre um outro tipo de vida — disse Karam.

Mas, ao fim e ao cabo, *era* sobre Nina, pois tudo o que ele aprendera fora através do filtro da bondade dela, deixando-o com a impressão de que aquela era uma das profissões mais nobres.

— Meu Deus, é um trabalho e tanto, o que ela faz — disse Karam depois a Sarna.

Ela deu de ombros, como se já soubesse disso há muito tempo.

— Minha irmã e eu nunca nos esquivamos do trabalho duro. Sempre colocamos os outros na frente de nós mesmas.

Antes de falar, Karam ensaiou várias vezes na frente do espelho. Era sua primeira tentativa de falar em público e, embora isso fosse acontecer num ambiente familiar, diante de rostos conhecidos, ele estava nervoso. No dia da palestra, ele passou a camisa duas vezes e trocou três vezes de gravata. Sarna debochou dos esforços dele.

— Olhe só para você! Presidente do *gurudwara* e nervoso como um menino de escola.

A noite foi um sucesso. Amigos e parentes parabenizaram Karam, e algumas pessoas disseram a ele que deveria dar outras paletras. Da simples necessidade de preencher um vazio no calendário mensal do *gurudwara*, nasceu, então, a carreira de palestrante de Karam.

O patriarca da família de Sarna começou a falar regularmente no Grupo de Cidadãos da Terceira Idade, cobrindo, ao longo dos anos, vários tópicos: religiosos, sociais, históricos. Escolhia assuntos que o interessavam e, como lera bastante sobre eles, era capaz de dar palestras apaixonadas e informativas. Quando se sentiu mais confortável no papel de palestrante, começou a tratar de temas mais abstratos. Entre outras coisas, ele falou sobre a natureza do amor, sobre a importância da família e o desatino da ganância. As pessoas gostavam de suas palestras, mas Karam nunca ficava inteiramente satisfeito com o resultado, pois seu verdadeiro público-alvo — a multidão de uma pessoa só — não dava importância a suas palavras.

Rajan, que já estava querendo ir ao templo para ouvir as palestras do pai há muito tempo, conseguiu comparecer ao *gurudwara* certa noite em que o tema era "Raiva". Sentou-se encolhido, ao lado de sua mãe, no meio de um amontoado de gente de mais de sessenta anos. Por falta de prática, ele perdera um pouco o domínio do punjabi, mas ainda conseguiu entender o que seu pai disse.

Karam recebeu o público e depois olhou para suas anotações.

— Todos nós ficamos com raiva — começou ele. — Eu gosto do que disse Emerson: "Cada um de nós tem um ponto diferente de fervura."

Durante os minutos seguintes, ele leu as anotações, enquanto ajeitava timidamente os óculos.

— Se você não souber lidar bem com a raiva, ela pode afetar seu trabalho, suas relações com os outros e, acima de tudo — disse ele, olhando para Sarna —, sua saúde. — Voltou, então, a ler novamente. — Eu fiquei muito surpreso com as palavras de Bernard Shaw: "A boa educação de um homem e de uma mulher é posta à prova na observação de como eles se comportam numa briga." Essa é uma verdade!

Ele arriscou outra olhadela em direção à mulher. As sobrancelhas dele vincaram no formato de dois "W"s redondos, que pareciam pássaros voando em direção ao topo de seu turbante.

— Buda nos recomenda que tomemos cuidado com a raiva porque "O pensamento se manifesta em palavra. A palavra se manifesta em ações. As ações se transformam em hábitos. E os hábitos se solidificam no caráter". — Outra rápida espiada em Sarna. — "Cuidado, então, com o pensamento, e atenção aos caminhos que ele toma." Quando li essa passagem, quase desisti de escrever a palestra. Pensei em dar a cada um de vocês uma cópia das palavras de Buda e dizer: "Vamos apenas nos sentar em silêncio e pensar nisso por meia hora." Mas muitos grandes homens e mulheres falaram coisas inteligentes sobre a raiva, e eu quis apresentar essas idéias também.

Karam prosseguiu com a leitura. Seus próprios comentários eram apenas apartes ou serviam de ligação entre as citações. Ele se deixava impressionar pelo pensamento dos outros, e seu sentimento de inferioridade ficava aparente na maneira como se escondia entre as palavras alheias.

— Enquanto pesquisava sobre este assunto, encontrei algo que Eleanor Roosevelt disse de que eu realmente gostei. — Ele fez uma pausa. — "Uma mulher é como um saquinho de chá. Você nunca sabe quanto é forte até ela entrar na água quente."

O público riu. Até mesmo os poucos que já estavam olhando para seus relógios deram um sorriso. A cabeça de um homem que cochilara e acordou de repente pendeu, aos trancos, para a frente, indo ao encontro de seu peito. Apenas Sarna mantinha-se distante. Não ouvira nada do que Karam dizia; como podia entender, então, as entrelinhas das palavras dele? Ela olhava fixamente para o colo, enquanto seus dedos impacientes datilografavam numa invisível máquina de escrever fantasiosa.

Rajan percebeu a introspecção da mãe e refletiu sobre as diferenças entre os pais. Karam, que sempre fora curioso com relação à história e ao mundo, ainda se interessava em explorar a vida, ainda tinha sede de conhecimento. Embora estivesse agora nos seus sessenta anos, mantinha-se ereto e forte — todos os anos que sentara com as costas retas para não amassar a camisa pagavam-lhe dividendos agora. Sarna, ao contrário, se vira debilitada por um tipo diferente de conhecimento. Ela passara toda a vida tentando, sem sucesso, exorcizar e esquecer velhos fantasmas. Enquanto Karam buscava estímulo em viagens, contatos sociais ou livros, ela se retirara para o mundo fechado da culinária, por meio da qual tentara reinventar a própria vida. Os lábios tinham se afinado e curvado para baixo nos cantos, como se estivessem cansados de uma vida inteira de reclamações. Seus olhos afundaram para dentro do rosto, como se quisessem escapar de um mundo que não se modificara a ponto de abrigar seu modo de vê-lo. A melancolia de seus olhos castanhos que já haviam sido, um dia, sedutores dava a entender que seus demônios nunca deixaram de lhe atormentar. Era um rosto triste, Rajan percebeu. E, no entanto, era também régio, orgulhoso e obstinado. A pele de Sarna ainda não apresentava qualquer imperfeição e, espantosamente, não tinha rugas. Embora ela agora estivesse mais cheinha, com um sobrepeso, não havia dúvida de que Sarna ainda era a mulher mais bonita de todas as que freqüentavam o *gurudwara*. Ela se vestia com gosto e estilo, recusando-se a adotar cores e estilos mais suaves, como faziam suas contemporâneas. Isso diminuía, mas não conseguia esconder completamente o estrago resultante da passagem do tempo e do peso das escolhas erradas.

— Bem — Karam ia dizendo —, vou terminar com um bom conselho para todos vocês, uma cortesia de Thomas Jefferson: "Quando estiver com raiva, conte até dez antes de falar. Quando estiver com muita raiva, conte até cem."

— Foi muito bom, pai. Eu gostei mesmo. — Rajan foi até o pai quando o aglomerado se dispersou para o jantar.

Tentando ignorar o elogio, Karam mudou de assunto.

— Ah, *você* se sairia muito bem. Você é que tem cultura. Eu pedi tantas vezes, venha falar aqui. Fale sobre alguns aspectos das leis para as pessoas.

Rajan ficou imediatamente irritado.

— Eu realmente não me sinto mais qualificado para falar sobre leis — disse ele, rangendo os dentes.

— Ou sobre publicidade — Karam tentou retificar. — Venha falar sobre publicidade.

Rajan mudou rapidamente de assunto.

— Eu percebi que muito do que você falou dizia respeito à mamãe.

— Ela disse alguma coisa? Você acha que ela entendeu?

— Acho que não. Ela parecia muito... inquieta o tempo todo.

— Ah, ela nunca aproveita nada destas palestras — disse Karam, com pesar.

Quantas vezes ele planejara um discurso inteiro baseado nela? Tentava dizer coisas de que não podia tratar na privacidade deles.

— Ela não está interessada. Eu não sei onde estão seus pensamentos. As palestras sobre depressão, dieta saudável, orgulho... Ela podia ter tirado proveito de todas elas. — Ele enrolou suas anotações, formando com elas um tubo. — "Faria bem a você prestar atenção a isso", eu disse várias vezes a ela, mas não faz a menor diferença. Ela se senta ali e parece não se interessar por nada do que é dito. As palestras são em punjabi, as idéias são acessíveis. Por que ela não tenta aprender alguma coisa? Não entendo.

Karam bateu de leve com o tubo de papel contra a palma de uma de suas mãos. Sentia-se mais distante de sua mulher do que nunca.

27.

"Ah, a MAHARANI ESTICOU UM TAPETE vermelho para si mesma", Persini notou ao entrar pela porta da frente da Elm Road, número 4.

— Está esperando a visita de algum membro da realeza? — Ela sorriu com deboche para Sarna, que esperava em pé na entrada da casa para recebê-los.

— Eu sabia que *vocês* viriam — disse Sarna, com um sorriso ainda mais debochado.

"Como o cabelo dela brilhava", pensou Persini, "como se ela o lustrasse fio a fio". Persini entrou na casa e olhou disfarçadamente para o espelho na parede. A iluminação reduzida do salão — Karam tentava não usar lâmpadas de potência superior a quarenta watts — era bastante galanteadora, mas não beneficiou em nada o seu próprio cabelo quebradiço. Registrou mentalmente que, ao usar o banheiro, devia inspecioná-lo para descobrir a marca e a cor da tintura de cabelo de Sarna. Rapidamente, lambeu, então, um dedo e passou-o sobre as sobrancelhas, como para enfatizar seu impressionante formato pontudo. Entrou, em seguida, na sala de visitas.

— Parece que o rei e a rainha do Reino Unido moram aqui agora, hein, *Bhraji*? — Ela ergueu os olhos do carpete em direção a Karam.

— Continuamos vivendo como pobres — disse ele, pensando nos inquilinos. — Mas estava na hora de fazer alguma mudança, e Sarna quis um carpete vermelho.

"Ele ainda a ama", pensou Persini, vendo-o alisar a lã vermelha-escura, cor de sangue, com a ponta do sapato esquerdo lustroso. Ela sentiu um arrepio de inveja.

— É — sorriu Karam. — Ela se decidiu pelo vermelho desde que viu o casamento do príncipe Charles com lady Diana na televisão.

O resto da família entrou em seguida. Primeiro Sukhi, depois seu genro — o dr. Surveet Choda, apelidado carinhosamente de Sveetie — e Rupi, carregando o filho de quatro meses, Gemjeet. Depois entraram as gêmeas rechonchudas de nove anos de idade, filhas de Rupi, Ruby e Pearl, que se familiarizavam timidamente com os filhos de Pyari, Amar e Arjun. Os meninos tinham se mudado recentemente para novas escolas em Londres.

No corredor, Sarna cochichou para as filhas:

— Vocês viram o tamanho daquelas gêmeas? "As jóias na coroa da minha Rupi" é como a *kamini* as chama. Elas parecem mais bolas de futebol do que pedras preciosas. Esqueçam Ruby e Pearl, pérola e rubi; elas deviam se chamar, na verdade, Roly e Poly, roliça e baixinha.

— *Mi*! Shhhh — disse Pyari, enquanto Nina dava risadinhas e pendurava os casacos no corrimão da escada.

— Qual é mesmo o nome do filhinho mais novo? — perguntou Nina.

— Gemjeet. — Sarna prendeu o riso, antes de ir ao encontro de seus convidados.

— Eles o apelidaram de Gem, pedra preciosa — disse Pyari. — Se ele acabar gorducho como as irmãs, Rupi vai poder chamar sua tropa de "Rolling Stones", *pedras rolantes*.

Esse almoço já deveria ter sido marcado há muito tempo. De acordo com a tradição familiar, Karam e Sarna deveriam oferecer uma refeição à família dos parentes recém-nascidos para lhes dar a bênção. Passadas as primeiras seis semanas, durante as quais a mãe e o bebê não saem de casa para visitas sociais, Sarna propôs uma data. Por direito, Karam, como irmão mais velho, deveria ser o primeiro a receber a visita deles. Mas Persini usou de delongas. Inventou desculpas durante mais de dois meses: o pequeno Gemjeet não estava passando bem, Sveetie viajara para um congresso, o carro de Sukhi estava com problemas, depois foi Rupi que ficou resfriada e depois a artrite de Sukhi que teria atacado. Nesse meio-tempo, nenhum dos "problemas" alegados por Persini impediu que cumprissem a série de visitas às casas dos outros irmãos de Karam.

Finalmente, depois de cumpridas todas as outras obrigações familiares, Persini dignou-se a confirmar a data com sua velha rival.

A única parte da refeição que Persini se dignou a comentar foi a sobremesa, pois adivinhou que o bolo de laranja e amêndoas era o único prato que não fora preparado por Sarna.

— Muito gostoso o bolo. Foi *você* que fez, Pyari? — perguntou Persini.

— Ah, foi sim — Sarna respondeu por ela. — Ela já sabia fazer bolos antes mesmo de aprender a cozinhar *dhal*.

— Rupi faz sobremesas *deliciosas*. É mesmo, *bhabiji*, ela faz coisas que eu nem podia imaginar que eram possíveis.

Persini sempre se gabava dos talentos da filha. Ela inflara as qualidades de Rupi desde o dia em que Sarna deu à luz as gêmeas em Nairóbi, como para provar que Rupi sozinha valia tanto quanto as duas meninas de Sarna.

— Eu adoro comer bolo, mesmo.

Rupi afastou suas longas mechas de cabelo louro das bochechas gordas. Ela começara a clarear os cabelos depois do casamento. Talvez estivesse tentando, à sua maneira, manter a tradição de façanhas capilares da família Choda.

— Essas garotas levaram vantagem. Pyari fez *cursos* onde ensinam a fazer sobremesas. Ela tem *livros* de culinária, ela segue *receitas*. Nós não tivemos nada disso. Tudo o que aprendemos fomos nós mesmas que descobrimos. Eu nunca nem olhei para um livro de culinária. Nem sabia que eles existiam. — Sarna achava que consultar uma receita era uma falha grave.

— Nós tivemos nossas mães, elas nos ensinaram. — Persini sorriu carinhosamente para a filha. — Eu ensinei a Rupi tudo o que sei sobre comida, mas agora ela me superou. É assim que deve ser.

Sarna teve vontade de dizer que seria fácil até para uma formiga ser melhor que ela na cozinha. Em vez disso, respondeu:

— Se as garotas querem aprender com as mães, tudo bem. Mas algumas não estão interessadas e, então, se mudam para países estrangeiros e têm que fazer cursos.

— E você, Nina? — Persini olhou para ela. Ainda era muito bonita, e aqueles olhos verdes eram capazes de transformar um asno num garanhão. Persini cruzou um dos braços contra o peito e ergueu o outro para segurar o queixo pontudo. — Quem ensinou você a cozinhar?

Pega de surpresa pela pergunta, Nina respondeu sem pensar:

— Mãe. — Imediatamente se deu conta do erro que cometera.

— *Mãe?* — as sobrancelhas de Persini se ergueram e chegaram à raiz dos cabelos. Olhou para Sarna antes de se voltar para Nina. — Ah, ela é sua mãe agora? Essa é uma evolução e tanto.

Sarna veio imediatamente em seu socorro.

— Que outra palavra pode haver para uma irmã que faz tudo? — Ela olhou rapidamente para Karam, que estava sentado à mesa de jantar com os homens, enquanto as mulheres e as crianças se espalhavam pelos sofás.

Ficou aliviada ao ver que ele estava entretido comendo um pedaço de bolo. Voltando a atenção para Persini, continuou:

— Quando alguém sai do seu caminho por você, traz você da Índia, toma conta de você, ensina você a cozinhar, arranja casamento para você *e* paga por tudo isso, você sente a mesma gratidão que sentiria por uma mãe. Eu tracei a vida de Nina. Ela não tem mais nenhuma família por aqui. Aqui, eu sou tudo para ela: irmã, irmão, pai *e* mãe.

— É claro. — Persini alisou o próprio queixo. — Todos nós sabemos que vocês duas têm uma relação *muito especial.*

Sarna se viu pouco depois em outra situação desconfortável, quando a conversa passou a ser sobre crianças, e Persini fez um comentário sobre como Rupi tivera sorte de ter gêmeas e depois mais um filho.

— Quanta sorte. Um filho, depois de todos esses anos. Meu Deus, *Vaheguru* querido, o que mais uma mulher pode pedir?

— Não há dúvida de que toda essa sorte de Rupi veio do lado da família de Surveet — retrucou Sarna, dando um leve e velado cutucão na incapacidade de Persini de ter mais de um filho.

— Gêmeos são mesmo uma bênção. Com a graça de *Vaheguru,* as meninas estão crescendo. Deus dá e toma conforme Ele julga conveniente, você concorda comigo, *bhabiji?* — Persini deu seu sorriso anguloso e fino, com os lábios vincados para cima, em vez de se abrirem largamente.

Sarna empalideceu. Os dedos da vida giraram e puxaram os cordões atados ao seu coração, contorcendo-o e apertando-o. Ela sofreu com a lembrança da perda da filha gêmea, com a qual jamais conseguira se conformar. Levantou-se e saiu apressadamente da sala.

Quando voltou, Persini estava comentando a aparência de Nina. Ela perdera peso e aparentava muito cansaço. A mudança acontecera no último ano — desde a morte de Pritpal de ataque cardíaco, no verão anterior.

—Você precisa se cuidar, Nina. Não vá perder a saúde — disse Persini.

— Sim — disse Sarna em inglês, como se isso pudesse ajudá-la a recuperar o controle. — Saúde é riqueza. Saúde é riqueza. Non duvido disso. — E sentou na poltrona larga reservada para ela por conta de suas "dores nas costas".

No sofá, onde Rupi, Pyari e Nina se apertavam, Pyari pressionou o joelho contra o da irmã em solidariedade. Nina ainda não se recuperara do falecimento inesperado de Pritpal. Era menos com a ausência dele do que com as terríveis conseqüências de estar sozinha que ela não conseguia se conformar. Eles não tiveram filhos. Da parte de Pritpal, não havia familiares para ela tomar conta. Pela primeira vez em sua vida, Nina só tinha a si mesma para cuidar — e não passava por dificuldades financeiras. Sua situação era confortável, protegida, e seu emprego, estável. Sentia-se também desesperadamente solitária.

— Pensei que Nina já tivesse se mudado para cá para ficar com você agora — disse Persini. — Não faz sentido ficar sozinha lá no norte, em Manchester. Você devia fazê-la vir. — Ela olhou para Sarna. — Tenho certeza de que vocês duas têm muitas coisas para colocar em dia.

Desta vez, Pyari pressionou toda a coxa contra a de Nina, que pressionou a sua em resposta. Ela ainda se surpreendia de ter conseguido resistir à vontade de Sarna. Escapou por pouco. Ela passara os três meses depois da morte de Pritpal em Londres. Durante esse período, Sarna tentou preparar pratos cremosos para reconfortar Nina, mas seus esforços tiveram o efeito oposto. O amor não podia se acomodar bem no estômago de

Nina enquanto seus olhos e ouvidos continuassem testemunhando uma contradição. Sarna ainda não reconhecera Nina de verdade. Se ela não conseguia lidar com isso quando Nina estava tão triste, será que o faria algum dia? A sensação de que provavelmente jamais o faria levara Nina a voltar para Manchester.

— Eu queria, sim, que ela viesse. — Sarna ainda estava magoada com isso. — Eu preciso de ajuda. Mas os jovens de hoje, eles não ligam a mínima para os mais velhos. "Eu tenho minha própria vida", dizem eles. Nina quer ficar em Manchester. Ela diz que seu trabalho está lá, que sua casa está lá. Então? — Sarna ergueu os braços. — O que é que eu posso fazer? Não posso obrigá-la. Minha porta sempre esteve aberta.

Persini não pôde deixar passar essa e disse:

— Bem, deve ser bom para você ter Pyari por perto agora.

— Ah, sim — respondeu Sarna, embora a mudança recente da filha de volta para Londres não tivesse alterado de fato a freqüência com que se viam. Pyari, como todos de quem Sarna gostaria de estar próxima, estava ocupada cuidando de sua própria vida.

— Eu ainda não conheço a casa que vocês compraram. Não é longe daqui, é? — Persini perguntou a Pyari. Em seguida, sem esperar resposta, continuou: — Engraçado você e os meninos terem acabado voltando para cá. E que Jeevan tenha ficado sozinho no Canadá. Ele não se importa?

Pyari engoliu em seco, sem saber ao certo como se defender da insinuação.

A fúria tomou o corpo de Sarna como um raio.

— É evidente que ele não se importa — retrucou. — Pyari está aqui pelo bem das crianças, para que eles tenham uma boa educação britânica.

Sarna puxou seu *chuni*. As dobras de *chiffon* do xale se movimentaram em volta do seu pescoço em ondas cinza como nuvens de tempestade.

Persini percebeu a ira de sua adversária e recuou.

Depois que Persini e a família foram embora, Pyari e Nina começaram a arrumar a casa. Sarna, com as entranhas fervendo de raiva, subiu para descansar, jurando, como sempre fazia depois de eventos como aquele, que nunca mais receberia "aquela *kamini*" em sua casa outra vez.

Nina estava se sentindo mal e mordia vigorosamente o lábio inferior desde que cometera o lapso de chamar Sarna de "mãe". Ela estava certa de que a cólera de Sarna cairia sobre ela por causa daquele deslize. Mas Sarna só xingara Persini antes de ir cochilar.

— Pare de se preocupar com isso — disse Pyari. — Foi só um erro, pelo amor de Deus. E você não disse nada realmente errado. Você disse a verdade.

— Ela deve estar furiosa comigo. Ela provavelmente pensa que fiz de propósito. — Nina entregou a Pyari um prato para secar.

— Nina! Talvez *eu* deva lavar os pratos. — Pyari apontou para uma mancha de óleo.

Nina colocou o prato de volta na pia cheia de água e sabão. Na parede, atrás dela, sobre o fogão, o relógio de madeira com o formato da Índia fazia um barulho alto de tiquetaque, mas marcava a hora errada: 11h. Ele já estava pendurado naquele lugar havia anos, e os vapores da culinária de Sarna o tinham manchado. Ela o comprara na Índia durante a viagem para trazer Nina. Talvez a intenção fosse contrapô-lo ao relógio grande de bronze da sala de visitas, para indicar que a Índia fora um lugar tão importante para eles quanto a África. A hora exata na Inglaterra foi acertada quando Karam o pendurou na parede, mas ele foi gradualmente se corrompendo em direção à hora de Sarna e agora estava parado no passado.

— A comida de *Mi* está ficando tão pesada, é uma luta para tirá-la dos pratos — disse Pyari, tentando animar Nina. Como isso não funcionou, ficou séria novamente. — Ora, Nina. Ela não culpou você de jeito nenhum. Você ouviu como ela começou a resmungar contra Persini assim que eles foram embora. Se ela está zangada com alguém, é com *ela*. Elas têm essa rivalidade ridícula há anos.

— Você acha que a mãe suspeita de que Persini sabe? — perguntou Nina.

— Não... Eu acho que não — hesitou Pyari. — Nós provavelmente jamais descobriremos. Eu certamente não vou perguntar a ela, e duvido que dissesse a verdade.

O pensamento de Pyari voltou alguns anos no tempo, e ela se lembrou de quando Rupi lhe dissera que sabia a verdade sobre Nina; Persini tinha contado a ela. É claro que Pyari fingira levar um choque com a notícia:

— Eu não acredito que você não fazia idéia. Todo o *resto* do mundo sabe — dissera Rupi.

Pyari perguntara, então, quem era todo o mundo.

— Todo o mundo... *todomundo*.

Rupi disse que todos os irmãos de Karam e suas esposas sabiam e que a maioria dos *sikh*s que freqüentavam o mesmo templo que eles e que tinham vindo do leste da África tinham ouvido boatos. Pyari não pôde acreditar que tanta gente soubesse e, até onde ela sabia, ninguém nunca disse uma palavra a respeito. Isso fez a negação de Sarna parecer uma farsa. Que velhos costumes e códigos levaram a comunidade *sikh* a manter o segredo?

— A Nina deve saber. Me surpreende ela nunca ter contado a você — comentara Rupi. Pyari não dissera quase nada durante a conversa, não queria negar nem confirmar nada.

Mais tarde, repetiu a conversa que tivera com a prima para Nina, que foi ainda mais pragmática.

— Bem, todos na Índia sabiam. A única diferença é que aqui as pessoas não *agem* como se soubessem, com exceção de Persini, que sempre manda indiretas grosseiras. É impossível esconder uma coisa como essa. Se uma pessoa sabe, pode apostar que várias outras sabem também.

— É isso que eu não entendo: por que ninguém nunca a desmascarou? Principalmente se você levar em conta o quanto *Mi* se considera tão virtuosa — refletira Pyari.

— Bom, *você* não disse a ela que sabe. Rajan nunca foi capaz de reconhecer a verdade para mim, embora você tenha contado para ele há anos. Se os próprios parentes não conseguem confrontá-la com a verdade, por que outra pessoa qualquer o faria? Eu me pergunto o quanto o seu *pithaji* sabe — dissera Nina.

— *Nada*. Ele não sabe nada. Nada *mesmo*. Tenho certeza disso. Ele jamais ficaria calado diante de uma coisa dessas, principalmente porque *Mi* sempre o acusa de coisas horríveis — disse Pyari, certeira. — Às vezes, gostaria de poder contar, só para que ele pudesse colocá-la no devido lugar.

Mais tarde naquela noite, Pyari saiu para se encontrar com uma amiga, e Nina se arriscou a subir para ver como Sarna estava. Ela ainda estava na cama e não fez nenhum comentário sobre o lapso de Nina, mas reclamou amargamente de Persini. O estômago dela ecoava a indignação de sua voz, que chiava e estalava, como se um pacote inteiro de sal de frutas Eno tivesse sido derramado em suas entranhas. Nina aconselhou-a a dormir cedo e a tentar não dar tanta importância àquilo tudo. Ela desceu, então, para a sala, em busca de alívio para a repetição cansativa dos lamentos de Sarna.

— Onde está Sarna? — perguntou Karam, levantando os olhos do jornal de domingo. Suas pernas estavam esticadas e cruzadas na altura dos tornozelos. Os três botões de cima de sua camisa listrada marrom estavam abertos, deixando ver a ponta de uma camiseta branca e alguns pêlos grisalhos em seu pescoço.

— Ainda está descansando — disse Nina enquanto se sentava. — Ela não está se sentindo bem.

— Ah. Estômago?

Nina fez que sim com a cabeça.

— Fervendo.

— Ih. Aquela Persini... — Ele balançou a cabeça e dobrou o jornal, como se já tivesse terminado de ler. Karam tirou os óculos e esfregou os olhos. A pele ao redor deles enrugou num tom cinza-violeta sob o toque áspero de seus dedos. Ele piscou algumas vezes, como se isso pudesse fazer com que as imagens fora de foco diante dele ficassem mais definidas.

— Qual é a previsão do tempo para amanhã? — perguntou Nina, dando a ele algo em que se concentrar.

— Aaaaah — Karam riu e balançou a cabeça com um tom de mistério. — Depende de onde você estiver.

Como um fazedor de chuva preparando-se para o ritual de seu ofício, ele se aprontou para responder à pergunta de Nina. Seus óculos foram recolocados, o colarinho foi endireitado, o jornal aberto e folheado até encontrar a página certa. Nina sorriu antecipadamente. Para ela, ele *era* o fazedor de chuva daquela casa, sempre controlado em meio aos altos e baixos das oscilações imprevisíveis de Sarna. Estar sozinha com ele era sentir uma bem-vinda mudança de atmosfera.

— Amanhã fará 1°C em Manchester e -2° aqui. Muito estranho... Você imaginaria que no norte estaria mais frio, principalmente em janeiro? Veja você, eles prevêem chuva, e nós aqui teremos sol. Ao contrário de Moscou: -19! Uuuuuh. — Os ombros de Karam se enrijeceram, como se ele sentisse o frio. — Bangcoc é o melhor lugar para se estar agora: 28°. — Ele relaxou e fechou os olhos por um instante, como se o sol estivesse brilhando em seu rosto. — Não, muito nublado, na verdade, e úmido. Sydney está melhor, 26°, e com céu aberto.

Os incidentes do dia foram desaparecendo enquanto Nina o seguia em sua jornada meteorológica. Ela nunca deixara a Inglaterra desde que fora para lá, mas, graças ao fascínio de Karam pela previsão do tempo, ela descobriu novos países imaginando os seus climas. No entanto, não sentia as temperaturas com tanta intensidade quanto Karam parecia senti-las. Certa vez, num dia agradável de primavera, ela imaginou a respiração dele subindo num leve vapor enquanto ele dizia:

— Em Ulan Bator está fazendo -32°.

Alguns meses antes, enquanto passeavam, ele contou detalhes de uma enchente em Bangladesh e pisava cuidadosamente ao redor das poças ao longo do caminho, como se temesse que a água pudesse jorrar para fora e carregá-lo para longe. (Nina não percebeu que ele estava apenas tentando não sujar os sapatos.) Quando não reconhecia o nome dos lugares que ele mencionava, ela pesquisava no atlas dele. Aos poucos, a idéia que ela tinha de mundo, que consistia em apenas um punhado de países, tomou a forma de um globo.

Karam continuou a ler a previsão do tempo para as principais cidades. Tantos lugares, tantas variações, tanta coisa que nunca conheceria. Inundações, secas, furacões — o clima era a história do mundo e também o ímpeto imprevisível que moldava a vida dos habitantes da Terra. Ele seguia os seus contornos como alguém que deseja voar persegue com os olhos o movimento de um pássaro.

Karam terminou o relato e tirou os óculos novamente.

— Quer ler? — Ele sacudiu o jornal na direção de Nina.

Ela fez que não com a cabeça. Ondas largas de cabelo balançaram em volta do seu rosto, realçando seus ângulos magros. Ela era uma leitora lenta quando estava em boa forma, e naquele momento estava cansada demais para se concentrar nessa tarefa. Ler ainda era um esforço para ela. Muita força de vontade a fizera ler os livros de enfermagem, e desde então, não lera mais nenhum outro livro em inglês. Se agora passava os olhos quase regularmente no jornal, era graças a Karam.

— Você não pode confiar na televisão para fornecer todas as informações — disse ele, numa das primeiras visitas que Nina fizera depois de casada para tomar conta de Sarna.

A desaprovação dele a estimulou a olhar o *The Times* sempre que ela estava na casa em Elm Road. Até Pritpal aprovara.

— Então, não são só as habilidades de enfermeira que você pratica lá em Londres. Você está virando uma pequena intelectual — ele a provocava quando ela pegava seu *Daily Telegraph*.

Agora que Pritpal se fora, ela fizera uma assinatura do *The Times*. Karam teria ficado satisfeito, mas ela jamais contou a ele. Eles ainda não tinham intimidade suficiente nem para uma troca de confissões mínima. No entanto, começaram a se acostumar harmoniosamente um com o outro toda vez que a saúde frágil de Sarna os colocava para dentro do mesmo espaço. O registro circunspecto das palavras de Karam, sua presença silenciosa por trás do jornal, o prazer que tinha em dividir seus conhecimentos eram o antídoto ideal para os encontros de Nina com Sarna. Do mesmo modo, a prontidão de Nina para ouvir, sua capacidade de manter a tranqüilidade, o sorriso generoso que, como manteiga, se espalhava tão facilmente em seu rosto traziam calma para Karam.

Ele se levantou e se espreguiçou antes de desprender o turbante branco. O cabelo sob o turbante, escasso e grisalho, estava preso num coque apertado. Com a tira de uns dois centímetros de largura de tecido de algodão vermelho ainda amarrada em volta de sua testa, ele parecia um habitante de alguma tribo ancestral. Nina podia adivinhar que ele estava se olhando no espelho atrás dela, mesmo fingindo que não estava. Ele tirou a faixa vermelha e tentou, esfregando a pele, limpar a mancha que deixara impressa em sua testa. Estava pensando em como abordar o assunto da perda exagerada de peso de Nina sem que isso soasse muito como uma crítica. Então seu estômago roncou e resolveu o dilema para ele.

— Você gostaria de jantar agora? — perguntou Nina.

— Não, não. — Ele ainda estava digerindo o almoço. Mas mudou de idéia em seguida. — Talvez eu possa beliscar alguma coisa se você me acompanhar?

—Ah, ainda estou com o estômago cheio.— Nina soltou um suspiro forte. A refeição pesada de Sarna lhe dera a sensação de que só conseguiria comer de novo dali a pelo menos três dias. A comida dela era como a sua presença agora: só se podia agüentar em pequenas doses. — Mas eu posso servir você. Não tem problema. Sobrou tanto, é só esquentar um pouco no microondas.

— Humm, eu não quero comer sozinho. Sarna normalmente me acompanha...

— Bom, eu posso me sentar à mesa para fazer companhia. Só não estou com fome. — Nina se levantou.

—Você precisa comer mais. — Karam olhou para o turbante branco engomado em suas mãos, com as pregas bem-feitas e atemporais como as nervuras de uma concha. —Você não está com boa aparência desde que Pritpal faleceu. Não faz sentido você vir ajudar Sarna e se deixar esvair até desaparecer.

Nina mordeu o lábio, envergonhada por sua aparência denunciar tão descaradamente o seu luto. Ela não conseguia se acostumar a ficar sozinha. Esse sentimento destruía tudo pouco a pouco, inclusive o apetite. A única coisa que a fazia seguir adiante, desde a morte de Pritpal, era o seu trabalho. Era como um sistema de andaimes que a mantinha de pé enquanto ela se consertava e se adaptava a novas circunstâncias.

— Ok. — Os olhos verdes de Nina escureceram. — Vou acompanhá-lo no jantar.

Karam assentiu enquanto ela foi para a cozinha buscar comida para eles. A presença dela, que um dia fora perturbadora para ele, se tornara benigna. Ela fizera mais por ele e por Sarna do que os próprios filhos. Mais do que ela jamais poderia saber.

28.

KARAM SEMPRE QUISERA CONHECER O mundo. Sonhou em visitar lugares históricos: as Pirâmides, a Grande Mulhara da China, o Coliseu, a Torre Eiffel. Desde as suas primeiras tentativas de investigar a história pelas ruas de Londres, ele pouco se esforçara para se envolver em eventos significativos. Juntara-se às multidões que se formaram para o funeral de Churchill e para comemorar o casamento do príncipe Charles com lady Diana, mas, fora isso, seus únicos vínculos regulares com os grandes eventos foram o jornal, o rádio ou a televisão. As responsabilidades familiares, as pressões do trabalho e as restrições financeiras o impediram de levantar vôo quando lhe desse na telha para testemunhar a história nos momentos em que ela estava sendo feita. De fato, essa ânsia enfraquecera: as exigências práticas da meia-idade eclipsaram as aspirações da juventude.

O recebimento do estudo de seu velho *masterji* sobre sikhismo também contribuiu para refrear o desejo de Karam de perseguir a história. Pouco depois de fechar a Companhia Kasaka, Karam recebeu o trabalho incompleto de *masterji*. Numa longa carta que acompanhava o presente póstumo, *masterji* explicava que Karam era a única pessoa que ele conhecia que talvez pudesse se interessar em dar prosseguimento ao seu legado.

— Talvez você termine o que eu não posso terminar — esperava *masterji*.

Karam começou a passar muito tempo lendo e pensando sobre o sikhismo. Ele gostava da idéia de trabalhar com um registro histórico de seu povo.

Quando as passagens aéreas ficaram mais baratas, Karam julgou ter os meios necessários para comprá-las. A primeira viagem que ele fez, acompanhado de Sarna, foi para o Egito, pois conseguira hotel e passagem baratos. Karam levara a esposa com ele porque não sabia como ir sozinho sem que ela criasse um rebuliço. A experiência deu a ele motivos suficientes para que jurasse nunca mais viajar com ela novamente.

Tudo começara a dar errado a partir do momento em que Sarna vira que o quarto deles tinha uma cama de casal. "*Hai Ruba*", pensou, "o sovina pagou tão pouco que só quiseram dar uma cama". Com um homem como *ele*, dormir em *uma* cama só pode significar *uma* coisa... as suspeitas de Sarna se confirmaram quando, na primeira noite, pouco depois de eles se deitarem, a mão de Karam acariciou o braço dela. Ela o empurrou para longe, como se estivesse matando uma mosca, e se virou, de modo que suas costas largas ficassem de frente para ele, formando uma barreira.

Na manhã seguinte, Karam acordou com o barulho das pás do tosco ventilador de teto girando desanimadas — e ineficazmente — contra o calor e a umidade do ar. Limpando a umidade do seu rosto com os lençóis da cama, Karam olhou para Sarna. Ela ainda estava de costas para ele, seu cabelo preto e brilhante se espalhando sobre o travesseiro. Por sob o toque de limão do óleo de citronela que ela passara no corpo para afastar os mosquitos, veio um sopro doce de cebolas carameladas e erva-doce. Ao se inclinar para mais perto dela para inalar o cheiro, Karam percebeu as raízes grisalhas de cabelo na nuca de Sarna e atrás de suas orelhas. Seus dedos se aproximaram lentamente para sentir aquele indício de envelhecimento — como se o toque do tom grisalho de alguma maneira pudesse ser diferente do da juventude tenra de que ele ainda se lembrava. Sarna fingiu que estava dormindo. Ela esquecera como era ser acariciada e acariciar. Só os netos chegavam perto dela agora e lhe davam seus curtos e envergonhados abraços de jovens adolescentes. Como ela adorava abraçá-los. Mas ela ainda tinha medo das consequências dos seus abraços — com freqüência, quanto mais apertada fora a sua manifestação de amor, mais doloroso fora o seu desenlace, então sempre desvencilhava rapidamente os garotos do seu abraço. Agora, quando Karam começou a se aninhar no seu pescoço, Sarna rolou para fora da cama, gritando:

— Ah-ha! Não!

Por que ele achava que podia simplesmente escorregar para os braços dela novamente sem uma palavra de carinho ou de desculpas? Como é que ele podia ter ainda desejos como aquele, quando ela não sentia mais nem um sinal de desejo sexual?

— Qual é o problema? Nós ainda somos marido e mulher — disse ele.

— Ha ha ha! Quando você precisa de quem cozinhe, limpe ou faça sexo, eu sou a sua mulher. Nesse meio-tempo, eu não sou nada. *Nada*.

Karam balançou a cabeça, já arrependido de eles terem viajado juntos.

As lojas de suco da cidade seduziram Sarna — os tetos cheios de bananas e sacos de laranjas penduradas, os balcões carregados de pirâmides de coco, de cana-de-açúcar e de manga. A cada duas horas, ela se enfiava em uma das cavernas escuras de frutas com fachadas ladrilhadas como tabuleiros de xadrez e pedia um suco fresco. Sua bebida doce azedava por um instante quando Karam pagava e reclamava de estarem cobrando caro demais.

Enquanto Karam se maravilhava com as milhares de torres de mesquita que desenhavam o céu do Cairo, Sarna caminhava olhando para baixo, fazendo sucessivos comentários sobre o estado das ruas, que eram cobertas de lodo e lama, de excremento de jumento e água que vazava da tubulação de esgoto furada.

— *Hai*, tão sujo. Que lugar. Que fedor! — Ela cobria o nariz com o *chuni*.

— Até parece que você viveu na Inglaterra a vida inteira. Lembre-se de Nairóbi ou Kampala... Lembre-se de *Nova Delhi* — disse Karam.

— Aqui é *pior. Hai Ram*, eu vou desmaiar. *Hai*, um suco, um suco!

Ela parecia não ter a menor curiosidade em viver novas experiências. "Mas antes nós fomos por *aquele* caminho", dizia ela, apontando na direção oposta, se Karam tomava um caminho diferente ao deixar o hotel, quando eles saíam para conhecer os pontos turísticos.

— Sim, eu sei, mas é bom experimentar um caminho diferente e ver outras coisas, descobrir algo novo.

Se eles se perdiam, ela culpava Karam.

— Olha, eu não conheço essas ruas. Nunca estive aqui antes! — dizia ele, sacudindo o mapa na frente dela.

—Você não tem nenhuma noção de direção, é esse o problema. *Hai Ruba*! Está quente demais. Preciso de um suco de manga. — Sarna se abanava com a mão.

Os dias se passaram sob um nevoeiro de brigas.

À noite, no quarto do hotel, Karam não ousara mais tocar em sua mulher. Ela deitava na cama reclamando de dores nos pés e na coluna e de estar sofrendo do estômago. "Não é de admirar", pensava Karam, "depois de consumir aquela quantidade toda de suco de fruta". Ele ficava acordado tentando ler sobre a história do Egito antigo, mas os seus pensamentos se desviavam constantemente para Sarna. Ele se lembrava do tempo em que encontravam conforto e prazer nos braços um do outro. Agora ele dormia bem ao lado dela, mas detinha seus pensamentos, suas mãos e seus sentimentos para si mesmo. Havia tantas coisas que ele queria dizer, mas que jamais poderiam ser ditas. Ele acabava, afinal, dormindo ao som dos ruídos da indigestão do estômago de Sarna.

Ainda assim, o Cairo inesperadamente aproximou o casal. Enquanto andavam pela Muski, uma das ruas estreitas e congestionadas da cidade, Sarna gritou:

— Ai!... *Hai*!... Ah!

Primeiro Karam pensou que os gemidos eram reclamações melodramáticas a que logo se seguiriam pedidos de bebidas mais caras. Quando ele se deu conta de que Sarna estava sendo beliscada e cutucada por invisíveis dedos egípcios, ele se sentiu ultrajado.

— Ei! Sai pra lá! Pare com isso! — reclamava ele, e a protegia, pressionando o corpo contra o dela depois de um ataque.

O marido observava os passantes de cima a baixo procurando o ofensor e encarava todos os homens que olhavam para Sarna. Ela gostava da atitude protetora dele — forte, reconfortante e sem intenção sexual. Algumas vezes, fingiu estar sendo assediada só para vê-lo se mover em torno dela. Karam passou a andar bem atrás ou ao lado dela para evitar que mãos bobas a atingissem. Levemente intoxicado pelo cheiro do tabaco de maçã dos narguilés impregnando o ar espesso das ruas, ele teve que resistir ao impulso de beliscar, ele mesmo, o corpo de sua mulher.

Karam sabia o que os outros homens achavam atraente. O excesso de gordura tinha prevenido algumas das rugas e barrado a perda de firmeza que vem com a idade, e tinha, ao contrário, acentuado as curvas de Sarna. Ela era soberbamente voluptuosa, e os seios e as nádegas ficaram ainda mais impressionantes pelo tamanho que adquiriram. Karam se permitiu aproveitar os esbarrões freqüentes dos seus corpos enquanto eles desviavam de carroças puxadas por jumentos ou quando eram empurrados pelo bando de gente. Eles se movimentavam, assim, numa dança harmônica efêmera, cuja música não duraria mais do que um momento.

Sarna tirou algum prazer dos *souqs*, os mercados da cidade, com suas torres de legumes e cestos de grãos. Ela prestou atenção nos polígonos de chumbo à moda antiga usados para pesar — como os usados nos mercados da sua juventude. Ficou encantada com a quantidade de tâmaras dispostas em largas travessas de cobre — desde os pedaços amarelo-claros pequenos e secos até os pedaços gordos e grudentos, cor de mogno. Enquanto ela estudava atentamente os produtos e pechinchava com os vendedores usando seu inglês tosco e uma língua de sinais, Karam tomava conta dela como se fosse um *beefeater*, um guarda da torre de Londres. Sarna lançava olhadelas para ele e se orgulhava de sua aparência. Nem a umidade do Cairo conseguia tirar o viço da sua camisa branca ou os vincos perfeitos de suas calças. Ela se viu admirando as dobras nítidas do turbante dele. Dava preferência aos pequenos turbantes tipo quepe ou aos turbantes volumosos usados pelos homens islâmicos. Todo o trabalho duro que ela tivera passando a ferro as roupas dele valera a pena, no final das contas.

No *souq* al-Attarin, Sarna teve sua única meia hora de pura diversão. Ela caminhava por entre os estandes de tempero, ervas medicinais e perfumes, inalando profundamente as essências com imenso prazer. Embora não conseguisse entender as placas em árabe que indicavam os nomes dos temperos, ela não se acanhava de ir cheirando os produtos para descobrir do que se tratava. A pungência da canela a fizera ter vontade de gemer, o frescor do cominho lhe dera vontade de cozinhar. Enquanto o vendedor empacotava tudo o que ela escolhera, Sarna puxava a manga da camisa de Karam e pedia que ele pagasse.

— Tudo isso? Eu não sou banco, sabia? E como é que nós vamos levar isso tudo? E se formos parados na alfândega? — Ele contorcia o nariz enquanto vistoriava os quilos de temperos que ela selecionara.

— Ai! — Sarna de repente soltou um grito e se protegeu com o corpo de Karam.

— Epa!

Ele esticou as mãos e empurrou os homens que se aglomeraram em torno dela e, por um instante, formou, sem perceber, um círculo ao redor de Sarna com os seus braços. Seus corações bateram juntos ao ritmo das sandálias de dedo dos passantes. Envergonhada, Sarna saiu andando e cobriu a cabeça com seu *chuni* de algodão cor de mostarda. O vendedor olhou para eles com desaprovação. Karam pagou rapidamente e apanhou as compras de Sarna, enquanto resmungava que fora extorquido.

Passaram o último dia de viagem em Guiza. Chegaram perto das pirâmides, sob o brilho do sol de meio-dia. Karam, maravilhado pela grandiosidade da visão, mal notou o calor. Mas Sarna rapidamente chamou a sua atenção para isso.

— *Hai*, você ao menos podia ter me trazido até aqui quando a sombra estivesse do nosso lado. Eles não vendem nem suco aqui. — Ela levantou os braços tentando bloquear o sol, apesar de estar usando chapéu e óculos de sol.

Karam a ignorou e continuou andando. De repente, ouviu um barulho. Ao se virar, ele a viu de joelhos na areia. A postura pareceu-lhe adequada, um ato apropriado de devoção em resposta à majestade das pirâmides. Sarna, no entanto, não fora abatida pela maravilha, e sim pelo sol. Tonta e chorosa, ela implorava no chão para que Karam a levasse para casa.

— Estou com sede! Me tire daqui. Leve-me para Londres, para Elm Road. Leve-me de volta para a minha cozinha. Eu quero ir para casa.

— Mas... — Karam se virou para olhar os enormes triângulos de pedra posicionados imperiosamente atrás dele. — Nós estamos aqui agora. Não podemos chegar um pouco mais perto?

— Não! Leve-me para casa. — Sarna se debatia na areia, jogando ondas de ouro quente sobre os sapatos de Karam.

Espectadores vestidos com túnicas árabes e sorrisos velhacos no rosto se aproximaram.

— Táxi? Táxi?... Água?... Guarda-sol?

Karam tentava afastar os homens.

— Está bem. Não tem problema. Você vai.

Ele fez movimentos com a mão para afastá-los, mas eles não se moviam. Karam ajudou Sarna a se levantar. Seu cabelo e suas roupas cobertas de areia brilhavam como ouro sob o sol. Ela podia ser uma encarnação da deusa Sehkmet erguendo-se do deserto. Juntos, ela e Karam tiraram com a mão a aura brilhante. Ele a colocou de frente para as pirâmides, como se a visão delas pudesse persuadi-la a ficar.

— Não está longe. Podemos andar devagar. Eu ajudo você. Por favor... tente.

Sarna fechou os olhos e se curvou em direção ao chão novamente.

— *Hai... Hai...*

Karam firmou o corpo dela e, depois de um último olhar ansioso para a maravilha que ele estava prestes a perder de vista, guiou-a em direção ao ponto de ônibus. Quando voltaram para o hotel, ele se deu conta de que, em algum lugar no meio do caminho, também perdera a câmera. A única prova da viagem era a areia em seus sapatos.

Eles voltaram para Londres completamente fartos um do outro. Karam cortou Sarna de seus futuros itinerários e ela revidou cortando-o do seu vocabulário. Quando falava com outras pessoas, ela se referia a Karam ou como "ele", ou sarcasticamente chamando-o de "o pai". Ele percebeu a mudança, mas não fez qualquer comentário. Teve esperança de que fosse apenas uma fase. Pensou em como os anos tinham alterado o jeito de ela se dirigir a ele. Há muito tempo, em proporção direta ao crescimento do amor dela, ela afetuosamente abreviara o nome dele de *Sardharji* para *Dharji* e de *Dharji* para *Ji*. Talvez fizesse sentido, agora que o amor aparentemente acabara, que sua existência fosse resumida a ser inominável.

Parte três

29.

OSKAR SE DEBRUÇOU NO PARAPEITO do lado de fora do Centro de Artes The Lowry, em Salford Quays, e olhou para o Manchester Ship Canal. Era uma tarde de domingo, em junho. O céu estava azul-claro, mas riscado por um delicado véu branco, como se alguém lá em cima languidamente fumasse um cigarro.

A barba há quatro dias por fazer, que dava ao rosto de Oskar uma ilusão de severidade, era equilibrada por um sorriso. Os cabelos em tom prateado estavam atraentemente desalinhados e encaracolavam-se suavemente sobre as orelhas pequenas. Os olhos acinzentados, focados em determinado ponto, tentavam enxergar, do outro lado da North Bay, se havia acontecido algum progresso por lá. Ele deu alguns passos para trás, tentando conseguir um ângulo melhor de visão.

— Ai! — Ele ouviu um segundo depois.

Pisara no pé de alguém. Ao se virar, viu uma pequena mulher vestida num *shalwar kameez* de algodão cor de café, que, com o corpo inclinado, esfregava com a mão os dedos do pé expostos numa sandália marrom. Ele pensou, por um instante, que ela estava sangrando, mas viu depois que era o esmalte nas suas unhas dos pés: cor de castanha cintilante com um toque de rosa. Se o desejo tivesse uma cor, seria essa.

— Desculpe-me. — Ele ficou perto dela, sem saber bem o que fazer.

— Ok. — Sua voz soou abafada. Depois ela olhou para cima, e ele viu os olhos verdes: duas piscinas fundas de malaquita. Um relâmpago de contradições se projetou na troca de olhares entre eles: reconhecimento e ignorância, prazer e vergonha, o calor e o frio gelado da ansiedade.

Oskar lamentou-se por não ter se barbeado. Ela não teria como reconhecê-lo. Ele falou, e, enquanto balbuciava as palavras, percebia que ela estava dizendo as mesmas que ele:

— Eu deveria ter olhado para onde estava indo...

Eles pararam subitamente de falar e olharam um para o outro. A pele dela era linda, e não poderia haver rugas mais suaves; eram como a camada fina de nata encrespada que se forma sobre o leite quente. Ele sorriu. Ela deu um meio-sorriso de volta e olhou, depois, envergonhada para outro lado. Ele parecia tão viril. Não era assim que ela se lembrava dele. No entanto, não sabia ao certo *como* se lembrava dele. Nenhuma imagem antiga dele lhe veio à memória para que pudesse contrastá-la com a presença daquele homem no momento. Nina ficou constrangida com o galope súbito das batidas do seu coração. Olhou para baixo e mexeu o dedão do pé, que ainda estava dolorido.

"Ela não me reconheceu", pensou Oskar. A idade não fora muito solidária com ele e fizera seu trabalho com as mãos pesadas de um carpinteiro inepto cujo desejo é cumprir o expediente e logo ir embora.

— Nina? — A pergunta foi um teste.

— Oi, Oskar.

Os olhos dela lançaram seu clarão de brilho sobre ele e observaram suas sobrancelhas. Cheias como as listras que cobrem os olhos de um texugo, mas com um reflexo prateado, como se lustradas com um spray. Ela mordeu o lábio e ficou sem saber como se comportar, pois já fora casada com aquele homem.

Ela se lembra! Ele teve vontade de rir. Havia tanta coisa para contar, tanta coisa para perguntar. Seus lábios se contraíram de tanta ansiedade para falar.

— Você mora aqui?

— Moro aqui há anos.

Ela sorriu, e seu olhar correu de novo pelo corpo dele, percebendo que seus olhos combinavam com a cor das sobrancelhas, assim como o mar segue a linha de cores do céu.

— Desde meu casamento, quero dizer — ela enrubesceu —, meu segundo casamento.

— Você é casada?

— Eu era. — Ela fingiu procurar alguma coisa na bolsa. Ele estava tão perto que ela podia sentir seu cheiro. — Eu... meu marido, Pritpal, faleceu.

— Oh. Meus pêsames.

Ele abaixou a cabeça, e Nina viu como os lados do nariz dele se estendiam na parte estreita de cima como as asas de uma mariposa em pleno vôo. Ela ia juntando os pedaços de Oskar pouco a pouco, e a figura que se formava despertou nela um desejo que sentira muitos anos antes: a vontade de dizer "obrigada".

— Faz muito tempo. Ele teve um infarte.

Oskar adorava as inflexões da fala de Nina. Teve vontade de arrancar o som de dentro dela como uvas e estourar o arredondado delas dentro de sua própria boca.

— Ele gostava daqui. — Ela fez um gesto mostrando o cais. — Está diferente agora. Antes era tão silencioso, não havia nada, não se via ninguém por aqui.

Oskar fez um sinal afirmativo com a cabeça, pois sabia do que ela estava falando. Ele vira o cais no seu auge quando o pai trabalhava nas docas. Assistira ao seu declínio até virar um lugar abandonado, e agora testemunhava o seu renascimento.

— Ele gostava da água. — Ela se virou de frente para o canal. — Costumávamos vir aqui para caminhar. — Ela não sabia de onde estava brotando toda aquela conversa sobre Pritpal. Nunca contara muito sobre ele para ninguém, exceto Pyari. No entanto, parecia estranhamente natural se abrir com Oskar. — Agora eu venho sozinha, às vezes. Só para pensar.

Ele deu um passo à frente e ficou ao lado dela, junto ao parapeito.

— Eu também adoro a água. — Ele colocou a mão no bolso de seu jeans e sentiu a pedrinha de malaquita que levava para toda parte. Ele a vira quando viajara para o Quênia anos antes. Comprara-a imediatamente, certo de que tinha a mesma cor dos olhos de Nina, mas resistiu à vontade súbita de tirá-la do bolso agora e compará-la às pupilas dela.

A proximidade dele fez o coração de Nina saltar novamente. Ela agarrou o corrimão para se equilibrar. Disse a si mesma para se despedir e se surpreendeu um pouco ao se ver perguntando:

— *Você* mora aqui?

— Eu cresci aqui. — Por que ela não olhava para ele? — E me mudei para cá novamente há dois anos. — Ele não sabia por que retornara.

Manchester era uma cidade triste; o Ship Canal era a sua única grande atração. Mesmo assim, alguma coisa o atraía para seu velho lar, e agora, vendo Nina, ele entendeu o que era.

Eles ficaram observando a água durante algum tempo, em silêncio. Ambos pensavam sobre a coincidência do encontro, perguntando-se o que significaria, até onde ele poderia levá-los.

— Não posso acreditar que tenhamos nos reencontrado — duvidou Nina.

Ela ousou olhar para ele por alguns segundos. E ela viu o que mudara tanto o seu rosto. As entradas na sua fronte tinham aumentado: uma ilha de cachos grisalhos sobressaía na sua testa, ladeada por duas baías fundas.

— Nunca imaginei que fosse ver você novamente.

— Não acredito que você me reconheceu — retrucou ele.

— É claro que reconheci você. — Os olhos dela se encontraram com os dele e os prenderam. — Estou aqui, neste país, vivendo esta vida, de pé aqui, graças a você. Como iria me esquecer de *você*?

30.

Karam e Sarna continuaram brigando, e um dos maiores motivos, como habitual, era dinheiro. Rajan, diferentemente do restante da família, não tolerava as reclamações nem de um nem de outro sobre o assunto.

— Você está melhor de vida do que a maior parte das pessoas, pai. Só não está acostumado a gastar dinheiro.

É claro que Karam discordava disso, mas não discutia. Ele sabia que Rajan pensava de maneira diferente. Sarna, que não tinha a prática de segurar a língua, acabava freqüentemente brigando com o filho. Depois de levá-lo para a cozinha numa sexta-feira à noite, ela ligou o rádio e, ao som de fundo das propagandas intermináveis da estação de rádio Sunrise, deslanchou um de seus violentos ataques verbais.

— Estou farta. Já chega. — As palavras sibilavam pela fenda entre seus dois dentes da frente. — Seu *pithaji* nunca me dá um tostão. Ele é tão mesquinho, tão *mesquinho*. Você nunca se perguntou como eu sobrevivi esses anos todos? Acha que tudo pode vir do aluguel semanal de um só inquilino? Toda a comida, minhas roupas, os casamentos de Nina e Piary, tudo o que vocês queriam quando eram crianças! Você não sabe como eu me virei. Estou por *aqui* com essa situação — ela fez um gesto com a mão, cortando a testa, como numa saudação militar —, e ele está planejando outra viagem para fora do país. Na idade dele!

Na verdade, Rajan tinha uma leve idéia de como a mãe se virara, mas não estava disposto a explorar o assunto.

— Bom, é sorte você também ter a sua pensão. — Ele deu uma olhadela em direção ao relógio de madeira com o formato da Índia e franziu as sobrancelhas. — Essa hora está certa?

— Não, essa aqui está. — Sarna apontou para os dígitos verdes do *display* do microondas, que marcavam 9h53.

— Então, para que serve isso? — Rajan alcançou o relógio sobre o fogão, que marcava 8h30.

— Deixe isso aí. — Sarna puxou a camisa dele.

—Vou colocar de volta, só me deixe acertá-lo...

— Não. Não fique mexendo em tudo. A hora está certa para mim — disse Sarna. — Se você quer ser útil, ouça o que estou dizendo.

"*A hora está certa para mim*". Rajan balançou a cabeça. Ela realmente vivia num outro fuso horário.

— Você sabe quanto custa toda essa comida? Eu compro tudinho o que nós comemos nessa casa. E *ele* não tem pouco apetite, não, estou dizendo. Mas você não tem idéia de como eu sofro. Ninguém sabe o que eu passo, que sacrifícios eu fiz.

Sarna começou a passar os restos da comida do jantar para potes vazios de sorvete, vidros de geléia e sacos plásticos.

Rajan decidiu evitar os apelos melodramáticos dela.

— Não se esqueça de que o pai paga todas as contas, mãe. Ele paga para manter a casa e pela manutenção do carro...

— *Carro*? Sarna largou uma colher dentro do *dhal*, fazendo um barulho de objeto caindo sobre algo líquido. — O que é que eu tenho a ver com aquele carro? Por mim, ele pode até pegar fogo. Ele dá mais atenção ao carro do que a mim. Lava aquilo duas vezes por semana e dá polimento.

— Ora, mãe, pense um pouco. Eu...

—Você não faz idéia. *Não faz idéia...*

Sarna o interrompeu novamente enquanto dava um nó num saco de *saag*, prato feito à base de espinafre. Pareciam as algas que Rajan catara na escola para um experimento científico.

—Você está sempre culpando e acusando os outros — disse Rajan. — Por que você não vai direto ao assunto?

— Qual? Que assunto?

— O motivo de sua chateação — disse Rajan, cautelosamente.

— *Você* está me chateando. — Ela foi até o *freezer* e colocou lá dentro dois pacotes gordos de comida quente. —Você tem resposta para tudo e nunca ouve. Falar com a sua irmã também não ajuda em nada; vou é começar a falar com as paredes. Com quem eu posso contar? Não tenho ninguém. — O choro irrigou suas palavras. — Ninguém. Estou sozinha. Sofrendo sozinha.

Rajan aproveitou as lágrimas da mãe como deixa para ir embora.

— Bom, não vou mais importunar você. Eu já estava mesmo de saída. — Fez um movimento em direção à porta.

Sarna segurou as pontas do seu *chuni* na altura dos olhos e balançou a cabeça em sinal de indiferença.

—Você não deveria ficar tão chateada, mãe. Não há necessidade disso — disse Rajan gentilmente, tentando uma reconciliação.

Sarna encarou-o com vigor renovado.

— Espera! — Ela sacudiu o dedo. — Espera que você vai ver! — E, passando por ele, saiu às pressas da cozinha. Rajan ouviu-a subindo as escadas. Ele voltou para a sala decidido a não esperar, mas a se despedir e sair.

— Como você consegue simplesmente ir embora? — perguntou Pyari, quase com inveja. Ela ouviu os passos barulhentos e raivosos de Sarna e percebeu que eles tinham brigado.

— Não sei. Mas não vai adiantar nada se eu ficar.

— Não, mas como você consegue sair, sabendo que as pessoas ainda estão magoadas ou zangadas?

Rajan deu de ombros.

— Olha, não sou eu que começo essas brigas infernais. Eu venho aqui ver a mamãe e o papai, com esperança de termos um encontro civilizado, e, em vez disso, me jogam no meio de uma disputa sem solução. Às vezes, a melhor maneira de proteger os sentimentos de todos é indo embora.

— Não sei, para início de conversa, por que você entra nas discussões — comentou Pyari.

— Então, eu deveria só ficar aí sentado, calado como você? — Ele se movimentou em direção à porta. — Ok, estou indo — disse. — Pai, estou indo — ele aumentou o volume da voz para chamar a atenção do pai.

Karam estava vendo os netos jogarem xadrez. Ele se levantou para se despedir do filho.

— Já vai, hein? Bom, espero que não tenhamos que ficar novamente meses sem vê-lo.

— Não, eu não vou sumir. Vou telefonar para vocês. — Rajan ouviu os passos fortes da mãe no andar de cima outra vez e ficou afoito para sair antes que ela descesse.

Tarde demais.

A mãe precipitou-se para dentro da sala carregada de sacos plásticos cheios.

— Então eu é que sou a mesquinha! — Ela sacudiu excitadamente os sacos. Devia ter pelo menos uma meia dúzia deles em cada mão.

A família olhou fixamente para ela, com espanto. Amar e Arjun levantaram os olhos do tabuleiro de jogo, com a atenção desviada pelo espetáculo barulhento e confuso da avó.

— Uma pessoa mesquinha gastaria tanto dinheiro com a sua família? — Ela levantou os sacos, como se o volume dentro deles refletisse a voluptuosidade da própria generosidade. — Uma mãe mesquinha faria qualquer negócio para dar a seus filhos o melhor? Vocês não têm a menor idéia do que já fiz por vocês. Vejam com os próprios olhos! Vejam com seus próprios olhos o que eu sou!

Ela lançou os sacos no ar. Eles voaram para o alto como bexigas brancas, algumas lisas e anônimas, outras traziam os nomes das lojas preferidas de Sarna — Tesco, Marks & Spencer, Asda. Quando começaram a planar em direção ao chão, foram deixando sair o que havia dentro deles: centenas e mais centenas de recibos voaram para fora e choveram sobre a família. Emudecidos, eles olharam estupefatos a suposta generosidade de Sarna chover sobre eles.

—Vejam! — Sarna, impressionada pelo próprio show, sentia-se triunfante. — Tentem somar *isso*!

Os recibos continuavam a cair. Roçaram os narizes dos presentes, fizeram cócegas na ponta de suas orelhas, descansaram nos cabelos e ombros deles e provocaram seus olhos a tentarem fugazes espiadas para números desbotados. Amar e Arjun, com olhos arregalados, fitaram perplexos e maravilhados a tempestade de papel que a avó desencadeara. Pyari desviou o olhar, desesperada por seus filhos estarem sendo expostos àquela exibição. Rajan, paralisado, se viu momentaneamente afônico. Cada vez que pensava já ter visto o pior de sua mãe, ela conseguia surpreendê-lo com algo ainda mais infame. Karam se impressionaria pela rápida sucessão de contas e pela quantidade de pagamentos que elas implicavam, não fosse o sentimento rapidamente superado pelo assombro diante da hedionda ostentação da esposa. Ele também guardava assiduamente seus registros financeiros — mas isso? Ele tinha uma prateleira cheia de pastas com décadas de extratos bancários e anos de faturas de cartão de crédito meticulosamente armazenados — mas isso?

— Meu Deus. Você é realmente incrível — Karam quebrou o silêncio.

— Você não sabe quem eu sou — revidou Sarna. — Nenhum de vocês sabe. Vejam aqui, vejam aqui. — Ela fazia um gesto largo mostrando o tapete de recibos que agora cobriam o chão. — *Isso tudo sou eu.* — Como se ela fosse a soma de todas as contas, de tudo pelo que já pagara. — Tudo o que eu comprei está computado aí: comida, roupas, passagens aéreas, casamentos... E isso tudo foi feito sem um centavo *dele*.

— E onde você conseguiu todo o dinheiro se não foi com o papai? — Rajan recuperou a fala.

— É, *onde*? — interpelou Karam.

— Onde o quê? Quem quer saber? Eu fiz o que tinha que fazer porque *ele* não fazia a parte dele. — Sarna apontou para Karam. — Eu sabia que um dia eu provaria o quanto ele é *avarento*.

— E que jeito lindo de fazer isso, mãe. — Rajan chutou alguns recibos. — Interessante como as provas que você usou para acusar o papai são, na verdade, um testemunho da sua própria mesquinhez.

— Não me chame disso! — gritou Sarna. — Abri mão de tudo. Abri mão de *mim mesma* por todos vocês!

— Por que você faz isso? — perguntou Rajan. — O que quer de nós? Gratidão? É claro que nós somos gratos. Mas você não pode esperar que compensemos tudo o que falta a você. Somos apenas seus filhos, não somos a solução para os seus problemas.

— Não, vocês não são a solução. — As lágrimas começaram a correr pelo seu rosto. — *Vocês* são o problema. *Vocês são o problema.*

— Está bem, então. Eu vou embora, e aí não vai haver mais problema. — Ele andou em direção à porta, e, a cada passo, o som de papéis sendo pisados crepitava.

— Oh, Raj, não vá — disse Pyari.

—Você não pode ir agora — concordou Karam.

— Por que não? Não quero me sentir mal com esses insultos — disse Rajan. —Vocês deveriam ir embora também. Isso não é jeito de tratar ninguém.

— Ir embora! Isso aqui não é um fábrica, é uma família — disse Karam.

"Bem, mais parece uma fábrica", Rajan teve vontade de responder. Parece uma pequena casa de produção de segredos e mentiras. Mas ele apenas deu de ombros e saiu.

Sarna chorou furiosamente enquanto Pyari, Karam e os meninos catavam e reensacavam a confusão de recibos. Para cada três sacos que os outros enchiam, Karam enchia apenas um. Ele lia cada recibo atentamente antes de guardá-lo, como se, ao revisar os gastos da esposa, conseguisse compreender como as coisas puderam dar tão errado entre eles. Mas os registros de compras não disseram a ele mais do que já pressentia — que o passado deles já se gastara. E que a única coisa a fazer no presente era prosseguir.

31.

DESDE O DIA EM QUE SE ENCONTRARAM em Salford Quays, Nina e Oskar logo se tornaram inseparáveis. Ele ficou feliz em se organizar de acordo com os horários de trabalho dela no hospital Trafford General. Naquele verão, eles passaram horas conversando e relaxando nos bancos largos do parque de Piccadilly Gardens. Nina adorava passear por lá durante o dia, quando os jardins ficavam cheios de gente e as crianças tiravam os sapatos para brincar com a água jorrando das fontes. Oskar preferia quando havia menos gente na praça pavimentada com pedra, no momento em que era banhada pela luz púrpura crepuscular do início da noite. Ele aguardava ansioso pelo momento em que as luzes suaves em matizes de limão surgiam debaixo dos bancos e das árvores, dando um toque de magia ao lugar.

No início, eles não podiam ir para a casa de Nina, pois havia a possibilidade de alguém que ela conhecesse vê-los juntos.

— As pessoas vão falar — disse ela. —Você sabe como elas são, sempre pensam o pior.

Ela também não ia ao apartamento dele, pois isso parecia inapropriado, analogamente.

— Desculpe — dizia ela, quando eles se refugiavam no café da City Art Gallery ou em alguma outra cafeteria. — Não é algo que uma mulher deva fazer, é?

O que se deve fazer e o que não se deve fazer, essas eram as preocupações que guiavam seus atos. Nina estava sempre preocupada em fazer a coisa "certa" — aquilo que os outros aprovariam. Mas, às vezes, centenas de coisas certas não conseguem anular uma única coisa errada, e Nina nunca conseguira se livrar da sensação de que ela era um deslize: uma falha irrevogável.

Ela contou a Oskar tudo sobre o seu passado. Ele a ouviu como ninguém jamais o fizera — com imparcialidade e sem qualquer interrupção.

Até mesmo para Pyari, sua confidente mais próxima, Nina fora incapaz de articular a intensidade da cisão que havia entre ela e Sarna, pois a irmã, apesar de toda a solidariedade, era a filha reconhecida. Oskar estava sempre do lado de Nina. Ela se surpreendia ao ver quanto ele conhecia detalhes da sua vida e dos lugares que ela mencionava.

— Eu estive lá — dizia ele.

Amritsar, Lahore, Nova Delhi, Nairóbi, Kampala — ele fora a todas essas cidades, pois tinham, cada uma à sua maneira, alguma conexão com ela.

— Depois que saí de Elm Road, viajei. Passei, antes, muito tempo só ouvindo as histórias das vidas de outras pessoas. Quis ir e ver as coisas com os meus próprios olhos.

Mesmo nessa busca de experiências individuais, no entanto, Oskar seguira as linhas de uma outra história. Ele rastreara os caminhos do destino de Nina, totalmente vinculados, por sua vez, aos de sua mãe. Faziam parte dele agora, como o rastro de suas próprias veias.

— Eu me apaixonei por você quando estávamos nos casando. — E então percebeu o absurdo da declaração.

Um crisântemo cor-de-rosa apareceu num dos lados do pescoço de Nina.

— Pelo seu jeito, por sua beleza despretensiosa, pelos seus olhos. — Ele fez uma pausa enquanto o crisântemo continuava a florescer. Um a um, os botões se abriam, subindo pelo seu pescoço e pelas maçãs do seu rosto.

— Casar com você me ajudou a abandonar meus antigos hábitos.

Ele contou como começou a escrever e por que fora embora de modo tão abrupto. Desde então viajara pelo mundo, escrevera livros e artigos, mas permanecera pessoalmente insatisfeito.

— Em todas as minhas viagens eu procurava por você, tentava conhecê-la melhor, mesmo pensando que eu nunca poderia ter você.

Nina, radiante em seu buquê de sentimentos, baixou o olhar. Uma lágrima caiu nas mãos entrelaçadas sobre o colo. Ninguém jamais falara assim com ela. Nem mesmo Pritpal, que fora tão gentil e que cuidara dela tão bem. Ela sentiu uma dor penetrante — no exato lugar onde as costelas se encontram, bem abaixo do peito. Foi a dor mais extraordinária que ela já sentira.

"Eu a assustei", pensou Oskar, olhando para a cabeça abaixada. Teve vontade de beijar-lhe a nuca, onde a primeira vértebra se projetara levemente por causa da má postura dela. Ele não deveria ter se declarado tão cedo — eles tinham se reencontrado há apenas duas semanas.

Outra lágrima caiu-lhe sobre as mãos. Era tão volumosa que ele pôde ouvi-la.

— Me desculpe, Nina. Eu... eu não quis chatear você. Eu...

Ela balançou a cabeça para fazê-lo parar de se desculpar, e mais lágrimas saltaram-lhe dos olhos.

— Não se desculpe.

Ele esticou o braço para alcançar a mão dela, e a mulher não resistiu. OK encostou os dedos molhados em seus lábios e provou o gosto da tristeza dela: molho de soja.

— Eu amo você — disse ele.

Ela se perguntou por quê. O que havia nela para amar? Ela era uma bastarda, estava na casa dos quarenta anos e usava um corte de cabelo horrível. O que ele amava? E, no entanto, as palavras soaram como um presente. Ela levou as mãos à sua bolsa preta cheia, procurando um lenço. Abriu um zíper atrás do outro de vários compartimentos até finalmente encontrar um. Enxugou os olhos e ficou pensando se o zumbido dentro da sua cabeça era o som da felicidade. Ela tinha algo a dizer também. Durante anos aquilo residira dentro dela, como uma pedra preciosa presa pelos ganchos de metal em um solitário.

— Obrigada.

Ela nunca imaginara que seria capaz de trazer aquela gratidão preciosa para a luz e colocá-la diante de seu benfeitor.

— Por ter se casado comigo. Eu pude ter uma boa vida graças ao que você fez.

Oskar colocou a mão no bolso da bermuda. Nina deu uma olhadela para as pernas peludas dele. Ela nunca conhecera um homem que usasse bermudas. Combinada com a camiseta leve dele, a bermuda dava a impressão de ele estar quase nu ao seu lado. O desabrochar róseo que já diminuíra no seu rosto reluziu por um instante em tom escarlate, e ela se afastou. Um centímetro.

— Olhe. — Ele abriu a mão, e uma pedra verde rolou na sua palma. Ela entendeu o que significava. — Eu a carrego comigo há vinte anos. Levo a todo lugar — disse ele.

Ele escolhera aquela pedra de um conjunto de setecentos e sessenta e quatro que haviam sido mostradas a ele. Ela apanhou a bola quente de malaquita e a acariciou com os dedos. *Era* da cor dos seus olhos — e de uma outra coisa.

— A mãe tem brincos dessa pedra, também do Quênia. Ela diz que são os seus favoritos, mas nunca os usa. Apenas os deixa sobre a penteadeira para todos os dias olhar para eles.

— Então nós dois queremos sempre um pouco de você perto de nós.

— Ela não me quer. — Nina tocou seu nariz pequeno e fino com a pedra. — Ela nunca me quis.

— Ela quis você, só não podia tê-la. — Ele acariciou o rosto dela. — Eu quero você, posso ter você?

— Monstro de três olhos! — Ela pendeu a cabeça para um lado, fez uma careta e segurou a pedra verde na testa. Costumava fazer brincadeiras como essas no hospital para distrair crianças doentes de exames desagradáveis. Agora era ela que tentava se distrair do que a constrangia.

Oskar riu surpreso. Nina sorriu e devolveu-lhe a pedra.

— Estou família — disse ela, confundindo as palavras e querendo dizer "faminta". — Vamos comer alguma coisa.

Os dois foram comer uma pizza, e Nina pediu a dela com uma dose extra de pimenta, e depois pediu tabasco também.

— Nina, você sabia que a pimenta é o tempero que mais vicia? Quanto mais você come, mais quer comer. Você deveria começar a diminuir. — Oskar ficava pasmo com a quantidade de pimenta que ela conseguia ingerir. Eles tinham feito apenas algumas refeições juntos, mas ela invariavelmente pedia mais pimenta na comida.

— Até Pritpal achava que eu comia pimenta demais.

Nina deu uma risadinha. Ela só gostava de comida que lhe queimasse a língua e fizesse os ouvidos soltarem fumaça. Oskar observou-a, perplexo, enquanto ela comia sua pizza ensopada de tabasco sem nem sentir muita ardência, a despeito da quantidade de tempero.

Mais tarde, quando se beijaram, a boca dele pegou fogo com os resíduos de pimenta da dela. Ela beijou-lhe os olhos e os deixou ardendo. Ele piscou para afastar as lágrimas.

— Sou totalmente a favor de paixões ardentes, Nina, mas, se continuarmos nesse ritmo, serei em breve reduzido a um montinho de cinzas.

Nina escondeu o rosto com as mãos e riu.

32.

— *Hai... hai.* Nina... Nina?

Nina se remexeu quando os pedidos de ajuda invadiram seu sono. Ainda tonta de sono, ela se levantou da cama improvisada no chão e tateou em busca do interruptor. Antes mesmo de as luzes se acenderem, ela já percebera o motivo do apelo de Sarna: um *Mushq* pesado como ferro encheu-lhe as narinas. Sarna tivera um outro acidente.

Com eficiência milagrosa e com o jeito discreto que os melhores enfermeiros possuem, Nina fez uma manobra para tirar o lençol sujo da cama e substituí-lo por um limpo enquanto Sarna ainda estava deitada. Nina não pôde deixar de notar, novamente, como a roupa de cama ali parecia tão gasta e fina se comparada aos lençóis firmes e viçosos do hospital onde ela trabalhava. Os lençóis velhos e amarelados de Sarna escorregavam e esvoaçavam sobre o colchão, sem oferecerem resistência ao serem dobrados ou enfiados para baixo. "Iguais à sua dona", pensou Nina, tentando esticar algumas rugas do lençol, "eles só se ajustam ao que lhes convém".

— Mãe, você vai ter que se sentar um segundo para que eu termine de fazer a cama — sussurrou Nina.

— Aaahhh — gemeu Sarna, enfraquecida.

— Só por um segundo. Vamos, eu ajudo você. — Ela colocou os braços em volta do tronco de Sarna para ajudá-la.

— Eu não consigo sentar. Não consigo sentar. — Sarna temia a idéia de colocar qualquer peso sobre as suas virilhas, que pulsavam ainda com a dor da cirurgia a que se submetera quase uma semana antes.

— Está bem, está bem! Só se levante um pouco e vire para o outro lado para que eu possa ajeitar o lençol. — Nina manobrou cuidadosamente a mãe e, em segundos, colocou Sarna novamente no lugar.

Sarna fechou os olhos e suspirou aliviada. Nina sentiu-se subitamente exausta. Todo o procedimento não devia ter levado mais do que dez minutos, mas parecia ter exaurido suas últimas reservas de força. Ao afundar no amontoado de edredons e cobertores improvisados como uma cama no chão, ela pensou:"por que estou aqui novamente?" Desde a morte de Pritpal, ela passara a ajudar Sarna mais do que nunca. No entanto, a cada vez que vinha dar apoio à mãe, doente ou saudável, ela ia embora decepcionada porque Sarna nunca retribuíra do único jeito que importava: ela nunca se dispusera a dizer "Obrigada, minha filha". Em vez disso, não dava valor à dedicação de Nina. Chegara mesmo a insinuar que Nina deveria ficar feliz por ter a oportunidade de ajudá-la.

— Pobre Nina, não tem marido, não tem filhos... Ninguém precisa de você. É bom que você ainda possa vir me ajudar e se sentir útil às vezes, não é? Sentir-se parte da família, não é?

Sarna tinha acabado de passar por uma cirurgia motivada por uma de suas "sensibilidades violentas". Ela vinha sofrendo da doença há anos — "desde que tive meu primeiro bebê", afirmava ela. Se, na cabeça dela, esse primeiro bebê era Nina, Phoolwati ou Pyari, nunca ficaria claro, mas Nina certamente sentia-se envolvida na declaração. Ela sabia as conseqüências de um parto sem recursos e ficava perturbada ao pensar nas circunstâncias clandestinas e primitivas nas quais Sarna a dera à luz. Imaginava um parto forçado, no qual ela teria sido arrancada impacientemente e de maneira inexperiente de dentro do útero de Sarna. Imaginava que a mãe, por medo e vergonha, não dissera nada a ninguém sobre as implicações físicas daquele parto.

Nina podia ter apenas uma vaga idéia do que causara o problema de Sarna, mas estava muito ciente de suas conseqüências. Ao longo dos anos, ela era a única pessoa com quem Sarna dividia os detalhes repulsivos de sua indisposição. Esses percalços eram inteiramente diferentes do acaso de soltar peidos em público — pois Sarna há muito se tornara perita em poluir sem ser acusada: ela conseguia soltar um fedor sem sequer piscar. O silêncio das descargas que atingiam o olfato alheio fazia com que Sarna se sentisse relativamente segura em qualquer ambiente. Suas vítimas podiam ser obrigadas a prender a respiração ou a correr da sala, mas Sarna sentia-se sempre segura desde que fingisse não sentir o *Mushq*, pois a Lei do Peido indiscutivelmente diz que "quem sentiu foi quem soltou". Mas as humilhações resultantes de outras "sensibilidades" eram, para Sarna, menos fáceis de ignorar.

— Não é culpa sua, mãe. É uma doença que muitas mulheres têm, mas para algumas é mais grave do que para outras. — Nina constantemente tranqüilizava Sarna.

Mas Sarna preferia compreender sua doença como mais uma confirmação de que ela fora escolhida para sofrer mais do que as outras mulheres.

— Ninguém pode ter isso pior do que eu. Às vezes, acho que todos os meus órgãos vão desistir de mim. Coração, pulmões, rins? Quem sabe qual será o próximo a sair?

Nina teve vontade de perguntar: e a verdade? Tem alguma chance de a verdade ser a próxima a sair? Ela não cogitava que todos os problemas físicos de Sarna pudessem ser uma expressão dessa verdade. O corpo é uma evidência. Qualquer que seja a história fantástica que a cabeça desenrole, o corpo sempre a trairá.

Sentada no chão do quarto naquela noite, Nina não conseguiu encontrar nenhum sentimento bom em relação a Sarna. Ficou com raiva de ainda tentar buscar a amizade da própria mãe. Por quê? Ela sobrevivera uma vida inteira sem a figura materna; que diferença faria agora ser reconhecida pela mulher perturbada que estava na cama?

Sarna soltou um gemido, e a ruga funda entre suas sobrancelhas afundou ainda mais. Nina olhou para o relógio. Já eram quase cinco horas. O sol prematuro da manhã se erguia; entrou furtivamente pela brecha entre as cortinas e maculou as paredes com sussurros de amarelo.

—Você vai ter que esperar mais uma hora para tomar mais analgésicos — disse Nina.

— Não dê uma de profissional para cima de mim — disse Sarna.
— Uma hora não faz a menor diferença.

— Faz, sim.

—Ah, o que você quer é me fazer sofrer!

Nina estava acostumada com aquele tipo de chantagem emocional. Geralmente ela ignorava, mas, naquele momento, a tática a deixou furiosa. Levantou-se do chão e se aproximou da mãe.

— Como você pode dizer uma coisa dessas? Você realmente acha que eu estou aqui para fazer você se sentir mal? É por isso que você me implora para vir ajudá-la toda hora? É para que você só piore sob os meus cuidados?

Surpresa pela reação audaciosa inesperada, Sarna levantou a mão para obrigá-la a parar.

— Eu durmo aos pés da sua cama, no chão duro, noite após noite porque eu quero que você sofra? Eu limpo o seu sangue e a sua merda porque eu quero que você sofra? Eu dou banho em você e visto você e alimento você porque eu quero que você sofra?

— Oh! Silêncio. — As vibrações da voz de Nina ressoavam no útero de Sarna: cada palavra era um golpe.

— A maneira como eu tomo conta de você é como uma mãe deveria cuidar de um filho — disse Nina.

Sarna fez uma careta. Era difícil saber se ela estava prestes a gritar ou a explodir em lágrimas.

— Chega. Não se pode falar nesse tom — disse ela, apressadamente.

Nina caiu de joelhos ao lado da cama e jogou a cabeça nas mãos. Ela parecia uma suplicante desesperada num banco de igreja, lutando para conseguir uma negociação final com o Todo-poderoso.

— É só para isso que eu sirvo? Para limpar as suas sujeiras? Durante toda a minha vida, eu recebi apenas parcas sobras de você. Só mereço os seus restos? O seu corpo velho e frágil para cuidar? O seu coração duro e seco para amar? Só mereço as suas palavras cruéis e raivosas?

O rosto de Sarna mantinha a expressão agoniada.

— Mãe, por que você não diz que eu sou sua filha? Por favor? Por que não consegue simplesmente dizer isso? Por favor, *por favor*.

Sarna fechou os olhos; as lágrimas correram sob suas pálpebras.

— Isso é tudo que eu sempre quis ouvir. Por favor, diga pelo menos uma vez. Me deixe ser o que eu sou por um momento. Deixe-me sentir como é ter uma mãe, só por um minuto. É tudo de que eu preciso.

Sarna abriu os olhos e olhou bem para ela. Através de uma neblina de agonia, cansaço e penúria, ela sussurrou:

— Sim, *beti*. Sim, você é minha filha.

O mundo não se alterou com a declaração. A alegria não encheu o coração de Nina, ela não se sentiu leve a ponto de poder voar. Em vez disso, tudo pareceu congelar. As cortinas, que antes batiam levemente com a brisa que entrava pela janela aberta, pararam de se movimentar. E as duas mulheres que tinham passado toda a vida desejando vivamente, cada uma a seu jeito, a reconciliação, também pareceram congelar no tempo. Nenhuma das duas se aproximou para tocar ou abraçar a outra. Ambas abaixaram a cabeça e choraram, abraçando a si mesmas e às próprias tristezas. Dizer a verdade, embora demande muito esforço, não é o bastante para mudar as coisas. A mudança só se realiza pela prática da verdade.

Nas horas que se seguiram, Sarna reclamou de a dor estar piorando. Não ficou claro se o sofrimento era um efeito do pós-operatório ou da confissão. O médico teve, afinal, que ser chamado para administrar-lhe uma dose de morfina.

— Não sei o que o dr. Jasgul injetou na mãe, só sei que não acabou apenas com a dor, acabou com a memória dela também — contaria Nina depois a Oskar, quando retornou a Manchester. Ele insinuou que o médico provavelmente dera a Sarna memorifina.

Enquanto Sarna se recuperava, mãe e filha não falaram mais sobre o que se passara entre elas. Uma noite, porém, antes de deixar Londres, Nina trouxe o tema novamente à baila. Ficou nervosa de puxar o assunto, mas sentiu-se compelida a ver a revelação ser testemunhada por mais alguém. Havia algo de sonho naquela breve troca de palavras entre ela e Sarna nas primeiras horas da manhã. Nina acreditava que, se a verdade pudesse se confirmar na frente de Pyari, pareceria mais real. Decidiu propor isso à mãe. Não se dera conta de que nem mesmo um anúncio para o mundo inteiro poderia transformar a maternidade num fato concreto. As relações são determinadas pelo que se investe nelas, não pelas palavras empregadas para defini-las.

— Mãe, eu... eu quero contar a Pyari sobre mim — disse Nina. — Só para ela, para mais ninguém. Por favor, você faria isso? Por favor?

Sarna, escorada por vários travesseiros em fronhas de diferentes conjuntos, olhou com ar vago para a filha.

— Sobre eu ser sua filha.

— Que bobagem é essa que você está dizendo?

Nina deu um passo atrás, afastando-se da cama.

— O quê... o que você disse para mim naquela noite. Que eu sou sua filha.

— *Hai*! Que você desapareça! — Sarna levou a mão à têmpora. — Que idéia! Não vá sair repetindo esse absurdo por aí.

— Mas... mas você disse. Você confessou... — Nina titubeou, enquanto os olhos de Sarna brilharam de raiva.

— Por que eu diria isso? Não é verdade.

Nina arregalou os olhos, perplexa.

— Não sei de onde você tirou essa idéia. Preste atenção ao que diz, Nina, ou vai envergonhar a todos nós. — Sarna tentou se sentar, mas tremeu de dor e conformou-se em ficar semi-reclinada.

— Não estou entendendo — começou Nina. —Você sabe... E você de fato *disse* para mim.

— *Você* não está entendendo! Ha! — Sarna a interrompeu. — *Hai Ruba, eu* é que não estou entendendo. — Ela pressionou a mão contra o peito. —Você sempre foi minha irmã, e agora quer ser minha filha. Eu sei que sempre tratei você como filha, e às vezes gostaria que você *fosse*, pois você é uma menina muito boa. *Vaheguru* sabe que você até me chama de mãe, mas dizer uma coisa não necessariamente faz dela um fato.

Nina cambaleou para trás e se escorou contra a parede.

—Você não pode mudar a sua ascendência. Não pode saltar de um galho para outro na árvore genealógica — continuou Sarna.

— Mãe. — A voz de Nina saiu rouca. Ela sentiu como se estivesse sendo desmembrada, gomo por gomo, tal qual uma tangerina.

— Chega desses pensamentos fantasiosos! — Sarna virou o rosto para uma Nina chorosa. — Não quero ouvir isso novamente. Sou uma mulher doente. Não posso me preocupar com essas idéias estranhas. Estou muito perturbada, Nina. Pare já, por favor, *pare*.

Nina foi embora no dia seguinte, prometendo nunca mais voltar. O comportamento de Sarna ao longo dos meses que se seguiram serviu apenas para reforçar essa determinação. Quando melhorou fisicamente, Sarna pareceu se concentrar, como uma finalista, na recuperação da posição dianteira que perdera para Nina na noite em que sucumbira ao seu apelo. Toda a família percebeu sua mudança de atitude. Ela parecia mais segura, considerando-se mais virtuosa do que nunca, e elogiava a si mesma descaradamente toda vez que surgia uma oportunidade.

Para Nina, ela se mostrava a mulher que não era — e que realmente não poderia ser: a mãe de uma filha não reconhecida. Telefonou certa vez para Nina quando apareceu nos jornais uma história sobre um bebê abandonado.

— Você ouviu falar disso? Que coisa terrível. Terrível, simplesmente terrível. Como é que uma mãe pode fazer uma coisa dessas? Como qualquer mulher pode abandonar o próprio bebê? É desumano. *Hai Ruba*, não posso agüentar isso.

Noutras ocasiões, ligava aos prantos porque vira reportagens sobre crianças órfãs por causa da guerra ou da AIDS ou de algum outro desastre que poderia ter sido evitado.

— *Hai*, Nina, *hai* — ela chorava do outro lado da linha. — Meu coração está partido por todas essas crianças que são deixadas completamente sozinhas no mundo. Que injustiça. Que vergonha. *Hai Ruba*, onde está Você? Oh, onde está Deus, pergunto? Esse mundo é cruel demais.

Sarna também contou a Nina que estava patrocinando um orfanato na África e mandando dinheiro para a Unicef.

— Eu tenho que fazer a minha parte, tenho que ajudar no que posso. É um dever de mãe levar ajuda a uma criança que precisa, sendo ela seu próprio filho ou de outra.

Nina ficava profundamente magoada com aquela hipocrisia. Pela primeira vez, conseguiu desenvolver uma verdadeira frieza com Sarna.

— Não vou ser a escravinha para quando ela estiver doente — dizia freqüentemente a Oskar, como se a repetição desse a ela a coragem necessária para manter a promessa.

Um pequeno teste para sua força de vontade surgiu quatro meses depois da noite da confissão, quando Sarna caiu doente com intoxicação alimentar.

— Só Deus sabe o que pode ter causado o problema. Ela só tem comido o que ela mesma prepara. Você pode vir ajudar por alguns dias? — pediu Karam ao telefone.

Depois de horas de agonia, Nina retornou a ligação e se desculpou, dizendo que não podia pedir folga no emprego avisando tão em cima. Seguiram-se semanas de culpa. Nina tinha dificuldade para dormir porque se sentia mal. Sarna pareceu compreender que fora deixada de lado e disse exatamente isso em infinitos monólogos telefônicos repletos de autopiedade.

Manter-se distante de Sarna não era a solução, e Nina sabia disso. Mas ela se sentiu compelida a manifestar a sua dor do único jeito que conhecia: recusando o seu amor. Quem ama, no entanto, não consegue esconder isso de verdade. O amor entre pessoas unidas por laços de família, mesmo quando ele se vê posto à prova e testado, ferido e sem reciprocidade, é talvez o mais permanente de todos, porque é amarrado pela dívida, pela nostalgia e pela identidade. Isso não significa que esse amor seja sempre expresso adequadamente. Muitas vezes, não o é. Mas o tempo acaba revelando a sua constância.

33.

Rajan deu aos pais a notícia de que Pyari estava se divorciando.

— *Hai*! *Hai Ruba*, não. — Sarna desmoronou no sofá de couro novo, de três lugares, como se tivesse sido atacada fisicamente.

Karam se levantou dramaticamente, ao mesmo tempo, como se algo tivesse explodido sob ele. Seu turbante foi empurrado temporariamente para cima, de modo a deixar a cabeça descoberta, apoiando-se no seu topo como o chapéu de um chefe de cozinha, e tremendo precariamente sobre as orelhas, como se ele também tivesse sofrido um abalo.

— Eu sei que isso deve ser difícil para vocês, mas lembrem-se de que é ainda mais difícil para Pyari. Ela precisa do apoio e da compreensão de vocês. Temos que ser fortes para ela — disse Rajan.

— Mas, mas... — Karam se remexeu instavelmente de pé, antes de sentar de novo e respirar fundo.

Enquanto, isso Sarna continuava a se contorcer e a gemer no sofá.

— *Hai, satyanaas*! Oh, desastre! *Hai Ruba*, nos salve!

Rajan, sentado de pernas cruzadas numa poltrona, olhava incrédulo ao seu redor. Não é de admirar que Pyari não tivesse querido contar a eles. Já é bastante difícil lidar com o fim de um casamento sem ter que assistir aos pais tendo um colapso nervoso. Que diabos ele estava fazendo ali? Por que era sempre ele que tinha que dar as más notícias ou administrar decisões difíceis? Ele se sentia um quebra-galho que era sempre convocado em momentos de crise.

— Olha, nada vai mudar de fato. — Rajan tentou acalmar os pais. — Pyari vai ficar aqui com os meninos, e Jeevan vai continuar no Canadá. Superficialmente nada se altera. Eles têm levado vidas separadas há muito tempo.

— Se nada vai mudar, por que ela tem que fazer isso? — perguntou Karam.

— Foi uma decisão dela. Ela disse que está tudo acabado entre ela e Jeevan. Vocês sabem que o divórcio não é nada de mais hoje em dia — disse Rajan.

— Hum! — Sarna rosnou e se sentou. — Que garota mais burra, está tomando a decisão mais estúpida. Nenhuma mulher desiste tão facilmente do marido. Como é que ela vai sobreviver?

— Mãe, não dá para você colocar de lado suas idéias antiquadas só por um instante e ter um pouco de compaixão? É muito, mas muito mais fácil ficar presa a um casamento ruim. É preciso ter coragem para terminar — começou Rajan.

— Ha, ha, ha, olha só quem é o especialista em casamento agora, sr. Nunca-Foi-Casado Rajan, que tem uma namorada nova a cada seis meses. — Sarna sacudiu a mão na frente dele como se fosse uma borracha tentando apagá-lo. — "É mais fácil ficar" uma ova. O que é que você entende de ficar, hein? Você não consegue ficar mais tempo do que uma bala de revólver. Está sempre saindo em disparada, como um tiro. Até quando vem visitar seus pais, você está sempre olhando para o relógio, contando os segundos para se mandar. *Hai*, olha só você, conferindo a hora agora mesmo...

— É porque eu realmente tenho uma reunião — disse Rajan, tirando os olhos do relógio de cobre em forma de África. Os ponteiros negros lhe informavam que ele tinha mais dez minutos.

— *Hai*! A sua vida parece uma enorme reunião. Até *nós* só temos direito a algum horário vago na sua agenda. Você aparece talvez para nos ver uma vez a cada dois meses e depois entra na dança das "reuniões". É verdade! Pergunte — Sarna virou o rosto para Karam. A não complacência dele não a desanimou. — Você está sempre tão apressado que não consegue nem parar quieto.

— Essa conversa não era para ser sobre mim. — Rajan fechou e abriu os punhos das mãos. — Deveríamos terminar de falar sobre Pyari, porque eu tenho que sair logo.

— Vai, sim, vai, vai. — Sarna agitou as mãos como se estivesse tirando migalhas do peito. — Está vendo como é fácil sair? É só pegar a bolsa e ir embora. Deixa eu explicar para você: *ficar* num casamento é a coisa mais difícil. Pergunte para *mim*. Você não tem a menor idéia de tudo o que tive que suportar. Você não pode nem começar a imaginar. Sofri pelos meus filhos, e para quê? Para ouvir eles me passarem sermão sobre como é fácil sair? Raja, respeite-me. Você acha que todos esses hábitos modernos-modernosos são o ideal, mas famílias como a nossa não sobreviveriam se não fosse por mães como eu, que *nunca* escolheram o caminho fácil.

Rajan, mais obediente por conta daquela explosão, não respondeu nada.

— Talvez ainda haja uma possibilidade de tirarmos da cabeça de Pyari essa... idéia. — Karam trouxe a conversa de volta para o assunto em questão. Ele não conseguiu dizer a palavra "divórcio".

— Eu acho que não, pai. Eles já deram entrada nos papéis — disse Rajan.

Mesmo assim, Karam e Sarna falaram com Pyari, tentando, cada um a seu jeito, pressioná-la a reconsiderar a decisão.

— Jeevan fez alguma coisa? Eu posso conversar com ele? — perguntou Karam, quando conseguiu ficar sozinho com a filha.

— Não, *pithaji*, ele não fez nada — disse Pyari, acrescentando para si mesma o comentário: "*e é esse o problema.*"

Jeevan sempre se dedicara mais à profissão do que à família. Pyari foi percebendo aos poucos que ele era viciado em trabalho, e depois, foi se dando conta gradualmente de que não conseguiria mudá-lo. Finalmente, admitiu a derrota e voltou para Londres com os filhos.

— *Achah*? Mesmo? Então, por quê? Por que precisam se separar? — Karam não conseguia se conformar com uma atitude extrema como era o divórcio de Pyari por motivo aparentemente irrelevante.

— Não há mais nada entre nós. O casamento não faz sentido. É só fachada — disse Pyari.

— Mas é um excelente casamento de fachada! — disse Karam, abruptamente. — Ele no Canadá, você aqui. Vocês têm as crianças, você nunca o vê, ele sustenta você. Pense um pouco no que está fazendo. Tanta gente vive junto só de fachada e é um fiasco total. Sua mãe e eu, por exemplo:

que tipo de casamento é esse? Para você e Jeevan, o arranjo é perfeito. Vocês podem ficar separados sob a máscara respeitável do casamento. Eu sempre disse que os casamentos mais felizes são aqueles nos quais marido e mulher não precisam se ver. Você viveu aqui sozinha durante tanto tempo. Por que terminar tudo agora? Ninguém se importa que você não se entenda com seu marido, mas todos vão comentar se você o abandonar. Isso não é coisa que se costume fazer entre nós — disse Karam. — Você vai, *por favor*, refletir sobre voltar atrás?

— *Pithaji*, agora já é tarde.

Embora o ponto de vista de Karam a tivesse magoado, ela não se ofendeu com ele por ter dito o que pensava. Entendeu que ele estava preocupado e tentava ajudar da única maneira que conhecia — enaltecendo os valores nos quais se apoiara por toda a vida.

Nas palavras de Sarna, no entanto, parecia haver intenção deliberada de ferir. Ela sentava-se rotineiramente ao lado de Pyari no sofá de couro cor de creme da sala de estar e passava-lhe um sermão.

— Essa vida não é fácil. Ser mulher é sofrer. *Sofrer*. Quando você compreende isso, tudo fica mais fácil de aceitar.

Sarna recorria regularmente à triste situação das mulheres para defender seus argumentos, mas não usava a palavra em sentido coletivo. Quando dizia "mulheres", ela estava realmente apenas se referindo, de um jeito grandioso, a si mesma. Admitia, sim, que outras mulheres tivessem sofrido. Mas *ela* experimentara um terremoto de agonia, enquanto o resto das mulheres havia sentido apenas os tremores. Esse modo de encarar as coisas capacitara Sarna a enfrentar a vida. Quando se deu conta de que as suas escolhas inevitavelmente lhe trariam sofrimento, ela decidiu abraçar-se a ele. Teve gosto pelo papel de mártir, cortejou, deu boas-vindas e inventou infortúnios. Era mais fácil agüentar seu mundo se ela se visse nele como vítima.

— Olhe para mim. Depois de tudo que seu *pithaji* fez, ainda estou aqui ao lado dele, cozinhando e limpando a casa para ele. Se eu consegui agüentar isso, por que você não consegue? Hein, por quê?

Pyari nunca entendera como Sarna podia apresentar seu casamento como modelo a ser copiado. Pais normais aconselham os filhos a não cometerem os mesmos erros, mas Karam e Sarna, apesar de declaradamente não gostarem de estar juntos, aclamavam como grande conquista o fato de ainda permanecerem casados.

— Jeevan bateu em você?

Pyari fez que não com a cabeça.

— Ele abusou de você? Foi infiel?

Pyari fez de novo que não com a cabeça.

— Não? *Hai*! Pense nas pobres mulheres, como Nina, que ficaram viúvas! E você aí jogando fora um homem inteiramente decente — disse Sarna.

Pyari olhou para a mãe e se perguntou se ela entenderia que negligenciar era um maneira de ser infiel, e que a ausência de amor podia ser um tipo de morte. Até então, apenas Nina percebera isso instintivamente. Muito antes de Pyari dizer qualquer coisa quanto ao casamento não estar indo bem, Nina já pressentira. E ela a reconfortara, certificando-a silenciosamente de que tudo ficaria bem.

— Como você pôde pedir uma coisa dessas? Como é que você pôde mesmo dizer a palavra, quanto mais torná-la realidade? Você sabe que aos olhos do mundo uma mulher não é nada sem um homem? Por que você acha que eu fiquei com seu pai? — Sarna agarrou uma almofada e começou a mexer nos espelhinhos bordados nela.

— Foi uma decisão de Jeevan também — disse Pyari.

— Aaaah! — Uma nova luz foi lançada sobre o assunto. — Bom, o que você esperava que acontecesse depois de deixar um homem sozinho fazendo o que bem queria durante tanto tempo? Ele arrumou outra.

— Ele está ocupado demais trabalhando para arrumar outra pessoa.

— Ha! Trabalho! — Ela socou a almofada com a mão fechada. — É isso que eles sempre dizem, mas trabalho é a desculpa que usam para se divertir. Quantas vezes alertei você para os truques que esses homens inventam? Todas as vezes em que você dizia "ele está trabalhando", eu perguntava: "Você tem certeza?" Você se lembra? É isso que acontece quando você ignora sua mãe. *Hai*! Em que trapalhada você foi se meter. *Hai*, meu coração está partido, é sério, meu coração está partido.

Sarna começou a soluçar. Todo o seu sofrimento teria sido em vão se a sombra da vergonha caísse sobre sua filha.

Pyari cruzou os braços e as pernas. Por que o coração *dela* é que estava partido? Por que era *ela* que estava chorando? Nem uma só vez Sarna perguntou a Pyari como ela estava se sentindo ou como estava enfrentando as dificuldades. Nem uma só vez Sarna tentou dizer a ela que tudo ficaria bem.

Sarna tirou um lenço de papel de dentro do sutiã, depois enxugou os olhos e assoou o nariz.

— Eu tenho certeza de que, se você voltasse para ele, ele a aceitaria. Se você pedisse desculpas e se mudasse outra vez para o Canadá, ele concordaria.

Pyari arregalou os olhos.

— O que é que você está dizendo? *Eu* tenho que *me desculpar* pelo quê?

— Por tê-lo deixado sozinho — disse Sarna, como se estivesse dando o conselho mais sábio do mundo. — O lugar de uma mulher é ao lado de seu marido. Agora sua vida acabou. O que você é sem um homem? Os homens não querem mulheres já gastas, de meia-idade, com filhos adolescentes; eles querem garotas jovens e com tudo no lugar.

— *Mi, por favor.*

— Não, você vai ouvir. Precisa ouvir a verdade. — Sarna colocou a mão na perna da filha, como se para segurá-la, enquanto continuava a explanação.

A verdade! Pyari se afastou. Quem era ela para falar em verdade?

— Eu sei que nesse país as pessoas acham que não há nada de mais em ficar sozinha. Mas para nós ainda é uma maldição. Sorte a sua de não ter nenhuma filha, pois, se tivesse, você poderia esquecer a possibilidade de arrumar um marido decente para ela. Ninguém quer fazer parte de uma família que tem — Sarna fez uma pausa e depois sussurrou — *divórcio*. Dá azar.

Pyari olhou para o talho bem remendado no couro do braço do sofá à sua direita — a falha que permitiu a seus pais um desconto extra neste modelo que estava na vitrine da loja. O rasgo no sofá era sagrado — *Vaheguru* socorra você se tocar nele na frente de Sarna. As feridas de sua filha, por outro lado, não eram tratadas com tanto cuidado.

—Você não pode se fiar em filhos, filho homem especialmente. Agora Amar e Arjun mantêm você ocupada, mas logo, logo eles vão para a universidade. Depois eles vão ter trabalhos e namoradas e nem um minuto para você. Pergunte a mim. Eu bem que sei. Olhe o seu irmão. Ah, o grande *baba*. — Sarna balançou a cabeça em sinal de desaprovação, mas não conseguiu segurar um sinal de afeto na voz. — Eles todos abandonam você no final. O que quer que você faça, você os perde sempre. Ninguém sabe disso mais do que eu. É por isso que digo a você para pensar no futuro. Você viu como Nina se esforça. Ela tem andado tão ocupada com o trabalho ultimamente que nem tem tempo de vir aqui passar uns dias. *Você* pensou em como vai fazer para se sustentar?

Sarna afofou a almofada e a colocou, como um presente, no colo de Pyari, como se o objeto pudesse dar a ela a suavidade e o apoio que a mãe não era capaz de dar.

Pyari ignorou a almofada.

— *Pensei, sim*. Quero abrir um negócio meu, de costura...

— *Hai*! Você vive num mundo de sonho. *Fiteh moon*! Seu pai tentou entrar no ramo de roupas e olhe onde isso o levou. Ele foi despido da própria dignidade.

Sarna viu Pyari se retrair, se encolher no sofá. Ela poderia ter abraçado a filha se tivesse prática nesses gestos afetuosos. Mas sua expressão se dava por meio de palavras e temperos. E da doença — embora isso fosse, muitas vezes, um monólogo que o corpo recitava contra a vontade dela.

— Pense no seu pai e em mim — arriscou Sarna mais uma vez. — Pense em tudo o que fizemos por vocês, nossos filhos; e *depois* pense no que *vocês* fizeram por essa família. Seu irmão nos desgraçou ao não ter se casado. As pessoas especulam o tempo todo sobre os motivos dessa recusa. Não vou nem começar a contar a você as teorias repulsivas que circulam por aí. E agora você, *você* está pedindo *diuórcio*. — O som "uórcio" saiu sibilando como um míssil da fenda entre os dois dentes da frente de Sarna. — O que as pessoas vão dizer? *Hai*, eles vão ganhar o dia. Eu sei que esses anos todos você andou sozinha por aí, e ninguém nunca disse nada. Mas era porque sabiam que você era *casada*. Assim que a notícia de que você não é mais casada se espalhar, vão começar a falar de você, a inventar histórias, talvez até imaginem *namorados* para você.

Ela já podia ver Persini tripudiando: "*Hai*, que pena. Agora não há mais médicos na sua família."

Pyari ficou magoada pelas infinitas suposições de Sarna sobre as perspectivas carnais de Jeevan, enquanto para ela restava apenas a condenação a uma vida solitária de celibatária. "Sou assim tão horrível que ela não consegue imaginar que ninguém venha a me querer?", pensou ela.

— Não é a idade — continuou Sarna. — Olha só para você.

Ela cutucou Pyari e a examinou impiedosamente. Para Sarna, o corpo esbelto de Pyari não era saudável, seu rosto elegante lhe parecia fatigado, seu cabelo curto, ridículo, e as linhas suaves em torno dos olhos da filha eram vistas como sinistros pés-de-galinha.

— Quem vai querer você agora? Enfie o seu rabinho grisalho entre as pernas e volte correndo para Jeevan, antes que seja tarde demais. Senão, deixa eu explicar bem a você, ele vai encontrar alguém com a metade da sua idade e o dobro da beleza. Enquanto isso, você estará apodrecendo aqui, se matando para pagar as contas e se perguntando por que não deu ouvidos à sua mãe.

Toda aquela preocupação soou como crítica — aquela tendência autodidata de que não conseguia se desprender. Uma mistura distorcida das suas melhores intenções.

Pyari começou a chorar. Ela caiu para a frente sobre a almofada — os espelhinhos da superfície marcaram-lhe o rosto cheio de lágrimas em pequenos pedaços. Sarna, comovida com aquela súbita demonstração de emoção, saiu correndo da sala e voltou rapidamente com uma tigela morna de *sevia*. Com certa dificuldade, ela se ajoelhou diante da filha e ofereceu a ela a translúcida massa cabelinho-de-anjo mergulhada no molho cremoso e doce preparado por ela. Pyari a empurrou.

O tempo passou, as pessoas se esqueceram da situação de Pyari quando outros divórcios mais ressentidos começaram a sacudir a dignidade de sua geração, mas nem assim Sarna conseguia superar a separação da filha. Era uma mancha disforme na imagem imaculada que ela tão longamente cultivara. Tivera esperança de se aquecer sob a luz brilhante das realizações de seus filhos. Em vez disso, os erros deles eram uma lembrança desconfortável de sua própria e inevitável falibilidade. Uma lembrança que Sarna se recusava a aceitar.

O tempo, no entanto, a levaria a uma sutil alteração em sua atitude com relação ao divórcio. Ela foi obrigada a perceber que mulheres separadas conseguiam sobreviver depois do final do casamento. Ver essas mulheres se saindo admiravelmente bem e, em alguns casos, parecendo até mais felizes, a fez questionar a opinião de que "uma mulher não é nada sem um homem". Com o passar dos anos, Sarna viu mulheres divorciadas serem aceitas com mais facilidade até mesmo na comunidade *sikh* e soubera que algumas delas se casaram novamente, com sucesso. Viu na televisão mulheres solteiras ou divorciadas retratadas como heroínas. Pareceu-lhe estranho ver o que para ela era um erro se transformar em realização, e o que considerava um fracasso desfilar como triunfo. O fato de a própria vida de Sarna ter sido um amálgama de idênticos truques de perspectivas, *trompe l'œils*, não a fez se solidarizar nem um palmo a mais com esses progressos. A mudança da opinião pública com relação ao papel da mulher ameaçava a sua cômoda segurança de esposa eternamente sofredora. Ela se deu conta de que Rajan, Pyari e talvez até Nina a considerassem fraca por ter continuado casada. Seu filho já lhe dissera isso, e Sarna não podia suportar. Fraqueza não era a impressão que gostaria de deixar para a posteridade. Ela, que modificara e descartara tanta coisa em si mesma para sobreviver, não seria solapada por nenhuma moda nova de direitos femininos.

Sarna então reavaliou um pouco sua opinião sobre o divórcio.

— Eu bem que gostaria de ter ido embora há anos, quando a idéia me ocorreu pela primeira vez — ela passou a dizer às filhas. — Eu teria ido. Estive pertinho assim de ir. — Ela juntava o polegar e o indicador bem próximos um do outro. — Mas eu não podia fazer isso por causa de vocês, meus filhos. Sempre coloquei vocês na frente.

Quando perguntaram para onde ela teria ido, Sarna respondia sem hesitar.

— Para a Índia, é claro. Eu teria encontrado um lar junto de qualquer uma das minhas irmãs. Elas teriam me acolhido de braços abertos.

Só Rajan conseguiu revidar temporariamente.

— Por que você não faz isso agora, mãe? Você não é feliz, o papai não é feliz. Ainda há tempo.

Eles estavam em pé na cozinha, para onde Sarna levara Rajan sob o pretexto de "ajudá-la", enquanto ela lamentava com afetação sobre quanto a vida era triste.

Emudecida pela pergunta, Sarna logo arrumou uma ocupação. Começou rapidamente a mexer o arroz quente que acabara de tirar do microondas. Por que ela não conseguia abandonar Karam agora? E a resposta em seu coração foi a mesma que sempre a impedira de nem sequer considerar a hipótese de um gesto como aquele: ela tinha medo. Porque, apesar de todas as críticas que fazia a Karam, ele era o seu anjo da guarda. Ele fora primeiro o seu passaporte de recondução à vida social comum e se tornara um passaporte válido para todas as suas penúrias. Ela não podia se imaginar sem ele. E também não podia admitir isso. Então, espertamente, deu uma volta de cento e oitenta graus em seu pensamento e olhou desafiadoramente para Rajan.

— *Hai Ruba*, que filho pode desejar a morte do pai? — ela o repreendeu. — Tenha piedade, Raja. Seu pai não sobreviveria sem mim. É um dever de caridade ficar com ele agora.

Rajan abriu a boca para dizer algo, mas Sarna o interrompeu vivamente.

— De todo modo — ela deu um tapinha na própria testa —, na minha cabeça, que é onde conta, eu já estou divorciada.

"E de fato ela estava", pensou Rajan. Divorciada da realidade.

34.

— Por que você e Pritpal não tiveram filhos? — perguntou Oskar a Nina.

Nina pareceu constrangida.

— Não conseguimos. Tentamos, mas tínhamos problemas, tanto ele quanto eu. Os médicos disseram que não havia esperança.

— Oh.

— Eu sempre quis ter muitos filhos, pelo menos cinco ou seis.

Ela se levantou e foi até a janela. Defronte da sua casa, havia uma escolinha de jardim-de-infância.

— Deve ter sido muito difícil para você.

— Muito, principalmente depois que Pritpal morreu. Me senti tão só. Continuei desejando que nós tivéssemos tido um filho, entende, pelo menos *um*. Uma pessoa apenas que ainda precisasse de mim. — Os cabelos ondulados em volta do seu rosto delicado eram como um mar escuro, revolto, antes de uma tempestade. — Fico muito feliz de ter o meu trabalho. Essa foi a melhor coisa que Pritpal fez: me forçar a estudar enfermagem.

Oskar se aproximou, ficou de pé atrás dela e colocou os braços em volta da sua cintura. Ela era tão mais baixa do que ele que Oskar teve que se curvar para apoiar o queixo sobre a cabeça dela.

— A mãe ficou tão decepcionada. Ela tentou me dar várias dicas. Nada funcionou.

— Que tipo de dica? — Ele imaginou Sarna preparando comidas fertilizadoras amanteigadas para Nina.

— Ela tinha uma fórmula para gerar um menino, um *jeito* especial. Uma parteira no Quênia, Mina *Masi*, contou a ela como fazer. — Ela deu graças por Oskar não estar vendo seu rosto. Só de pensar no método, ficava ruborizada.

— Ha! — riu Oskar. — Ora, Nina, você é uma enfermeira, tem conhecimento científico sobre o assunto. O único jeito de determinar o sexo de uma criança é por algum tipo de manipulação genética.

— Mas isso funciona mesmo. É como a mãe diz que teve Rajan.

— O que você quer dizer com um *jeito*? — Oskar de repente ficou curioso. Ele virou Nina, de modo a ela ficar de frente para ele. —Você está se referindo a uma posição sexual?

Ela escapou do abraço dele e começou a arrumar a cortina de *voal*. Oskar a importunou, pedindo-a para contar o segredo, até que ela cedeu, com a condição de ele fechar os olhos enquanto ela falava.

— Hummmm. — Ele abriu os olhos outra vez, sem muita convicção. — Então foi assim que Pyari teve seus dois filhos?

— Não. A mãe nunca contou o truque para ela. — Nina sentou-se no sofá azul. Atrás dela, na parede, havia um retrato de Pritpal. A moldura era coberta por uma grinalda de flores falsas.

— Que estranho, muito injusto — disse Oskar.

— Eu perguntei a Pyari, e ela me disse que não fazia idéia. — As palavras dela rolavam umas para dentro das outras daquele jeito característico que ele amava. — Eu acho que ela ficou triste de eu saber. "Você não precisa de truques, descobriu seu próprio jeito. Se você só tivesse tido filhas, a mãe teria contado a você", eu disse. Não sei se isso a fez se sentir melhor.

— Essa Sarna é uma mulher estranha. Não consigo compreendê-la.

Ele se sentou de frente para Nina, e, depois, desconcertado pelo olhar fixo do marido morto direcionado para ele da parede, saiu dali e se sentou ao lado dela.

— Fico surpreso de você não ter ido morar em Londres depois da morte de Pritpal.

— Eu fui para lá depois do enterro. Morei com ela por quase três meses. Foi o suficiente. — Ela balançou a cabeça em sinal negativo. — Foi mais do que suficiente. Pensei, a princípio, que talvez ela então me acolhesse, que talvez eu pudesse ser finalmente sua filha. Mas depois percebi que ela não *me* queria. Não quem eu realmente sou. Ela queria continuar a fingir que éramos irmãs.

Nina não fora capaz de suportar a idéia de viver indefinidamente sob o mesmo teto daquela firme negação. A mentira a fazia sentir-se depreciada, mesmo quando se mantinha distante; ficar junto à fonte da mentira teria sido devastador. Como ficar desidratada durante horas ao lado de uma fonte, enquanto ela jorra para longe de você, resistindo à sua tentação de beber.

— A mãe não entendeu como eu me sentia por ter ficado novamente tão só — disse Nina. — Ela tentou me dizer que eu tinha sorte. "Pritpal deixou você bem, com uma boa casa e uma pensão decente. Ele até a poupou do fardo de ter filhos." Eu não ligo para dinheiro. Só queria alguém para amar e que também me amasse. Só isso. — Ela mordeu o lábio. — Então Pyari e Rajan me ajudaram a arrumar desculpas para voltar para cá. E aqui estou eu.

Antes que Oskar pudesse responder, ela se levantou rapidamente.

— Você quer chá?

Ele fez que sim com a cabeça, entusiasmado.

— Eu vou trazer — disse ela, enquanto desaparecia para dentro da cozinha.

Ele adorava o chá dela. Deixara de tomar Earl Grey e passara a tomar PG Tips quando viu que esses eram os saquinhos de chá que ela usava, mas quando era ele que os fazia, ficavam amargos e escuros. Ele perguntou a ela como fazia para que ficassem tão gostosos, mas ela dava sempre respostas evasivas. Ele entrou na cozinha bem na hora em que Nina estava derramando um quarto de uma colher de chá de mel na bebida dele.

— Eu não como açúcar, lembra?!

Ela olhou aborrecida.

— Eu disse que ia levar para você.

— Ou esse é o seu? — Ele sorriu.

— Não, *baba*, é para você. Agora que você viu a mágica, não vai ter o mesmo sabor. — Ela mexeu o chá com impaciência.

Ele tomou um gole — continuava delicioso, e ele disse isso a ela. Ele gostou da idéia de ela secretamente adocicar o chá dele, assim como ela estava secretamente adocicando a sua vida.

— Sabia que em alguns países do Oriente Médio cortejam-se os convidados pela quantidade de açúcar que é colocada no chá deles? Quanto mais você gosta de uma pessoa, mais adocica a bebida dela. E o convidado tem que tomar tudo, não importa quão doce esteja, senão ele corre o risco de ofender o dono da casa.

— Se a pessoa for diabética, vai ter um problema, hein? — Nina pegou o pote de mel que estava três quartos cheio e olhou timidamente para ele. — Mesmo que eu derramasse tudo isso na sua xícara, ainda assim não seria um jeito doce o suficiente de cortejá-lo.

— Mesmo sabendo que o chá ficaria horrível, eu o beberia todo e seria o homem mais feliz do mundo.

35.

Rajan desceu a escada de madeira que dava no porão da casa de seus pais. A sala escura, uma espécie de caverna no subsolo, estava cheia, entulhada com todo tipo de coisa. À esquerda, perto dos pés da escada, estava a mesa de trabalho de Karam. Era coberta de bandejas de ferramentas, latas de graxa de sapato e uma caixa cheia de escovas e discos de couro para polir sapatos. Debaixo delas, havia potes de tinta Dulux usados até a metade. Os olhos de Rajan passearam pela sala em busca dos tomates enlatados que Sarna pedira a ele para pegar lá embaixo. Ele viu as sobras de tapete vermelho enroladas e encostadas na parede. E, mais atrás, no fundo do porão, viu montes desordenados de caixas de sapato, negligenciadas e sujas. As caixas de Oskar ainda estavam lá décadas depois de sua partida.

— Ei, Raja? Encontrou? Olha, estão logo *ali* — disse Sarna, como se *ali* fosse uma indicação precisa, como direita ou esquerda. A voz dela, descendo pelo porão frio adentro, clareava menos do que a lâmpada fraca que iluminava a sala.

Rajan atravessou o espaço estreito, em meio a toda a bagunça, em direção a um grupo de prateleiras largas, carregadas de comida. Pegou várias latas de tomate da prateleira. Tudo lá embaixo era organizado de modo tão ineficiente. Por que os tomates ficavam na prateleira de baixo, quando eram provavelmente usados com mais freqüência, enquanto as gordas latas de óleo ficavam lá no alto, arriscando-se a cair e fazer uma bagunça? Tomado por uma súbita urgência de rearrumar as coisas, Rajan colocou as latas na prateleira de baixo novamente e começou a reorganizar a despensa improvisada de Sarna. *Plaft*, ele ouviu um barulho. Algo atrás, ele não conseguia ver nem alcançar onde, se quebrara. Parecia barulho de vidro ou porcelana. "Merda", pensou Rajan. Ele esticou o braço até o fundo da prateleira cheia e descobriu: o quê? Outra estante?

— Quebrou alguma coisa? — Os ouvidos aguçados de Sarna nunca deixavam escapar nada.

— Não, não, nada. Está tudo bem — respondeu Rajan, sem pensar, enquanto seus olhos depararam com algo que preferia não ter visto.

— Por que você está demorando tanto? Só quero as latas.

— Eu sei, mãe. Estou indo. — Rajan se sentia um pouco enjoado. — Eu ainda estou colocando as coisas...

—Você não tem que *colocar* coisas, só *trazer*.

— Está bem.

Rajan notara que a estante do fundo, onde se guardavam ostensivamente apenas os ingredientes secos da culinária de Sarna, era, na verdade, uma estante dupla. Como tudo na família, ela tinha uma parte escondida. Enquanto mudava as latas de tomate de lugar, Rajan as empurrara na estante, fazendo com que algo deslizasse no fundo, caísse e se quebrasse. Era uma caneca, que fora destruída. Agachado no chão, Rajan puxou para fora os cacos quebrados que ficaram entre a estante e a parede. Antes mesmo de juntá-los, viu que era uma caneca decorada com a bandeira britânica. Rajan sabia onde vira, anos antes, aquela caneca. Era um dos muitos recipientes que ficavam espalhados pela casa do *Chachaji* Guru, guardando todas as moedas que ele recebia, mas nas quais não agüentava nem tocar.

O Guru Cheio-da-Grana não suportava moedas. A idéia de segurar um pedaço de metal depois de ele ter circulado por regiões desconhecidas e passado por incontáveis mãos estranhas, que podiam ter se envolvido em inúmeras atividades obscenas, era algo repulsivo para ele. Evitava, então, usar as moedas e relegava qualquer uma que recebesse aos improdutivos cuidados de uma caneca. Ao longo dos anos, as canecas foram se acumulando, e, embora Guru tivesse nojo demais para tocá-las, continuava se sentindo incapaz de se livrar delas, pois, segundo costumava dizer: "Seja qual for o estado em que ele chega, dinheiro não se joga fora." — Canecas cheias de moedas ficavam dispostas, então, por toda a casa dele. E Sarna eventualmente se servia de uma quando os visitava.

Rajan apanhou a lanterna sobre a mesa de Karam e iluminou a estante de trás. E localizou mais canecas roubadas. Sua visão ficou turva por um instante. "*Merda.*" Com a visão ofuscada, ele chutou os fragmentos da caneca quebrada para trás da estante novamente. Esfregou fortemente os olhos com as mãos, mas não conseguiu deter o fluxo de lembranças que lhe assaltava a consciência.

Momentos esquecidos de inocência o inundaram, então, como episódios de corrupta cumplicidade. Via-se carregando a bolsa pesada de Sarna para o carro no meio de uma visita a *Chachaji* Guru. Ou entrando no quarto de Sarna carregando, cheio de orgulho, o resultado de seus exames de escola e sendo enxotado de lá pela mãe, que, em pânico, contava as moedas que estavam dentro de uma caneca verde de bolinhas brancas. Tudo invadiu Rajan novamente com dolorosa clareza. E quando — ah, por que ele se lembrava disso? — no seu aniversário de 21 anos, Sarna lhe dera cem libras e o fizera jurar que não contaria a ninguém. Ele se perguntara de onde viera o dinheiro. Ele até indagara. Mas sua mãe o confortara:

— Não se preocupe com isso. Apenas aceite. Sua mãe é uma mulher inteligente, ela sempre faz o que é preciso pelos filhos.

Rajan suspeitara de que não deveria aceitar o dinheiro, mas assim mesmo aceitou. Agora a corrupção daquele presente lançou uma nova onda de náusea sobre ele. Ele se lembrou de todos os confrontos passados quando Sarna o acusara, e a todos os outros, de não se importarem com ela e de não avaliarem até onde ela chegara em benefício da família. A cada nova suspeita sobre o teor daquelas declarações, ele não se permitira enxergar, no entanto, a verdade. Mesmo agora, com as evidências se espatifando diante dos olhos dele, varreu-as para o canto e tentou escondê-las.

— *Raja?* — O chamado impaciente o afastou de seus pensamentos.
— Subindo!

Rajan ficou pensando se não fora um erro jamais ter dito nada. Talvez a descoberta das canecas de moeda vazias de *Chachaji* Guru fosse o jeito de o destino empurrá-lo em direção a um confronto com a verdade. Talvez ele tivesse que quebrar o silêncio com o qual todos eles foram coniventes por tempo demais.

Ele pegou as latas de tomate e subiu as escadas do porão escuro. O ar da cozinha estava pesado pela mistura de cheiros de diferentes pratos.

Aromas aguados bateram no rosto de Rajan como o calor úmido de uma sauna a vapor. Ele foi engolfado pelos braços sedutores do *Mushq*, enroscando-se em volta dele, macios como fitas, tentando arrancá-lo das dores do passado e trazê-lo para os prazeres palatáveis do presente. O estômago de Rajan roncou em aprovação, e sua boca seca inundou-se com um borrifo esperançoso de saliva, até ele ouvir a voz da mãe e a magia do cheiro se quebrar:

— Demorou *tanto*. Quebrou alguma coisa?

Rajan não olhou para ela.

—Acho que não. — Ele entregou as latas para Pyari, evitando o olhar dela também — Você tem coisas demais lá embaixo. O que você está guardando? O lixo do mundo inteiro, não é? Não sei por que você não joga nada fora. Fiquei enjoado com aquilo tudo. Esse lugar está cada vez mais sufocante. Eu não agüento mais. Vou sair, preciso de ar fresco.

— Mas a comida está pronta! — Sarna mostrou a ele todas as panelas e caçarolas ferventes.

"Por que mentira?", perguntou-se Rajan enquanto atravessava rapidamente a rua e caminhava para o parque. Teria sido tão fácil insinuar alguma coisa sem ser explícito. Ele poderia ter dito:"É, eu acho que uma caneca quebrou. Uma das canecas antigas Deus sabe de onde. Toda essa velharia está lá atrás da estante, mãe, você deveria se livrar disso." Pronto, fácil. Ele teria insinuado casualmente que sabia e aliviaria a própria consciência sem magoar a mãe. Ou ele poderia ter sido mais duro. Poderia ter mostrado a ela a caneca quebrada e dito: "Mãe, essa caneca é de *Chachaji* Guru. Eu a quebrei sem querer. Eu vi mais canecas dele no porão. Posso adivinhar como você as conseguiu. Eu entendo por que você as pegou, mas o que você fez foi errado. E ter me envolvido também foi errado. E pode parar de fingir agora, porque eu sei, e está tudo bem. Você ainda é minha mãe e eu amo você." Mas ele não disse nada. Pior, mentira e depois se calara. Exatamente como ela.

Por que a mãe o envolvera em seus pequenos crimes? *Ela* conseguia, de modo tão conveniente, esquecer tudo e vestir a máscara da santa oprimida, enquanto o resto da família estava no mundo real e continuava a se lembrar. Rajan se sentiu furioso por estar ainda ligado a ela por algum cordão invisível que o impedia de tratá-la como trataria qualquer outra pessoa que se comportasse como ela. Com a sua cabeça de advogado, treinada a avaliar evidências com rigor e a declarar julgamentos, ele poderia ter dado facilmente o veredicto — culpada. Mas o coração complicou as coisas. Seu coração se interpôs e pediu que ele tentasse entender e que tivesse piedade. Mas Rajan não podia confiar inteiramente em seu coração, porque já se deixara guiar por ele antes e se decepcionara. Fora o coração dele, ansioso para agradar ao pai, que o deixara ser forçado a estudar direito. Seu coração o fizera achar que, ao seguir a profissão, poderia ser absolvido da decepção que manchara sua juventude. Por fim, no entanto, sua natureza não tolerou as restrições das leis. Seu coração se rebelou contra a disciplina jurídica — embora isso não o tivesse impedido de sofrer durante anos pelo próprio desencantamento e pela decepção que causara à família.

O coração fizera Rajan rir, certa vez, quando Sarna pronunciou errado a palavra "advogado", dizendo "avacalhado". Por mais que a corrigissem, ela nunca conseguiria acertar. Agora isso o ofendia. Não era de admirar que ela frisasse tanto o "avacalhar" — "a única lei que ela conhece é a da mentira", pensou ele. Rajan atravessou a passos largos a grama molhada do parque. Nunca lhe ocorrera que Sarna pudesse ser parte dos motivos pelos quais ele acabara no mundo obscuro da publicidade, onde a maioria das coisas vagava por uma área cinzenta entre o verdadeiro e o falso.

Ele chegou até as redes de críquete do parque. Quantos verões passara ali, treinando. Isso foi antes de tudo ficar tão complicado. Ele começou a caminhar de volta. Quando se aproximou das margens do parque em frente à casa dos pais, viu Sarna de pé na rua esperando-o. A visão dela parecendo perfeitamente normal, enquanto ele se sentia tão atormentado, reacendeu-lhe a fúria.

— A *comida* está pronta. Venha *comer*.

— Está bem, mãe, já estou chegando — disse Rajan, enquanto seu corpo continuava a contradizer-lhe a voz, virando-se e caminhando para o outro lado.

— Está *chegando*? Você parece é estar *indo*!

Rajan continuou a andar.

— A comida está ficando... *fria*!

Rajan a ignorou.

— Ai, ai, alguém fale com esse menino.

Ele vagou sombriamente pelo parque. De vez em quando, olhava, exausto, para além do gramado molhado, para a casa dos pais, e franzia a testa. Geralmente quando saía de lá, conseguia esquecer os dramas que se armavam na residência, conseguia fingir que eles não existiam. Hoje, a austera fachada vitoriana de tijolos teimava, como um vulto, em se inserir no seu campo visual. A fria tarde de novembro ainda mostrava sinais da chuvarada daquela manhã. Em toda parte, galhos e folhas de relva sacudiam gota a gota sua camada de água com pequenos tremores. Seus sapatos, leves com sola de couro, começaram a ficar ensopados, e ele tremeu de frio também. Na pressa de sair, ele se esquecera de apanhar o casaco, e agora enfrentava bravamente os elementos da natureza só com uma camiseta fina de mangas compridas. Olhou de novo para a casa e viu Pyari se aproximando. Ela atravessou o parque, um copo cheio de vinho em movimento, faixas de um xale cor de vinho derramadas sobre suas pernas bonitas vestidas com calças pretas.

— Posso caminhar com você?

Rajan deu de ombros. Enquanto se afastavam outra vez da casa, ela disse:

— Isso é por causa da caneca de *Chachaji* Guru?

Rajan parou e olhou para ela.

— Você sabe?

— Rajan, ela é minha mãe também. Eu tive minhas próprias experiências com os... hábitos dela. Fui cúmplice deles e beneficiada por eles.

Rajan se sentiu levemente aliviado. Havia alguém ali que não só sabia a verdade, como estava comprometida do mesmo jeito com ela.

— Você nunca disse nada.

— *Você* nunca disse nada! Imagino que ela também tenha feito de você um temente a Deus. — Pyari balançou a cabeça em sinal de desaprovação.

— Mas como foi que você adivinhou isso agora?

— Eu não adivinhei. Ela me mandou ir lá embaixo depois que você saiu para ver se você tinha quebrado alguma coisa.

— Ela é inacreditável! Ela pensou que *eu* estava mentindo!

Pyari olhou para ele:

—Você *estava* mentindo.

— Estava, mas ela *supor* isso é demais. Quero dizer, que hipocrisia! Pensei que a estivesse poupando quando resolvi não falar nada. Estava tentando fazer um favor a todos nós. Ela é inacreditável. Você contou a ela, então?

— O que você acha? Claro que não.

— Eu não sei por que fiquei com a boca fechada. — Rajan deu um soco na palma da mão. — Nós todos pisamos em ovos, tentando não magoá-la, enquanto ela nem pensa duas vezes quando se trata de pensar o pior de nós. Não acredito que ela tenha mandado você lá embaixo para confirmar! Ela é uma, é uma...! —Várias palavras feias chegaram-lhe à ponta da língua.

— Rajan! — Pyari o interrompeu.

— É verdade. Ela passou a vida inteira acusando o papai de ser mão-de-vaca, enquanto ela própria passava a mão leve em canecas de dinheiro por todo lado. Levando em conta tudo o que sabemos, ela deve praticar esse esporte até hoje. Na próxima vez que ela der a Amar ou a Arjun uma nota de dez libras, só se pergunte se eles não deveriam agradecer, em vez de a ela, ao Guru Cheio-da-Grana.

Pyari percebeu que ele precisava desabafar.

— Aposto com você que a mamãe está no porão agora mesmo. — Ele apontou para o chão. — Posso garantir que, apesar do que nós dois lhe dissemos, ela está remexendo em tudo lá só para confirmar as suspeitas dela. Bom, melhor assim! Espero que ela encontre a maldita caneca. Eu me arrependo de não ter deixado os pedaços da caneca quebrada bem no lugar onde ela caiu. Na verdade, eu me arrependo é de não ter quebrado outras. Queria esmagar todas as canecas no chão e expor a falsidade dela com um barulho enorme de louça quebrando. Estou cheio, sabe, de ficar pisando em ovos com ela o tempo todo. Ela faz todo mundo dançar conforme a música distorcida dela, e eu não vou mais fazer isso. Somos nós que vamos acabar pagando por todos os absurdos dela se não fizermos nada quanto a isso. Vou contar a ela.

— O quê? — Pyari apertou mais o xale em volta de seu corpo. Cheirava ao frango a ervas-doces de Sarna. — O que você vai contar a ela? Vai falar sobre as canecas? Sobre Nina? Por onde você vai começar? E onde você vai parar, se começar? E o *pithaji*? Você vai contar a ele também enquanto estiver levando a cabo essa empreitada?

Rajan ficou, então, em silêncio. Isso seria difícil. Nada era íntegro naquela família. Cada problema se derramava desordenadamente em outro que envolvia outra pessoa.

—Vou só dizer a ela que sei de tudo. — Ele pôs as mãos nos bolsos.

— Ah, essa é boa, Rajan — parabenizou-o Pyari, irônica — E que diferença você acha que isso vai fazer? *Ela* é a única pessoa que sabe. *Ela* conhece a versão verdadeira. Nós somos todos pobres coitados mal informados.

Eles deram a volta e passaram a caminhar em silêncio em direção à casa. O cheiro da comida de Sarna chegou a eles como um mensageiro enviado para lembrá-los de que ela estava esperando. Rajan fungou rapidamente várias vezes, e seu estômago roncou novamente, como prevendo o banquete. Desta vez Karam estava esperando do lado de fora.

— É melhor vocês entrarem agora — disse ele. — A comida está esfriando, e a mãe de vocês está ficando toda esquentada.

36.

NINA ESTAVA DE PÉ SOB O PLÁTANO no jardim dos fundos da sua casa e girou os ombros. O sol quente de julho penetrava pela copa fechada de folhas e atingia o solo, pintando-o com uma luz ofuscante como a de uma discoteca. Nina, salpicada por esse clarão de estroboscópio, levantou os braços e entrelaçou os dedos de modo que seus braços, como as alças de uma bolsa, levantaram seu corpo inteiro. Meia hora de jardinagem e ela se sentia como se tivesse passado a tarde toda fazendo ginástica. Erguendo-se na ponta dos pés, ela arqueou a coluna e suspirou. Podia-se compará-la a uma ave-do-paraíso executando o ritual da dança do acasalamento. Oskar teria ficado excitado ao vê-la — toda cheia de curvas e se movimentando ao ritmo dos próprios pensamentos. Mas ele estava debruçado despreocupadamente sobre as flamejantes dálias cor de fogo, envolvendo-as com barbante para dar a elas melhor sustentação. Sua camiseta branca se esticava em suas costas, revelando a estrada esburacada formada por sua coluna; cada vértebra era um policial em repouso aguardando para ser percorrido pelo toque dela.

Nina negligenciara completamente o jardim depois da morte de Pritpal. Não que ele fosse abençoado com um dedo verde, mas ao menos cortava regularmente o gramado. Ela o deixara crescer até virar mato — o que tinha sua graça, mas tornava o espaço pouco convidativo para ser aproveitado nos dias quentes, como Oskar adorava fazer. Desde que deixara para trás sua existência introvertida, ele desenvolvera uma paixão por ficar ao ar livre. Ele passara o último ano domando e transformando o jardim selvagem de Nina. E a envolvera no processo também, ensinando-a a reconhecer as sementes, apontando as flores que deveriam ser podadas, deixando-a escolher as sementes que plantariam juntos. Nina não podia acreditar que um trabalho tão confuso e sujo como aquele lhe daria tanto prazer. Ela ainda dava gritinhos quando via lesmas ou minhocas, mas gostava de passar o tempo ali fora com Oskar. Encantava-se com o resultado do trabalho deles, e fazia um alvoroço a cada vez que aparecia um novo botão de flor, como se ele fosse um mundo em pleno processo de geração. Com Oskar, ela se aventurou para além dos perímetros seguros de sua rotina solitária e descobriu aventuras esperando sedutoramente por ela a cada esquina. Mesmo a caminhada diária até o ponto de ônibus lhe parecia um passeio por uma praia exótica quando ele estava com ela.

Nina olhou o jardim à sua volta e sorriu. Os cravos-de-defunto eram ainda esparsos botões amarelos num canteiro estreito. Ela mal podia esperar para vê-los todos florescerem, abrindo-se no formato escolhido por ela para arrumar as sementes: OK. O nome dele decorado em ouro atravessava o seu jardim, assim como atravessava o seu destino. Ela imaginou os dois vivendo ali ano após ano. Para sempre. Mas, neste momento, um espasmo de culpa refreou-lhe a fantasia. Ela ainda não contara a ninguém da família sobre Oskar, nem mesmo a Pyari. Em parte porque não sabia ao certo o que dizer e em parte por ela não *querer* dizer nada. Então agora ela, que era um segredo, tinha um segredo também. Ela começara a entender o fardo do enganador, que é diferente daquele de quem é enganado. As perguntas banais da conversa diária viraram armadilhas. "Como vai você? O que fez no final de semana? Por que não telefonou? Quando virá nos visitar de novo?" Bem. O de sempre. Estava ocupada. Em breve. Até as respostas vagas estavam cheias de falsidade. Ela se surpreendia com a própria capacidade de ser insincera, sofria com isso. Ela *ia* contar a eles. Mas não agora.

— A mãe está doente — disse Nina, entrando no jardim. Era um outro dia de calor intenso do mês de julho mais quente de que ela conseguia se lembrar.

— De novo? — Oskar franziu as sobrancelhas.

Nina adorava o vinco na testa dele, parecia um V de vitória.

— De novo, mas desta vez é sério. Ela está com um caroço na garganta.

— Oh.

— Ela já vinha reclamando para mim de dor e rouquidão há algumas semanas, e eu simplesmente não dei importância, dizia a ela que provavelmente era um resfriado ou algo do gênero.

— Bom, você não podia adivinhar. E além do mais, ela não deveria ter perguntado a você. Você não é médica. — Oskar continuou regando as plantas.

— Eu sei, eu sei. Eu deveria ter... eu — a voz de Nina ficou embargada.

— O que houve? — Oskar largou a mangueira e foi até ela.

— Ela vai ter que passar por outra cirurgia.

— Por quê? Quero dizer, que tipo de cirurgia? Que tipo de caroço? Não é... não é... câncer?

— Ela acha que é. — Nina mordeu o trêmulo lábio inferior.

— *Ela* acha que é? Bom, o que foi que o médico disse?

— Sim... não... Eu não sei. Nós só nos falamos pelo telefone. Quando ela disse "câncer", eu fiquei muito nervosa, e aí ela começou a chorar, e eu não consegui mais pensar direito.

— Está bem, olha, fique calma. — Oskar segurou a mão dela. — Não comece a imaginar coisas. Você sabe que ela já se autodiagnosticou com câncer antes, e no final não era nada.

Uns dois anos antes, Sarna levara alguns tombos que a deixaram machucada e de cama. Sem conseguir encontrar um termo médico que soasse grave o suficiente para o que na verdade era uma combinação de velhice, descuido e sobrepeso, ela insinuou que talvez estivesse com câncer. Ela ouvira falar de infinitas partes do corpo nas quais a doença podia se manifestar: cabeça, estômago, seio, pele, até dedo. Não parecia improvável, então, que ela pudesse ter um câncer de tombos. Todos expressaram alguma indignação com aquela insinuação. Suas filhas lhe mostraram que ela não apresentava a perda de peso normalmente associada à doença. Karam lembrou a ela que a malária sempre fora o mal padrão dos ignorantes quando eles moravam na África. Malária *ya tumbo*, malária *ya kichwa*, malária *ya muguu* — dor de barriga, dor de cabeça, dor no pé —, tudo era malária. Mas Sarna só desistiu do diagnóstico quando Rajan a repreendeu severamente por estar banalizando o câncer.

— Não se lembra de todo aquele rebuliço em torno do câncer de tombos? Foi você quem me contou — recordou Oskar. — E, além do mais, como ela foi parar direto no estágio da cirurgia? Ela já fez uma biópsia? Desculpe, mas esta parece mais uma manifestação da vontade dela de chamar a atenção.

— Mas ela parecia tão chateada no telefone. E não parava de implorar que eu fosse para lá ajudá-la. Ela não faria isso.

— Ah, ela faria, sim. Está tentando manipular você, como sempre. Fique calma e pense bem nisso, Nina. Sem dúvida ela percebeu que você anda mantendo uma certa distância dela. Ela provavelmente achou que a única maneira de fazer você ir até lá seria inventando um pretexto bem sério. Estou certo de que ela está tentando fazer você se sentir culpada a ponto de ir até lá correndo para cuidar dela. Ela está...

— Sua água — disse Nina, de repente.

— O quê?

— A mangueira, a mangueira! Você tem que desligar a água — ela gesticulou.

— Ai, meu Deus! — A água estava espirrando em cima dos amarantos, lambendo sensualmente as tranças deles, afogando-as em adoração. O excesso daquela paixão escorria no jardim pelo caminho que ia dar na porta dos fundos da casa.

Oskar agarrou a mangueira, com a intenção de apontá-la para outro lado, mas ela serpenteou petulantemente na mão dele e molhou Nina. Ela deu um gritinho. Oskar riu e depois foi correndo fechar a torneira. Quando voltou, Nina parecia mais calma.

—Você está certo, essa história está estranha — admitiu ela, parecendo ignorar a blusa ensopada que ficara colada ao seu torso. — Mas *alguma coisa* está errada, porque a voz dela estava péssima e a data da operação já estava marcada.

— Bom, ligue de novo. Pergunte mais coisas. Fale com Karam, se possível. Essa é provavelmente a melhor maneira de entender o que está acontecendo — disse Oskar.

Karam atendeu o telefone e, quando viu quem era, imediatamente comentou a onda de calor e informou que em Londres estava quase trinta graus.

— Quanto está fazendo aí? — perguntou ele, em tom ligeiramente competitivo. Pela primeira vez, Nina ignorou as especulações dele sobre o clima e perguntou, de forma direta, o que realmente havia de errado com Sarna.

— Não sei dos detalhes — disse ele. — Hoje em dia, ela simplesmente entra no consultório médico sozinha, e eu fico na sala de espera. Só sei o que ela me conta. Parece que há um caroço na sua garganta, e eles vão ter que removê-lo. Um nódulo, ou algo assim, é como o chamam. Espere, ela está acenando, quer falar com você.

— Mas, só um minuto, *br-ji*. É muito grave? É alguma coisa tipo... câncer? — perguntou Nina.

— *Câncer*? Meu Deus, não! Eu acho que é um problema secundário. Ela entra num dia, se opera e sai no dia seguinte. Espere... ela está agarrando o telefone.

— Menina tola, está exagerando — Nina ouviu Karam dizer, antes de a voz de Sarna arranhar a linha telefônica:

— Então, você vem ou não?

— Mãe, estou preocupada. Você me deixou assustada quando falou em câncer. O que está havendo?

— Por que você está perguntando? Decidir se você vem ou não depende da gravidade do que eu tenho? A não ser que eu esteja com câncer, ninguém vai se incomodar, não é? É assim agora? — Mesmo com a voz debilitada, suas palavras não perdiam a aspereza habitual.

— Não, mãe, é claro que não. — Ela caiu direitinho na armadilha de Sarna.

— Está bem, não venha — disse Sarna, cortante. — Eu não preciso de ninguém. Vou agüentar sozinha. É como tenho feito sempre, acho, e é como sempre farei.

— *Eu vou* — enfatizou Nina. Ela continuou, motivada por Oskar: — Mas não era essa questão. Eu só queria entender exatamente o que estava errado.

— Está tudo errado! — gritou Sarna, esquecendo que a sua capacidade vocal estava enfraquecida. O esforço a fez cair num acesso de tosse.

Nina olhou em desespero para Oskar.

— Eu só disse que *parecia* câncer — disse Sarna, com a voz áspera.

— Eu não quero ir — disse Nina quando desligou o telefone.

— Então não vá. Eu pensei que você decidira nunca mais ajudar depois da última vez — disse Oskar.

Nina fez um bico com os lábios ao ser relembrada disso. De tanto mordê-los, eles ficaram inchados e arroxeados, como cerejas maduras demais.

— Eu sei. Mas como posso não ir?

— Fácil. Apenas diga não.

— Não é tão simples. Me sinto mal... culpada — disse ela. Mas ele identificou uma lista de palavras não ditas nos olhos dela: desmerecedora, triste, com medo, zangada, farta. — Não posso ignorá-la quando ela me diz que precisa de mim.

A reivindicação de câncer por parte de Sarna era falsa, mas refletia uma verdade metafórica. Ela era a hospedeira de uma mentira terrível. Uma mentira daquela magnitude, perpetuada ao longo de toda uma vida, cria uma chaga na psique e pode corromper tudo o que é bom e verdadeiro. Porque uma mentira não é só uma declaração não verdadeira, é também um complexo de emoções desencadeado por ela: culpa, vergonha, raiva e medo. Estar constantemente preso pelas garras de sentimentos tão potentes pode ser prejudicial. Em Sarna, essas emoções cessaram de diminuir e aumentar, como acontece com os indivíduos normais. Em vez disso, eles se tornaram suas sensações dominantes e, como células cancerígenas, cresceram rapidamente, assumiram formas e tamanhos anormais e finalmente se espalharam e infeccionaram toda e qualquer parte dela. Cada pensamento, cada ação, cada palavra dita e cada dor física encontrava sua origem na sua mentira existencial. Ela lutara contra o próprio passado como se fosse uma infecção, algo que devesse ser superado e exterminado, mas, nesse processo, ela se expusera a um outro vírus: a doença mortal da negação. E agora a doença chegara à metástase e reivindicava até mesmo a sua alma.

Enquanto Sarna estava no hospital, sua família descobriu a verdadeira causa do nódulo que foi retirado de sua garganta. Ela ainda estava sob a ação de sedativos quando o cirurgião apareceu durante sua ronda de visitas. Sarna parecia pouco consciente. Estava deitada meio recostada, sobre vários travesseiros. O cabelo estava bem puxado para trás, num rabo-de-cavalo, exacerbando a austeridade de sua pele pálida. Ela permaneceu imóvel durante o exame breve do cirurgião — exceto pelos olhos, que rodavam sonolentamente sob as pálpebras e vibravam ocasionalmente. Nina achou essa ação dos olhos bastante sinistra. Sarna parecia estar tentando lutar contra o efeito dos sedativos e testemunhar a cena que se desenrolava em volta da sua cama.

O cirurgião deu as últimas informações à família.

— Ela ainda está sob um fraco efeito de anestesia, mas correu tudo bem. Ela ficará bem. Vamos lhe dar alta amanhã. — Ele escreveu rapidamente alguma coisa em sua prancheta. — É melhor que ela não fale durante alguns dias. Quando ela voltar a falar, pode ser que a voz fique um pouco rouca no início, mas depois deve recuperar o próprio timbre. Esperamos uma recuperação vocal completa dentro de algumas semanas.

— Só algumas semanas? — Karam endireitou a gravata.

—Ah, sim, a sra. Singh tem muita sorte. No caso dela, o dano foi bem pequeno. Ela não é cantora por acaso, é? — perguntou o cirurgião.

— Isso, doutor, vai depender da sua definição de canto — disse Karam. — Ela regularmente levanta a voz a um tom agudíssimo, se é isso que o senhor quer dizer.

O cirurgião reprimiu um sorriso.

— Eu só quis dizer que esse problema é mais comum em cantores, geralmente cantores de ópera. É por isso que chamamos a doença de "o nódulo dos cantores". E, obviamente, nesses casos, a remoção de um nódulo pode envolver conseqüências mais sérias.

Um pouco aturdido pela informação, Karam pediu a ele que explicasse melhor. O nódulo era uma espécie de lesão resultante de um esforço grande da laringe.

— O senhor está dizendo que a minha esposa pode ter desenvolvido esse nódulo porque fala demais? — Os cantos da boca dele se alongaram de *Schadenfreude*.

— Bom, sr. Singh, eu não poderia tirar essa conclusão. — Desta vez, o cirurgião não conseguiu conter o sorriso. — Eu não conheço a sua esposa e nem seus... hábitos vocais, digamos assim. Mas certamente esses nódulos surgem do uso excessivo das cordas vocais.

Karam deu um sorriso largo e quase bateu palmas de deleite. Os dois homens apertaram as mãos, e o cirurgião continuou seu percurso pela ala do hospital. Karam se virou para Nina e Pyari, que estavam sentadas cada uma de um lado da cama de Sarna se divertindo igualmente com os comentários do cirurgião. Nina rapidamente disfarçou a expressão sorridente quando os olhos de Sarna saltaram sob as pálpebras, prontos para explodirem de repúdio.

— Eu sempre me perguntei como é que ela podia gritar tanto sem provocar nada sério. Durante anos temi que sua língua fosse cair, por causa do jeito como ela a sacudia na boca. — Karam se aproximou e examinou o pescoço de Sarna.

— Agora entendo por que ela ficava tão lacônica quando indagávamos sobre o que o dr. Jasgul lhe dissera. Ela provavelmente não queria que nós soubéssemos — disse Pyari.

— Exatamente! — Karam deu um tapinha na borda de ferro da cama. — Eu tenho que dizer a ela. Vocês sabem que ela pensa que nunca levanta a voz e sempre acusa a *mim* de gritar. Isso vai servir de lição.

— Ela provavelmente não vai acreditar em você, *pithaji*.

— Vou perguntar novamente ao médico e na frente dela — disse Karam.

Infelizmente o cirurgião não apareceu mais no quarto durante o horário de visita da família, o que significou que não houve oportunidade para a revelação que Karam queria. Durante os dois primeiros dias dela já em casa, Sarna pareceu estar sentindo muita dor, então, mais uma vez, Karam não conseguiu abordá-la.

— Eu não entendo por que ela está neste estado. Pelo jeito como anda se comportando, qualquer um pensaria que ela operou três pontes de safena *e* fez uma artroplastia de quadril — disse ele para Pyari e Nina, ecoando o que elas mesmas estavam pensando.

O impulso de falar era tão forte em Sarna que ela ficava a todo momento tentando. Sua voz começava como um sussurro fraco e terminava num acesso de tosse.

— Mãe! Você não deve falar nada durante alguns dias — continuava advertindo-a Nina.

Karam colocou uma caneta e um papel nas mãos dela e sugeriu que ela escrevesse as coisas. Sarna foi forçada a dar atenção aos conselhos deles, mas ela ardilosamente encontrou um outro jeito de contornar as limitações vocais. Usando o controle remoto, ela aumentava o volume da televisão ao máximo sempre que desejava atenção.

Depois de três dias sem conseguir mais se conter, Karam puxou o assunto da natureza auto-induzida do seu problema de garganta. Sarna estava descansando no sofá na sua posição preferida: estirada de costas, com as pernas cruzadas uma sobre a outra. Em uma das mãos, que descansava sobre seu torso, ela segurava o controle remoto da televisão; a outra mão pousava sobre a garganta, acariciando-a e sondando a região, como se tentasse encontrar sinais de recuperação.

Da cozinha, onde estava preparando uma sopa para o almoço, Nina ouviu Karam começar a relatar a conversa com o cirurgião. Ela gostaria que Pyari também estivesse por lá — era mais fácil lidar com essas situações quando elas estavam juntas. Mas Pyari e os filhos tinham viajado naquela manhã para passar as férias na Turquia. Na esperança de que a sua presença pudesse ajudar a manter as coisas calmas, ela se esgueirou de volta para a sala, sob o pretexto de arrumar a mesa. Karam narrou detalhadamente o veredicto do cirurgião, floreando um pouco, de modo que, na sua versão, o cirurgião teria dito "Sua esposa deve falar demais". Sarna franziu o cenho com vontade, o nariz se contorceu como o de um coelho. Sabendo que não podia afugentá-lo sozinha, usou o controle remoto para aumentar o volume da televisão até o máximo. Karam imediatamente se levantou e desligou a televisão. Ele parou em frente à tela vazia e apontou para a mulher.

— Se você não parar com as arengas e os acessos de fúria constantes, pode perder a voz novamente, e talvez para sempre.

Sarna continuou a apertar os botões do controle remoto como se o instrumento tivesse o poder de manipular os homens, assim como manipula as máquinas. Quando isso não funcionou, ela começou a tossir.

Karam ignorou o primeiro surto leve e continuou o sermão. Sarna forçou a garganta para lançar uma ordem rouca:

— *Bas*! Chega! — Imediatamente a tosse piorou. Em poucos minutos, ela pareceu estar engasgando: lágrimas desceram-lhe pelo rosto enrubescido e ela ofegou desesperadamente. Nina, que observava, correu para o lado dela e pediu a Karam que trouxesse água. Levou bem uma meia hora para que ela se acalmasse. Quando Sarna começou outra vez a respirar normalmente, ela abriu a boca e tentou dizer algumas palavras. Apesar dos esforços aparentemente vigorosos, o que dizia permanecia inaudível. O sopro de voz que ela tinha quando saiu do hospital parecia ter desaparecido completamente. Foi a vez de Karam e Nina emudecerem de susto. Olharam um para o outro em pânico.

Sarna continuava tentando falar, mas sem sucesso. Karam empalideceu. Durante a maior parte da vida de casados deles, ele tentara em vão moderar a língua de Sarna; agora conseguira, involuntariamente, e a vitória pareceu a ele assustadoramente criminosa. De repente Sarna agarrou a caneta e o papel. Em hindi, ela escreveu: *Acabou*. Apertou a própria garganta para confirmar o que acabara. Depois, rasgou a página do bloco e, numa folha de papel em branco, desenhou uma seta enorme, direcionada para Karam, incriminando-o diretamente. *Et voilà*! A situação virou de cabeça para baixo, de modo a absolver Sarna de toda e qualquer responsabilidade pela própria doença vocal.

— Será que devemos chamar o médico? — Karam esfregava nervosamente o dedo num dos botões da camisa. Mas Sarna balançou decididamente a cabeça em sinal negativo. — Talvez a voz volte.

Nina passou rapidamente um pano no espelho da parede. Sarna conseguira atingir a sala toda durante o acesso de tosse. Nina se sentiu encorajada pela recusa da mãe. Se Sarna suspeitasse ter perdido a voz permanentemente, ela teria insistido em que chamassem uma ambulância. O fato de ela não ter feito isso fez Nina imaginar que ela podia estar representando. Era bem possível que, para Sarna, a discussão iniciada por Karam ainda estivesse em andamento, e que, ao emudecer, ela estivesse vencendo.

Tanto Nina quanto Karam passaram os dois dias seguintes observando-a cuidadosamente, esperando que Sarna se descuidasse e falasse alguma coisa. Eles não confessaram abertamente as suas dúvidas, mas asseguraram um ao outro que ela ficaria bem. Ambos sentiram-se culpadamente cúmplices por terem lançado Sarna ao silêncio.

Quarenta e oito horas depois do conflito, Sarna parecia bem melhor. Nina foi até a cozinha depois do banho e pegou a mãe mexendo na comida que ela fizera mais cedo, de manhã. Ela parou por um instante na porta de entrada, divertindo-se em observar Sarna acrescentar secretamente mais limão no *toor dhal* e mergulhar várias vezes os dedos dentro da panela, lambendo-os em aprovação. Nina há muito tempo deixara de ficar chateada com este hábito da mãe de temperar de novo qualquer coisa que ela cozinhasse. Na verdade, naquele momento em especial, ela ficara feliz — pois se Sarna resolvera interferir, era, com certeza, sinal de que ela estava melhorando.

Sarna levou um susto quando Nina entrou na cozinha. Ao se virar, ela deixou escapar:

— Pensei que você estivesse no banho.

As palavras saíram sem clareza, roucas e levemente arranhadas, como biscoitos meio queimados. O som esteve cozinhando dentro da garganta de Sarna por algum tempo, esperando por essa expulsão atrasada. A mão dela voou para tapar a própria boca. O gesto de arrependimento confirmou a suspeita de Nina de que ela estivera fingindo.

— Sua voz voltou, mãe! Inacreditável! Um milagre! — Sem esperar pela reação de Sarna, ela chamou Karam. — *Bhraji! Bhraji!* A voz dela voltou. Ela está falando novamente. Que sorte a nossa!

— Obrigado, *Vaheguru* — disse Karam ao entrar na cozinha.

— Então, mãe, sua voz está soando bem, como se estivesse aí, amadurecendo, só esperando para ser usada. — Nina se sentia revoltada com a hipocrisia dela.

Sarna, que de início pareceu muito envergonhada, agora se mostrava displicentemente surpresa com a ressurreição de sua atividade vocal. Começou a falar aos poucos, como se estivesse testando a nova voz.

— Ainda não está normal — grunhiu ela.

— Bem, o cirurgião disse que demoraria algumas semanas para voltar ao normal. Agora vá com calma, está bem? Não vá "perder" a voz novamente — disse Karam.

Depois da cirurgia, a voz de Sarna nunca mais voltou a ser a mesma. Ela em geral pigarreava ao falar. Suas frases eram, então, intercaladas por um relincho rouco e irritante. A voz, que sempre fora sua arma mais afiada, ficara enervada devido à doença, devido ao câncer metafórico que comia todo o seu ser. As palavras de Sarna acabaram tendo que lutar contra o muco grosso da negação para que pudessem ser ouvidas.

37.

O RELACIONAMENTO DE OSKAR E NINA se desenvolveu ao contrário. Geralmente as pessoas ficam mais íntimas de acordo com o tempo que passam juntas; a intimidade deles, no entanto, se favoreceu do fato de terem passado muito tempo separados. Anos antes, eles haviam se casado sem dizer mais de uma frase um para o outro — uma união na qual a conversa era rara, e o toque, inconcebível. Agora o destino os unira de novo e despertara o desejo por uma intimidade que nunca houvera. Desde o reencontro, eles começaram a se ver todos os dias. Em poucas semanas, já tinham contado um ao outro todos os seus segredos. Um mês depois, já tinham dormido na mesma cama. Assim estava escrito, disseram para si mesmos. Os laços entre eles se viram, em seguida, reforçados com a gravidez de Nina, depois de apenas um ano de união. Eles nunca imaginaram que a natureza acelerada dos acontecimentos pudesse ser o sinal de uma conclusão que também se aproximava rapidamente.

A perspectiva de um filho não era algo que eles sequer tivessem discutido, pois parecia algo impossível. Eles plantaram um jardim inteiro sem se dar conta de que a semente mais preciosa fora plantada em outro lugar. Nina estava nos seus quarenta anos e era supostamente infértil. Quais as chances de se tornarem pais? Talvez a sua capacidade de gerar crianças tivesse sido mitigada pela mentira que Nina fora forçada a propagar sobre o próprio nascimento. Uma vez que ela não podia reconhecer o seu próprio ser, parecia razoável que não criasse um outro à sua falsa semelhança. Talvez a duradoura negação da sua verdadeira identidade tivesse causado algum tipo de curto-circuito em seu organismo, de modo que a essência da vida passasse ao largo do seu sistema reprodutor. Talvez com Oskar, pela primeira vez, aquele segredo tivesse cessado e a sua circulação pudesse, então, voltar ao normal. O que mais podia ser? A ciência não oferecia nenhuma resposta clara. Até os médicos ficaram surpresos.

Aconselharam-na a não prosseguir com a gravidez, enfatizando os riscos tanto para a mãe quanto para o bebê. Para Nina, as recomendações deles eram repugnantes.

— Não. Eu quero esse filho. Eu vou tê-lo, custe o que custar.

Oskar entendeu a determinação dela. Ela sempre desejara ter filhos. E ele também queria o bebê. A extraordinária revelação de que a união deles criara uma outra vida foi uma bênção, um presente que ele jamais sonhara receber. Ele não se preocupou com a gravidez. Preocupou-se, sim, com as complicações de saúde anunciadas pelos médicos, mas deixou-se levar pelo otimismo de Nina. E, depois de algum tempo, também não podia imaginar qualquer outro desenlace para eles que não fosse os dois constituindo uma família feliz. Ele levou em consideração, no entanto, o fato de que o nascimento iminente do filho deles tornava ainda mais urgente a revelação ao mundo do seu amor.

— Talvez agora seja o momento de contar à sua família — sugeriu Oskar, alguns dias depois de assimilarem a notícia.

Nina olhou para ele do outro lado da mesa e arqueou os ombros. Ela sabia o que ele estava querendo dizer: que estava na hora de contar a Karam e a Sarna sobre o relacionamento deles e sobre o fato de estarem esperando um bebê.

— Você não pode mais esconder. Daqui a alguns meses, vai estar evidente. — Ele apontou para a barriga dela. Nina não respondeu de novo; em vez disso, mordeu a lábio inferior. Ela tomara uma decisão.

— O que está havendo? O que você está pensando? — Ele passou a mão nos cabelos listrados de prateado.

— Eu não quero que eles saibam — disse Nina.

— O quê? Você não pode estar falando sério! Isso é loucura, Nina. Eles vão descobrir. Tudo bem em esconder deles a verdade sobre *nós*, mas onde você vai esconder um bebê?

— Eles não vão descobrir. Eles raramente vêm me visitar hoje em dia.

— Nina, pense no que você está dizendo. — Ele colocou de lado sua xícara de chá e alcançou a mão dela. — As pessoas vão ver você. Alguém pode mencionar isso a eles. E os seus amigos? Você vai esconder deles também? Não faz sentido. Você não tem que se envergonhar de nada.

Nós vamos nos casar. Você deveria poder dividir essa felicidade com a sua família.

— Eu não quero dividir!

A veemência da resposta dela fez com que Oskar recuasse abruptamente.

— Durante toda a minha vida, tudo foi decidido por outra pessoa: onde eu ia morar, como eu me casaria, que trabalho eu faria. Foi decidido inclusive que eu não podia chamar minha própria mãe de "*ma*". Sinto, pela primeira vez, que a minha vida é minha. Isso é *meu*. — Ela agarrou a própria barriga.

"É meu também", pensou Oskar, sentindo-se subitamente alijado do afeto dela. "E, além do mais, você não escolheu ficar grávida — isso simplesmente aconteceu." Nina parecia tão voltada para si mesma, tão plenamente feliz agora que havia uma criança crescendo dentro dela. Ele ficou decepcionado por ela jamais ter parecido tão bem apenas com ele.

— Então, o que você quer? Vamos criar esta criança em segredo? — Ele se forçou a se acalmar e segurou a mão de Nina novamente.

— Não. Eu sei que vamos ter que contar. Mas podemos fazer isso *depois* do nascimento. Eu quero reservar esse tempo só para mim, só para *nós*. Você sabe como a mãe é. Assim que ela souber, vai tentar tomar o crédito para ela. "Ah, eu sempre soube. Foi por isso que eu casei vocês dois." Aposto como ela vai dizer algo assim. Eu não quero que ela interfira e fique falando mal de nós. Quero que esses meses sejam pacíficos e perfeitos.

Oskar duvidava que Sarna fosse reagir daquele jeito. Ele a imaginava ficando mortificada. Ele sabia que Nina tinha dúvidas, ela própria, o que já a impedira de revelar o relacionamento deles. "Viúvas da minha idade não devem ter casos amorosos. O que as pessoas vão dizer? A mãe vai ficar tão envergonhada"; Nina dissera isso meses antes, para justificar-se por continuar mantendo a união deles em segredo. Oskar se dera conta agora de que o medo da desaprovação ainda a impedia de contar a verdade. O fato de estarem prestes a casar não diminuía a desonra da sua situação — qualquer um que pensasse um pouco sobre isso entenderia o que ela estava fazendo.

— Por que você não pode contar ao menos a Pyari? — Oskar tentou conter a impaciência que invadia sua voz.

Ele viu que Nina também percebeu, pois ela olhou para outro lado. O meio segundo em que os dois perderam o contato visual lembrou a ele a imensa distância de experiência e a cultura que havia entre eles. Eram diferenças geralmente superadas pelo amor, mas, de vez em quando, abria-se um vasto abismo entre os dois. No início Oskar tentara tirar Nina do outro lado, onde a via sentada num vale estreito e escuro, cheio de crenças arcaicas e expectativas sufocantes. "Venha para cá", implorava ele. "Venha para onde as montanhas descem suavemente para o mar e o horizonte é um lugar pulsante de possibilidades. Venha para onde a areia esquenta os pés, e o vento sopra uma canção suave de respeito. Venha para o meu mundo livre e despreocupado" — ou que ao menos parecia livre e despreocupado, quando tomava por parâmetro as restrições dos que guiavam o mundo dela. Na maioria das vezes, o território mental dele era um lugar diferente demais até mesmo para ela contemplá-lo, mas os seus apelos ocasionalmente funcionavam, e Nina lentamente se aventurava por ali.

— Eu disse a você, não quero contar a ninguém.

— Mas por que não para ela, pelo menos? — Oskar se levantou e deu a volta na mesa para sentar ao lado de Nina. — Ela vai ficar tão feliz por você, tenho certeza disso. Ela pode até ajudar você, se for preciso, a contar para Karam e Sarna. Vamos, Nina, você pode pelo menos pensar sobre isso?

— Não. Por favor. *Por favor*. — Ela pegou na mão dele.

— Por favor o quê?

— Por que você não entende? Isso é tudo o que sempre quis. Por que não posso simplesmente aproveitar esse momento sem ninguém para estragá-lo? Você sabe que tudo irá por água abaixo se as pessoas descobrirem.

Ela *estava* com medo da reação das pessoas. Mas estava ainda mais preocupada com o efeito que essas reações negativas poderiam surtir nela. Não conseguia suportar a hipótese de uma rejeição ou crítica, pois isso diminuiria e muito o seu júbilo com a gravidez.

— Nina, como é que você pode dizer que irá tudo por água abaixo? Ninguém pode se colocar entre nós. — Ele a beijou. — Eu ainda estarei aqui, não importa o que aconteça, e se as pessoas perceberem isso, vão começar a se aproximar. Você precisa dar a eles uma chance de aceitarem sua vida nova. Enquanto ninguém souber, você vai continuar a viver como um ladrão, roubando felicidade. Às vezes as pessoas mudam porque são forçadas a mudar. Talvez alguma coisa boa possa acontecer se você revelar tudo. E se, ao contrário, alguma coisa der errado? Pelo menos nós teremos feito o que é certo.

— O que pode dar errado? — Ela buscou ansiosamente a resposta no rosto dele. Rugas se encresparam como ondas no litoral na testa dele, movendo-se ao sabor da corrente de seus pensamentos.

— Qualquer coisa pode dar errado. —Vendo o pânico nos olhos dela, Oskar rapidamente mudou de rumo. — Mas é claro que nada vai dar errado, porque nós estamos juntos. Vai dar tudo certo. Tudo vai dar certo.
— Ele envolveu Nina nos seus braços. Achou que ela estava tornando as coisas mais difíceis do que o necessário. Sentindo a tensão dele, ela sussurrou palavras de consolo em seu ouvido:

— Nós *vamos* contar a eles. Depois que o bebê nascer, vamos fazer uma surpresa para todos eles.

Os meses de gravidez de Nina foram o período mais feliz do casal. Eles se encantavam com as transformações do corpo de Nina, festejaram mais uma vez sua nova condição de casados, alegravam-se fazendo planos para o futuro. Pareciam ter todo o tempo do mundo. As fotografias que tiravam não eram reveladas, pois não tinham pressa de se verem imortalizados no papel — afinal de contas, eles tinham um ao outro. Pegavam folhetos oferecendo descontos para as férias do verão seguinte. Começaram a procurar casas em bairros novos com boas escolas e planejavam se mudar em alguns anos.

Durante todo esse tempo, Oskar se tornara involuntariamente cúmplice de um crime comparado aos atos de um *serial killer*, dada a sua natureza seqüencial. Ele não se deu conta disso. Talvez, como Nina, ele não quisesse perceber. Ele não tomou conhecimento da ironia terrível da situação dos dois: outro caso de amor escondido, outra gravidez não revelada, outro nascimento secreto.

Oskar deveria ter questionado mais a decisão de Nina, deveria tê-la feito enfrentar seus demônios? Talvez. Mas antigos hábitos costumam ser desertores relutantes no campo de batalha da vida. Os anos que ele viveu como observador diminuíram sua capacidade de ação. Ele ainda se saía melhor como ouvinte do que como debatedor. Ele ainda achava mais fácil deixar-se levar pela correnteza. E julgava estar fazendo Nina feliz — o que talvez fosse uma ilusão. O amor compreendido apenas num prisma de negação não pode jamais refratar a luz pura.

Mais tarde, Oskar muitas vezes lamentaria não ter ajudado Nina a romper o ciclo do silêncio. Esse seria o seu maior arrependimento, e, pior ainda, um arrependimento doloroso e oco — pois o que isso poderia ter alterado? Tudo e nada.

38.

Karam sentou-se com Guru, Mandeep e Sukhi à mesa de jantar de sua casa, bebendo o delicioso chá de *masala* feito por Sarna e jogando cartas. Guru, como sempre, estava ganhando. Ele olhou com desdém para a caneca colorida ao seu lado, decorada com as palavras MELHOR AVÓ DO MUNDO. Sarna a colocara na mesa para servir de depósito para os trocos de prata ganhos por Guru, pois persistia sua velha aversão a moedas. Felizmente para o Guru Cheio-da-Grana, seu vasto saldo bancário lhe permitia cultuar essa mania. Seus irmãos eram obrigados a endossar, em nome dele, toda e qualquer moeda que apostavam e que perdiam para Guru. A tradição mandava que o dinheiro fosse colocado dentro de uma caneca.

Nesta noite, Karam irritou Guru tentando jogar com moedas de cobre, apesar de os irmãos terem há muito tempo estabelecido a regra de que todas as apostas deviam ser feitas com moedas de prata.

— Ora! Eu não tenho troco suficiente — disse Karam, quando Guru se opôs. — Além do mais, você nunca toca mesmo nas moedas que ganha, então qual a diferença?

— Faz diferença no meu humor.

As palavras emergiram por trás do longo bigode branco de Guru. Ele era um dos poucos *sikhs* da geração de Karam, na Inglaterra, que se recusavam a aparar qualquer pêlo do corpo.

— Você sabia que nós íamos jogar, deveria estar preparado.

Karam rosnou, mas saiu para explorar os bolsos de suas calças e as gavetas da escrivaninha à procura de moedas de prata.

Em uma hora de jogo, Karam não fizera uma única aposta acima de cinco centavos, e os outros dois também se mantinham exageradamente cautelosos. Guru não era de se impressionar, era imperturbável. Ele, de todo modo, não jogava para ganhar. Jogava para sentir o prazer de tocar nas notas encrespadas que lhe escorregavam pelos dedos quando fazia uma aposta ou a ganhava de volta. Ele jogava para sentir o curioso prazer de reafirmar sua própria sorte invencível. E para sentir o *frisson* agradável da inveja provocada nos outros pela sorte dele.

— *Bhraji*, tenho uma coisa ótima para contar a você. — Mandeep dirigiu-se a Guru na vã esperança de que uma boa história pudesse quebrar a onda de sorte do irmão.

Guru grunhiu.

— Eu a ouvi no rádio há pouco tempo — disse Mandeep. — Tem um motorista de táxi *sikh*, Harpreet Devi, na Índia, que dirige para trás, na marcha a ré, há uns dois anos. Ele está tentando quebrar os recordes de velocidade em marcha ré.

— *Achah*? *Muito* bom — resmungou Guru, sarcasticamente.

— Ah, os *sikhs*... sempre se destacando nas atividades mais edificantes. — Karam ajeitou a gola da camisa sobre o casaco.

— Não. Vocês querem prestar atenção? Não é essa a questão. Ele tem um plano de mestre, esse *sikh*.

Mandeep embaralhou as cartas.

— Ele tem um carro especial? — perguntou Sukhi.

— Não, o mesmo carro porcaria que todos têm, mas ele mudou as marchas para que todas trabalhem em ré. Ele se senta olhando para a frente, depois se contorce e estende o pescoço para olhar para trás e ir para a frente. — Mandeep se virou para demonstrar.

— Engenhoso — murmurou Guru, que decidira não se deixar jamais impressionar por coisa alguma.

— Para quê? — perguntou Karam.

— Se você me deixar falar, talvez eu consiga explicar. — Mandeep colocou as cartas sobre a mesa. — Ele começou a dirigir para trás porque, depois de um acidente, o carro não andava mais para a frente. Acho que depois disso ele ficou afetado por essa nova perspectiva das coisas e decidiu continuar assim e fazer disso sua filosofia de vida. Ele parece estar dizendo agora a todos que às vezes "você pode melhorar uma situação indo na contramão, andando para trás".

— Parece inteligente, mas não acho que seja uma idéia lá muito útil. Você não pode aplicá-la a qualquer situação. — Karam olhou para sua pequena pilha de moedas.

— *Eu* acho que Harpreet Devi deve ter razão — insistiu Mandeep.

— E daí? Você está pensando em aderir a essa acrobacia de dirigir para trás com o seu táxi, é? — perguntou Sukhi.

— As pessoas provavelmente pagariam mais por um treco desses. Você sabe como é esse povo de Londres. É só fingir que está na moda, e todos vão querer entrar no carro para dar uma volta — disse Karam, atirando cinco centavos na mesa.

— Não, *yaar*, eu só estou interessado na idéia dele. Eu acho que às vezes *é* mais eficiente virar de costas e ver as coisas por outro ângulo. Esse cara, Devi, está planejando dirigir de ré até o Paquistão. Ele quer aplicar a filosofia da marcha a ré para as relações entre a Índia e o Paquistão.

— Boa idéia! — Guru subitamente se animou. Qualquer conversa sobre a Índia e o Paquistão sempre o fisgava. — Nesse caso, eu concordo, vamos reverter. Vamos reverter para o ano de 1947, *antes* da Divisão. Desde então, tudo só tem piorado, ido ladeira abaixo.

— Eu acho que não é isso que Devi está propondo. — Mandeep olhou por cima do ombro de Sukhi, esforçando-se para ver as cartas de Guru.

— Bem, era isso que ele *deveria* propor. Ele tinha que esquecer esse negócio de dirigir em marcha a ré e, em vez disso, tentar reverter a decisão que colocou uma fronteira absurda atravessando a Índia. — Guru já estava ficando envolvido. Karam e Mandeep trocaram um olhar de alerta.

— Ora, *bhraji*, você não pode reverter a história — disse Mandeep.

— Então não venha me falar de filosofias da reversão. — Guru bateu dez libras na mesa.

— Bom, talvez Karam possa fazer alguma coisa com os esforços de Harpreet Devi. — Mandeep abriu suas cartas com um suspiro de derrota. — Talvez você possa incluí-lo nesse manual do sikhismo que você tem. Ainda está trabalhando nele, não está? Aquele que o seu *masterji* deixou para você?

— Ah, está terminado. — Karam colocou dez centavos na mesa para igualar a aposta de Guru. Toda a aposta que Guru fizesse em libras, os irmãos eram obrigados a igualá-la ou a superá-la em moeda, e vice-versa.

— O quê? Você terminou o manual? — Mandeep ficou impressionado.

— Não. Quero dizer que está terminado como idéia; não há esperança de levá-lo a cabo. Eu, pelo menos, não consigo fazer nada com o manual.

— Não acredito que você tenha desistido. Tenho certeza de que você tem trabalhado secretamente nele durante todos esses anos — provocou Mandeep. — Deve estar enorme agora, uma verdadeira enciclopédia.

— Estou dizendo a você, não fiz nada.

Karam gostaria de ter mais o que mostrar depois de todas as horas de pensamento que dedicara ao tratado de *masterji* ao longo dos anos. Mas a verdade era que jamais acreditara que pudesse vir a ter uma idéia original que de fato valesse a pena colocar no papel.

— Você deve ao menos ter acrescentado eventos curiosos ao trabalho de *masterji*?

Mandeep pensou que Karam estava sendo modesto.

— Estou dizendo a você: eu gostaria de ter feito, mas é verdade, eu não fiz nada a não ser pensar sobre o assunto, e só isso já me deixa exausto.

— Bem, é uma incumbência e tanto. E isso obviamente assoberbou *masterji* no final. — Mandeep tentou renovar a confiança do irmão.

— E, além do mais, agora é tarde. — Karam deu uma olhadela para o mapa em bronze da África tiquetaqueando na parede. — Eu deveria ter feito isso antes. Mesmo se eu pudesse começar agora, jamais terminaria. Toda aquela esperança de fazer história, de ser parte dela... tudo isso deu em nada, em nada mesmo.

— Medo de não terminar nunca é uma boa desculpa para não começar. Eu contei sobre o homem que está trabalhando num dicionário de sânscrito? — perguntou Mandeep. — Ele está debruçado nisso há 55 anos e ainda está no meio da letra A. Pense só nisso! Há algo em torno de 250 mil palavras que começam com A, e o sujeito ainda tem mais uns oitenta mil verbetes para fazer. *Isso* sim é o que eu chamo de uma tarefa sem fim, *bhraji*. O seu pequeno estudo não é nada se você for compará-lo a isso.

— É verdade.

— E não deve ser um bom presságio para o futuro do sikhismo o fato de nem você, que é praticante da religião, conseguir terminar um estudo abrangente sobre ela — disse Mandeep.

— Sou praticante apenas até certo ponto. Quem sou eu para fazer prognósticos?

—Você tem direito a uma opinião.— Mandeep começou a construir uma torre, no meio da mesa, com as moedas.

— Todos têm opinião. Para que elas servem? Precisamos de orientação para que o sikhismo sobreviva e cresça. Precisamos de liderança, precisamos de ações coletivas. — Karam sacudiu o dedo. — Eu temo que o sikhismo seja uma religião em extinção. O islamismo está crescendo, e até o cristianismo está forte. Enquanto isso, no nosso *gurudwara*, a congregação se compõe quase inteiramente de pensionistas, e o número está minguando. Qual é o futuro? Fico quebrando a cabeça sobre isso.

— São os jovens, eles não estão interessados. — Sukhi abriu suas cartas e saiu da rodada do jogo.

— Ah, essa é uma resposta muito fácil. — Karam contou suas moedas. — Talvez os mais velhos não tenham sido bons exemplos de como praticar a fé. Nós precisamos nos modernizar, e, em vez disso, as pessoas querem andar para trás.

— *Alguém* estava falando ainda há pouco que andar para trás era uma forma de andar para a frente — sublinhou Guru, friamente.

— Bem — disse Karam —, o comitê do *gurudwara* está certamente andando para o lado errado, isso eu posso garantir. Como vocês sabem, no ano passado mesmo, eles estavam votando uma proposta para tirar todas as mesas e cadeiras e voltarmos a sentar no chão para comer, como fazem em Amritsar. Isso nos dias de hoje e neste país. — Ele bateu com a palma das mãos na mesa. — Não deveriam nem dar prosseguimento a uma votação como essa. É um absurdo!

— Ninguém concordou com a proposta — lembrou-lhe Guru. Ele ficara mais atento aos pontos de vista de Karam sobre as coisas desde o divórcio de Pyari.

— Mas eles concordaram em proibir que casamentos entre *sikhs* e não-*sikhs* fossem realizados no *gurudwara*. — Karam balançou a cabeça em sinal de desaprovação. — Esse foi um passo gigantesco para trás.

— Concordo com você nesse ponto, *bhraji*. Foi um grande erro.

— Mandeep era ainda mais liberal do que Karam. Usava o cabelo curto, não era casado e tinha amigos que não eram hindus, e, por essas razões, era considerado quase um renegado.

— *Eu* acho que eles tomaram a decisão certa — disse Guru, correndo os dedos por seu maço de notas.

— É por isso que os jovens não vêm para o *gurudwara*. — Karam apontou para Guru. — Eles vêem a religião como algo inflexível e intocável. Casamentos entre pessoas de diferentes religiões são comuns hoje em dia. Não sei como foi que o nosso grupo ficou tão ortodoxo.

Ele começava a se sentir desanimado, e seu humor rastejava pela mesa, como uma doença contagiosa.

— Eu acho que esta foi uma boa jogada. E *você* pode, por favor, fazer o seu jogo agora, *bhraji*? Você está analisando essas cartas há horas. Vamos, faça uma aposta, seja homem — disse Guru.

— Estou só pensando... — Karam confiava em suas cartas, mas estava inclinado, como sempre, à precaução.

— Pensando em quê? Se aposta outros cinco centavos ou não? — perguntou Guru. — Vamos logo, não seja tão sovina.

— Eu não sou sovina.

— Vamos lá, relaxe, entre no jogo. — Guru instigou Karam e conseguiu provocá-lo a ponto de ele apostar cinquenta centavos.

— Este jogo é melhor com mais jogadores — disse Karam. — Eu telefonei para Rajan e o convidei para se juntar a nós. Deixei um recado no celular dele. Ele devia estar muito ocupado trabalhando.

Os irmãos fizeram que sim com a cabeça para dar a Karam a ilusão de que acreditavam que Rajan teria ido ao jogo caso o trabalho não o tivesse impedido.

— Poderia ficar mais emocionante se vocês dois aumentassem um pouco as apostas. — Mandeep tentou levantar o ânimo.

— Até quanto eles ainda podem aumentar as apostas? — Sukhi virou a cabeça na direção de Guru. — O *bhraji* aqui acabou de apostar *cinqüenta libras* para igualar os cinqüenta centavos do *bhraji* Karam. Não dá para ir mais alto do que isso.

Sem dizer uma palavra, Guru colocou cinco notas de vinte libras na mesa.

— Ohh — murmurou Sukhi, admirado. Ele esticou o braço, apanhou a pilha de notas e as contou cuidadosamente.

— Ei, não amasse as notas. — Guru franziu as sobrancelhas.

— Qual é o seu problema? — Mandeep estava se divertindo com a idiossincrasia do irmão. — É só um pedaço de papel. Você deveria ter nascido na Coréia do Norte. Parece que lá as pessoas são proibidas de dobrar as cédulas! É por causa daquele Kim Jong não sei do quê, que não quer que o seu retrato fique desfigurado pelo manuseio das notas. As moedas provavelmente são polidas diariamente também, para manter o rosto de tirano dele sempre novinho em folha.

— Suas cartas não podem ser *tão* boas. — Karam olhou para as dele próprio, tão boas que ele quase ousou pensar que eram imbatíveis.

— Ou você aposta ou você abre as cartas — disse Guru. — Pare com todas essas táticas para atrasar o jogo.

Karam ficou pensando se apostava ou se abria o jogo. Há muito tempo não tinha uma mão de cartas tão boa. Vencer seria um grande golpe. Guru colocara quase duzentas libras na mesa — um contraste marcante com as apostas magras de Karam, que mal chegavam a completar uma libra. A perda não seria grande, mesmo se ele fosse derrotado. Apesar disso, uma incômoda falta de convicção na própria habilidade, e talvez até mesmo no seu direito de vencer, o fez abrir as cartas na mesa. Ele revelou dois ases, um rei e uma rainha e observou incrédulo e decepcionado quando Guru venceu a rodada com cartas menores: dois ases e duas rainhas.

— Como é que você sempre consegue fazer isso?

— Sorte — sorriu Guru.

— Ah, eu não acredito em sorte — disse Karam, de modo atravessado.

— Talvez seja por isso que você não a tenha.

— Alguém quer mais chá? — Karam desejou subitamente o conforto da bebida concentrada e doce de Sarna.

Todos fizeram que sim com a cabeça. Ninguém jamais recusava outra xícara do chá preparado por Sarna.

— Sarna? Sarna? — chamou Karam.

Ela não o ouviu. O volume da televisão estava alto, e ela chorava contentada na frente da tela, limpando os olhos com seu *chuni* enquanto os créditos corriam no final inteiramente feliz de um filme de Bollywood, *Ma di Himat*, ou *Mãe coragem*. Filhos abomináveis, marido incorreto, sogra demoníaca, irmã que há muito tempo ela não via, tio corrupto — todos eram redimidos no final. Todos retornavam para ficar ao lado da heroína que sofrera por tanto tempo — mãe, irmã, esposa exemplar; uma santa —, e todos caíam aos pés dela, suplicando por perdão. O coração de Sarna crescia em seu peito como se ela fosse a benevolente protagonista. Ela ficara cheia de amor e bondade. Teve vontade de abarcar o mundo em seus braços e abrandar todos os últimos átomos de sofrimento. Teria feito isso se fosse possível naquele instante. Ela poderia ter até mesmo perdoado a si mesma. Mas os sentimentos suscitados pelos filmes estão fadados a morrer frente à mais leve cutucada da realidade.

Tomada pela intensidade das suas emoções, ela pegou o telefone e discou o número de Nina. Ninguém atendeu. Ela deixou uma mensagem amável, dizendo que esperava que ela estivesse bem. Tentou, então, o celular. Ninguém atendeu. Deixou uma mensagem neutra, pedindo que retornasse a ligação. Telefonou para o bipe de Nina, ninguém respondeu. Sarna desligou o telefone; seu entusiasmo caía em queda livre, como um pára-quedista com um pára-quedas defeituoso. Finais felizes sempre acontecem a outras pessoas. Ela tinha a família mais ingrata do mundo, como é que as coisas podiam melhorar no final?

Seus filhos tinham, todos eles, perdido o contato com ela, apesar de suas melhores intenções. Ela tentara não amá-los demais por medo de perdê-los. Ela os *tinha* amado demais, tinha negado esse amor, e os perdera de qualquer forma. O caminho fora o mesmo, só que cada separação deixara uma marca diferente na superfície empedrada do tempo. Sarna arrancara pedra por pedra da trilha de cada relacionamento, tentando encontrar um caminho suave que desse em algum final satisfatório, oferecendo-lhes sua comida e sua enfermidade como substitutos para uma verdadeira intimidade. Mas eles continuaram a ir na direção oposta à dela. Agora que os queria por perto, todos os seus entes mais próximos e mais queridos iam em direção a algum lugar onde ela não podia estar. Até Nina telefonava atualmente com menos freqüência, e suas visitas diminuíam gradativamente, como os últimos suspiros de um pote vazio de sabonete líquido. Ela não vinha a Londres há seis meses, dizendo estar passando bem, mas muito ocupada com o trabalho. Sarna assoou o nariz. Lágrimas palpitavam sob suas diáfanas pálpebras lilases. Ela pegou o telefone novamente e discou outra vez o número de Nina. Teria sido uma conversa inteiramente diferente se ela tivesse atendido aquela ligação. Felizmente, ou talvez infelizmente, ela não atendeu. Sarna tentou Pyari, então, mas lá também a ligação caiu na secretária eletrônica. Onde será que elas estavam? Dez horas da noite de uma quarta-feira, ambas mulheres solteiras — elas deveriam estar em casa. Sarna friccionou as mãos abertas contra os olhos para deter as lágrimas. Ela não tinha ninguém. Ninguém se importava. E ela vivera apenas para a família, para os filhos, medindo cada gesto seu pelas necessidades deles. Onde estavam aquelas miseráveis ingratas?

Pyari *estava* em casa. Ao ver o número dos pais piscando em seu telefone, ela resolveu não atender.

Nina estava no hospital, fazendo não o plantão noturno, mas envolvida num tipo bem diferente de trabalho.

39.

Às 22h02, Nina deu à luz uma menina, sua filha. Ela segurou o bebê e disse:

— Essa era a minha *umeed*, minha esperança. Essa era a minha maior esperança.

O bebê foi levado por uma enfermeira, e Nina se recostou na cama de hospital. Estava exausta, mas contente. Oskar apertou a mão direita dela, aliviado por ter dado tudo certo. O médico injetou, então, algo no braço esquerdo de Nina, e Oskar levantou as sobrancelhas, preocupado.

— Ah, é um procedimento corriqueiro — disse o médico. — É algo que vai fazer o útero contrair novamente para que a placenta seja completamente expelida. Nada preocupante.

Ao redor deles, na pequena sala de cirurgia, embora o parto tivesse terminado, ainda havia movimento. Uma enfermeira pediu a Nina que fizesse força novamente.

— Isso, boa garota. — Ela a encorajava. — Só mais duas vezes, e tudo estará acabado. Ótimo, estamos quase lá.

Oskar viu o rosto de Nina contrair-se e pensou de onde, depois de vinte horas de trabalho de parto, ainda continuava a vir aquela força. Ele se viu respirando no mesmo ritmo que ela novamente, torcendo fervorosamente por ela, como se a força da sua vontade pudesse se traduzir em algum tipo de ímpeto físico.

De repente, a enfermeira começou a pedir ajuda. Os lençóis brancos estavam enrubescendo rapidamente. Oskar não conseguia acreditar na rapidez com que a cor se espalhava: a circunferência daquela imensa piscina de sangue já se estendia até a metade das costas de Nina e se arrastava em direção às bordas da cama. A equipe médica subitamente ficou frenética.

— Está doendo? — perguntou Oskar. O que ele realmente queria indagar era: "Há algo errado?"

Nina balançou a cabeça e respondeu debilmente:

— Não muito. Não piorou. — Ela não parecia saber que estava sangrando tanto.

— Dêem-lhe O-. Rápido! — ordenou alguém.

— Ela está com taquicardia — registrou uma voz.

— E com hipotensão.

Oskar ouvia e observava confuso, sem querer interrrompê-los ou retardá-los com perguntas. Parecia haver sangue por toda parte: as mãos enluvadas dos médicos estavam tingidas de carmesim escuro, seus uniformes verdes estavam quase pretos de tão borrifados. As coxas de Nina estavam cobertas de sangue, e mais sangue continuava a sair de dentro dela, arrastando, com ele, coágulos grossos e escuros, como fígado cru. Oskar sentiu enjôo de medo. Seria só a placenta saindo? O que estava acontecendo? Tudo parecia normal e, no minuto seguinte, estava tudo terrivelmente, terrivelmente errado.

E, então, alguém disse:

— Ela está tendo uma hemorragia.

— Ela perdeu quase dois litros de sangue.

— A hemoglobina está abaixo de oito... abaixo de cinco!

— Nina? Nina? Você está me ouvindo? — A enfermeira que a ajudara durante o parto aproximou-se, debruçou sobre Oskar e olhou bem dentro dos olhos de Nina. Ela piscou e fez que sim com a cabeça.

— Ok, fique firme agora, Nina. Fique firme.

Um dos médicos pediu a um assistente que levasse Oskar para fora da sala.

— Nós vamos precisar operá-la. Desculpe-me, mas você não pode ficar aqui. Vamos mantê-lo informado.

As portas pesadas da sala de cirurgia fizeram um movimento de vaivém atrás dele. O movimento delas rapidamente ficou mais lento, e a visão por entre elas se reduziu a uma fina linha branca de luz. Com um estremecimento final, como um coração que bate rápido, por um instante, antes de cessar completamente de bater, as portas se fecharam e ficaram paradas, mas não antes de Oskar ouvir um murmúrio vago:

— Ela está partindo.

Durante toda a noite, a mente de Oskar ia e vinha entre a clareza e o caos conforme lhe dava na veneta, precipitava-se ou ficava entorpecida de acordo com algum plano alienígena. Ele não conseguia confiar nos próprios membros para responder ao seu comando — eles se agitavam ou ficavam imóveis como por vontade própria. Sua pele ficou irritada e vermelha, como se também estivesse ferida — pulsava mais alto bem debaixo dos seus braços, que era onde ela adorava beijá-lo.

Ele sabia que precisava contatar a família de Nina. O que diria? Se os fatos se recusavam a entrar na sua própria cabeça, como poderiam ser comunicados e transformados em realidade para qualquer outra pessoa? Ele tinha medo de revelar não só a morte, mas também o logro que a precedera.

Quando finalmente foi a uma das cabines telefônicas da ala da maternidade, Oskar estava longe de ter compreendido o que acontecera. Ele esperava conseguir, de alguma maneira, gaguejar a informação necessária. Telefonou para Pyari, acreditando que ela seria a que melhor compreenderia. Ele devia ter percebido que era cedo demais para qualquer um deles entender qualquer coisa. Ele se identificou e explicou que era bem próximo de Nina.

— Oskar? OK? Ai, meu Deus. Ela nunca disse... ela nunca mencionou nada...

Ignorando a pergunta implícita na resposta dela, ele prosseguiu rapidamente dizendo que levara Nina para o hospital no dia anterior.

— Por quê? Ela não está bem?

Oskar recorreu às palavras dos médicos. Elas saíram automaticamente, como se alguém tivesse apertado em socorro o botão de alarme.

— Ela sofreu uma hemorragia pós-parto.

— O quê?

— Ela morreu... ela morreu — ele conseguiu dizer, num sussurro. As palavras saíram pequenas, como se não quisessem ser ditas. Oscar engoliu em seco e conseguiu soltar uma voz espremida, embora sua garganta tivesse se contraído severamente, como se tentasse impedir outras revelações.

— Durante o parto, houve complicações. Foi... foi tão inesperado.

— O quê? O que você está dizendo? Nina não estava grávida. Ela nem pode ter filhos. Você discou o número errado. Quem é você? O que você está dizendo? Onde está Nina?

— Sinto muito... — Um *bip* de aviso solicitava que introduzisse outra moeda no telefone. — Você pode ligar para o hospital se quiser confirmar as coisas. Vou dar o número para você.

— Não! — A voz de Pyari ficou trêmula. — Espera... não. O que está acontecendo? Isso é um trote? — Ela parecia estar falando consigo mesma. — Onde você está?

— No hospital Trafford General, em Manchester.

— Me dá o número — disse ela. — E o *seu* número? Você tem telefone?

— Eu... não, mas você pode ligar para mim no telefone de Nina.

— Você tem *certeza*? — disse Pyari, e ele sabia que ela não estava falando sobre o telefone.

— Sinto muito.

Ela desligou o telefone.

Seguiu-se um alvoroço de telefonemas de confirmação. Pyari ligou para Rajan, ele telefonou para o hospital, depois para Oskar, depois Pyari ligou novamente para ele. Mais tarde, irmão e irmã se encontraram, e ambos ligaram juntos para Oskar. E assim foi: a manhã inteira tentando juntar fragmentos de fatos e moldá-los para formar uma versão palatável que pudesse ser apresentada a Karam e Sarna.

Nem Pyari nem Rajan estavam interessados no romance de Nina e Oskar, em como tinham se reencontrado; eles não faziam a menor idéia de que os dois estavam profundamente apaixonados. Procuraram se concentrar em tentar reduzir o choque dos pais. Mas logo perceberam que aqueles fatos não poderiam ser facilmente alterados ou abrandados. Seria difícil ignorar o casamento de Nina ou a existência de uma filhinha.

— Nós achamos melhor *nós* contarmos aos nossos pais — propôs Pyari a certa altura.

— Está bem, como vocês preferirem — disse Oskar.

Pouco tempo depois, Rajan sugeriu o oposto.

— Talvez fosse bom você estar por perto quando nós formos falar com nossos pais. Isso pode ajudar, caso eles façam perguntas...

— Se vocês preferem assim. — Oskar se perguntou o que Nina teria preferido. — Mas eu preciso ficar perto do hospital mais alguns dias ainda por causa do bebê. — De repente, ele começou a pensar em como poderia dar conta de tudo agora: sem Nina e com um bebê.

— Ah, meu Deus, é claro. Desculpe-me por ter me esquecido disso. — Rajan se deu conta, pela primeira vez, de que Oskar também podia estar sofrendo. — Desculpe-me... Imagino que isso não deve estar sendo fácil para você também.

Oskar olhou para as pessoas sentadas à sua volta no refeitório do hospital. Viu gente apertando as mãos e se lembrou de ter visto pessoas fazendo a mesma coisa em transportes públicos ou em salas de espera de consultórios médicos. "Apertam as mãos", pensou ele, "por ansiedade ou ócio". Agora ele entendia que essa era a linguagem da perda, que os dedos falavam, exatamente como os seus se contorciam e se entrelaçavam uns nos outros, pressionando as juntas para aliviar a dor que os petrificava.

As vozes de Pyari e Rajan discutindo eram filtradas pela linha telefônica, como ecos vindos de uma outra era.

— Eu acho que não podemos contar a eles como isso aconteceu. Não é justo com eles. Acho que eles não agüentariam — disse Pyari ao irmão.

— Não seja boba, não vai dar para esconder nada. Eles descobrirão. Uma das primeiras coisas em que mamãe vai estar interessada será no testamento de Nina.

— Rajan! Que horrível. Como você pode dizer uma coisa dessas?

— É verdade. Ela sabe que Pritpal deixou Nina numa situação financeira confortável, que ela era dona da casa onde morava. É claro que ela vai ficar curiosa para saber para onde vai tudo isso. Você conhece a mamãe. Com certeza ela vai descobrir, então, que Nina estava casada e que tudo ficará para Oskar e para o bebê. Desculpe-me, Oskar, estamos só pensando alto aqui. — Rajan subitamente se deu conta da presença dele do outro lado da linha. — Acho que está ficando evidente que nós temos que contar toda a verdade.

Oskar escutava os ruídos dos dois falando sobre ele. Era como se estivessem conversando sobre outra pessoa, alguém que ele deixara para trás e que não reencontraria novamente por um bom tempo. Ele não queria se envolver nas conspirações dos dois. Deixaria que resolvessem como quisessem. Mas então Pyari o atacou, tornando impossível manter a apatia.

— Por que você fez isso? Você devia tê-la impedido!

As palavras dela penetraram nele como uma flecha, ecoando os sentimentos de culpa do seu próprio coração.

— Nina era adulta. Ela escolheu ter esse bebê. — Ele quis se convencer tanto quanto a Pyari.

Houve um momento de silêncio, interrompido apenas por um som amortecido de choro.

— Como ela está, a criança? — Rajan quebrou o silêncio. Foi a primeira vez que um dos dois perguntou por ela.

— Bem. — Oskar se recordou do calor e da leveza do corpo dela nos seus braços. Ele parecia uma bolha de sabão. — Está muito bem.

— Bom, isso é bom... Ela já tem nome?

Oskar estava prestes a dizer não, quando se deu conta de que sim, ela tinha, sim, um nome.

— Umeed.

— Umeed? — ecoou Rajan.

— Umeed. Esperança — confirmou Oskar, para si mesmo tanto quanto para eles.

— Umeed — repetiu Pyari.

A caverna de luto que se abrira como um berro dentro dela engoliu a palavra de uma só vez.

Karam e Sarna não sabiam o que era mais lancinante: o fato de Nina estar morta ou o fato de ela ter mentido. De certo modo, eles tiveram que confrontar uma morte dupla.

Sarna se encolheu na poltrona, levantou as pernas e cruzou os braços em torno delas, como se estivesse se trancando. Ficou ali agachada, numa versão compacta de si mesma, com o olhar fixo no relógio em formato de África pendurado na parede, os olhos arregalados sem piscar.

Sarna sempre pensara que a morte era o fim. Agora ela via que a morte de Nina era um grito de guerra do passado — mas estava cansada demais para enfrentar outras batalhas. A morte de Nina a ferira, a magoara tão profundamente que reativou um lamento antigo, silenciado décadas antes sob os deques estalantes do *Amra*. Sarna não ousou expressar sua angústia, pois era um luto desproporcional à imagem de perda que ela precisava mostrar ao mundo: a de uma irmã sofrendo pela morte da irmã. O amor entre irmãos é diferente do amor de uma mãe por um filho. Sarna perdera duas irmãs — ela conhecia os meandros dessa dor. A perda de um filho é uma agonia absurda e intensificada — e ela estava bem familiarizada com o percurso dessa agonia. Sentiu novamente como se estivesse sendo ao mesmo tempo esmagada e espatifada em pedaços; sentiu o sangue correr lento pelas veias e pulsar vacilante em jatos enjoativos de calor e frio; sentiu contrações asfixiantes na garganta. Sentiu as lâminas do arrependimento entrando-lhe pelas costelas e lacerando-lhe a alma. Pior, ela sentiu as batidas do próprio coração — desafinado e aos trancos. Por que ele pulsava? Ela não tinha desejo algum de viver. Ela devia ter morrido anos antes, nas mesmas circunstâncias que tinham acabado de levar Nina — assim, nada disso teria acontecido.

Apesar dos esforços titânicos de sua mente para esquecer e reinventar o passado, o corpo de Sarna permanecia sujeito ao curso real da vida. Lutava para manter-se senhora de si, com medo de que, se soltasse um só grito, isso pudesse desvairá-la e destruí-la por completo. Ela passara uma vida inteira criando para si mesma a imagem de uma mulher que não dera à luz Nina; sofrer agora a perda dessa filha seria reconhecer o fim da personagem que ela criara. E quem ela seria se deixasse de ser quem ela se tornara?

Os olhos de Karam estavam embaçados pela catarata e por alguma coisa mais. Por algo que se situa inexplicavelmente no limite entre o pesar e o alívio, a perda e o ganho, o dito e o não dito. Ele se levantou e falou:

— Precisamos organizar as coisas.

Havia rituais a iniciar, hábitos a serem colocados em prática. Nas providências meticulosas tomadas por ele, havia uma discreta expressão de amor e perda. Ele telefonou para o *gurudwara* e pediu a um dos *granthis* que começasse a recitar o *sadarahan paat* para Nina. A reza envolvia a leitura, pelos sacerdotes, do *Granth Sahib*, do início ao fim, sem parar, de todas as 1.430 páginas do livro. Ele pediu que tentassem completar a reza em três dias, para que a cremação de Nina pudesse ser no domingo. Mas, para Oskar, não era possível chegar a Londres com Umeed tão cedo. Eles finalmente concordaram em fazer a cremação na quinta-feira seguinte, pouco mais de uma semana depois da morte de Nina.

Mais tarde naquela noite, Sarna sofreu um pequeno derrame cerebral. Depois de levada para o hospital, sofreu um segundo derrame, mais grave. De manhã, ela se encontrava na UTI, presa a um respirador e a um monitor de pressão arterial. Surpreendentemente, apesar do trauma, ela parecia calma.

Os prognósticos eram curiosamente dúbios. Os médicos começaram dizendo que Sarna talvez jamais recuperasse a consciência. Explicaram que, embora ela ainda mostrasse sinais vitais, a pressão arterial continuava alta, e havia riscos de ela sofrer outro derrame. Se isso acontecesse... Bem, então haveria muito poucas chances de recuperação. Naquelas circunstâncias, porém, *se* não houvesse mais complicações, Sarna sobreviveria. Mas se ela realmente escapasse, talvez não voltasse a ser a mesma. Poderia haver paralisia permanente ou ela podia ter perdido a capacidade de falar ou ter sofrido até mesmo alguma amnésia. (Ninguém da família ousou informar aos especialistas que ela já vinha sofrendo de uma forma seletiva particular do último distúrbio há anos.) Obviamente, segundo os médicos, quanto mais tempo ela demorasse a sair do coma, menor seria a probabilidade de uma recuperação total. As 48 horas seguintes seriam cruciais. Embora, é claro, houvesse casos de extraordinária recuperação. Milagres podiam, de fato, acontecer, mesmo na ciência — mas que estivessem cientes de que eles foram raros.

A família não sabia o que pensar. Eles já tinham sido preparados para todas as possibilidades, numa gama que ia do pior ao melhor. Tudo o que podiam fazer era esperar para ver onde a mão trêmula da sorte escolheria pousar.

Rajan telefonou para Oskar para informá-lo do que acontecera.

— Ah, meu Deus, sinto muito. Ela está...?

— Seu quadro é estável. Em coma, mas estável, é o que dizem. Seja lá o que for que isso signifique.

— O que aconteceu? Foi por causa do que vocês contaram a ela sobre Nina? Foram as notícias...?

— É possível. Ela tem um histórico de pressão alta. Os médicos suspeitam que as más notícias possam ter desencadeado o derrame, mas não podem ter certeza. — Rajan tinha a própria teoria sobre o que de fato acontecera.

— Que choque isso deve estar sendo para todos vocês.

— É... não. Não é exatamente algo que surpreenda isso de a minha mãe ter uma reação exagerada — disse Rajan.

— Sarna deve mesmo ter ficado muito abalada com a notícia. — Oskar quis ser justo.

— Talvez os fatos a tenham afetado e magoado, e esse derrame seja uma maneira de não ter que lidar com tudo isso. — Todos eles sabiam que as doenças físicas de Sarna freqüentemente refletiam seu estado mental. — Minha mãe sempre se superou na arte de fugir das situações. Mas nunca imaginei que ela pudesse chegar tão longe. — Rajan ficara frustrado porque Sarna conseguira mais uma vez escapar das armadilhas do passado, e porque, dessa vez, ela os deixara, a todos, emaranhados e confusos com as conseqüências.

—Talvez o melhor seja não contar mais nada a Sarna — disse Oskar. —Talvez, para esclarecer tudo entre vocês, o que deva ser feito seja contar ao seu pai, por exemplo.

— Foi o que pensei, mas Pyari disse que, por enquanto, devemos deixar as coisas como estão. Ela está preocupada com a reação do papai, o que bem posso compreender. E não estou disposto a ser o responsável por arruinar a saúde tanto da minha mãe quanto do meu pai. Pyari acha que revelar a verdade não pode mudar mais nada para ninguém. Ela me pediu para dizer a você que nós não vamos contar mais nada.

— Mas a verdade ainda pode mudar tudo para Umeed — disse Oskar.
—Você não percebe? Se ela não puder saber que Nina era filha de Sarna, então não poderá saber que vocês são seus parentes mais próximos.

— É claro que sempre seremos a família dela, não importa quem saiba ou quem deixe de saber qualquer coisa.

— Nina nunca se sentiu realmente parte da família de vocês exatamente por causa da incerteza sobre quem sabia e quem não sabia a verdade.

— Bom... — Rajan não estava totalmente convencido de que o sentimento familiar só se pudesse moldar na franqueza total. Às vezes, a cumplicidade silenciosa era bem eficaz no que diz respeito a estreitar laços. Ele se sentia amarrado à família precisamente pela força de todas as coisas de que ele não deveria estar ciente.

— Não vou concordar com essa adesão ao silêncio, se isso puder prejudicar Umeed mais tarde — disse Oskar.

— E meu pai?

— Seu pai também tem o direito de saber a verdade. Você não devia subestimar a capacidade dele de lidar com isso — disse Oskar. — Escute, Rajan, é também pela memória de Nina. Acho que ela merece ser, afinal, reconhecida pelo que era de fato. Pelo que me contou, todos sabem, mas alguém precisa dizer isso em voz alta. Se o silêncio não for quebrado agora, Umeed vai crescer sob o jugo de uma identidade falsa, como aconteceu a Nina. Você entende isso?

40.

QUANDO CHEGOU A LONDRES NA quarta-feira, logo depois do meio-dia, Oskar soube que ainda não tinham contado nada a Karam.

— Por favor, não diga nada. Ele não sabe ainda — disse Pyari, enquanto iam de carro ao hospital onde Karam estava acompanhando Sarna.

— Minha nossa! Você envelheceu! — Karam examinou Oskar com olhar crítico. Tão grisalho! O cabelo, os olhos... até o casaco que estava usando era cinza.

— Sr. Singh. — Oskar estendeu a mão. Karam envelhecera também, mas com graça e elegância; não em tempo recorde, dramaticamente, como ele.

— Mas... é você. É você mesmo. — Karam apertou-lhe a mão.

Seguiu-se um silêncio constrangedor. Pyari quebrou-o ao pegar Umeed no colo. Ela segurou o bebê, exclamando com tristeza e admiração:

— Olha só, *pithaji*, ela se parece muito com a Nina.

O coração de Oskar acelerou quando ele ouviu a confirmação. Ele notara a forte semelhança entre as duas, mas pensara tratar-se de um truque cruel da sua imaginação sitiada. Karam deu uma olhadela superficial na criança, antes de se voltar para sua mulher.

— Ah, ela abriu os olhos novamente! — exclamou ele, e correu para junto da cama de Sarna.

Quando todos se aglomeraram em volta da cama, ela pareceu adormecer pacificamente outra vez.

— Ela abriu os olhos mais cedo também. A enfermeira disse que podia ser um bom sinal — comentou Karam, alisando o lençol. Sob o tecido, ele sentiu a curva do braço de Sarna. Agora ele podia acariciá-la de novo, sem ser repreendido.

Oskar não conseguia acreditar que a mulher pálida deitada na cama pudesse ser a cozinheira sedutora que conhecera. A mesa-de-cabeceira estava cheia de buquês de flores colocados em jarras de água. Oskar colocou num dos vasos os lírios que trouxera. Os botões brancos penderam tristemente e soltaram um chuvisco de pólen laranja que coloriu a sua mão.

Naquela tarde, eles ficaram na sala de estar da casa em Elm Road esperando por Rajan.

— Ele anda muito irritadiço esses dias — avisou Pyari a Oskar. — Acho que a pressão o está perturbando. Ele sabe que vamos ter que dizer tudo a *pithaji* hoje. Ele acha que lhe coube a parte mais difícil só porque é ele que terá de contar.

Era evidente que ela também estava ansiosa. Nem conseguia parar quieta, e até sua fisionomia parecia dançar de preocupação, produzindo arabescos de acordo com os graus variados de tensão. Ela e Rajan tinham finalmente concordado em revelar tudo a Karam, mas sempre encontravam desculpas para adiar. Oskar não gostara de ter chegado ainda a tempo de presenciar a confissão dos dois.

— Como está a mamãe? — perguntou Rajan, depois de entrar e cumprimentar Oskar.

—Você está vindo do escritório?

Karam inspecionou o filho. Não precisa usar um terno para dirigir uma empresa? Rajan estava vestido à vontade, com jeans, camiseta verde e um casaco esporte marrom. Estava com a barba por fazer e precisando de um bom corte de cabelo. Era charmoso, mas de um modo negligente e exausto.

Sentindo a desaprovação do pai, Rajan ignorou a pergunta.

— Como a mamãe passou o dia hoje? Houve alguma mudança?

— Ela abriu os olhos por um segundo — informou Karam.

—Acho que ela não resistiu a dar uma olhadinha na pequena Umeed. — Rajan fez um carinho na bochecha do bebê. — Ela se parece tanto com Nina.

—Venha me ajudar com o chá. — Pyari tirou o irmão da sala.

Oskar sentou-se no sofá, colocou a cadeirinha de Umeed ao seu lado e se pôs a balançá-la com uma leve cutucada. Karam se recostou na poltrona grande que Sarna costumava ocupar. Olhou para o relógio em forma de África. Durante tantos anos, o aparelho o lembrara de onde ele viera — de quão longe ele viera. Agora, aquele formato gasto e tiquetaqueante se tornara um objeto de afeto. Tinha o formato do continente onde ele e Sarna foram mais felizes.

Rajan entrou na sala carregando uma bandeja de canecas. Pyari vinha logo atrás dele.

— Leite sem açúcar? — Pyari entregou uma caneca a Oskar. Ele teve vontade de chorar ao ouvir a pergunta. O adoçante secreto da sua vida se fora.

— *Pithaji*, tem alguma coisa vazando na cozinha. — Pyari sentou-se do outro lado de Umeed.

— Tem mesmo? — Karam se levantou para investigar.

— Não é nada de mais. — Rajan fez sinal para que ele se sentasse. — Só uma poça d'água que eu sequei com um pano. Podemos tratar disso mais tarde. — Ele olhou para o relógio, enfiou a mão no bolso e foi até a lareira. — Pai, nós precisamos contar...

— Eu sei — Karam o interrompeu.

— Você *sabe*? — Rajan franziu o cenho.

— Eu sei o que vocês querem me contar.

Rajan engoliu em seco, como se tentasse ingerir fisicamente as palavras do pai.

— Sobre... Nina? — Pyari se inclinou para a frente.

— Eu sei que ela era filha da mãe de vocês.

Karam passou um dedo ao longo de uma prega bem passada que corria pela frente da calça dele. Era uma ironia estranha e notável que um homem como ele, que amava tanto a história, que a perseguira pelo mundo afora, pudesse ter evitado e negado tanto a *sua* própria história. Talvez ele buscasse dramas em larga escala na esperança de eles poderem eclipsar tudo o que sabia sobre o complicado passado de sua mulher.

— Desde quando você sabe? — As mãos de Pyari mantinham-se, em forma de concha, ao redor de uma caneca fumegante.

— Ah, eu sempre soube. Há anos, desde os dias no Quênia. — Ele olhou para o relógio-mapa de cobre. — Eu ouvi, sem querer, minha

Biji e a *Chachiji* Persini de vocês conversando certa vez. — As palavras ainda soavam em sua cabeça com a teimosia irritante de uma música que invade você contra a sua vontade.

— Ela é uma verdadeira *chalaako*, ardilosa como ela só. Eu sempre soube que havia algo errado ali. É fácil perceber: quando as pessoas são muito desconfiadas dos outros é porque elas mesmas estão escondendo alguma coisa — dizia Persini, exultante.

Biji estava mais contida.

— É isso que acontece quando mandamos os filhos procurarem esposa em outros lugares. Eles são enganados pela beleza. Foi um grande erro mandá-lo sozinho. Aquela família de Sarna é capaz de enganar qualquer um e fazê-lo casar-se até com um macaco. Tão tagarelas. Suas bocas são verdadeiras máquinas, estou dizendo. Eles seriam capazes de encher um desses balões que a gente vê no céu com o ar quente que sai mais rapidamente de seus lábios do que o tempo que se leva para estufar *pooris* numa frigideira. Você devia ter escutado a mãe dela quando eu estive lá. "O pai era DSO. As filhas são puras como *kyo*." Ha-ha, que piada! Eles nos fizeram de bobos. Não tenho dúvida disso. E Karam, pobre homem, é o maior bobo de todos. Foi completamente enganado.

— Mas ela não conseguiu iludir o resto do mundo. Todos sabem. *Todos*, mesmo. A Juginder, da Textile Mart, do mercado de tecidos, sabe? Então, pode estar certa de que a notícia já se espalhou — disse Persini.

Biji balançou a cabeça, fatalista.

— Não podemos interromper o fluxo do que já está em movimento, mas podemos influenciar o seu rumo. As pessoas podem falar entre elas, mas não podem falar conosco sobre isso se nós não perguntarmos e nem escutarmos. Não vamos nunca mais falar desde fato vergonhoso nem entre nós. Está claro isso? — Vendo a decepção nos olhos de Persini, *Biji* acrescentou: — Espero que você não tenha dito nada para os irmãos de Karam, disse?

— Não, claro que não — mentiu Persini. — Mas — disse ela, tentando apagar as próprias pegadas — nunca se sabe, eles podem ter ouvido por aí, assim como eu.

— Eu duvido disso — disse *Biji*. — Eles não saem atrás de escândalos, como você. E, além do mais, tenho certeza de que eles teriam me contado. O importante agora é que *você* não deve repetir uma palavra sobre isso, *jamais*. Nem mesmo para Sukhi, está bem?

Persini esperara um confronto em grande estilo com Sarna para deixar tudo em pratos limpos e colocar aquela mulher no lugar dela. Ela estava ansiosa para pôr as cartas na mesa. Em vez disso, *Biji* condenara todos a viverem uma vida inteira de mentiras desleais. Aquilo não fazia sentido para Persini, mas *Biji* tinha seus motivos.

— Não quero que Karam descubra. Ele cometeu um erro e terá que viver com ele, mas ele não precisa saber. De que lhe adiantará saber? É tarde demais para mudar as coisas.

— Você poderia expulsá-la, aquela mulher *sali shenzi*! — Persini xingou-a.

— *Hai*! Olha o que você está falando! Perdeu o juízo? Imagine a desgraça que isso causaria! Eu não vou permitir isso! — disse *Biji*.

— Mas, e *ela*? — estourou Persini. — Então ela vai simplesmente sair ilesa disso tudo? O que é que nós vamos fazer? Fingir que não sabemos que ela é uma *chalaako*? Agir como se não tivéssemos a menor idéia de que ela teve uma filha ilegítima?

— Ooh! Ssshhh! — *Biji* agarrou Persini pelos ombros. — Prometa-me que você jamais dirá nada sobre o segredo de Sarna. Prometa? Jure! — Ela apertou-a com mais força, e suas unhas se cravaram na pele de Persini.

— Está bem!

Mas *Biji* não se deixou convencer.

— Jure pela vida da sua mãe. Vamos, jure!

— Eu juro — prometeu Persini novamente. O gosto daquelas palavras foi tão amargo para ela que teve que se dirigir até a porta e cuspir no cascalho do lado de fora. Ao ouvi-la se aproximar, Karam esquivou-se rapidamente.

— Eu não acredito que você nunca tenha dito nada. — O chá esfriou nas mãos de Pyari.

Rajan ainda estava pasmo demais para falar. Ele passara dias e noites sem dormir, preparando-se para a tarefa de esclarecer tudo junto ao pai. Em vez disso, Karam apontava calmamente a luz da verdade em direção aos olhos deles.

— Por que eu deveria ter dito alguma coisa? Não era algo que eu tivesse prazer em divulgar. Eu simplesmente tirei o assunto da minha cabeça. Concordei com o raciocínio de *Biji* quanto a manter o silêncio.

Karam parecia tranqüilo.

— Sim, mas e quanto a *Mi*? Por que você não contou a *ela* quando descobriu? — Pyari se espantou.

Karam nunca esperara um dia ter que justificar os motivos determinantes das escolhas mais cruciais de sua vida. Já se passara muito tempo desde que ele próprio refletira pela última vez sobre elas.

— Por diferentes razões, eu acho. O dever era uma delas. Eu me senti responsável por manter o *status quo* que *Biji* queria. E eu também não sabia o que aconteceria se eu contasse à mãe de vocês, não sabia o que poderia acontecer conosco, com a família. Quanto mais eu deixava o tempo passar, mais difícil ficava contar a ela.

— Foi então que você veio para Londres para fazer o seu curso de refrigeração? — Pyari colocou de lado a caneca.

— Foi uma má decisão. — Karam abaixou a cabeça. — Você tinha uma outra irmã, sabe? Phoolwati, sua gêmea. Sua mãe não gosta de falar sobre ela. Ficou, então, ainda mais difícil falar qualquer coisa com ela depois que eu voltei de Londres. Sua mãe estava muito mal. Ela fora maltratada pela minha família e estava de luto. Não consegui abordá-la. Teria sido cruel demais. E além do mais... — Karam não conseguiu dizer — Eu a amava.

Ele se lembrou do amor fortíssimo e ardente que sentira por Sarna. Aquele amor fora golpeado apenas de leve pela vergonha e pela dor que ele sentira diante das revelações sobre o passado dela. Houve momentos em que Karam desprezou a si mesmo por continuar a amá-la tão profundamente, como se fosse uma fraqueza saber os detalhes mais sombrios do passado de alguém e ainda assim desejá-la tanto.

— Na minha cabeça — disse ele —, eu criei a imagem de nós dois lutando juntos contra a minha família e contra o mundo todo. Eu me aliei a ela, e nós lutamos. E sobrevivemos.

— É tão triste. — Pyari estava chorando. — Se você tivesse simplesmente dito alguma coisa... podia ter sido mais fácil... vocês podiam ter sido mais felizes. O segredo parece tão desnecessário.

— Talvez... — Karam fechou os olhos por um instante. — Foi uma tragédia que enfrentamos juntos, porém sozinhos; sem dividir nem contar. Foi o que provavelmente começou a nos minar no final: o silêncio. É fácil ver isso agora. É fácil imaginar que, se tivéssemos conversado, talvez pudéssemos ter nos saído melhor e sobrevivido a isso com mais dignidade. Mas, vocês sabem, esse negócio de conversar sobre as coisas não era comum naquela época. E vocês devem ter em mente também que a mãe de vocês provavelmente não poderia admitir nada disso para mim, nem que ela quisesse. Questões como essas eram, então, uma ruína social, uma abominação. Um casal não podia conversar sobre essas coisas. *Nós* com certeza não conversávamos.

— Não. Vocês gritavam um com o outro. — A voz de Rajan voltou.

— Me refiro a *sentimentos*. Vocês sabem, medos, preocupações... Essas coisas não eram discutidas. Era tudo escondido, tudo era empurrado para debaixo do tapete. Gritar, brigar era diferente. Essa era a especialidade da mãe de vocês. Mas alguma vez ela arengou por alguma coisa realmente importante? Ela sempre desviava para o superficial. Há muitos assuntos em que sua mãe e eu nunca nem tocamos. Vocês não acreditariam, e até eu acho estranho agora. Nós, por exemplo, nunca conversamos sobre a morte da nossa filha. Nunca. Nem uma palavra. E, no entanto, não se podia dizer que não fôssemos íntimos; nós tínhamos algo. Mas era diferente. Era diferente...

— Era, sim. — As mãos de Rajan voaram de dentro dos bolsos e colidiram uma na outra, produzindo um estalo. — Era tudo uma grande mentira.

— Rajan! — disse Pyari.

— Você faz tudo parecer muito nobre, pai, mas eu não consigo deixar de enxergar muita covardia em todo o seu comportamento: ao não enfrentar os fatos, ao fugir para Londres quando as coisas ficaram difíceis, ao continuar agüentando um casamento sem amor, baseado em mentiras.

— Não fale desse jeito — Karam levantou a voz. — Você acha que as suas soluções modernas são melhores? Você gostaria que eu tivesse me divorciado da sua mãe? Que eu a tivesse chutado para longe, e que vocês tivessem sido criados num lar desfeito?

Para Rajan, ele fora criado num lar desfeito de todo modo. Mas ninguém estava autorizado a ver ou dizer isso.

— Eu posso ter sido covarde algumas vezes. — Como um dançarino que se concentra num ponto para manter-se em equilíbrio, Karam fixou os olhos numa mancha do tapete, como se isso pudesse estabilizar-lhe a voz. — Mas meu instinto sempre me impeliu a fazer o que era certo. Você pensa que eu não tive vontade de expor toda a verdade? Foram inúmeras as ocasiões em que eu tive que me conter para não gritá-la para sua mãe. Não é claro? O tempo me tornou culpado também. *Eu* a escolhi. Eu tinha opção e *a* escolhi. *Biji* pensou que eu devia ter percebido alguma coisa errada. Mas eu fiz a escolha errada e fiquei preso a ela. Depois, por ter vivido em silêncio, sabendo a verdade, durante tanto tempo, eu me tornei culpado por associação. Se eu tivesse dito qualquer coisa, estaria me acusando também. — Ele olhou para Pyari, depois para Rajan. — Como eu poderia simplesmente me erguer e demolir toda a minha vida? O que as pessoas diriam?

— *"Pessoas diriam, pessoas diriam"* — repetiu Rajan. — O que importa o que as pessoas dizem?

— Não somos todos tão independentes como você. Não — Karam sacudiu o dedo —, alguns de nós ainda respeitamos nossos amigos e nossa família. É uma pena que *você* não tenha aprendido a ser prudente e a segurar a sua língua. — Pela milésima vez, ele se arrependeu de ter autorizado o menino a cortar o cabelo.

— Não, pai, você sabe o que é uma pena? É uma pena que eu tenha admirado a sua paciência e o seu controle até ainda há pouco, quando soube que era tudo uma farsa. E eu não consigo suportar isso, pois me sinto ridículo também, como se tudo entre nós tivesse sido uma caricatura. — Rajan ficou com a voz embargada.

— Raj, não faça isso — disse Pyari.

—Você nos deixou acreditar que era uma pessoa que não é. Essa é a pior parte disso. Quanto à mamãe, nós sabíamos que ela guardava segredos, mas eu pensei que você fosse... você. Durante todos esses anos, nós protegemos você: mordemos nossas línguas, agüentamos os absurdos da mamãe e deixamos Nina sofrer, e tudo porque pensamos: "Pelo menos o papai não sabe. O pobre papai não pode saber."

Parecia a Rajan que todos tinham carregado desnecessariamente aquele fardo, cada um deles mártir de uma causa inexistente.

— *Todos esses anos?* Do que você está falando? — As sobrancelhas de Karam se juntaram em sinal de perplexidade.

— É. Ao longo dessas décadas todas, que parecem agora lamentáveis *éons* de segredo. Desde que Nina veio da Índia para morar conosco. É. Desde o dia em que ela chegou aqui, nós sabemos, pai, e ficamos tentando proteger você.

Desconfiando, Karam contorceu os lábios. Pyari lançou outro olhar de advertência para Rajan, enfurecido demais para se deixar afetar pela mudança no semblante do pai.

— Todos sabem. — Rajan se forçou a ficar mais calmo.

— Todos? — disse Karam.

Rajan olhou bem nos olhos do pai.

— É, pai, parece que todos sabem. Toda a família da mamãe, toda a sua família: todos os seus irmãos, os seus amigos, as pessoas que freqüentam o templo. Toda a comunidade *sikh*, na verdade.

O rosto de Karam se transtornou.

— Não, não todas as pessoas. Provavelmente só aqueles que têm conhecidos na África Oriental. E, além do mais, tenho certeza de que a maioria já deve ter esquecido. — Pyari tentou rapidamente amenizar as palavras de Rajan.

Karam estremeceu e agarrou-se ao braço da poltrona para manter-se firme.

— Meus irmãos? Meus irmãos, não.

Rajan percebeu a vulnerabilidade do pai e se conteve.

O queixo de Karam caiu enquanto ele se defrontava com aquela terrível realidade: *todos sabiam*. Sempre souberam. Ele agarrou o próprio colarinho. O tecido de sua camisa branca esticou-se em seu peito enquanto ele o puxava com a mão fechada.

— Como fui estúpido. — Ele olhou fixamente para o próprio colo. — Como era mais fácil imaginar que ninguém jamais saberia ou suspeitaria. Do meu jeito, eu fui tão ingênuo quanto a mãe de vocês. O mundo ria de mim pelas costas...

— Não, *pithaji*! — interrompeu Pyari.

Umeed se mexeu, e Oskar, que estivera sentado como uma estátua, com os dedos emaranhados numa treliça de dor, voltou à vida. Inclinou-se, então, para pegar a criança no colo.

— Nós temos que compensar Nina de alguma forma — disse Rajan.

— E sua mãe? — Karam soltou a camisa, deixando uma flor esmagada de pregas no peito. Ele se sentou ereto e pôs as mãos sobre os joelhos.

— O que tem ela? — perguntou Rajan.

— Ela não conseguiria enfrentar uma exposição pública — disse Karam.

— Ela não vai estar lá, de todo modo... — hesitou Rajan.

Ele queria dizer que ninguém podia sair de um coma profundo e, de um salto, entrar em perfeita forma, mas deixou a frase pelo meio. Se havia alguém que *poderia* fazer isso, essa pessoa era Sarna. Ela sempre tivera um extraordinário poder de sobrevivência. Todas as evidências médicas apontavam para um derrame, e Rajan não conseguia se livrar da suspeita de que o ataque fora auto-induzido e seus efeitos posteriores, exagerados. Não era difícil para ele imaginar a mãe convenientemente à espera do momento certo de sair do coma. Em alguns momentos, ele quase acreditava que Sarna estava só esperando que o constrangimento e a dor do funeral de Nina passassem para que ela fizesse sua entrada no mundo novamente.

— Eu não me surpreenderia se ela se recuperasse — disse ele. — Mas não podemos ser tão ingênuos a ponto de esperar que ela retorne para a vida exatamente como ela a deixou. Ela provavelmente sairá disso com uma amnésia ainda mais seletiva e alegando não ter mais qualquer lembrança de alguém chamado Nina.

— Opa, segure a sua língua — interrompeu o pai. Embora Karam conhecesse a história de Sarna, ele jamais pudera avaliar realmente em que medida o ocultamento desse passado corrompera sua mulher. Ele ainda tomava a maior parte de suas palavras e atitudes ao pé da letra.

— Então eu não sei, pai. O que *você* quer fazer? Dizemos à mamãe que vamos anunciar a verdade no funeral amanhã? Dizemos a ela que nós sabemos?

— *Dizer* a ela? Do que você está falando? Ela nem está consciente! — disse Karam.

— Os médicos dizem que talvez ela possa nos ouvir. E, se não puder, podemos fazer uma espécie de confissão simbólica — respondeu Rajan.

Karam balançou a cabeça em desaprovação.

— Não! Você não pode contar a ela. Não podemos dizer nada a ela.

— Por que não? — interpelou Rajan.

— Por que, *pithaji*? — ecoou Pyari.

— Sua mãe não pode nunca saber de nada disso. — Os braços de Karam se cruzaram num gesto de decisão definitiva.

— Não! Não mesmo! — Rajan levantou as duas mãos, como um policial obstruindo uma estrada. — Eu não vou continuar enfiado nessa charada apenas pelo bem dela. Isso não está em discussão. Nem devíamos levar essa possibilidade em consideração. Estou farto de todo esse segredo e desse jogo duplo. Temos que contar tudo e tirar isso do nosso caminho.

— Você pode acabar com a vida dela, ora. — Karam tirou uma caneta do bolso de sua camisa e a ofereceu ao filho. — Vá, assine a certidão de óbito dela você mesmo!

— *Pithaji*! — Pyari gritou alto.

— O mundo de Sarna é muito peculiar — Karam tentou explicar.

O choro de Umeed ficou mais alto, e Oskar a levou para o corredor.

— É, tem uma peculiaridade extremamente distorcida! — disse Rajan.

— Mas esse é o único mundo que ela consegue ver, o único jeito que ela tem de ser — disse Karam. — A vida inteira de Sarna tem sido uma negação do fato de Nina ser sua filha. Era a inverdade da qual dependia toda a sua existência. Tire isso dela, e será o mesmo que enfiar-lhe uma faca na garganta.

— Por que diabos você a está defendendo, pai? — perguntou Rajan.

— Porque ela não vai mudar — disse Karam.

— Quando se enfrenta uma pessoa, não é porque você pensa que ela pode mudar; você faz isso porque todo mundo tem que encarar as conseqüências de seus atos. Isso se chama justiça. Não se processa um criminoso incorrigível porque você está convencido de que ele jamais se corrigirá — disse Rajan.

"*Agora* ele quer bancar o advogado." Karam balançou a cabeça.

Rajan desistiu de argumentar e deixou-se cair pesadamente no sofá.

Oskar entrou na sala carregando uma trouxinha chorosa, que era o que Umeed parecia em seus braços.

— Acho que ela está com fome. Será que podemos esquentar um pouco de água para a mamadeira? — Ele catou na bolsa a garrafa, enquanto Pyari foi para a cozinha.

— Ai, meu Deus! — Ela correu de volta para a sala. — O vazamento piorou. Há água por toda parte.

Karam se levantou imediatamente e a seguiu para fora da sala. Rajan se arrastou do sofá. Era uma coisa atrás da outra naquela família.

O chão da cozinha estava coberto de água.

— De onde ela está vindo? — perguntou Karam, pisando cautelosamente no chão de linóleo cinza. Aquilo não era bom para seus sapatos.

— Eu não sei. — Pyari arregaçou as mangas da blusa roxa, deixando à mostra o seu forro amarelo. — É difícil saber, porque a água agora está em toda parte. — Ela começou a passar o esfregão.

— Tem um cheiro estranho. — O nariz de Karam se enrugou como um figo seco.

Assim que Rajan entrou, a porta do *freezer* se abriu.

— Eca! — sua mão voou para tapar o nariz. O cheiro penetrante de centenas de pratos encheu o ambiente.

Karam inalou profundamente. Seu estômago roncou depois de sentir o cheiro de todos os seus pratos favoritos. Ele se voltou para Pyari.

— O que você fez? O *freezer* parou de funcionar. Você desligou alguma coisa sem querer? A caixa de luz?

Uma por uma, as gavetas do *freezer* começaram a abrir, como se estivessem sendo puxadas por alguma mão invisível. Elas se inclinavam, rangendo, para fora da máquina, derramando os conteúdos descongelados de umas nas outras e pelo chão.

— Oh, minha nossa. — Um novo assalto de *Mushq* golpeou as narinas de Rajan. Era um cheiro concentrado, um perfume que misturava tudo que Sarna cozinhara na vida. — Nós vamos ter que desperdiçar tudo isso. — Ele engoliu em seco. Por um instante, desejou o frango ao coco feito pela mãe.

Oskar apareceu na porta.

— Minha nossa! — Ele deu uns passos para trás, empurrado pelo cheiro potente. — Desculpem-me, mas ela precisa disso agora. — Ele esticou a mamadeira de Umeed, no interior da qual ele já colocara as colheradas de leite em pó. — Você poderia enchê-la até a marca vinte? Água morna, mas fervida antes, por favor.

Rajan pegou a mamadeira e a passou para Pyari.

— Vocês precisam de ajuda? — perguntou Oskar, embora suas mãos estivessem ocupadas segurando Umeed.

— Vamos ter que jogar tudo fora — disse Rajan, olhando para o pai.

— Sua mãe vai ficar muito zangada. É um desperdício e tanto. — Karam ainda tentava se equilibrar na ponta dos pés. — Não dá para comermos algumas dessas coisas? — Ele pensou em toda a dedicação de Sarna e em todos os ingredientes que ela usara ao preparar a comida.

— Eu acho que não é seguro, *pithaji* — disse Pyari. — Quem sabe há quanto tempo alguns desses pratos estão aí?

Karam se inclinou para pegar sacos de lixo no armário debaixo da pia. Sua mão dirigiu-se inconscientemente para a coluna lombar.

— Podemos fazer o seguinte — disse Oskar —: eu ajudo vocês aqui se o sr. Singh puder alimentar Umeed.

— Essa é uma boa idéia — disse Rajan.

— É... bem... — Karam não segurava um bebê há anos. Desde Amar e Arjun, e eles agora eram adolescentes.

— É, *pithaji*, isso seria melhor. — Pyari entregou-lhe a mamadeira com leite. Sem conseguir dizer "não", ele saiu na ponta dos pés da cozinha.

— Vou colocá-la aqui, e você precisa apenas sentar-se ao lado dela — disse Oskar, colocando Umeed na cadeirinha e começando a alimentá-la. Ele percebeu a ambivalência de Karam com relação à criança.

— Você só precisa segurar a mamadeira. — Ele saiu para deixar Karam assumir a função.

Karam olhou para os olhos verdes de Umeed e se emocionou. Observou a criança sugar, faminta, o bico da mamadeira enquanto se alimentava. Como somos todos capazes de sobreviver! Essa pequenina sugando o leite, mesmo com ele não vindo do peito da mãe. Ele e Sarna persistindo no silêncio — agüentando, agüentando. Ele e Sarna. Mesmo depois de tudo, ele não conseguia se imaginar sem ela.

Rajan e Oskar esvaziaram o *freezer*. Trouxas de verduras encharcadas, caixas de papelão pingando de *dhal*, *biryanis* de carne esbranquiçados, queimados pelo gelo, mãos cheias de folhas de *curry* e coentro embrulhadas em lâminas de plástico ensopadas, bolas grudentas de massa — as sobras suntuosas das refeições encheram rapidamente as grandes latas de lixo pretas do lado de fora da casa. O cheiro se arrastou para fora das tampas e flutuou rua abaixo. Passou numa lufada pelo parque, por Wandsworth e atravessou o rio Tâmisa. Sinais de *Mushq* desviaram-se até o centro de Londres. As árvores levantaram suas copas e se inclinaram para o norte para pegar uma brisa do aroma viajante. Pedestres interrompiam o passo e hauriam o ar. Por toda a capital, naquela noite, triplicaram os pedidos de comida hindu.

Na cozinha, Pyari lavou as gavetas manchadas de óleo e açafrão. Oskar se pôs de joelhos e esfregou a parte de dentro do *freezer* vazio, onde se espalhavam aleatoriamente pimentas verdes cortadas pela metade, parecendo pontas de rabos de lagartos soltas. Rajan terminou de esfregar o chão e olhou para o relógio indiano de madeira. Os ponteiros indicavam 19h40. Parecia estar certo desta vez. Ele olhou para o pulso e confirmou a hora e os minutos.

— Você acertou o relógio? — perguntou ele a Pyari.

Ela levantou os olhos da pia e seguiu o dedo dele até o relógio.

— Não. Está atrasado há anos. Só *Mi* consegue dizer que horas são por esse relógio.

— Mas agora está funcionando bem.

O tempo interno de Sarna alcançara, afinal, o tempo real.

Karam terminara de alimentar Umeed e estava sentado do lado de sua cadeirinha com a mamadeira vazia na mão. O polegar da outra mão fora agarrado pela mão diminuta da criança.

— Ela agarrou meu dedo e caiu no sono — explicou, quando os responsáveis pela limpeza da cozinha voltaram. — Agora não posso me mover, porque ela pode acordar e começar a chorar novamente.

Ele tentou parecer aborrecido, quando, ao contrário, o aperto leve da mão de Umeed atingia em cheio o seu coração.

Rajan pigarreou.

— Então, você decidiu o que quer fazer?

A correnteza que um menino tem dificuldade para atravessar é facilmente transposta quando ele se torna um homem. Karam sentia a inversão peculiar dessa ordem natural. A torrente de verdade, cujo fluxo ele evitara durante quase todo o seu casamento, parecia ter se avolumado de repente. Ele não conseguia mais pular de um banco de areia a outro, evitando o transbordante rio de evidências a respeito de Nina. Ele se sentia um menino novamente, atravessando de modo incerto uma realidade turbulenta, perguntando-se como fazer para chegar à terra firme. De que lado ele deveria ficar? Como permanecer leal a Sarna e defender a verdade?

Oskar observou a luta de Karam, enquanto Umeed descansava em paz e puxava-lhe o dedo. Criancinha minúscula, nascida no silêncio e lançada numa cacofonia de confissões. Seus lábios formaram um biquinho, como se ela estivesse jogando um beijo para o pai. Ele tinha que dizer alguma coisa.

— Se não for feita nenhuma manifestação clara quanto à identidade de Nina, sua filha herdará o legado da fraude. Eu vi o que isso fez a Nina e não quero o mesmo para Umeed. — Suas palavras vagaram pela sala como andorinhas procurando algum lugar para se aninhar. Pairaram esperançosas sobre Karam. — Pelo menos na morte, deve-se permitir a Nina ser ela mesma.

Oskar se sentiu invadir pela tristeza penetrante de ver que ela precisara morrer para conseguir o reconhecimento que almejara durante toda a vida.

Karam pensou em como Nina entrara em seu mundo contra a vontade dele e como saíra do mesmo jeito. Ela, no entanto, o unira a Sarna mais profundamente do que seus próprios filhos.

— Nós vamos nos referir a Nina como filha de Karam e Sarna Singh — disse ele.

— O quê? Não! — Rajan deu um soco na palma da sua mão direita. — Esse funeral deve supostamente deixar tudo às claras, e não passar uma nova maquiagem sobre a verdade.

Karam não colocaria publicamente o nome de Sarna ao lado do de nenhum outro homem.

— Nenhuma criança nasce de uma só pessoa. Temos que declarar mãe e pai: é a praxe. Mas, se vamos mencionar sua mãe, então teremos que mencionar a *mim*; este é o sentido dos laços matrimoniais, o de selar destinos. Hoje em dia, você pensa que não há nada de mais em cortar o laço e sair de fininho quando se fica entediado, ou em terminar tudo de uma vez quando se está farto. No meu tempo, mesmo quando o casamento já não significava mais nada para as duas pessoas, o laço permanecia bem apertado.

Lentamente, Karam completava uma jornada que estivera fazendo por toda a sua vida e chegava ao ponto em que, finalmente, faria história. A história da família.

— Eu vou continuar a apoiar a mãe de vocês. Sou a figura mais próxima de um pai que Nina conheceu; não é, então, nenhuma grande farsa dizer que eu sou o seu pai.

— Eu acho que isso é uma fuga — disse Rajan. — Você não concorda, Oskar?

— Na verdade, Nina sempre quis ser reconhecida como parte da família de vocês. A proposta do sr. Singh certamente a traria para dentro do círculo. Quanto a Umeed, *vocês* são as pessoas que importam, e não algum falecido progenitor biológico. — Ele se voltou para Karam. — Acho que Nina gostaria de ter sido sua filha. Ela sempre se referiu ao senhor com respeito e afeto.

Karam olhou para a criança de novo e viu a mãe e a avó dela. Ele viu tudo o que ficara inconcluso e tudo o que ainda era possível realizar.

— Sim — disse ele. — Amanhã passaremos a nos referir a Nina como filha de Karam e Sarna Singh, irmã de Rajan e Pyari, esposa de Oskar e mãe de Umeed.

Epílogo

Pessoas que perderam algum membro em acidentes ou por doença às vezes continuam a sentir dor na parte do corpo que não está mais lá. Chama-se isso de dor fantasma. O nome sugere um sofrimento imaginário; no entanto, a ciência confirma que a dor é real. Eu costumava achar isso esquisito, mas não me parece mais tão estranho agora. Desde que perdi Nina, passei a entender a possibilidade da dor onde só existe uma ausência. Como um amputado que se inclina para a frente para coçar o dedão do pé que não está mais lá, eu ainda me viro, enquanto durmo, para abraçar o vazio no lado esquerdo da cama. Às nove da noite de toda quinta-feira, quase digo o nome de Nina para lembrá-la de que seu programa de televisão favorito está começando. Quando vou escovar os dentes, ainda coloco, sem pensar, pasta de dente na escova que se aninha ao lado da minha: a força do hábito superando a força da ausência.

A morfina não atenua a dor fantasma dos amputados, assim como o tempo, que se crê um poderoso analgésico, nem sempre cura a dor dos que tiveram arrancados de si alguém que amavam. O esquecimento é outro intenso narcótico para o coração humano. Mas às vezes você não quer esquecer, mesmo que isso signifique agarrar-se à dor. A ciência declara possuir solução para a dor fantasma. O córtex motor é a parte do cérebro que controla todos os nossos movimentos. Dentro dele, há uma representação completa do nosso corpo. Se alguma coisa no corpo se altera, o córtex motor muda ou encolhe de acordo com a mudança: quanto mais alto o grau de encolhimento, mais intensa é a dor. Em usuários de próteses, os cientistas acreditam que há menos encolhimento porque os impulsos para o movimento continuam a ser mandados para o cérebro, e isso engana o córtex, fazendo-o pensar que o membro ainda está lá. Os amputados são, então, aconselhados a imaginar o membro que perderam e a visualizá-lo em movimento. Ao simular ações habituais, os impulsos mandados para o cérebro o convencem de que está tudo bem, de que tudo está como deveria estar. O encolhimento no córtex motor é, então, interrompido ou atenuado, e a dor diminui na mesma proporção. Quem poderia imaginar que o alívio estivesse numa simples e inteligente ilusão?

Eu tenho usado um recurso semelhante para lidar com a perda de Nina: rememorar e visualizar a pessoa perdida. O chá que bebo não contém mais a pequena porção clandestina de mel que ela acrescentava à infusão, mas, quando o tomo, penso nela, e o gosto é alterado pela minha memória da doçura. Eu também atenuo a minha dor imaginando aquilo de que não consigo me lembrar bem ou aquilo que não sabia a respeito de Nina. Este lugar no meu ser, o córtex do amor, onde a essência dela reside, não está, então, encolhendo, pois continua recebendo os impulsos vitais da imaginação. Não é apenas para a minha autopreservação que sigo este tratamento — é para *você*, Umeed.

Você, que nem sequer conheceu o que perdeu. (Ou conheceu? Em algum lugar neste corpinho pequeno, você a sentiu?) Talvez esta seja a maior tragédia — perder sem nunca ter tido; perder a mãe antes de ter sido cuidada e protegida por ela. Não consigo conceber a idéia de alguma coisa dentro de você encolhendo até desaparecer por causa dessa perda e depois causando-lhe dor. Então tentei expressar a sua mãe em palavras, tentei criar verbalmente uma essência dela, tentei produzir um tipo de prótese de mãe. Coloquei o passado nestas páginas para que elas mandem impulsos vitais para o seu íntimo, Umeed, para iludir o seu cérebro, fazendo-o acreditar que conheceu Nina e reduzir, desse modo, a sua ferida.

Tome essas palavras para você. Visualize o que elas contam. Sinta-as. Por favor, cuide delas com carinho, minha Umeed, porque a história que elas contam é sua história também. Porque a história dos nossos antepassados é inevitavelmente nossa história também, e, até que de fato a conheçamos, não podemos chegar a ser integralmente quem somos.

AGRADECIMENTOS

AGRADEÇO A TODOS OS QUE me apoiaram na criação deste livro.

Quero agradecer em especial a:

Bobby e Vicky, ambos amigos queridos e generosos divulgadores deste livro em meu nome. Laura Sherlock, que, com magnanimidade, o acelerou em sua jornada a caminho da publicação. Natasha Fairweather, cujo afeto e discernimento me ajudaram a fazer do processo de publicação um prazer. June Lawson, cuja visão ampliou a minha própria e cuja direção editorial dócil, mas incisiva, revelou o que de melhor havia em mim. Todos da Transworld Publishers que acreditaram neste livro e ajudaram a prepará-lo para publicação.

Eu devo muito à minha família — contadores de histórias inveterados e cozinheiros fantásticos. *Mumiji* e *Papaji*, que são meus segundos pais. Seems e Agam, que me fazem rir das minhas próprias bobeiras, como só irmãos conseguem fazer. Rowan e Eliott, que me lembram carinhosamente de quão jovem e de quão velha eu sou. Pa, que sabe o que é batalhar pelos próprios sonhos. Nef e Sarah, que têm sido meus guardiões e meus exemplos. Acima de tudo, minha mãe, cuja bondade e boa comida me inspiram e me sustentam.

E, finalmente, Matti. Para ele, posso apenas dizer: sem você, meu amor, eu não seria o que sou, e este livro não existiria.

EDITORA RESPONSÁVEL
Izabel Aleixo

PRODUÇÃO EDITORIAL
Daniele Cajueiro
Phellipe Marcel

REVISÃO DE TRADUÇÃO
Marília Garcia

REVISÃO
Ana Lucia Kronemberger
Ana Carla Sousa

DIAGRAMAÇÃO
Selênia Serviços

Este livro foi impresso em São Paulo, em maio de 2008,
pela Lis Gráfica e Editora, para a Editora Nova Fronteira.
A fonte usada no miolo é Bembo, corpo 12/15,5 .
O papel do miolo é pólen soft 70g/m², e o da capa é cartão 250g/m².

Visite nosso site: www.novafronteira.com.br